Voor ik je laat gaan

KENNEDY RYAN

VOOR IK JE LAAT GAAN

Vertaald door
Inge Pieters

LUITINGH-SIJTHOFF

Oorspronkelijke titel *Before I Let Go*
Vertaling Inge Pieters
Omslagontwerp Bürosüd
Omslagbeeld Bürosüd
Opmaak binnenwerk Crius Group, Hulshout

ISBN 978 90 210 4396 8
ISBN 978 90 210 4397 5 (e-book)
ISBN 978 90 210 4398 2 (luisterboek)
NUR 302

www.kennedyryanwrites.com
www.lsuitgeverij.nl
www.boekenwereld.com

Uitgeverij Luitingh-Sijthoff vindt het belangrijk om op milieuvriendelijke en verantwoorde wijze met natuurlijke bronnen om te gaan. Bij de productie van dit boek is daarom gebruikgemaakt van papier waarvan het zeker is dat de productie niet tot bosvernietiging heeft geleid.

Voor de sterke meiden,
voor de harde werkers,
voor de supervrouwen.
Bescherm je hart met nietsontziende zorg… en rust.

NOOT VAN DE AUTEUR

Voor ik je laat gaan is een verhaal over geluk, genezing en herstel. Daardoor is het in elk geval voor een deel ook een verhaal over verlies. Als we Yasmen en Josiah leren kennen, kruipen ze uit een diep dal, na de moeilijkste tijd van hun leven, en beginnen ze aan een nieuwe fase van geluk.

Dat gezegd hebbende, komt er het een en ander aan bod over doorstane moeilijkheden, waaronder een doodgeboren kind, het verlies van een dierbare (in het verleden, niet direct beschreven), complexe rouw, depressie en passieve suïcidale ideatie (zonder daadwerkelijke poging). Ik vind het belangrijk om te zeggen dat deze onderwerpen met de grootste zorg zijn behandeld, in samenspraak met mensen die deze dingen daadwerkelijk hebben doorgemaakt en met meerdere hulpverleners/therapeuten. Zij waren zo vriendelijk om als meelezer te fungeren, dus ik hoop dat ik mijn doel als schrijver heb bereikt, namelijk informeren zonder schade aan te richten.

HET BEGIN

JOSIAH

'In het midden van onze levensreis bevond ik mij in een donker bos waarin de rechte weg verloren was.'

Dante Alighieri, *De hel*

Herinneren mensen zich het exacte moment waarop ze verliefd worden?

Ik wel. Yasmen kwam langs met zelfgemaakte kippensoep met vermicelli toen ik zo ziek was dat het al pijn deed om met mijn ogen te knipperen. Spul smaakte naar gootwater. Geen idee hoe je soep kunt verpesten, maar zij kreeg het voor elkaar. Ze keek me verwachtingsvol aan met die grote Bambi-ogen. Die lange wimpers. God, ik zal nooit vergeten hoe ze keek toen ik die soep uitspuugde, maar hij was zo smerig en ik was te ziek om te doen alsof.

Yasmen keek me heel even geschrokken aan, maar ik moest lachen, al voelde ik me alsof iemand me over hete kolen en naalden heen sleurde. Toen moest zij ook lachen en ik vroeg me af of dit – iemand vinden met wie je kunt lachen als alles pijn doet – de ultieme basis was voor lang en gelukkig. In plaats van de suikerzoete kusjes, ballonvaarten en romantische wandelingen onder een volle maan. Het virus dat ik had opgelopen, wat het ook was, beukte door mijn lichaam, maar ik werd die dag zo blij van Yasmen. Ik bestierf het van de griep, maar zij maakte me aan het lachen.

En toen wist ik het.

Woeste aantrekkingskracht en een bijna onderdanige fascinatie sloegen om in iets heel echts. Liefde. Dat moment staat in mijn geheugen gegrift. Ik zal het nooit vergeten.

Net als dit moment, luttele maanden later.

'Wat vind je ervan?' Yasmen kijkt op van iets waaraan ze zit te werken aan het opklaptafeltje midden in het woon-, eet- en keukengedeelte van mijn sjofele tweekamerflatje, compleet met armoedig studentenhuismeubilair.

'Waarvan?' vraag ik, gezeten op de gammele stoel tegenover haar.

'Grits.'

'Lieve schat, alsjeblieft, ga niet nog een keer *grits* koken. Ik ben nog steeds herstellende van je laatste poging.'

Ze kijkt me quasiboos aan, terwijl haar mondhoeken vechten om niet te lachen. 'Jongen, ik ga ze niet koken. Luister je wel? Ik zei: waarom noem je je restaurant niet Grits?'

Ik had een meisje meegenomen voor het kerstdiner, wat ik nog nooit eerder had gedaan. Zij en mijn tante Byrd konden het meteen geweldig goed met elkaar vinden en rond de jaarwisseling maakten die twee al plannetjes voor een restaurant dat ik kon openen met mijn bedrijfskunde-master en tante Byrds familierecepten.

'O, ja. Waarom niet. Grits.' Ik schuif mijn stoel wat dichterbij en duw de waterval van vlechtjes die over Yasmens schouder stroomt opzij. 'Klinkt goed.'

'Klinkt goed?' Ze legt de rug van haar hand op mijn voorhoofd. 'Ben je weer ziek? De Josiah Wade die ik ken, knalt alle voorstellen af en heeft altijd een "ja, maar" paraat.'

Dat klopt. Mijn vader was militair, een strenge leermeester voor wie het nooit goed genoeg was. Hij plande alles als een veldtocht. Controle, discipline en logisch denken, daarmee was hij opgeklommen in het leger. Dat heeft hij me ingeprent in de weinige jaren die ik met hem had voordat hij stierf, maar het verdwijnt allemaal meteen op de achtergrond nu ik ineens besef dat ik niet alleen van Yasmen hou, maar dat ik mijn hele leven van haar wil blijven houden.

'Trouw met me.'

Het is eruit voordat ik er erg in heb, zacht maar zeker. En ik weet het echt heel zeker. Een actuaris die tien risicoanalyses heeft gedaan zou niet zo zeker van zijn zaak zijn als ik nu ben. Yasmen en ik zijn voor elkaar gemaakt.

Ze laat haar pen vallen en kijkt me met open mond aan.

'Wa... wat?' zegt ze met bibberige adem en haar ogen worden zo groot als schoteltjes.

'Trouw met me.'

Het klinkt raar, want dit, dit hele gedoe, past totaal niet bij mij, maar ik kniel voor haar neer, terwijl mijn hart door mijn borst stuitert. Romantisch filmaanzoek, alles erop en eraan. Ik leg mijn handen om haar gezicht. De schuine jukbeenderen en de zachte rondingen passen perfect in mijn handpalmen.

'Ik hou van je, Yasmen.'

Ze knikt, totaal verbluft. 'Ik weet het. Ik... ik ook van jou, maar ik dacht dat we zouden wachten tot je afgestudeerd was.'

'Ik ben bijna klaar. Nog maar een semester. Jouw huurcontract loopt volgende maand af. Perfect moment om bij mij in te trekken.' Ik wijs met een zwierig gebaar naar het spaarzaam ingerichte, sjofele flatje. 'Wil je al deze luxe niet met me delen?'

Ze grinnikt en er komt een brede lach op haar mooie gezicht. De eerste keer dat ik haar zag moesten mijn vrienden lachen omdat ik midden in een of andere bullshitzin ophield met praten en alleen nog maar kon staren. Niks voor mij. Geen enkel meisje, hoe mooi ook, had me ooit zo'n instant beuk in mijn maag bezorgd als Yasmen. Ik wil haar gladde bruine huid, die heerlijke volle lippen en die dikke waaier van wimpers terugzien in mijn kinderen.

'Je bent gek,' fluistert ze.

'Ik weet zeker dat ik je wil.' Ik laat mijn vinger over de zijdezachte donkere boog van haar wenkbrauw glijden. 'Wil je mij ook hebben?'

En ik zie het. Ik zie de kalmte, de zekerheid, de liefde die haar twijfels smoren en alle eventuele aarzelingen de kop indrukken. Ze komt uit haar gammele stoel, gaat ook op haar knieën zitten en overdekt mijn gezicht met vederlichte kusjes. Ze dalen op mijn lippen en ogen neer als vlinders die wegfladderen voordat ik ze kan vangen. Ik wil haar gezicht weer vastpakken om het stil te houden, zodat ik haar terug kan kussen, maar mijn armen hangen slap langs mijn zijden, verlamd door het gewicht van wat er gebeurt. Dan pakt ze mijn handen vast en kijkt me recht aan. Er wellen tranen in haar ogen op, die over haar wangen rollen.

'Ja, Josiah Wade,' zegt ze ademloos. 'Ik wil met je trouwen.'

Mijn lichaam komt weer tot leven. Ik pak haar bij de welving van haar heupen, trek haar tegen me aan en druk mijn handen tegen haar warme, soepele rug. Ze is een en al compacte hitte en verleiding. Bij gebrek aan een ring bezegel ik onze belofte met een natte verstrengeling van tongen en tranen.

De kus is heet, zoet en onverzadigbaar. Dit, dít moet de smaak van eeuwige liefde zijn.

Ik weet het zeker.

1

YASMEN

In de achteruitkijkspiegel zie je zelden iets goeds.

Dat had ik inmiddels moeten weten, maar ik werp desondanks een snelle blik op de achterbank en zie mijn dochter de regels overtreden. Haar broertje in de passagiersstoel naast me is al net zo erg.

'Jongens, jullie weten best dat het geen schermtijd is.' Ik verdeel mijn aandacht tussen de snelweg en die twee. 'Telefoons weg, alsjeblieft.'

'Mam, serieus?' Mijn dochter Deja zucht met de loodzware ergernis die dertienjarigen eigen is. 'Ik kom net uit school en daarna heb ik ook nog dans gehad. Laat me effe.'

'Sorry, mam,' zegt Kassim en hij legt zijn telefoon op zijn schoot.

Deja slaakt nog een zucht, alsof ze niet goed weet wie ze irritanter vindt, mij omdat ik de regels opstel of haar broertje omdat die ze zo braaf opvolgt.

'Slijmbal,' bromt ze, nog steeds met haar blik op haar schermpje.

'Deja,' zeg ik. 'Als je je telefoon niet wegdoet, pak ik hem af.'

Haar ogen, donker met gouden spikkels, botsen met de mijne in de spiegel en dan bergt ze haar telefoon op. Het is net of ik mezelf aankijk. We lijken zo op elkaar. Huid zo glad en bruin als gepolijst walnotenhout. Haar haar, dat net als het mijne de neiging heeft om te kroezen en te krullen, krimpt altijd als er ook maar het minste beetje vocht in de lucht hangt. Zelfde koppige kin waar een enorme wilskracht achter zit.

'Ze is er net zo eentje als jij,' zei mijn moeder toen Deja als klein hummeltje in zeven sloten tegelijk liep, ondanks mijn waarschuwingen om voorzichtig te doen. Als ze overeind krabbelde om weer weg te rennen met verse schaafwonden en blauwe plekken. 'Je verdiende loon. Nu zie je wat ik allemaal met jou te stellen heb gehad.'

Ik dacht altijd dat het een zegen zou zijn, moeder en dochter als twee druppels water. En heel lang was dat ook zo... tot haar dertiende. God, ik haat die leeftijd. Ik lijk in haar ogen niets meer goed te kunnen doen.

'Dus, hoe was jullie dag?'

Ik stel die vraag omdat ik fatsoenlijk gebruik wil maken van alle tijd die we samen in de auto zitten. School is pas twee weken geleden weer begonnen en ik moet dit jaar starten volgens de plannen die ik heb gemaakt.

'Jamal had zijn hagedis mee naar school genomen,' zegt Kassim en hij kijkt me geamuseerd aan als ik even opzij kijk. 'En die is tijdens de les uit zijn rugzak gekropen.'

'O mijn god.' Ik moet lachen. 'Heeft hij hem wel weer te pakken gekregen?'

'Ja, maar het duurde iets van twintig minuten. Hij is supersnel. De hagedis, bedoel ik.' Kassim draait aan een knoop op het keurige witte overhemd van zijn schooluniform. 'Een paar meisjes gingen gillen. De juf ging op haar stoel staan alsof het een slang was of zo.'

'Ik zou misschien ook wel schrikken,' geef ik toe.

'Deze doet niks. Het was geen gilamonster of Mexicaanse korsthagedis,' zegt Kassim. 'Dat zijn twee giftige soorten die voorkomen in Noord-Amerika.'

Ik zie Deja naar haar broertjes achterhoofd staren alsof hij zojuist uit de TARDIS van Dr. Who is gestapt. Met Kassims constante stroom van feitjes en zijn fascinatie voor, nou ja, álles, lijkt het daar soms ook wel een beetje op.

'Altijd lachen met Jamal,' zeg ik grinnikend. 'En jij, Deja?'

'Huh?' vraagt ze. Het klinkt ongeïnteresseerd, alsof ze niet echt luistert.

Als ik weer in het spiegeltje kijk, zie ik alleen de zijkant van haar gezicht. Ze staart door haar raampje naar de snelweg. De avondspits maakt er in wezen een parkeerplaats van, met een hele vloot forenzen uit Atlanta die centimeter voor centimeter vooruit kruipen en de kleinste gaatjes opzoeken in een automobilistisch spelletje Tetris.

'Ik vroeg hoe je dag was,' probeer ik nog maar een keer.

'Wel oké,' zegt Deja, starend naar het verkeer achter haar raampje. 'Is pap in het restaurant?'

Meer contact zit er blijkbaar niet in.

'Eh, ja.' Ik trap op de rem als een Prius voor me langs glipt. 'Jullie kunnen daar eten en daarna brengt je vader jullie naar huis.'

'Waarom?' vraagt Kassim.

'Hoe bedoel je?' Ik wacht tot de Prius besluit wat hij wil.

'Ik bedoel: waar ga jij dan heen?' wil Kassim weten.

'Soledad is jarig,' zeg ik, terwijl ik behoedzaam van rijbaan wissel. 'We nemen haar mee uit eten. En denk erom dat jullie je huiswerk maken. Ik wil niet dat jullie achter komen te liggen.'

'Godsamme, mam,' verzucht Deja. 'De zomervakantie is nog maar net voorbij en jij loopt ons alweer op te jagen.'

Ik laat een scherpe blik van Kassim, die naast me zit, naar Deja op de achterbank gaan.

'Niet vloeken, Dé.'

Ze bromt iets onverstaanbaars.

'Wat zei je?' Ik werp haar een snelle blik toe via de achteruitkijkspiegel, terwijl ik mijn afslag neem. 'Heb je iets te zeggen?'

'Ik heb het al gezegd.' Haar opstandige, boze ogen kijken me nu recht aan.

'Ik kon je niet verstaan.'

'Is dat mijn probleem?'

'Zeker is dat jouw probleem Als je groot en stoer genoeg bent om iets te zeggen, zeg het dan zo hard dat ik het ook kan horen.'

'Mam, hou op.' Ze knijpt in de brug van haar neus. 'Waarom ben je zo... ugh.'

Daar heb ik duizend antwoorden op, maar die zouden de spanning tussen ons alleen maar verergeren. Als ik vroeger zo'n toon tegen mijn moeder had aangeslagen, had ze de auto aan de kant gezet om me een lel te verkopen. En ik hou zielsveel van mijn moeder, maar zo wil ik niet zijn. Ik haal diep adem om mezelf te kalmeren en probeer me alles te herinneren wat ik per se anders wilde doen met mijn kinderen, waarbij ik uitkom op iets tussen positief opvoeden... en mijn moeder.

Ik stop voor een rood licht, draai me om en zie Deja's harde blik. Het voelt altijd alsof ze een muur tussen ons optrekt en de ene na de andere baksteen opstapelt voordat ik haar kan bereiken. Ik mis het meisje dat zo dol was op onze kussengevechten, marshmallows roosteren bij een kampvuur in de achtertuin en samen nagellak uitproberen op zaterdagochtend. Hoort dit allemaal bij opgroeien of groeien we alleen maar uit elkaar? Of allebei?

'Je vader en ik verwachten dat je een beter voorbeeld voor je broertje bent,' zeg ik tegen haar.

'Papa is er niet meer zo vaak.' Ze draait haar hoofd opzij, wendt haar blik af en staart uit het raampje. 'Of wel soms?'

Ook al woont Josiah niet meer bij ons, zijn huis is maar twee straten verderop en ze zien hem elke dag. Toch trekt mijn hart samen van pijn en schuldgevoel, want hoe graag ik ook wil geloven dat het Deja's leeftijd is die de kloof tussen ons veroorzaakt, ik kan niet tegen mezelf liegen. De ellende is begonnen met de scheiding. Die ogen, die voor die tijd altijd bij het minste of geringste sprankelden van het lachen, lijken nu te oud voor de rest van haar gezicht, en niet alleen omdat ze weer een jaar hebben zien verstrijken, maar omdat ze de laatste jaren getuige zijn geweest van het uiteenvallen van haar ouders' huwelijk.

'Het is groen, mam,' zegt Kassim.

Voor er iemand kan gaan toeteren, trek ik op met de auto's om me heen en rijd langs het blauw-witte bord dat aankondigt dat we Skyland binnenrijden, een van de levendigste buurten van Atlanta. Mijn schouders ontspannen als we van de snelwegstress overschakelen op het kalmere tempo en het minder drukke verkeer in de smalle straten van Skyland. Deze buurt heeft de charme en knusheid van een kleinere gemeenschap, maar zit vlak tegen de explosieve energie en de eindeloze mogelijkheden van een wereldstad aan. We rijden door Main Street, omzoomd door ouderwets geplaveide voetgangersstraatjes, boetiekjes en gedekte tafeltjes op de stoepen voor de cafés. Na de rotonde bij de fontein in het midden van Sky Square rijd ik verder tot ons restaurant, Grits, in zicht komt.

Het centrum van Skyland is een perfecte mengeling van oud en nieuw. De afdeling ruimtelijke ordening heeft veel historische woonhuizen kunnen behouden door ze een zakelijke bestemming te geven. Ons soulfood-fusion-restaurant Grits is daar een lichtend voorbeeld van. Het victoriaanse pand met twee verdiepingen en een veranda die om het hele huis heen loopt stal mijn hart op het eerste gezicht. Het was nogal verwaarloosd, maar we hadden een banklening, meer ideeën dan we konden gebruiken en een dikke stapel familierecepten. Josiah was degene die bedrijfskunde had gestudeerd, maar ik kwam met het idee voor een trendy restaurant dat oude favorieten uit de zuidelijke staten in een nieuw jasje stak. Het duurde even voordat we 'trendy' werden. We waren heel lang een simpel familierestaurantje en onze hele operatie zat in een krap winkelpandje aan de zuidkant van Atlanta. Sindsdien is er zoveel veranderd, verloren en gewonnen.

Naast de twee mensjes in deze auto ben ik vooral trots op Grits. Dat is ook ons kindje. Zelfs toen het misging tussen Josiah en mij hadden we altijd nog onze drie lievelingetjes. Deja, Kassim en dit restaurant. Toen we beseften dat die drie het enige waren wat ons nog bij elkaar hield, wisten we dat het beter was om ons huwelijk te ontbinden dan door te gaan met wat ervan geworden was.

Nou ja, ik was degene die dat wist.

Als we bij Grits aankomen, parkeer ik op een priveparkeerplaats voor de deur en zet de motor af. Kassim doet het portier open en rent het trapje naar de ingang van Grits al op, zonder nog iets te zeggen. Deja stapt ook uit en doet het portier dicht. Ze is net een veulentje, met die dunne armen en giraffenbenen in haar geruite schooluniformrok en hoge roze Converse. Ze blijft even staan om iets te typen voor ze het restaurant in gaat, alweer helemaal verdiept in haar telefoon.

Ik heb het geduld niet eens meer om een preek te geven over schermtijd. Laat Josiah daar de komende uren maar mee worstelen. Ik haal mijn kledingtas uit de kofferbak, ga het trapje op en duw de zware voordeur met ons logo open. Zodra ik de drempel over ben, komt er een gevoel van trots over me dat net zo solide en echt is als de geur van gebakken kip en hartige groentegerechten die het smaakvol ingerichte restaurant vult. Het is volle bak vanavond, hoewel we de laatste tijd elke avond vol zitten. Wat een verschil met vorig jaar.

Aan de andere kant van de eetzaal zie ik Deja en Kassim staan met een man die ik niet herken. Hij is van middelbare leeftijd en gemiddelde grootte. Naast hem staat een kleine, tengere vrouw in een witte koksjas en een nauwsluitende broek. Vasthi Burns' reputatie en culinaire expertise hebben ons mede van de afgrond gered. Haar donkerbruine huid contrasteert prachtig met haar ultrakorte, donkerrode *natural hair*, dat haar hoge jukbeenderen alle gelegenheid geeft om te schitteren. Haar volle lippen wijken uiteen en tonen haar rechte, witte tanden in een glimlach die bedoeld is voor de lange man naast haar.

Josiah.

Mijn ex-echtgenoot is typisch zo'n man die meteen je aandacht trekt met zijn brede schouders en zijn doelgerichte passen, met lange benen die elke stap overbruggen alsof hij nodig ergens naartoe moet, maar zich niet laat opjagen. Ik werkte in een restaurant als gastvrouw toen we elkaar ontmoetten. Josiah, die met een groep vrienden op een tafeltje stond te wachten, verleidde mijn oren voordat ik hem überhaupt had gezien. Zijn gulle lach rolde door de ruimte als een zwart zijden lint, zodat iedereen opkeek. En ik ook. Niet dat hij de laatste jaren veel te lachen heeft gehad. Wij allemaal niet, trouwens. Maar nu staat hij te lachen met onze knappe nieuwe chef-kok.

Er komt een groepje lachende vrouwen door de voordeur, een geparfumeerd kliekje stilettohakken en strakke tricotjurken dat opdromt naar het gastvrouwentafeltje. Bij Grits is je spijkerbroek net zo welkom als je zondagse kleren. Of je meest uitdagende uitgaanstenue, in hun geval. Ik glimlach naar ze, terwijl de gastvrouw hun reservering checkt, en loop naar Josiah en de kinderen. Als ik bijna bij ze ben, kijkt Josiah op en voert zijn glimlach die manoeuvre uit waarin hij bevriest bij de aanblik van mij en dan totaal wegsterft tot een neutrale lijn. Het steekt een beetje dat het oude, vanzelfsprekende gemak tussen ons verdwenen is. Dat is een van de dingen die we nooit terug hebben gekregen na de pijnlijkste tijd van ons leven. Die soepele omgang ging samen met liefde, passie en partnerschap. Maar we zijn in elk geval nog steeds partners, al is het dan zakelijk en in de opvoeding van die twee kinderen van ons.

'Hé,' mompelt Josiah als ik me bij het groepje voeg. Zijn stem heeft dezelfde lage, diepe, vertrouwde klank als altijd. 'Ik had niet door dat jij er ook was. Dacht dat je ze hier had afgezet.'

'Eh, nee.' Ik geef een klopje op mijn kledingtas en schenk Vashti en de vreemde man een beleefde glimlach. 'Ik wil me nog even omkleden voordat ik ga.'

'Ik zal je even voorstellen,' zegt hij. 'Yasmen, dit is William Granders, restaurantcriticus bij de *Atlanta Journal-Constitution*. William, Yasmen Wade, mijn zakenpartner.'

Een restaurantcriticus. Dus daarom zit hij aan Soigné, de beste tafel van het huis.

'Aangenaam kennis te maken, meneer Granders,' zeg ik, en ik steek mijn hand uit. Hij schudt hem met een glimlach en neemt een slokje van zijn bordeaux.

'Goed om je hier weer te zien, Yasmen,' zegt Vashti. Haar stem is melodieus en aangenaam.

'Ook goed om jou weer te zien.'

Vashti werkt hier al iets van een jaar, maar we kennen elkaar niet zo goed. Ik werkte nog steeds niet toen Josiah haar aannam na een reeks mislukte vervangers nadat tante Byrd was overleden. Vashti heeft de culinaire opleiding en dat onnavolgbare 'iets' waarmee de meest getalenteerde koks volgens Byrd geboren worden. Ze heeft ons echt gered, maar om de een of andere reden zijn we nooit echt vrienden geworden. De klanten en het personeel zijn dol op haar. Mijn kinderen zijn dol op haar. Josiah... legt een van zijn grote handen op haar schouder. Het is een onschuldige aanraking. Platonisch. Maar iets eraan... zit me dwars.

'Kom op, jongens, aan tafel, dan kunnen jullie eten en aan je huiswerk beginnen,' zeg ik, en ik glimlach naar Granders. 'Smakelijk eten straks.'

'Dat zal wel lukken.' Hij werpt een bewonderende blik op Vashti. 'U hebt een zeldzaam juweel in handen. Ik heb niet meer zulke kip en dumplings gegeten sinds... nou ja, nog nooit eigenlijk.'

'We hebben heel veel geluk met haar,' beaam ik met een glimlach.

'Er is achterin een tafeltje vrij, bij de keuken,' zegt Josiah met een snelle kus op Deja's haar. 'Ik kom zo bij jullie. Kijk maar vast wat jullie willen.'

'Spareribs,' zegt Kassim meteen, en hij likt zijn lippen af.

'Jongen, jij wordt zelf nog een sparerib.' Vashti lacht. 'Je neemt altijd spareribs. Wanneer ga je mijn gepaneerde biefstuk proberen?'

'Volgende keer?' Kassim haalt zijn schouders op en glimlacht schaapachtig naar haar. Deja is misschien een mini-mij, maar Kassim is Josiah in miniatuur.

'Jongens, laten we gaan, zodat meneer Granders kan dooreten,' zeg ik, met een blik op de criticus. 'Het was leuk om u te ontmoeten.'

We lopen naar de tafel die Josiah heeft vrijgehouden en ik gris twee menukaarten mee, die ik aan de kinderen overhandig.

'Kijk maar even wat jullie willen,' zeg ik. 'Je vader komt zo de bestelling opnemen.'

'Ik barst van de honger.' Kassim klapt het menu open en neemt met grote ogen alle mogelijkheden in zich op.

'Eten. Naar huis. Huiswerk,' zeg ik nog maar een keer, terwijl ik van de een naar de ander kijk. 'In die volgorde. Oké?'

'Oké,' zegt Deja met haar gezicht achter het opengeslagen menu.

'Goed.' Ik verschuif de kledingtas op mijn schouder. 'Ik ga me omkleden.'

Ik loop langs de tafeltjes en glimlach naar een paar vaste klanten, maar ik blijf nergens staan. Mijn telefoon trilt in mijn handtas en ik weet dat het mijn vriendin Hendrix is, die zich afvraagt waar ik blijf. Ik wil naar mijn telefoon grijpen om te melden dat ik eraan kom, maar halverwege een stap haperen mijn voeten en ineens sta ik als verlamd in de lege gang. Voor ieder ander zou het gewoon een hardhouten vloer zijn met brede, gepolijste planken, maar voor mijn geestesoog verschijnt een oude vlek die zich uitspreidt onder mijn Nikes. En hoewel de vloer sindsdien allang schoon is geschrobd, zie ik nog steeds mijn verdriet in de nerven van dat hout zitten. Maandenlang kon ik het restaurant niet binnenlopen zonder het benauwd te krijgen en draaierig te worden van ellende. Mijn pijn zat in deze muren gestuct. Mijn demonen en mijn rouw verzamelden zich rond de tafeltjes. Ik krijg een angstige knoop in mijn maag en de paniek vliegt me zo naar de keel dat ik nauwelijks lucht krijg, maar ik doe wat mijn therapeut me heeft geleerd.

Diep inademen, langzaam uitademen.

Diep inademen, langzaam uitademen.

Eerst krijg ik maar een beetje lucht binnen en mijn hoofd begint te tollen, maar elke ademhaling wordt dieper en langer, en brengt een levensreddende kalmte naar mijn tintelende ledematen. Ik herhaal de cyclus een paar keer, tot mijn hartslag vertraagt en de wurggreep om mijn keel verslapt. Ik heb al heel wat demonen uitgedreven. Niet allemaal, maar genoeg om in elk geval Grits binnen te kunnen lopen zonder meteen weer naar buiten te rennen. Ik ben er klaar voor om de ruimte terug te winnen die verlies en botte pech me bijna hebben ontnomen.

Als ik mijn ogen weer opendoe, zie ik gewoon een glimmend gepolijste vloer. Er is een tijd geweest waarin ik nu regelrecht de afgrond in gevallen zou zijn, stikkend in mijn paniek, en me door mijn demonen zou hebben laten wegjagen uit dit pand dat me zo lief is. Er komt een heel klein glimlachje om mijn mond en ik zet een stap, en dan nog een.

Zo voelt het dus om beter te worden.

Op weg naar het kantoortje passeer ik de rumoerige keuken. Het gekletter van pannen, de overheerlijke geuren, het rauwe gelach en de luide stemmen komen uit de ruimte die altijd Byrds domein was. Ik zwaai even naar de keukenploeg terwijl ik naar het kantoortje loop.

Het woord 'privé' is discreet ingegraveerd in het gouden bordje op de deur. Ik ga naar binnen en doe de deur achter me dicht. Josiah is een man van orde en discipline, en het kantoortje weerspiegelt dat. Toen we deze ruimte deelden, was het hier nooit zo netjes. Mijn kant van onze slaapkamer zag er ook altijd uit als een natuurramp, terwijl zijn kant eruitzag als... nou ja, als hier. Ik ben langzaamaan weer aan het werk gegaan in het restaurant, maar ik heb het kantoortje nog niet gebruikt. En dat is te zien.

Het bureau is leeg, afgezien van wat papieren op nette stapeltjes, keurig uitgelijnd met de tafelrand. Geen stofje zou het wagen om op een van de glimmende oppervlakken neer te dalen. Josiah zou zijn haren uit zijn hoofd trekken als hij onze slaapkamer nu zag. Ik ben niet zo iemand die elke ochtend het bed opmaakt. Ik bedoel, er komt daar de hele dag niemand en ik stap er 's avonds toch meteen weer in. Ik vind het wel fijn als mijn bed me rommelig en wel opwacht, precies zoals ik er die ochtend uit ben gestapt. Maar Josiah? Lakens zo strak als een blikje sardines, hoeken zo scherp als een Zwitsers zakmes. Hij is zo iemand die daadwerkelijk weet hoe je een hoeslaken tot een keurig vierkantje moet opvouwen.

Totale mafkees.

Ik loop de privé-wc in, doe de deur dicht en plof neer op het deksel van het toilet.

En ik blijf even zitten.

Het leven komt zo snel op ons af. Verantwoordelijkheden, kinderen, kansen – het vliegt ons als kogels om de oren. Met alles wat er op mij af is gekomen, heb ik geleerd om nu en dan even stil te staan om mezelf te controleren op builen en schrammen. Ik ben al eerder zwaargewond door blijven hollen, met rampzalige gevolgen. Nu neem ik altijd een minuutje de tijd om te kijken of ik wel helemaal oké ben. Soms moet ik gewoon even op de plee zitten om wat adem te hamsteren en gewoon te overleven. Een paar ogenblikken maar, beschermd door dunne muren en een dichte deur.

Na een paar weldadige tellen stilte sta ik op om de dag van me af te smijten, samen met mijn spijkerbroek en T-shirt. Ik doorzoek het kastje onder de wastafel en bid dat ik de nooddeodorant die ik hier ooit bewaarde kan vinden.

Yes!

Met een paar swingende heupbewegingen breng ik de deo aan. Mijn gezicht is kaal, dus ik haal mijn etuitje met snelle make-up voor noodgevallen tevoorschijn om op zijn minst wat foundation, kleur en wimpers op te doen. Ik heb vanochtend mijn haar gewassen en de *leave-in* conditioner temt mijn natural hair nog steeds in een overwegend krullerig, net niet kroezend afro-aureool.

Ik ben misschien wat laks met mijn haar en make-up, maar mijn jurk is in elk geval elegant, met een vleugje sexappeal. Roze hibiscusbloemen botten uit op de smaragdgroene rok en het bovenstuk ondersteunt en omhelst mijn borsten als een minnaar. Niet dat ik sinds mijn scheiding zoiets als een minnaar heb gehad. Ik hef mijn armen op en tuur in de spiegel.

'Kun je zien dat ik niets geschoren heb?' vraag ik de vrouw die terugkijkt. Glinsterende ogen. Indrukwekkende krullen. Die matroze lippenstift is helemaal goed. Wenkbrauwen tamelijk perfect. En yoga heeft haar lichaam goedgedaan. Ik krijg nooit meer dezelfde maat als voordat ik kinderen kreeg, maar dat vind ik helemaal niet erg. Mijn gezondheid is geen cijfer op de weegschaal of etiketje in mijn spijkerbroek. Ik heb een goed gevoel over mijn lichaam, omdat het me door dit leven sleept. Ik wil zo lang mogelijk op aarde blijven om mijn kinderen groot te zien worden, dus zorg ik er goed voor. Ik kan me niet herinneren wanneer ik me voor het laatst zo voelde. Ik voel me...

'Mezelf.' Ik schenk de vrouw in de spiegel een brede glimlach. 'Ik voel me mezelf.'

Mijn handtas trilt.

'Verdomme.' Ik grijp naar mijn telefoon, en jawel. 'Hendrix, hé.'

'Waar blijf je?' De hese stem van mijn vriendin klinkt scherp, maar dat is altijd zo. Met haar snelle baan en nog snellere leven klinkt ze meestal alsof ze iedereen die ze spreekt elk moment naar de keel kan vliegen.

'Ik ga nu weg uit Grits. Als ik de rits van mijn jurk tenminste dicht krijg.' Ik klem de telefoon tussen mijn oor en mijn schouder en rek me uit om bij mijn rug te komen. 'Ben je al in Sky-Hi?'

'Ja. Ik kom net binnen.'

'Ik ben vlakbij. Ik ben er over minder dan tien minuten.'

'Oké. Tot zo.'

Ik richt mijn aandacht weer op de rits, die koppig halverwege mijn rug blijft steken.

Laat maar.

Ik vraag de gastvrouw wel om hulp met dat onding. Ik pak mijn spullen en loop de wc uit, maar net op dat moment gaat de deur naar de gang open en komt Josiah binnen. Hij laat een snelle blik over me heen gaan, van mijn krullen tot mijn open schoenen.

'Sorry. Ik wist niet dat je hier was.' Hij beent naar het bureau, doet een lade open en haalt een stapeltje visitekaartjes tevoorschijn. 'Granders wilde ons kaartje.'

'Zijn er nog steeds mensen die die dingen gebruiken?'

Zijn sterke schouders komen een stukje omhoog in zijn goed zittende maatpak.

'Hij wel, blijkbaar. En ik ben desnoods bereid om mijn naam in een steentablet te hakken als hij een positieve recensie schrijft, want die kunnen we goed gebruiken.'

'Gaat het...'

Ik aarzel, omdat ik niet zeker weet waar mijn vraag naartoe gaat. Josiah heeft me nooit onder druk gezet toen ik mezelf niet uit dat zwarte gat kon sleuren, toen het al een opgave was om mijn ogen open te doen en adem te halen. Hij schermde me af van de zware tijden die het restaurant op financieel gebied doormaakte. We dachten dat we alle tijd hadden om erin te komen, ons te vestigen, te groeien. Maar toen verloren we Byrdie, onze absolute spil, midden in de grootste transitie die ons zaakje ooit had doorgemaakt. Toen mijn mist op begon te trekken besefte ik pas dat we ons restaurant bijna kwijt waren geweest. Dat we alles bijna kwijt waren geweest.

'Jos, zitten we weer in de problemen? Ik kan...'

'Alles gaat prima.' Zijn harde, knappe trekken worden zachter. 'Echt, we hebben nog nooit zo goed gedraaid als nu.'

'Als ik hier meer moet doen, kan ik wel wat tijd vrijmaken.'

'Jij bent waar we je het meeste nodig hebben.' Het klinkt zacht maar zeker. Zijn donkere ogen staan rustig. 'De wetenschap dat jij je op de kinderen richt, hun school, de oudercommissie en hun cijfers, geeft mij de ruimte om me hierop te concentreren en te zorgen dat alles goed gaat. Dat alles ook goed blijft gaan.'

De kinderen hebben allebei wel geworsteld na de scheiding. Vooral Deja werd steeds opstandiger en haar cijfers gingen achteruit. Toen Josiah na de dood van Byrd zoveel op zich nam in het restaurant was de afspraak dat ik me meer op thuis zou richten om ze zo veel mogelijk stabiliteit te bieden.

'Oké, maar laat het weten als dat verandert,' zeg ik, en ik pers zo veel mogelijk lichtheid in mijn stem, en in de kamer. 'Team Wade, weet je nog?'

Dat was altijd onze strijdkreet bij tegenslagen. Wat er ook

moest gebeuren, we zetten samen de schouders eronder. Er trilt een spiertje in zijn kaak en hij wendt zijn blik af van mijn ogen naar een vaag punt ergens boven mijn schouder. Misschien kijkt hij naar het verleden en herleeft hij de ophef van de laatste jaren, zoals ik zelf ook vaker doe dan me lief is. Het blijft zo lang stil dat het benauwend wordt en mijn adem begint weer te stokken.

'Laat het maar weten als je die ondankbare dochter van je een keer naar dansles wilt brengen,' zeg ik met een scheef lachje, om de zwaarte in de kamer een beetje te verdrijven. 'We kunnen altijd een keer ruilen.'

Hij richt zijn ogen weer op mij en de verre blik in zijn ogen verdwijnt. 'Ik ga nog liever dag en nacht werken. Dat mag jij allemaal hebben.'

Zijn volle lippen vormen een klein lachje en ik merk dat ik automatisch terug glimlach. Josiahs gezicht is zo interessant dat knap een veel te alledaags woord is, maar hij ziet er onmiskenbaar goed uit. Zo goed dat je midden in een zin de draad kunt kwijtraken en alleen nog maar op je lip kunt bijten. Prachtige donkere huid die glanzend straktrekt over hoge jukbeenderen die een beeldhouwer niet had kunnen verbeteren. Zo beheerst als hij is, op het ernstige af, heeft hij tegelijk iets onbegrensds. Als ik zo tegenover hem sta, wervelt die energie om ons heen in het kantoortje, als een amalgaam van ambitie, durf en zelfverzekerdheid. Alsof je in een fles zit met een tyfoon.

Zijn wenkbrauwen gaan vragend omhoog. Ik sta hem blijkbaar aan te staren.

'O ja.' Ik draai mijn rug naar hem toe, niet alleen om mijn kalmte te hervinden, maar ook om mijn jurk dicht te krijgen. 'Mijn rits zit vast. Kun je even helpen?'

Hij geeft geen antwoord en zijn tred is zo stil dat ik hem nauwelijks aan hoor komen, zodat ik schrik van de warmte van zijn lichaam, zo dicht bij mijn halfblote rug. Zijn knokkels scheren langs mijn ruggengraat als hij aan de rits trekt. Eerst geeft die niet mee, dus hij moet harder trekken. Alleen al die zweem van een aanraking herinnert mijn huid aan het fenomeen kippenvel.

Ik kijk over mijn schouder naar hem op en mijn adem stokt als onze blikken elkaar kruisen. De lucht om ons heen knettert er bijna van, geladen met een vertrouwde spanning die ik totaal was vergeten.

Hij schraapt zijn keel en trekt de rits omhoog. 'Klaar.'

Ik draai me naar hem om en schrik er bijna van hoe dichtbij hij staat. Ik ben op blote voeten en mijn hele blikveld wordt ingenomen door de brede borst en schouders van de man voor me. We zijn bijna nooit meer met zijn tweeën. We leiden aparte levens die elkaar alleen kruisen bij onze kinderen en onze zaak. Kassim en Deja zijn er meestal bij, of personeel, vrienden, trainers, leraren. Het is zelden alleen ons twee. Vroeger kenden we elkaar beter dan wie dan ook. Nu weet ik niet eens wat voor series hij kijkt in de weinige vrije tijd dat hij niet hier is, of überhaupt wat hij doet.

'Heb je *Ozark* gezien?' vraag ik.

De dikke lijn van zijn wenkbrauwen zakt omlaag. 'Nah. Aanrader?'

'Het is een van de beste series die ik in eeuwen heb gezien. Het acteerwerk, de regie. En fantastisch geschreven.'

Ik sta te bazelen. Ik wil een sok in mijn mond proppen om mezelf het zwijgen op te leggen.

'Ik, eh, zal eens kijken of het wat is.' Hij werpt een blik op de deur. 'Ik moet terug naar Granders.'

'Ja.' Ik doe een greep onder in mijn kledingtas om mijn groene pumps te pakken en buk me om ze aan te trekken. 'Ik moet ook gaan.'

Hij neemt me zorgvuldig op, van top tot teen. 'Je ziet er… goed uit.'

'Goed?' Ik pak de kledingtas op, waar mijn andere kleren nu in zitten, en ren naar de deur, waar ik grijnzend achteromkijk. 'Pfftt. Ik zie er gewéldig uit.'

Hij schudt zijn hoofd en laat zich een klein lachje ontglippen. 'Je ziet er geweldig uit. Veel plezier.'

'Ik probeer het niet te laat te maken. En laat de kids niet de hele avond opblijven, Jos. Ze hebben morgen school.'

'Alsof ik de pretouder van ons twee ben.'

Hij weet net zo goed als ik dat hij dat wel degelijk is, dus ik blijf hem alleen aankijken tot zijn glimlach zich uitbreidt tot die schrikbarend stralende lach die je de adem beneemt als je niet oppast.

'Ga lekker uit,' zegt hij. 'Ik zie je bij jou thuis.'

Bij jou thuis.

Niet gewoon 'thuis'. In het droomhuis dat ons jaren werken en fantaseren heeft gekost. Nu is het alleen nog het huis waar de kinderen en ik wonen. Josiah woont in dezelfde buurt, twee straten verderop. Ik weet niet goed waarom mijn gedachten vanavond telkens naar het verleden trekken, terwijl mijn spiegelbeeld, mijn houding en eigenlijk alles een en al 'toekomst' uitstralen.

Schud het van je af, zeg ik bij mezelf als ik in de auto stap en de parkeerplaats van Grits verlaat. Tijd om te feesten.

2

YASMEN

'Soledad is de jarige,' bromt Hendrix boven haar Moscow Mule. 'Je zou denken dat ze blij zou zijn met wat volwassen gezelschap, maar ze is mooi te laat.'

'Ze is onderweg.' Ik herlees Soledads appje. 'Twintig minuten geleden vertrokken. Ze zei dat Lupes cheerleadingtraining uitliep, Inez zit met een natuurkundewerkstuk en Lottie had dans.'

Ik kijk Hendrix aan over de rand van mijn glas. Haar gezicht is net zo stoer als haar naam, geaccentueerd door schuine jukbeenderen en een kloeke neus, met neusgaten die altijd wijd open staan om avontuur en bullshit op te sporen. Haar donkere, gewelfde wenkbrauwen trekken zich net zo makkelijk samen in een frons als haar brede mond zich uitrekt in een glimlach. Ze is zo iemand die alles voor elkaar krijgt en ze is net zo gedreven om mensen te helpen als om te slagen in het leven. Mensen helpen is minstens voor een deel haar idee van slagen in het leven.

'Hoe gaat het met je huisvrouwen?' vraag ik, en ik neem een slokje van mijn French 75. De gin en de smaakexplosie halen de scherpe kantjes van mijn zenuwen.

'Heel wat mee te stellen. De producer had het gore lef om me te bellen met het verzoek of ik mijn cliënten een beetje kan intomen. Doe het lekker zelf, lul. Mijn taak was ze leveren. Jouw taak is zorgen dat ze mekaar de hersens niet inslaan voor het einde van het seizoen.'

'Hoe meer drama, hoe beter de kijkcijfers, toch? Dus wat is haar probleem?'

'Nou, je hebt drama en je hebt...' Hendrix trekt veelzeggend haar wenkbrauwen op. 'Hún shit. Vechten, uitgerukte hairextensions, lekgestoken banden.'

'Klinkt als de middelbare school.'

'Of een kindercrèche, en ik heb communicatie gestudeerd, geen kinderopvang. Hoewel mijn werk de helft van de tijd wel zo voelt.'

Ze richt een glimlach over mijn schouder. 'Over kindjes gesproken, daar komt übermama.'

Ik kijk om en zie Soledad de trap naar het dakterras van Sky-Hi op komen. Met de gewoonlijke, ietwat gestreste blik in haar ogen, maar nu in combinatie met een retestrak rood jurkje dat zichtbaar alle remmen wil losgooien voor haar verjaardag. Haar donkere ogen turen door het publiek tot ze ons ziet. Er komt een verblindende glimlach op haar mooie gezicht. Ze is klein, met stevige rondingen en springerige zwarte krullen die om haar schouders dansen als de belichaming van alle energie die in dat kleine vrouwtje zit. Ze zwaait en loopt snel op ons tafeltje af.

'Sorry dat ik zo laat ben.' Ze ploft neer in de lege stoel, grist mijn glas uit mijn hand en neemt een flinke slok.

'En dat voor je eigen verjaardagsfeestje,' zegt Hendrix streng. 'Maar oké, blij dat je er bent. Had ook anders gekund. Moest je Edward aan de koelkast vastketenen om hem een avondje op de meiden te laten passen?'

Soledads man staat erom bekend dat hij de laatste tijd bij zowat alles verstek laat gaan. Er kruipt wat roze in het goudbruin op haar wangen. 'Hij, eh, moest onverwacht overwerken en...'

'Maar wie is er dan bij de kinderen?' onderbreek ik haar.

'Ik heb de dochter van mevrouw Lassiter gebeld.' Soledad kijkt strak naar de menukaart om de irritatie te ontwijken die ongetwijfeld van Hendrix' en mijn gezicht af te lezen is. 'Die middelbare scholiere die om de hoek woont. Lottie en Inez zijn gek op haar. Lupe is ook wel oud genoeg om op te passen, maar haar cheerleaderstraining liep uit, dus...' Ze haalt sereen haar schouders op.

'Eén avondje,' bromt Hendrix. 'Kan hij je niet één avondje gunnen?'

Ik werp Hendrix een strenge blik toe om haar het zwijgen op te leggen, maar ze is er niet echt het type voor om haar woorden in te slikken.

'Kom op nou.' Soledad laat de menukaart op tafel vallen en doet niet eens meer alsof die haar daadwerkelijk interesseert. 'Kunnen we vanavond niet gewoon een beetje lol hebben zonder over Edward te beginnen? Hij zit midden in een enorm project op zijn werk. Het is gewoon heel druk en hij doet zijn best.'

Ik durf te wedden dat ze het zelf niet eens gelooft, maar ik wil niet moeilijk doen en ik wil haar verjaardag niet nog meer verpesten dan die onattente spermadonor van haar al heeft gedaan.

'Je hebt gelijk!' Ik zet mijn lege glas met een klap op tafel en wenk de serveerster. 'Laten we het op een zuipen zetten alsof we morgenvroeg niet voor klassenouder hoeven te spelen.'

'Een van ons hóéft morgenvroeg ook lekker niet voor klassenouder te spelen,' zegt Hendrix met een schor, tevreden lachje. 'En ik woon letterlijk om de hoek. Ik ben lopend, dus ik drink wel voor drie.'

Soledad en ik zijn wel met de auto, al hoeven we niet ver, dus we kunnen niet veel drinken, maar een avond zuipen klinkt wel geweldig. Ons drietal bestaat uit totaal verschillende onderdelen die op de een of andere manier heel goed samengaan. Hendrix, een happy single zonder kinderen, is totaal gefocust op haar carrière en haar zieke moeder in Charlotte. Ze verdeelt haar tijd tussen daar en Atlanta. Soledad heeft geen baan, maar bestiert haar huishouden als een koninkrijk en verbluft eenieder met een niveau van organisatie en huiselijke perfectie dat niet voor eenvoudige stervelingen weggelegd lijkt te zijn. Ze is een vleugje Joanna Gaines, een snufje Marie Kondo en een flinke schep Tabitha Brown, geserveerd aan een eikenhouten tafel op het mooiste servies.

En dan heb je mij nog.

Op het oog helemaal de huisvrouw uit de buitenwijk, hoewel ik niemands vrouw meer ben en een succesvol bedrijf run met de man die ik vroeger als mijn grote liefde voor altijd zag.

'Hoe is het met jouw kids, Yasmen?' vraagt Soledad, en ze neemt een slokje van de cosmopolitan die de serveerster zojuist heeft gebracht. 'Deja en Kassim onderdak voor vanavond?'

'Helemaal prima. Ze eten bij Grits. Daarna brengt Josiah ze naar huis zodat ze hun huiswerk kunnen doen.'

'Jullie twee managen je...' Soledad knijpt een oog dicht en vertrekt haar mond, duidelijk op zoek naar het juiste woord. '... dynamiek zo goed.'

'"Dynamiek"?' Hendrix werpt me een van haar onbetaalbare blikken toe, eentje die ik sluw-sletterig ben gaan noemen. 'Noem je dat zo als een ex die er zo achterlijk goed uitziet als de jouwe 24/7 beschikbaar is zonder dat je boven op hem springt?'

Er was een tijd waarin ik me in mijn drankje zou verslikken door Hendrix' brutale uitspraken, maar ik ben eraan gewend geraakt. Ze kan me al maanden niet meer schokken.

'Dat heet co-ouderschap,' zeg ik. 'En samen een bedrijf runnen. Als we dat allebei een beetje goed willen doen, is het beter om het simpel en platonisch te houden.'

'Heb je zo nu en dan geen zin om je tanden in dat lekkere ding te zetten?' vraagt Hendrix met een veelbetekenende glimlach om haar volle lippen. 'Josiah ziet er...'

'... achterlijk goed uit.' Ik glimlach naar de serveerster die eraan komt met ons eten. 'Ik weet het. Ik ben met hem getrouwd geweest, weet je nog?'

'Ik durf te wedden dat hij er wat van kan,' zegt Hendrix. 'Je hoeft maar naar hem te kijken om te weten dat hij goed in bed is.'

'Oké. Klaar.' Ik probeer me er met een lach van af te maken, maar ik wil helemaal niet over ons voormalige seksleven praten. 'Niet creepy doen over mijn ex a.u.b.'

'Ik bedoel er verder niks mee.' Hendrix heft haar handen op. 'Ik kom in vrede, met niets dan pure bewondering voor een man in de kracht van zijn leven en een krachtig stuk manbeleving. Ik zeg alleen dat je in bed waarschijnlijk weinig tekort bent gekomen in dat huwelijk. Ja toch?'

Ja, inderdaad, maar dat was op het laatst wel het laatste waar ik aan dacht. Onze ruzies en onze rouw doofden de passie die we altijd voor lief hadden genomen. In die laatste paar maanden sliepen we zelfs nog maar zelden in dezelfde kamer. Mijn bed is al heel lang koud en leeg.

'Ik weet natuurlijk niet alles wat er tussen jullie is gebeurd,' zegt Hendrix, 'maar zo'n man zou ik wel missen.'

'Je zegt het zelf al,' zeg ik, starend in mijn glas. 'Je weet niet alles wat er is gebeurd.'

Ze hebben Josiah en mij nooit als stel gekend, als het koppel waar iedereen jaloers op was. In mijn duistere periode heb ik het contact met bijna al mijn goede vriendinnen verloren. Dat lag niet aan hen. Ik heb ze zelf buitengesloten. Ik heb Hendrix en Soledad leren kennen door de yogalessen die mijn therapeut me aanraadde toen ik in een diep dal zat, om mijn angsten wat aan te pakken en mijn stemming te verbeteren. Soledad woont een paar straten verderop, dus ik kende haar wel van gezicht, maar pas bij yoga leerden we elkaar echt kennen. We verscholen ons met zijn drieën op de achterste rij om te kijken hoe de anderen hun hond-, kat- en cobrahoudingen aannamen, terwijl wij de grootste moeite hadden om ons ongetrainde lijf in de meest basale posities te dwingen. Misschien kwam het doordat ik zoveel behoefte had aan menselijk contact, wat voor hen ook leek te gelden, maar we raakten al snel bevriend. Ze kijken niet naar me met dat voorzichtige medeleven dat ik zie bij iedereen die me kende voordat het misging.

'Ik weet dat jullie van alles tegelijk voor je kiezen hebben gehad,' zegt Soledad.

'Ja, we, eh... Het was niet niks.' Ik neem een grote slok om mezelf wat moed in te drinken. 'Jullie weten dat Josiahs tante Byrd is overleden toen we net open waren gegaan in Skyland.'

Ik druk de emotie die door het oppervlak probeert te breken

weg en dwing mezelf om verder te vertellen. 'Dat was een ramp voor de zaak. In die toestand konden we het niet bolwerken in Skyland. Niet met de kwaliteit van de andere restaurants hier. Misschien hadden we het beter gedaan als we waren gebleven waar we waren. Als we waren gebleven *wíé* we waren.'

Maar Josiah had het altijd voor zich gezien om het restaurant uit te bouwen tot een trendy tent. En dat had ook prima kunnen lukken als alles niet aan alle kanten in de soep was gelopen.

'Je praat er niet zo vaak over. Over de scheiding, bedoel ik,' zegt Soledad. 'Hebben jullie relatietherapie geprobeerd?'

'Josiah is allergisch voor therapie,' zeg ik met een wrang lachje. 'Daar doet hij niet aan. Ik wilde wel, maar...'

'In de kerk waar ik ben opgegroeid,' zegt Hendrix, 'zeiden ze altijd dat geen probleem zo groot is dat God het niet kan fiksen. Wat kan een therapeut wat God niet kan? Die manier van denken heeft een hoop mensen ervan weerhouden om hulp te zoeken.'

'Josiahs redenen hadden niets met het geloof te maken,' zeg ik met een scheef lachje. 'Hij vindt het gewoon totale bullshit. Deja en Kassim hebben op school wel wat gesprekken met een rouwtherapeut gehad en ze zijn er best goed doorheen gekomen, op een paar zware momenten na. Maar relatietherapie? Josiah dacht niet dat het zou helpen en ik uiteindelijk ook niet meer.'

Het was zo erg geworden dat ik het gevoel kreeg dat ik stikte in dat huis, in dat huwelijk, en dat ik eruit moest. Het voelde elke ochtend alsof de hele wereld op mijn borst drukte en uit bed komen was al bijna te veel voor me.

En alles deed pijn.

Dat is het onderdeel van depressie waar niemand bij stilstaat, dat het bij vlagen fysiek pijn doet. Mijn psycholoog hielp me begrijpen dat de rugpijn en de hoofdpijn die ik kreeg hoogstwaarschijnlijk samenhingen met stress en dat stresshormonen als cortisol en noradrenaline bijdroegen aan mijn apathie en uitputting. Wat mijn depressie versterkte. Het was een vicieuze cirkel waarin ik naar mijn leven opkeek vanaf de bodem van een diepe put met glibberige wanden, zodat ik geen uitweg meer zag.

En alles deed pijn, ook mijn samenzijn met de man van wie ik meer hield dan van wat dan ook. Na zo'n liefde maakte de pijn die we elkaar deden ons kapot.

Ik heb een kleine bubbel voor mijn vriendinnen en mij geschapen die mijn kwetsbare plezier beschermt en de ellende uit het verleden op een afstandje houdt. Ik weet dat ik Hendrix en Soledad op een gegeven moment het hele verhaal moet vertellen. Als therapie me iets heeft geleerd, is het dat vluchten voor je pijn neerkomt op rondjes rennen. Je wordt er doodmoe van, zonder ooit ergens te komen. Ik moet ophouden met vluchten en met ze delen hoe het leven een wereld die zo goed in elkaar zat op alle mogelijke manieren uit elkaar heeft laten klappen. Nu deel ik telkens maar een klein beetje en voor vanavond is het weer genoeg geweest.

Ik schraap mijn keel en pers er een lach uit. 'Is dit een feestje of wat? Laten we gaan eten voordat Sol weer een jaar ouder is.'

De avond wordt precies wat ik nodig had en hopelijk ook wat Soledad verdient. Ze is de meest hardwerkende vrouw die ik ken en ze beschouwt het als haar grootste missie om drie prachtige mensjes op te voeden tot zelfverzekerde vrouwen die de wereld gaan verbeteren. Er zijn mensen die daar wat van vinden en zouden zeggen dat iemand die zo slim is als Soledad zoveel meer kan doen. Zelf zie ik vooral de kracht van eigen keuzes maken.

'Oké, gaan we los of niet?' vraagt Hendrix hoopvol zodra we hebben afgerekend. 'Ik heb een pak briefjes van één in mijn Louis dat erom schreeuwt om uitgegeven te worden. Stripclub?'

Het antwoord staat met vette letters in Soledads ogen geschreven en tekent zich af in het quasizielige mondje dat ze trekt. 'Ander keertje? Ik ben morgenochtend echt klassenouder en ik moet naar huis om Inez' werkstuk na te kijken. Ik durf te wedden dat ik haar nog moet helpen, want Edward...'

Edward die zou helpen met een werkstuk is net zoiets onwaarschijnlijks als een optreden van Garth Brooks in het Apollo.

'Nou ja, Edward heeft een zware dag gehad,' zegt Soledad met een glimlach die net zo echt is als mijn wimpers. 'En daarom heeft hij misschien het een en ander over het hoofd gezien.'

'Hmmmmm,' bromt Hendrix.

Ze zou serieus patent moeten aanvragen op die *hmmmmm* van haar. Het is het meest welsprekende non-woord dat ik ken.

'Oké, ik moet mijn huisvrouwen morgen van aandacht en proviand voorzien,' zegt Hendrix met een zucht. 'De producers willen me op de set hebben om te zorgen dat er geen bilimplantaten geschaad worden bij het draaien van de volgende aflevering.'

We moeten alle drie lachen en ik geniet van de simpele ongedwongenheid van een authentieke vriendschap die ik nooit had verwacht, en van de avondbries op mijn gezicht. Georgia klampt zich zo lang mogelijk aan de zomer vast. De felgroene augustusblaadjes hangen nog aan de bomen langs de straten van Skyland, maar het zal niet lang meer duren voordat ze in alle kleuren van de takken worden geblazen als confetti. Nog een paar weken en ze liggen als een tapijt op de straatkeien.

Ik vis mijn sleutels uit mijn handtas en klik mijn auto van het slot als we de parkeerplaats op lopen.

'Gefeliciteerd, lieverd,' zeg ik, terwijl ik mijn armen naar Soledad uitstrek.

Hendrix slaat haar armen om ons beiden heen en ons kleine triumviraat kruipt dicht tegen elkaar aan. Onze parfums en onze essentie vermengen zich onder de warme gloed van de gaslantaarns die hier nog steeds staan.

'Ik hou zo van jullie,' fluistert Soledad met glinsterende ogen. 'Ik zou niet weten met wie ik mijn verjaardag liever had willen vieren dan met jullie. Bedankt dat jullie er iets speciaals van gemaakt hebben.'

'Ik hou ook van jullie, hoe gestoord jullie ook zijn,' grapt Hendrix, en ze drukt ons nog eens stevig tegen zich aan voordat ze ons loslaat. 'Maar volgend jaar gaan we echt naar een stripclub, hoor. Dit is Atlanta, ja? Hoe kun je níét naar een stripclub gaan?'

'Ik ben voor.' Ik grijns.

'Yesss!' Hendrix geeft me een high five.

'Volgend jaar misschien,' zegt Soledads mond, maar de blik vol afgrijzen die ze mij toewerpt zegt: ammenooitniet!

Ik stap in mijn auto en grinnik bij het beeld van de bezadigde Soledad en waaghals Hendrix die met bankbiljetten strooien in Magic City. Met mij ertussenin, genietend van de show op de bühne en die daarvoor.

'Jullie komen morgen nog wel naar de foodtruck-vrijdag, toch?' vraag ik door mijn omlaag gedraaide raampje.

'Zekers te weten,' zegt Hendrix. 'Tegen die tijd ben ik wel klaar op de set.'

'Kan niet wachten.' Soledad doet het portier open en klimt in haar Suburban. Ze ziet er zo klein uit achter het stuur van die enorme bak, maar met drie dochters en hun meute vriendinnen kun je nooit genoeg autostoelen hebben. 'Tot dan.'

De rit naar huis is kort, nauwelijks lang genoeg om stil te staan bij de gebeurtenissen van de dag. Een jaar geleden had ik me niet kunnen voorstellen dat ik me zo zou voelen. Dat ik me zo góéd zou voelen. Een avondje uit met nieuwe hartsvriendinnen. Onze zaak die zo kortgeleden nog op instorten stond weer helemaal op poten, florerend, een groot succes.

En dan Josiah nog.

Er gaat een rilling over mijn ruggengraat bij de herinnering aan zijn vingers die over mijn blote huid schampten toen hij mijn rits dichttrok. Het bracht delen van mij tot leven die heel lang vergeten en verwaarloosd zijn. Waarschijnlijk zal ik me altijd tot hem aangetrokken voelen. Zoals ik tegen Hendrix zei, ziet hij er inderdaad achterlijk goed uit, maar ik kan de natuurlijke reactie van mijn lichaam op een knappe vent met wie ik een ingewikkeld verleden heb – en kinderen! – niet tot het idee laten leiden dat het anders had kunnen lopen.

We waren goed samen. Heel goed zelfs. Tot er van alles misging. Zoveel diepe, schokkende ellende, en niet alleen waren we toen niet goed meer samen, maar ik kon me niet eens meer voorstellen dat het ooit weer goed zou worden. Het wordt tijd dat we allebei verdergaan met ons leven.

Toen Josiah en ik avonden lang van ons restaurant droomden

met bakken goedkope afhaalchinees, toen hij zijn studie nog aan het afronden was, praatten we niet over een huis in een welvarende buurt als Skyland, maar nu ik langs al die architectonische hoogstandjes met garages voor drie auto's rijd, realiseer ik me dat we het toch hebben gekregen. De garagedeur naar het huis dat we samen hebben gerenoveerd gaat omhoog. Tijdens de laatste snikken van ons huwelijk werd het ondraaglijk voor me om samen met hem in dit huis te zijn. Hoeveel avonden hebben onze ruzies hier door de gangen gegalmd? Maar na de scheiding werd het ondraaglijk om hier zonder hem te zijn. Het voelde verkeerd en leeg. Maar eerlijk gezegd voelde ik me toen nergens oké. Zelfs niet in mijn eigen lichaam.

Ik zuiverde het huis van al onze trouwfoto's, maar Josiah is onuitwisbaar aanwezig in elke vierkante centimeter, van de vrijstaande badkuip in onze badkamer tot de grote keuken en de woonkamer met zijn hoge plafond. Elke lamp en verfkleur hebben we zorgvuldig samen uitgekozen, tot het kleinste detail. Het enige wat we nooit hebben voorzien was dat we elkaar kwijt zouden raken terwijl we al het andere verzamelden. We voerden elke fase van onze dromen precies volgens plan uit.

Diploma. Check!

Huwelijk. Check!

Bedrijf beginnen. Check!

Eerste kind. Check!

Tweede kind. Check!

Derde kind…

Ik schud deze gedachten als ketenen van me af en zet de auto in de garage. Ik heb de juiste beslissing voor ons allemaal genomen toen ik de scheiding in gang zette. Dat moet ik wel geloven. Alles beter dan de explosieve snelkookpan die ons leven uiteindelijk geworden was.

Ik hoor gelach als ik de keuken in loop en de deur achter me dichtdoe. Ik wist wel dat hij ze laat op zou laten blijven. Ik herken het gegiechel van de kids meteen, vermengd met het lage timbre van Josiahs gegrinnik, maar die andere melodieuze lach kan ik niet helemaal plaatsen. Als ik de woonkamer in kom, besef ik waarom.

Ik heb Vashti nog nooit zo horen lachen.

Haar hele gezicht licht ervan op, met een innerlijke gloed die uit haar ogen en wangen straalt. Ze heeft een prachtig boterbloemgeel jurkje aan dat haar slanke vrouwelijke vormen discreet benadrukt. Haar hand ligt nonchalant op Josiahs knie, met een vertrouwdheid alsof ze hem al honderd keer zo heeft aangeraakt.

O mijn god, waarschijnlijk is dat ook zo.

Waarschijnlijk hebben ze dit soort simpele, intieme aanrakingen al vele malen in het geheim uitgewisseld, of in elk geval buiten mijn blikveld. Misschien wil ik Josiah niet meer, maar ik ben niet blind en ik kan het heus wel zien als iemand anders hem wil.

En de zwoele affectie die uit Vashti's ogen straalt, vertelt me dat ze mijn man wil hebben.

Ex-man.

Er staan borden op de vloer, naast blikjes cola light en LaCroix. Er ligt een monopolybord op de grote glazen tafel die Josiah en ik hebben gekocht bij een meubeloutlet in North Carolina. Dat steekt om de een of andere reden nog het meest.

Op onze tafel.

Het voelt alsof ik ze betrap tijdens een potje wilde seks, verstrengeld in een pornografische pose op de dikke glasplaat, in plaats van tijdens een potje monopoly met de kids.

'Mam!' zegt Kassim, zodat iedereen naar me opkijkt. 'Daar ben je alweer.'

Ik knik maar wat vaag, omdat ik niet goed weet wat mijn tekst in deze klucht is.

'Vashti heeft alles verloren met monopoly.' Kassim wijst naar de knappe jonge chef-kok. Hij heeft geen idee hoe dit er voor mij uitziet en aanvoelt, maar Vashti mogelijk wel. Ze staat snel op en begint borden op te stapelen.

'Sorry voor de rommel,' zegt ze ietwat ademloos. 'Ik denk niet dat we ergens spareribsaus op geknoeid hebben.'

Als ik mijn stem al door mijn verkrampte stembanden zou weten te persen zou ik hem nog steeds niet vertrouwen. Haar woorden vallen in een ongemakkelijke stilte die ik niet eentwee-drie kan doorbreken, laat staan dat ik snap waarom hij er überhaupt is.

'We zijn toch maar thuis gaan eten.' Josiah neemt het van haar over. 'Vashti en ik hadden de hele dag gewerkt en we vonden het allebei wel welletjes, dus hebben we wat eten ingepakt en meegenomen.'

Als ik mijn stem eindelijk terug heb, reageer ik niet op hem of Vashti, ik negeer ze totaal.

'Jongens, het is allang bedtijd,' zeg ik opgewekt en hopelijk zo normaal mogelijk. 'Morgen school. Hebben jullie al je huiswerk af?'

'Ja, ik was in twintig minuten klaar,' zegt Kassim onderweg naar de trap.

'Kassim,' zeg ik tegen zijn verdwijnende rug. 'Laat je je rotzooi midden in de kamer liggen? Dat mag niet, dat weet je best.'

'Dat je het effe weet, Vashti,' zegt Deja, die voor het eerst iets laat horen. 'In dit huis mag bijna niks van mama.'

Het verbaast me hoe hard dat aankomt. Ik weet maar al te goed dat ik me niet op de kast moet laten jagen door mijn dochter. Mij op de kast jagen is haar nieuwe hobby, maar dat ze er zo hard ingaat in het bijzijn van Vashti, die misschien... iets voor Josiah betekent waar ik niets van afwist... komt anders aan. Het raakt me dieper.

'Niet zo'n grote mond, Dé,' zegt Josiah voordat ik moet ingrijpen, waarbij het hem op de een of andere manier lukt om zijn stem vriendelijk en streng tegelijk te laten klinken. 'Je moeder heeft gelijk. Jullie moeten je eigen rommel opruimen. Ze is jullie dienstmeid niet en laat ik niet horen dat jullie haar zo behandelen.'

'Ja, pap,' antwoordt Deja braaf. Ze verzamelt de vuile borden en loopt naar de keuken met Kassim.

'Dank je wel,' mompel ik, hoewel ik niet veel dankbaarheid

voel. 'Leuk om je zo snel alweer te zien, Vashti.'

Ik probeer mijn goede manieren terug te vinden, die ik even was kwijtgeraakt toen ik deze vrouw in mijn huis aantrof, lachend met mijn kinderen en met haar hand op de knie van mijn man.

Ex-man.

'Wat een schitterend huis is dit.' Vashti schenkt Josiah een stralende lach. 'En ik vind het echt leuk met de kinderen.'

'Ze vinden het ook leuk met jou.' Josiah pakt zijn jasje van de rugleuning van de bank en trekt het aan. 'Maar we moesten maar eens gaan.'

Hij houdt zijn autosleutels op voor Vashti. 'Kun je ons een minuutje geven, Vash? Even in de auto wachten? Ik kom er zo aan.'

Ze kijkt een beetje verbaasd en mogelijk ook ietwat bezorgd, maar ze weet het snel te verbergen voordat het helemaal doorkomt. Gedisciplineerd vrouwtje. In elk geval wat dat betreft een heel goeie voor hem.

'Ja, tuurlijk.' Ze pakt de sleutels en knijpt heel even in zijn vingers, wat me geenszins ontgaat. 'Truste voor straks, Yasmen.'

'Tot morgen,' zeg ik, en ik verberg mijn irritatie, die waarschijnlijk buitenproportioneel is voor deze situatie, maar daardoor niet minder echt.

Zodra ze de woonkamer uit is, de hal heeft doorkruist en de voordeur achter zich dicht heeft gedaan, kijkt Josiah me aan. Zijn blik is zorgvuldig neutraal. Ik weet nog hoe dat bijzondere gezicht eruitziet als hij blij is. Open. Ik heb hem al heel lang niet echt zo gezien, maar ik weet het nog goed.

'Wil je me iets vertellen?' vraag ik, en ik strijk neer op de armleuning van de bank, terwijl ik mijn uiterste best doe om zo onschuldig mogelijk te kijken.

'Vashti en ik...'

'Wat doet dat mens in mijn huis?'

Oké. Dat kwam er niet zo goed uit.

Of misschien kwam het er wel precies zo uit als ik het voelde, maar ik zou het nooit gezegd hebben als mijn emoties niet in een vrije val zaten. Hij trekt een donkere wenkbrauw naar me op en zijn mondhoeken verstrakken.

'Sorry.' Ik schraap mijn keel en strijk mijn jurk glad. 'Wat wilde je zeggen?'

'Je hebt niets om je over op te winden.'

'Als vrouwen zich érgens over opwinden is het wel over hun man die zegt dat ze niets hebben om zich over op te winden.'

'Ex-man,' corrigeert hij zachtjes.

'Juist.' Er komt een stroeve glimlach op mijn gezicht. 'Ex-man, een mán die een vrouw vertelt dat ze rustig moet blijven. Zo weten we dat er shit gebeurt waar we ons over op moeten winden.'

'Er gebeurt niets verkeerds.' Hij kijkt me aan van onder die donkere wimpers met een blik die niets verbergt en zich nergens voor schaamt. 'Twee volwassen mensen, wederzijdse toestemming…'

'Die uitdrukking gaat doorgaans vooraf aan neuken.'

'En wat dan nog?' Het komt er bruusk en kortaf uit. Een mes dat wordt getrokken, alsof hij alleen maar afwachtte tot ik hem pissig zou maken. 'Ik ben single. Zij is single. Je doet net alsof we de kinderen op de een of andere manier hebben bezoedeld. Je gedraagt je…'

Jaloers.

Hij maakt zijn zin niet af. Dat hoeft ook niet. Ik ben niet jaloers. Ik ben alleen… ja, verdomme… het overrompelde me gewoon.

'Ik dacht dat we het eerst zouden bespreken voordat we de kinderen met onze dates confronteren.' Dan zeg ik aarzelend: 'Ik bedoel, is dat hoe het zit? Jij en Vashti zijn, wat… aan het daten?'

Hij slaakt een geërgerde zucht, alsof ik hem lastigval met mijn simpele vragen en het recht niet heb om het te weten.

Heb ik wel het recht om het te weten?

Ik ben Josiahs vriendin geweest, zijn geliefde, zijn zakenpartner, de moeder van zijn kinderen, zijn vrouw. Voor het eerst weet ik niet goed waar we staan. Waar ik sta, ten opzichte van hem. Wat ik voor hem beteken.

'Het is nog heel vers,' zegt hij uiteindelijk. 'We werkten zoveel samen en we hadden een klik, dus gingen we meer tijd met elkaar doorbrengen. En de kinderen zien haar toch al de hele tijd, dus het leek me niet zo nodig om haar aan ze voor te stellen. Misschien hebben ze het wel een beetje door, maar ik heb ze nog niets definitiefs verteld.'

'Maar dat ga je wel doen?'

Waarom hou ik mijn adem in?

'Ik denk het wel. We hebben inmiddels een paar keer afgesproken na het werk.' Hij steekt een hand op en werpt me een waarschuwende blik toe. 'En voordat je daar wat van zegt, we zeiden dat we dit soort dingen zouden melden met het oog op de kinderen. Niet voor elkaar. Ik hoef het jou niet te vertellen als ik ga daten en ik wil het ook niet weten als...'

Hij wendt zijn blik af. Kijkt omlaag naar zijn dure schoenen.

'We zijn al bijna twee jaar gescheiden, Yas. We wisten dat we een keer verder zouden gaan met ons leven. Ik dacht echt niet dat het zo'n big deal zou zijn.'

Verder met ons leven.

Ik heb zonet nog tegen mezelf gezegd dat het goed was dat we verder gingen met ons leven. En dat is ook zo, maar nu ik hem 'verder zie gaan' in het huis dat we samen hebben ingericht, in de resten van het leven dat we met elkaar hebben gedeeld... Ik wist niet dat het me zo zou raken.

'Het is ook geen big deal.' Ik sta op om het kussen op te schudden dat Vashti's strakke kontje heeft ingedeukt. 'Het kwam alleen een beetje onverwacht, denk ik.'

'Zoals ik al zei heb ik de kinderen nog niets verteld. Vashti is er op het werk ook altijd. Het ging een beetje vanzelf. Zij was ook net klaar toen wij weggingen en toen vroeg ik of ze mee wilde. Ik heb er geen big deal van gemaakt, maar ik wil wel eerlijk tegen ze zijn.'

Hij bijt op zijn onderlip en al mijn zintuigen worden aangevallen door een plotselinge, slecht getimede herinnering van die perfecte volle lippen op mijn lichaam. Hoe ze de overgang van mijn nek naar mijn schouders kusten. Aan mijn borsten zogen. Over mijn buik gleden, omlaag, omlaag en nog verder omlaag.

Shit. Shit. Shit.

'Ik wil ook eerlijk tegen jou zijn,' vervolgt hij, volkomen onbewust van de flashback-fuck in mijn hoofd. 'Vashti is cool en misschien gaat het uiteindelijk nergens naartoe, maar we willen kijken of het iets kan worden.'

'Wat als het niks wordt? Dan zijn we misschien onze kok kwijt. Het heeft lang geduurd voor we haar vonden.'

'Je hoeft mij niet te vertellen hoelang het heeft geduurd om een goeie kok te vinden.'

Grappig dat de woorden die hij niet zegt harder kunnen aankomen dan de woorden die hij wel zegt.

Hij hoeft er niet bij te zeggen dat ik totaal niet in staat was om te helpen toen Byrd overleed, dat hij degene was die van openingstijd tot sluitingstijd in Grits was. Hij droeg alle petten – eigenaar, bedrijfsleider, noem maar op – toen ik mijn hoofd bijna niet rechtop kon houden. Maar er schemeren nog steeds geen beschuldigingen door in zijn ogen. Alleen herinneringen die we niet kunnen uitspreken omdat de kwetsbare vrede die we hebben getekend anders in duizend stukken kan vallen.

'Daar hebben Vashti en ik het over gehad,' zegt hij. 'We hebben besloten om het werk zo veel mogelijk gescheiden te houden van de rest. Ze is blij met haar baan en ze is essentieel voor Grits. Haar werk heeft ons uit een diep dal geholpen na de dood van Byrd.'

'Pas gewoon een beetje op, Jos, en niet alleen vanwege het werk.' Ik slik een brok hete emotie weg en dwing mezelf te blijven praten. 'Ik wil niet dat je gekwetst wordt.'

Zijn lach kom onverwacht, zoals zoveel dingen vanavond. Ik schrik ervan op alsof er een vliegtuig door de geluidsbarrière gaat. Het geluid kaatst tegen de muren en overspoelt de kamer.

'Wat is daar zo grappig aan?' vraag ik voorzichtig, nadat hij een paar tellen heeft staan lachen terwijl hij schijnbaar ongelovig zijn hoofd schudt.

De humor in zijn ogen, als die al echt was, verdwijnt en zijn blik wordt koel en vlak. 'Hoe ironisch het is dat jij zegt dat je niet wil dat iemand mij zou kwetsen.'

'M… maar dat wil ik echt niet.'

'Niemand heeft me ooit zo gekwetst als jij.'

Alsof ik een klap in mijn gezicht krijg. Ik kan geen woord uitbrengen, maar de beschuldigingen die hij niet uit, de grieven die blijkbaar veel dieper gaan dan ik dacht, gieren door de stilte. Ze barsten uit zijn ogen, die op mij gericht zijn, en de genadeloze intensiteit van die blik wordt geen moment doorbroken, want hij knippert niet eens.

'Ik ben degene die wilde scheiden, ja,' zeg ik, plotseling helemaal niet meer zeker van iets waarvan ik zeker zou moeten zijn. 'Maar we waren het er allebei over eens.'

'Is dat hoe jij het je herinnert? Want ik herinner me dat het allerergste wat er kon gebeuren ons allebei is overkomen, dit hele gezin, en dat jij me toen buitensloot. Ik herinner me het verlies van…'

Zeg het niet. Spreek zijn naam niet uit. Ik kan zijn naam niet aan. Niet op deze avond.

'Laat ook maar,' verzucht hij tot mijn grote opluchting. Hij wrijft over zijn nek. 'Oude koeien. Ik ben hier te moe voor.'

Ik zou moeten aandringen, erop staan dat hij zijn gedachte afmaakt, maar die blijft begraven onder het puin van onze stilte, zoals zoveel dingen die we uiteindelijk niet meer tegen elkaar zeiden toen het moeilijk werd.

'Ik ga maar gewoon,' zegt hij, en hij loopt naar de voordeur. 'Morgen weer vroeg op.'

'Ja. Oké.'

Ik volg hem naar de hal. Als hij een van de brede openslaande deuren opentrekt, zie ik in een flinter ruimte, een vliegensvlug moment, zijn Rover op de oprit staan. Het binnenlicht is aan. Vashti's gezicht is duidelijk te zien, haar blik is alert en strak op mijn portiek gericht. Op Josiah. Haar gezicht klaart op en ze glimlacht, hoewel haar blik heel even over zijn schouder glijdt en de mijne kruist. In dat minuscule moment ontstaat er een verstandhouding tussen ons en ik weet ineens waarom het nooit tussen ons heeft geklikt. Ze weet het niet zo goed met mij. Met Josiah en mij. Op zich niet zo vreemd. Onze levens zijn verstrengeld met ranken die door onze kinderen en onze zaak heen lopen. We hebben een verleden. Een lang, turbulent verleden. En hoewel we niet meer getrouwd zijn, is het duidelijk dat we nog steeds op zoveel manieren aan elkaar vastzitten. Ik kan het haar niet kwalijk nemen. Ik zou me ook van alles afvragen.

Ik zou haar kunnen vertellen dat ze zich nergens zorgen over hoeft te maken. De passie, de liefde, de diepe verknochtheid die ooit tussen Josiah en mij bestonden? Die heb ik lang geleden tot de grond toe afgebrand. Alles wat er rest is net zo kil en stroef als de blik die hij me over zijn schouder toewerpt voordat de deur achter hem dichtgaat.

3

YASMEN

'Het ziet er allemaal geweldig uit, Yas,' zegt Hendrix terwijl ze Sky Square in zich opneemt.

Overal staan foodtrucks, opgesierd met restaurantlogo's en menukaarten. Main Street is afgesloten en op de rustieke straatkeien staan terrastafeltjes en stoelen. Er hangen slierten twinkelende lampjes in de bomen, hoewel de zon nog niet eens onder is. Verkopers zetten haastig de laatste dingen klaar voordat de inwoners van Skyland het komende uur komen aanzetten voor een lekker hapje eten en een leuke avond.

'Dank je,' zeg ik, terwijl ik alles nog een keer overzie. 'Ik ben wel blij dat we vroeg zijn gekomen om te kijken of alles klaar voor de start is.'

'Tostada's, hotdogs, pulled pork...' zegt Soledad, terwijl ze wat saus uit haar mondhoek likt. 'Ik geloof dat ik alles geproefd heb en de foodtruck-vrijdag is nog niet eens officieel begonnen.'

'Ik weet dat die tentjes alle inkomsten en al het publiek dat hier vanavond op afkomt goed kunnen gebruiken,' zegt Hendrix, terwijl ze de restanten van een taco in een vuilnisbak gooit. 'Hoe voelt het om weer eens voor opperhoofd te spelen en de show te runnen?'

Ik wuif haar vraag lachend weg, maar ik moet toegeven dat het goed voelt om iets te doen waar de hele gemeenschap iets aan heeft, nadat ik zo lang bijna de deur niet uit kwam en nauwelijks kon functioneren. Toen we Grits upgradeden van een familietentje aan de zuidkant van de stad naar onze huidige locatie in het centrum van Skyland besloten Josiah en ik om in de plaatselijke community te duiken en goede contacten te cultiveren met andere ondernemers. Ik nam strategisch een actieve rol aan bij de Skyland-vereniging, een organisatie die zich inzet voor het versterken van de sociale cohesie, de economische ontwikkeling en de banden tussen de private en de publieke sector. Eerst was ik voorzitter en plande ik regelmatig buurtactiviteiten, daarna was ik… nou ja, niet heel erg betrokken meer, maar deze foodtruck-vrijdag is een signaal aan de commissie dat ik terug ben en weer aan de slag kan.

'Ik geloof dat we alle verkopers hebben gecheckt, behalve Grits,' zeg ik met een knikje naar onze truck met het Grits-logo. Er staan wat van onze medewerkers in, met T-shirts en petjes waaronder hun haar helemaal is weggestopt. Ik zie geen stress bij ze. Geen gehaast op het laatste moment. Vashti heeft voor het evenement van vanavond dezelfde orde en kalmte gecreëerd die ze in het restaurant handhaaft. Ik besluit om haar daar maar gewoon dankbaar voor te zijn. Dankzij haar inspanningen heb ik de tijd om wat broodnodige qualitytime met mijn kids door te brengen zonder dat ik bang hoef te zijn dat Josiah er alleen voor staat op het werk.

Hij heeft Vashti nu.

'Mensen!' zeg ik, terwijl ik mijn glimlach tussen de twee werknemers in de foodtruck verdeel. 'Hoe gaat het?'

'Prima,' antwoordt Cassie, Vashti's souschef, maar ze blijft intussen de voorraad checken. 'Klaar voor de grote stormloop.'

Vanachter de truck duikt een man met een grijze snor op die zijn handen afveegt aan een schort vol sausvlekken. 'Maak even tijd voor een hug, Yasmen.'

Ik laat me grinnikend omhelzen door de lange armen van Milwaukee Johnson. Mijn vader is al heel lang dood en deze kok die Byrd had aangenomen is onwaarschijnlijk genoeg het enige wat sindsdien bij een vaderfiguur in de buurt is gekomen. Hij ruikt naar tien familiegerechten tegelijk, alsof al mijn lievelingskostjes in de voering van zijn kleren zijn genaaid. Ik adem met een hoorbare zucht uit tegen zijn schouder, leg mijn hoofd onder zijn kin en sla mijn armen om zijn middel. Hij voelt brozer en kleiner aan dan tijdens onze laatste hug, alsof de tijd niet alleen jaren, maar centimeters en kilo's van zijn imposante lijf af snoept. Ik leun achterover en kijk op naar zijn scherpe gezicht, dat verweerd is van ouderdom, maar op de een of andere manier ziet hij er nog steeds jonger uit dan hij is.

'Alles goed, Milky?'

Zijn brede, benige schouders gaan nonchalant op en neer, maar zijn ogen worden triest. 'Ik mis Byrd nog steeds. Ze zeggen dat het beter wordt, maar dat is gewoon niet waar. Ik denk dat ik misschien alleen sterker word, zodat ik het iets minder voel.'

Toen Byrd Milky ontmoette, was ze al drie keer gescheiden en had ze net haar vierde man begraven. Ze had gezworen dat ze nooit meer voor het altaar zou verschijnen, maar Milky hield van Byrd en zij hield van hem met alles wat ze nog in zich had. Niet alleen het eten was heet in die keuken. Ze flirtten, knuffelden, zaten de hele tijd achter elkaar aan en probeerden niet eens te verbergen dat ze iets speciaals hadden gevonden op hun oude dag. Josiah en ik moesten er altijd om lachen en zeiden dan dat we hoopten dat wij op die leeftijd ook nog zoveel vuur zouden hebben.

'Ik weet het, Milky,' fluister ik, en ik druk hem nog wat dichter tegen me aan. 'Ik mis haar ook.'

Hij knikt en klopt me nog even op mijn rug voordat hij me loslaat. 'Maar die Vashti is een godsgeschenk. Ze laat die keuken zingen. Byrd zou haar eten geweldig vinden.'

'Yup.' Mijn glimlach verstart. 'Ze is super.'

Zijn wijze, vochtige ogen kijken me opmerkzaam aan en er blinkt een gouden tand in de verste uithoek van zijn glimlach. Ik dwing mezelf zijn alwetende blik te blijven beantwoorden en weersta de neiging om ongemakkelijk weg te kijken.

'Hoe gaat het écht met je?' vraagt hij, waarbij hij de gebruikelijke barse toon in zijn schorre stem een beetje verzacht.

'Ik kom er wel.' Ik pak zijn handen vast, met knokkels die verdikt zijn omdat hij ze jaren heeft geknakt, en overdekt met vervagende brandwonden van de vetspetters. 'Echt wel.'

'Zonder jou is het niet hetzelfde. Blij dat je weer bent waar je thuishoort.' Milky grijnst en zet zijn pet recht. 'Dit evenement is niet verkeerd. Alle restaurants zijn vanavond leeg, want de straten lopen vol. Je hebt het 'm geflikt, Yas.'

'Dank je, Milk.' Ik tik op de aluminium toonbank die uit de truck steekt. 'Jullie hebben het hier ook goed voor elkaar. Dank voor de goede reclame.'

'Met Vashti aan het roer,' zegt Cassie van achter de toonbank, 'weet je dat het strak geregeld is.'

'Dat vat ik dan maar op als een compliment,' zegt een lage, melodieuze stem achter ons.

Ik draai me om en zie Vashti staan met een broodjestang en een fles chilisaus.

'Ooo, chilisaus.' Hendrix likt haar lippen af. 'Als je kipkluifjes nog net zo goed zijn als ik me herinner, mag je een infuus vanuit die fles in mijn arm rammen.'

Ze slaat op haar onderarm en we moeten allemaal lachen. Ik glimlach op de juiste momenten, maar er hangt onmiskenbaar iets van spanning tussen Vashti en mij. Gezien de zijdelingse blikken die ze me telkens toewerpt, vermoed ik dat zij dat ook voelt.

'We hebben hier een beperkt menu,' zegt Vashti, die de truck in duikt en achter de toonbank verdwijnt. Twee tellen later komt ze weer tevoorschijn met een rood-wit geblokt bakje met knapperige, goudbruine stukjes kipfilet. 'Maar we hebben wel kip.'

'Yes, girl!' kraait Hendrix, die met een hand naar de kip reikt en met de andere naar de chilisaus. 'Ik ga dit snel effe voor je proeven om te checken of het goed is, voordat het publiek straks komt.'

'Heel vriendelijk van je,' zegt Vashti lachend.

'Daar komt de baas,' zegt Cassie met een snelle blik op Vashti en mij. 'De andere baas, bedoel ik.'

Josiah komt aanlopen met lange, zelfverzekerde passen. Trots geheven hoofd. Brede schouders, soepel lichaam met een vleugje swagger in zijn tred. Hij wordt geflankeerd door Deja en Kassim en gevolgd door een van de grootste honden aller tijden.

Otis Redding.

Ik zal nooit de dag vergeten dat tante Byrd kwam aanzetten met die schitterende Deense dog met zijn glimmende pikzwarte vacht. Een cadeautje van haar laatste man, Herbert. De naamgenoot van de legendarische zanger was nog maar een puppy toen we hem voor het eerst ontmoetten.

'Natúúrlijk moest Herbert me de hond met de kortste levensduur geven,' zei Byrd half voor de grap. 'Het enige wat die man me bracht was immers ellende.'

Waaraan ze zijdelings toevoegde, met een ondeugend lichtje in haar ogen: 'En seks. Oeh, kind, die man, die kon er wat van.'

Mijn mondhoeken gaan omhoog, terwijl mijn hart ineenkrimpt. Je moest wel lachen als Byrd erbij was.

'Mam!' Kassim rent voor Josiah en Deja uit en geeft me een dikke knuffel. Ik dacht dat hij op zijn tiende wel uit die ongegeneerde liefde voor zijn moedertje gegroeid zou zijn, zoals jongens meestal doen op die leeftijd, maar zijn affectie voor mij is nog steeds openlijk en ongeremd, zelfs met zijn vrienden erbij. Misschien heeft hij me zo lang somber gezien dat hij bang is om me dat te ontnemen.

'Hoe was school?' vraag ik.

'Goed.' Kassim tuurt naar het foodtruckmenu van Grits. 'Mag ik spareribs?'

'O mijn god, jij altijd met je spareribs,' zegt Deja, maar ze glimlacht naar haar broer. De glimlach sterft weg als ze mij aankijkt. 'Hé mam.'

'Deja, hé.' Ik haat die spanning tussen ons, maar ik schijn er niets aan te kunnen veranderen. 'Hoe was school?'

'Wel oké.' Ze haalt haar schouders op. 'Net zoveel tijdverspilling als anders.'

Ik slik de reactie in die automatisch bij me opkomt.

'Goed,' zeg ik, want ik wil de avond niet verpesten voordat hij begint. 'En Kassim, als je spareribs wilt, dan mag dat.'

'Ik dacht dat je vanavond iets anders wilde proberen, Kas,' zegt Josiah, die bij ons groepje voor de Grits-truck komt staan.

Kassims gezicht krijgt iets smekends. 'Mag ik van gedachten veranderen? De spareribs zijn het lekkerste.'

'Nou, ik vind dat wel een compliment.' Vashti lacht. 'Dat is de speciale saus van mijn oma.'

'Oma wist van wanten,' roept Milky van achter de toonbank.

'Truck ziet er goed uit,' zegt Josiah, waarna hij zijn aandacht op mijn vriendinnen richt. 'Hé Hendrix. Soledad, gefeliciteerd nog.'

Ze smelten allebei zowat weg. Dat effect heeft hij. Hij geeft je het gevoel dat jij en jij alleen op de een of andere manier die onwillige charme van hem hebt uitgelokt.

'Alles oké in het restaurant?' vraagt Josiah aan Vashti. Niet aan mij, maar hij weet natuurlijk dat ik me op dit evenement heb gefocust. Dat heb ik hem zelf verteld, dus het zou niet moeten steken dat hij het aan haar vraagt en niet aan mij, de feitelijke mede-eigenaar.

Zou niet moeten, nee, maar het steekt toch een beetje.

'Alles helemaal goed,' antwoordt Vashti, die naast Josiah komt staan. Ik vraag me af of ik de enige ben die ziet hoe ze naar hem kijkt, of anderen ook het verlangen zien dat haar ondoorgrondelijke gezicht niet kan verbergen.

'Ik ren zo nog even die kant op om te checken,' zegt Vashti snel. 'Kijken of alles goed gaat met de dinergasten. Cassie of ik is er de hele avond.'

'Mag ik met jou mee, V? De truck heeft niet het hele menu,' smeekt Deja met een warme glimlach en haar handen tegen elkaar gedrukt. 'Ik wil krabkoekjes.'

Wanneer heeft Deja voor het laatst zo naar mij geglimlacht? Of geprobeerd iets met me te gaan doen? Ik weet dat ze alleen maar samen naar het restaurant lopen, maar mijn kaken verkrampen van de spanning. Ik moet mijn kinderachtige reflexen onderdrukken, al is het zo dat ik net heb ontdekt dat Vashti met mijn ex datet, spelletjes met mijn kinderen doet en nu schijnbaar moeiteloos ook nog mijn dochter voor zich lijkt te winnen.

'Tuurlijk.' Vashti's glimlach wordt breder. 'En we moeten onze monopoly-rematch nog plannen.'

'Deal!' Kassim knikt enthousiast en zijn ogen lichten op. Het enige wat zijn vriendelijke aard overtroeft is zijn competitieve geest.

'We moeten ze een keer leren hartenjagen, Jos,' zegt Vashti met een en al affectie in haar glimlach, en in de hand die ze op zijn arm legt.

Ze straalt dezelfde ongedwongen intimiteit uit die ik gisteravond zag. Gezien de snelle blikken die Soledad en Hendrix mij toewerpen, zien zij het ook.

Geweldig. Die gaan me keihard ondervragen.

Hendrix' elleboog die in mijn zij port bevestigt mijn vermoeden. Als ik opkijk, gaan haar wenkbrauwen subtiel omhoog, met de stille vraag of ik dit wel zie. Ik negeer haar micro-uitdrukking en besluit dat ik voorlopig even genoeg heb gezien van mijn ex-mans ontluikende romance.

'Ik moet eigenlijk een beetje rondlopen,' zeg ik. 'Even kijken of de dj alles heeft opgezet en zo kan beginnen.'

'O, is er een dj?' vraagt Soledad.

Ze lijkt misschien een keurig net mevrouwtje, maar gooi er wat sangria in en zet wat Backstreet Boys uit begin jaren nul op en je krijgt een feestbeest. Ik ben er zelf getuige van geweest.

'Als hij Tony! Toni! Toné! draait,' zegt Hendrix, 'dan waarschuw ik je alvast dat alle waardigheid overboord gaat en alle remmen los. "Feels Good" is mijn absolute feesthymne.'

'Je hymne?' vraagt Josiah. Zijn geamuseerdheid buigt de strenge lijn van zijn mond om.

'Eerst was het "Step in the Name of Love".' Hendrix schudt afkeurend haar hoofd. 'Maar dat heeft R. Kelly mooi verpest, pervers genie dat hij is.'

'Ooooké,' zeg ik snel, voordat het snelle brein van mijn zoon vragen gaat opwerpen over de specifieke zonden van genoemde rattenvanger. 'Ik ben weg.'

'Wij gaan wel mee,' zegt Soledad, en ze trekt haar telefoon

uit de zijzak van haar zomerjurk. 'Ik wil kijken of Edward en de meiden er al zijn.'

'Ik heb mijn oog op die Blaxican-foodtruck laten vallen,' zegt Hendrix. 'Ik ga me overgeven aan de seksuele spanning die zich al tussen mij en die koolquesadilla's aan het opbouwen is sinds ik hier ben.'

'Ik hou je niet tegen,' zeg ik met een scheef lachje. Dan wend ik me tot Kassim en leg mijn handen op zijn wangen. 'Als je me nodig hebt, app of bel dan even, oké?'

'Is goed, mam.'

'En niet afdwalen. Blijf de hele avond bij mij of je vader.'

Kassim vertrekt zijn lippen alsof mijn moederlijke bezorgdheid eindelijk op zijn zenuwen begint te werken. 'Ik ben geen baby meer.'

'Ze heeft gelijk,' zegt Josiah zacht, maar ferm. 'Zorg dat Otis je niet weer op hoeft te sporen.'

Otis, die zijn naam hoort, steekt zijn oren omhoog en drukt zich met een luide blaf tegen Josiahs been aan. Een paar jaar geleden zijn we Kassim een keer kwijtgeraakt op de kermis. Na tien minuten was ik al helemaal klaar om postertjes op te hangen en een amber alert uit te sturen, maar anderen hielden het hoofd koeler. Met name Josiah en Otis. Misschien was het Kassims geur, of iets anders, maar Otis vond hem terug.

'Op jou kan ik tenminste rekenen,' zeg ik met een aai over Otis' zijdezachte kop.

'Koolquesadilla's,' zegt Hendrix nog maar een keer.

Ik rol met mijn ogen, wat de anderen aan het lachen maakt. 'Oké, we gaan.'

We laten Kassim en Josiah achter bij de Grits-truck, terwijl Deja wegloopt met Vashti. Haar geanimeerde gekwetter doet me pijn.

'Eh, was ik de enige die niet wist dat je chef-kok met je ex sekst?' vraagt Hendrix zodra we buiten gehoorsafstand zijn.

'Sssst!' sis ik, terwijl ik een blik over mijn schouder werp om te controleren of we echt wel buiten gehoorsafstand zijn.

'Ik zag het ook,' zegt Soledad met enige aarzeling. 'Ik bedoel, ik wil niet per se zeggen dat ze het al doen, maar er is duidelijk... iets gaande, ja toch?'

Ik doe alsof ik heel druk bezig ben met rondkijken en alle trucks checken om te kijken of de boel een beetje soepel verloopt. 'Eh, ja. Ik geloof van wel.'

Hendrix pakt me bij mijn elleboog en dwingt me te stoppen. 'Doet die dame het met je man?'

'Ex-man.' Ik haal mijn schouders op alsof het me niet zoveel uitmaakt, hoewel ik diep vanbinnen – en niet eens zo héél diep – wel beter weet. 'Josiah vertelde gisteravond dat ze aan het daten zijn, maar de kids weten het nog niet, dus zeg er maar niks over.'

'En vind jij dat oké?' Soledad fronst, en praat dan haastig verder. 'Ik bedoel, tuurlijk ben je over hem heen en dan maakt het niet uit of zij bij elkaar zijn.'

Ze gluurt onder haar dikke wimpers uit. 'Of wel?'

'Helemaal niet,' zeg ik.

'Maar hoe zit het nou?' vraagt Hendrix. 'Hoelang is dit al gaande?'

'Hij zegt dat het nog heel vers is. Ze werken natuurlijk samen en blijkbaar voelden ze zich...' Ik schraap mijn keel. '... tot elkaar aangetrokken. Ze was gisteravond bij mij thuis toen ik terugkwam van...'

'Wacht effe.' Hendrix steekt een hand op. 'Hij zat met haar in jouw huis?'

Ik kijk ze smekend aan. Ik voel geen enkele behoefte om over Vashti en Josiah te praten en als ze me zo gaan ondervragen, zou ik per ongeluk best eens kunnen uitstralen dat ik niet zo goed weet wat voor gevoel ik hierbij heb.

'Kunnen we erover ophouden?' vraag ik smekend.

'Weet je zeker dat je oké bent?' vraagt Soledad. De bezorgdheid staat in haar fijnbesneden gezicht geëtst.

'Honderd procent. Ik ben b-b-blij voor hem,' stotter ik... veelzeggend. 'Blij voor hen allebei.'

'Nou, dat was ongeveer net zo overtuigend als OJ die Bijbelles geeft,' bromt Hendrix. 'Luister, zelfs als je over hem heen bent, zal die eerste keer dat een van beiden gaat daten na de scheiding altijd ongemakkelijk aanvoelen. Ik snap het wel als je niet wil dat hij dat weet, maar wij zijn vriendinnen. Bij ons is het veilig.'

Hendrix geeft een kneepje in mijn hand. 'Bij ons ben je veilig.'

Soledad knikt en pakt mijn andere hand. 'Je kunt op ons vertrouwen.'

Ik blaas mijn adem uit, hef mijn blik op naar de hemel en staar strak naar de ondergaande zon, zodat ik ze niet aan hoef te kijken als ik het opbiecht.

'Het voelt… verkeerd om hem met een ander te zien,' geef ik toe. 'Maar ik heb het recht niet om me zo te voelen.'

'Jaloers, bedoel je?' vraagt Soledad zachtzinnig.

'Ik ben niet jaloers.' Ik ruk mijn handen uit die van hen. 'Ik zei dat het verkeerd voelt, niet dat ik jaloers ben. We hebben de juiste beslissing genomen toen we uit elkaar gingen. We zijn beter af als vrienden. Als zakenpartners en co-ouders.'

'Alleen jammer dat je hem niet meer kunt ballen, hè?' zegt Hendrix klaaglijk. 'Want girl, wat ziet hij er lekker uit. En hij heeft dat soepele Denzel-loopje. Die diepe, chocoladebruine stem. Als ik jou was, zou ik helemaal voor seks met je ex gaan.'

'Hen.' Soledad haalt met een snel gebaar haar vinger over haar keel, het klassieke gebaar voor kappen, en spert waarschuwend haar ogen open.

'O, oké.' Hendrix geeft me een schouderklopje. 'Ik wil maar zeggen dat je beter af bent zonder hem. Jullie zijn allebei grote mensen en jullie gaan hier heel volwassen mee om.'

'Het is de eerste keer dat een van ons aan het daten is,' zeg ik. 'Dus het is wel wat ongemakkelijk, maar het went vast snel genoeg.'

'Nou, wij zijn er voor je als je ons nodig hebt,' zegt Soledad.

'En ik geniet met volle teugen van het bitchen en bonden en die hele vibe,' zegt Hendrix, 'maar als die Blaxican-truck door zijn koolquesadilla's heen is voordat ik er een te pakken heb, dan krijgen jullie een héle hoop gezeik met me.'

Ik loop giechelend met ze mee om die vrouw haar quesadilla te laten bemachtigen. Het volgende uur loop ik het hele plein over, blij om zoveel buurtbewoners te zien uitgaan, eten en geld uitgeven. De verkopers lijken allemaal tevreden en de verenigingsleden die ik tegenkom feliciteren me met de goede afloop. De avond gaat nog beter dan ik hoopte en alles verloopt precies volgens plan. Kassim en Deja vinden ons uiteindelijk terug bij de fontein.

'Heb je een penny?' vraagt Kassim met een verlangende blik op de bodem.

Het is geen officiële wensput, maar de bewoners van Skyland hebben er onofficieel wel eentje van gemaakt en gooien zoveel penny's met hun wensen mee dat we de muntjes er nu elk kwartaal uit moeten halen. De gemeente doneert al het geld uit de fontein aan een plaatselijke daklozenopvang. Het is niet veel, maar we hebben ook nog een 'fonteinfonds' opgezet voor mensen die iets extra's willen doneren.

'Ik heb alleen quarters,' zegt Hendrix.

'Nog beter,' zegt Kassim stralend. 'Hoe groter de munt, hoe beter je wens uitkomt, heb ik gehoord.'

'Ik weet niet of het zo werkt,' zeg ik droogjes, 'maar quarters zijn goed voor het fonteinfonds, dus ga je gang.'

Terwijl Hendrix wat blinkend kleingeld opdiept voor Kassim komt Soledads oudste dochter Lupe bij ons staan met de mededeling dat haar twee zusjes nog iets van de barbecue aan het eten zijn met Edward. Ze is beeldschoon, zo jong als ze is. Soledads moeder is half zwart, half Puerto Ricaans. Haar vader is wit, met warm kastanjebruin haar, en Lupe heeft haar golvende, rossig bruine lokken van hem geërfd. Ze heeft Edwards groene ogen en Soledads gladde, bruine huid, en ze is lang – ze is met haar 1 meter 62 nu al groter dan Soledad. Overal waar dat kind gaat, kijken de mensen op. Nu al. En ze is nog maar dertien.

Goeie ouwe Soledad.

'Dag mevrouw Wade,' zegt Lupe met een glimlach. 'Dag mevrouw Barry.'

Het is zo'n fijn kind. Doet haar best op school, beleefd, vriendelijk. Ik ben blij dat Lupe en Deja ook beter bevriend zijn geraakt sinds ik Soledad heb leren kennen.

'Hé Deja,' zegt Lupe met een nog bredere glimlach. 'Ik heb je gemist bij Engels.'

Deja's ogen worden groot, ze werpt een snelle blik op mijn gezicht en kijkt dan snel weer naar haar vriendin. Lupes glimlach sterft op slag weg en ze slaat haar hand voor haar mond. Blijkbaar heeft ze nu pas door dat ze iets verkeerds heeft gezegd.

'Waarom was je vandaag niet bij Engels, Deja?' wil ik weten. Meteen voel ik mijn moeders hand op mijn heup en haar strenge frons neemt mijn gezicht over.

'Ik had iets anders,' antwoordt ze. Ik zie wel dat ze zich er botweg doorheen probeert te slaan, maar ze weet dat er heibel van komt als ze niet snel een beter excuus verzint.

'Sorry Dé,' zegt Lupe met een triestige blik.

'Mam, kunnen we gaan?' onderbreekt Kassim bijna klaaglijk. 'Ik zou *Madden* spelen met Jamal.'

'En ik moet wat video's opnemen,' zegt Deja met een blik op haar telefoon. 'Ik kan er vanavond eentje afkrijgen en de rest morgen.'

'Wat voor video's?' vraagt Hendrix.

'Ik ben een natural hair influencer,' zegt Deja zonder blikken of blozen. '@KurlyGirly.'

'Ik moet de filmpjes eerst zien voordat je ze uploadt,' zeg ik voor de zoveelste keer.

En ik wil weten waar ze was tijdens Engels.

Dat laatste zeg ik niet hardop, maar de blik die we wisselen maakt haar duidelijk dat het een niet zonder het ander zal gaan.

'Hoe kan ik dat ooit vergeten,' bromt Deja, en ze wendt zich weer tot haar telefoon.

Ik weet dat de kids van nu veel meer van internet weten dan wij op die leeftijd, maar Josiah en ik hebben nog steeds filters op de apparaten van onze kinderen en we monitoren hun verbindingen heel nauwkeurig. We laten Deja dat haarding doen onder de voorwaarde dat haar vader of ik alles wat ze post eerst moet goedkeuren. We hebben alle wachtwoorden en ze weet heel goed dat ik de hele boel afsluit bij het eerste teken van een volwassen kerel die dickpics stuurt.

'Ik denk dat we wel weg kunnen,' zeg ik tegen ze. 'Ik denk dat het bijna afgelopen is. Ik wil alleen een van de verenigingsleden inseinen die hebben aangeboden de boel af te bouwen omdat ik het opzetten heb geregeld.'

Voor ik een stap kan zetten, zet de dj een nummer op dat ik overal zou herkennen.

'O nee, serieus?' zegt Hendrix, terwijl ze opspringt van haar zitplaats op de rand van de fontein. 'Mijn liedje!'

En jawel, de eerste klanken van 'Feels Good' van Tony! Toni! Toné! schallen over het plein.

'Girl, kom mee.' Hendrix grijpt Deja's hand. 'Doe die telefoon weg, hup, dansen!'

En het is ongelooflijk… schokkend… schitterend… Mijn chagrijnige dochter danst. Niet met een air alsof ze er eigenlijk te cool voor is, een houding die ik tegenwoordig meestal te zien krijg, maar voluit. Met plezier. Zij en Hendrix gooien hun handen in de lucht, draaien met hun heupen, gaan laag. Hendrix heeft totaal geen last van haar torenhoge hakken en doet in alles mee. Ik weet niet eens of Deja deze oude R&B-klassieker ooit eerder heeft gehoord, maar ze gaat los alsof het de nieuwste hit van BTS is. Ze lachen zo hard dat ze hun buik vasthouden terwijl ze elkaar eruit proberen te dansen. Tegen het einde van het eerste couplet staan Lupe en Soledad ook om elkaar heen te draaien. Ik kijk gebiologeerd toe terwijl mijn dierbaren zich vermaken en een paar glorieuze seconden lang voel ik me zo gelukkig. Ik heb de laatste jaren veel donkere dagen meegemaakt. Dagen waarop ik niet wist hoe ik erdoorheen moest komen.

Maar vandaag.

Vanavond.

Dit is puur geluk. Ik proef het in mijn lach als Kassim mijn hand grijpt en zijn best doet om me in de rondte te draaien. Ik voel het in de waterdruppels op mijn gezicht als we te dicht bij de fontein dansen. Het springt op in mijn borst als ik er bijna in kukel, bijna in een bron vol wensen plons. Ik richt mijn blik op de hemel boven me, een blauwzwarte quilt vol opgestikte sterren. Met mijn armen uitgestrekt naar de oneindigheid voelt dit heel even als een eredienst. Als een reeks heilige seconden die gewijd is aan mijn dankbaarheid voor vrienden, familie en hoop, die vluchtige emotie. Ik wist niet dat het zo'n zeldzaam, hartversterkend, groot goed was, totdat ik het niet meer had.

Mensen praten over de stadia van de rouw, maar er is een stadium van depressie – voor mij althans – waarin je na het doormaken van een onverdraaglijke acute pijn ineens helemaal niets meer voelt. Een gezegende dofheid na het slopende verdriet. Alsof je een dun laagje staal over je emoties giet. Zo dun dat het doorzichtig is. Je kunt erdoorheen kijken, maar niets raakt je echt. Ik kon niets meer voelen, maar daar was ik alleen maar blij om, omdat ik in elk geval geen pijn meer voelde. In die tijd maakte plezier geen enkele kans, maar vanavond voel ik álles. En het is eindelijk goed.

Zelfs als het liedje afgelopen is en Tony! Toni! Toné! het 'm weer geflikt heeft, blijven we lachen. Het borrelt in me op zoals het water in de fontein murmelt. Ik kijk in de richting van de dj om mijn duim naar hem op te steken en zie tot mijn verrassing Josiah naast hem staan, met zijn armen over elkaar en een klein lachje op zijn gezicht als mijn blik de zijne kruist.

Hij was erbij toen Hendrix zei hoeveel ze van dat nummer hield. Heeft hij...

Ik maak het gebaar voor 'dank je wel' door mijn kin aan te raken en mijn hand omlaag te bewegen. Toen de kinderen zo klein waren dat ze nog niet konden praten, hebben we ze een paar simpele gebaren geleerd. Ik heb ze jaren niet gebruikt, maar het was altijd onze geheimtaal tijdens bijeenkomsten in volle zalen. Josiahs glimlach hapert heel lichtjes. Het zou een ander niet opvallen, maar mij wel, want we zijn misschien niet meer getrouwd, maar ik heb jaren de tijd gehad om de fysionomie van zijn gezicht te doorgronden. Na een pauze die zo kort is dat hij bijna niet te detecteren valt, maakt hij het gebaar voor 'graag gedaan'.

Ik sta nog steeds te glimlachen als Vashti naast hem komt staan en aan zijn mouw trekt. Eén seconde lang kijkt hij niet weg. Mijn glimlach vervaagt en Kassim trekt nu aan míjn mouw om me aan *Madden* en Jamal te herinneren. Deja zit alweer op haar telefoon, met haar onderlip een beetje naar voren.

Het was mooi zolang het duurde en hoewel het nummer is afgelopen en de waterdruppeltjes al opdrogen op mijn huid, hou ik dat geluksmoment nog even dicht bij me. Als ik weer naar het dj-tafeltje kijk om naar Josiah te gebaren dat we gaan, is de plek waar hij en Vashti stonden leeg.

Hij is al weg.

4

JOSIAH

Ik word wakker van een warme tong die als fluweel over mijn huid strijkt.

Ik trek één oog open, ruk mezelf los van mijn kussen en mijn laken – allebei van een kwaliteit om van te dromen – en werp een dreigende blik op het voeteneinde. Otis heeft het laken uiteraard opzij getrokken met zijn tanden en likt nu aan mijn voet, zoals elke ochtend.

'Dude, serieus?' Ik kijk naar het raam, waarachter de lucht nog donkerpaars is met hoogstens een paar strepen roze. De zon is nog niet eens goed en wel op. 'Kunnen we nog een paar minuten slapen, alsjeblieft?'

Het meelijwekkende gepiep aan het voeteneind gaat over in gejank. Ik weet hoe dit gaat. Als die blaas nog voller wordt, escaleert het tot luid gehuil.

'Shit.' Ik kom overeind en duw mijn voeten in de leren pantoffels die Deja en Kassim me vorig jaar met kerst hebben gegeven. Ik weet dat Yasmen ze waarschijnlijk heeft uitgekozen, want ze hebben die zweem van praktische luxe waar ze zo goed in is, maar ik heb ze nog steeds van mijn kinderen.

'Als vervanging van de pantoffels die jíj stukgebeten hebt,' zeg ik streng tegen Otis, die totaal niet berouwvol kijkt. Ik geef een klopje op zijn kop als ik de slaapkamer uit loop en hij loopt met me mee de trap af, regelrecht naar de voordeur. Alle hoop dat ik me ooit van die hond zou kunnen verlossen is al lang geleden een stille dood gestorven. Daar is hij heel hardnekkig in gebleken, vanaf de eerste nacht dat ik in dit huis sliep.

De scheiding was er nog niet helemaal door, maar ik moest toch ergens wonen. Toen ben ik hier ingetrokken, in plaats van een nieuwe huurder voor het huis van tante Byrd te zoeken. Uiteraard namen we allemaal aan dat Otis bij de kids zou blijven. Zij lieten hem uit, voerden hem, speelden met hem. Ik gaf hem alleen een dak boven zijn hoofd en liet hem nu en dan weten dat ik wist dat hij bestond.

Ik keek naar het zwarte scherm van de gigantische tv die aan een van de vier lege muren hing, zonder zelfs maar de moeite te doen om hem aan te zetten, want wat heb je aan Netflix als je leven in puin ligt en al je dierbaren ineens twee straten verderop wonen… en ineens ging mijn telefoon. Het was een erg schel geluid in die nieuwe, eenzame stilte die ik niet meer had meegemaakt sinds voor mijn trouwen.

Yasmens naam en gezicht verschenen op mijn scherm. En heel even begon mijn hart onbeheerst te bonken. Was ze van gedachten veranderd? Had ze beseft dat onze scheiding een gruwelijke vergissing was? Ik wist hoe irrationeel die gedachtegang was, maar ik nam de telefoon op met een hartslag die weigerde tot bedaren te komen.

'Yas, hé, alles goed?'

Heb je me nodig? Wil je me terug? Moet ik thuiskomen?

'Ik geloof dat Otis je mist.'

Het was het meest desoriënterende wat ze tegen me had kunnen zeggen om twee uur 's nachts.

Ik schraapte mijn keel. 'Sorry, wat?'

'O-tis.' Yasmen brak het op in kleine stukjes die ik nog net aankon. 'Hij houdt niet op met janken. Hij staat aan jouw kant van het bed met zijn kop op je kussen, ik zweer het je.'

'Wat de… Waarom?'

'Nou, Jos, ik zal mijn woordenboek Otis-Mensentaal er even bij pakken om het hem te vragen. Ik weet niet waarom, maar niemand gaat hier een oog dichtdoen voordat jij thuiskomt.'

Niet precies hoe ik me haar uitnodiging om terug te komen had voorgesteld.

'Ik kom eraan.'

Hij kon mij toch niet willen? Waar sloeg dat op? Maar ja hoor, zodra ik de keuken in kwam vanuit de garage hield Otis op met janken, ging op zijn achterpoten staan en likte me in mijn gezicht.

'Verdomme, Otis,' sputterde ik. 'Ik heb je al zo vaak verteld dat ik daar niet op kick. Niet in mijn gezicht likken.'

Hij hijgde tegen mijn keel en zijn enorme poten drukten zo hard tegen mijn borst dat ik bijna niet overeind kon blijven onder zijn aanzienlijke gewicht.

Yasmen stond met haar schouder tegen de deurpost geleund, met vermoeide lijnen om die mooie lippen van haar. Een zijden badjas zat strak om haar borsten en de ceintuur om haar middel benadrukte haar volle rondingen. Mijn pik zwol op bij de aanblik en net toen ik God dankte dat mijn T-shirt mijn erectie bedekte, duwde Otis mijn shirt opzij als een of andere drugshond die cocaïne had geroken.

'Otis,' blafte ik, en ik trok mijn shirt recht. 'Hou op.'

'Ik denk,' zei Yasmen met een stem waarin de vermoeidheid onmiskenbaar doorschemerde, 'dat hij vannacht misschien maar bij jou moet slapen en dan kijken we morgen wel verder.'

'Bij mij?' Wat moest ik in jezusnaam in mijn dooie eentje aan met een hond van honderd kilo? 'Misschien snappen we gewoon niet wat Otis wil. Misschien is hij...'

Op dat moment bevestigde Otis wat ik altijd al had vermoed, namelijk dat hij afstamde van een of andere bovennatuurlijke wolfshondensoort, want hij liep kalmpjes door de bijkeuken de deur uit, waarna hij stilletjes en geduldig ging zitten wachten aan de passagierskant van mijn pick-uptruck.

'Is dat een nieuw trucje dat je hem hebt geleerd?' wist ik nog net uit te brengen. 'Is dit een grap van de kinderen?'

'Nee, Otis wil bij jou slapen. De kinderen kunnen hem overdag nog de hele tijd zien. Het is niet zo'n big deal.'

'Niet zo'n big deal, hè?' zeg ik nog maar eens, in het heden, bij het krieken van de dag, knipperend met mijn slaapogen terwijl Otis zijn ding doet op een stukje gras. 'Zij is niet degene die met dít ding achter jou aan hoeft te lopen,' zeg ik beschuldigend, en ik zwaai met het poepschepje met glitterhandvat dat Deja Otis met kerst heeft gegeven. Hij kijkt me aan alsof hij wil zeggen: *Bruh, ik ben degene die met jóú opgescheept zit.*

En het zou me niet eens verbazen als tante Byrd nog even met Otis heeft zitten smoezen om hem te laten beloven dat hij voor me zou zorgen als zij er niet meer was.

'Ze heeft ons allebei mooi te pakken gehad. Tegen jou zei ze dat je voor mij moest zorgen, tegen mij dat ik voor jou moest zorgen. Ze was me er eentje.'

Byrd was er zeker eentje. Ze was de sterkste vrouw die ik ooit heb gekend. Ze was ontzettend indiscreet en rommelde met kerels zonder er een moer om te geven wat anderen daarvan vonden. Ze had een waardeloze smaak in mannen, wat wel bleek uit de vier eikels met wie ze getrouwd was. Ze was de eerste die lachte en de eerste die huilde. Ze was onzelfzuchtig en gul, en iedereen viel als een blok voor haar kookkunsten.

Ik denk niet dat ik ooit over dat verlies heen kom. Het verlies van de vrouw die me heeft grootgebracht. Als allebei je ouders overlijden als je acht bent, weet je voor eens en altijd dat niets eeuwig duurt. Niets en niemand. Mijn naaste verwant was heel lang alles voor me en mijn hele jeugd lang verwachtte ik elk moment dat zij ook zou wegvallen. Dat ik haar ook zou kwijtraken.

Tot dat op een dag gebeurde.

'Verdomme, wat zijn we morbide vanochtend,' zeg ik tegen Otis als we de voordeur weer door gaan.

Hij werpt me een lijdzame blik toe die zegt: *We?*

'Oké, ík dan.' Ik loop naar de keuken. 'Heb je honger?'

Hij neemt zijn gewoonlijke afwachtende houding aan bij de verhoogde roestvrijstalen voerbak die Kassim heeft gevonden. Zodra mijn zoon had ontdekt dat Deense doggen maar relatief kort leven, deed hij wat jonge genieën nu eenmaal doen. Research doen naar alles wat het leven van Otis ook maar enigszins zou kunnen verlengen, waaronder een voerbak die een flink eind boven de vloer staat, zodat Otis zijn eten en water niet omhoog hoeft te slokken. Volgens Kassim slikken honden die zo groot zijn als Otis nogal wat lucht in met hun voer als ze zich moeten bukken om te eten, en die lucht blijft in hun spijsverteringskanaal hangen. Aangezien een opgeblazen buik doodsoorzaak nummer één is bij Deense doggen, probeert Kassim eventuele spijsverteringsproblemen voor te blijven. Hij heeft Otis zelfs op een dieet van rauw voer gezet.

'En wat hebben we voor het ontbijt?' Ik haal wat in wit papier gewikkeld vlees uit de koelkast en Otis spitst zijn oren en roffelt een vrolijk deuntje op de vloer met zijn staart. 'Yup. Vashti heeft wat kippendijen voor je apart gehouden.'

Otis gaat piepend liggen en snuffelt om zich heen als een prins in ballingschap.

'Oké, telkens als ik het over Vashti hebt, ga jij raar doen.' Ik kijk hem veelbetekenend aan. 'Dacht je dat ik dat niet zie? Geef haar een kans, man.'

Ik haal een bakje gepureerde groente uit de koelkast. Hij legt zijn kop op zijn poten en blijft me aanstaren, alsof hij wacht tot ik iets overtuigends ga zeggen. Ik gooi de groentepuree in een kom met het rauwe vlees dat Vashti me heeft meegegeven, breek er een ei boven en voeg een scheut yoghurt toe. Bij de aanblik van die bak vol krachtvoer – volgens Kassim althans – fleurt Otis weer een beetje op. Ik pak zijn supplementen uit de kast, voeg ze aan de hele goulash toe en zet de bak in de houder. Otis komt overeind om erop aan te vallen.

'Veel plezier ermee,' zeg ik, terwijl ik wegloop. 'Ik ga douchen. We gaan met de kids naar de rivier.'

Zijn enige antwoord is een vrolijke blaf. Ik draai me om en richt mijn wijsvinger op hem. 'Ik weet hoe blij jij wordt van de rivier. Zeg niet dat ik nooit iets voor je doe.'

Ik ga de trap op en roep over mijn schouder: 'Maar hoe kun je dat überhaupt zeggen als ik letterlijk alles voor je doe?'

Ik stel me een tekstballon boven Otis' kop voor met de tekst: *Man, stel je niet aan.*

'Yup,' zeg ik, tegen mezelf uiteraard, terwijl ik me uitkleed en de douche aanzet. 'Je hebt te lang alleen geleefd.'

De rit van Byrds vierkamerhuisje naar het droomhuis dat Yasmen en ik samen hebben ingericht duurt nog geen twee minuten, maar het zou net zo goed een millennium kunnen zijn. Ik ben dol op de chaos van jonge kinderen die constant door het huis rennen met hun vriendjes. De saamhorigheid waarmee je hun leven regelt en ze opvoedt, samen onder één dak. Deja en Kassim gaan nu heen en weer tussen onze huizen, maar ze zijn het grootste deel van de tijd bij Yasmen. Alleen wonen zonder mijn kids was een van de dingen waaraan ik het meest moest wennen na de scheiding. Yasmen en ik zijn allebei enig kind en we waren altijd van plan om minstens vier kinderen te krijgen. Op onze eerste trouwdag was Yasmen al zwanger van Deja. We wachtte een tijdje voor Kassim. Een paar jaar later stonden we te trappelen om er nog een te krijgen. Een pijn die zo scherp is dat ik naar adem hap snijdt door mijn hart als een scalpel. Ik zou inmiddels aan die pijn gewend moeten zijn, maar het overvalt me altijd hoe vers hij nog is. Na bijna drie jaar is het nog steeds niet gesleten.

Ik leg me erbij neer dat dit nog zoiets is waar ik nooit overheen zal komen als ik Yasmens oprit op rijd.

'Môgge, Josiah!'

De begroeting komt van de man die voor het buurhuis staat, een modern blauw-grijs gevaarte van drie verdiepingen dat sterk contrasteert met ons traditionelere witkalkstenen huis. Ik stap uit mijn truck en doe het achterportier open voor Otis, die met grote sprongen de veranda van ons voormalige huis op gaat. Hij gaat in het hoekje bij de schommel liggen, zijn lievelingsplekje.

'Môgge, Clint,' zeg ik tegen de buurman, die hier vlak na ons is komen wonen.

Clints bleke gezicht en rossig blonde haar zouden hem een flets aanzien kunnen geven, maar zijn ogen zijn helderblauw en hij heeft een gezonde kleur op zijn wangen. 'Ik zag je gisteravond bij de foodtruck-vrijdag, maar het is er niet van gekomen om even bij te praten.'

Voordat ik kan antwoorden komt Clints man Brock naar buiten met een wandelwagen, gevolgd door hun chocoladebruine labrador Hershey.

'Josiah,' zegt Brock. Zijn glimlach lijkt witter door zijn donkere huid. 'Geweldig evenement gisteren. Zo leuk dat jullie dat gepland hebben.'

'Dat was helemaal Yas haar ding, maar het was inderdaad geweldig.' Ik knik naar de wandelwagen. 'Is dat de nieuwste hartenbreker van Skyland die je daar hebt?'

Ze beginnen allebei te glimmen en Brock draait de wandelwagen naar mij toe.

'Zeker weten,' zegt Clint. 'Kom even kennismaken met onze Lilian.'

Ik loop naar hun portiek en kijk in het wandelwagentje. Donkere ogen staren me aan vanuit een volmaakt rond gezichtje met gladde bruine wangen. Ze heeft een dot donker krulhaar op haar koppie, ze lijkt krampjes te hebben en ze is zo ongeveer het schattigste wat ik ooit heb gezien. Ik steek mijn vinger uit en ze pakt hem vast, kirrend en trappelend.

'Ze vindt je leuk!' zegt Clint. 'Ze begroet niemand zo. Je hebt haar nu al voor je gewonnen.'

Ik glimlach, maar die scherpe pijn trekt weer door mijn borst.

'Wil je haar even vasthouden?' vraagt Brock enthousiast.

Ik wil haar niet vasthouden. Niet omdat Lilian niet onweerstaanbaar is, want dat is ze absoluut. Ik mijd baby's alleen zo veel mogelijk. En natuurlijk is dat niet altijd mogelijk, maar een baby vasthouden… Ik wil al weigeren, maar ze kijken me zo blij en verwachtingsvol aan dat ik mijn armen uitsteek om haar op te pakken. Dit was hun derde adoptiepoging. Deze gasten houden regelmatig een oogje op Kassim en Deja voor ons. Ze komen constant bij ons eten en wij bij hen. Het zijn goede vrienden en ik kan de pret nu niet gaan drukken omdat ik bepaalde shit nooit heb verwerkt – en, als het zo doorgaat, waarschijnlijk ook nooit zal verwerken – waardoor ik het moeilijk vind om een baby vast te houden.

Dus ik til haar op.

Puur instinctief trek ik haar dekentje wat strakker om haar heen als het afzakt. Ze past perfect in de kromming van mijn arm, net als Kassim en Deja destijds. De herinnering aan de laatste keer dat ik een baby vasthield komt op me af als de grond als je struikelt en valt. Er zit geen warmte of geluk in die herinnering en mijn kaak verstrakt van de emoties die opkomen, emoties die ik de laatste drie jaar heb weggedrukt.

De voordeur van ons huis gaat open en Yasmen komt naar buiten in haar yogabroek en een strak shirtje dat tot vlak boven haar middel valt, zodat er een smal reepje gladde huid zichtbaar is in die volle bruintint à la Kelly Rowland. Ze blijft stokstijf staan als haar goudgespikkelde ogen van mijn gezicht naar mijn armen gaan, met Lilian erin. Er vonkt iets tussen ons in de korte afstand tussen de twee portieken, een spanning die geen verklaring behoeft. Ik weet dat het door het kleine meisje in mijn armen komt.

'Yasmen,' roept Clint. 'Goeiemorgen. We zeggen net tegen Josiah hoe geweldig je die foodtruck-vrijdag hebt georganiseerd. Iedereen in de vereniging is blij dat je er weer bent.'

Brock is een van de prominentste architecten van Atlanta, Clint is de eigenaar van Fancy, een dierentrimsalon op Sky Square, en hij is een actief lid van de Skyland-vereniging.

'Dank je wel.' Ze glimlacht stijfjes en verschuift de draagband van de yogamat op haar schouder.

'Het volgende grote verenigingsevenement is de openluchtbios, toch?' vraagt Brock.

'Yup, volgende week,' zegt ze.

'Eh, hier.' Ik overhandig de baby voorzichtig aan Brock. 'Fantastisch mooi kind. Nogmaals gefeliciteerd.'

'Dank je wel, man.' Brock neemt de baby over, drukt haar tegen zijn schouder en klopt op haar ruggetje. 'We gaan naar het hondenpark met haar en Hershey. Willen jij en Otis mee?'

'Ander keertje misschien,' zeg ik. 'Ik ga met de kids naar het Old Mill Park.'

Hershey keft en trekt ongeduldig aan de riem.

'Ik geloof dat er iemand ongeduldig wordt,' zegt Clint. Hij tilt de wandelwagen de veranda af, Brock volgt met Lilian in zijn armen. 'Goed om je te zien, Josiah. Ik weet dat je veel hier bent, maar we hebben het nogal druk gehad. Onze trouwdag is volgende week en we willen nog langskomen om wat van Vashti's beroemde garnalen en grits af te halen.'

'We moeten nog een babysitter vinden,' zegt Brock tegen hem.

'Ik kan wel op Lilian passen,' biedt Yasmen aan.

De stilte die valt na haar aanbod lijkt alle lucht weg te zuigen en het voelt ineens alsof we stijf bevroren in een vacuüm staan.

'Ja...' zegt Clint onzeker. 'Als je wilt... Weet je het zeker?'

Brock en Clint weten hoe alles hier kapot is gegaan. Ze hebben met eigen ogen gezien wat voor effect het op Yasmen heeft gehad.

'Ja, ik kan wel oppassen,' zegt Yasmen, terwijl ze beide mannen recht aankijkt. 'Echt. Ik red me wel.'

Haar laatste woorden – die bevestigen dat er een tijd was waarin ze het absoluut niet zou trekken om op een baby te passen – lijken de spanning die was neergedaald op te lossen.

'Heel graag dan, Yas. Dank je wel,' antwoordt Clint met een glimlach. 'We moeten nu gaan, maar we hebben het er nog over.'

'Komt goed.' Yasmen kijkt me een halve seconde aan voordat ze haar blik weer afwendt.

Ik loop terug en ga het trapje van de veranda op, waar zij staat. Ik wil vragen of ze het zeker weet, over dat babysitten, maar haar schouders verstrakken alsof ze zich schrap zet, want ze kent me goed genoeg om te vermoeden dat ik die vraag zou stellen.

In plaats daarvan loop ik door naar de schommel en ga zitten. Soms zou ik willen dat ik Yasmen niet zo goed kende. We hebben allebei van die kleine dingetjes die ons verraden, geheime doorgangen naar onze gedachten die we door de jaren heen ontdekt hebben. Niemand kent haar beter dan ik en ze kent mij beter dan wie dan ook. Dus als ze haar tanden in het dikke kussentje van haar onderlip zet, zoals nu, wil dat zeggen dat ze toewerkt naar een onderwerp dat ze liever niet zou aansnijden.

'Kids klaar?' vraag ik om haar de kans te geven om te zeggen wat ze wil zeggen. Otis legt zijn kop op mijn schoot en ik beloon hem met een aai over de gladde vacht in zijn nek.

'Eh, ja.' Yasmen laat de yogamat van haar schouder glijden en leunt tegen de reling van de veranda. 'Maar ik wou nog iets met je bespreken.'

'Zeg het maar.'

'We moeten er wat meer bovenop zitten met Deja. Ze heeft gisteren gespijbeld tijdens Engels.'

'Weet je dat zeker?' vraag ik fronsend. 'Dat klinkt niet als Dé.'

'Ze bekommert zich steeds minder om haar cijfers. Het schooljaar is nog geen maand bezig en ik maak me nu al zorgen. Ze was altijd een van de besten van de klas.'

'Ze heeft nogal wat meegemaakt, Yas. Wij allemaal.'

'Je hoeft mij niet te vertellen wat we hebben meegemaakt. Wat Deja heeft meegemaakt.'

Ik verstijf en mijn hand valt stil op Otis' vacht. 'Ik probeer je helemaal niks te vertellen. Ik zeg alleen dat we haar misschien wat ruimte moeten geven omdat het de laatste tijd niet makkelijk is geweest.'

'Ruimte geven is een ding, onverantwoordelijk ouderschap is een ander verhaal.'

Mijn linkerwenkbrauw gaat omhoog en ik vraag me af of ze nog weet dat dat verraadt dat ze me op de kast heeft gekregen. 'Noem je me nou een onverantwoordelijke vader?'

'Nee, zo bedoelde ik het niet.' Yasmen laat de yogamat vallen en strengelt haar handen ineen achter haar nek. 'Ik zeg alleen dat we spijbelen niet door de vingers kunnen zien, ook niet als we een zware tijd achter de rug hebben.'

'Weet je zeker dat ze heeft gespijbeld?'

'Ja, ze zei dat ze een uitzending van een of ander natural-hair-event wilde kijken.'

'Pardon?'

'Nogmaals, ik denk dat je even met haar moet praten.'

'Wat zei ze toen jíj met haar praatte?'

'Dat ik niet zo moet overdrijven en dat ze het nooit meer zal doen.'

'Nou, als ze gespijbeld heeft, moet dat wel consequenties hebben. Een week niks posten op social media misschien?'

'Klinkt goed. We kunnen overal bij. We kunnen de hele boel afsluiten als het moet.'

'Ik kan vandaag wel met haar praten.'

'Weet je zeker dat we het niet beter samen kunnen doen? Verenigd front, zeg maar?'

'Als je de spanning ziet die er de laatste tijd tussen jullie hangt, is het misschien beter als het van mij komt.'

Er gaat een korte flits van opluchting over haar gezicht en dan trekt ze een zuur mondje. 'Ik ben op het moment niet echt haar favoriete persoon.'

'Misschien ben je gewoon een beetje overgevoelig.'

'Wat bedoel je daarmee?' Haar gezicht staat op slag geïrriteerd. 'Wanneer ben ik overgevoelig?'

'Eh... nu?'

'Oké, Josiah, het zal wel.' Ze pakt haar yogamatje op en hangt het weer over haar schouder. 'Geen wonder dat ze vindt dat ik moeilijk doe. Dat vind jij ook.'

Ze doet de voordeur open en steekt haar hoofd naar binnen om te roepen: 'Kids, papa is er.'

Zonder make-up ziet ze er jong en fris uit, met haar haren hoog op haar hoofd in een krullerige paardenstaart. Ze is nog net zo mooi als de dag waarop we elkaar voor het eerst ontmoetten. Ze verandert en ze wordt ouder, maar in mijn ogen wordt ze alleen maar mooier. Alsof God een blik op de katachtige welving van haar jukbeenderen, die verleidelijke volle lippen en die zwoele donkere ogen met gouden spikkels heeft geworpen en toen zei: 'Dacht je dat ze er nu goed uitziet? Dit is nog maar het begin.' Ik dacht dat ik die veranderingen van dichtbij zou meemaken en haar door de jaren heen almaar mooier zou zien worden, maar het noodlot had andere plannen.

Correctie. Yásmen had andere plannen en ik ben nog steeds bezig me aan te passen – uiteraard niet altijd even goed – aan de veranderde omstandigheden.

'Yas, ik bedoelde niet...'

'Ik weet wel wat je bedoelde.' Haar ogen schieten naar de mijne. 'Ik weet altijd wat je bedoelt. Dat ik te heftig reageer. Dat ik overgevoelig ben. Dat ik niet weet wat ik doe.'

'Ik heb nooit gezegd dat je niet weet wat je doet, zelfs als het zo is.'

We kijken elkaar aan en de pijn in haar ogen snijdt dwars door mijn ziel. Ik ben zo'n klootzak. Ik ben hier gewoon niet goed in. In écht bij haar zijn als ik bij haar ben. Ik kom zakelijk en onpersoonlijk over, terwijl ik eigenlijk alleen maar met die nieuwe dynamiek tussen ons probeer te dealen. Hoe doen mensen dit? Als het vloerkleed wordt weggerukt onder het leven dat ze voor altijd dachten te hebben, hoe doen ze dan alsof dat geen totale aardschok is? Alsof het dak niet is ingestort en ze niet onder een betonnen paal beklemd zijn geraakt? Hoe blijf je ademen als de persoon die je voor eeuwig had willen koesteren je aankijkt zoals Yasmen me nu aankijkt, omdat je haar zoveel pijn hebt gedaan?

'Praat maar met je dochter,' zegt ze, terwijl de mond waar ik vroeger wild van werd een strakke lijn vormt. 'Kassim moet om twee uur voetballen. Ik zie je op het voetbalveld.'

Ze rent het trapje van de veranda af en haast zich over de stoep naar het park voordat ik iets aan de situatie kan verbeteren, niet dat ik zou weten hoe, als ze gebleven was. Ik kijk haar nog een paar tellen na en ben me er pijnlijk bewust van hoe slecht ik dat gesprek heb aangepakt. Ik haal een hand over mijn gezicht, nu al moe, hoewel de dag nog maar net is begonnen. Otis staart me aan met hondachtige afkeuring in zijn blik.

'Kijk niet zo. Aan wiens kant sta jij eigenlijk?'

Hij tilt omzichtig zijn kop van mijn schoot en wendt zich af, wat een duidelijk antwoord op mijn vraag lijkt te zijn.

De deur vliegt open en Kassim komt naar buiten hollen met een frisbee, een sporttas en een Pop-Tart.

'Môgge, zoon van me.'

'Hé pap,' zegt hij met volle mond.

Hij loopt straal langs me heen naar de Rover, gaat op de achterbank zitten en doet het portier dicht. Binnen twee seconden heeft hij zijn oortjes in. Tien tegen een dat hij weer naar een robotica-podcast zit te luisteren. Deja komt een stuk rustiger naar buiten. Gekleed in een afgeknipte spijkerbroek, een TLC-shirtje en roze hoge Converse. Er hangen twee vlechtjes over haar schouders en ze is zo mooi. Mijn kleine meid wordt groot, verdomme. Nog even en er komen jongens en allerlei shit die me hartaanvallen gaan bezorgen. Ik wil deze dag koesteren, nu ze het nog leuk vindt om met papa op pad te gaan op zaterdagochtend, want ik denk niet dat dit nog veel langer kan duren.

'Pap, waarom kijk je zo?' Haar lach krult op precies dezelfde manier op als die van Yasmen als die een goed humeur heeft.

'Je lijkt elke dag meer op je moeder,' zeg ik met een trage glimlach.

Ze fronst, rolt met haar ogen en paradeert het trapje af. 'Hopelijk groei ik daar snel overheen.'

Deed Yasmen echt wel zo overgevoelig? Want dat klonk... hard.

Otis sjeest de veranda af en haalt Deja in, die achter hem aan gaat zodra ze beseft wat hij doet. Ik weet niet goed hoe het begonnen is, maar het spelletje is dat Otis op de voorbank probeert te zitten, wat hij alleen doet als Deja met me meerijdt. Anders vindt hij het altijd prima om mee te rijden op de achterbank.

'Bekijk het maar, Otis,' gilt Deja, en haar gezicht transformeert van chagrijnige tiener tot uitgelaten kind. 'Ik ga voorin.'

Als ze bij de auto zijn, doet Deja het achterportier open en wijst naar binnen. 'Jij mag achterin bij Kassim. Jij hebt papa de hele tijd al voor jezelf.'

Mijn irritatie verdwijnt. Misschien ben ik nu degene die overdrijft en was haar opmerking niet zo erg als ik dacht. Ik ben de eerste die toegeeft dat mijn dochter me de helft van de tijd moeiteloos om de vinger windt, maar het wordt wel weer oké tussen haar en Yasmen.

Als er iets is wat de Wades de laatste jaren hebben geleerd, is het wel oké zijn.

5

YASMEN

'Overgevoelig!'

Ik manoeuvreer mijn benen in de lotushouding op mijn matje, aan het einde van de yogales in het park. Het is de laatste zaterdag van augustus en het is nog steeds behoorlijk broeierig. Dit is Atlanta, dus het zou tot oktober dertig graden kunnen blijven.

'En hij vindt dat ik overdrijf? Dat geloof je toch niet?' vraag ik boos. Mijn blik gaat heen en weer tussen Hendrix en Soledad. 'Ik! Alsof het niks is dat Deja spijbelt.'

Hendrix ligt plat op haar mat, legt haar enkel over haar knie en staart naar het bladerdak dat wat schaduw biedt tijdens onze training in de buitenlucht. 'Ik spijbelde vroeger ook weleens en ik ben prima terechtgekomen.'

'Ga haar nou niet verdedigen, Hen.' Ik trek mijn paardenstaart wat strakker aan. 'Niet naar Engels omdat ze een of ander haarding wilde kijken? Onacceptabel.'

'Vind ik ook,' zegt Soledad. 'Ik zou flippen als mijn meiden gingen spijbelen.'

Ze zit op haar knieën, buigt zich voorover, krult haar bovenlichaam om en duwt haar onderlichaam omhoog tot ze in een kaarsrechte hoofdstand staat… en dan spreidt ze haar benen in een split. Hendrix en ik kijken haar met open mond aan. Die houding is voor zwaar gevorderden en we hebben het in de les nog niet eens geprobeerd.

'Wat?' vraagt Soledad met haar hoofd in de mat gedrukt, terwijl haar ogen ondersteboven tussen ons heen en weer schieten. 'Oké, misschien heb ik thuis een beetje geoefend.'

'Dus jij vindt wel dat er iets aan de hand is, Sol?' vraag ik.

'Ga je naar háár luisteren over wat normaal is?' zegt Hendrix snuivend. 'De vrouw die voor bonuspunten gaat bij yoga?'

Soledad beweegt haar benen heel gecontroleerd omlaag en neemt weer een zittende houding aan op haar matje. 'Ik zeg alleen dat we onze kinderen van begin af aan duidelijk moeten maken wat wel en niet mag. Als ze eenmaal in de bovenbouw zitten, wordt het rap minder. Geloof mij maar. Ik kijk *Euphoria*.'

Aan haar opgetrokken wenkbrauwen en grote ogen te zien, vertelt haar dat alles wat ze moet weten.

'Ik geloof niet dat we al aan de afkickklinieken en de porno-industrie toe zijn,' verzeker ik haar.

'Je weet maar nooit.' Soledad leunt voorover en fluistert samenzweerderig: 'Seizoen één.'

'Hoe dan ook.' Hendrix gooit er hoofdschuddend een goedmoedig grinniklachje uit. 'Ik wil maar zeggen dat ik misschien geen tienerdochter heb, maar ik ben er wel een geweest en ik leek best wel op Deja. Hoe strakker mijn moeder de teugels aantrok, hoe harder ik ging bokken. Ik zeg niet dat je haar totaal vrij moet laten, maar misschien... ietsje losser?'

Ik adem hard uit door mijn neus, niet op een mindvolle manier, en sta op.

'Ik zal er nog eens over nadenken.' Ik rol mijn matje op en hang de band over mijn schouder. 'Maar de beslissingen die ze nu neemt, hebben wel effect op haar toekomst. Dit is een deel van een groter patroon. Ze haalt slechtere cijfers, ze zegt dat ze na school niet verder wil leren en dat ze hair influencer wil worden.'

Hendrix staat op en pakt haar matje. 'Dat was niet eens een beroep toen wij zo oud waren.'

'Nog steeds niet,' zeg ik streng. 'Daar kun je niet van leven.'

'Er zijn wel mensen die goed verdienen op social media, Yas, maar er is nog tijd zat om een tienjarenplan voor haar uit te stippelen,' zegt Hendrix droogjes. 'Ze zit net in de tweede.'

'Je hebt vast gelijk, maar ze is zo brutaal als de beul en Josiah is zo... ugh, nou ja, Josiah... dat mijn zenuwen het zo langzamerhand niet meer trekken.' Ik kijk naar Soledad, die haar matje en tas oppakt. 'Hebben jullie tijd voor brunch?'

Hendrix lacht. 'Ik hoopte al dat je dat zou zeggen.'

'Ik verga van de honger,' zegt Soledad. 'Voor de verandering is mijn zaterdagochtend een keer niet volgeboekt. Inez hoeft pas om drie uur te voetballen en Lupes uitvoering is pas om vijf uur. Waar gaan we eten?'

'Maakt me niet uit, alleen niet bij Grits.' Het is eruit voordat ik er erg in heb.

'En is dat vanwege je werk of omdat Vashti daar is?' vraagt Hendrix met achterdochtige oogjes. 'We willen nog steeds meer info over die ontwikkeling tussen haar en Josiah.'

'Ik heb geen nieuws.' Ik loop met ze mee naar het smeedijzeren hek van het park.

'Maar we denken wel dat ze neuken, toch?' vraagt Hendrix.

Ik struikel en val bijna, maar Soledad pakt me bij de arm en kijkt me onderzoekend aan. 'Gaat het?'

'Eh, ja hoor.' Mijn hart slaat nog steeds nu en dan een slag over bij de gedachte alleen al. Natuurlijk zou het kunnen dat ze het met elkaar doen. Alsof mij dat wat kan schelen. 'Prima. Dat zijn Josiahs zaken. We zijn gescheiden. Hij kan doen wat hij wil en met wie hij maar wil.'

Ik probeer mijn schouders heel nonchalant op te halen en over te stappen op een onderwerp dat ze hopelijk interessanter zullen vinden.

'Maar brunch dus?' vraag ik, terwijl ik mijn meest zorgeloze glimlach uit de kast haal. 'We hebben die nieuwe tent nog niet geprobeerd, Sunny Side.'

Misschien kijken ze iets te nadrukkelijk naar me tijdens ons feestmaal van fruit, wentelteefjes en omelet, maar ik kies ervoor om de vraagtekens in hun ogen te negeren. Het zijn vragen die ik mezelf niet eens wil stellen. Wie ben ik om bezwaar te maken als Josiah een ander vindt, terwijl ik degene was die de scheiding in gang heeft gezet? Ze weten niet – niemand buiten hem en mij weet dat – hoe hij zich bij elke stap verzet heeft tegen dat idee.

Tot er geen stappen meer over waren.

Alleen nog papieren om te ondertekenen. Alleen nog opluchting.

Het voelde elke ochtend alsof de wereld zwaar op mijn borstkas drukte en ik moest alles op alles zetten om überhaupt uit bed te komen. De scheiding was zo zwaar, maar het voelde alsof ik weer wat lucht kreeg toen het zover was. Het was stil in huis en ja, ik miste Josiah meteen, wanhopig veel, maar zelfs in die nieuwe eenzaamheid zat een soort opluchting, omdat ik nu nog maar een ding hoefde te redden. Niet mijn huwelijk, alleen mezelf.

Ik neem een stevige slok van mijn mimosa, terwijl ik denk dat ze wel wat zuinig met de prosecco zijn geweest, en als ik opkijk, zie ik Hendrix' onderzoekende blik.

'Oké,' zeg ik tegen haar, terwijl ik mijn glas niet al te zachtzinnig op tafel zet. 'Ik weet dat je vragen hebt over Vashti en Josiah, maar je hoeft me niet zo aan te kijken.'

Hendrix doet haar mond open om iets te zeggen, maar ik steek mijn hand op om haar tegen te houden.

'Ik weet heus wel wat je denkt. Dat het logisch is als je heel misschien wat minder blij bent met het nieuwe liefje van je ex.'

'Nou, eigenlijk...' begint Hen.

'En waarschijnlijk denk je dat ik gewoon volwassen moet reageren, dat het onvermijdelijk is dat een man als Josiah, sterk, lang, donker, knap, viriel...'

'Al die dingen,' mompelt Soledad. 'Oef.'

'Charismatisch,' ga ik verder. 'Gedreven... ik noem maar wat... mooie vrouwen zal aantrekken. Daar moet ik gewoon aan wennen.'

'Tuurlijk, maar...' zegt Hendrix.

'En dat ga ik ook doen.' Ik zwaai met mijn vinger. 'Ik bedoel, ik moet wel. Ik ben er zelfs al aan gewend geraakt in de twee dagen sinds ik erachter kwam dat ze...'

'Neuken,' zegt Hendrix heel behulpzaam.

'Daten,' zeg ik tegelijk, terwijl ik fronsend naar de restanten van mijn omelet kijk. 'Dus ik snap het heus wel. Je hoeft me niet aan te kijken alsof ik elk moment kan ontploffen.'

'Zo keek ik helemaal niet,' beweert Hendrix met een gebaar naar mijn gezicht. 'Ik keek naar dat snorretje op je bovenlip.'

Mijn wijsvinger vliegt naar mijn mond.

'Rotwijf.' Ik moet lachen. 'Het zijn gewoon wat... verdwaalde haartjes.'

'Hmpf,' kakelt Hendrix. 'Stoppels zul je bedoelen.'

'De vrouwen in mijn familie zijn gewoon een beetje harig,' zeg ik. 'Mijn oudtante had bijna een volle baard bij haar overlijden.'

'Zwarte jezus nog aan toe...' Hendrix' ogen worden groot van afgrijzen.

'Was het een open kist?' fluistert Soledad.

'O mijn god.' Ik barst in lachen uit. 'Ze was harig, niet onthoofd of zo.'

We zetten het met zijn drieën op een giechelen en vallen tegen elkaar aan, ietwat licht in het hoofd van het eten, de mimosa's en het lachen.

'Sinja, de eigenaresse van die winkel Honey Chile, raadde me een gezichtswax met honing aan die ik geweldig vind,' zegt Soledad. 'Het is maar één straat verderop.'

'Perfect,' zeg ik. 'Ze doet een triviaquiz voor de openluchtbios. Ik kan even langsgaan om te vragen of ze daar klaar voor is.'

Tijdens het wandelingetje naar Honey Chile komt er een herinnering bij me op die zo levendig is dat hij net zo echt voelt als het geklingel van de windklokjes boven de deur als we de winkel binnengaan. Josiah en ik staan op een ochtend voor onze identieke wastafels en kijken elkaar aan in de spiegel. De inhammen en richels van zijn blote borst en buikspieren zijn een bijzonder aangename afleiding. Pyjamabroek laag op de heupen, zodat de gebeeldhouwde lijnen bij zijn heupen zichtbaar zijn. Hij stond zich te scheren, met die ruige kaaklijn vol scheerzeep, en plaagde me met de verdwaalde haartjes op mijn lip. Hij drukte me tegen het bed en hield zijn scheermes boven me alsof hij een barbier was die op het punt stond om me te gaan scheren. In die tijd maakten we goed gebruik van elk moment dat we in de buurt van een bed kwamen, dus het duurde niet lang voor mijn badjas open was. Voor zijn hoofd tussen mijn benen zat. Voor ik hem in mijn mond had. Voor onze handen wanhopig zoekend overal naartoe gingen.

'Ik hoop dat hij bevalt,' zegt Sinja, terwijl ze de wax aanslaat.

'O, eh... ja,' stotter ik, terwijl er een warme blos naar mijn nek en wangen stijgt. 'Ik kan niet wachten om hem uit te proberen. Dank je wel.'

Dit is geen goed moment om terug te denken aan de tijd dat alles nog goed was. Toen alles verzengend perfect was en ik me niet kon voorstellen dat het ooit anders zou zijn, omdat ik geen idee had van het hoe en waarom van de irrationele wreedheid van het leven. Ik kan me nu niet in herinneringen verliezen. Het verleden heeft etappes die te pijnlijk zijn, zeker, maar er zijn ook kilometers die te goed voelden.

'Anders nog iets?' vraagt Sinja.

'Nee,' zeg ik, net zozeer tegen mezelf als tegen haar, vastbesloten om mijn gedachten in te tomen en mijn herinneringen veilig op te bergen. 'Dat was het.'

6

JOSIAH

'Ik kan niet zeggen wie er nou blijer is,' zeg ik als ik Kassim en Otis langs de rivieroever zie rennen, waarbij ze elkaar behoorlijk nat spatten. 'Maar ik had nog even moeten wachten voordat ik mijn auto liet schoonmaken. Al die modder.'

'Ik snap je helemaal.' Deja grijnst en klopt op het rugzakje dat voor haar voeten staat. 'Ik heb een handdoek ingepakt, na de vorige keer.'

We geven elkaar een boks en grinniken als Otis opspringt naar de frisbee die Kassim heeft gegooid, waarna hij in het water landt en uit het zicht verdwijnt. Een paar tellen later komt hij boven met de frisbee tussen zijn tanden.

'Uitslover,' brom ik.

'Je bent gek op hem,' zegt Deja plagerig.

'Pfff.' Ik rol met mijn ogen en schraap mijn keel. 'Maar hé, je moeder vertelt me dat je spijbelt. Wat is dat?'

'O mijn god.' Deja legt kreunend een hand op haar ogen. 'Waarom doet ze daar zo moeilijk over? Het was één lesuur, zodat ik een belangrijke uitzending kon kijken. Ik wou dat ze me gewoon met rust liet.'

'Ja, dat is niet echt hoe ouderschap werkt. Een week geen social media.'

'Pap! Nee! Ik heb al allerlei posts gepland.'

'Stel je planning dan maar snel bij.'

'Ik wil een andere straf, wat dan ook,' zegt ze smekend.

'Dat is precies waarom we deze straf hebben gekozen.'

'We?' Ze kijkt me achterdochtig aan. 'Heeft zij dit verzonnen?'

'Het was mijn idee.' Mijn wenkbrauwen gaan omhoog tot niveau gevarenzone. 'Je moeder is niet de vijand. Ze wil alleen het beste voor je. Wij allebei. We betalen dat schoolgeld voor Harrington niet om jou de kantjes eraf te laten lopen.'

'Wie zegt dat ik zo nodig naar Harrington wilde?' mompelt ze, en ze schopt tegen een kiezelsteentje.

'Het is een van de beste scholen van de staat, Dé. Als je het daar goed doet, heb je de universiteiten straks voor het uitkiezen.'

'Wie zegt dat ik dát wil? Niet iedereen hoeft te studeren.'

Ik krijg niet de kans om daarop te reageren, want mijn telefoon laat me weten dat er een appje binnenkomt.

Vashti: Hé lief. Ik ben op het werk om alles voor te bereiden voor de lunchdrukte. Kom jij ook nog?

Ik: Ja. Nu bij de rivier met de kids. We gaan zo, maar Kassim moet om twee uur voetballen. Ik ben er voor de avond. Anthony is er ook, toch?

Ik heb zo lang zo'n beetje alles gedaan bij Grits. Nu de boel op orde is en we een chef-kok en een souschef hebben, plus Anthony, een geweldige bedrijfsleider die ik heb losgeweekt van een van de beste restaurants van Atlanta, heb ik eindelijk wat tijd voor mezelf.

Vashti: Ja, Anthony is er. Alles onder controle. Ik wil je gewoon zien en misschien kunnen we na sluiting nog iets doen?

Ze heeft al een paar keer gehint dat ze wil blijven slapen. We zijn nog niet zo lang samen, maar de aantrekkingskracht is er en ik vind haar heel leuk. Ik heb al zo lang geen date gehad, maar ik weet nog wel dat dit is hoe relaties groeien. Ik ben een man van vlees en bloed. Ik wil dit.

Toch?

Ik: Ik wil jou ook zien. Yas neemt de kinderen na de voetbalwedstrijd. Dan kom ik die kant op.

Vashti: Dus Yasmen komt niet naar Grits?

Ik frons en mijn duimen vallen stil boven het schermpje. Ondanks de spanning tussen Yasmen en mij ben ik er heel duidelijk over dat onze zaak niet zou zijn wat hij is zonder haar ideeën en haar enthousiasme in het begin. We zijn misschien niet meer getrouwd, maar we zijn nog steeds partners.

Ik: Waarschijnlijk niet vandaag. Heb je haar ergens voor nodig?

Vashti: Nee, helemaal niet. Het voelt gewoon wat ongemakkelijk nu ze weet dat wij iets hebben. Ik wil dat alles werkt. En ik wil dat het tussen ons werkt. Ik wil dat alles oké is bij Grits en ik wil gewoon niks overhoopgooien. Vind je dat ik me aanstel?

Ik: Nee, maar je hebt niks om je zorgen om te maken.

Vashti: Oké. Tot gauw. <3

Ik staar seconden lang naar de <3 voordat ik mijn telefoon weer in mijn broekzak prop. Het is niet eens een echt hartje, maar het zet me aan het denken. Ik moet oppassen met deze relatie. Ik geef om Vashti en ik wil haar op geen enkele manier pijn doen. Ik ben er eerlijk over geweest dat ik gewoon wil kijken waar het toe leidt, maar dit is de eerste relatie sinds mijn scheiding. Ik probeer nog even niet te serieus te worden.

'Was dat Vashti?' vraagt Deja zonder op te kijken van haar eigen telefoon.

'Ja, over het werk van vanavond.'

'Kom op, pap.' Deja grijnst en kijkt me met lachende ogen aan. 'Kassim en ik hebben het allang door.'

'Wat?' Ik hou me van de domme.

'Jou.' Ze beweegt haar hoofd heen en weer. 'Vashti. Jij en haar. We weten het heus wel.'

'Hoe kom je daar zo bij?'

'Punt één: hoe ze naar je kijkt.' Deja fladdert overdreven met haar wimpers. 'Alsof je zo geweldig bent.'

'Ik bén zo geweldig.' Ik trek aan een van haar vlechtjes. 'Maar dat is vast niet het enige.'

'Ze komt steeds vaker langs, ook als jullie niet aan het werk zijn.' Ze haalt haar schouders op. 'Ik weet niet. Ik kan gewoon zien dat je haar leuk vindt.'

'Dat is ook zo,' zeg ik, en ik kies mijn woorden met zorg. 'Ik wist niet zo goed hoe jij en Kas het zouden vinden. Vind je het oké als ik met iemand omga?'

'Waarom niet?' Ze ademt met een sissend geluid uit. 'Je verdient wel wat geluk na wat zíj je heeft aangedaan.'

Zij?

'Eh... Bedoel je je moeder?'

'Tuurlijk. Wie kan het je kwalijk nemen als je verdergaat met je leven? Mama is gek geworden en ze heeft je leven verwoest en...'

'Ho, ho, ho.' Ik schud mijn hoofd en kijk haar recht aan, zodat ze me goed begrijpt. 'Laat ik nooit meer horen dat je je moeder gek noemt. Is dat begrepen, Deja Marie?'

'Maar pap, ze...'

'Ze was zwaar depressief, niet gek. Begrijp je wel wat wij als gezin allemaal hebben verloren in een paar maanden tijd?'

'Ja, pap.' Deja moet duidelijk iets wegslikken. 'Tante Byrd en... en Henry.'

Zijn naam draait een schroef in mijn borstkas aan. Waarschijnlijk zal dat altijd wel zo blijven.

'Ja,' antwoord ik, en de woede trekt uit mijn stem. 'Henry was voor ons allemaal een groot verlies, maar je moeder, die heeft hem in haar buik gedragen. Net zoals ze jou en Kassim heeft gedragen. En de manier waarop ze hem verloor was...'

De binnenkant van mijn keel brandt en ik wou dat ik mijn woorden kon inslikken, dat ik dit hele gesprek kon inslikken. Het doet nog steeds pijn om eraan te denken, om erover te praten, en ik besef dat ik dat eigenlijk nooit doe. Sterker nog, ik heb dat eigenlijk nog nooit echt gedaan.

De herinnering aan Yas, die doorgaans het zonnetje in huis was en nu dof, slonzig en roerloos in de schommelstoel naar de muur van Henry's kamertje zat te staren, kwelt me een ogenblik lang en ineens ben ik weer daar. In dat wanhopige, inktzwarte, woedende moment. Waarin ik niet eens weet waar ik mijn woede op moet richten. Hulpeloos, omdat ik haar met de dag verder voelde afglijden. Ik wist dat ik haar kwijtraakte en ik kon niets doen om haar vast te houden.

'Ze moest hem ter wereld brengen, Dé,' ga ik verder. 'Terwijl ze wist dat hij al niet meer leefde, en het was gewoon te veel. Het was zo zwaar.'

'Ik weet het, maar ze...'

'Niks te maren. Als ik je nog een keer zo over je moeder hoor praten, krijg je met mij te maken.' Ik til haar kin op, zodat ze me wel moet aankijken. 'Begrepen?'

Ze knikt langzaam en onzeker, en ik heb nu al een beetje spijt. Misschien was ik te hard voor haar, maar het maakte me kwaad om haar zo te horen praten over alles wat Yas heeft doorgemaakt, niet alleen minachtend, maar ook verwijtend. Ik kus haar op haar voorhoofd om mijn uitbarsting wat te verzachten en mijn woorden galmen na in mijn hoofd. Hoe ik Yasmen verdedigde tegenover Deja. Het begrip dat ik probeerde te tonen. In mijn achterhoofd zit een stemmetje dat zich afvraagt of ik dat misschien wat meer had moeten doen toen er nog een kans was.

7

YASMEN

'Dit is het vierde jaar dat we onze openluchtbios organiseren.' Ik omklem de microfoon en glimlach naar de menigte die zich op het grasveld van Sky Park heeft verzameld. 'En namens de Skyland-vereniging wil ik jullie hartelijk bedanken voor jullie komst. Maar voordat we gaan kijken naar *Spider-Man: Into the Spider-Verse*, is hier Sinja Buchanan, de eigenaresse van Honey Chile, hier vlak bij het plein, met een filmquiz.'

Ik geef de microfoon door, stap van het kleine podium en loop naar de plek waar Hendrix en Soledad zich hebben geïnstalleerd. Ik heb ze niet meer gezien sinds de brunch van vorige week en mijn mondhoeken beginnen al aan een lach bij de gedachte aan een avond met mijn meidencluppie.

'Zo fijn om je te zien, Yasmen,' zegt Deidre Chadworth, die me even tegenhoudt met een hand op mijn schouder als ik bijna bij mijn vriendinnen ben.

'O, dank je wel, Deidre.'

Ik heb meer dan eens goedbedoelende buren aan de deur gehad die aanbelden en op de veranda stonden met een ovenschotel of stoofpot. Op sommige dagen negeerde ik ze gewoon tot ze weer weggingen. Deidre, een van de hardnekkigste, bracht geen eten. Als eigenaresse van onze plaatselijke boekwinkel, Stacks, kwam ze altijd met boeken.

'Ik heb de nieuwe Sarah MacLean in huis gehaald,' zegt ze, en haar glimlach en de ondeugende glans in haar lichtbruine ogen vertellen me dat het een boek is om rode oortjes van te krijgen. 'En de nieuwste titel van Beverly Jenkins.'

'Ik probeer deze week te komen.' Ik raak haar arm aan, die overdekt is met zomersproeten en versierd met rinkelende armbanden. 'En ik heb je nooit fatsoenlijk bedankt voor al die keren dat je langskwam toen ik...'

Ik weet niet goed hoe ik over mijn depressie wil praten. Vroeger was mijn filosofie altijd dat je met shit moet dealen en dan verdergaat met je leven – tot er iets gebeurde waar ik gewoon niet overheen kon stappen. Het was alsof ik elke ochtend wakker werd op een smalle vensterbank, met de vraag: is vandaag de dag dat ik val?

'Ach, lieverd,' zegt Deidre, en ze geeft een kneepje in mijn hand. 'Ik begrijp het helemaal. Ik ben er drie kwijtgeraakt voordat ik mijn Charlie kreeg.'

'Dat wist ik niet. Sorry, Deidre, wat erg.'

'Twee waren miskramen, en dat was al erg genoeg, maar die laatste.' Ik herken de verwante pijn die in haar ogen opflakkert. 'Net als Henry. Doodgeboren.'

Als je het zelf niet hebt meegemaakt, kun je de gruwelijke macht van dat woord niet bevatten.

Doodgeboren.

Een kind dat ter wereld komt terwijl het die wereld al verlaten heeft. De paradox van geboorte en dood, ingebakerd in één geluidloos moment. Niet de eerste tik op het kontje en het gehuil van nieuw leven, maar de klaagzang van een moeder. Een bel die nooit zal luiden. Ik kroop in elkaar in een steriele kamer met witte, gesteven lakens terwijl hete, stille tranen het verdriet in mijn wangen kerfden. Ze trokken in mijn poriën en infecteerden het merg. Een onontkoombare pijn kroop in mijn botten.

'Je leert ermee leven, hè,' zegt Deidre met sympathie en zeldzaam begrip in de glimlach die ze me schenkt. 'Maar mensen die zeggen dat je er wel overheen komt hebben niet verloren wat wij hebben verloren. Ik ben al blij dat je er nog bent.'

Rouw is een opgave. Het is hard werken om te blijven ademen, wakker worden, opstaan en je door een wereld bewegen die leger aanvoelt dan voorheen. Er is een gapend gat in je bestaan geslagen en iedereen om je heen loopt er straal langs alsof het er niet is.

Maar jij kunt er alleen maar naar staren.

Ik knipper mijn tranen weg in het vroege avondlicht en beantwoord Deidres glimlach. 'Dank je wel, en ik kom deze week naar de winkel.'

Als ik bij Hendrix en Soledad aankom, heb ik mezelf weer op orde, met droge ogen en een vrolijke glimlach.

Hendrix, die 1 meter 78 is op haar blote voeten, waar de hakken van haar sandalen nog eens tien centimeter aan toevoegen, heeft gescheurde skinny jeans aan en een kobaltblauw topje, gecombineerd met enorme oorringen en gouden haarringetjes in haar vlechtjes.

'Wat zie je er goed uit,' zeg ik, terwijl ik een hand uitsteek om aan de zijdeachtige stof van haar top te voelen.

'Dank je. Lotus Ross heeft een nieuwe grotematenlijn die ze Mo' Better noemen.' Ze kust haar vingertoppen als een Franse kok. 'Perfect gewoon.'

'Oooo, daar moet ik ook een keer gaan kijken,' zegt Soledad.

'Ja, ze heeft óók kleren voor jouw smalle kontje.' Hen duikt weg als Soledad doet alsof ze haar een stomp wil geven. 'Ik bedoel, Mo' Better staat voor "meer is beter", hè.'

'Er zijn misschien een hoop dingen dun aan mij.' Soledad geeft een klap op haar kont. 'Maar deze niet.'

Soledad heeft er een paar picknickkleden voor nodig om al haar kroost te herbergen. Drie meisjes in tinten die variaties vormen op de huidskleur van hun moeder, met hier en daar fysieke details van Soledads waardeloze man, liggen languit in het gras, graaien in Soledads picknickmand, die zo uit een culinair tijdschrift lijkt te komen, en geven hapjes aan elkaar door.

'Ik heb quiche lorraine,' zegt Soledad. 'En een salade die ik vlak voor vertrek heb gemaakt. Die vind je vast lekker. Er zitten olijven in, spinazie en feta. Tomaten voor een beetje kleur.'

'Die vinaigrette,' zegt Hendrix en ze rolt kreunend van genot met haar ogen, terwijl ze haar woorden kracht bijzet met een zwaai van haar vork. 'OMG, waar heb je die gehaald?'

'O, zelf gemaakt,' zegt Soledad nonchalant, maar er komt een tevreden glimlachje op haar gezicht. 'Eigen recept.'

'Oooo, laat proeven.' Ik ga bij Hendrix op het kleed zitten en leun voorover met mijn mond open als een babyvogeltje.

'Girl, vergeet het.' Hendrix schudt heel vastberaden van nee en knikt naar de picknickmand. 'Pak zelf maar. Dit is te lekker om te delen.'

'Ik schep wel wat voor je op,' zegt Soledad grijnzend, waarna ze me een bord overhandigt met een flinke berg van die kleurige salade, plus een stuk quiche. 'Goed gedaan weer met dit evenement, trouwens.'

'Dank je.' Ik neem het bord van haar over en begin met de salade. 'O, Sol. Die vinaigrette is écht fantastisch. Alles wat jij aanraakt, pakt heerlijk uit. Je moet echt eens nadenken over manieren om de Soledad-ervaring te exporteren.'

'Ik blijf maar zeggen dat ik mijn geld verdien met sterren maken,' zegt Hendrix met volle mond. 'Als ze mij mijn gang laat gaan, kunnen we haar hele leven in de markt zetten.'

Soledad geeft een broodje en een flesje fris door aan Inez. 'Je meent het ook nog, hè?'

'Echt wel.' Hendrix tikt met haar vork tegen haar bord. 'Wat denk je dat ik het laatste jaar de hele tijd al roep? Girl, wanneer je maar wilt, hè.'

Soledads blik gaat naar haar drie prachtige dochters, die zitten te giebelen, kletsen en kaarten. Ze beschouwt haar kinderen als haar grootste privilege en hun opvoeding als haar roeping.

'Over een tijdje misschien,' antwoordt Soledad uiteindelijk, terwijl ze een stuk quiche afsnijdt en een bordje aan Lupe doorgeeft. 'Ik wil mijn aandacht niet laten verslappen in dit stadium. Inez wordt steeds serieuzer over ballet en ze zit net in groep acht. We weten allemaal wat een hels jaar dat is. Lottie is lekker bezig met gymnastiek en we hebben vanaf volgende maand een nieuwe trainer voor haar geregeld, iemand die een paar meisjes naar de Olympische Spelen heeft gekregen.'

'Maar vooral niet te ambitieus verder,' mompelt Hendrix zo zacht dat ik het als enige kan horen. Ik onderdruk een lachje en blijf Soledad aankijken.

'En Lupe gaat volgend naar de bovenbouw,' gaat Soledad verder. 'En met het cheerleaden en misschien zelfs wat modellenwerk, kan ik niet zomaar...'

'Ik wil helemaal geen model worden, mam,' roept Lupe met lippen die glimmen van Soledads magische vinaigrette.

'We zullen zien.' Soledad buigt zich naar ons toe om te fluisteren: 'Weet je, ik heb nooit echt naar andere aanbiedingen geluisterd, maar er is een scout van modellenbureau Wilhelmina die interesse heeft. Ik bedoel, wie zegt er nee tegen Wilhelmina?'

'Ik,' zegt Lupe dwars door Soledads gefluister heen. Ze leunt voorover, duwt het donkere haar uit Soledads gezicht, kust haar op de wang en legt haar hoofd op haar moeders schouder.

En ik snap het helemaal. De harmonie tussen die drie dochters. Het kalme zelfvertrouwen dat ze allemaal zo moeiteloos uitstralen. De knusse, diepe affectie tussen Soledad en haar meiden. Dat krijg je niet zomaar. Ik geloof niet dat je dit alleen bij thuisblijfmoeders ziet, maar ik begrijp Soledads ideeën over haar gezin, over haar meiden, en ik heb er het grootste respect voor.

'Komt Deja ook, mevrouw Wade?' vraagt Lupe.

'Ja.' Ik slink een hapje quiche door. 'Zij en Kassim komen met hun vader.'

'Nogmaals sorry voor laatst...' Lupe trekt een ongelukkig gezicht. 'Toen ik me versprak. Ik wilde Deja echt niet in de problemen brengen.'

'Geeft niet, hoor.' Ik wuif het luchtigjes weg, alsof het incident geen enorme ruzie tussen Deja en mij heeft veroorzaakt.

'En je móét het ook zeggen als een van je leeftijdsgenoten iets gevaarlijks doet,' zegt Soledad met een frons van haar delicate wenkbrauwen. 'De veiligheid van je vrienden is het allerbelangrijkste.'

'Ze heeft gespijbeld tijdens Engels,' zegt Lupe droogjes. 'Zoals jij het zegt, klinkt het alsof ze meth heeft gerookt en naakt door de gangen heeft gedanst. Je moet echt niet meer naar *Euphoria* kijken, mam.'

'Maar ik ben zo dol op die maffe kids,' zegt Soledad pruilend, met pretlichtjes in haar donkere ogen. 'Daar komen die van jou, Yas.'

Ik kijk om en glimlach naar Kassim, die snel over het gras naar ons toe loopt met Otis op zijn hielen. Deja volgt in een tempo dat duidelijk aangeeft dat ze er helemaal geen zin in heeft, maar zelfs dat kan mijn pret niet drukken. Het is het laatste beetje zomer. Ik heb mezelf weer op de rails, ik werk, ik ben mentaal en emotioneel stabiel, gezond in lichaam en geest, omringd door vriendinnen. Misschien wel de beste vriendinnen die ik ooit heb gehad.

Ik breng een vork vol quiche naar mijn mond en op dat moment komen Josiah en Vashti in zicht, een eindje achter Deja.

Hand. In. Hand. Verdomme.

Mijn zenbubbel barst op slag.

Ik probeer mindful te ademen, zoals mijn therapeut, dr. Abrams, me geleerd heeft. Ik probeer de 4-7-8-ademtechniek van de yoga. Niets werkt. Elke ademhaling wordt aan stukken gehakt in mijn longen en stottert door mijn keel.

Het is al bijna twee jaar, denk ik. *Je wist dat dit zou gebeuren. Dat hij iemand anders zou vinden en dat jij ze samen zou moeten zien. Het zou je niet zo dwars moeten zitten.*

'Doe iets aan je gezicht,' zegt Hendrix vanuit haar mondhoek. 'Je kijkt alsof je een stomp in je maag hebt gehad.'

Ik kijk van het naderende stelletje naar mijn vriendin. Ze trekt haar wenkbrauwen op en overhandigt me een glas rosé. 'Gaat-ie?'

'Eh, ja. Tuurlijk.' Ik neem een koude slok en boetseer mijn gezicht tot een gladde façade van totale kalmte. 'Ik was alleen...'

'Nog niet klaar om je ex zo lekker verder te zien gaan met zijn leven?' Hendrix gluurt discreet over mijn schouder. 'Nou, zorg dat je er klaar voor bent. Ze zijn bijna bij ons en ik gun het haar niet om te zien dat jij ermee zit. Dus op naar je happy place, jij. Ga effe naar je happy place en kom terug als een taaie bitch.'

'Oké. Doe ik.'

Taaie bitch.

Taaie bitch.

Taaie bitch.

Die mantra dreunt nog steeds door mijn hoofd als Josiah en Vashti ons bereiken.

'Hé,' begroet Josiah ons allemaal met één woord en een vluchtige blik.

Iedereen mompelt iets terug, maar ik ben niet de enige die de spanning voelt. Een paar mensen om ons heen staren naar het familietheater dat zich op het grasveld afspeelt alsof het beter is dan een film. Dit is topdrama voor ons aparte buurtje. Het is groot nieuws als het stel dat de meeste kans maakt om voor eeuwig bij elkaar te blijven... dat ineens niet doet, en dat de man dan op komt dagen met een andere vrouw aan zijn hand. Josiah spreidt een grote deken uit naast de onze.

Geweldig. Nu zit ik eerste rang, terwijl Vashti Josiah om de drie seconden weerzinwekkend liefdevolle blikken toewerpt. Mijn avond kan niet erger.

'Hoi mam,' zegt Deja ongeïnteresseerd, terwijl ze op de grens tussen de twee dekens neerploft.

Herstel. Ik weet zeker dat Deja de meest inventieve manieren kan verzinnen om deze avond nóg erger te maken.

'Die quiche is heerlijk, Soledad,' zegt Vashti, en ze neemt een slokje van haar rosé. 'Dank je wel, fijn dat we mee mogen eten.'

'Uit jouw mond is dat een groot compliment,' zegt Soledad, waarna ze me een snelle, verontschuldigende blik toewerpt, alsof ze zojuist iets aardigs tegen een van de *Mean Girls* heeft gezegd. Josiah en Vashti die als stelletje opereren met mijn kinderen erbij voelt zo... definitief, alsof ze met zijn tweeën al iets zijn wat totaal los van mij staat. Volkomen afgescheiden. Ik ben niet boos – Josiah en ik hebben het hierover gehad – maar het zal wel even wennen worden.

'Hé! Groot alarm!' Hendrix geeft mij een elleboogstoot en knijpt Soledad.

'Au!' piept Soledad, en ze wrijft over haar arm, die rood wordt. 'Waar is dat nou weer goed voor?'

'Kleine waarschuwing. *Hot white boy alert.*' Hendrix knikt subtiel naar een plek achter me. 'Hij komt recht op ons af.'

Ik wil al omkijken.

'Niet kijken! Mens!' Hendrix klopt op mijn bovenbeen. 'Je ziet hem wel als hij er is, want hij komt duidelijk recht op ons af.'

'Oooo.' Soledad grijnst en buigt zich naar ons toe, zodat we een kringetje vormen, en fluistert: 'Die komt niet op óns af. Hij komt op Yásmen af.'

Dat maakt me echt te nieuwsgierig en ik draai me om om te kijken wie eraan komt. Mark Lancaster, een van de succesvolste projectontwikkelaars van Skyland, die zich verkiesbaar heeft gesteld voor een Congreszetel, steekt met zelfverzekerde passen het plein over.

'Je weet dat ik vrijwilligerswerk doe voor zijn campagne,' zegt Soledad, en haar ogen beginnen heel ironisch te twinkelen. 'Op de een of andere manier weet hij het gesprek altijd op Yasmen te brengen. Over de riolering gesproken, hoe is het met Yasmen?'

Hendrix proest het uit, maar herstelt zich snel. 'Daar komt-ie.'

'G'navond, dames,' zegt Mark zodra hij bij ons is. Hij knikt naar Josiah en Kassim. 'En heren. Klaar voor de film?'

'Zeker,' antwoordt Hendrix. 'Waarom kom je niet bij ons zitten?'

Blijkbaar voelt ze zich ineens geroepen om gastvrouw te spelen en ze klopt op de lege plek naast mij op het kleed.

Nee hoor, helemaal niet opvallend.

'Waarom ook niet?' Mark parkeert zijn lange, fitte lijf naast me. Hij is knap op de manier van een Ken-pop. Beetje glad en plastic, met beweegbare onderdelen. Blauwe ogen en blond haar. Regelmatig gebit, tandpastaglimlach, net iets te 'ervaren politicus' naar mijn smaak, maar aardig genoeg. Er is niets mis met Mark het toekomstige congreslid, maar de vage opwellingen van mijn in winterslaap verkerende libido roeren zich niet bij hem. Ik werp een stiekeme blik op Josiah, die achteroverleunt, steunend op zijn handen, zijn gespierde armen naar achteren gestrekt, mintgroene Lacoste-polo strak om zijn brede borst, in sterk contrast met zijn huid, die de kleur van gepolijst mahonie heeft. Kassim zegt iets wat hem een lome glimlach ontlokt en zijn hele gezicht licht op. Ik wil me niet verdiepen in de 'opwellingen' die ik nog steeds van mijn ex-man krijg.

Hij kijkt op en ziet dat ik naar hem kijk. Ik ben goed genoeg in dit soort dingen om te weten hoe amateuristisch het is om net te doen alsof ik helemaal niet keek, dus pers ik er een zo natuurlijk mogelijke glimlach uit en wacht tot hij die beantwoordt. Josiah is in veel dingen goed. Doen alsof hoort daar niet bij. Hij glimlacht niet terug, maar laat zijn blik ietwat achterdochtig heen en weer gaan tussen mij en Mark.

Ik wend me weer tot Mark en maak mijn glimlach iets breder. Het zou zelfs kunnen dat ik heel voorzichtigjes met mijn wimpers fladder. Beetje kleinzielig, maar mijn ex zit hier met onze kids en onze hónd erbij, zichtbaar voor de hele wereld, nadat hij nota bene hand in hand met Vashti is komen aanwandelen. Dus ja, ik lach iets langer en harder als Mark een grapje maakt dat hoogstens lichtelijk grappig is. Misschien leun ik net iets verder naar voren om hem een wat beter zicht te bieden op mijn aanzienlijke kwaliteiten boven de gordel. Ik bedoel... dat zijn de kunstgrepen waarvan ik me bedien als ik in een hoekje word gedreven. Het is één ding om te weten dat ze daten. Als Hendrix gelijk heeft, gaan ze ook al met elkaar naar bed. Het komt alleen anders aan om de bewijzen van een groeiende relatie tussen Josiah en Vashti met eigen ogen te zien. Het komt hárder aan.

En soms reageer ik niet zo goed op dat soort dingen.

'Ik geloof dat de film zo gaat beginnen,' zegt Mark na een paar minuten koetjes, kalfjes en wat licht geflirt. Ik ben het flirten een beetje verleerd, maar ik geloof dat het aardig lukt. Gezien de warmte van zijn glimlach en de manier waarop hij compleet op mij gefocust is, zou ik zeggen dat het zelfs wel beter dan aardig lukt.

'Kan ik je heel even spreken voordat de film begint?' vraagt Mark. Hij wacht niet op antwoord, maar steekt zijn hand uit om me overeind te helpen.

'Eh, ja, tuurlijk.' Ik loop een stukje met hem mee en kijk achterom naar Hendrix en Soledad. Ze lachen me allebei bemoedigend toe. Ik vermoed dat Hendrix het liefst haar duimen zou opsteken, als dat niet zo zou opvallen.

'Het zou kunnen dat ik iets te subtiel ben geweest in het uiten van mijn belangstelling,' zegt Mark als we de rand van het grasveld hebben bereikt, waar de mensen ons niet zo goed meer kunnen horen.

Het is niet de eerste keer dat hij flirtpogingen heeft gedaan sinds de scheiding. Als hij denkt dat hij subtiel is, was Pearl Harbor een dagje aan het strand.

'Subtiel?' vraag ik, terwijl ik hem zo uitdrukkingsloos mogelijk aankijk. 'Hoe bedoel je?'

'Ik vind je leuk, Yasmen.' Zijn glimlach is open en oprecht, zijn ogen staan ernstig. 'Heel leuk.'

Ik kijk naar de grond en laat mijn handen in de zakken van mijn zomerjurk glijden. Ik voel me ineens ongemakkelijk. Er straalt iets hoopvols uit zijn ogen dat ik voor mijn gevoel misschien niet verdien. Niet omdat ik niet goed genoeg ben, maar omdat ik niet genoeg voel. Niet voor hem althans.

'Mark, ik wil je niet kwetsen.'

'Waarom zou je me kwetsen?' Hij tilt mijn kin op met zijn wijsvinger en kijkt me recht in de ogen.

Ik wil niet dat er iemand gewond raakt in het kruisvuur tussen Josiah en mij, hoewel Josiah geen spelletjes speelt en echt niet doet alsof hij Vashti leuk vindt om mij jaloers te maken. Hij vindt haar echt leuk. Hij wil oprecht iets met haar. Ik kan Mark niet in de spelletjes betrekken die ik misschien ga spelen om daar beter mee om te kunnen gaan.

'Ik heb met niemand gedatet sinds mijn scheiding,' zeg ik

uiteindelijk, terwijl ik hem open en eerlijk aankijk. 'En ik weet niet of jij wel de eerste wilt zijn. Ik ben nog niet klaar voor iets serieus of...'

'Luister, ik ben niet op zoek naar iets serieus. Het kan worden wat je maar wilt. Ik wil het risico om als eerste aan slag te komen wel nemen.' Hij laat een bewonderende blik van mijn haar, dat vanavond in losse spiralen hangt, naar mijn volle rondingen glijden, tot aan de sandalen aan mijn voeten. 'Ik vind je zo mooi, Yasmen. Supersexy. Slim. Een geboren leider. Lief en aardig. Je hebt het allemaal en ik wil je graag wat beter leren kennen.'

De vrouw die Mark omschrijft is de Yasmen van vroeger. De vrouw die zich altijd door elke tegenslag heen kon boksen om de klus te klaren. De vrouw die ieders lasten op zich nam en het extra gewicht bijna niet voelde. Niet de vrouw die geïmplodeerd is. De vrouw die de diepte in viel en zichzelf niet meer omhoog kon hijsen. Niet de vrouw die zich heeft verstopt. Het is duizelingwekkend fijn dat iemand me weer eens zo ziet. Het voelde al alsof ik weer een beetje mezelf werd, maar nu ik Mark hoor uitspreken wat hij ziet als hij naar me kijkt, is dat een extra steuntje in de rug. En dat voelt goed, na de schok om Josiah vanavond met Vashti te zien.

'Oké.' Ik grinnik en kijk onzeker naar hem op. 'Dus jij wordt mijn eerste slagman?'

Hij pakt mijn hand en streelt mijn handpalm met zijn duim.

'Wie weet wordt het een homerun,' zegt hij plagerig, terwijl hij zijn hoofd wat vooroverbuigt om mijn blik te vangen en me een glimlach te ontlokken. 'Geef me even je nummer. Dan bel ik je, en misschien kunnen we ergens gaan eten.'

We wisselen nummers uit. Hij geeft nog een zacht kneepje in mijn hand en we lopen het publiek weer in.

Ik haal diep adem en probeer mijn hartslag tot bedaren te brengen. Niet dat mijn hart zo snel gaat kloppen van Mark. Hoe aantrekkelijk en charismatisch hij ook is, plus alle andere dingen die een vrouw zich maar kan wensen, ik ben eerlijk genoeg om voor mezelf toe te geven dat hij me gewoon niet zoveel doet...

vooralsnog. Maar het feit dat ik hem een kans geef, dat ik mezelf een kans geef, voelt als een nieuw avontuur, nadat ik zo lang voor veilig ben gegaan tijdens mijn herstel.

Mark voegt zich weer bij het groepje waarmee hij gekomen is en ik loop terug naar de kleden met onze verzamelde gezinnen erop. Ik vind het heerlijk hoe mijn ploegje zich met dat van Soledad vermengt. Hoe Hendrix Deja aan het lachen maakt en het gezicht van mijn dochter voor de verandering eens niet nors staat, maar vrolijk en open.

En dan nog Vashti en Josiah, die twee stappen verderop zitten. Hij is een toonbeeld van ingetoomde kracht en viriliteit, met die hoekige kaaklijn en die brede schouders. Ik ken hem door en door. Ik ken hem onder zijn kleren. Ik ken hem onder de controle die hij zichzelf oplegt. Ik heb hem zien breken. Van genot, woede, ellende. En ik heb nooit beseft hoe het me zou raken als iemand anders hem zo zou kennen, hem zo zou zien.

Nu weet ik het.

Zodra ik me weer op het kleed heb geïnstalleerd, begint de film en wordt iedereen stil.

Iedereen behalve Hendrix natuurlijk.

'Oké, wat was dat?' fluistert ze in mijn oor. Iemand heeft het goede idee gehad om popcorn te halen, waar ik erg blij mee ben. Ik richt mijn blik op het scherm en steek mijn hand in de popcornschaal zonder te antwoorden.

'Yas!' fluistert ze weer. 'Wat wilde hij?'

Ik draai me naar haar om en hou op met doen alsof ik de openingstitels van de film bekijk.

'Een date,' zeg ik luider dan de bedoeling was. Een paar mensen kijken om en maken 'ssssst'-geluiden.

Soledad schuift wat dichterbij en buigt zich naar ons toe.

'Waar hebben we het over?' fluistert ze, terwijl haar ogen heen en weer schieten van Hendrix' gezicht naar het mijne. 'Gaat ze uit met Mark?'

'Ik mag hopen van wel, al was het maar voor een vergelijkend warenonderzoek.' Hendrix lacht. 'Ik heb alleen *brothers* gehad, dus mijn ervaringen gaan niet verder dan *black dick*, maar met de juiste omvang, lengte en snelheid zou je zeggen...'

'Jezus,' mompel ik, en ik druk mijn hand tegen mijn mond om mijn lachen in te houden. 'Snelheid? Wat betekent dat überhaupt?'

'Je weet toch,' zegt Hendrix. 'Stootkracht.'

'Dat is schaamteloos misbruik van het woord "snelheid",' zegt Soledad hoofdschuddend.

'Maar toch,' werpt Hendrix tegen, en ze tikt tegen haar slaap. 'Tempo. Richting. Alles wat je wilt in een goeie stoot, girl.'

'Zit wat in,' geef ik met tegenzin toe. 'Maar ik ben niet van plan Marks snelheid te meten, zeker niet tijdens de eerste date.'

'Ga je iets met Mark doen omdat hij' – Hendrix maakt een subtiele hoofdbeweging naar Josiah – 'haar heeft?'

'Nee.' Maar mijn stelligheid houdt geen stand onder Hendrix' strakke blik. 'Oké. Misschien een beetje. Ik weet niet. Ik heb tegen Mark gezegd dat ik niet klaar ben voor iets serieus.'

'Mam,' fluistert Deja zo hard dat het bijna geen fluisteren meer is. 'Kunnen jullie stil zijn? Echt, hoor!'

We leunen met zijn drieën tegen elkaar als tieners en proberen elkaar stil te krijgen terwijl ons gegiechel door onze vingers heen dringt. Zodra ik mijn lachbui onder controle heb, gaat mijn blik naar Josiah, die vlakbij in het gras hangt. De lange lijnen van zijn lichaam zijn zelfs in ruste krachtig en onweerstaanbaar. Vashti legt haar hoofd op zijn schouder en houdt zijn hand vast op haar schoot. Ik moet me bedwingen om niet te gaan grommen.

Wat de...?

Ik heb het recht niet om te grommen en blaffen, of me te voelen alsof Vashti zich op verboden terrein begeeft. Ik heb die scheiding zelf aangevraagd. Ik heb Josiah weggeduwd. Ik kan niet zomaar beslissen dat ik hem niet meer wil en dan vinden dat niemand hem mag hebben. De kille realiteit van die waarheid drukt als een blok ijs op mijn borst en de rest van de avond valt het me helemaal niet zwaar meer om niet te lachen.

8

JOSIAH

'Ik ben over iets van een uur terug,' zeg ik tegen Anthony, de bedrijfsleider van Grits, terwijl ik mijn oortjes aandruk en door de berichtjes op mijn telefoon scrol. Twee appjes van Vashti.

'Prima,' zegt hij vanaf de andere kant van de lijn. 'Het is stervensdruk vanavond, zeker voor een woensdag, maar we redden ons wel.'

'Dank je wel, man.' Ik neem plaats in het lege klaslokaal en bekijk het schone whiteboard en de motiverende posters aan de muren. 'Dat oudergesprek duurt vast niet lang. Zodra het klaar is, kom ik eraan.'

Als ik ophang, hoor ik het getik van naderende voetstappen en als ik opkijk, zie ik Yasmen in de deuropening staan. Ze glimlacht aarzelend en komt de klas in. We hebben elkaar niet veel gezien sinds de openluchtbios van afgelopen zaterdag.

'Hé,' zegt ze, en ze gaat aan het tafeltje naast het mijne zitten.

Ik doe mijn oortjes uit en kijk zo onopvallend mogelijk naar mijn ex-vrouw. Het bloemig-roze truitje met korte mouwen omvat haar borsten op een manier die volgens mijn objectieve mening gewoon onfatsoenlijk is. Yasmen is nooit mager geweest en met elke zwangerschap werden haar vormen alleen maar voller en weelderiger.

Grotere borsten. Meer kont. Dikkere dijen.

Maar ze heeft het altijd strak en stevig weten te houden. Er is alleen méér van alles.

En ik was altijd degene die daarvan kon profiteren, maar nu kijk ik toe hoe andere mannen haar volgen met hun ogen en ik weet dat ze bij het minste teken van wederzijdse interesse achter haar aan zouden gaan. Tot nu toe heeft ze nog geen tekenen gegeven. Voor zover ik weet tenminste. Hoe zal het voelen als het zover is?

Misschien kiest ze voor Mark. Natuurlijk is het me niet ontgaan hoe hij achter mijn ex-vrouw aan zat tijdens de openluchtbios. Sterker nog, elke keer dat hij in ons restaurant eet, gaat hij regelrecht op haar af, als ze er is. Altijd met die blik op haar kont. Als een man zo naar Yasmen had gekeken toen we nog getrouwd waren, had ik die klootzak recht in zijn bek gestampt.

Maar… ze is mijn vrouw niet meer. Dus hij kan naar haar kijken hoe hij maar wil. Niet mijn zaak. Ik ontspan langzaam de vuisten die op mijn knieën liggen en mijn kaken, die krampachtig op elkaar geklemd zitten. Puur uit gewoonte. De gewoonte om zijn ballen eraf te willen trekken via zijn neus vanwege de manier waarop hij naar Yasmen kijkt.

'Alles goed met de kids?' vraag ik, terwijl ik mijn blik boven haar nek hou, omdat alles daaronder zo gevaarlijk is.

'Ja, ze eten bij Clint en daarna gaan ze thuis huiswerk maken. Clint houdt een oogje in het zeil.' Ze legt haar oversized tas op de vloer en slaat haar benen over elkaar. 'Alles goed bij Grits?'

'Ja, hoor. Anthony heeft alles onder controle.'

'Dat was een goeie keus, om die aan te nemen.'

'Jij was degene die hem erbij wilde hebben.'

Ze glimlacht hoofdschuddend. 'Ik was allang blij dat je me bij het gesprek vroeg voordat je hem aannam.'

'Ik heb nog nooit iemand aangenomen zonder jouw fiat,' breng ik haar fronsend in herinnering.

'Dat is zo, maar jij weet net zo goed als ik dat ik er niet echt was, dus ik vond het fijn om er toch bij betrokken te worden.'

'Hij was hoe dan ook een goeie keus.' Ik kijk op mijn horloge en trek een moeilijk gezicht. 'Ik heb tegen hem gezegd dat ik eraan kom zodra het gesprek voorbij is, dus ik hoop dat het niet al te lang duurt.'

'Waar denk je dat het over gaat? Dat mailtje van juf Halstead was een beetje vaag: "Ik wil een paar dingen bespreken met betrekking tot Kassims voortgang." Wat houdt dat in?'

'Het kan nooit iets ergs zijn. We hebben het over Kassim, hè.'

'Over zijn gedrag maak ik me geen zorgen. Maar hij is het enige zwarte jongetje in zijn klas. Je weet nooit wat ze zich in het hoofd halen.'

'Daar ben ik net zo bedacht op als jij, maar laten we niet al te overgevoelig reageren. Weet je nog dat je vorig jaar "misschien" iets te fel reageerde op die opmerking van die mevrouw Thatcher waar Deja les van kreeg?'

'Dat mens noemde haar "welbespraakt". Wat een micro-agressieve bullshit. Zo van: O!' Yasmens gezicht verandert in een griezelig accurate imitatie van het strakke gezicht van mevrouw Thatcher. 'Ik vind het zo verrassend dat dit kleine zwarte meisje twee hele zinnen aan elkaar kan plakken in keurige standaardtaal. Ze is zo welbespráákt.'

Blijkbaar heeft Yasmen een kogelwereld vest onder haar roze truitje en is ze in volledige Black Mama-gevechtsmodus.

'Yas, we gaan het allemaal rustig aanhoren, oké? Geen voorbarige conclusies.'

'O, was ik degene die door het lint ging toen ze Kassim in het gele leesgroepje probeerden te zetten?'

'Ten eerste was dat in groep vier en het sloeg nergens op. Hij las beter dan alle andere kinderen en...'

Haar zelfvoldane glimlach maakt de rest van mijn zin overbodig en ik moet wel terug grijnzen.

'Oké, je hebt je punt gemaakt, Sistah Souljah.'

'Fijn om te horen, Brother Malcolm.'

We kijken elkaar even aan, voordat we de stilte doorbreken met een grinniklachje. Na al dat geruzie vóór de scheiding en al die spanning daarna, was ik even vergeten wat een geweldig team we vormen.

Mevrouw Halstead, een vrouw met een bleek, sproetig gezicht, bruine krullen en lichtbruine ogen, komt binnen en snelwandelt het lokaal door. 'Sorry dat ik jullie zo lang heb laten wachten.'

'Geen probleem,' bromt Yasmen met een glimlach die net iets te perfect op haar gezicht geplakt zit, terwijl ze mij vanuit haar ooghoek aankijkt met een blik van: als ze het wáágt om iets verkeerds te zeggen.

Mevrouw Halstead draait een tafeltje om, zodat het tegenover ons komt te staan. Ze stroopt de mouwen van haar crèmewitte vest op en leunt met haar ellebogen op het tafelblad.

'Fijn om jullie weer te zien,' zegt ze met een warme, vriendelijke glimlach. 'Ik zei aan het begin van het schooljaar al dat ik veel goeds over Kassim heb gehoord en hij heeft alle complimenten van zijn vorige leraren meer dan waargemaakt.'

'Wat fijn,' zegt Yasmen. Haar schouders zakken bijna onwaarneembaar een stukje omlaag en haar glimlach wordt echter.

'Heel fijn,' zeg ik droogjes. 'En hebt u ons hier gevraagd om te vieren hoe geweldig Kassim het doet?'

Yasmen geeft een subtiele schop tegen mijn enkel, wat ik negeer.

'Of maakt u zich ergens zorgen over?' ga ik verder.

Mevrouw Halstead verschuift wat op haar stoel, kruist haar enkels en schraapt haar keel. 'Kassim is een van onze beste leerlingen. Hij is zelfs zo slim dat ik denk dat hij niet voldoende wordt uitgedaagd. Eerlijk gezegd zou het kunnen dat hij zich gaat vervelen.'

Het zit er zo dik in dat er een 'maar' aan zit te komen dat Yasmen en ik elkaar een snelle, veelbetekenende blik toewerpen. Ik zet me alvast schrap.

'En,' gaat mevrouw Halstead verder, met een ander voegwoord dan wij verwachtten, 'ik wil het graag hebben over opties om zijn schoolcarrière te versnellen.'

'Versnellen?' vraagt Yasmen. 'Een klas overslaan, bedoelt u?'

'Dat is één mogelijkheid,' antwoordt mevrouw Halstead knikkend. 'Maar er is wel wat emotionele en sociale ontwikkeling voor nodig voordat we dat kunnen overwegen.'

'Even wat duidelijker graag,' zeg ik, en het klinkt scherper dan ik het bedoelde. 'Alstublieft.'

'Groep acht is een heel formatief jaar. De overstap van de basisschool naar de middelbare school is enorm, sociaal en op ontwikkelingsniveau. Van groep zes naar groep acht gaan... tja, ik twijfel er niet aan dat Kassim de lesstof prima aan zou kunnen, maar we zouden dit jaar wel wat werk moeten verrichten om hem op die overstap voor te bereiden.'

'Wat voor werk?' vraagt Yasmen. 'Wat zit hierachter? Ik heb namelijk het gevoel dat u iets specifieks wilt bespreken. We houden van open en eerlijk, mevrouw Halstead. We hebben de goede dingen nu gehoord. Wat zijn uw zorgen? Want ik kan wel horen dat u die hebt.'

Yasmen gaat altijd recht op het doel af, zeker als het om de kinderen gaat. Een van mijn favoriete dingen aan haar. Zelfs toen de depressie haar steeds verder de diepte in leek te sleuren, bleef ze altijd even fel en beschermend voor Kassim en Dé opkomen.

Mevrouw Halstead loopt naar haar leraarstafel en haalt een dossiermap uit een la. Ze haalt diep adem, gaat weer zitten en slaat de map open.

'Hier op Harrington ijveren we ervoor dat leerlingen niet alleen het beste uit zichzelf halen qua leren, maar ook wat betreft hun emotionele intelligentie,' zegt ze. 'Leerlingen die in contact staan met hun gevoelens doen het beter op school en hebben een beter gevoel over zichzelf en de wereld.'

Ik weerhoud mezelf er net op tijd van om met mijn ogen te rollen en dwing mijn gezicht in een neutrale stand die niet verraadt hoe yoga en zoomer dat allemaal klinkt.

'Gaat u verder,' zegt Yasmen met een alerte blik.

Zij kan hier natuurlijk wel wat mee, gezien alle tijd die ze met haar therapeut doorbrengt. Hé, niet dat ik daar negatief over wil doen. Het leek haar te helpen toen niets anders hielp. Fijn voor haar, maar ik heb er niks mee en ik denk al helemaal niet dat we Kassim daarmee lastig moeten vallen.

'Vanuit die gedachte laten we de leerlingen een soort dagboek bijhouden,' zegt mevrouw Halstead. 'Om hun gevoelens vast te leggen. We gebruiken het ook om te kijken of ze het eventueel moeilijk hebben. Kassim heeft iets over zijn angsten geschreven en ik denk dat daar een paar issues achter vandaan komen waarmee hij misschien nog worstelt.'

'Want?' vraagt Yasmen op scherpe toon.

Mevrouw Halstead laat haar wijsvinger over de rand van de dossiermap glijden. 'We hebben de leerlingen bijvoorbeeld gevraagd om hun grootste angsten te beschrijven.'

'En?' vraag ik. 'Wat zei hij daarover?'

'Ten eerste wil ik duidelijk zeggen dat de leerlingen weten dat we hun dagboekaantekeningen lezen,' zegt ze. 'Dus het is geen schending van hun vertrouwen of hun privacy.'

'Oké,' zegt Yasmen, op het uiterste randje tussen beleefd en ongeduldig. 'Wat zei hij?'

'Hij zei dat zijn grootste angst is dat zijn hele familie doodgaat.' Mevrouw Halstead verplaatst haar ernstige blik van mijn gezicht naar dat van Yasmen. 'Zoals zijn tante en zijn broertje gestorven zijn. Ik meen dat die twee sterfgevallen vlak na elkaar kwamen?'

'Tante Byrd is eerst overleden,' zegt Yasmen. Haar stem klinkt ingehouden en ze houdt haar blik op haar handen gericht, die op haar schoot liggen 'En mijn… onze…'

Ze valt stil, likt aan haar lippen en verstrengelt haar vingers tot één grote vuist.

'Henry, onze zoon, is een paar weken later doodgeboren,' zeg ik, terwijl ik mijn toon gelijkmatig hou.

'Het spijt me. Wat erg voor jullie,' zegt mevrouw Halstead, en haar ogen stralen een en al oprechtheid uit. 'Dan is het niet zo vreemd dat hij bang is om dierbaren te verliezen. Hij had het ook specifiek over de angst om u kwijt te raken, meneer Wade.'

'Is hij bang dat ik doodga?' vraag ik.

'Dat u weggaat,' antwoordt mevrouw Halstead. 'Hij lijkt zich heel onzeker te voelen over de gezinsstructuur. Dat maken we tenminste op uit zijn dagboekaantekeningen.'

'We zijn gescheiden, ongeveer een jaar na de dood van tante Byrd en Henry.' Yasmen zegt het alsof ze in een biechtstoel zit en blijft omlaag kijken.

'Heeft hij ooit met iemand gepraat nadat dat allemaal gebeurd was?' vraagt mevrouw Halstead. 'Een hulpverlener of een therapeut?'

'Hij en onze dochter hebben wat gesprekken met een rouwconsulent gehad, hier op school.' Yasmen bijt op haar lip. 'Waarschijnlijk hadden ze daar langer mee door moeten gaan. Ik was zo...'

'Op dat moment leek het ons niet nodig om ermee door te gaan,' zeg ik snel. 'Wilt u zeggen dat hij daar volgens u weer heen moet?'

'Op basis van zijn dagboekaantekeningen zou ik zeggen van wel,' zegt mevrouw Halstead. Haar toon is ferm, maar tegelijk voorzichtig. 'Het zou een goed idee kunnen zijn dat hij weer met iemand gaat praten, zeker als we willen bekijken of hij volgend jaar een klas kan overslaan. Als hij emotioneel of sociaal niet sterk genoeg in zijn schoenen staat voor zo'n grote overgang, kunnen we in plaats daarvan wat extra lesstof in bepaalde vakken aanbieden.'

'Maar in beide gevallen lijkt het u goed als hij met een psycholoog gaat praten?' zet Yasmen door.

'Heeft een van u dat ooit gedaan?' Mevrouw Halstead laat haar blik van de een naar de ander gaan.

'Ik wel.' Yasmen schraapt haar keel. 'Nog steeds. Kassim weet dat ik met iemand praat. Dat weten de kinderen allebei.'

'En u, meneer Wade?' vraagt de lerares, en ze kijkt me vragend aan. Ik voel Yasmen verstijven, al zie ik haar niet. Dat was nog zoiets waar we het niet over eens konden worden, het feit dat ik niet in therapie wilde. Dat leek me destijds tijdverspilling. Ik had het zo druk met alles om ons leven overeind te houden, onze hypotheek te betalen en onze zaak te redden dat ik geen tijd vrij wilde maken voor iets wat volgens mij toch niet zou helpen.

'Nee,' antwoord ik op de vraag van mevrouw Halstead. 'Ik ben nooit bij een psych geweest... eh, een psycholoog.'

'Mocht u besluiten dat Kassim er iets aan kan hebben,' zegt mevrouw Halstead, en ze klinkt voor het eerst een beetje streng, 'dan moet u het wel positief brengen. Dan kunt u niet laten doorschemeren dat u het maar niets vindt of dat u er geen respect voor kunt opbrengen.'

'Nee, natuurlijk niet.' Yasmen kijkt me veelbetekenend aan. 'Nee toch, Josiah?'

'Natuurlijk niet,' zeg ik, alsof ik nooit tegen Yasmen heb gezegd dat therapie belachelijke onzin is en dat ik liever naakt door een zwerm horzels heen ren. Ik weet vrij zeker dat ik het letterlijk zo heb gezegd.

'Fijn,' zegt mevrouw Halstead. Ze slaakt een zucht van opluchting en haar glimlach wordt wat losser. 'Ik ben zo blij dat we het hier even over konden hebben. Misschien moet u het onderling nog bespreken en dan kunt u me laten weten wat u wilt. Zoals u weet, hebben we hier op school hulpverleners, of u kunt zelf een kinderpsycholoog voor hem zoeken.'

'En hoe zit het met een klas overslaan?' vraag ik.

'De komende tijd vind ik wel manieren om hem wat meer uit te dagen in zijn eigen klas,' zegt mevrouw Halstead. 'Hij ligt op zoveel manieren zo ver voor op de rest, maar we laten het voorlopig even zoals het is. Ik hoop dat u overweegt om hem met iemand te laten praten, misschien in de komende paar maanden, en dan kunnen we tegen het eind van het schooljaar nog eens kijken.'

Mevrouw Halstead schenkt ons haar beste leraressenglimlach, barstensvol optimisme, en vraagt: 'Is dat wat?'

Yasmen en ik waren altijd een geweldig team, maar therapie is iets waar we het nooit over eens zijn geworden. We kijken elkaar omzichtig aan en dan knikken we.

9

YASMEN

'De pizza is er!' roept Deja onder aan de trap.

'Ze zijn al betaald, Dé!' roep ik terug. 'Begin maar vast met eten.'

Ik wurm me uit mijn spijkerbroek. Drie keer per week yoga, maar die kont geeft geen krimp. Ik loop van mijn slaapkamer naar de inloopkast en gooi de spijkerbroek in de wasmand. Mijn kast is gigantisch, net zo groot als de slaapkamer in ons eerste krappe appartementje. Mijn tassen en schoenen, netjes in vakken, nemen de ene muur van de kast in beslag. Jurken, broeken, blouses, jumpsuits – losjes gerangschikt op kleur – vullen de andere muur. Ik ga in mijn onderbroek en T-shirt op de ronde, grijsgroen gestoffeerde poef zitten die in het midden staat en kijk naar de lege vakken en planken waar Josiahs spullen vroeger lagen. Ik heb zijn kant heel lang volkomen leeg gelaten. Het voelde op de een of andere manier niet goed om zijn spullen te 'vervangen' door de mijne, terwijl we deze kast samen hadden ontworpen, met lekker veel ruimte voor zijn enorme sneakercollectie. Ik staar naar alle lege vakken die ik nog niet heb kunnen vullen. Ik zal nooit zo'n schoenenfanaat worden als Josiah, maar er is maar een klein deel van zijn voormalige kant leeg gebleven. Stukje bij beetje vul ik de gaten op met mijn nieuwe kleren, mijn nieuwe leven.

Ik sta op, loop naar zijn kant en doe een van de onderste laden open. Die is leeg, afgezien van een paar lichtblauwe Air Jordans.

‘Ik kan mijn OG UNC’s niet vinden,’ zei Josiah een paar weken nadat hij uit ons huis was getrokken. Zijn verbittering daarover was nog zo vers dat al onze gesprekken ermee besmet raakten. ‘Heb jij ze gezien?’

‘Nee,’ loog ik. ‘Maar ik zal nog eens kijken.’

Waarom heb ik dit paar schoenen achtergehouden?

Ik trek ze aan en mijn voeten verzuipen in zijn maat 46. Je weet wat ze zeggen over mannen met grote voeten. En oef, dat was een waarheid als een koe met Josiah. Er gaat een rilling over mijn ruggengraat en dat rusteloze, zeurende gevoel kruipt tussen mijn benen. Het beneemt me de adem. Mijn ogen dwalen af naar het kingsize bed waar we alles zo goed deden voordat alles zo verkeerd ging.

‘Hou op,’ zeg ik tegen de lege kast en de hitsige vrouw.

Afhankelijk van de dag en de website kun je iets van vijftienhonderd dollar voor deze schoenen krijgen en ik weet dat Josiah ze niet meer dan een of twee keer gedragen heeft. Ik denk terug aan zijn blijdschap toen hij ze vond en streel over het oranje etiketje dat volgens hem hun echtheid bewees. Ik kijk op en schrik van mijn weerspiegeling in de omlijste spiegel tegen de achtermuur van de kast. Een halfnaakte vrouw met ronde heupen, wild haar en donkere kringen onder haar ogen, in de schoenen van de man die ze heeft weggestuurd.

Portret van een stommeling.

Het appgeluidje vanuit de slaapkamer haalt me uit mijn gedachten. Ik ren van de kast naar het bed om mijn telefoon te grijpen, half struikelend, en onderweg vliegt een van de grote schoenen uit.

Josiah: Hé, ben er over 10 minuten. Heb je gezegd dat we willen praten of overvallen we hem ermee?

Ik: Onverwachte overval. Leek me beter om erover te beginnen als jij er bent. Ik heb pizza besteld om hem in een goed humeur te krijgen.

Josiah: Bewaar een stuk voor me.

Ik: Ansjovis?

Josiah: Laat maar.

Ik: Sorry!? Zie je zo.

Zittend op het bed trek ik de sneaker van mijn voet. Ik hou hem vast en bekijk hem van alle kanten. Dan sta ik op om de andere te pakken, die van mijn voet was gevallen. Haastig, als een dief, loop ik naar de kast en zet ze weer in de lege onderste la. Hij komt zo en dan gaan we met Kassim praten over de psycholoog. Ik moet me op dat gesprek concentreren en me niet verliezen in het verleden.

Na een dag in skinny jeans voelt niets beter dan een zachtkatoenen loungebroek die los om mijn vermoeide lichaam valt en niet knelt. Het strakke T-shirt dat tot vlak boven mijn middel valt hou ik aan. Een veegje lipgloss, even mijn handen door mijn kapsel om het wat luchtiger te maken. Mijn *hair twistst* zien er geweldig uit met Deja's nieuwe *leave-in* conditioner. Ik moet toegeven dat ze veel van hairstyling weet, maar ze kan natuurlijk niet leven van Instagram-posts over antiklitshampoo.

Eén kind tegelijk. Vanavond eerst Kassim, later nog eens kijken hoe ik mijn dochter voor een fatsoenlijke carrière kan laten gaan. Als ik de keuken in loop, zitten mijn kinderen pizza te eten op de barkrukken bij het kookeiland, allebei op hun telefoon.

'Is-ie lekker?' vraag ik, terwijl ik een glazen kastdeurtje opentrek om een bord te pakken. 'Ik wou die nieuwe tent op het plein een keer proberen. Guido's.'

'Yup.' Kassim lacht al zijn voortanden bloot. 'Nog lekkerder dan die andere.'

Ik leg een pizzapunt op mijn bord en pluk zorgvuldig de ansjovis eraf. Ik weet niet waar Deja en Kassim hun voorliefde voor dat spul vandaan hebben, want Josiah en ik gruwen er allebei van.

Tante Byrd.

Ik blijf een moment lang roerloos staan en denk aan Byrd, die zelf pizza bakte en ansjovis bij de kids introduceerde. Liefde bij de eerste hap. Heel even wordt de pijn van het missen me bijna te veel. Als je iemand verliest die zo dicht bij je staat, kun je op de meest onverwachte momenten keihard geraakt worden door de gruwelijkheid van het verlies, en hoe definitief het is. Vaak op momenten dat je er het minst op voorbereid bent. En je hart slaat een paar slagen over en je knieën knikken, net als toen je te horen kreeg dat die persoon er niet meer is. Als je iemand zoals Byrd verliest, kun je dat gevoel van rouw nooit helemaal uitbannen. Wel heb ik geleerd mijn rouw te temmen, zodat het niet de pan uit rijst en mijn leven verwoest. Op dit soort onverwachte momenten springt de pijn sissend en grommend op als een hondsdol beest dat met zijn kop tegen de tralies beukt.

Maar ik heb de zweep en de stoel in handen. Ik heb de sleutel en het slot.

'Jullie vader is onderweg,' zeg ik zonder op te kijken van mijn bord.

Vanuit mijn ooghoek zie ik dat ze allebei stoppen met kauwen en een blik wisselen. Josiah is hier bijna dagelijks, maar hij komt nooit zomaar. Hij haalt ze op om ze ergens mee naartoe te nemen. Hij zet ze af. Hij helpt ze met hun huiswerk. Mijn aankondiging dat Josiah zo komt verraadt dat er iets is.

'Waarom?' vraagt Deja, en ze kijkt me achterdochtig aan.

'Gewoon om te praten.' Ik doe de koelkast open en pak een flesje fris.

'Wordt dit een familievergadering of zo?' wil Deja weten.

Voor ik kan antwoorden, gaat de bel. Gered door de bel, letterlijk.

Deja springt op en loopt de keuken uit om open te doen.

'Is alles oké?' vraagt Kassim, terwijl hij de korst van zijn pizza scheurt.

'Ja, prima.' Ik leun over de bar heen om hem een kus op zijn voorhoofd te geven. 'Gewoon even praten, liefje.'

Otis komt de keuken in rennen en drukt zijn kop tegen mijn been.

'Hé vriendje.' Ik kijk glimlachend omlaag en wrijf over zijn kop, terwijl ik Byrd voor de zoveelste keer in stilte bedank dat ze hem bij ons heeft achtergelaten. Ik doe mijn best om me geen zorgen om Josiah te maken, maar soms doe ik het toch. Die avond waarop Otis onmiskenbaar duidelijk maakte dat hij bij mijn ex wilde wonen... Daar was ik blij mee, hoe irrationeel dat ook mag klinken. Niet omdat de hond hier dan niet zo vaak meer zou zijn, maar omdat hij bij Josiah zou zijn. Schrale troost, ik weet het, maar toch. Otis hobbelt naar de mand die we nog steeds voor hem in de hoek hebben staan en gaat liggen, schijnbaar tevreden. Ik heb vaak het gevoel gehad dat tante Byrd hem heeft achtergelaten als haar hoogstpersoonlijke bewaarengel die over ons waakt. Zo eentje die zomaar op je mooiste kleed kan pissen als je vergeet hem uit te laten.

Deja en Josiah komen ook binnen en lachen samen om iets. Soms ben ik jaloers op hun soepele verstandhouding. Ik ben er nog steeds niet achter wat Josiah heeft gedaan om aan Deja's venijn te ontkomen, maar ik zou willen dat hij zijn geheim met me deelde. Tegen mij is ze een weerwolf en is het elke dag volle maan, maar met papa is het een en al glimlachjes en 'ja, pap'.

'Pizza?' vraag ik Josiah, wijzend op mijn bord. 'Ik heb de ansjovis eraf geplukt.'

'Nah. Ik heb wat eten meegenomen uit het restaurant. Ik eet wel als ik thuis ben.' Hij gaat op een van de hoge barstoelen zitten en kijkt me betekenisvol aan, met een stilzwijgend 'oké, wat is het plan?' in zijn opgetrokken wenkbrauwen.

'Deja,' zeg ik. 'We willen een paar minuutjes met Kassim praten. Kun je even met je pizza in de eetkamer gaan zitten?'

'Wat is er dan?' vraagt Kassim, er klinkt lichte paniek door in zijn gelijkmatige toon.

'Er is niks, jongen,' antwoordt Josiah. 'We willen gewoon even met je praten.'

'Ik wil erbij zijn,' zegt Deja met een onverzettelijk trekje om haar kaken. 'Als je wilt dat ik hier blijf, Kas, dan doe ik dat.'

'Je maakt er een big deal van terwijl dat helemaal niet nodig is,' zeg ik tegen haar.

'O ja?' Deja leunt achterover en slaat haar armen over elkaar. 'De laatste keer dat jullie "gewoon even wilden praten" zeiden jullie dat jullie gingen scheiden. Als dit slecht nieuws is, wil ik het ook horen.'

Deja's woorden voeren me terug naar de avond waarop we met onze kinderen aan deze keukenbar gingen zitten en ze vertelden dat ons leven onherstelbaar zou veranderen. Het enige wat nog moeilijker was dan de kinderen vertellen dat we gingen scheiden was Josiah om een scheiding vragen. De herinnering wervelt om ons heen en heel even is het gewicht ervan zo fysiek, zo reëel, dat ik bijna geen adem meer krijg.

'We moeten met Kassim praten over ons gesprek met zijn lerares,' zegt Josiah. Het diepe timbre van zijn stem klinkt kalm, vol en geruststellend.

'O. Waarom zeg je dat niet meteen?' Deja pakt haar bord. 'Sterkte, Kas.'

Ze schrijdt de keuken uit, zwaaiend met haar smalle heupjes, met een zelfverzekerdheid die aan brutaliteit grenst.

'Heb ik iets verkeerd gedaan?' mompelt Kassim, starend naar zijn bord.

'Nee.' Ik til zijn kin op, zodat hij me aan kan kijken. 'Juist niet. Je doet het zo geweldig, jochie. We hebben goed nieuws.'

Ik kijk naar Josiah, die me met opgetrokken wenkbrauwen aanmoedigt om verder te praten.

'Mevrouw Halstead zegt dat je een van de slimsten van de klas bent.' Ik haal een hand door zijn haar, dat net zo golft als dat van Josiah als hij naar de kapper moet, zoals nu.

'Ja.' Kassim knikt alsof dit geen nieuws voor hem is. Het komt bijna opschepperig over. 'Dat is zo.'

Ik moet lachen en wissel een snelle grijns uit met Josiah, wiens ogen oplichten van trots en affectie.

'Zelfverzekerd, jongen, niet arrogant,' zegt hij vaderlijk.

'Ja pap,' antwoordt Kassim, hoewel de lichte trilling van zijn mondhoeken niet erg berouwvol overkomt.

'Verveel je je weleens op school?' vraag ik.

Hij knikt. 'Ja, maar dat is niet zo erg. De andere kinderen moeten alles ook leren, dus moeten we een beetje langzaam gaan.'

Josiah veroorlooft zich een kort lachje bij die woorden, voordat hij verdergaat. 'Mevrouw Halstead wil niet dat je je verveelt. Ze denkt dat we iets moeten verzinnen om het wat interessanter voor je te maken. We weten nog niet of het alleen maar lesstof van een klas hoger is of dat je misschien een klas moet overslaan.'

Kassims ogen worden groot en zijn mond hangt open. 'Nu naar groep acht gaan, bedoel je?'

'Nee,' verduidelijk ik haastig. 'Maar misschien volgend jaar alvast naar de brugklas in plaats van naar groep acht. We weten het nog niet helemaal, maar we willen er wel vast met je over praten. Om te kijken of jij het oké vindt en of je er klaar voor bent.'

'Maar als ik naar de brugklas ga,' zegt Kassim, terwijl de V tussen zijn wenkbrauwen dieper wordt, 'dan gaat Jamal nog steeds naar groep acht.'

'Ja,' zegt Josiah. 'Jamal en je andere vrienden kunnen nog steeds je vriendjes blijven, maar ze zitten dan niet meer bij je in de klas. Tenminste, áls we met zijn allen besluiten dat je een klas over moet slaan. Zoals we al zeiden, kunnen we er ook nog op uitkomen dat het beter is om je gewoon wat plusstof te geven in bepaalde vakken. We willen alleen niet dat je je gaat vervelen op school.'

'En we willen dat je op je eigen niveau kan werken,' zeg ik met een glimlach. 'We zijn zo trots op je, Kassim.'

'Echt waar?' vraagt hij, en hij kijkt van mij naar Josiah.

'Ja, natuurlijk.' Josiah grijpt Kassim in zijn nek en knijpt zachtjes. 'Dat weet je toch.'

Hij knikt, maar er speelt een minuscuul lachje om zijn mondhoeken en hij kijkt omlaag om zijn gezichtsuitdrukking te verbergen.

'Tijdens ons gesprek met mevrouw Halstead...' begin ik, en

ik werp een onderzoekende blik in Josiahs richting. Hij knikt bemoedigend. 'Ze zei dat we, als je inderdaad besluit om een klas over te slaan, moeten zorgen dat je daar klaar voor bent, niet alleen qua leren, maar qua alles.'

'Wat betekent dat?' vraagt Kassim.

'Heel veel kinderen zijn slim genoeg om een klas over te slaan,' zegt Josiah. 'Maar soms vinden ze het moeilijk om nieuwe vrienden te vinden en kunnen ze moeilijk wennen. Mevrouw Halstead stelde voor dat je misschien een keer met iemand moet praten over wat je... nou ja...'

Hij kijkt naar mij en ik besef dat hij niet weet hoe hij therapie moet omschrijven op een manier die Kassim zou begrijpen.

'Kas,' zeg ik. Ik leun voorover en kijk hem recht in de ogen. 'Je weet dat ik jou en Deja heb verteld dat mama met iemand moest praten, hè?'

'Je therapeut?' vraagt Kassim, en zijn ogen worden groot. 'Je zei dat je ziek en verdrietig was.'

Het klinkt zo hard en simpel zoals hij het zegt, maar het was wel waar. En er zijn dagen dat het nog steeds zo is. Misschien zullen er altijd dat soort dagen zijn en wie weet zal ik de rest van mijn leven nu en dan in therapie moeten.

'Ja, dat klopt.' Ik hoop dat mijn glimlach er natuurlijk en geruststellend uitziet. 'Maar het is ook gewoon goed om iemand te hebben met wie je kunt praten over dingen die verwarrend of moeilijk te begrijpen zijn.'

'Zoals robotica?' oppert Kassim. 'Want er is een nieuw soort...'

'Nee,' onderbreekt Josiah hem grinnikend. 'Niet robotica, hoewel ik dat ook heel moeilijk te begrijpen vind. Het gaat meer om persoonlijke dingen, zoals het overlijden van tante Byrd. En Henry.'

Ik adem scherp in door mijn neus bij het horen van mijn zoons naam uit Josiahs mond. Hij heeft hem maar zo zelden uitgesproken. Eerst nam ik hem dat kwalijk, dat hij Henry's naam niet uitsprak. Dat hij niet zo'n snikkend, snotterend wrak was als ik maandenlang elke dag was. Dat hij zo verdomde stérk bleef terwijl ik instortte. Nu weet ik dat we op verschillende manieren met dingen dealen, hoewel er veel dingen zijn waarmee Josiah helemaal nog niet heeft gedeald. Maar ik ben zijn psycholoog niet. Jezus, ik ben niet eens meer zijn vrouw.

Kassim klapt zichtbaar dicht en het breekt mijn hart een beetje dat hij zijn gezicht, dat zelfs op zijn leeftijd altijd zo open is, nu probeert te verbergen.

'Ik moest met iemand praten over de pijn die ik voelde, weet je,' zeg ik tegen hem. 'Nadat we ze verloren hadden.'

'Daarom moest je de hele tijd in bed blijven en kamde je je haar niet meer en zo, toch?' vraagt Kassim.

Het voelt alsof mijn keel vol hete stenen zit. Ik voel Josiahs blik op mijn gezicht, maar ik kan het niet opbrengen om hem aan te kijken, want ik weet niet of ik minachting of medeleven zal zien.

'Dat klopt helemaal,' zeg ik tegen Kassim, en ik pers er een lachje uit. 'Ik ben een beetje ingestort toen, maar het hielp echt om met iemand te praten.'

'Ik voel me niet ziek of verdrietig,' zegt Kassim. 'Ik ben niet aan het instorten.'

Die woorden, in alle onschuld uitgesproken en vrij van elke vorm van kwaadaardigheid, snijden me heel even door mijn ziel. Nee, ik was de enige die instortte. De vertrouwde demonen van schaamte en schuld komen aan de keukenbar zitten, woelen met koele vingers door mijn haar en sissen leugens in mijn oor.

'Iedereen heeft weleens hulp nodig,' zegt Josiah tegen Kassim, maar hij kijkt naar mij. De minachting die ik vreesde is niet in zijn ogen te bespeuren. Ik weet niet wat ik dan wel zie, maar Josiah is altijd moeilijk te doorgronden.

'Heb jij ook hulp nodig, papa?' Kassim klinkt verbaasd en zijn wenkbrauwen schieten omhoog. 'Praat jij met een therapeut?'

O, dit wordt wat.

Ik probeer hem niet te redden. Dat lukt toch niet. Josiah heeft in het verleden zo hard geroepen dat hij geen 'psych' nodig heeft dat ik niet weet hoe ik hem hieruit moet redden. Als ik heel eerlijk ben, wil ik dat niet eens.

'Ik heb nooit met een therapeut gepraat, nee,' zegt Josiah, terwijl hij in Kassims vragende ogen kijkt. 'Maar ik wil het wel doen als jij het doet.'

Ik val zowat van mijn kruk.

Echt waar?

'Echt waar?' vraagt Kassim met een duidelijk verraste blik. Voor zover ik weet heeft Josiah nooit tegen de kinderen uitgesproken dat therapie volgens hem een bullshitplacebo is om je een beter gevoel te geven en 'kwakzalvers' rijk te maken, maar hij komt altijd zo beheerst, zelfverzekerd en onwankelbaar over. Het moet Kassim dus net zo schokken als mij om te horen dat hij misschien wat 'hulp' nodig heeft.

'Ja.' Josiah zegt het heel nonchalant, maar er trilt een spiertje in zijn kaak, wat mij duidelijk maakt dat hij zich gedwongen voelt om dit te doen vanwege Kassim. Hij zou alles voor onze kinderen doen. Dat weet ik heel goed. Hij zei ook dat hij alles voor mij zou doen, maar therapie was een onzichtbare lijn in het drijfzand van ons leven samen en hij heeft nooit met iemand gepraat.

En nu dit.

'Als jij met iemand gaat praten, doe ik het ook,' zegt Josiah, en hij steekt zijn hand naar Kassim uit. 'Deal?'

Kassims gezicht klaart op en hij grijpt zijn vaders veel grotere hand.

'Deal.'

10

JOSIAH

Wat de fuck is er zojuist gebeurd?

Heb ik nou beloofd dat ik met een fucking therapeut ga praten? Ik geloof niet eens dat je je beter gaat voelen als je met iemand over je gevoelens praat. Misschien ga je je beter voelen over je eigen shit omdat je nu eenmaal 'stappen zet', maar het verandert in wezen niks. Ik weet dat Yasmen denkt dat het haar geholpen heeft, maar ze slikte ook antidepressiva. Medicijnen? Tuurlijk, die kunnen helpen. Medicijnen zijn meetbaar. Ze zijn echt. Maar al dat softe gepraat?

'Hallooooo,' zegt Deja vanuit de deuropening tussen de keuken en de eetkamer. 'Mag ik nog een stuk pizza als jullie klaar zijn met praten over hoe briljant en perfect Kas is?'

Ze werpt haar broertje een snelle grijns toe om haar harde woorden te verzachten en woelt door zijn haar als ze naar de pizzadoos op de bar loopt. Ze kunnen elkaar misschien genadeloos treiteren en ze zijn de klassieke grote zus en jonger broertje, maar ze zouden alles voor elkaar overhebben. Ze trokken naar elkaar toe toen de naden van ons gezin begonnen te scheuren.

'Ja, ik geloof dat we wel klaar zijn,' zeg ik met een blik op Yasmen om stilletjes te kijken of ze het daarmee eens is.

'Eh, ja.' Ze kijkt naar Kassim, die met een doodkalm gezicht nog een stuk pizza pakt. 'Volgens mij hebben we een plan.'

Ik ga staan en rammel met de sleutels in mijn zak. 'Dan ga ik maar weer eens. Ik ben moe, ik heb honger en ik wil nog even rustig op de bank hangen. Morgen weer vroeg dag.'

Ik klop twee keer op mijn been. 'Otis, ga je mee?'

Ik vraag het altijd, alsof de hond mag beslissen waar hij slaapt. Hij zou heen en weer kunnen gaan tussen onze huizen, zoals de kids, maar hij is altijd bij mij. Hij staat op en loopt met hooggeheven kop naar de hal. Arrogant beest. Als hij in bad is geweest, paradeert hij zo ongeveer als een keizer door het hondenparkje.

'Ik laat je even uit,' zegt Yasmen, die van haar kruk komt en achter Otis aan loopt.

Ik laat haar een eindje voorgaan. Die verdomde broek die ze aanheeft. De stof moet eigenhandig geweven zijn door de duivel en rechtstreeks geëxporteerd vanuit de hel, als je ziet hoe hij om haar kont en heupen zit. Haar T-shirt valt tot net boven haar broekband en laat me nu en dan een glimp opvangen van haar buik – glad, bruin en strak. Onder haar shirtje hangen haar borsten, rijp en overvol. Toen we getrouwd waren, liep ze zonder beha door het huis om me te provoceren. Ik liet nooit een gelegenheid voorbijgaan om haar de keuken in te trekken of in een hoekje te drukken om haar shirt omhoog te trekken, haar borsten te ontbloten en aan haar tepels te zuigen. Dat was ons hoogstpersoonlijke voorspel. Er waren tijden, als de kids boven of buiten waren, dat ik haar nam op de keukentafel. Haar benen uit elkaar trok en haar overal likte.

Jezus, ik heb een stijve.

Niet goed. Helemaal niet goed. Ik kan mezelf op geen enkele manier wijsmaken dat deze erectie iets te maken heeft met mijn huidige vriendinnetje, dat me al twee appjes heeft gestuurd waarin ze laat doorschemeren dat ze wil blijven slapen. Nope. Dit is een en al Yasmen, verdomme. Ik verschuif iets in mijn broek en hoop maar dat ik het pad af kan rennen en mijn auto kan bereiken voordat ze het doorheeft.

'Hé.' Ze pakt mijn arm als ik haar voorbij wil lopen op de veranda. 'Kunnen we even praten?'

Na een snelle blik op haar hand op mijn arm geef ik een kort knikje en ga op de schommel zitten. Als ik blijf zitten en het buitenlicht uit blijft, ziet ze de tentpaal in mijn broek misschien niet.

De bewegingssensor laat het licht aangaan.

Godsamme.

Ik leun voorover en steun met mijn ellebogen op mijn knieën. Ze komt bij me op de schommel zitten en aait Otis over zijn kop. Hij drukt zich tegen haar hand aan en zijn ogen rollen weg van genot.

'Dat ging beter dan verwacht.' Ze trekt haar ene been onder het andere. 'Wat vind jij?'

'Ja. Het ging best goed. Hij lijkt het wel oké te vinden.'

'Ik denk… Ik weet zeker dat het enorm hielp dat jij aanbood om ook in therapie te gaan.' Ze werpt een blik opzij. 'Meende je dat echt?'

Ik trek mijn knieën een paar keer op om de schommel in beweging te krijgen. 'Shit, Yas. Denk je dat ik zoiets zou zeggen en het dan niet zou doen?'

'Nee, natuurlijk niet. Je was er alleen altijd zo fel op tegen om naar een psycholoog te gaan toen wij… toen ik… nou ja, toen, dus ik was verbaasd dat je het aanbood.'

'Heb ik er zin in? Nee. Denk ik dat ik er iets aan zal hebben? Echt niet. Maar als het daardoor makkelijker wordt voor Kassim, dan ga ik gewoon.'

'Oké.' Ze knippert met haar ogen en haar mooie lippen vormen een scheef lachje. 'Dus therapie kan wel goed zijn voor kinderen of slappelingen zoals ik, maar iemand die zo sterk is als jij kan er onmogelijk iets aan hebben.'

'Je weet best dat ik dat niet bedoel. Je moet mijn woorden niet verdraaien.'

'Ik hoef je woorden niet te verdraaien.' Ze staat bruusk op en de koelheid van haar blik kan haar gekwetstheid niet verbergen. 'Wil je een paar namen van therapeuten? Zo ja, dan kan ik dr. Abrams eens vragen. Of doe je het alleen voor de vorm om Kassim tevreden te stellen?'

Allebei.

Ik weet dat de spanning tussen ons alleen maar erger wordt als ik dat hardop zeg, dus ik zorg dat mijn gezicht zo vlak mogelijk staat voordat ik antwoord geef.

'Dat zou fijn zijn.'

'Ik zal mevrouw Halstead laten weten dat we ermee bezig zijn,' zegt ze. Ze draait zich om en steekt haar hand uit naar de knop van de voordeur.

'Yas, hé.' Ik ga staan en dit keer ben ik degene die haar arm pakt. 'Ik wilde niet impliceren dat ik te goed ben voor therapie of dat jij een slappeling bent of...'

'Je hoefde helemaal niets te impliceren, Jos.' Ze trekt haar elleboog los en kijkt omlaag. 'Je ziet het emotionele welzijn van onze zoon duidelijk als iets wat het waard is om voor te vechten en om voor in therapie te gaan. Ik denk dat dat geweldig is.'

Het klinkt alleen alsof ze net zo goed had kunnen zeggen: ik denk dat je een klootzak bent.

'Dus wij zijn oké?' vraag ik, hoewel de beklemmende sfeer en haar strakke gezicht me vertellen dat we niet oké zijn.

Ze kijkt me aan over haar schouder met één hand op de deurknop en ik weet niet of het weerzin of teleurstelling is waardoor haar blik zo verduistert, maar het geeft me een vies gevoel.

'Ja.' Ze doet de deur open. 'We zijn oké.'

11

YASMEN

'Vind je het echt oké om Deja mee te nemen, Hen?' Ik trek flessen frisdrank uit de plastic ringen en laad ze in een koelbox vol ijs. 'We zijn gisteren de halve stad door gereden, maar we konden dat haar dat ze wil nergens vinden.'

'O, ik weet een winkel in de buurt van Candler Road waar ze het geheid hebben.' Hendrix nipt van haar koffie aan mijn kookeiland. 'Ik heb meerdere cliënten die hun haar daar halen, heel stiekem natuurlijk. Als je het op tv ziet, zou je nooit denken dat het uit een zaakje achter in een buurtsuper komt.'

Ik blijf staan met een fles in elke hand en staar haar aan. 'Dat zaakje zit in een supermarkt?'

'Zo'n alleswinkel die je toevallig moet kennen om het te weten. Even melk en eieren halen, je nagels laten lakken, je belastingen laten doen. Een horloge verpanden en vier, vijf pakjes haar meepakken voor je weer naar huis gaat.'

Ze grijpt naar de lange pony die tot over haar schouder hangt, tilt hem op en laat hem weer vallen. 'Daar heb ik deze beauty ook vandaan.'

'Oké, nou, dank je wel. Ik moet naar Kassims voetbalwedstrijd en Josiah geeft een lezing op een of ander ondernemerscongres, dus hij kan het niet van me overnemen.' Ik hou een fles Gatorade en een pak Breakers omhoog. 'Ik was vergeten dat ik vandaag het eten en drinken moest meenemen, dus ik moet snel-snel wat bij elkaar graaien.'

Ik haal een fles sinaasappelsap uit de koelkast voor Kassim.

'Maar goed,' ga ik verder. 'Kassims eerste sessie met die kinderpsycholoog is na de wedstrijd. Josiah en ik hebben vorige week een voorgesprek met hem en Kassim gehad, gewoon om wat info te krijgen en om even kennis te maken, maar vandaag heeft hij zijn eerste een-op-eensessie. Het was het enige tijdstip dat dr. Cabbot nog open had staan, dus ik heb geen tijd om de hele stad door te rijden om dat haar te zoeken. Je bent echt een enorme hulp.'

'Is Kassim zenuwachtig?'

'Je kunt beter vragen of ík zenuwachtig ben.' Ik blijf even stilstaan en leun met mijn heup tegen de bar. 'Hoe kan het me ontgaan zijn dat hij zo hypergericht is op de dood? En op het verlies van zijn familie? Ik zie hem elke dag en hij heeft nooit iets laten vallen over die dingen uit zijn dagboekaantekeningen, waarover zijn lerares vertelde.'

'Eigenlijk verbaast me dat niet zo. Volgens mij hebben kinderen niet de neiging om uit zichzelf hun grootste angsten aan hun ouders op te biechten.' Hendrix haalt nonchalant haar schouders op. 'Oké, sommige misschien wel, maar ik deed dat echt niet op die leeftijd. Geef jezelf een schouderklopje dat je dit nu doet in plaats van jezelf voor de kop te slaan dat je niet eerder doorhad dat hij hulp nodig heeft.'

'Je hebt gelijk. Het heeft voor mij zo'n verschil gemaakt en ik ben echt blij dat Kassim er al zo jong mee in aanraking komt. Als hij het later ooit nodig heeft, zit er dan misschien niet zo'n stigma aan vast als bij zoveel mannen.'

'Vooral zwarte mannen. Mijn neef Bilail heeft zijn hele leven zoveel shit meegemaakt. Gescheiden ouders. Misbruikt door zijn oom. Moeder verslaafd. Maar denk je dat hij met iemand over zijn gevoelens praat?' Hendrix schudt haar hoofd en haar matrood gestifte mondhoeken gaan omlaag. 'Vergeet het maar. Die man staat strak van ellende en hij heeft geen idee waarom al zijn relaties stuklopen voor ze goed en wel begonnen zijn.'

'Over zwarte mannen en therapie gesproken,' zeg ik, terwijl ik nog wat flessen in de koelbox stop. 'Had ik al verteld dat Kassim gaat omdat Josiah zei dat hij ook zou gaan?'

Hendrix' koffiekopje blijft vlak voor haar mond in de lucht hangen en haar wenkbrauwen vliegen omhoog. 'Was hij daar juist niet faliekant tegen toen jullie nog bij elkaar waren?'

'Ja.' Ik buk me om de laatste sportdrankjes in de koelbox te proppen. 'Hij zei altijd dat hij er niks aan zou hebben, maar blijkbaar dacht hij dat het Kassim zou overtuigen als hij ook zou gaan, dus dat gaat hij nu doen. Ik vraag me alleen af...'

'Wat vraag je je af?' vraagt Hendrix.

Ik kom overeind en kijk een milliseconde in haar vragende ogen, waarna ik me meteen weer omdraai om de laatste yoghurtjes uit de koelkast te pakken. 'Niks. Hé, maar dat haar heet blijkbaar Kinky Curly of zoiets. Deja...'

'Wat vraag je je af, Yas? Waarom Josiah dat toen niet voor jou wou doen?'

Mijn hand hangt nog halverwege tussen de koelkast en de koelbox, en ik durf haar bijna niet aan te kijken als ik me weer omdraai, maar ik doe het toch.

'Misschien. Niet eens voor mij, maar voor zichzelf, toen ik het voorstelde. Hij wilde er niet eens over nadenken, maar hij bood het wel zelf aan toen het ter sprake kwam met Kassim. En ik vraag me denk ik af wat er veranderd is.'

Ik stoot een lachje uit en doe de koelbox dicht. 'Niet dat hij verwacht dat hij er iets aan zal hebben. Hij denkt nog steeds dat het nergens goed voor is, maar hij is er in elk geval toe bereid.'

'Therapie kan intimiderend zijn en mensen zijn er niet altijd klaar voor als wij dat willen. Ze zijn er pas klaar voor als ze er klaar voor zijn. Josiah denkt dat hij gaat vanwege Kassim, maar misschien is hij diep in zijn hart eindelijk zover. Het zal hem misschien nog verbazen. Wie weet leert hij straks ineens van alles over zichzelf. De juiste therapeut kan alles veranderen.'

'Ja, en de verkeerde verandert soms niks.' Ik rol met mijn ogen. 'Goddank heb ik dr. Abrams uiteindelijk gevonden.'

Bonkende voetstappen op de trap kappen ons gesprek af en

daar ben ik eigenlijk wel een beetje opgelucht over. Ik wil er niet aan denken dat Josiah eindelijk naar een therapeut gaat en wat voor effect therapie had kunnen hebben op alles wat er met ons is gebeurd, en ik wil er al helemaal niet over praten.

‘Hé, tante Hen,’ zegt Deja. Haar glimlach is vrolijk en open. ‘Fijn dat je met me naar die winkel wilt. Dank je wel.’

‘Geen probleem.’ Hendrix staat op, dumpt haar laatste restje koffie in de gootsteen en spoelt haar kopje om.

‘En je denkt echt dat ze daar dat haar hebben dat ik nodig heb?’ vraagt Deja.

‘Ik heb ze al gebeld en ze zeiden van wel,’ zegt Hendrix met een glimlach die net niet té zelfvoldaan is.

‘Yaaaaay!’ Deja’s handen vliegen omhoog en ze roept nog net geen halleluja. ‘Ik heb overal gezocht en er is volgende week een *passion braids challenge* waaraan ik mee wil doen, maar daar heb ik dus dat haar voor nodig.’

‘Oké, komt goed,’ zegt Hendrix. ‘En er is een tentje vlak bij die winkel dat Ruby’s heet. Beste nekbotten van de stad.’

‘Nekbotten?’ Deja’s scepsis is voelbaar.

‘Wacht effe.’ Hendrix zet haar vuisten op haar heupen. ‘Je ouders hebben een soulfoodrestaurant en jij hebt nog nooit nekbotten gegeten?’

‘Staat niet op ons menu.’ Ik lach en gris mijn handtas van een kruk. ‘Byrd moest er niks van hebben en Vashti maakt ze ook niet.’

Hendrix geeft Deja een arm. ‘Oké, daar gaan we vandaag iets aan doen. We bestellen ze voor de lunch, als je wilt.’

‘Oké!’ zegt Deja knikkend. De *space buns* aan weerszijden van haar hoofd bewegen mee.

‘Hoe laat wil je haar terug hebben, Yas?’ vraagt Hendrix.

Deja kijkt voor het eerst rechtstreeks naar mij en haar glimlach valt weg. In haar ogen ben ik de speld die elke ballon doorprikt.

‘Eh, gewoon wanneer jullie klaar zijn,’ zeg ik met een geforceerd glimlachje. ‘Nogmaals bedankt dat je haar wilt helpen.’

Hendrix laat haar blik heen en weer gaan tussen Deja en mij.

Haar glimlach vervaagt een beetje. 'Hé, je weet dat ik alles voor je overheb. Geen enkel probleem.'

Ik loop de keuken uit, geef Hen in het voorbijgaan een vluchtig kneepje in haar arm en loop de gang in naar de trap.

'Kassim!' roep ik omhoog. 'Straks komen we te laat. Schiet op.'

Hij verschijnt bovenaan de trap in zijn rood-witte voetbaltenue, met zijn sporttas over zijn schouder. Ik werp een blik op zijn voeten.

'Enkels zo droog alsof ze met bloem zijn bestoven.' Ik zucht en wijs met mijn hoofd naar de garage. 'In de auto ligt bodylotion.'

'Komt papa ook?' vraagt hij, terwijl hij de trap af loopt.

Josiah heeft middagen en avonden lang met Kassim lopen voetballen in onze achtertuin. Natuurlijk vindt mijn zoon het heerlijk als ik naar zijn wedstrijden kom, maar elke keer dat hij scoort, speurt hij het publiek langs de lijn toch af naar zijn vaders goedkeurende gezicht.

'Vandaag niet, maar ik beloof dat ik filmpjes voor hem maak, oké?'

'Dus hij komt ook niet naar therapie, hè?' Kassims gezichtsuitdrukking verandert niet, maar de glimp van onrust in zijn ogen snijdt door mijn hart.

'Hij heeft een congres waar hij vandaag een lezing moet houden, jochie. Dat is maanden geleden al afgesproken en hij kon er niet onderuit. Ik weet zeker dat hij vanavond belt om te vragen hoe het gegaan is.'

'Oké,' zegt hij, en hij verschuift de band van de tas op zijn schouder. 'Heb ik nog tijd om iets te eten?'

'Mueslireep en sap, op het aanrecht. Neem maar snel mee naar de auto. Ik heb de pauzehapjes voor het team. We moeten niet te laat komen.'

Zijn mond valt open. 'Moest jij vandaag de pauzehapjes meenemen?'

'Ja,' zeg ik met een grimas. 'Dat was ik even vergeten.'

'Dan moeten we gaan!'

Kassim is absoluut het verantwoordelijke type in elke situatie.

Hij rent langs me heen zonder zijn pas ook maar een seconde te vertragen als hij het ontbijtje dat ik heb klaargezet meegrist. Hij zwaait naar Hendrix en Deja, maar holt regelrecht door naar de garage.

'Ik denk dat wij ook maar gaan,' zegt Hendrix, en ze pakt haar Hermès-tas, een cadeautje van een van die chique uitreikingsshows.

'Lief zijn hè, Dé.' Ik pak het handvat van de koelbox en sleur het ding achter me aan naar de deur.

'Ja mam.' Haar stem wordt gekleurd door de gebruikelijke ergernis, maar ze kan het opgewonden ondertoontje niet verbergen. Ze praat al een week over die hair challenge en hoewel ik absoluut niet inzie hoe haargoeroe op social media ooit een slimme carrièrekeuze kan zijn, wil ik niet dat het een teleurstelling voor haar wordt.

Ik geef Hendrix een snelle kus op haar wang. 'Ik sta bij je in het krijt.'

'Onbeperkt krediet,' zegt ze, terwijl ze op haar beurt een kus op mijn wang drukt. 'Dat weet je toch.'

Zij en Deja lopen mee naar de garage en gaan de oprit af naar de stoep, waar Hendrix' Mercedes G-klasse geparkeerd staat. Tegen de tijd dat ik de garage uit ben en de deur weer omlaaggaat, zijn ze al weg.

We komen net op tijd aan bij het voetbalveld. Het team staat in een kring en de coach begint aan zijn peptalk. Ik zet de koelbox naast het uiteinde van de bank en zet mijn klapstoel langs de lijn bij de andere ouders. Aan het einde van de tweede helft racet Kassim met de bal het halve veld over in een flitsende actie.

'Go, Kas!' Ik sta op en richt mijn telefoon net op tijd op hem om zijn winnende goal te filmen.

Alle ouders geven elkaar high fives, terwijl onze kids de leden van het andere team een handje geven.

'Mam, heb je mijn doelpunt gezien?' vraagt Kassim met een brede glimlach tussen twee grote slokken Gatorade door. Het zweet staat op zijn voorhoofd en zijn shirt is er nat van.

'Jazeker.' Ik hou mijn telefoon op. 'En ik heb het nog vast kunnen leggen ook.'

'Dan kunnen we het aan papa laten zien!'

'Ik stuur het zo naar hem toe.' Ik kijk op mijn telefoon hoe laat het is. 'Maar we moeten gaan als we op tijd bij dr. Cabbot willen zijn.'

De opwinding trekt uit Kassims gezicht en wordt vervangen door een bijna angstige blik. Ik heb meteen spijt dat ik erover begonnen ben.

'O ja,' mompelt hij. 'Bijna vergeten. Therapie.'

'Therapie' klinkt als 'vuurpeloton' zoals hij het zegt.

Ik pak de koelbox en rol hem naar de auto. Kassim, die nog steeds ongewoon stil is, gezien zijn winnende goal, sjouwt zijn tas mee en gaat achterin zitten. Ik vraag niet waarom en zeg niet dat hij voorin mag zitten, zoals hij meestal doet. Als iemand de zenuwen voor zo'n eerste sessie begrijpt, ben ik het wel.

Als we bij de praktijk van dr. Cabbot aangekomen zijn, parkeer ik en draai me om naar Kassim.

'Hé.' Ik wacht tot hij me aankijkt. 'Ik weet dat je zenuwachtig bent...'

'Ik ben niet zenuwachtig.' Hij wendt zijn blik af. 'Ik denk alleen niet dat we iets hebben om over te praten. Er is niks mis met mij.'

'Ik praat de hele tijd met iemand. Denk je dat er iets mis met mij is?'

Grote bruine ogen schieten terug naar de mijne. 'Nee. Er is niks mis met jou, mam. Ik... ik bedoelde alleen... Sorry.'

'Je hoeft je niet te verontschuldigen, lieverd.' Ik steek mijn arm naar achteren en leg mijn hand op zijn knie. 'Soms hebben we allerlei gevoelens waar we niet zo goed weg mee weten. Weet je wel?'

Hij aarzelt even, maar knikt dan, pulkend aan een los draadje aan zijn voetbalbroek.

'Dr. Abrams zegt dat die gevoelens er hoe dan ook uit komen. Als we boos zijn, kunnen we dat soms op anderen afreageren.

Dan snauwen we de barista van Starbucks af, we schreeuwen tegen onze kinderen of we geven de hond een schop.'

'Als iemand Otis een schop geeft,' zegt Kassim met een minuscuul trekje van zijn mondhoeken, 'dan schopt hij terug.'

'Dat denk ik ook. Otis kun je beter met rust laten. Ik wil alleen maar zeggen dat we gevoelens die we niet begrijpen soms de verkeerde kant op richten. Of we houden ze binnen en dan gaan we ons slecht voelen. We willen dat je iets beter begrijpt wat je misschien voelt bij tante Byrd, bij Henry, bij alles wat er in je hoofd gebeurt.'

'Zodat ik Otis niet ga schoppen?' Zijn lachje is nog steeds ietwat nerveus, maar hij lijkt in elk geval iets ontspannener.

'Zoiets, ja. Ik wil gewoon dat je weet dat de dingen die je soms voelt bij hun dood… dat ik die ook voel.'

'Maar jij bent oké, toch, mam?' De onzekerheid in zijn stem laat hem nog jonger klinken dan hij is en ik vraag me af wat voor effect mijn worstelingen op mijn kinderen hebben gehad en hoeveel ze ervan hebben meegekregen, zelfs toen ik mijn absolute onvermogen om de wereld aan te kunnen probeerde te verbergen. Ik zou nu kunnen verzuipen in schuldgevoel als ik me afvraag hoe ik misschien heb bijgedragen aan Kassims angsten óf ik kan er alles aan doen om die angsten te verminderen.

'Niemand is altijd oké, Kas.' Ik pak zijn hand. 'Het leven draait niet om altijd oké zijn. Het gaat om hulp krijgen als we niet oké zijn. We moeten onze familie en vrienden laten helpen. We moeten mensen zoals dr. Cabbot laten helpen. Snap je wat ik bedoel?'

'Is papa ook niet altijd oké?'

Een deel van mij wil nu schreeuwen dat papa zeer zeker niet altijd oké is, al lijkt het ook tien keer van wel. Het simpele feit dat iemand nooit om hulp vraagt, wil niet zeggen dat hij het niet nodig heeft.

'Zoals ik al zei,' zeg ik tegen Kassim, 'is niemand altijd oké, maar je vader is een van de sterkste mensen die ik ken. Hij zal er altijd voor je zijn. Wij allebei.'

Zijn gezicht klaart op, maar voordat ik mezelf kan feliciteren met mijn indrukwekkende mamawijsheid zegt hij: 'Pap!'

Ik volg zijn blik als hij over mijn schouder heen kijkt en zie Josiahs zwarte Range Rover, een paar parkeervakken verderop. Kassim maakt zijn autogordel los en klautert uit de auto. Ik kom iets langzamer achter hem aan. Ik wil ze een paar momenten samen geven, maar ik wil ook wat tijd om mezelf te kalmeren. Josiah ziet er altijd goed uit, natuurlijk, maar vandaag is hij gekleed voor het congres. Zijn perfecte maatpak valt onberispelijk om zijn brede schouders en zijn gespierde benen. De onverzettelijke trekken van zijn gezicht verzachten zodra Kassim bij hem is. Hij legt een hand in de nek van onze zoon en bukt zich om hem een kus op zijn voorhoofd te geven. Er smelt iets in mijn diepste kern. Zelfs in onze ergste momenten heb ik nooit kunnen twijfelen aan Josiahs liefde voor Deja en Kassim.

'Ik dacht dat je een lezing moest geven op een congres,' hoor ik Kassim zeggen zodra ik binnen gehoorsafstand ben.

'Ja, dat is ook zo,' zegt Josiah. 'Twee zelfs. De ene was vanochtend en de andere is over een uurtje, dus ik kan niet zo lang blijven.'

Hij kijkt van Kassims opgeheven gezicht naar mij en zijn gezicht klapt dicht, de warmte in zijn ogen verkilt. De kwetsbaarheid die vroeger gereserveerd bleef voor ons drieën – Kassim, Deja en mij – krijg ik niet meer te zien. Ik heb het privilege van zijn gevoelens, zijn lichaam en zijn hart niet meer, of liever gezegd heb ik die intimiteiten opgegeven toen ik de scheiding aanvroeg.

'Hé.' Ik bijt op mijn lip en laat mijn handen in de zakken van mijn spijkerbroek glijden. 'Ik had je hier niet verwacht.'

'Ik moest mijn zoon even zien,' zegt hij, terwijl hij zijn blik weer op Kassim richt en hem een oogverblindende glimlach schenkt. 'Ik dacht niet dat er wat zou zijn, maar gewoon voor het geval je een beetje zenuwachtig bent, wilde ik even checken hoe het ging. Alles oké?'

'Ja.' Kassim kijkt even op naar mij. 'Maar mama zegt dat het oké is om niet oké te zijn. Ze zegt dat niemand altijd oké is.'

Josiah aarzelt geen seconde, knikt en buigt zich een beetje voorover om Kassim aan te kijken. 'Daar heeft ze gelijk in.'

'Geldt dat ook voor jou, pap?' fluistert Kassim. Het klinkt zo zacht dat ik het bijna niet kan horen.

In de korte stilte na Kassims vraag zou ik Josiah het liefste even apart nemen om hem te smeken zijn muren voor deze ene keer neer te halen. Om op zijn minst te doen alsof hij net zo kan lijden als de rest van ons stervelingen, zodat zijn zoon zich niet zo alleen voelt.

'Ja.' Josiah geeft een kneepje in Kassims schouder en die unieke tederheid die hij aan niemand laat zien, behalve aan onze kinderen, blinkt in zijn donkere ogen. 'Ik ga ook met een psycholoog praten, weet je nog?'

'Wanneer?' Kassims glimlach wordt breed, vol hoop en enthousiasme.

'Maandag,' antwoordt Josiah. 'Hé, als je wilt, kun je mij vertellen hoe het bij jou ging en dan vertel ik hoe het bij mij ging, oké?'

'Oké,' zegt Kassim stralend. 'Deal.'

Josiah werpt een blik op zijn horloge. 'Ik moet zo terug, dus laten we naar binnen gaan voordat ik weg moet.'

'O, kom je mee naar binnen?' vraag ik.

'Ja.' Hij lacht breed naar Kassim. 'Ben je er klaar voor?'

Kassim, nog steeds in zijn voetbaltenue, huppelt bijna met ons mee als we naar het gebouw lopen waar de praktijk van dr. Cabbot is gevestigd. De wachtkamer is ingericht in warme honing- en koriandertinten, opgeleukt met *fidget toys*, puzzels en een enorm aquarium dat in de muur is ingebouwd. Kassim wint net een staarwedstrijdje met een kogelvis als de tussendeur opengaat en er een man van eind dertig, begin veertig verschijnt. Zijn donkerblonde haar is keurig geknipt en zijn ogen lijken niet helemaal te weten of ze bruin of groen zijn. Hij steekt zijn hand uit naar Josiah en dan naar mij.

'Goed om je weer te zien, Kassim.' Er speelt een vriendelijk glimlachje om zijn mond als hij onze zoon aankijkt.

'Ja,' zegt Kassim. 'Ik bedoel: ja, meneer.'

'We gaan vandaag gewoon even kennismaken, jij en ik.' Dr. Cabbot wijst naar de deur waardoor hij zojuist is verschenen. 'Hoe klinkt dat?'

Kassim knikt, al gaat het niet helemaal van harte, en zegt: 'Ja, oké.'

'Ik moet gaan, jongen,' zegt Josiah. 'We praten vanavond, oké?'

'Oké, pap.'

'Hou van je, Kas,' zeg ik, hopend dat ik volkomen normaal klink, terwijl ik me eigenlijk gewoon op dr. Cabbot wil storten en hem wil smeken om mijn kind heel goed te behandelen.

'Hou van je, mam.' Kassim loopt voor dr. Cabbot uit en de deur gaat achter hen dicht.

'Ben jij oké?' vraagt Josiah, en voor het eerst sinds zijn komst zie ik een klein pretlichtje in zijn ogen.

'Min of meer. Niet helemaal.' Ik laat me op de leren zitbank zakken en rommel in mijn handtas om kauwgum te zoeken, zodat ik mijn zenuwen veilig kan wegkauwen. 'Fijn dat je er bent. Ik weet zeker dat dat heel veel voor hem betekent.'

'Ik wist dat hij nerveus zou zijn en ik wilde hem laten weten dat ik mijn kant van de afspraak nakom.'

'Hoewel je niet verwacht dat je er daadwerkelijk iets aan zal hebben, hè?' vraag ik, terwijl ik onderzoekend naar zijn gezicht opkijk.

Hij trekt één dikke wenkbrauw naar me op. 'Ik zeg niet dat therapie niemand kan helpen. Ik denk alleen niet dat het iets voor mij is.'

'Wat je hebt vastgesteld op basis van al die andere keren dat je in therapie bent geweest. Hoeveel keer was dat ook alweer?' Ik leg mijn wijsvinger op mijn kin en doe alsof ik nadenk. 'O ja. Nul keer.'

Er komt een geamuseerd trekje om zijn volle lippen en hij rolt met zijn ogen. 'Ik doe dit voor Kassim, maar ik verwacht er niks van. Laten we elkaar later op de dag nog even bellen om over zijn eerste sessie te praten. Ik moet weg.'

Hij verwacht er niets van. Dat is niet het gevoel dat ik bij mijn eerste sessie had. Ik hoopte echt dat mijn eerst psycholoog me kon fiksen en de donkere wolk die elke dag bij het ontwaken boven mijn hoofd hing kon verdrijven. Niet alleen deed ze al die dingen niet, maar in zekere zin maakte ze het alleen maar erger. Ik wist dat het probleem niet bij haar kon liggen toen ik me na zes weken praten nog geen haar beter voelde, dus moest ik het probleem wel zijn. En toen nog eens twee maanden een tweede psycholoog ook niks opleverde, versterkte dat alleen maar het idee dat als een kettingzaag door mijn hoofd dreunde.

Ik zou nooit meer beter worden.

Ik zou me nooit meer blij voelen.

Ik zou een gênante last voor mijn familie en mijn vrienden zijn.

Dat stemmetje bleef maar fluisteren dat het nooit beter zou worden. Ik was gescheiden van de man van wie ik altijd gehouden had omdat bij hem blijven, met al dat geruzie, en de rancune die ik voelde te veel pijn deden... en dat had het ook niet beter gemaakt. Wat een verspilling. Wat een mislukking.

Er was niets mis met die eerste twee psychologen. We pasten gewoon niet bij elkaar. Dr. Abrams paste wel bij me en het heeft haar heel wat tijd gekost om me te helpen dat stemmetje tot bedaren te brengen, om die kettingzaag die me vanbinnen aan stukken scheurde uit te zetten, maar wat was het een opluchting toen dat lukte. En dat is wat ik wil voor Kassim. De verzekering dat zijn angsten 'normaal' zijn. Dat hij ook oké is als hij niet helemaal oké is.

Ik staar zonder iets te zien naar de vissen die zich door hun geprefabriceerde waterige onderwereld bewegen, terwijl mijn hoofd overloopt van gedachten aan Josiah en wat deze stap voor hem zou kunnen betekenen, maar ik vraag me vooral af hoe het met Kassim gaat aan de andere kant van die deur, waar een vreemde vent in zijn hoofd en zijn hart zit te poeren.

Mijn telefoon gaat en ik schrik op uit de wervelwind van mijn eigen gedachten.

'Hendrix, hé.' Ik ben de enige in de wachtkamer, dus ik blijf zitten. 'Wat is er? Lukt het een beetje?'

'O, ja, we hebben dat haar gevonden. En nu willen we onze nagels laten doen. Is dat oké?'

'O, eh... ja hoor.' Ik lik aan mijn lippen en mijn hand verstrakt om de telefoon. 'Klinkt leuk.'

'Super. En we gaan ook nog bij Ruby's eten, als dat oké is?'

'Tuurlijk. Geef dat kind een portie nekbotten.' We grinniken allebei. Hendrix' kakelende lachje klinkt normaal en natuurlijk, maar mijn lach voelt alsof ik hem door een zeef moet persen. Deja en ik lieten ook altijd onze nagels doen. We hadden continu mama-dochterdagen. Nu kan ik me niet meer herinneren wanneer ze voor het laatst vrijwillig iets met me heeft gedaan.

'Dank je wel, Hen,' zeg ik, en ik meen het. 'Echt.'

'Mens, hou op.' Hendrix laat een korte stilte vallen. 'Het is een fijn kind. Ik weet dat jullie in een mindere fase zitten, maar ik zie zoveel van jou in haar en je doet het geweldig, al voelt het misschien niet zo.'

Ik doe mijn ogen dicht en laat dat simpele compliment over me heen komen. Ik laat het diep doordringen in de twijfels en het schuldgevoel die vlak onder de oppervlakte lijken te leven.

'Dank je wel. Voor alles. Neem lekker de tijd. Ik zie jullie wel als jullie klaar zijn.'

De deur gaat open en Kassim komt tevoorschijn met dr. Cabbot.

'Hé, Hen, ik moet ophangen. Kas is klaar. Kus.'

'Kus, doei.'

Ik kom overeind, loop naar Kassim, leg mijn hand langs zijn kin en tuur naar zijn gezicht alsof ik enige verandering in zijn blik kan opvangen na één sessie van drie kwartier.

'Hoe ging het?' vraag ik dr. Cabbot.

'Goed.' Hij glimlacht naar Kassim. 'We hebben alleen een beetje kennisgemaakt vandaag.'

'Oké,' zeg ik. 'En wat vond jij ervan, Kassim?'

Hij haalt zijn schouders op. 'Wel prima. Maar kunnen we gaan? Er is vanmiddag een *Halo*-toernooi.'

'O, tuurlijk.' Ik gris mijn handtas van de wachtkamerstoel en geef hem mijn autosleutels. 'Ga maar vast naar de auto, ik kom eraan.'

Ik zie hem door het raam de kleine parkeerplaats oversteken. De lampen van mijn auto knipperen als hij hem van het slot haalt en hij stapt in. Ik wend me tot dr. Cabbot en dwing mezelf om geen spervuur van vragen op hem los te laten.

'Dus wat is er gaande?' vraag ik hem.

'Deze sessie was echt alleen om elkaar te leren kennen,' zegt dr. Cabbot. 'We hebben niet heel diep gegraven, maar het is duidelijk dat hij onzeker is over de toekomst en dat hij heel wat begrijpelijke angsten heeft over het verlies van dierbaren.'

'Zelfs als we besluiten dat hij geen klas moet overslaan ben ik blij dat hij hier terecht is gekomen. Ik weet hoe waardevol een veilige plek is waar je je gedachten en problemen kunt bespreken.'

'Het is heel goed dat jullie hem deze kans hebben gegeven om over het een en ander te praten.'

Het heeft zo'n positief effect, dit simpele greintje lof. Het doet me beseffen hoe dor ik vanbinnen ben geweest, hoe hard ik het nodig had om wat water te krijgen. Dr. Abrams zegt altijd dat ik wat aardiger voor mezelf moet zijn. Ze zou best eens gelijk kunnen hebben als je ziet hoe ik reageer nu eerst Hendrix en daarna dr. Cabbot me laten weten dat ik het goed doe als moeder.

12

JOSIAH

'Oké, vertel eens iets over jezelf.'

Serieus?

'Eh, wat wil je weten?' vraag ik de therapeut die tegenover me zit in net zo'n leren fauteuil als de mijne.

'Het intakeformulier dat je hebt ingevuld vertelt me veel over de dingen die je zijn overkomen,' antwoordt dr. Musa. Hij leunt met zijn ellebogen op de leuningen van de fauteuil en drukt zijn vingertoppen tegen elkaar. 'Maar niet zoveel over je leven, als je begrijpt wat ik bedoel.'

'Als het intakeformulier duidelijk maakt wat ik heb meegemaakt, weet je dan niet automatisch van alles over mijn leven?'

Zijn donkere wenkbrauwen stijgen boven zijn zwarte brilmontuur uit. 'Niet per se. Iemand anders kan beide ouders op zeer jonge leeftijd verloren hebben, daarna de verzorger die hem heeft opgevoed verliezen, dan een kind en een huwelijk, en dat alles in ongeveer een jaar tijd, en dat alles dan totaal anders verwerken. Er zijn oneindig veel deuren om uit te kiezen als we dingen en mensen die belangrijk voor ons zijn verliezen. Een miljoen manieren om te rouwen. Ik wil graag weten welke deuren jij gekozen hebt.'

Een bars lachje reutelt door mijn keel bij zijn ongedwongen opsomming van mijn botte pech. 'Dus we gaan er meteen vol in, hè?'

'Ik kan mensen vrij goed beoordelen,' zegt dr. Musa met een

glimlach. 'Ik voel dat jij iemand bent die graag recht op het doel afgaat.'

Zijn schouderlange dreads zijn doorspekt met grijs, maar het gezicht dat eruit tevoorschijn komt is niet erg rimpelig. Waarschijnlijk is hij niet veel ouder dan ik. Ik bekijk de Afrikaanse maskers en schilderijen die aan de muren hangen, afgewisseld met certificaten en diploma's.

'Ik zie dat je bent afgestudeerd aan Morehouse.' Ik bestudeer zijn bachelordiploma psychologie.

'Inderdaad. En jij?'

'Ja, ik ook. Bedrijfskunde.'

'Unieke plek, hè?' vraagt hij met een relaxte glimlach vanwege de gemeenschappelijke ervaringen die specifiek zijn voor historisch zwarte universiteiten en die anderen nooit helemaal kunnen navoelen.

'Zeker uniek.' Ik laat mijn blik naar zijn andere diploma's van Emory en Yale gaan. 'Blijkbaar ben je een slimme vent. Gaan al die diploma's je nou vertellen wat er mis met me is?'

'Denk jij dat er iets mis met je is?'

'Nee, er is niks mis met mij.' Ik leg mijn enkel op mijn knie en werp een geamuseerde blik op de doos tissues op het tafeltje naast hem. 'Geen disrespect voor wat je hier doet, maar ik heb het niet nodig. Ik doe dit voor mijn zoon.'

'Je zoon volgt therapie via jou?' zegt hij met een scheef glimlachje. 'Ik wist niet dat dat een ding was.'

'Wat ik bedoel is dat mijn zoon er zenuwachtig over was om met iemand te praten en ik wilde hem laten zien dat hij zich nergens zorgen over hoefde te maken. Dat het prima is als mensen in therapie gaan. Ik doe het zeg maar voor.'

'Heb je een afvinklijstje dat ik moet ondertekenen om hem te laten zien dat je geweest bent? En misschien kunnen we onze sessies gewoon vullen met gesprekken over American football en de kansen van de Falcons voor dit seizoen, of herinneringen ophalen aan onze studietijd, aangezien we toch geen echt werk hoeven te verzetten.'

Zijn sarcasme ontlokt me een aarzelend lachje. 'Ik wil echt niet dissen wat je hier doet. Mijn vrouw... ex-vrouw... heeft veel aan dit gedoe gehad en ze zweert erbij. Ik ben helemaal voor alles wat de mensen in mijn leven kan helpen.'

'Laten we daarmee beginnen.'

'Waarmee?'

'Je ex-vrouw. Op je intakeformulier gaf je aan dat je bijna twee jaar geleden gescheiden bent. Hoe gaat dat?'

Ik verstrak. Het is één ding om hier een paar sessies te doen totdat Kassim zich wat meer op zijn gemak voelt, maar het is een ander verhaal om deze vreemde te laten graven in grotten die ik heb afgesloten met enorme rotsblokken.

'Prima. Het gaat goed met haar. Ze heeft de hulp gekregen die ze nodig had.' Ik schuifel heen en weer op mijn stoel en zet allebei mijn voeten weer op de vloer. 'We vormen een goed team. Voeden onze kinderen samen op. Runnen onze zaak samen. Het gaat prima.'

'Dat klinkt heel progressief en aimabel.'

'Waarom zou het dat niet zijn? We wilden niet dat onze kinderen en de zaak waarvoor we zo hard gewerkt hebben eronder zouden lijden, alleen omdat zij niet meer...' Ik schraap mijn keel. 'Omdat wij niet meer getrouwd wilden zijn.'

'Dus wilde zij de scheiding, of jij, of was het wederzijds?' Hij pakt zijn schrijfblok op. 'Het is zelden echt wederzijds.'

'Stel je al je cliënten zulke opdringerige vragen tijdens hun eerste sessie?' Mijn nek begint te prikken van ergernis en het wordt warm onder mijn boord.

'Ik heb wel ergens zijden handschoentjes liggen.' Hij kijkt opzichtig rond in zijn spreekkamer. 'Die kan ik eventueel aantrekken, als je wilt, maar het klinkt alsof je niet van plan bent om veel sessies te volgen, dus het leek me beter om het beetje tijd dat we hebben goed te gebruiken.'

We staren elkaar een paar tellen aan in een stilte die steeds beklemmender wordt naarmate hij langer duurt. Ik ben vastbesloten hem niet te doorbreken en niets los te laten, want waarom zou ik? Ik ken deze eikel niet en hij wil in mijn hoofd gaan wroeten? Alle shit tevoorschijn halen die ik netjes in vakjes opberg zodat ik een beetje rust kan vinden? Hij wil alles overhoophalen, maar hij hoeft straks niet met de fall-out te leven. Ik wel.

'Vertel eens iets over je ex-vrouw,' zegt hij uiteindelijk om de stilte te doorbreken. 'Hoe heet ze?'

Ik ontspan me geen seconde en wend mijn blik niet van hem af, alsof hij een jager is die een valkuil graaft waar ik zo in kan donderen als ik niet oppas.

'Ze heet Yasmen.' Ik leun achterover en sla mijn armen over elkaar voor mijn middel.

'Waarom ben je met haar getrouwd?'

Omdat ze het beste was wat me ooit was overkomen.

Het is al erg genoeg dat ik die gedachte uit haar kooi laat en vrij in mijn hoofd laat rondfladderen. Mooi niet dat ik die shit hardop ga zeggen. Het is naïeve, romantische onzin en de versie van mij die Yasmen destijds ontmoette en zo ongeveer op het eerste gezicht als een blok voor haar viel komt misschien nog wel weg met die sentimentele bullshit, maar de man die haar een jaar lang elke dag een beetje meer zag vertrekken, die haar smeekte te blijven en moest accepteren dat ze wegging? Die ga ik niet de kans geven om zich te verliezen in softe, pathetische gedachten over zijn ex-vrouw.

'Ik wilde haar elke dag neuken voor de rest van mijn leven,' zeg ik half voor de grap. 'Zo mooi is ze. Is dat goed genoeg?'

Mijn antwoord is absoluut waar, al laat het heel veel weg, en ik zie dat hij meteen doorheeft dat dit de verkorte versie is. Hij laat een snuivend lachje horen en schudt zijn hoofd.

'Als dat waar is en als dat alles is wat jullie hadden, dan ben ik niet verbaasd dat jullie gescheiden zijn. Het wordt een keer saai.'

'Ik zie wel wat je doet, maar je omgekeerde psychologie werkt niet bij mij.'

'Omgekeerde psychologie is het uitspreken van het tegendeel van een overtuiging vanuit het idee dat iemand zijn echte overtuiging dan zal uitspreken. Als dat zo was, zeg je dat ik geloof dat je huwelijk meer inhield dan alleen maar hoe graag je je vrouw wilde neuken.' Hij haalt een dossiermap onder zijn schrijfblok vandaan en klapt hem open. 'Dus wat, raakte je verveeld? Misschien zag ze er niet meer uit na twee zwangerschappen.'

'Drie,' verbeter ik automatisch. 'Drie zwangerschappen.'

De herinnering aan het zoveelste verlies landt met een harde klap in ons gesprek, hoewel ik ineens heel zacht praat.

'Natuurlijk, drie,' zegt hij, en zijn toon wordt zachter.

Ik wil helemaal niks aan hem toegeven, maar er zit iets in me wat zich fundamenteel verzet tegen iedereen die zo laatdunkend over Yas praat, over wat we hadden.

Ook als ik degene ben die ermee is begonnen.

'Het is niet zo dat ze er niet meer uitzag, zoals jij het zegt, maar als dat wel zo was, zou het niet uitmaken. Dat kon me niets schelen. Dat wist ze.'

'Dus wat is er gebeurd?'

'We, eh, kregen het een en ander over ons heen, maar dat weet je al.' Ik maak een handgebaar naar het dossier op zijn schoot, dat alle pijn uit mijn leven vervlakt tot een stapeltje papier en inkt, terwijl het een uitbottend iets was wat mijn hele leven had kunnen verzwelgen als ik het ook maar even de kans had gegeven. Platgedrukt tussen papieren is het veiliger dan als het vrij rondwaart in al zijn verwoestende kracht. Ik heb door de jaren heen geleerd dat dit soort pijn ingedamd moet worden.

'Vertel eens iets over het verlies van je tante.'

Ik kijk hem waakzaam aan en verstrak in mijn stoel. 'Wat wil je weten?'

'Wat je erover wilt vertellen.'

'Dat klinkt behoorlijk slap,' brom ik, maar ik moet er half om grijnzen.

Hij pakt de andere helft van mijn grijns op en trekt één schouder omhoog. 'Misschien, maar ik wil graag dat je me vertelt wat er voor jouw gevoel aan de oppervlakte komt. Als ik moet graven, dan doe ik dat wel.'

'Oké. Mijn tante is degene die me heeft opgevoed. Ik was nog maar acht toen mijn ouders omkwamen bij een auto-ongeluk. Een kettingbotsing op de snelweg.' Ik wrijf over mijn gezicht. 'Ze was de oudere zus van mijn vader. We woonden in Texas. Ik had haar maar een paar keer gezien, maar ze kwam meteen naar voren, want er was verder niemand. Ik had naar een tehuis gemoeten als ze me niet mee had genomen naar Atlanta.'

'Wow. Bewonderenswaardig. Hoe was je relatie met haar?'

De glimlach die zich over mijn gezicht verspreidt is niet tegen te houden. Het doet pijn om aan Byrd te denken, maar ik ga niet negeren hoeveel plezier ze niet alleen in mijn leven bracht, maar in dat van iedereen die ze kende.

'Ze was geen doorsnee voogd. Waarschijnlijk liet ze me zo vrij omdat ze ontzettend onafhankelijk was en er ook een hekel aan had als mensen háár de wet voor probeerden te schrijven.' Mijn glimlach slaat dood, want de verpletterende realiteit van haar afwezigheid dringt zich weer op. 'We waren familie, maar we waren ook vrienden.'

Ik schraap mijn keel en staar omlaag naar mijn zwarte lage boots. 'Het ene moment was ze er nog en ineens was ze gewoon... weg. Zware hartaanval. Ik... ehhh... ik heb haar gevonden.'

'Wat erg, Josiah. Dat was ongetwijfeld erg pijnlijk.'

'Ja. Ze lag in de keuken.' Er glipt een schor lachje door mijn keel. 'Eten was de moerstaal van die vrouw. Beste kok die ik ooit heb ontmoet.'

Beste persoon die ik ooit heb ontmoet.

'Ze had altijd ongeopende pakken sokken en ondergoed in alle maten in haar auto liggen, zodat ze die kon uitdelen aan daklozen die om geld vroegen bij stoplichten en zo.'

'Ze klinkt geweldig.'

'Was ze ook. Ik zag laatst een dakloze vrouw, in het centrum. Ze had geen schoenen aan. Haar kleren waren... Ze had duidelijk een hoop pech gehad in haar leven. En het enige wat ik kon denken was: wat zou Byrd doen? Hoe zou zij helpen?

Yasmen rijdt nog steeds rond met sokken en ondergoed in haar middenconsole, vanwege haar.'

'Konden ze goed met elkaar overweg? Je ex-vrouw en Byrd?'

'Ze was zo ongeveer een tweede moeder voor Yas. Ze waren heel close. Eerste keer dat mijn tante Yasmen had ontmoet, zei ze meteen: laat deze niet ontsnappen.'

'En wat zei jij toen?'

Mijn glimlach trekt weg en mijn mond wordt strak van verbittering. 'Ik zei: nooit van mijn leven, maar ze is toch ontsnapt, hè? Daar sta je dan.'

'Ik hoop dat je het niet erg vindt dat ik dit vraag, maar hoever was de zwangerschap gevorderd toen je ex-vrouw de baby verloor?'

'Zesendertig weken.' Mijn handen omklemmen de leuningen van de fauteuil. 'Ze was alleen in het restaurant. Ze zou afsluiten. Ik had nog zo gezegd...'

Ik schud mijn hoofd en klem mijn tanden op elkaar om alle woorden te smoren die kunnen klinken alsof ik Yasmen de schuld geef van wat er die avond gebeurde, want dat doe ik niet.

'Ik had haar gevraagd om iemand anders te laten afsluiten, maar Yasmen was altijd in de weer. Ze had zo'n geweldige zwangerschap. Geen complicaties. Het kwam niet eens bij haar op dat er zoiets kon gebeuren. Bij mij ook niet. Ik was er niet.' Ik rol mijn schouders los om de spanning die erin zit wat te verlichten, wensend dat ik mijn schuldgevoel ook los kon rollen. 'Shit. Zijn we nog niet door onze tijd heen? Moet ik niet weg?'

'We zijn net begonnen,' zegt dr. Musa. 'Je zei dat je er niet was. Waar was je?'

'Op een of ander stom congres in Santa Barbara.'

Als ik íéts terug kon nemen, zou het dat reisje zijn. Yasmens bevalling zou nog heel even duren en het leek ons allebei goed voor Grits als ik zou gaan, maar zodra dat vliegtuig opsteeg, kreeg ik een heel naar gevoel. Ik bleef maar appen en bellen om te checken of alles oké was. Inmiddels hadden we tante Byrd al begraven. Misschien was ik zo zenuwachtig omdat ik had gezien hoe kwetsbaar het leven is, nu ik net iemand was kwijtgeraakt van wie ik zoveel hield. Misschien was het een voorgevoel. Hoe het ook zij kon ik de slaap niet vatten tijdens de eerste nacht in het hotel. De volgende dag, toen het ziekenhuis belde met het bericht dat Yasmen de baby had verloren, ging er precies één gedachte door mijn hoofd, als een brandende fakkel.

Ik had er moeten zijn.

Als ik er was geweest, had ze niet hoeven afsluiten. Dan was het restaurant niet leeg geweest. Dan was ze niet gevallen. Die kostbare momenten waarin haar mobiel in een andere kamer lag terwijl Henry geen zuurstof meer kreeg waren dan niet verloren gegaan.

En toen was hij er niet meer.

'Wil je over die trip naar Santa Barbara praten, Josiah?' vraagt dr. Musa. Zijn zachte, vriendelijke stem snijdt door de chaos in mijn hoofd.

Ik slik de schroeiende emotie in mijn keel weg. Dit is precies waarom ik niet aan deze shit doe. Dit is waarom ik de hele boel liever met rust laat.

Maar is rust wel het goede woord?

'Denk je dat de verliezen die je zo vlak achter elkaar hebt geleden hebben bijgedragen aan het mislukken van je huwelijk?'

Er komt een rauw lachje door mijn keel. 'Dat kun je wel zeggen. Ik wist wel dat het helemaal niet goed ging, maar op een avond was ze gewoon...'

Ik wissel het blokkeren van alle gedachten aan de avond dat Yasmen de knoop doorhakte doorgaans af met eindeloze herhalingen van die avond in mijn hoofd en analyses over dingen die ik anders had kunnen doen of zeggen, wat tot een andere afloop had kunnen leiden. Wat ons had kunnen redden.

'Wil je over die avond praten?' vraagt dr. Musa. 'We hebben alle tijd.'

Nee, echt niet.

Waarom zou ik een van de pijnlijkste avonden van mijn leven op tafel gooien voor deze wildvreemde vent? Mijn mond is open en mijn 'nee' ligt op het puntje van mijn tong, maar ineens komt er een beeld bij me op dat mijn absolute overtuiging dat deze gast geen ene moer voor me kan doen op losse schroeven zet. Het is Kassim die de spreekkamer van dr. Cabbot in loopt en omkijkt naar zijn moeder en mij. Nerveus, bang, onzeker, maar gerustgesteld, omdat Yasmen zei dat het oké was om niet altijd oké te zijn.

Geldt dat ook voor jou, pap?

Ja.

Ik schraap mijn keel, slik het norse antwoord dat ik dr. Musa wilde geven weg en kijk naar mijn handen, die mijn knieën omklemmen.

'Wil je echt wel over die avond praten?' herhaalt dr. Musa. Zijn stem klinkt zacht, alsof ik een of ander schuw beestje ben dat elk moment kan vluchten.

'Ja hoor,' antwoord ik eindelijk, en ik hoop maar dat ik hier geen spijt van krijg. 'Wat wil je weten?'

Dr. Musa kijkt op zijn horloge en glimlacht. 'Ik denk dat we nog wel tijd hebben voor alles.'

13

JOSIAH: TOEN

Ik rijd langzaam van Grits naar huis en alle dingen die ons zo aan Skyland bekoorden toen we hier net kwamen wonen, vallen me nauwelijks op. Mijn hoofd loopt nog om van een dag die voor zonsopgang is begonnen en lang na zonsondergang is geëindigd. Ik sla af naar First Court, onze straat, die omzoomd wordt door strakke gazonnetjes en keurig getrimde struiken rond huizen die in de zeven cijfers lopen. Het was de perfecte setting voor al onze ambities. Je woont niet hartje Skyland zonder voor de locatie te betalen en daar hangt een flink prijskaartje aan. Als alles volgens plan was verlopen, hadden we het makkelijk kunnen betalen, maar alles is in de soep gedraaid en onze hypotheek hangt als een molensteen om onze nek. Mentaal verzuipend in een zee van rekeningen en herinneringen zie ik bijna het witte briefje op de garagedeur over het hoofd.

'Wat de...?' mompel ik met een blik op ons iets te lange gras en de verwilderde struiken. De hovenier die de meeste tuinen in onze straat verzorgt zou vandaag komen. Ik stap uit de auto en trek het briefje los.

Betaling niet doorgekomen.

Het staat op een papiertje vol grasvlekken gekrabbeld, onaangenaam hard en direct. Er trekt een modderspoor van schaamte en woede door mijn lijf. Ik heb sinds mijn studententijd niet meegemaakt dat een betaling werd geweigerd en nu ik in een straat met miljoenenhuizen woon gebeurt het ineens?

Ik pak mijn telefoon om ons saldo te checken en ja hoor, we staan rood. Om geld te besparen terwijl we weer opkrabbelen nu Byrd er niet meer is, hebben Yasmen en ik ons eigen salaris verlaagd. Dat leek wel zo logisch, vooral omdat zij nauwelijks in Grits is geweest sinds we Henry hebben verloren. Met onze gedaalde omzet moest ik ergens op bezuinigen en ik wilde het loon van onze medewerkers niet verlagen. Die mensen hebben gezinnen, verantwoordelijkheden. Wij kunnen dit beter opvangen dan zij.

Dat dacht ik tenminste.

Deja en Kassim van Harrington af halen zou nog een teken van ons falen zijn, maar misschien zal het toch moeten.

Ik verkreukel het briefje in mijn vuist. Mijn emoties zijn net zo warrig als die struiken. Mijn leven net zo overwoekerd en verwaarloosd. Nog iets waar ik morgen mee moet zien te dealen.

Ik loop ons droomhuis binnen en meteen zou ik het liefste meteen rechtsomkeert maken en weggaan. Het verdriet hangt hier in de gordijnen. De vloeren zijn ermee ingewreven. Het hangt zwaar en doordringend in de lucht. Ik zou liever veertien uur per dag in Grits werken dan rouwarbeid verzetten in dit huis. De laatste maanden zijn een diepe put geweest. We hebben natuurlijk allemaal tijd nodig, maar Yasmens stemming is zo inktzwart geworden, zo kil en troosteloos. Ik kan haar niet bereiken. Ik wil haar vastpakken en haar ons leven weer in sleuren, of wat daarvan over is. Ik wil haar smeken om het opnieuw op te bouwen, samen met mij. Om samen de reputatie van ons restaurant te herstellen. We zijn altijd partners geweest. Is het egoïstisch van me dat ik haar weer naast me wil? Of ben ik alleen maar eenzaam? Gefrustreerd? Verbitterd? Of alles tegelijk?

Ja. Alles tegelijk, en ik haat mezelf vanwege dat gevoel.

Ik slaak een diepe zucht, met hangende schouders van de zware dag die ik heb gehad en wat er nog van de avond over is. De trap voelt als de Mount Everest. Ik steek mijn hoofd om de deur van de kinderkamers. Ze liggen allebei vredig te slapen. Het is moeilijk om ze te beschermen tegen alles wat er aan het instorten is, want als we niet voorzichtig door ijskoude, doodstille wateren waden, spartelen we als gekken rond in heetwaterbronnen en schreeuwen het hele huis bij elkaar. Ik kan niet geloven dat wij dit zijn. We zeiden altijd dat we voor elkaar zouden gaan als een racewagen, tot de wielen eraf vielen. De laatste tijd voelt ons huwelijk als een klapband, waarbij we allebei naar het stuur grijpen en met gierende banden de weg af slippen. Alsof we elke dag ternauwernood aan een rampzalige botsing ontsnappen.

Als ik in onze slaapkamer kijk, is die leeg. Ik weet dat ze in de babykamer zit. Mijn schoenen hebben betonnen zolen tijdens de paar stappen naar de kamer aan het eind van de gang die we als thuiskantoor gebruikten voordat we hem nodig hadden voor de baby. Ik heb al voorgesteld om de babyspullen op te slaan tot we konden besluiten wat we ermee moeten doen. We moeten de boel opnieuw schilderen en het bureau en de printer er weer in zetten. Alle sporen van onze hoop voor deze kamer uitwissen. Maar Yasmen flipt als ik er zelfs maar over begin. Ik sta in de deuropening en zie haar onnatuurlijk stil in de schommelstoel zitten, alsof ze haar lichaam heeft achtergelaten en elders vertoeft. De draaiende kinderlamp die we hebben gekocht na Deja's eerste echo staat op tafel, draait langzaam rond en verspreidt licht en schaduw over de muren.

'Lief.' Ik klink schor van vermoeidheid. 'Het is laat. Kom, naar bed.'

Ik kan het haar oprecht niet kwalijk nemen dat ze overal liever zou zijn dan op dat kille stuk matras in onze slaapkamer. Ons bed is zo groot dat we niet tegen elkaar aan hoeven te liggen en dat ook niet meer doen, maar het voelt alsof het niet groot genoeg is voor ons tweeën en de spoken die alle dekens inpikken.

Ze kijkt niet op of om. Haar blik blijft strak op de muur gericht. Mijn hart krimpt ineen, elke keer dat ik de schrijfletters zie. Yasmens handschrift, vrolijk babyblauw tegen de donkergrijze verf die we voor Henry's kamertje hebben uitgekozen.

Ik weet welke plannen ik voor jou heb… een toekomst en nieuwe hoop.

Deja en Kassim hadden allebei een kinderversje op hun muur, maar Yasmen zag dit Bijbelvers – Jeremia 29:11 – ergens op een ansichtkaart en wilde het voor Henry gebruiken.

'Denk je weleens aan hem?' vraagt Yasmen, nog steeds zonder me aan te kijken. Haar stem klinkt angstaanjagend kalm.

Ik leun tegen de muur en sla mijn armen over elkaar, maar dat biedt geen echte bescherming voor een gebroken hart dat nog steeds niet weet hoe het zich moet uiten.

'Ja, natuurlijk.'

'Je praat nooit over hem.' Er klinkt een harde beschuldiging in haar zachte woorden. 'Je hebt nooit om hem gehuild.'

Daar kan ik me niet tegen verdedigen, want ze heeft gelijk. Hoeveel pijn het ook doet om Henry kwijt te zijn en hoe die pijn ook door mijn binnenste zaagt, ik heb geen traan gelaten. Niet eens op zijn begrafenis, met een kistje dat zo klein was dat ik brak bij de gedachte dat hij daarin zat. Geen tranen. Geen barsten. Eerst maakte ik mezelf wijs dat ik me sterk hield voor de anderen, maar toen besefte ik dat ik niet kón huilen. Hoeveel pijn het vanbinnen ook deed, ik kon het niet uiten en daardoor voelde ik me net een robot. Een monster.

En zo kijkt Yasmen nu naar me als ze eindelijk opzij kijkt en mijn blik opzoekt. Alsof ik een of andere androïde ben die onmogelijk met haar menselijke pijn kan meevoelen.

Haar vingers grijpen in de zijdeachtige stof van haar nachtjapon. Nee, geen nachtjapon. Een negligé. Iet wat ik al heel lang niet heb gezien. Nee, nog nooit. Een negligé dat ik haar nog nooit heb zien dragen. Is het nieuw? Heeft ze iets nieuws gekocht? Een nieuw, sexy dingetje? Voor haar? Voor mij? Voor ons? Een dingetje van niks, dat haar volle rondingen nauwelijks bedekt. De zijde omvat de breedte van haar heupen en spant om haar borsten. Ze staat op uit de schommelstoel, loopt de kamer door en komt voor me staan. Ik dwing mezelf om tegen de muur te blijven hangen en me niet op haar te storten, zoals al mijn instincten willen. De draaiende lamp werpt een zacht, speels licht op haar lichaam. Het glijdt over de lichte helling van haar schouders onder de dunne bandjes en streelt de ronde volheid van haar borsten en de tepels die door de zijde heen steken.

Ik wil haar neuken.

Snel en hard. Hier en nu. Zo hard en diep dat we de muur indeuken. Ik kom vast snel klaar, want het is te lang geleden. Daarna stommelen we naar het bed en doen het nog een keer. Langzaam en genietend, want ik ben de smaak en het geluid van haar genot bijna vergeten. Ik zou er een hele nacht voor nodig hebben om daaraan herinnerd te worden. Het lijkt alsof ze mijn gedachten kan lezen. Een belofte blinkt in haar nachtzwarte ogen als goudstof. Ze komt zo dichtbij staan dat ik de parfumolie ruik die ze in haar badwater doet en in haar haren smeert. Ze duwt mijn armen omlaag en komt dicht tegen me aan staan, buik aan buik. Haar borsten drukken tegen mijn borstkas. Ze gaat op haar tenen staan, blijft me aankijken en houdt haar hoofd een beetje scheef om mijn mond te vangen met de hare. Eerst mijn bovenlip, dan de onderlip. Ze duwt heel weloverwogen haar tong ertussen, waarmee ze me een kreun ontlokt. Dit is ons ritueel, deze kus. Een zacht zuigen. Een trage, likkende honger. Ik vind het heerlijk om met haar te zoenen. Altijd al. Niet per se als voorspel. Zo is het niet met haar. Puur en alleen het proeven en voelen van haar lippen en met elke streling en ademhaling van haar houden.

'Neuk me, Jos,' hijgt ze in mijn mond en haar woorden zijn gehuld in muntsmaak en doortastendheid.

Haar lichaam is voller geworden na de laatste zwangerschap. Haar borsten ronder, zwaarder. Ik weeg ze in mijn handen en wrijf eerbiedig met mijn duimen over haar tepels.

'Jezus, lief. Ja.'

Dat zijn de enige woorden die ik eruit krijg, want dit is alles wat ik wilde en ik kon mezelf er niet toe zetten om erom te vragen. Niet toen ze zo verdrietig was. Niet toen de wereld in brand stond en alle schepen zonken. Ik wist dat seks nu niet het belangrijkste kon zijn. Dat zij beter werd, zich beter voelde, dat was waar alles om draaide. Maar ik zat ernaast, want dit voelt zo urgent. Hoe haar tand over mijn lip schraapt – essentieel. Hoe haar tong door mijn mond beweegt – noodzakelijk. Elke ademhaling voelt als een doodssnik en mijn hart bonkt als een gek, sneller en sneller, om gelijke tred te houden met de radeloosheid waarmee haar handen over mijn borst strelen en haar vingers regelrecht op mijn gulp afgaan. Ik duw de zijdezachte stof omhoog over haar heupen en zie in gedachten die stevige blote benen al om mijn middel zitten. Ik aarzel, want ik weet waar ik haar wil aanraken, maar ik weet nog niet zeker of ze het wel wil. Het is zo lang geleden en dit is de eerste keer dat ze belangstelling toont voor seks.

'Ja,' zegt ze ademloos terwijl ze kusjes over mijn wang verspreidt en aan mijn nek zuigt. 'Daar.'

Ik laat mijn vingers over haar heen glijden en dan in haar. Ik stop. Ik weet hoe ze voelt als ze dit wil. Ze is nat en glibberig glad als ze me wil. En ineens trekt de hitte weg. Dat nieuwe negligé. Hoe glad en pas gewaxt ze is tussen haar benen. Zelfs de pepermuntgeur van haar adem, midden in de nacht. Het voelt allemaal gepland. Niet wanhopig, maar opzettelijk. Verkeerd, niet emotioneel.

Ze trekt haar gezicht een fractie terug om mijn gezicht te bekijken in het schemerige licht, met een kleine frons tussen haar wenkbrauwen. 'Kom op.'

'Waarom?' wil ik weten, hoewel ik het al weet. Ik wil haar antwoord niet horen, ik heb dit gesprek vermeden, maar ik weet dat het eraan zit te komen. Nog een ruzie.

'Waarom?' Ze lacht en het klinkt ademloos, zenuwachtig. Ze kijkt naar de grond en klemt haar onderlip tussen haar tanden. 'Ik wil nog een baby.'

'Nee.' Het woord schiet als een torpedo uit mijn mond. We schrikken er allebei van. Haar grote ogen kijken me aan. 'Geen baby's meer.'

Geen verliezen meer. Geen doden meer. Geen risico's meer. Geen nieuw verdriet.

'Yasmen, de dokter zei...'

'Wat?' Ze laat nog een paar centimeter ruimte tussen ons komen en haar frons krijgt iets misprijzends. 'Dat er risico's aan vastzitten? Dat ik misschien...'

'Doodga?' Het komt recht uit mijn ziel en weerkaatst tegen de muren van Henry's babykamer. 'Ja. Wil je dat voor dit gezin? Nog een sterfgeval?'

Ze negeert mijn woorden en drukt zich weer tegen me aan. In de trek om haar mond en de zekerheid van haar hand die tussen ons in glijdt om mijn pik te pakken zit een soort zekerheid dat mijn verlangen naar haar, het feit dat ik haar altijd wil, sterker zal zijn dan wat dan ook en al mijn bezwaren zal uitwissen. En er is een tijd geweest waarin de zachte vrouwelijkheid, het perfecte gewicht van haar lichaam tegen het mijne, genoeg zou zijn, maar als haar hand omlaaggaat, weet ik wat ze daar zal aantreffen.

'Wat is er?' vraagt ze. Haar gladde, mooie gezicht staat bijna verschrikt. 'Dit wil je toch?'

Ik heb deze hele periode geen stijve gehad. Al heel lang niet. De hongerige kussen en zoekende tongen en stokkende adem – allemaal echt. Een hunkering naar intimiteit, dicht bij haar zijn, contact, wat we niet hebben gehad sinds de dag dat ze met lege armen uit het ziekenhuis kwam. Ik wilde het willen, maar mijn lichaam reageerde niet. We hebben dit altijd gehad, het vuur dat bij de minste aanraking oplaait. Soms is er maar een blik voor nodig. En zelfs dat zijn we kwijtgeraakt.

We zijn een ramp. Zij die plannetjes smeedt om me te verleiden om een baby te maken die we nooit kunnen krijgen. Ik die naar het vuur zoek dat altijd tussen ons heen en weer vonkte en alleen as zie. Wat er nog tussen ons is, is droog en slap.

'Tuurlijk, want waarom zou je er nog een willen?' vraagt ze. Haar stem gaat omhoog. 'Je wilde Henry niet eens.'

'Dat is niet waar.' Mijn woede laait op bij die onrechtvaardige opmerking, die goed gemikte pijl. 'Verdomme, Yas, hoe kom je daarbij?'

'Wat moet ik dan denken? Je was er niet eens.'

'Dat is niet eerlijk. Jij...' Ik kap mezelf af en haal diep adem.

'Jij zei dat ik naar dat congres moest gaan, dat weet je heel goed. Het was nog niet zover. We konden niet weten...'

'Dat ik bijna dood zou gaan, helemaal alleen? Dat ik hem zou verliezen op de vloer?' Haar stem neemt hysterische tinten van verdriet aan. 'Dat ik zou...'

Ik trek haar tegen me aan en hou haar vast, zoals ik niet kon doen toen het er echt toe deed. Ze haat me omdat ik er niet was toen ze me nodig had? Niet zoveel als ik mezelf haat.

Ze vecht tegen mijn armen en probeert zich los te rukken, alsof ik haar tegen haar wil vasthoud in plaats van haar te troosten.

'Laat me los. Ik wil niet dat je me aanraakt.'

Ik laat haar abrupt los. 'Dat ging snel. Zonet smeekte je me nog om je te neuken.'

'Ik wil een baby, Jos.' Er komen tranen in haar woorden en ze worden steeds luider. 'Geef me gewoon nog een baby en dan...'

'Dus ik ben wat? Je dekhengst of je man?'

'Doe niet zo onredelijk. Je zoekt ruzie. Ik wil alleen...'

'Neuken, ik snap het. Zodat jij een baby kan krijgen, of ik dat nou wil of niet. Ongeacht het risico. Ondanks wat de dokter zei.'

'Ik heb nog een keer met de dokter gepraat en ze...'

'Zonder mij? Je vraagt de dokter of je nog een baby kunt krijgen zonder dat zelfs maar met mij te bespreken?'

Ik grijp haar hand en trek haar de babykamer uit, de gang door, de trap af, de woonkamer en de keuken door naar de garage. Dit is onze boksring geworden, ver van de nieuwsgierige oortjes van onze kinderen. Hier komen we om te razen en schreeuwen als er barsten in onze ijzige stiltes vallen. Yasmens Acura MDX staat te pronken naast mijn Range Rover in onze garage, in ons dure postcodegebied, en dit zou onze grote droom moeten zijn. In plaats daarvan is het een diepvriezer vol metalen monsters die hun felle koplampen op onze tekortkomingen richten en afkeurend fronsen om onze naïviteit, omdat we dachten dat dit ooit genoeg kon zijn.

'We gaan geen baby's meer maken, Yas.'

Mijn stem klinkt hard en onbuigzaam. Ik kan helemaal niets

meer verliezen. Niets en niemand. Ik kan háár niet verliezen. Dat zou ik niet overleven.

'Het gaat niet gebeuren,' snauw ik. 'En ik kan niet geloven dat je het zelfs maar overweegt, na alles wat dit gezin heeft doorstaan.'

'We zeiden dat we een groot gezin wilden. Wil je dat niet meer?'

'Zo groot als je maar wilt.' Ik pak haar hand. 'We kunnen pleegkinderen in huis nemen, adopteren...'

'Nee.' Ze rukt zich los, verwijdert zich van me, loopt naar de andere kant van haar auto, staart me aan over het autodak, heel ongerijmd in haar negligé, omringd door de bladblazer, de tuinslang en de grasmaaier. 'Ik wil... ik moet...'

Ze schudt haar hoofd met een gefrustreerd gezicht. Ik weet wat ze wil. Ze wil het overdoen. Een kans om een baby te voelen schoppen en bewegen in haar buik. Om die baby levend uit haar lichaam te zien komen. Niet zoals Henry kwam. Roerloos. Zijn ziel al ver weg.

'Nog een baby krijgen kan niet repareren wat er mis is, Yas.'

'Wat er mis is?' Haar lach snijdt door de kille lucht. 'Je bedoelt wat er mis is met mij.'

'Ik zei niet dat er iets mis is met jou, maar het helpt niet om de hele tijd in die babykamer weg te kruipen. Snel weer een baby krijgen zal ook niet helpen.'

'Wegkruipen, ik? Wie woont er zo ongeveer in Grits omdat hij het nauwelijks kan verdragen om in dit huis te zijn? En het komt niet alleen door Henry. Je bent al sinds Byrds dood constant in beweging, zonder ook maar een moment rust te nemen. Je hebt niet eens de tijd genomen om te rouwen. Om haar heb je ook niet gehuild.'

'Hou op.'

'Nee, je moet dit horen. Misschien zit ik wel vast, Jos. Misschien kan ik het de meeste dagen niet eens opbrengen om naar buiten te gaan en misschien word ik wel gek.'

'Ik heb nooit gezegd dat je gek aan het worden bent.'

'Nou, zo voelt het wel, maar ik laat mezelf in elk geval alles voelen. Alles, helemaal. Dat verdienen ze, allebei. Ik ben niet bang om te rouwen, om verdriet te voelen, om te treuren.'

'Denk je dat ik geen verdriet voel?' Mijn stem slaat over van woede, ongeloof en ergernis. 'Alleen omdat ik niet de hele dag in elkaar kruip in het donker en bijna niet kan functioneren zou ik geen verdriet voelen?'

'Hou op!' De pijn in haar ogen snijdt dwars door me heen, galmt door de ruimte en sterft weg tegen de wanden van de garage.

'We kunnen het ons niet veroorloven om allebei in te storten,' ga ik rücksichtslos verder, aangevuurd door mijn eigen afweer. 'Wie denk je verdomme dat ervoor zorgt dat we nog een dak boven ons hoofd hebben?'

Ik sla hard op de motorkap van de auto tussen ons in.

'Ik! Wie houdt onze zaak open? Ik!'

'Je hebt het allemaal onder controle, Jos! Waar heb je mij nog voor nodig?'

'Nergens voor.'

Het is eruit voordat ik kan bedenken wat voor effect het zal hebben. Hoe het aan zal komen in de kilte die tussen deze vier muren hangt en nergens naartoe kan.

'Tuurlijk,' zegt ze met een humorloze lach. 'Want jij laat de hele wereld draaien als een geoliede machine.'

'Geoliede machine?' Ik haal met een ruk het briefje dat op de garagedeur zat uit mijn zak en hou het voor haar neus, vastgeklemd in mijn vuist. 'We kunnen ons gras niet eens meer laten maaien, Yas. Het restaurant nadert de rode cijfers en die ene middelmatige kok die we nog hadden heeft ontslag genomen. Ik maak dagen van vijftien uur.'

Haar geschokte ogen gaan van mijn gezicht naar het verfrommelde briefje in mijn hand.

'Waarom heb je dat allemaal verborgen gehouden?' vraagt ze op holle toon. 'Omdat ik zo gestoord ben, zo kwetsbaar dat ik elk moment kan breken?'

'Verborgen gehouden? Het is maanden en maanden geleden

sinds je voor wat dan ook belangstelling hebt getoond, lief.' Ik wijs naar boven. 'Behalve voor die kloterige babykamer. Je schenkt nauwelijks aandacht aan de kinderen.'

'Ik zorg voor mijn kinderen!' Het komt er hard en schril uit. 'Je hebt geen idee hoe moeilijk het de meeste dagen is om 's ochtends uit bed te komen, maar ik doe het. Alles doet pijn, maar ik doe het nog steeds.'

Ik ben sprakeloos van de hevigheid van haar verdriet, hoe diep haar pijn gaat. Hoe allesomvattend het is. Maar toch.

'En ik heb mijn best gedaan met jou, maar je bent hier nooit. Jij bent de wereld aan het redden, zodat we je allemaal dankbaar kunnen zijn. Maar weet je wat, Jos?' Ze stormt naar de garagedeur in een wolk van zijde en woede. 'Ik ben niet dankbaar. Ik ben moe. Ik ben het zat.'

'Mij?' Een felle vraag, gericht aan haar rug. 'Je bent mij zat?'

Ze kijkt over de gladde bruine ronding van haar schouder en antwoordt niet met woorden, maar de rancune, de woede die in haar ogen woekert verraadt de waarheid. Ze loopt zonder te antwoorden door de garagedeur het huis weer in.

En het is te veel. Haar onverschilligheid, haar bitterheid. Mijn lichaam weigert mee te werken, weigert te doen wat het zou moeten doen. Het weigert te huilen als er mensen doodgaan. Het krijgt geen stijve als mijn halfnaakte vrouw, van wie ik hou als van het leven zelf, me aanraakt en kust. De woede laait op in mijn bloed. Hij stroomt als heet kwikzilver van mijn hart naar mijn handen en voeten. Ik been naar de rij kasten langs de garagemuur, trek een deurtje open en speur de inhoud af tot ik vind wat ik zoek. Een verfkwast en een blik roze verf dat nog over is van toen we Deja's kamer hebben geschilderd. Ik pak het bij het handvat, voel het gewicht van het halfvolle blik en stuif als een dolle stier de keuken in via de garagedeur. Pure drift en adrenaline jagen mijn benen met twee treden tegelijk de trap op en de gang naar de babykamer door. Ja hoor, daar zit ze weer, weggedoken in de schommelstoel met een deken over haar schaars geklede lichaam. Ik loop zonder een woord te zeggen naar de muur met het Bijbelvers en haal met een felle zwaai de verfkwast door de woorden heen.

'Wat doe je?' Yasmen rent naar me toe en grijpt naar de kwast, die ik boven mijn hoofd hou zodat ze er niet bij kan. Ik ram de kwast weer tegen de muur en veeg hem over de hoop die we voor Henry hadden en die met hem is gestorven.

Yasmen probeert me huilend weg te duwen, bonkt met haar vuisten tegen mijn borst en slaat op mijn rug. 'Ik haat je. Dit is echt niet te geloven...'

Ik sla mijn armen om haar heen, sluit haar in, klem haar armen tegen haar zijden en druk haar tegen de natte muur zonder te letten op de roze verf die op haar negligé terechtkomt, en op mijn pak.

'Ik wil dit niet meer,' zegt ze, terwijl de tranen over haar wangen stromen. 'Dit gaat gewoon niet. Ik wil... ik moet van je scheiden.'

Ik blijf roerloos staan en mijn bloed stolt in mijn aderen bij dat woord, dat ik nooit uit haar mond had verwacht.

Tot de wielen eraf vallen.

'Dat meen je niet.' Ik slik een brandend brok in mijn keel weg. Misschien komen de tranen alsnog.

'Ik weet alleen dat ik contant verdrietig ben. Het doet constant zoveel pijn.' Haar schouders schudden van het snikken en haar gezicht is vertrokken van de heftigheid van haar emoties. 'Ik vraag me af of het verdriet om je kwijt te raken minder erg zou zijn dan mijn verdriet met jou.'

'Ik maak je verdrietig?'

'Ja,' fluistert ze, terwijl ze haar ogen dichtknijpt tegen de tranen die over haar wangen lopen.

'Hou je niet meer van me?'

'Ik kan er niet bij. Ik kan niet bij óns. Het ligt begraven onder al het verdriet.'

'Het is niet begraven. Ik hoef er niet naar te zoeken. Ik wil niet scheiden. Ik hou van je, Yas, en jij houdt van mij. Het is een zware tijd, maar we zeiden dat we door zouden gaan tot de wielen eraf vallen.'

'Kijk nou naar ons,' zegt ze met een blik op mijn handen, waarmee ik haar tegen de natte muur druk. 'Heb je ons vanavond gehoord? Willen we dat onze kinderen dat zien? Ik zei dat ik je haatte, maar dat is niet zo. Nog niet. Maar als we zo doorgaan, gaat het wel gebeuren, Jos. En jij gaat mij haten.'

'Ik kan je niet haten. Nooit.' Ik streel met mijn knokkel over haar natte wang. 'Ik zal altijd van je blijven houden. Tot de dood ons scheidt, weet je nog?'

'De dood heeft ons al gescheiden.' Ze lacht kort en verbitterd. 'We dachten dat het onze dood zou zijn die hier een eind aan zou maken, maar het bleek die van hen te zijn.'

'We hebben geloften afgelegd.'

'Dat zijn woorden, geen muren. Ze verdedigen niet. Ze versterken niet. Ze berschermen ons niet tegen het leven. Tegen pijn. Tegen hoe dingen veranderen. En ik wil niet in dit huwelijk blijven puur omdat we elkaar dat beloofd hebben. Ik wil geen pijn meer, en bij jou zijn? Dat doet nu heel veel pijn.'

Haar woorden snijden als messcherpe waarheden door me heen. Ik hoor aan haar stem dat ze gelooft wat ze zegt. Dat bij mij zijn het meeste pijn doet van alles waar ze onder lijdt. Ze duwt tegen mijn armen om los te komen en ik klem haar instinctief nog steviger vast, hou haar tegen me aan, druk haar tegen de muur.

'Laat me los,' fluistert ze. Tranen klinken in haar stem en glinsteren op haar wangen. Ze bedoelt niet alleen nu. Ze bedoelt voorgoed en hoe sterk ik dwars door alles heen ook gebleven ben, na het verlies van Byrd, het verlies van Henry, de worsteling om onze zaak overeind te houden... ik weet niet of ik sterk genoeg ben om Yasmen los te laten.

We kijken elkaar in de ogen en het verdriet in haar blik verzwelgt het goud. Ik dacht altijd dat de lichte vlekjes in haar donkere ogen betekenden dat ze zelfs in de donkerste nacht kon stralen. Nu is er geen licht in de ogen die opkijken naar de mijne. Haar onderlip trilt en ze bijt erop, vechtend tegen haar tranen. Mijn armen doen pijn omdat ik haar zo krampachtig vasthou om haar niet te laten gaan.

Ik laat haar langzaam los en doe een stap achteruit om haar wat ruimte te geven. Ze maakt zich meteen los uit de cirkel van mijn armen en loopt naar de deur. Ze kijkt naar de muur, en ik ook – die zuurstokroze strepen vol irritant optimisme op de donkergrijze verf, dwars over het vers. Mijn maag krimpt ineen van schaamte. Natuurlijk moeten we verder met ons leven en een deel daarvan is de herinrichting van deze kamer, maar zoals ik het heb gedaan, in een vlaag van woede, een furieuze opwelling, voelt het alsof ik hem heb uitgewist. De verf druipt in klonterige stroompjes over de muur, stroomt onbelemmerd omlaag en bevlekt het tapijt. Het is alsof de muur huilt. Zelfs dit platte, onbezielde ding kan huilen, maar ik niet.

'Ik meen het, Jos,' zegt ze zachtjes, maar vastberaden genoeg om de woorden te laten bezinken tot in het diepst van mijn hart, als een anker aan een ketting. 'Ik wil scheiden.'

De kamer is zo stil en bedompt als een graftombe en ik krijg geen adem meer. De onmogelijke waarheid van wat ze van me vraagt, namelijk om het op te geven, valt als een rotsblok boven op me. Ik loop wankelend naar de schommelstoel en laat me in de kussens vallen, vol verlangen naar de zoon die ik nooit heb kunnen ontmoeten. Ik heb hem één keer vastgehouden, toen zijn lichaampje het laatste beetje warmte nog vasthield, het residu van zijn leven. Ik klem mijn tanden op elkaar tegen de woeste schreeuw die als een gekooid beest in mijn keel zit en ondanks alle pijn en moeite waarmee ik de boel de hele tijd bij elkaar heb gehouden, voel ik dat er iets in me scheurt. Het hele weefsel van mijn leven, alles wat ertoe doet, scheurt uit elkaar. Ik zet de schommelstoel in beweging en hoop dat er wat kalmerende magie van uit zal gaan, maar dit is niet te sussen. Er is zelfs geen schrale troost te vinden. Dus ik hou op, maar ik kan me niet verroeren. Ik blijf hier zitten, waar ik Yasmen zoveel avonden precies zo heb aangetroffen toen ik thuiskwam. Onbeweeglijk starend naar een muur vol dode wensen.

14

YASMEN

'Het klinkt alsof het best goed gaat,' zegt dr. Abrams. Haar intelligente ogen kijken me aan vanaf het scherm van mijn laptop.

Meestal spreken we elkaar in haar praktijk, maar ze is een weekje weg. Godzijdank gaat het ook via internet. We hebben nog een paar minuten over en hetzelfde gevoel van kalmte dat ik meestal heb na onze gesprekken hangt nu in mijn zonnige thuiskantoortje.

'Ik geloof van wel, ja.' Ik glimlach en speel gedachteloos met een stapeltje paperclips op mijn bureau. 'Ik was nog vergeten te vertellen dat ik weer dingen doe voor de Skyland-vereniging. We hebben twee evenementen georganiseerd en die gingen perfect.'

'Dat is zo goed, Yasmen.' Ze leunt achterover, slaat haar armen over elkaar en glimlacht. 'Je mag wel trots op jezelf zijn. Je bent een aardig eind verder gekomen.'

Toen ik begon bij dr. Abrams kon ik me niet eens voorstellen dat ik enthousiast wakker zou worden of de dag door zou komen zonder minstens een keer in huilen uit te barsten. Dat type depressie is doffer dan rouw. Scherper dan verdriet. Het is het ondoordringbare duister van middernacht dat verdiept wordt door streken van het allerzwartste blauw – een kneuzing in je geest die voelt alsof ze nooit zal vervagen. Totdat ze het op een dag eindelijk doet. En dat is gebeurd, met de hulp van de vrouw op het scherm.

Ik overdrijf niet als ik zeg dat dr. Abrams – met haar altijd even perfect gestraighte kapsel, haar modieuze blouses en kokerrokken, en haar aandachtige, wijze ogen – mijn leven heeft veranderd. Ik vertrouw haar volkomen en ze heeft me geleerd ook wat meer op mezelf te vertrouwen.

'Hoe is het met de kinderen?' vraagt ze. 'Hoe gaat het met Deja?'

Ik zucht en rol met mijn ogen, maar laat ook een glimlachje door. 'Ze zoekt mijn grenzen op en werkt op mijn zenuwen.'

'Dat doen ze nou eenmaal,' grinnikt dr. Abrams.

'Ik probeer rekening te houden met alle veranderingen die ze heeft meegemaakt, maar soms maakt ze me gewoon zo boos en dan snauw ik haar af.'

'Je bent geen robot. Jij bent ook maar een mens. Laat haar dat zien en zeg sorry als het nodig is. Stap eroverheen, want je maakt nu eenmaal fouten, maar laat haar wel weten dat dat nog niet wil zeggen dat zij alles mag doen wat ze wil. Je bent haar moeder, geen heilige. Het enige wat je kunt doen is van haar houden en proberen het goed te maken als je een keer uit de bocht vliegt.'

'Ik weet het, maar soms is het zo moeilijk. Ze is opstandig en bot, ze doet gemeen tegen me en... ugh. Ik denk dat veel ouders te maken krijgen met lastiger tieners, maar dit voelt alsof er meer aan de hand is.'

'Dat is waarschijnlijk ook zo,' zegt dr. Abrams. 'Jullie hebben als gezin heel wat voor je kiezen gekregen en dat gebeurde allemaal tijdens een heel vormende periode in haar leven.'

'Dus ik moet haar een beetje matsen?' zeg ik lachend. 'Maar hoelang nog? Want mijn geduld is wel zo'n beetje op.'

'Blijf gewoon communiceren. Je hoeft haar niet te matsen, maar ze moet wel begrip krijgen. Je moet haar nog steeds opvoeden. Je moet nog steeds die grenzen stellen waarover we het hadden en als ze daaroverheen gaat, moet je daar consequenties tegenover stellen.' Ze houdt even op met praten en houdt haar hoofd schuin. 'En hoe is haar relatie met je ex-man?'

Ik sla mijn wimpers neer en kijk omlaag naar het bureaublad

nu ze over Josiah begint. 'Eh... beter dan de mijne. Ze keek er nauwelijks van op toen hij begon te daten.'

'Is Josiah aan het daten?' Als ik opkijk, zie ik dat de blik van dr. Abrams scherper op me gericht is dan voorheen. 'En wat vind jij daarvan?'

'Ik vind het prima,' zeg ik schouderophalend, maar mijn nonchalance wordt weersproken door de pen die ik tussen mijn vingers klem.

Haar mond gaat open, klaar om door te vragen, als ik haar een beetje ken, maar ze kijkt fronsend naar het horloge op haar bureau. 'Ik heb zo een andere afspraak, maar ik wil de volgende keer meer horen over deze nieuwe fase die jij en Josiah blijkbaar ingaan.'

'Natuurlijk,' zeg ik snel, met een opgeluchte glimlach. 'Volgende keer.'

Ze werpt me een veelbetekenende blik toe en haar lippen vormen een minuscuul glimlachje. 'Het beste, Yasmen.'

We verbreken de verbinding en ik zak onderuit in mijn stoel. Dr. Abrams is er goed in om door al mijn beschermende laagjes heen te graven tot ze de waarheid vindt. En ik weet niet of ik op het moment wel zo goed naar de waarheid wil kijken als het gaat over het effect dat Josiahs liefdesleven op me heeft.

Ik sta op, rek me uit, pak de gieter die onder mijn bureau staat en loop naar de vioolbladplant die voor mijn raam staat. Ik kijk rond in mijn werkkamertje naar de hangplanten en de plantjes op de randen van mijn bureau. We hebben nu overal planten in huis. Dr. Abrams raadde het me aan als motiverende activiteit toen ik heel diep in de put zat. Ik had mijn kinderen om voor te zorgen en daarnaast had ik mijn planten. Ik wrijf net een wasachtig groen blad tussen mijn vingers als mijn mobiel overgaat. Ik loop ernaartoe, pak hem van mijn bureau en kijk op het scherm om te kijken wie er belt.

'Hé Kas,' zeg ik. 'Wat is...'

'Mam, ik heb hem thuis laten liggen.' Het komt er bijna als één woord uit en de paniek spat ervan af. 'Kun je hem komen brengen? Ik dacht dat ik hem had, maar...'

'Kassim, rustig aan.' Ik klem de telefoon tussen mijn oor en mijn schouder en zet de gieter op het bureau. 'Ten eerste: waarom zit je aan de telefoon in plaats van in de les?'

'Ik zit tussen twee lessen in. De robot die ik heb gebouwd voor school,' zegt hij, hijgend alsof hij kilometers heeft gerend. 'Ik heb de afstandsbediening bij papa laten liggen. Kun jij hem komen brengen?'

'Wanneer heb je hem nodig?'

'Nu. Echt nu, mam.'

'Heb je je vader gebeld?'

'Drie keer, maar ik krijg telkens de voicemail.'

'Oké. Grits is dicht op maandag en dan gaat hij altijd basketballen. Zijn telefoon ligt waarschijnlijk in zijn locker.'

'Jij hebt een sleutel van zijn huis, toch? Kun jij hem niet ophalen en hiernaartoe brengen?'

Ik heb inderdaad een sleutel en ik ben natuurlijk wel eerder in dat huis geweest... toen Byrd er nog woonde, maar ik wil geen inbreuk maken op Josiahs privacy door daarnaartoe te gaan terwijl hij er niet is.

'Laten we je vader nog even de kans geven om terug te bellen. Hij heeft zijn telefoon altijd bij zich, dus zodra hij...'

'Mam, alsjeblieft. Ik wil hem in de lunchpauze testen voordat ik hem moet demonstreren voor de klas.'

God nog aan toe.

'Oké, Kas. Ik probeer je vader nog een keer en...'

'Maar...'

'En als hij niet opneemt, ga ik naar zijn huis om de afstandsbediening te halen. Waar ligt hij?'

'Yes!' Ik kan bijna zien hoe hij zijn vuist in de lucht steekt. 'Je kunt hem niet missen. Hij ligt op het bureau in mijn kamer.'

'Oké dan. Ik app je zo gauw ik onderweg ben. En nu naar de les, jij.'

Nadat we hebben opgehangen, bel ik meteen Josiah. En ja hoor, ik krijg na een paar keer overgaan meteen de voicemail en zijn diepe stem bromt door de lijn. Zelfs in zijn voicemailboodschap klinkt hij alsof je precies drie seconden zijn aandacht krijgt. Kort, bijna kortaf zelfs, zij het sexy als altijd.

Sexy? Hou toch op, mens.

'Eh, hoi.' Mijn wangen gloeien alsof ik vlak voor hem sta in plaats van voor het geluid van de voicemailversie. 'Met mij. Kassim heeft zijn robotbediening of wat dan ook bij jou laten liggen en die heeft hij zo meteen nodig.'

Ik lach en bijt op mijn lip. 'Je zou denken dat hij Tony Stark is en dat die afstandsbediening cruciaal is om de wereld te redden of zo, zo is hij erover in paniek, dus hij wil dat ik hem ophaal. Ik wil niet zomaar je huis binnenvallen als je er niet bent.'

Ik werp een blik op de rechterbovenhoek van mijn laptop om te kijken hoe laat het is.

'Maar hij wil hem in de lunchpauze testen, dus ik moet nu weg als ik dat ding op tijd op school wil krijgen. Bel me als je dit hoort. Zo niet, dan ga ik nu op weg om het op te halen.'

Ik haal een snelle hand door mijn haar. Ik ben natuurlijk al buiten geweest, want ik heb de kids naar school gebracht, maar het was typisch zo'n ochtend om snel even een beanie en een zonnebril op te zetten.

'Je gaat hem niet eens zien,' brom ik, terwijl ik toch nog even wat mascara en getinte lipgloss opdoe.

Ik pak mijn handtas en mijn sleutels, en loop snel naar de garage.

'En al zou je hem zien,' zo spreek ik mezelf toe in de achteruitkijkspiegel als ik achteruit de oprit af rijd. 'Dan gebeurt er nog niks. Je moet dit onder controle zien te krijgen.'

Wat is er nog meer voor nodig voordat ik inzie dat Josiah verdergaat met zijn leven en dat het tijd wordt dat ik dat ook ga doen?

Ik rijd de oprit van zijn solide donkerblauwe huis met de lichtgrijze luiken op. Het is bij lange na niet zo groot als het onze, maar de kinderen hebben allebei hun eigen slaapkamer en er is een extra kamer in de kelder die Josiah als kantoortje gebruikt als hij niet in Grits is. Hij heeft geen garage, alleen een overkapping voor zijn auto. De Rover staat er niet, wat bevestigt dat hij niet thuis is. Ik bel dus niet aan, maar laat mezelf binnen met mijn sleutel. Ik draai me automatisch om naar het alarmsysteem aan de muur om de code in te tikken – Byrds verjaardag – maar ik hoor geen piep.

'Word je slordig op je oude dag, Jos?' Ik kijk om me heen in het halletje en zie de veranderingen. Josiah heeft de boel natuurlijk opnieuw ingericht.

'Heel erg VT Wonen,' zeg ik als ik de woonkamer passeer, een en al strakke lijnen en structuurverf. Op het tafeltje midden in de kamer staat een fles wijn met twee glazen. Eén keer raden voor wie dat tweede glas was.

Snel wegwezen voordat mijn fantasie het plaatje verder gaat invullen.

De slaapkamers van Deja en Kassim zitten tegenover elkaar aan dezelfde gang, dus daar marcheer ik nu naartoe. Als ik Kassims kamer binnenloop, zie ik de afstandsbediening meteen op zijn bureau liggen.

Ik pak hem en wil alweer vertrekken, maar ik blijf staan als ik de foto zie die ingeklemd staat tussen de smetteloze Rubikskubus die Kassim weigert aan te raken omdat hij 'vintage' is en zijn Black Panther-bobblehead die ongeopend in de doos zit. Het is de laatste familiefoto die we ooit hebben genomen. We zijn buiten en Kassim ziet er zo jong uit. Zijn glimlach is breed en zorgeloos, net als nu, maar met een paar tanden eruit. Deja zat nog op de basisschool en pas nu ik naar deze foto kijk, begrijp ik helemaal hoe onschuldig ze toen was – een emotionele zuiverheid, iets wat nog niet was bezoedeld door pijn, verlies en verdriet. Nu bekijkt Deja de wereld met veel minder illusies. Het kind op de foto, met vlechtjes die tot op de schouders van haar Disney-*Descendants*-shirtje hangen, kijkt zo zorgeloos de wereld in.

Ik wil in die foto kruipen, mijn kinderen dicht tegen me aan drukken en ze afschermen van de naderende storm die niemand zag aankomen.

Mijn blik schuift bijna onwillig door naar Josiah. Hij staat achter me en mijn hoofd leunt tegen zijn schouder in een vanzelfsprekend soort intimiteit. Onze vingers liggen ineengestrengeld op mijn buik en we hebben een stiekem soort voldoening over ons. We hadden de kinderen nog niet eens verteld dat ik zwanger was van Henry en in dit bevroren moment waren wij de enige twee mensen op aarde die het wisten. We wilden dat geheimpje zo lang we konden voor ons houden en koesteren. Mijn hele wereld paste op deze foto van 10 bij 15 centimeter en mijn geluk viel precies tussen deze vier kaders.

Herinneringen ophalen, wijsheid achteraf, terugdenken... ik heb hier geen tijd voor en ik ben nog niet ver genoeg gekomen om terug te kijken. Deze dag is misschien jaren geleden, maar voelt nog steeds te dichtbij. Als ik mijn ogen dichtdoe, voel ik de frisse herfstlucht, zie ik de blaadjes in al hun kleuren, ruik ik de man die achter me staat en proef ik mijn toekomst. Ik veeg ongeduldig de tranen weg die ineens over mijn wangen blijken te stromen en schrik me een ongeluk als ik Vashti in de deuropening zie staan. We springen allebei op alsof we een spook hebben gezien.

'O mijn god,' lacht ze met een hand op haar borst. 'Ik dacht al dat ik iemand hoorde. Ik schrok me dood.'

'Sorry, ik...' De woorden drogen op in mijn mond als ik zie wat ze aanheeft.

De zoom van Josiahs witte overhemd valt over haar slanke, gespierde benen tot een eindje boven haar knie. Alleen de bovenste knoopjes zijn dicht, die onder haar blote borsten zijn open. Zij is een van die meiden op wie ik als puber jaloers was, met van die kleine puntborstjes die nauwelijks een hand vullen en zonder beha kunnen.

'Ik verwachtte niemand,' zegt Vashti met vlekken uitgeveegde mascara van de vorige avond onder haar ogen en lippen die nog vaag roze zijn van de laatste restjes lippenstift. 'Josiah gaat op maandag altijd...'

'Basketballen, ja.'

Ik wil tegen haar gillen dat ik zijn agenda, zijn leven, beter ken dan zij. Dat ik hém beter ken dan zij. Maar zij heeft hem gisteravond gekend op een manier die mij al heel lang vreemd is. Intiem. Vleselijk. Seksueel.

'Het spijt me als ik je heb laten schrikken,' ga ik verder, want ik wil niet geschokt overkomen. 'Kassim heeft zijn afstandsdinges… eh… voor school laten liggen, voor zijn project bedoel ik. Opdracht. Het was een opdracht voor school. Of een project. En toen… heeft hij mij gebeld en toen ben ik hiernaartoe gereden omdat Josiah er niet is. Dus… ja.'

Tjongejonge, wat klonk dat beheerst. Helemaal niet overstuur, ha ha.

'Aha.' Vashti knikt langzaam zonder haar blik van me af te wenden. 'Luister, ik snap dat dit een beetje ongemakkelijk is.'

'Wat? Nee joh.' Ik lach. Ik grinnik zelfs. 'Hoezo ongemakkelijk?'

'Omdat ik de eerste ben met wie Josiah iets heeft sinds de scheiding?'

Ik haat de vriendelijkheid in haar stem, alsof ik heel voorzichtig behandeld moet worden. Alsof ik kwetsbaar ben, terwijl ze geen idee heeft wat ik aankan, wat ik allemaal heb overleefd. Waartoe ik in staat ben.

Wat ik verloren heb.

Ze kijkt zo lief, zo meelevend, alsof dit een fucking spelshow is en ik zojuist ben afgevallen. Alsof ik vanuit de coulissen toekijk terwijl zij met de quizmaster naast zich doorspeelt voor de auto en de vakantie naar Hawaï.

'Het is helemaal niet ongemakkelijk.' De gewoonte om te liegen komt soepeltjes terug, net op tijd. 'Vashti, echt, ik ben blij dat Josiah zo'n leuk iemand heeft gevonden, en ook nog iemand op wie de kids zo dol zijn.'

'Hij heeft je vast wel verteld dat we het over de dynamiek op het werk hebben gehad en als je bang bent dat het de gang van zaken in het restaurant zal beïnvloeden…'

'Nee joh. Jullie zijn twee volwassen mensen en ik weet dat

Josiah nooit iets zou doen wat de zaak kan schaden.'

'En ik ook niet. Als het scheef loopt, zetten we er een punt achter, maar ik ben alleen maar blij dat alles nu zo goed gaat. Je weet zelf hoe geweldig Josiah is.'

'Ja, zeker,' fluister ik, terwijl ik de afstandsbediening tegen me aan klem als een borstkuras tijdens een veldslag. 'Maar hé, ik moet dit snel naar Kassim brengen.'

Ik loop naar de deur, maar ze gaat niet meteen opzij, dus moet ik daar nog een paar tellen blijven staan terwijl ik hem ruik via haar. Blootgesteld aan het luchtje dat hij gebruikt, vermengd met haar lievelingsparfum, wat dat ook moge zijn. Er knijpt een vuist in mijn verraderlijke hart. Ik sta zo dichtbij dat ik zijn initialen op de manchet die tot over haar hand hangt kan zien. Die kleine intimiteiten voelen als schatten die ze van me heeft gestolen, maar nee, ik heb ze weggegeven en het komt als zo'n beuk in mijn gezicht dat ik het recht niet eens heb om de emotionele wervelwind die in me zit te voelen. Ik heb het recht verspeeld om verontwaardigd, jaloers of boos te zijn. Het enige waarop ik recht heb is het holle gevoel dat in het diepst van mijn maag zit en door mijn borst giert.

Het voelt alsof ik degene ben die stiekem het huis uit sluipt na een wilde nacht, hopend dat ze niemand tegenkomt, nu ik langs haar heen de gang in loop, waarbij ik mijn ogen moet afwenden om geen zuigzoenen te zien, of andere zichtbare tekenen van de nacht die ze samen hebben doorgebracht. De Josiah die ik me herinner van voordat ons huwelijk een ijskast werd, was het ene moment dominant en het volgende moment teder. Hij wist wanneer hij lief moest zijn en wanneer ruw. Hij zei altijd dat hij aan mijn ogen kon zien hoe ik het wilde hebben.

Wat hebben Vashti's ogen hem gisteravond verteld?

'Ik zal Josiah laten weten dat je langs geweest bent,' zegt ze, terwijl ze meeloopt naar de deur.

'Ik heb al een voicemail achtergelaten, maar bedankt.' Ik wacht niet op haar antwoord en roep over mijn schouder: 'Doei!'

Ik dwing mezelf om in een rustig tempo naar de oprit te lopen. Ik start de auto en rijd weg, waarbij ik moet oppassen dat ik geen vuilnisbakken of brievenbussen raak. Ik weet niet hoe ik op de snelweg terecht ben gekomen, maar ik krijg het voor elkaar om de juiste afslag te nemen voor Harrington. Zodra ik de afstandsbediening heb afgegeven bij de administratie app ik Kassim, zodat hij weet dat hij hem daar kan vinden, en ik rijd de parkeerplaats van de school weer af. Mijn telefoon gaat over via het geluidssysteem van de auto en daar schrik ik zo van dat ik bijna door rood rijd.

Josiahs naam verschijnt op het scherm.

Ik adem één keer diep in en uit voordat ik opneem.

'Hé!' Ik leg het woord mijn wil op en maak er iets vrolijks van. 'Hoe is het?'

'Goed. Ik kom net uit de sporthal. Sorry dat ik je belletje heb gemist. Ik heb je bericht over Kassims afstandsbediening gehoord. Ik kan dat ding wel even naar school brengen.'

'Hoeft niet. Ik ben langs je huis gegaan en heb mezelf binnengelaten. Ik heb hem zonet op school gedropt, dus alles is oké.'

De stilte die valt giert door de lijn, terwijl de implicaties van die mededeling ongetwijfeld tot hem doordringen.

'Je bent langs mijn huis gegaan?' vraagt hij. Het klinkt voorzichtig, alsof er nog een mogelijkheid is dat ik niet weet dat hij met zijn nieuwe vriendinnetje neukt.

'Ja.' Het lachje dat ik inzet klinkt als de lachband van een sitcom, blikkerig, geforceerd en goed getimed. 'Ik hoop dat ik die arme Vashti niet te erg heb laten schrikken.'

'Dus die was er nog toen je...'

'Yup.' Ik hou mijn antwoord zo kort mogelijk om alle eventuele veelzeggende emoties eraf te schaven. 'Hé, maar ik moet verder, want ik moet de begroting voor het straatfeest inleveren.'

'O ja. Heb je nog iets nodig qua...'

'Nee joh. Komt goed. Ik moet alleen...' Ik blaas mijn adem langzaam uit door mijn mond en knipper met mijn prikkende ogen. Ik weet niet hoelang ik mijn stem nog rustig kan houden en mijn ogen droog. 'Ik moet alleen gaan nu, oké?'

'Oké, tuurlijk. Luister, Yas, wat betreft...'

'Sorry, Jos. Ik moet echt gaan.'

Ik wacht niet tot hij nog iets zegt, maar hang gewoon op. De oprit naar de snelweg komt al in zicht en ik weet dat ik het drukke verkeer in Atlanta nu even niet aankan. Neem ik even de tijd om deze nieuwe ontwikkeling te verwerken? Of doe ik wat ik vroeger altijd deed? Gewoon doorgaan, de pijn die door mijn middel snijdt negeren en mezelf dwingen de laatste paar kilometer naar huis te rijden? Dr. Abrams vertelt me regelmatig hoe slecht het voor me is om dwars door mijn emoties heen te gaan, maar als ik dat nu niet doe en dit niet negeer, kon het weleens heel naar worden.

En dan geeft God me een teken.

Het is groot, rood met wit en heeft de vorm van een bull's eye.

In plaats van de snelweg op te gaan, rijd ik de parkeerplaats van de Target op, zet de motor af, druk mijn voorhoofd tegen het stuur en barst in tranen uit.

Ik heb al heel lang niet zo zitten snikken. Soms is het goed om te huilen. We gaan ons beter voelen als we ons systeem doorspoelen. Maar dit keer niet. Elke traan voelt alsof hij uit mijn lichaam gewrongen wordt. Mijn hartslag is het tikken van een bom die aftelt naar het moment waarop de spanning te hoog oploopt en ik detoneer. Ik kan niet doen alsof het geen pijn doet dat hij zijn lichaam aan een ander geeft. Dat viel nu eenmaal te verwachten, hè? Het betekent niet dat ik nog van hem hou. Dit voelt niet als het einde, maar als het begin van iets. Niet voor mij, maar voor hem. De nieuwigheid van een ander iemand met haar hoofd op zijn kussen. Dat ze haar tandenborstel vergeet en de zijne gebruikt zonder te weten hoe vervelend hij dat vindt. Een andere vrouw die ontdekt dat zijn koffie perfect is met een plus ongevéér een kwart lepel suiker. Haar vingers, niet de mijne, die de stijve spieren in zijn nek vinden als hij loopt te stressen. Hij die alle geheimen blootlegt die ik pas na jaren heb ontdekt.

Ja, het doet pijn dat Josiah het met een ander doet.

Nee, ik wil niet te diep graven naar de reden waarom het als verraad voelt, al is er niets wat hem ervan kan weerhouden om elke avond een ander naar zijn bed te slepen, mocht hij dat willen.

Ik vertelde mezelf dat het minder pijn zou doen als ik bij hem wegging, dus waarom doet dit dan zo'n pijn? De pijn en wat die impliceert zijn te veel voor me, dus grijp ik naar een makkelijkere emotie. Woede. Hij een ander? Dan ik ook een ander.

Ik haal mijn mobiel uit mijn handtas en zoek het appje dat Mark me vorige week heeft gestuurd.

Ik: Hé, hoi! Wil je donderdag nog uit eten?

Ik staar naar de telefoon en hou mijn adem een paar seconden in, totdat de stipjes verschijnen.

Mark: Lijkt me heel leuk. Hoe laat moet ik je ophalen?

Ik: Om zeven uur. Zie je dan.

15

JOSIAH

Verdomme.

Ik staar naar mijn telefoon en weersta de neiging om een deuk in mijn locker te slaan. Dit was niet de manier waarop ik Yasmen had willen vertellen dat Vashti en ik een stap verder zijn gegaan met onze relatie. Als ik heel eerlijk ben, had ik dit überhaupt niet met haar willen bespreken. Het zijn haar zaken niet wat ik doe. Ik wilde ongemakkelijke toestanden vermijden, zoals die zonet in mijn huis. En misschien wilde ik haar ergens ook geen pijn doen. Niet dat Yasmen me nog wil, maar als het andersom was… Ik zou er niet zo bot mee geconfronteerd willen worden.

Ik zou behoorlijk over de zeik zijn.

'Waarom kijk je zo woest?' De vraag is afkomstig van Charles 'Preach' Hollister, met wie ik al bijna twintig jaar bevriend ben. 'Jouw team heeft gewonnen, maar alleen omdat Kevin ziek was. Volgende week is hij er weer en dan gaan wij…'

'Het gaat niet over de wedstrijd.' Ik rits mijn sporttas dicht en klap het lockerdeurtje dicht. 'Het is… Laat maar.'

'Iets met de kids?' Preach fronst, en leunt tegen de locker naast de mijne. 'Kas? Dé?'

'Nah. Kids zijn oké. Alles cool.'

Preach, die zo genoemd wordt sinds zijn intense, zij het kortstondige religieuze fase in het tweede semester van ons eerste studiejaar, kijkt me onderzoekend aan. Ik weet niet helemaal zeker of het masker dat ik heb opgezet iets voor hem verbergt, na alles wat we samen meegemaakt hebben.

'Ik hoop dat die therapeut je wat opener krijgt,' zegt Preach, terwijl hij zijn tas pakt en zijn locker dichtdoet.

Ik hijs met een zucht mijn tas op mijn schouder. Ik ben nog steeds in shock van alles wat ik aan dr. Musa heb prijsgegeven tijdens onze eerste sessie. Het had gewoon iets... bevrijdends? Het voelde goed om die wildvreemde vent alles te vertellen. Het veranderde niets, maar ik voelde me toch beter. Ik snap het niet helemaal, maar na alle shit van de laatste paar jaar is het al heel wat om je beter te voelen.

'Over een paar dagen heb ik weer een sessie,' zeg ik tegen Preach.

'Werd tijd ook, als je het mij vraagt.'

'Ik heb je niks gevraagd, en wat was ook alweer de naam van jouw therapeut?'

'Ja, ik, nou...'

'Juist. Die heb je niet, dus hou op over alle therapie die ík nodig heb.'

'Ik gooi alles eruit. Liz en ik, wij praten over alles.'

'We hebben niet allemaal een vrouw annex hulpverlener,' zeg ik met iets te veel verbittering in mijn stem.

Preach krimpt ineen. 'Sorry, ik dacht even niet na. Jij en Yas...'

'Praatten níét over alles. Dat is voltooid verleden tijd. Dat weet je, dus ga je nou niet schamen omdat jij en Liz het zo goed hebben.'

'Ik maak me wel zorgen om je, bruh. Je houdt al die shit zo binnen.'

'Heb ik nou constipatie of ben ik emotioneel achtergebleven?' vraag ik, waarbij ik er zowaar een lachje uit krijg.

'Allebei, als je Vashti's macaroni met kaas blijft eten. Die meid kan wel koken,' zegt hij grinnikend, en hij leunt weer tegen de locker. 'Heeft dit iets met haar te maken?'

Wil ik dit wel? Wil ik dit netelige dossier open en bloot op tafel gooien voor Preach, die geheid door blijft zagen tot mijn ingewanden eruit liggen? Wie wil er emotioneel ontleed worden in de sporthal?

'Het was Yas,' geef ik met tegenzin toe. 'Ze moest iets ophalen bij mij thuis voor Kassims schoolproject. Ze heeft een sleutel en...'

Ik slaak een lange, diepe zucht. 'Vashti was er nog, na vannacht.'

'O, shit!' Hij komt overeind uit zijn luie hanghouding, met alerte ogen en een guitige grijns op zijn gezicht. 'Vashti is blijven slapen en je ex-vrouw zag haar daar? Dus nu weet ze dat jullie het doen.'

'Gedaan hebben, niet doen. Gisteravond was de eerste keer.'

'Maar ik bedoel, je hebt iets met haar. Dat houdt vast niet op nu de daad is gepleegd.' Zijn grijns wordt breder. 'En hoe was het?'

Hoe close Preach en ik ook zijn, ik heb nooit details over seks met hem gedeeld toen ik met Yasmen was. Hij zei dat dat een van de dingen was waardoor hij wist hoe serieus het was, want in onze studietijd probeerden we elkaar altijd te overtroeven met onze escapades. Voor gisteravond was ik niet meer met een ander dan Yas geweest sinds mijn studietijd.

Hoe was het?

Het was tyfuslang geleden dat ik seks had gehad, dus natuurlijk was het lekker om iets anders te hebben dan mijn hand. Het was een bevrijding.

Maar toen het voorbij was, lag ik met Vashti naast me naar het plafond te staren en toen brak er iets in me. Het laatste beetje gevoel? De laatste flinter hoop dat misschien ooit... Nah. Ik dacht al heel lang niet meer dat Yasmen en ik het weer goed zouden maken. Ik hield op met dat te willen. Ik zou haar nooit meer met mijn hart en mijn geluk kunnen vertrouwen, maar misschien voelde een afvallig, obstinaat stukje van mijn ziel zich nog steeds verbonden met haar. Ook al zijn we gescheiden, dat stomme kleine deel van mij voelde alsof ik Yasmen bedroog toen ik met Vashti naar bed ging.

Ik blijf te lang stil en de gretige blik op Preach' gezicht wordt achterdochtig.

'Was het niks?' vraagt hij. 'Met Vashti? Maak je niet dik. Ik heb gozers die net uit de bak komen wel horen zeggen dat die eerste keer dat je een vrouw neukt soms…'

'Preach, een beetje respect alsjeblieft. We zijn te oud voor die shit. Het was prima.'

'Je weet dat ik niks dan respect heb. Je bent heel lang niet met iemand anders dan Yas geweest, daarom vraag ik het.' Hij kijkt me wantrouwig aan. 'En prima? Het was prima, zeg je? Vashti is een mooie vrouw en een blinde vleermuis kan zien dat ze gek van je is, dus prima klinkt een beetje mat.'

'Ik ga geen details geven. Ik wilde je dit niet eens vertellen, ouwe gek.' Ik moet onwillekeurig grinniken. Dat effect heeft Preach op me. 'Maar hé, ik moet weg.' Ik geef hem een boks en pers er een glimlachje uit. 'Ik kom binnenkort met Kassim naar de salon.'

'Zal eens tijd worden ook. Die jongen heeft waarschijnlijk babydreads, zo lang is hij niet geknipt.'

'Dat nog net niet, maar Yas gaat hem en mij helemaal gek zeuren als ik er niks aan doe.'

'Kom vroeg, voordat de dag op gang komt. Je weet dat de salon een gekkenhuis is op zaterdag.'

'Doe ik.'

En ik vertrek, nog steeds met mijn gedachten bij mijn nacht met Vashti en het ongemakkelijke telefoontje met Yasmen van vandaag.

16

YASMEN

Ik kijk niet uit naar dit telefoontje. Mijn laatste gesprek met Josiah was superongemakkelijk. Ik krimp ineen als ik bedenk hoe Vashti onze ontmoeting waarschijnlijk heeft beschreven.

'Gewoon doen,' brom ik tegen mezelf, terwijl ik mijn mobiel uit de zijzak van mijn yogabroek trek en het nummer kies.

'Yas, hé,' zegt Josiah, die na één keer overgaan opneemt, maar het klinkt alsof ik niet zijn volledige aandacht heb. 'Alles goed?'

'Eh, heb je het druk? Als je bezig bent...'

'Wacht even.' Het is een paar seconden stil en dan hoor ik een deur dichtgaan aan de andere kant van de lijn. 'Sorry. Ik was in de eetzaal. Ik zit nu in het kantoortje. Is er iets?'

'Ik ga vanavond de deur uit en het leek me oké om de kinderen hier te laten, want Clint en Brock zouden thuis zijn, maar Brock heeft ineens iets van zijn werk waar ze naartoe moeten, dus...'

'Ik kan langskomen of de kids kunnen naar mijn huis komen. Wat je wilt.'

'Nou, ze hebben morgen school en ik moet ze brengen, dus misschien kun je gewoon even langsgaan om te kijken of alles goed is? Deja is op zich oud genoeg. Ik denk alleen... snap je wat ik bedoel?'

'Geen probleem. Ik ga wel even langs. Weer een meidenuitje vanavond? Een verjaardag?'

Om de een of andere reden had ik niet verwacht dat hij dat

zou vragen. Hij heeft in het verleden niet veel nieuwsgierigheid tentoongespreid over mijn sociale leven, voor zover ik dat had.

'Eh, nee.' Ik loop de keuken in en ga aan de bar zitten. 'Ik heb een date.'

De stilte die volgt, zo moet een sigaar zich voelen in een humidor. Totale afwezigheid van geluid in een luchtdicht kistje.

'Een date.' Het klinkt alsof hij het woord op echtheid onderzoekt. 'Wow. Wie is de gelukkige?'

'Mark Lancaster.'

'Tuurlijk,' zegt hij. Het komt eruit met een spottende zucht.

'Hoe bedoel je, "tuurlijk"?'

'Kom op, Yas. Die gast springt elke keer dat hij hier is boven op je. Hij probeert het niet eens echt te verbergen.'

'Misschien vind ik dat wel fijn, dat directe. Dan hoef ik me niet af te vragen waar ik sta of wat hij wil.'

'En wat denk je dat hij wil?'

'Een date. Dat lijkt me duidelijk.'

'Met zulke gasten is niks ooit duidelijk.'

'Zulke gasten? Die moet je even uitleggen, want ik weet niet precies wat je...'

'Rijke kerels, Yas. Geprivilegieerde mannen die gewend zijn om overal en altijd te krijgen wat ze willen.'

'Als je kijkt naar de auto waarin je rijdt, de buurt waar je woont, de kleren die je draagt en het geld dat je zonder met je ogen te knipperen uitgeeft aan sneakers, zouden sommige mensen kunnen aanvoeren dat je zelf een rijke vent bent.'

'Je weet wel wat ik bedoel.'

'Wit, bedoel je?'

'Nee. Dat is niet wat ik bedoel. Ik wil me nergens mee bemoeien...'

'En toch krijg ik duidelijk een behoorlijk bemoeierige vibe door, terwijl ik ontzettend mijn best doe om me niet met jouw zaken te bemoeien.'

'Dus daar gaat dit om? Oog om oog? Ik krijg iets met Vashti, dus nu grijp jij de eerste man die belangstelling toont?'

'Geloof me, hij is niet de eerste die belangstelling toont.'

'Ik bedoelde alleen maar...'

'Hij is alleen de eerste tegen wie ik ja heb gezegd. En je probeert vást niet te insinueren dat ik iets met Mark ga doen omdat jij nu aan het daten bent.'

Een heel klein stemmetje in mijn hoofd herinnert me eraan dat ik Marks aanbod niet serieus heb overwogen voordat ik Vashti in Josiahs huis had gezien. Maar toch. Ik pik die shit niet van Josiah.

'Dat doe ik ook niet, maar ik weet dat het duidelijk was dat Vashti was blijven slapen en...'

'Ik heb hier geen zin in,' zeg ik, en het klinkt alsof ik mijn woorden met een deegroller heb bewerkt om ze af te vlakken tot iets wat zo rustig klinkt dat ik de enige ben die weet wat daarvoor nodig is geweest.

Hij zwijgt en laat het stof even neerdwarrelen op alle dingen die we elkaar naar het hoofd hebben gesmeten, voordat hij verder praat. 'En ik heb hier geen tijd voor,' zegt hij uiteindelijk, kortaf en ongeduldig. 'Hoe laat ga je weg? Ik ga wel even bij de kinderen kijken.'

'Zeven uur.'

'Cool. Later.'

Ik gooi mijn mobiel op de bar en laat mijn hoofd in mijn handen vallen. Nou, dat ging geweldig.

Ik heb niet veel tijd om over onze woordenwisseling na te denken, want het is alweer bijna tijd om me door het verkeer heen te worstelen om de kids op tijd op te halen. Gelukkig is er vanavond geen voetbaltraining. Op de terugweg naar huis werp ik een zijwaartse blik op Kassim, naast me op de passagiersstoel, en kijk ik even naar Deja via de achteruitkijkspiegel.

'Jongens, ik ga vanavond uit,' zeg ik zo casual mogelijk. 'Maar jullie vader komt even langs om te kijken of alles goed gaat.'

'We redden het ook wel in ons eentje,' zegt Deja, en er kruipt een afwerend toontje in haar gewoonlijke weloverwogen onverschilligheid. 'Ik ben bijna veertien.'

'Weet ik.' Ik haal mijn blik even van de weg om haar een halve seconde aan te kijken via de spiegel. 'Maar Clint en Brock zijn er vanavond niet, dus papa steekt zijn hoofd misschien even om de deur voordat hij naar huis gaat.'

'Waar ga je naartoe?' vraagt Kassim.

Ik zou nu kunnen liegen. De waarheid omzeilen. De kwestie vermijden met een vaag antwoord. Maar waarom? Met Vashti hebben ze laten zien dat ze er geen probleem mee hebben om hun ouders met anderen te zien daten. Bovendien komt Mark me thuis ophalen en ik wil niet dat de kinderen verwarde gezichten opzetten als de gast wiens hoofd in allerlei politieke commercials te zien is ineens komt opdagen om hun moeder mee uit eten te nemen.

'Ik heb zowaar een date.'

Te oordelen naar de geschokte stilte die op die woorden volgt, zou je denken dat ik zonet heb gezegd dat ik met Elon Musk meega op zijn volgende trip naar Mars.

'Met wie?' vraagt Kassim. Zijn stem klinkt strakker dan zonet, stiller.

Ik waag een blik opzij en zie iets in zijn ogen waarvan mijn hart samentrekt. Teleurstelling? Verdriet? Ik weet het niet, maar het is duidelijk niet zijn normale optimisme.

'Met Mark Lancaster.'

'Die witte gast op die suffe verkiezingsborden die door de hele buurt hangen?' Deja snuift minachtend en zet haar beste reclamestem op om Marks campagneslogan te imiteren. 'Lancaster kan het!'

'Hij is heel aardig, Dé,' ga ik zo kalm mogelijk verder, terwijl ik de afrit naar ons huis neem. 'Hij haalt me om zeven uur op en zoals ik al zei, komt papa later op de avond nog even langs.'

'Wat eten we?' vraagt Kassim.

Ik kan niet uitmaken of hij echt zo snel over de schrik heen is en dat zijn trigger om alles op te eten wat er maar in huis is nu is afgegaan, of dat hij snel over iets anders gaat praten omdat het onderwerp te ongemakkelijk is. Hoe dan ook ben ik blij dat we het ergens anders over kunnen hebben.

'Er is nog lasagne van gisteren.'

Ik vond een van Byrds handgeschreven kookboeken toen we haar huis uitruimden. Het is mijn persoonlijke uitdaging om elk gerecht minstens een keer te proberen, te beginnen met haar beroemde lasagne. Eerst wilde ik alleen wat nieuwe trucjes in de keuken leren, maar telkens als ik een recept gebruik dat zij met de hand heeft uitgeschreven, voel ik me op de een of andere manier dichter bij haar.

'Ah nee, bah,' jammert Deja vanaf de achterbank. 'Als papa komt, kunnen we hem toch vragen om iets mee te nemen uit het restaurant?'

'Oooo, ja.' Kassims gezichtsuitdrukking gaat over in een verheugde blik. 'Vashti's spareribs.'

Fuck die spareribs.

Ik word zo moe van dat gejuich over Josiahs geweldige kokkinnetje. Ik ben niet echt een keukenprinses, maar de lasagne van gisteren was super en mijn kinderen doen net of ik hondenvoer voor ze wil opwarmen.

'Als jullie willen,' brom ik, terwijl ik onze oprit op draai en de garagedeur open. 'Ik vind het best. Dus het komt vanavond wel goed als ik weg ben, toch?'

'Ja hoor.' Deja doet het portier open en stapt snel uit. 'We zijn geen baby's meer, mam.'

Ik moet naar binnen, zodat ik meer dan genoeg tijd heb om me klaar te maken, maar Kassim heeft zich nog niet verroerd. Hij zit in de passagiersstoel te frunniken aan de rits van zijn rugzak.

'Alles oké, Kas?' Ik zet de motor af en draai me half om in mijn stoel om hem eens goed te bekijken.

'Ja, ik ben oké.' Hij ademt scherp in door zijn neus en knikt.

'Luister, ik kan me voorstellen dat het raar voor jullie is dat papa en ik met andere mensen daten. Een scheiding is voor iedereen zwaar.'

'Ik vind het niet erg dat jullie met anderen daten en ik heb liever dat jullie gescheiden zijn dan dat jullie de hele tijd ruziemaken, zoals vroeger.'

Daar kijk ik behoorlijk van op. We probeerden zo voorzichtig te zijn en gingen altijd met onze ruzies naar de garage om de kinderen te behoeden voor onze steeds vijandigere woordenwisselingen. Ik bedoel, natuurlijk hebben ze ons weleens horen ruziën, maar Kassim laat het voorkomen alsof het regelmatig gebeurde.

'Wanneer heb je ons dan ruzie horen maken, Kas?'

'De hele tijd.' Hij haalt zijn schouders op, pakt zijn rugzak bij de riem en doet het portier open. 'Ik ging soms naar Deja's kamer om bij haar in bed te kruipen als ik bang was.'

'Waar was je dan bang voor, jochie?'

'Dat jullie gingen scheiden, maar Deja zei dat we altijd elkaar nog zouden hebben, zij en ik, zelfs als er dingen zouden veranderen.'

'Je hebt ons ook nog steeds.' Ik steek mijn hand naar hem uit om zijn haar te strelen, dat nodig geknipt moet worden.

'Weet ik.' Hij schenkt me een glimlachje dat veel te oud en wijs is voor zijn leeftijd. 'Maar het is wel anders.'

Zijn grote ogen kijken in de mijne. 'Ik bedoel, het is oké. Het is alleen anders.'

'Weet je nog wat we zeiden? Het is oké om niet oké te zijn en je hebt altijd iemand om mee te praten. Is het niet je vader of mij, dan is het dr. Cabbot wel. Dat weet je, hè?'

'Ja, dat weet ik.' Hij stapt uit, blijft voor het open portier staan en steekt zijn hoofd weer naar binnen. Zijn ogen, die zo op die van zijn vader lijken, zijn donker en ernstig. 'Ik kan, eh... Ik denk dat ik gewoon jouw lasagne wil, als dat oké is.'

Mijn lieve jongetje. Zo empathisch.

'Je hoeft die lasagne niet te eten als je niet wilt. Je vader kan wel wat van Vashti's...'

'Nee, ik wil jouw lasagne. Die was lekker. Echt heel lekker.' Hij vertrekt zijn mond. 'Ik weet dat Deja bah zei, maar ze was alleen maar... Je weet wel.'

'Ja.' Ik trek een ietwat zuur gezicht, pak mijn handtas en stap uit de auto. 'Ik weet het.'

Ik haal de lasagne uit de koelkast, zet hem in de oven en ren naar boven om me klaar te maken. Ik wilde dat ik meer tijd had, maar het wordt de goedkope wasstraat-versie, met hier en daar een plens water over mijn lijf, wat lukraak gescrub en gewax en tot slot een niet al te grondige body polish. Ik haal de jaderoller nog snel even over mijn gezicht in de hoop dat de koele steen zijn kalmerende magie niet alleen op mijn huid zal loslaten, maar ook op mijn zenuwen.

Ik kijk fronsend naar mijn spiegelbeeld. 'Maar wat moeten we met dat haar?'

Mijn vaste kapper is op vakantie en ik wilde geen risico's lopen met een ander. Eén stijltang op een veel te hete stand en mijn hele krulpatroon is naar de maan.

'Mam.'

Ik draai me om en zie Deja in de deuropening van mijn badkamer staan.

'Dé, wat is er?'

'Ik hoorde dat er een *Hotwives*-reüniespecial wordt opgenomen aan het eind van het seizoen, hier in de stad.' Ze drukt haar handen smekend tegen elkaar. 'Kun je alsjeblieft aan tante Hen vragen of ik daarbij kan zijn? Ik wil er zo graag naartoe.'

'We kunnen het haar best vragen. Als ze je naar binnen kan krijgen én als ze er zelf ook bij is, kunnen we eens kijken.'

Dat lijkt haar voorlopig tevreden te stellen en ze knikt, maar haar ogen dwalen af naar mijn haar. Er komt een fronsrimpel tussen haar wenkbrauwen. 'Wat is daar gebeurd?'

Ze draait met haar vinger in de richting van het vogelnest op mijn hoofd.

'Carmen is op vakantie, dus ik heb het zelf gedaan en...' Ik steek mijn hand omhoog om aan een verdwaalde krul te trekken. 'Niet mooi?'

'Nou ja, gaat wel, op zich.' Haar fronsgezicht zegt iets anders. Ze komt de badkamer in en trekt aan een paar lokken die tamelijk sloom langs mijn gezicht hangen.

'Ik heb liever iets beters dan "gaat wel" voor mijn eerste date sinds...' Ik maak mijn zin niet af om geen pijnpunten aan te tikken.

'Snap ik, maar dit kapsel doet het niet.'

'Heb je suggesties?' vraag ik, terwijl ik de ceintuur van mijn badjas aantrek en mijn kont tegen de wastafel laat leunen.

Ze werpt een paar kritische blikken op mijn haar. 'Wat trek je aan?'

Ik wijs naar een donkeroranje jumpsuit dat ik ergens achter in mijn kast heb teruggevonden en dat nu aan de badkamerdeur hangt.

Ze kijkt bedachtzaam heen en weer tussen mijn outfit en mij. 'Moment.'

Ze komt terug met een grote beautycase die ze aan het handvat meedraagt. Ze zet hem naast de wastafel en zet een spuitfles, verschillende haarproducten en een föhn met een diffuseropzetstuk klaar.

'Ga zitten.' Ze knikt naar de kruk voor mijn wastafel.

Nadat ze mijn haar heeft bevochtigd en een paar producten voor krullend haar heeft toegevoegd, haalt ze een paar klodders leave-in-spul door mijn haar, trekt de krullen uit elkaar en laat me mijn haar ondersteboven houden terwijl zij met de diffuser aan de slag gaat. Ik staar naar het eindresultaat in de spiegel en mijn mond valt open, zo anders ziet het eruit. Absoluut veel beter dan als ik het zelf doe. Eigenlijk net zo goed als wanneer Carmen het doet.

'Wow, Dé.' Ik trek een van mijn krullen uit en zie hem weer terugspringen. 'Heel goed gedaan.'

'We zijn er nog niet.' Ze houdt haar hoofd nadenkend schuin, duikt dan weer in haar goocheldoos vol haaraccessoires en haalt er haarspelden met siersteentjes uit. 'Deze heb ik gevonden in die beautywinkel waar tante Hen me mee naartoe heeft genomen.'

Ze maakt een middenscheiding in mijn haar, drukt het voorste gedeelte plat tegen mijn hoofd en steekt de sierspeldjes er in een zigzaglijn in. Daaronder valt een wolk van krullen om mijn oren, tot op mijn schouders.

Ik pak de handspiegel van het wastafelmeubel en bekijk mijn haar van alle kanten.

'Het ziet er fantastisch uit.' Ik kijk weer naar haar en er welt een nieuw soort trots op mijn dochter in me op. 'Je bent hier echt heel goed in, jij.'

'Weet ik.' Ze grijnst nog net niet, maar haar lippen trillen, alsof ze het inhoudt. 'Dus je vindt het mooi?'

'Ja, zeker.' Ik ga staan, til het haakje met de jumpsuit van de deur en zeg met een gretige glimlach: 'Wil je het hele plaatje zien?'

Het plezier in haar ogen sterft weg, alsof ze zich ineens herinnert dat ze me eigenlijk niet meer mag. 'Nah, maar laat het even weten over dat *Hotwives*-ding met tante Hen, oké?'

Ik dacht dat we een moeder-dochtermoment hadden. Telkens als er iets van echt contact mogelijk lijkt tussen ons twee, zeg ik iets of doe ik iets – ik weet nooit wat – om het te verpesten.

'Ja, tuurlijk. Ik vraag het aan Hendrix en dan hoor je het.' Ik kijk achterom en weet er een glimlach uit te krijgen. 'Bedankt voor je hulp, Dé. Ik vind het prachtig.'

Ze knikt en draait zich zonder een woord om. Ik ga met een zucht zitten om me op te maken. De glinsterende haarspelden, in combinatie met gouden en groene oogschaduw, mijn koperrode lippenstift en de bronzer op mijn wangen, vormen een opvallend palet van kostbare metalen op mijn gezicht.

Ik vang een blik van mezelf op in de spiegel in alleen mijn beha en ondergoed. Ik zie de ampele boezem die in mijn jongere jaren als een last voelde, de strepen van kleine striae rondom mijn navel en alle subtiele en minder subtiele veranderingen die mijn lichaam door de jaren heen heeft ondergaan. Ik heb geleerd om niet kritisch te zijn op mijn ronde dijen, maar dankbaar omdat ik erop kan staan. Ik trek een strapless bodyshaper aan en stap in mijn jumpsuit. Er zitten cups in het bovendeel die mijn borsten liften, zodat ze er goed uit springen. De stof, een lichte blend van wol en kasjmier, valt nauwsluitend om de volle rondingen van mijn heupen en kont, met daaronder wijde pijpen tot aan de vloer.

De vrouw die me aankijkt vanuit de passpiegel is een vreemde voor me, of op zijn minst iemand die ik in geen eeuwen heb gezien. Zelfverzekerde sensualiteit omhult me als een onzichtbare mantel. Het donkere oranje is vurig tegen het diepe koperbruin van mijn huid en onthult de sterke rondingen van één blote arm en schouder. De shapewear maakt mijn taille smaller, zodat de curve van rug naar kont en heupen prominenter wordt, als een dramatisch landschap met pieken en dalen.

Mijn ogen hebben me zo vaak leeg aangekeken vanuit de spiegel, met zwarte kringen van verdriet. Vanavond zijn ze helder en omlijnd met kohlpotlood, schijnbaar verduisterd door mysterie en geheimen, een katachtige blik die verwachtingsvol glinstert. Ik hol lachend naar de slaapkamer en pak mijn telefoon van het nachtkastje om Hendrix en Soledad te facetimen, zoals ik had beloofd. Een van Soledads meiden heeft vanavond voetbaltraining en Hendrix heeft morgen een gigantisch belangrijke presentatie.

'Hallo, hallo,' zegt Hendrix. Ze zit aan haar keukentafel met een open laptop en een kom pho. 'Doe es effe het hele plaatje.'

'Ja, laat zien!' zegt Soledad vanaf de voorbank van haar auto.

Ik zet de telefoon tegen de spiegel op het wastafelmeubel, loop achteruit en maak een kleine pirouette om ze de volledige 360 te geven.

'Damn, girl!' brult Hendrix. 'Wat ben je allemaal van plan? Moet die man op de eerste date al helemaal door het lint?'

'Je ziet er fantastisch uit, Yas.' Soledad wappert haar hand als een waaier heen en weer voor haar gezicht. 'Hartstikke hot.'

'Vind je?' Ik bijt op mijn onderlip. 'Ik ben in geen honderd jaar op een date geweest en ik weet het gewoon niet. Is het té? Niet té genoeg?'

'Het is precies goed,' zegt Hendrix bemoedigend. 'En je haar maakt het helemaal af. Zelf gedaan?'

'Deja.' Ik voel aan de krullen. 'Mooi?'

'Ziet er geweldig uit,' zegt Hendrix. 'Ik zeg het je, piepjonge influencers zijn helemaal hot. Het kan nog weleens wat worden met dat haarding.'

'Ja, nou...' Ik rol met mijn ogen. 'Eerst maar eens goeie cijfers halen. Ik ben meer geïnteresseerd in haar tussenrapport dan in het aantal volgers dat ze heeft.'

'Snap ik.' Hendrix haalt haar schouders op. 'Ik zeg alleen dat ze serieus talent heeft en dat ze het geweldig doet op de socials.'

'Oké. Oké.' Ik loop terug naar de wastafel en ga zitten. 'We hebben het er later nog wel over.'

'Ja, later,' zegt Soledad. 'Vanavond gaat het om jou en Mark. Ben je zenuwachtig?'

'Niet echt.' Twee paar ongelovige ogen kijken me aan vanaf het schermpje. 'Oké. Een beetje.'

'Komt goed,' zegt Hendrix.

'Dank jullie wel,' zeg ik. 'Ik ga nu, maar ik laat nog wel weten hoe het gegaan is.'

Als de bel gaat, zuig ik een grote hap lucht in mijn naar zuurstof snakkende longen. Ik dwing mezelf om heel sereen de trap af te gaan en naar de hal te lopen, waar ik een opgewekte glimlach op mijn gezicht plak en de deur opendoe.

Josiah staat op de veranda. Hij torent hoog en breed boven me uit en het licht tovert schaduwen onder zijn hoge jukbeenderen. Verdomme, wat moet je met een ex die er zo goed uitziet terwijl ik zo op mijn eerste niet-huwelijkse date in vijftien jaar ga?

'Jos, hé.' Ik loop de hal weer in. 'Ik dacht dat je Mark was. Je bent vroeg.'

'Anthony en Vashti houden de boel vanavond wel onder controle bij Grits.' Hij komt binnen met Otis op zijn hielen en doet de deur achter zich dicht. Hij heeft een bakje afhaal bij zich. 'Bovendien heeft Deja geappt of ik eten kon brengen.'

'Lasagne van gisteren was goed genoeg voor Kassim, maar kan duidelijk niet tippen aan Vashti's spareribs.'

'Gefrituurde kip,' corrigeert Josiah met een vaag glimlachje. 'Je ziet er...'

Zijn ogen nemen de tijd om de sierspeldjes in mijn krullen in zich op te nemen, over het felgekleurde broekpak dat mijn rondingen omspant te glijden en uit te komen bij de glinsterende schoenen waarin ik mijn voeten heb gewurmd.

'Niet verkeerd.' Hij wendt zijn blik af en er verschijnt een rimpel tussen zijn wenkbrauwen.

'Dank je,' zeg ik sarcastisch. 'Nou, ik ga in elk geval niet naast mijn schoenen lopen van jouw uitgebreide complimenten.'

'Dat laat ik aan je date over.' Hij loopt naar de trap en roept omhoog: 'Dé, je eten is er.'

Ze holt de trap af met een blijdschap alsof de Kerstman zojuist door de schoorsteen is gekomen.

'Pap!' Deja gaat op haar tenen staan om hem op zijn wang te kussen en neemt het eten van hem over.

Ik kan me de laatste keer dat ze mij zo begroette echt niet herinneren. Ik weet dat we in een mindere fase zitten, maar er is een klein deel van mij dat snakt naar het gemak waarmee Deja en Josiah nog steeds met elkaar omgaan. Er strijkt iets zachts en warms langs mijn hand en als ik omlaag kijk, zie ik Otis, die aan mijn voeten zit en zijn zijdezachte kop tegen mijn handpalm aan vlijt.

'Hé vriendje.' Ik krab hem achter zijn oren en buig me voorover om te fluisteren: 'Jij bent altijd blij om me te zien, hè?'

Ik heb Josiah er ook weleens op betrapt dat hij met Otis praatte. Daar heb ik hem zelfs mee geplaagd, maar nu ik in de rustige donkere ogen van onze hond kijk, kan ik het hem niet kwalijk nemen als hij denkt dat Otis elk woord begrijpt, want ik voel me door hem meer gezien dan ik me de hele dag heb gevoeld.

'Jij bent echt een speciale hond,' zeg ik met een klein lachje.

De bel gaat en alle gesprekken stokken. Deja en Josiah richten hun aandacht volledig op de deur. Met perfecte timing – of imperfecte timing, vanuit mijn standpunt – komt Kassim de trap af en gaat halverwege op een trede zitten met zijn elleboog op zijn knie en zijn kin in zijn hand, alsof hij basketbal zit te kijken.

'Blijven jullie hier nou gewoon...' Ik trek mijn wenkbrauwen verwachtingsvol op in de hoop dat ze aftaaien en me wat privacy gunnen, maar niemand verroert een vin. 'Ugh.'

Ik zet mijn eerste-date-glimlach op en doe open. Mark Lancaster staat op de veranda met een bos bloemen. Een onberispelijk donker pak en een grijsblauw overhemd zonder stropdas vormen een sterk contrast met zijn achterovergekamde blonde haar. Ondanks de drie borende blikken in mijn rug vrolijk ik oprecht op bij de aanblik van dat boeket, en hem. Hij is lang en knap, en hij kijkt naar me alsof hij het toetje eerst wil.

Dat ben ik. Ik ben het toetje.

'Mark, hallo.' Ik neem de bloemen aan en steek mijn neus in het in papier gewikkelde veldboeket. 'Ze zijn prachtig. Dank je wel.'

'Hé, Yasmen. Je ziet er...' Zijn blauwe ogen glanzen en beginnen zelfs te glimmen als ze over mijn gezicht en mijn figuur glijden. Dan worden ze groot, als hij mijn verzamelde gezin achter me in de hal ziet staan. 'Ehhhh, geweldig. Je ziet er geweldig uit.'

'Dank je.' Ik wil hem niet binnen vragen nu de hele meute daar staat en al onze bewegingen volgt. Ik draai me zonder om te kijken opzij om de bloemen in handen van de dichtstbijzijnde Wade te duwen, die Josiah blijkt te zijn. 'Kun je die voor me in wat water zetten? Dank je wel.'

Na een korte aarzeling en een lange blik op Mark die tegelijk onderzoekend en waarschuwend lijkt, pakt hij ze aan. Die man heeft zich verkiesbaar gesteld voor het Congres. Denkt Josiah dat hij straks mijn keel doorsnijdt en me in de kofferbak van zijn Tesla douwt? Hij is mijn man niet meer. Ik weet precies hoe weinig het hem uitmaakt met wie ik uitga. Ik weet ook hoe Vashti eruitziet met alleen zijn overhemd aan. Met die mentale reminder check ik of alles wat ik nodig heb in mijn handtas zit en draai me om naar de toeschouwers.

'Jullie kennen meneer Lancaster,' zeg ik met een gebaar naar de lange man op de veranda. 'Mark, mijn gezin.'

'Hallo.' Mark glimlacht. Zijn blik blijft iets langer op mijn kinderen hangen en glijdt half langs de ex-man die er ongemakkelijk bij staat met Marks bloemen in zijn handen.

'Hallo,' zegt Kassim. 'Waar gaan jullie naartoe?'

Ik werp een half gegeneerde, half geamuseerde blik op het ernstige gezicht van mijn zoon die daar op de trap zit.

'Eh, de Rail,' antwoordt Mark. 'Het is een nieuwe tent, stukje ten noorden vanhier.'

'Daar heb ik over gelezen,' zegt Josiah, op slag geïnteresseerd. Hij is een restauranthouder pur sang en het concept intrigeert hem. 'Ze hebben een oude trein omgebouwd tot restaurant.'

Marks glimlach wordt soepeler en zijn schouders zakken een centimeter of twee omlaag. 'Ze krijgen juichende recensies.'

'Ik heb gehoord dat...'

'Ik laat je wel weten wat ik ervan vond,' zeg ik halverwege Josiahs zin. Dan wend ik me weer tot Mark en knik naar de veranda, mijn vluchtweg. 'Zullen we?'

'Zeker.' Zijn glimlach wordt breder en hij laat me met een beleefd gebaar voorgaan. Ik schrijd de veranda op, doe de deur tussen ons en de toekijkende Wades dicht en kijk mijn date met een stralende glimlach aan.

'Laten we gaan. Ik ben uitgehongerd!'

17

YASMEN

Mark Lancaster zou een schildpad uit zijn schild kunnen charmeren.

Klassieke politicus, ziet er goed uit en dan nog die lage, soepele stem die je bijna onmerkbaar naar hem toe laat buigen. Rijk. Goedgekleed.

Goed geschapen?

Nee. Niet aan denken. Daar gaat het niet naartoe vanavond. Kleine stapjes. Josiah is misschien klaar voor logeerpartijtjes, maar ik niet. Eten, paar drankjes, wat praten en misschien een kus als het goed voelt. Eén kusje of een beetje tongen, dat beslis ik dan wel. Voor de rest wordt dit een kuise avond. Het enige waarvoor ik vanavond val is de geroosterde kip en de aardappelpuree met knoflook op mijn bord.

'Het eten is ongelooflijk lekker,' zeg ik, terwijl ik de voormalige trein bekijk die is ingericht als een elegante eetzaal. 'En het is een prachtig restaurant. Prima keus.'

'Als de eigenaar van een van de beste restaurants van Skyland,' zegt hij, terwijl zijn ogen me toelachen over de rand van zijn wijnglas, 'ben je natuurlijk niet zo snel onder de indruk, maar ik was vastbesloten.'

'Mijn dochter zou zeggen dat je de missie goed begrepen hebt.'

'De missie?' Er verschijnt een niet-begrijpende frons op zijn voorhoofd.

‘Sorry.’ Ik slik mijn eten door en neem snel een slokje water. ‘Dat is iets wat jongeren zeggen.’

‘Mijn dochter zou nu met haar ogen rollen omdat ik die uitdrukking niet ken.’

‘Heb je een dochter? Hoe heet ze? Hoe oud is ze?’

‘Ze heet Brenna en ze is zestien. Ze vindt het afgrijselijk om in de schijnwerpers te staan nu de campagne is begonnen, dus ik probeer haar privacy zo veel mogelijk te beschermen. En die van haar moeder ook, trouwens. Ze hebben hier allebei niet voor gekozen. Mijn ex zegt altijd dat we net op tijd gescheiden zijn, zodat ze al dat campagnegedoe niet meer mee hoefde te maken.’

‘Hoelang ben je al gescheiden?’

‘Vijf jaar,’ zegt hij. ‘Ik was niet de beste echtgenoot of vader. Mijn werk ging nogal ten koste van mijn gezin. Mijn ambitie heeft veel opgeleverd, maar het heeft me ook alles gekost wat ik had. Ik ben nog steeds bezig om mijn leven weer op poten te zetten.’

‘Heb je je daarom verkiesbaar gesteld? Om je leven weer op poten te krijgen?’

‘Misschien voor een deel. Mijn gezin was uiteengevallen en toen had ik alleen nog de zaak waar ik alles in had gestoken. Ik geloof dat ik dat niet meer zo bevredigend vond als eerst en toen ging ik me afvragen wat er nog meer kon zijn.’

‘Nou, mijn stem heb je waarschijnlijk al binnen,’ zeg ik, half voor de grap.

‘Waarschijnlijk?’

Ik lach, zoals de bedoeling was, en haal mijn schouders op. ‘Wat zal ik zeggen? Mijn stem heeft te veel mensen te veel gekost om hem zomaar weg te geven.’

‘Even serieus.’ Hij gooit zijn servet op tafel en leunt voorover, terwijl hij me aankijkt. ‘Wat voor kwesties vind jij belangrijk?’

‘Heel veel, maar waar ik echt nieuwsgierig naar ben, is wat je aan gentrificatie wilt doen.’

De groepen mensen die geld en voorzieningen naar de van

oudsher zwarte buurten van Atlanta brengen, zijn dezelfde groepen die de oude bewoners eruit werken.

'Ik denk dat er oplossingen zijn waarvan iedereen kan profiteren,' zegt hij.

'Niet zo diplomatiek doen, alsjeblieft.' Mijn glimlach blijft zitten, maar verstart een beetje. 'Mensen die al decennia in die buurten wonen hebben het recht om daar te blijven als ze willen. Ze moeten niet weggejaagd worden met veel te hoge belastingen, en dat gebeurt nu wel.'

'Mijn plan voorziet in betaalbare woonruimte voor mensen die zich gedwongen zien te vertrekken en beschermende maatregelen voor de huidige inwoners van die buurten.'

Hij glimlacht breed, met een zwierige schittering van onnatuurlijk witte tanden die hem al sinds de middelbare school meer dan eens in de problemen gebracht moet hebben. 'We kunnen het de rest van de avond over mijn plannen voor de wijk hebben, maar ik hoopte eigenlijk op een avondje vrij met een mooie vrouw.'

Ik moet lachen en ga verder met eten. 'Sorry. Het was niet mijn bedoeling om je te ondervragen.'

'Hé, als ik het al niet van mijn date kan hebben, ben ik niet klaar voor het grote podium.' Hij leunt achterover in zijn stoel. 'Maar ik denk dat we onze tijd beter kunnen gebruiken.'

Zijn ogen dwalen over mijn gezicht, gaan naar mijn blote schouder en dan, onvermijdelijk, zoals mannen altijd doen, laat hij zijn blik even hangen op mijn borsten. Ik weersta de verleiding om met mijn vingers te knippen en hem eraan te herinneren dat mijn gezicht ietsje hoger zit, maar waarom zou ik me mooi aankleden om zijn aandacht te trekken als ik er niet van kan genieten als ik die krijg? Het is lang geleden dat een man zo naar me heeft gekeken, even los van gefluit en botte opmerkingen van vage mannen op straat. Die gefascineerde, aanhoudende, intense blik vol warm verlangen. Ik laat mijn huid erdoor verwarmen en beantwoord zijn glimlach.

'Dus ik ben je eerste date sinds de scheiding,' zegt hij.

'Ja.' Ik til mijn glas op en glimlach naar hem voordat ik een slokje neem. 'Wat heeft me verraden? Het Wade-welkomstcomité dat zich in mijn hal had verzameld? Mijn tienjarige zoon die naar je bedoelingen informeerde?'

'Ik weet vrij zeker dat die bloemen nu in de vuilnisbak liggen.'

Ik spuug mijn wijn bijna uit. 'Hoe bedoel je?'

Hij aarzelt even, knijpt zijn ogen samen en kijkt me onderzoekend aan voordat hij verdergaat. 'Vind je het erg als ik vraag waarom jij en Josiah uit elkaar zijn gegaan? Iedereen was diep geschokt. Jullie leken zo'n rotsvast stel.'

'Eerst wel en toen niet.' Er komt een bitter lachje uit mijn mond. 'Er is geen schaal van Richter voor de heftigheid van onze aardbevingen. De ene na de andere.'

'Je hield van hem,' zegt hij, en het klinkt als de vaststelling van een feit, niet als een vraag.

Ik slik het plotselinge brandende gevoel in mijn keel weg. 'Heel veel.'

'En hij van jou.'

Ik zal mijn hele leven van je blijven houden.

'Heel veel,' beaam ik. Ik zet mijn wijnglas voorzichtig op tafel en sla mijn blik neer.

'Ik weet van alle verliezen die jullie geleden hebben, maar jullie waren zo'n hecht stel dat ik eerder had verwacht dat het jullie nader tot elkaar zou brengen.'

'Dat hoopte ik ook, maar misschien waren we niet oké genoeg op hetzelfde moment om elkaar te steunen. Ik weet dat ik... geen grote hulp was, zoals ik eraan toe was.'

'Depressief?' vraagt hij op een zachte, vragende toon die ik kan hebben.

'Ja.' Ik schenk hem een triest glimlachje. 'Heel erg en heel lang. Ik kon er gewoon niet uit komen. Complexe rouw. Depressie. Allebei, zeiden ze. Vroeger kon ik altijd weer opstaan en het stof van me afkloppen, maar na Byrd en Henry... kon ik dat gewoon niet. Ik weet niet echt waarom. Mijn therapeut zegt weleens dat de mensen die altijd sterk blijven er het minst op voorbereid zijn als ze een keer echt instorten.'

'Iedereen zou het daar moeilijk mee hebben. We verwerken verlies allemaal op onze eigen manier.'

'Ja, maar dat wist ik toen nog niet. Ik kon alleen maar doodstil blijven zitten, terwijl Josiah de hele tijd in beweging moest blijven om de pijn te vermijden waarin ik gevangenzat.'

Ik herinner me de avonden dat hij zich de trap op sleepte en door de gang naar de babykamer kwam. Hoe hij me aanstaarde terwijl ik in de schommelstoel zat, met zijn vermoeidheid tegenover mijn door verdriet veroorzaakte lethargie. Twee schipbreukelingen die onmogelijk konden bedenken hoe ze elkaar moesten redden. Terwijl ze allebei zonken.

Hoe heb ik mijn eerste date sinds de scheiding in een autopsie van mijn huwelijk laten overgaan? Het lijkt wel alsof alles altijd weer terugkomt bij Josiah. Maar vanavond niet.

'Laten we het over iets veel belangrijkers hebben,' zeg ik, terwijl ik Mark mijn liefste glimlach schenk. 'Het dessert.'

18

JOSIAH

'Moet je niet eens naar bed?' vraag ik, leunend tegen de deurpost van Deja's slaapkamer. Ze is bezig haar lampen en haar statief op te zetten, alsof ze een filmpje wil opnemen, maar ze moet morgenochtend naar school en het is al aardig laat.

'Moet jij niet eens naar huis?' kaatst ze terug. 'Of wacht je tot mama thuiskomt?'

Brutaal nest.

'Ik heb je broertje geholpen met zijn huiswerk.'

Deja trekt een sceptische wenkbrauw op. 'Je helpt ons plaatselijke genie met huiswerk dat hij letterlijk slapend kan doen?'

'En we hebben ook over therapie gepraat.' Ik stap haar kamer in. 'Hij vertelde hoe het gaat met hem en dr. Cabbot en ik heb wat verteld over mijn sessies.'

'Hoe gaat dat?'

Ik weeg mijn woorden zorgvuldig. Therapie is misschien niks voor mij, maar ik maak uit mijn gesprekken met Kassim op dat hij het fijn vindt. Hij denkt dat het helpt en ik kan het daar alleen maar mee eens zijn. Zelfs tegenover mijn dertienjarige dochter vind ik het moeilijk om toe te geven dat ik misschien... heel misschien... ook wel iets aan mijn therapeut heb.

En wat zegt dat over mij?

'Dr. Musa is cool,' zeg ik.

Ze legt haar telefoon op haar bureau en kijkt me aan van onder het kanten randje van haar zwarte haarbonnet, die versierd is met oranje en witte spoken, omdat het volgende week Halloween is.

'Praten jullie over Henry?' vraagt ze. 'En tante Byrd?'

Mijn kaken verkrampen en ik moet serieus mijn best doen om te antwoorden, want ik heb hier nog maar zo weinig over gesproken.

'Ja.' Ik schraap mijn keel en ga op haar bed zitten, want ik wil haar laten zien dat ik bereid ben om verder te praten als zij dat wil. Nog maar een paar weken geleden zou ik waarschijnlijk wel een manier gevonden hebben om weg te wezen en het gesprek af te kappen voor het goed en wel begonnen was. Er is iets veranderd na mijn gesprekken met dr. Musa, waarin we ontrafelen dat er door het vroege verlies van mijn ouders iets in mij beschadigd is geraakt wat ik nooit onder ogen heb gezien en al helemaal niet gerepareerd. Dat heeft de deur geopend voor diepere gesprekken, waarin we dat trauma konden verbinden met de manier waarop ik de dood van tante Byrd en Henry heb verwerkt.

Of eigenlijk de manier waarop ik dat helemaal niet heb verwerkt, wat het geval lijkt te zijn.

Deja draait haar bureaustoel om, zodat ze me recht aan kan kijken.

'Je was zo sterk toen ze stierven. Je hield de hele boel bij elkaar,' zegt ze, en haar jonge gezicht, dat zo op dat van haar moeder lijkt, krijgt een harde trek. 'En mam stortte gewoon in. Die heeft alles opgeblazen.'

'Deja, wat heb ik je gezegd over dat soort uitspraken over je moeder? Ze heeft haar best gedaan. Wij allemaal. Rouw ziet er bij iedereen anders uit. Jij zag haar als een wrak en mij als sterk, terwijl zij misschien wel iets deed wat ik niet kon.'

Ik slik en kijk omlaag naar mijn verstrengelde handen en mijn ellebogen die op mijn knieën steunen.

'Misschien vóélde zij het echt. Accepteerde ze dat ze er niet meer waren, terwijl ik dat ergens niet kon, en deed ze wat ze moest doen om erdoorheen te komen.' Ik zie de wrok in Deja's ogen. 'Daar is heel wat kracht voor nodig.'

Ik denk niet dat ik dat geloofde toen we er nog middenin zaten. Gaf ik Yasmen het gevoel dat ze een zwakkeling was? Met mijn verwachtingen? Met mijn ongeduld om ons leven weer op de rails te krijgen en verder te gaan, met mijn onvermogen om te dealen met alles wat we kwijt waren geraakt... Heb ik Yasmens verdriet daar alleen maar mee vergroot?

'Je hoeft haar niet te verdedigen, pap. Ik was er zelf bij.'

'Erbij?' Ik frons bij dat woord. 'Waarbij? Waar was jij bij, Dé?'

Ze staat op, keert zich van me af, knipt de lamp op het statief uit en klapt de poten in. 'Ik bedoel gewoon de scheiding en alles wat er gebeurde. Ik heb het met eigen ogen gezien.'

Ze loopt naar het bed en gaapt, zonder me aan te kijken.

'Je had gelijk,' zegt ze, terwijl ze haar dekbed openslaat. 'Het is laat. Truste, pap.'

Word ik nou weggestuurd door mijn eigen dochter?

Ze trekt haar bonnet recht, stapt in bed en trekt het half doorzichtige gordijntje voor haar hoofdeinde dicht, zodat ik alleen nog een vage omtrek zie, opgesierd met spoken en monsters.

'Kun jij het grote licht uitdoen, pap?' vraagt ze.

Weggestuurd, jawel.

Ik zeg niets over haar ontwijkingstactiek, maar neem me wel voor om haar rancune ten opzichte van Yasmen onder de loep te nemen. Ik kan het niet meer alleen afschuiven op typisch tienergedoe.

Ik doe het licht uit en trek de deur achter me dicht. Ik ga de trap af en blijf even op de onderste tree staan als ik de garagedeur van Clint en Brock open hoor gaan. De buren zijn thuis, dus ik kan weg zonder zorgen over de kids, maar ik kom niet in beweging.

Ben ik nou echt aan het wachten tot Yasmen thuiskomt?

Ze zou zo toch moeten thuiskomen? Het is een doordeweekse dag.

'Bruh, ze is geen zestien meer,' zeg ik tegen mezelf als ik de keuken in loop. 'En je bent haar vader niet.'

Ik blijf staan bij de hondenmand in de hoek van de keuken,

waar Otis opgerold in ligt te dommelen, en klop op mijn been om hem bij me te roepen. Je zou denken dat ik hem vraag een marathon te lopen in plaats van die paar straten naar mijn huis, zo vermoeid snuift hij naar me, en hij weigert overeind te komen.

'Laten we nou maar gaan, voordat ze thuiskomt.'

Dat zeg ik nou wel, maar ik loop door naar de bar, waar ik die klotebloemen van Mark heb neergelegd.

'Zet ze even in wat water,' zeg ik in een imitatie van Yasmen. 'Stik er maar in. Die krengen zullen eerder composteren dan dat ik ze in het water zet.'

Het zou zo makkelijk zijn om het boeket 'per ongeluk' in de vuilnisbak te stoten, maar dat zou kinderachtig zijn. Ik kijk op en zie hoe Otis me in de gaten houdt.

'Kijk niet zo afkeurend, beest,' brom ik.

Ik kijk weer naar de bloemen en daarachter staat de lasagne, die Kassim niet heeft opgeruimd. Ruikt goed. Yasmen heeft veel talenten, maar niet per se op het culinaire vlak, dus ik ben benieuwd hoe hij gelukt is. Ik pak een vork uit de la en neem een flinke hap.

'Mmm,' grom ik, kauwend op de pasta, kaas en kalkoengehakt. 'Zelfs koud is-ie lekker.'

Otis komt aanlopen om dat te verifiëren. Hij is zo groot dat hij zijn kop op de bar kan leggen. Hij snuffelt, staart naar de glazen ovenschaal en jankt smekend.

'Mooi niet,' zeg ik, en ik sleur hem aan zijn halsband bij de bar vandaan. 'Ik al die moeite doen voor dat luxe rauwe voer van je en nu denk je dat ik je lasagne ga geven? Dan ben ik straks degene die...'

Mijn aandacht wordt getrokken door een klein schermpje aan de muur dat ineens aanspringt. Het veiligheidssysteem dat we hebben laten installeren heeft op een paar plekken monitors – in de woonkamer, onze slaapkamer en de keuken. De camera vangt elke beweging op de veranda op. Ik weet al wat ik te zien zal krijgen als ik naar de kleine monitor aan de muur loop.

Yasmen is terug van haar date. Eigenlijk moet ik nu gaan,

gewoon wegglippen via de achterdeur en me met mijn eigen zaken bemoeien. Ik heb een lange dag achter de rug en morgenochtend om zeven uur heb ik een netwerkontbijt voor zwarte ondernemers.

Maar ik krijg mezelf niet in beweging.

Mijn voeten zitten aan de vloer genageld. Mijn ogen zijn vastgeklonken aan het scherm.

Ik kan niet horen wat Yasmen en Mark zeggen, maar ze voeren het klassieke eerste-datedansje op. Hij is bijna net zo lang als ik, dus ze moet opkijken om naar hem te lachen en dat onthult de gladde lijn van haar hals. Zijn glimlach is onschuldig genoeg, maar zijn blik valt als een gloeiende fakkel op haar keel en de lijn van haar blote arm en schouder, waarna hij blijft hangen op haar borsten.

God, wat ziet ze er goed uit vanavond. Ik bedoel, het is Yasmen, dus in mijn ogen ziet ze er altijd goed uit, maar toen ze de deur voor me opendeed, pakte ik haar bijna vast, puur uit gewoonte. Dat was altijd ons spelletje. Zij kleedde zich mooi aan en maakte zich op, terwijl ze verdomd goed wist dat ik de hele boel zou uitsmeren als ik haar kuste. Terwijl ze wist dat er een goede kans was dat mijn hand in haar broek zou eindigen, haar beha los zou maken en haar borsten zou omvatten. Ik kon geen genoeg van haar krijgen. Ik kon niet van haar afblijven.

Ooit.

Ooit waren we zo en toen… toen waren we wat we uiteindelijk werden. Stijfjes. Kil. Zwijgzaam.

Mark gaat dichter bij haar staan. Zijn witte tanden blinken in het warme licht van de buitenlamp. Hij strengelt zijn vingers door de hare en mijn hand balt zich tot een vuist. Waarom ga ik niet gewoon? Dit is een inbreuk op haar privacy en dat is niet goed, maar ik kan mijn blik niet losrukken van hun waarschijnlijke eerste kus. Hij haalt haar wat dichter naar zich toe, legt zijn vrije hand op haar onderrug en trekt haar dicht tegen zich aan.

Mijn tanden doen pijn en ik merk dat ik er heel hard op bijt, terwijl er een lage grom opwelt uit het diepst van mijn keel. Otis spitst zijn oren, meteen alert op dat bijna dierlijke geluid. Mark raakt haar aan op een manier die jarenlang alleen voor mij was en het voelt verkeerd. Het voelt alsof ik nog steeds alle recht heb om de veranda op te stormen en zijn hand te breken als hij die niet snel van de ronding van haar heup haalt, de weelderige curve van haar kont.

Maar ik blijf waar ik ben en ik weet dat ik weg moet, maar het lukt me niet.

Hun glimlachjes vervagen op hetzelfde moment en hij buigt zijn hoofd om haar te kussen en zachtjes haar lippen van elkaar te duwen. En ik weet wat hij daar zal vinden. Zo zoet. Ik weet nog dat ze zo zoet smaakte. Naar bessen en pepermunt en lust. Hij buigt zich nog verder naar haar toe om de kus te verdiepen, zijn hand glijdt omlaag naar haar kont en ik krijg het gevoel dat ik mijn verstand aan het verliezen ben. Er gaat een schakelaar in mijn hoofd om en ik heb er al mijn zelfbeheersing voor nodig om die vent niet tegen de muur te rammen. Ik moet er alles aan doen om hem niet van mijn vrouw af te trekken en hem van mijn veranda te smijten.

Alleen is ze mijn vrouw niet meer.

Dit leven is het mijne niet meer. Oké, ik ben nooit ver van haar en van dit huis verwijderd, maar het is niet meer van mij en ik hoor er niet meer bij. Niet meer bij haar.

Dat heeft zij zo besloten en niet voor het eerst brandt mijn hele lijf van frustratie, van dat hulpeloze gevoel dat ik alles kwijt ben. De chaos van het leven, waarin je kunt berekenen, beramen, plannen en sparen wat je wilt... en dan gaan je dierbaren dood. Er kan hoop groeien in de vrouw van wie je meer houdt dan van het leven zelf, maar die hoop kan in één tel vervliegen. Die toekomst kan in rook opgaan. Die vrouw kan met een ander gaan zoenen op de veranda van het huis waar jij vroeger woonde.

En je hebt er geen enkele controle over.

Mijn telefoon zoemt in mijn zak, dus ik ruk mijn blik los van het zoenende stel om het bericht te checken.

Vashti: Hé lief.

Ik: Hé. Klaar voor vandaag?

Vashti: Yup. Net klaar. Ik mis je. Ik wil heel graag langskomen. Blijven slapen?

Ik kijk weer naar de monitor aan de muur. Ze hebben zich van elkaar losgemaakt. De eerste kus ligt achter ze. Ik kan haar gezicht niet zien, maar zijn ogen zijn glazig van hartstocht. Zijn hand dwaalt op en neer over haar rug en grijpt dan naar haar middel.

Ik zou Vashti's aanbod moeten aannemen. Mezelf verliezen in een andere vrouw en niet denken aan de eerste keer dat ik Yasmen kuste. We eindigden in haar armoedige appartementje. Ik drukte haar tegen de muur, onze tongen waren al aan het neuken, onze handen koortsachtig in de weer. Mijn vingers gleden in haar slipje en ze kreunde, trok haar mond los van de mijne, liet haar hoofd tegen de muur zakken en keek toe terwijl ik haar vingerde. We wendden onze ogen niet af tot ze klaarkwam tegen mijn hand. Ik zag haar exploderen, die zwoele ogen, die mooie, volle onderlip tussen haar tanden geklemd. Grote, prachtige borsten die zwoegden en hijgden van de passie, van dat ziedende verlangen naar elkaar.

Van de band die onze zielen leken te smeden, een band die zelfs de tijd niet kon doorbreken.

Mijn pik duwt tegen mijn gulp en ik druk mijn ene hand tegen de bar en dus de andere tegen mijn erectie. Zelfs de herinnering aan die avond is genoeg. Hoe ze, zonder haar blik neer te slaan, naar me greep, dwars door mijn broek heen en eerst zachtjes trok en toen, na wat aansporing van mijn kant, harder, zo hard dat ik ervan kreunde. Tot ik klaarkwam in mijn spijkerbroek, als een tiener, en het kon me geen reet schelen. Het was rommelig en bloedgeil, en het voelde als zo'n film waarin twee mensen die voor elkaar geschapen zijn elkaar vinden en tegen elkaar aan knallen. Ontbranden. Elkaar vol ontzag aanstaren, want wat is de kans dat je dit ooit vindt?

Dat waren wij.

En nu staat ze op de veranda te zoenen met een vent die Mark heet en ik moet naar huis om in bed te gaan liggen wachten op een andere vrouw.

Maar ik kan het niet. Dit voelen en het dan met Vashti doen? Het voelt verkeerd. Respectloos. Egoïstisch. Ik hoor de stem van Byrd in mijn oor.

Zo heb ik jou niet opgevoed, jongetje.

'Nee, inderdaad,' mompel ik schamper, terwijl ik mezelf verzoen met een nacht met mezelf en mijn hand.

Ik: Hé, morgen misschien? Lange dag gehad. Morgen vroeg weer op.

Het duurt heel even voor er antwoord komt en ik kan haar knappe gezicht bijna zien fronsen van consternatie, terwijl ze de perfecte manier bedenkt om haar reactie te verwoorden. Ze is altijd zorgvuldig, beheerst. Vashti en ik lijken wat dat betreft op elkaar. Misschien werkt het daarom tussen ons.

Vashti: Oké. Snap ik. Ga lekker slapen, ik zie je morgen.

Ik ben er niet van overtuigd dat ik geen spijt ga krijgen van mijn nobele opwelling, maar ik klop weer op mijn been met een blik op Otis. Hij kijkt naar het schermpje met het tafereel op de veranda en ontbloot zijn tanden, oren rechtovereind, gespierde lijf strakgespannen, beschermingsinstinct op maximaal als hij een vreemde een van zijn mensen ziet aanraken.

'Dude, ik snap je,' zeg ik, en mijn lachje klinkt ietwat verbitterd als ik de achterdeur opendoe. 'Maar we moeten gaan.'

En eindelijk vertrek ik, omdat ik zelfs geen seconde meer naar het tableau op de veranda wil kijken.

19

YASMEN

Ik kan dit nu echt niet meer uitstellen.

Ik sta voor de dichte deur van Josiahs kantoortje. De geuren en geluiden uit de keuken brengen iets van troost. Grits werd een gruwelkabinet nadat ik Henry hier had verloren, alleen in het donker, op de vloer, maar voor die avond was dit mijn tweede thuis. En eindelijk begint het weer een beetje zo te voelen.

Ik haal diep adem en zet me schrap voordat ik Josiah weer zie. We zijn elkaar de laatste weken nogal uit de weg gegaan. Sinds Vashti bij hem heeft geslapen. Sinds mijn date met Mark. We kwamen elkaar wel tegen in de wandelgangen van Grits, maar verder zijn we de laatste tijd bijna niet in dezelfde ruimte geweest. Zelfs bij voetbalwedstrijden stonden we niet samen langs de lijn. Als we vanochtend geen afspraak met onze businessmanager hadden, zou ik thuis aan vakantieprojecten voor de Skyland-vereniging werken en een flink eind bij de man aan de andere kant van deze deur vandaan blijven.

Ik klop aan en wacht tot Josiahs diepe bariton zegt dat ik binnen kan komen. Hij zit achter zijn bureau met zijn blik op de laptop die voor hem staat gericht. Hij kijkt niet op, maar blijft typen. De stilte zet zich voort en neemt ongemakkelijke vormen aan, dus ik plof neer op een van de fauteuils die in het midden van de kamer staan, tegenover een bank en een salontafel, en ik zet mijn handtas op de vloer.

'Harvey is onderweg,' zegt hij, nog steeds zonder van zijn

scherm op te kijken. 'Zijn laatste vergadering liep wat uit, maar hij komt er zo aan.'

'O. Oké, prima.'

Ik wrijf mijn vochtige handen droog aan de pijpen van mijn spijkerbroek, die glad en koel aanvoelen aan mijn handpalmen. Ik ben zo onrustig dat ik iets te doen moet hebben, dus trek ik de knot boven op mijn hoofd wat strakker aan. Ik heb vorig weekend vlechtjes laten zetten, want ik was het zat om de hele tijd iets met mijn haar te moeten. Vandaag heb ik er een paar gouden ringetjes in gezet, verspreid over de vlechtjes.

Al met al voel ik me mooi. En zelfverzekerd. En ik wil me niet van mijn stuk laten brengen door het pesthumeur dat Josiah speciaal voor mij bewaard lijkt te hebben. Eindelijk klapt hij de laptop dicht en komt naar de zithoek. Ik bestudeer mijn nagels. Het is nu even zijn beurt om genegeerd te worden.

'Leuk, die vlechtjes.'

Ik kijk verrast op en zie hem op de armleuning van de leren sofa tegenover me zitten. Ik had geen persoonlijke opmerkingen van hem verwacht. Zeker niet over mijn uiterlijk. Als ik hem aankijk, is zijn blik koel, zoals hij al weken is, en zijn gezicht blijft ondoorgrondelijk.

'Dank je.' Ik weet niet wat ik nog meer kan zeggen, al pieker ik me suf. De tijd waarin ik honderduit tegen hem kon praten is voorbij. We zagen soms stellen dineren in absolute stilte en beloofden elkaar dat we nooit zo zouden worden.

'Eh, heb je Deja's rapport gezien?' vraag ik.

'Ja.' Hij fronst zijn wenkbrauwen. 'Ik kan niet geloven dat ze maar net een voldoende had voor Engels.'

'Dat was altijd haar beste vak. En het is niet alleen het cijfer, ik ben bang dat ze te veel tijd op social media doorbrengt.'

'Ik denk dat ze het juiste evenwicht wel vindt zonder dat wij er heel hard in hoeven te gaan. Jouw relatie met haar is al gespannen genoeg en…'

'Gespannen?' vraag ik, met een waarschuwende daling in mijn stem.

'Dat heb je me zelf verteld, Yas.' Hij slaat die stomme gespierde armen over elkaar voor die stomme brede borst. 'Laten we niet ruziën over onze aanpak van Dé. Heb je nog nagedacht over Kassim en American football?'

'Sinds ik "nooit van mijn leven" heb gezegd toen je me dat voor het laatst vroeg, bedoel je? Nee. Bovendien voetbalt hij al.'

'Hij wil ook heel graag op American football.'

'Kinderen kunnen heel graag van alles willen wat niet goed voor ze is, zoals letterlijk honderd keer met hun kop tegen een bakstenen muur aan rammen, hun leven riskeren én hun hersenen, en waarvoor? Een spelletje? Met alles wat er inmiddels bekend is over hersenschade lijkt het me het risico niet waard. Er zijn zat ouders die hun kinderen niet meer aan football laten doen.'

'Is dat niet een beetje erg dramatisch? Ik heb het gedaan. Preach heeft het gedaan. Theo doet het.'

'Preach is een goeie vent, maar het zegt me helemaal niks dat Theo op American football mag. Wat hij en Liz voor hun kinderen beslissen heeft niks te maken met onze beslissingen over onze kids. Tegen mij begint Kassim bijna nooit over football.'

'Hij begint er niet over,' antwoordt hij met zichtbaar geforceerd geduld, 'omdat hij van je houdt en je niet tegen de haren in wil strijken, maar met mij heeft hij het er bijna dagelijks over.'

'Tuurlijk, want jij bent de coole ouder.'

'Nou, ik ben niet degene die overal nee tegen zegt omdat ik te paniekerig ben om mijn kinderen de vrijheid te gunnen om hun eigen beslissingen te nemen.'

'Hoe durf je!'

Ik spring op, omdat ik geen seconde meer kan blijven zitten. Ik moet in beweging komen en mijn woede laten circuleren, anders stolt hij in mijn aderen. In een paar stappen die de ruimte tussen ons laten verdampen sta ik al voor zijn neus, in de V die gevormd wordt door zijn lange benen. De lucht knettert alsof de bliksem elk moment kan inslaan, onverwacht, verschroeiend en gevaarlijk. Onvoorspelbaar. Ik zou moeten schuilen, maar ik wijk geen centimeter.

Zijn blik is nog steeds ondoorgrondelijk, de harde schoonheid van zijn gezicht blijft onaangetast, maar hij gaat dieper ademen. Als reactie daarop rijzen en dalen mijn borsten, omdat ik moet worstelen om adem te krijgen nu de lucht tussen ons zich zo samentrekt. Van zo dichtbij raak ik overweldigd door zijn wezen en mijn uitgehongerde zintuigen verslinden hem. Zoals zijn parfum zich vermengt met zijn unieke mannelijke geur. Het scherpe contrast van zijn vierkante kaaklijn met de sensuele curve van zijn mond. De warmte die zijn grote lichaam uitstraalt, zelfs in ruste, omringt me.

Ik lik aan mijn plotseling erg droge lippen en hij volgt die beweging als een havik. Ik voel me opgejaagd door die blik, alsof ik in een valkuil stap die is gegraven door mijn eigen lichaam, uitgedacht door mijn eigen hoofd. Iets waarvan ik dacht dat we het allang begraven hadden omsingelt ons nu en blaast nieuw leven in een connectie die ik dood had gewaand. Ik weet al maanden dat ik me nog steeds aangetrokken voel tot Josiah, maar nu, nu zijn ogen verduisteren en zijn kaakspieren zich spannen en zijn handen zich tot vuisten ballen, kan ik me alleen maar afvragen…

Voelt hij zich ook nog steeds tot mij aangetrokken?

'Sorry dat ik zo laat ben.' Harvey, onze businessmanager, komt gehaast binnen, ploft neer in de fauteuil en laat zijn attachékoffertje op de vloer vallen.

'Kan ik denk je wat koffie krijgen voor we beginnen?' vraagt hij, nog steeds zonder naar ons op te kijken, terwijl hij een stapel papieren uit het open koffertje voor zijn voeten haalt.

'Tuurlijk,' zegt Josiah. Als hij opstaat, komen onze lichamen op luttele centimeters afstand van elkaar, aangezien ik me niet heb verroerd. De warmte die van hem afkomt laat mijn hart door mijn borst roffelen als een gekooid dier dat zich opmaakt om zich een weg naar buiten te klauwen. Hij staart me een seconde aan, ademt scherp in door zijn neus, stapt dan om me heen en verlaat het kantoortje met grote stappen. Alle lucht slaat uit mijn longen en ik grijp de armleuning van de sofa om erop te steunen. Mijn hoofd draait als een centrifuge die alle emoties die in die paar seconden zijn opgekomen van elkaar probeert te scheiden.

Woede. Verwarring. Blijdschap.

Verlangen.

'Wat heb ik onderbroken?' vraagt Harvey zonder op te kijken van de papieren die hij over de salontafel heeft uitgespreid.

'Huh?' vraag ik dommig, terwijl ik op het uiteinde van de bank ga zitten. 'Hoe bedoel je?'

'Ik werk al tien jaar met jullie samen. Waarschijnlijk kan ik inmiddels in één oogopslag zien wie het laatste woord had.'

'Niks aan de hand.' Ik wrijf met mijn hand over mijn nek en masseer de nieuwe spanning die daar zit.

Harvey schenkt me een dubieuze blik, maar voor hij nog meer vragen kan stellen waarop ik geen redelijke antwoorden heb, komt Josiah weer binnen met een kop koffie.

'Zwart, toch?' vraagt hij.

'Je bent geweldig.' Harvey pakt het kopje, neemt een grote slok en knijpt zijn ogen dicht. 'Ik ben mijn ochtendkoffie misgelopen en de hoofdpijn komt al opzetten. Dit is precies wat ik nodig had.'

'Mooi.' Josiah laat zijn blik moeizaam van de fauteuil die Harvey heeft ingenomen naar de bank waar ik zit glijden. Er is duidelijk geen andere optie dan naast mij te gaan zitten. Toch aarzelt hij even voor hij de andere kant van de bank neemt en zijn lange benen voor zich uitstrekt.

'Ten eerste,' zegt Harvey na nog een flinke slok cafeïne, 'moet ik zeggen dat jullie deze transitie echt bewonderenswaardig goed hebben opgevangen. Er zijn niet veel stellen die samen een zaak blijven runnen na een scheiding.'

Daar zeggen we allebei niets op, maar als ik even opzij kijk naar Josiah, staart hij recht voor zich uit met een blanco gezicht.

Hij kijkt op zijn horloge. 'Kunnen we snel verder, zodat ik bij de personeelsvergadering kan zijn voordat we opengaan voor de lunch? We zijn al laat begonnen.'

'Tuurlijk.' Harveys wenkbrauwen gaan omhoog, maar hij lijkt

zich niet te storen aan Josiahs bruuske opmerking. Hij weet inmiddels dat de zaken altijd voorgaan bij Josiah.

Harvey zet de koffiemok op tafel. 'Ik wil het graag nog een keer hebben over een nieuw filiaal in Charlotte.'

Josiah en ik blijven allebei stil na die opmerking. Vlak voor Byrd overleed, gingen de zaken zo goed dat we ervan droomden om uit te breiden naar een andere locatie in Georgia of zelfs een hippe stad in een andere staat.

'Voordat we daarop verdergaan...' zeg ik, terwijl ik zorgvuldig Josiahs blik vermijd. 'Toen we over die uitbreiding begonnen, was ik degene die daar het hardst vóór was, maar er is een hoop veranderd. Jos, ik weet dat jij deze zaak hebt gered toen ik... hier niet kon zijn. Als jij denkt dat dit geen goed moment is om uit te breiden, leg ik me daar meteen bij neer.'

Ik ben nog steeds enthousiast over het idee van uitbreiden, maar ik ga het niet doordrukken, want ik sta nu zo ver af van de dagelijkse gang van zaken in dit bedrijf.

'Grits is net zo goed van jou als van mij, Yas,' zegt Josiah, en hij buigt zich een beetje voorover om me aan te kunnen kijken.

'Ik vind het fijn dat je dat zegt, maar we weten allemaal dat ik...'

'Jij zorgde voor de twee dingen die het meest voor me betekenen. Mijn kinderen.' Zijn ogen kijken in de mijne en er blinkt niets dan oprechtheid in. 'En jezelf. Meer kon ik niet verwachten, na alles wat je hebt doorstaan. Als jij niet voor Dé en Kas had gezorgd, had ik de boel hier niet draaiende kunnen houden.'

Hij lacht, al klinkt het hol en schamper. 'Hoewel ik dat niet zo geweldig heb gedaan als ik...'

'Stop,' zeg ik snel. 'Het is een wonder dat je de tent open hebt kunnen houden. Het spijt me als ik daar toen niet zoveel oog voor had. Als ik het ooit moeilijker voor je heb gemaakt.'

We staren elkaar aan in de seconden die zich tussen ons uitstrekken. Na de spanning die de kamer zowat deed barsten voordat Harvey kwam, voelen onze woorden van steun voor elkaar vreemd, maar welkom.

‘Maar wat denk jij, Harvey?’ vraag ik, in de hoop om snel wat vastere grond onder de voeten te krijgen. ‘Ik bedoel, de zaken gaan ongelooflijk goed, maar we zijn nog maar net weer oké hier. Waarom denk je dat dit een goed moment is om uit te breiden?’

‘Omdat er een mooie kans ligt.’ Zijn mond verbreedt zich tot zijn geldwolvengrijns, zoals ik het altijd noem. ‘Er gaat een restaurant dicht in NoDa, North Davidson, een van de populairste buurten van Charlotte. Perfecte locatie.’

‘Waarom gaan ze dicht als het zo perfect is?’ vraagt Josiah.

‘Ze gaan met pensioen.’ Harvey haalt zijn schouders op en trekt zijn mondhoeken omlaag. ‘Het is een ouder echtpaar dat besloten heeft de boel te verkopen en naar Florida te verhuizen.’

‘Zijn we in een positie om dit te doen als we dat pand kunnen krijgen?’ vraag ik.

‘Ja,’ zegt Harvey. ‘De laatste paar kwartalen, met Vashti aan het hoofd van de keuken, met Anthony erbij als bedrijfsleider en de slimme, strategische beslissingen die jullie hebben genomen, zijn heel goed geweest. De beste die Grits ooit heeft gehad.’

‘Dat is zo.’ Josiah houdt zijn hoofd schuin. Zijn gezicht staat alert en nieuwsgierig. ‘Is het een huurpand?’

‘Het is een gerenoveerd woonhuis, een beetje wat jullie hier hebben gedaan met Grits,’ antwoordt Harvey. ‘Jullie zouden het huurcontract overnemen, maar geloof me, die plek is zo hot dat je dat er makkelijk uit krijgt. Charlotte is zo ongeveer het nieuwe Atlanta.’

‘Er is maar één Atlanta,’ zegt Josiah zelfvoldaan, als enige in de kamer die hier is opgegroeid.

‘Charlotte staat wel op de lijst van beste steden om in te wonen,’ werpt Harvey tegen. ‘Er zitten veel bankiers en er wordt goed geld verdiend. En dit deel van Charlotte zit enorm in de lift. Veel kunstenaars en geweldige restaurants. Ze vroegen zich af of jullie ergens tussen Thanksgiving en Kerstmis een paar dagen kunnen komen om te kijken.’

‘Een paar dagen?’ Ik kijk snel van Harveys gretige gezicht naar dat van Josiah, dat meteen dicht lijkt te klappen.

'Ja, ik denk wel dat jullie het allebei moeten zien,' zegt Harvey. 'En ze willen dat jullie een paar dagen blijven om het een en ander te bespreken, de buurt te bekijken. En om jullie een beetje te leren kennen. Ze willen hun zaak niet aan de eerste de beste overdoen. Een korte trip met één overnachting.'

Een overnachting? Mijn hersenen beginnen te krijsen en laten alarmbellen afgaan tussen mijn oren.

Samen?

'Kunnen Yas en ik hier nog even over nadenken?' vraagt Josiah, die zijn blik op Harvey gericht houdt.

'Natuurlijk.' Harvey buigt zich voorover om wat papieren van de salontafel te pakken en er een paar aan mij en een paar aan Josiah te overhandigen. 'Hier is vast wat promomateriaal over het restaurant en de buurt.'

Ik blader door de foto's en voel een glimlach opkomen. Mijn hart gaat sneller kloppen. NoDa is eclectisch en charmant. Het lijkt erg op Skyland. Het restaurant is een voormalig woonhuis, kleiner dan het pand dat we gerenoveerd hebben voor Grits, maar net zo apart en authentiek. De foto's zijn in de zomer genomen, want iedereen draagt tanktops, slippers en korte broeken. Er is een voortuin met een gazon, met tafeltjes op het gras. Er zitten mensen in alle kleuren en tinten te lachen en te eten.

Het heeft iets wat me aantrekt. Josiah is altijd onze cijferman geweest. Laat hem de gegevens zien, de feiten, en dan beslist hij. Mijn berekeningen zijn… minder hard. Ze vinden verder naar het zuiden plaats, niet in mijn hoofd maar ergens tussen maag en onderbuik. Gezien de vijandigheid die er tussen ons in is geslopen, is het makkelijk te vergeten dat we geweldige partners zijn. Met zijn hoofd en mijn instincten hebben we hier in Atlanta iets behoorlijk geweldigs opgebouwd.

Zouden we dat nog een keer kunnen?

'Ik laat dit even hier,' zegt Harvey met een knikje naar het dossier dat open ligt, terwijl hij glanzende kleurenfoto's over de koffietafel verspreidt. 'Ik mail jullie nog wat cijfers en details, zodat jullie een beslissing kunnen nemen. Mijn idee is dat jullie gek zijn als jullie daar niet minstens even gaan kijken. Als ze het op de markt gooien, met die locatie, is het zo weg, en ze willen niet te lang wachten.'

Harvey doet zijn koffertje dicht en staat op, met een glimlach naar mij. Ik sta ook op en buig me voorover voor de knuffel en de kus op mijn wang die nu altijd volgen.

'Het is hier niet hetzelfde zonder jou,' fluistert hij in mijn oor, terwijl hij me iets dichter tegen zich aan drukt. 'Ik ben blij dat je er weer bent, en hij ook.'

Ik kijk verrast en ontroerd op naar onze oude vriend en beantwoord zijn glimlach en zijn knuffel. 'Bedankt, Harv.'

'Ik laat je wel even uit,' zegt Josiah, die ook opstaat. 'Heb je honger? We kunnen je iets meegeven, als je wilt.'

'Dat wil ik altijd wel,' zegt Harvey, en hij loopt met Josiah mee naar de deur.

Het geluid van hun stemmen en gelach verdwijnt van het kantoortje naar de gang, tot ze te ver weg zijn om te horen. Ik pak een van de foto's op. Er staan een man en een vrouw op, een paar decennia ouder dan Josiah en ik, zittend op de veranda.

Merry Herman en Ken Harris, de eigenaren.

'Wat is jullie verhaal?' mijmer ik hardop, kijkend naar het koppel dat ons wil ontmoeten.

Een trip met een overnachting.

Samen.

Josiah en ik nemen natuurlijk aparte kamers, maar toch… het idee van ons twee in een andere stad, zonder kids, zonder Grits.

Zonder Vashti.

Er gaat een ongewenste, maar plezierige rilling door mijn lijf. Het moment voordat Harvey binnenkwam komt weer bij me op en ik adem hoorbaar uit. Een vloeibare hitte in mijn aderen stroomt en brandt door me heen.

Ik wil hem.

Dat moet niet. Het is te laat. Ik ga er niets mee doen, maar dat verraderlijke verlangen dat ik bijna was vergeten brult me tegemoet vanuit stoffige hoekjes, bespiedt me vanuit de schaduwen en grijpt naar me via ragfijne spinnenwebben. Het is wild en hongerig. Als ik slim ben, moet ik het geen brandstof geven en het diep wegstoppen, want anders dan vroeger zal het geen bevrediging vinden.

20

JOSIAH

Ik laat een blije Harvey uit en loop met tegenzin terug naar het kantoortje. In de gang blijf ik even staan.

Wat was dat in jezusnaam met Yas voordat Harvey binnenkwam?

Ik wil mijn hersenen schoonschrobben totdat ik me die paar ogenblikken dat Yasmen tussen mijn benen stond niet meer kan herinneren, maar haar geur hangt nog in mijn kleren en in mijn hoofd. Haar warmte heeft zich in mijn poriën genesteld. Ik voel haar nog steeds, hoewel onze lichamen elkaar niet hebben aangeraakt. Maar wat ik me absurd helder herinner is het vuur in haar ogen.

Een vuur dat ik in geen jaren heb gezien. Woede? Ja. Verontwaardiging? Misschien. Verlangen?

Absoluut.

Wat nog erger is dan toegeven dat ik haar nog steeds wil, is het idee dat ze mij misschien ook wil.

Die shit gaat niet gebeuren. Niet nog een keer.

'Is Harvey al weg?' vraagt Vashti, die vanuit de keuken de gang in stapt in haar gewoonlijke witte koksbuis. Ze is tenger, maar geen teer poppetje. Er zit een enorme veerkracht in haar, een serene kern waar ik rustig van word. Ik mag haar heel graag. Ik respecteer haar zelfs nog meer en zou haar nooit willen kwetsen of misleiden.

'Ja.' Ik glimlach naar haar. 'Hij is zo dol op die kippasteitjes.

'Wie niet?' Ze lacht en komt dichterbij, tot ze tegen me aan staat. Ze gaat op haar tenen staan, legt haar hand plat op mijn borst en fluistert in mijn oor. 'Ik kan niet wachten om vanavond met je mee te gaan.'

We zijn heel terughoudend op het werk. Als je niet weet dat we iets met elkaar hebben, zou je dat nooit opmaken uit ons gedrag, maar dat is niet de reden dat ik nu wat afstand neem. Met die verwarrende herinnering aan Yasmen in mijn hoofd voelt het niet goed om hier zo te staan met Vashti en over vanavond te praten. Ik buig me naar haar toe en geef haar een korte kus op haar mond, maar duw haar tegelijk zachtjes van me af. De teleurstelling in haar ogen is zo snel weer verdwenen dat ik bijna niet de kans krijg om er iets van te zien.

'Ik moet terug naar de keuken,' zegt ze met een glimlach die iets van zijn normale glans ontbeert. 'De dagschotel van vandaag moet precies goed klaargemaakt worden, anders wordt het niks.'

'Ga de boel maar snel redden.' Ik knik naar het kantoortje. 'Ik moet Yas nog even spreken voor ze gaat.'

Ik weet dat ze zich van alles afvraagt over Yasmen en mij, maar ze heeft vrij weinig gevraagd over ons huwelijk, de scheiding of zelfs maar de huidige stand van zaken. Ze vertrouwt erop dat ik een good guy ben en dat ben ik ook vast van plan. Ik buig me voorover voor een iets langere kus op haar mond en kneed de lichte ronding van haar heup met mijn hand. Ze kreunt heel zacht en houdt haar hoofd schuin om de kus te verdiepen. Ineens word ik afgeleid door een geluid bij de deur en als ik over Vashti's schouder kijk, kruist mijn blik die van Yasmen. Ze staat in de deuropening van het kantoor met een gezicht als een donderwolk en een strakke trek om haar weelderige lippen. Ik kan het niet helpen, maar ik denk aan de avond waarop ik getuige was van haar eerste kus met Mark. Hebben ze daarna nog vaker gezoend? Nog meer dates gehad?

Geneukt?

Ik wil het niet weten.

Vashti kijkt om en ziet Yasmen kijken, maar ze reageert volkomen relaxed. Ze glimlacht naar haar, geeft een kneepje in mijn hand en glipt de keuken weer in.

'Heb je nog even?' vraag ik, terwijl mijn blik van Yasmens handtas naar haar afwerende uitdrukking gaat. 'Ik wil Harveys ideeën bespreken.'

'Ja hoor.' Ze draait zich om en verdwijnt weer in het kantoor.

Vashti is in de keuken en Yasmen is in het kantoor. Preach zou zich kapot lachen en zeggen dat ik me verscheurd voel tussen twee vrouwen, maar ik voel me helemaal niet verscheurd. Ik heb alles heel helder. Mijn verlangen naar mijn ex-vrouw is niks nieuws. Is er ooit een tijd geweest dat ik haar niet wilde? Misschien blijf ik tot aan mijn dood naar haar verlangen. Als we tachtig zijn, krijg ik waarschijnlijk nog steeds een stijve als die vrouw de kamer in schuifelt met haar rollator, maar ik laat haar niet meer dichtbij komen. Ze heeft bewezen dat ze niet te vertrouwen is en het zou stom van me zijn om ooit iets anders te denken.

'Dus wat vind jij?' vraag ik, terwijl ik een paar van de foto's oppak die Harvey heeft achtergelaten. 'De moeite waard om te overwegen?'

Ik doe alsof alles normaal is in de hoop dat alles dan daadwerkelijk weer normaal wordt. Blijkbaar is dat mijn modus operandi, of zoiets is in elk geval uit mijn gesprekken met dr. Musa naar voren gekomen.

'Mijn instinct zegt ja.' Ze gaat in de fauteuil zitten. 'Maar ik kan me vergissen.'

We weten allebei hoe betrouwbaar haar instinct in het verleden is geweest. Ik kies ervoor om wat afstand tussen ons te houden en ga op de rand van mijn bureau zitten in plaats van tegenover haar op de bank.

'Ik wil de cijfers zien,' zeg ik. 'Maar als het zo'n goeie kans is als Harvey lijkt te denken…'

'En hij zit er zelden naast.'

'En hij zit er zelden naast, inderdaad, dan zou alles wat we wilden voordat…'

Ik hou op met praten, kijk haar aan en laat de onafgemaakte zin voor zich spreken. *Voor alles.*

'Dan zouden we weer op schema zitten,' concludeert Yasmen. 'Qua uitbreiding, bedoel ik.'

'Juist. En jij vindt het oké om daar twee dagen naartoe te gaan?' Ik stel de vraag alsof het niets is.

Ze schraapt haar keel en kijkt dan op naar mijn gezicht. 'Ja hoor. Mijn moeder komt voor Thanksgiving en ze blijft de hele week. Misschien kunnen we gaan als zij er is, zodat zij op de kinderen kan passen.'

'Geen slecht idee.' Ik glimlach onwillekeurig. 'Dus Carole komt? Ik hoop dat ze weer *chitlings* maakt. Daar zijn de kids nog steeds niet overheen.'

'O mijn god. Die lucht. Weet je nog hoe ze daarover klaagden en dat ze weigerden die dingen aan te raken? Ze is vastbesloten om ze dit jaar zover te krijgen dat ze een hapje proeven.'

Haar glimlach sterft weg. 'Heb je, eh... We hebben het nog niet gehad over jouw plannen voor Thanksgiving.'

'Dan ben ik hier, natuurlijk.'

Waar anders? We hebben van begin af aan gezegd dat we niet van onze werknemers zouden vragen om te werken met Thanksgiving of Kerstmis. Dat wilden we zelf ook niet.

'O, ik wist niet of Vashti...' Yasmen wendt haar blik af en likt aan haar lippen. 'Ik dacht dat je misschien haar familie zou ontmoeten of zoiets.'

'Nog niet.' Ik leg mijn ene enkel over de andere en bekijk haar iets beter. 'En Mark? Komt die kennismaken met je moeder?'

'Ben je gek? Waarom zou ik... Nee.'

'Te vroeg?' vraag ik, en hopelijk klinkt het luchtig.

'We hebben het nog niet eens over dat soort dingen gehad. Zo ver zijn we nog niet.'

'Zijn jullie nog uit eten geweest?'

Ze knijpt haar ogen tot achterdochtige spleetjes en houdt haar hoofd schuin. 'Een paar keer. Hoezo?'

'Zomaar. Ik vroeg het me gewoon af.' Ik haal nonchalant mijn schouders op. 'Laten we kijken of je moeder de kinderen een dag of twee wil nemen.'

'En Harvey vragen of de eigenaar het oké vindt als we de zaterdag na Thanksgiving komen.'

'Klinkt goed.'

Nu dat geregeld is, staat ze op, maar ze vertrekt niet meteen.

'Eh, maar over Thanksgiving. Eet je bij ons?'

'Waarom zou ik niet bij jullie eten?' vraag ik fronsend. 'Vorig jaar ging het ook prima, toch?'

Ik weet niet of 'prima' een accurate omschrijving is van de verbitterde stilte die het thanksgivingdiner vorig jaar domineerde, maar het is veiliger dan de waarheid. Het was zo ongemakkelijk als wat, elke keer dat Yas en ik in dezelfde kamer verkeerden, maar de familie was verdomme wel mooi bij elkaar. De kinderen gingen naar hun kamer zodra ze klaar waren met eten en daarna ben ik hem meteen gesmeerd.

'Ja, ging prima.' Yasmens stijve glimlachje spreekt boekdelen: ze herinnert het zich net zo als ik. 'Ik wilde er alleen niet blind van uitgaan dat je zou komen.'

Yasmen worstelt ergens mee.

Ik zie het. Ze bijt op haar onderlip, trekt aan haar linkeroorlel en er zit een rimpel tussen haar wenkbrauwen.

Ik laat haar rustig beslissen of ze het wil uitspreken, wat het ook is.

'Ik bedoel, je zou Vashti mee kunnen nemen,' zegt ze na een seconde of drie. 'Voor het thanksgivingdiner, bedoel ik.'

Oké, die zag ik niet aankomen.

'Vashti? Zeg je dat ik haar mee naar jullie moet nemen met Thanksgiving?'

Nu ik het zo hardop zeg, lijkt ze het toch minder fijn te vinden. Ze knikt langzaam en knippert een paar keer met haar ogen, alsof ze het zelf nog tot zich moet laten doordringen.

'Ja. Als je wilt. Het is jouw beslissing. Ik bedoel, de kinderen willen dat je komt en...'

'Ik vraag wel wat zij wil en dan laat ik het je weten. Dank je wel dat je aan haar denkt.'

'Natuurlijk,' zegt ze, en dan vertrekt ze, zonder nog meer onderwerpen aan te roeren die ongemakkelijk uit kunnen pakken.

21

YASMEN

‘Wacht even,’ zegt mijn moeder.

Ik laat de zoete aardappelen die ik sta te wassen in de gootsteen even voor wat ze zijn en kijk naar haar. Als ik Deja aankijk via de achteruitkijkspiegel is het net of ik mijn oude zelf zie, maar een blik op mijn moeder is een mogelijke glimp van mijn toekomst. Afgezien van een paar lijntjes om haar ogen is haar huid nog steeds egaal glad en bruin. Ik weet vrij zeker dat mijn moeder haar hele leven Noxzema heeft gebruikt. Ik zag haar die dikke witte crème ’s avonds soms opsmeren. Niks chics of duurs. Alles gewoon van de drogist. Maar haar huid is prachtig. Ik kan alleen maar hopen dat ik er ook zo uitzie als ik zo oud ben.

‘Het leek jou een goed idee,’ gaat ze verder, terwijl ze haar ogen half dichtknijpt achter haar rode brilmontuur, ‘om Josiah en zijn nieuwe vriendinnetje uit te nodigen voor Thanksgiving.’

‘Mama, het komt wel goed.’ Ik doe de kraan uit en doe de zoete aardappelen in een kom op het aanrecht. ‘Deze zijn schoon.’

‘Ga ze maar schillen. Hoe heet ze ook alweer?’

‘Vashti.’

Dat weet ze best. Ze heeft het al drie keer gevraagd en mijn moeder heeft een geheugen als een olifant. Ik ontwijk haar scherpe blik en begin de aardappels te schillen.

‘Ik zei dat we om vier uur gingen eten. Is dat nog steeds oké?’ vraag ik.

'Mmmmhhh. Ze is kokkin, zei je?'

'Een eersteklas chef-kok, ja.' Ik onderdruk een glimlach, want ik weet al waar dit naartoe gaat.

'Maar ze weet dat ik het eten klaarmaak, hè?' Mama neemt een slokje van haar *eggnog*. Daar wacht ze niet mee tot het kerst is. 'Ze mag best een paar bijgerechten meenemen, maar...'

'Ze heeft natuurlijk gevraagd of ze iets kon meebrengen en ik zei dat we dat heel leuk vinden, maar dat jij de...'

'De kalkoen, de groenten, de yams, de zoete-aardappelschotel en de nekbotten maak.'

'Ik denk dat niemand anders nekbotten maakt en dat dat dus wel goed komt.'

'De snijbonen, de gebakken kip, de...'

'Mama, ja. Ze neemt alleen een paar dingen mee die jij niet maakt. Het komt goed.'

'En komt het met jou ook goed?'

'Hoe bedoel je?'

Mama leunt met een ronde heup tegen het aanrecht en duwt haar bril omhoog naar haar kruin. 'Girl, geen grappen nu. Ik heb je opgevoed. Ik ken je. Wat vind je ervan dat Josiah iets met die vrouw heeft?'

'Ma...'

'Niks te "ma".' Ze knikt naar een van de barkrukken. 'Zitten.'

'Er komen morgen mensen eten en we moeten nog zoveel doen voor...'

'Tijd zat. Waarom denk je dat ik zo vroeg ben gekomen? Ga zitten. En vertel.'

Ik adem diep in en blaas langzaam uit voordat ik ga zitten. Ik kijk haar verwachtingsvol aan, met opgetrokken wenkbrauwen.

'Wat kijk je me nou aan?' zegt ze. 'Ik heb je iets gevraagd. Wat vind je ervan dat Josiah weer aan de vrouw is?'

'Ik vind het prima.' Ik haal mijn schouders op, kijk omlaag naar de bar en laat mijn vinger over het granieten blad gaan. 'Ze is geweldig voor Grits. De kinderen mogen haar heel graag. Josiah...'

Ik zoek de juiste woorden. Houdt hij van haar?

'Ik kan zien dat Josiah veel voor haar voelt,' ga ik verder. 'En er lijkt een stijgende lijn in te zitten, dus ik wens ze het allerbeste.'

'Stijgende lijn? Denk je dat hij haar ten huwelijk gaat vragen of zo?'

Bij die woorden kan ik alleen maar bedenken hoe Josiah mij heeft gevraagd of ik met hem wilde trouwen. Een zeldzaam impulsieve daad op een moment waarop we het allebei absoluut niet verwachtten.

'Eh, nee. Ik denk van niet, in elk geval.' Ik frons, want wat weet ik ervan? 'Ik weet alleen, eh… dat ze bij elkaar slapen.'

Ik was helemaal niet van plan om dat te zeggen, om haar dat te vertellen, maar mijn moeder heeft er een talent voor om dingen uit me krijgen die ik liever voor me had gehouden. Ik kwam nergens mee weg als kind.

Mama neemt de kruk naast me. 'En jij zegt dat je daar niet mee zit. Dat je het best vindt.'

'We zijn al bijna twee jaar gescheiden. Het moest een keer gebeuren. Bovendien ben ik ook aan het daten.'

'Met wie?' Mama trekt één wenkbrauw op.

'Hij heet Mark. Ik bedoel, het is niet serieus of zo, geen relatie, maar we zijn een paar keer uit eten geweest. Het is een leuke man. Hij is goed gezelschap.'

'Dus jullie gaan allebei verder met je leven.'

'Denk je dat ik de vulling kan maken?'

Mama spuugt haar eggnog bijna uit, al weet ik niet zeker of het door de abrupte verandering van onderwerp komt of door het idee dat ik de vulling klaar zou kunnen maken. 'Jij?'

'Ja, ik.' Ik lach geforceerd luchtig en ga verder met het schillen van de zoete aardappelen, zodat ik mijn ogen daarop kan houden. 'Ik wil Byrds recept uitproberen.'

De seconden tikken in stilte voorbij en ik hou even op met schillen om naar mijn moeder te kijken. Ze heeft een klein, scheef glimlachje op haar gezicht.

'Ik mis dat maffe mens,' zegt ze zachtjes. 'We gingen altijd zo lekker los voor de feestdagen.'

Byrd was een van de weinigen met wie mijn moeder een keuken kon delen. Hun schandalige verhalen over de goeie ouwe tijd, rauw gelach en onbetwistbare liefde voor koken en hun familie kleuren zoveel van mijn herinneringen.

'Ik mis haar ook.' Ik geef een kneepje in haar hand en glimlach. 'Ik heb een van haar kookboeken gevonden toen we haar huis leeghaalden. Alle recepten zijn in haar handschrift. Ik heb er de laatste tijd een paar uitgeprobeerd.'

Op de een of andere manier voel ik me nauwer verbonden met Byrd als ik haar recepten gebruik.

Ik ga schouderophalend verder met schillen. 'Iedereen weet dat ik niet zo goed kan koken, maar ik wilde dit jaar haar vulling proberen. Als het mislukt, kun jij...'

'Het gaat niet mislukken. We zorgen dat-ie perfect wordt.' Ze knipoogt. 'Je had naar me moeten luisteren toen ik je wilde leren koken, maar jij moest zo nodig de lastige tiener uithangen.'

Het is een vaste grap dat ik vroeger geen enkele belangstelling voor koken had, maar wel restauranthouder werd.

'Goeie les.' Ik grinnik. 'Ik heb heel wat in te halen en dat probeer ik nu.'

'Beter laat dan nooit.'

'Over laat gesproken.' Ik kijk op mijn horloge. 'Kassims therapiesessie is al een tijdje afgelopen. Ik app Josiah even om te kijken of alles oké is.'

Ik grijp naar mijn telefoon, maar op dat moment stormt Kassim de keuken binnen via de achterdeur, met een gigantische glimlach op zijn gezicht. Josiah volgt in een iets kalmer tempo.

'Oma!' Kassim stort zich op mijn moeder, die zowat achterover kukelt van zijn enthousiaste geknuffel.

'Kassim, voorzichtig,' zegt Josiah, maar het klinkt niet echt streng. 'Smoor haar niet voordat ze voor me heeft gekookt.'

Mama neemt Kassims handen tussen haar gezicht, drukt een kus op zijn kruin en richt haar aandacht dan op Josiah.

'Kijk nou eens wat voor zwerfhond Kassim mee naar huis heeft gesleept,' zegt ze met een diepe affectie in haar ogen. 'Wees blij dat je zo'n mooie jongen bent, anders zou ik echt niet voor je koken.'

Josiahs is in twee stappen bij mama en slaat grinnikend zijn armen om haar heen.

'Dat zou ik niet willen riskeren,' zegt hij met zijn lage stem. 'Hoe was je vlucht?'

'Goed.' Ze buigt zich achterover om naar hem op te kijken en neemt zijn gezicht in zich op. 'Alles goed met jou?'

Zijn glimlach vervaagt, want hij snapt wat er achter die vraag zit en wat mama allemaal begrijpt. Byrd maakte de feestdagen speciaal en niemand zal haar afwezigheid nu zo hard voelen als Josiah.

'Ja hoor,' zegt hij alleen maar. 'Alles goed.'

'Mam, we hebben Indiaas gegeten,' zegt Kassim, die zijn rugzak aan het haakje naast de achterdeur hangt.

'Ik vroeg me al af waar jullie bleven,' zeg ik.

'Sorry.' Josiah leunt tegen het kookeiland en pikt een appelschijfje uit de appel-kruimel die mama aan het maken is. 'Ik dacht dat ik had gezegd dat we iets gingen eten na Kassims afspraak met dr. Cabbot. We zijn naar Saffron's gegaan.'

Mama slaat zijn hand weg en schuift de appel-kruimel bij hem vandaan.

'Prima, hoor,' zeg ik, terwijl ik me afwend om het aanrecht af te nemen, zodat ik niet naar hem hoef te kijken. Hij heeft een Morehouse-hoody aan met een donkere spijkerbroek eronder en ik weet niet hoe ik hem liever zie, onweerstaanbaar in pak of casual om in te bijten. Die man moet echt ophouden met trainen. En met ouder worden, want dat helpt blijkbaar ook niet. Hij wordt alleen maar knapper naarmate hij ouder wordt en ik kan me niet concentreren. Ik wacht wel met het schillen van die zoete aardappelen tot hij weg is, anders ben ik straks een vingertop kwijt omdat ik stiekem zit te kwijlen om mijn ex.

'Mag ik *Fortnite* spelen?' vraagt Kassim me met smekende ogen. 'Geen school morgen.'

'Oké, maar niet in slaap vallen met dat ding aan. Ik weet hoe dat gaat met jou en Jamal.'

Hij holt de keuken uit en dendert zo hard de trap op dat het lijkt alsof er een kudde paarden achter hem aan galoppeert.

'Die jongen met zijn spelletjes,' bromt mama, terwijl ze verdergaat met haar appel-kruimel. 'Ik zal zijn kast eens flink uitmesten als jullie in Charlotte zijn. Laatste keer dat ik hier was hebben we alles opgeruimd en ik durf te wedden dat het weer net zo'n puinhoop is als eerst.'

Josiah en ik wisselen een snelle blik van verstandhouding uit. Elke keer dat mama komt moet ze alles totaal kapot organiseren en schoonmaken. De kinderen klagen erover, maar het is een inside joke tussen ons twee geworden. Hoe hard ze op ons gaan mopperen als we terugkomen uit Charlotte.

'Morgen om vier uur eten?' vraagt hij, terwijl hij mama vragend aankijkt.

'Ja, en niet te laat komen.' Ze trekt haar bovenlip op. 'Ik hoor dat er iemand meekomt.'

'Dat klopt.'

'En heeft ze een lijstje van wat ik maak en wat zij dus niet hoeft te maken?' vraagt mama. Haar blik is streng en plagerig tegelijk.

'Ja, ik heb het doorgegeven.' Hij laat een grijns doorschemeren en bukt zich om haar wang te kussen.

'Ik verheug me erop om kennis met haar te maken,' zegt mama.

'Ik weet zeker dat ze je geweldig vindt.' Josiahs open blik verduistert een beetje als zijn oog op mij valt. 'Hé, ik ga.'

'Ik laat je even uit.' Ik droog mijn handen aan een theedoek. 'Ik wil horen hoe het ging bij dr. Cabbot.'

'Tot morgen, ma,' zegt Josiah, en hij loopt de achterdeur uit.

We gaan naar buiten en hij leunt tegen zijn auto. Ik handhaaf een veilige afstand tussen ons. Niet zo dichtbij dat zijn geur en zijn warmte me kunnen omhullen.

'Hoe ging het?' vraag ik.

'Goed. Dr. Cabbot is heel tevreden. Hij vertelt me natuurlijk niet alles, maar hij zei wel dat Kassim een beetje zenuwachtig is of hij het wel goed genoeg doet om het volgende jaar te skippen. Hij lijkt te denken dat therapie deel uitmaakt van een soort auditie om te kijken of hij goed genoeg is om een klas over te slaan.'

Ik laat een humorloos lachje horen. 'Je denkt vast dat dat mijn schuld is omdat ik zoveel van hem verwacht. En misschien is dat ook wel zo.'

Hij tilt met een zachte vinger mijn kin op om me aan te kunnen kijken. Zijn aanraking verrast me.

'Niet doen.' Hij trekt een ingewikkelde grimas. 'Ik wil me verontschuldigen voor die opmerking dat jij ze zo onder druk zet. Ik heb geen excuus, behalve dat ik soms een lul ben, maar het is niet jouw schuld.'

'Ik weet dat ik niet de makkelijkste ben.'

Ik druk me tegen zijn ruwe, warme handpalm aan. We lijken tegelijk te beseffen dat zijn duim over de gevoelige huid tussen mijn kin en mijn mond gaat. Het is vast alleen een oude gewoonte waardoor hij me zo aanraakt. Onze lichamen herinneren zich dingen die wij liever vergeten. Ik verwacht dat hij zich meteen terug zal trekken, maar de manier waarop hij naar me kijkt in het schemerige licht van de halve maan, de manier waarop zijn vingers mijn kaaklijn volgen als hij zijn hand terugtrekt, bijna onwillig, laat mijn adem stokken in mijn keel.

Mijn geest bladert door een album vol herinneringen waarin ik me nu niet kan gaan verdiepen. Een paar bonkende seconden lang ga ik terug in de tijd naar de eerste keer dat ik hem zag. De eerste keer dat ik hem kuste. De eerste keer dat we de liefde bedreven, onze liefde voor elkaar uitspraken, met schorre stemmen in die postcoïtale roes van verkreukelde lakens, verstrengelde armen en benen, gezwollen lippen van het zoenen. We hadden een chemie die alles verzengde – onze huid, het bed, ons hart. Niets was veilig en als er een ding is dat ik wil zijn na de laatste gevaarlijke jaren is het veilig.

Hij heeft een relatie nu. Afblijven.

'Vier uur dus, hè?' Ik doe een stap terug. 'Dan zijn jij en Vashti er?'

'Yup.' Hij klikt zijn alarm uit en de lichten van de Rover knipperen. 'Ik moet naar huis, voordat Otis iets duurs vindt om te metaboliseren. Ik sluit niet uit dat hij die schoenen die ik nergens kan vinden heeft opgevreten.'

Ik stik bijna in mijn eigen stiekemheid en moet hoesten bij de gedachte aan Josiahs sneakers, die netjes in mijn kast staan.

'Ja, daar zie ik hem wel voor aan,' zeg ik.

Sorry, Otis.

Josiah werpt een blik op het huis, dan op dat van Brock en Clint, op First Court en alle andere indrukwekkende woonhuizen in ons kleine stukje Skyland, en er speelt een ironisch lachje om zijn mondhoeken.

'Bedenk je weleens hoe ver we gekomen zijn?'

Als ik daaraan denk, moet ik ook denken aan alles wat we kwijtgeraakt zijn.

'Ja,' antwoord ik, en ik duw mijn handen in mijn broekzakken.

'Dat eerste appartement van ons was een bezemkast.'

'Met kakkerlakken.' Ik grinnik en schud mijn hoofd.

'En nul waterdruk. Ik heb een jaar niet fatsoenlijk kunnen douchen.' Er komt langzaam een glimlach op zijn gezicht. 'Weet je nog, onze eerste Thanksgiving? We hadden geen nagel om onze kont te krabben.'

Ik geef me over aan de herinnering aan de avond voor onze eerste Thanksgiving samen, in de supermarkt. Mijn meestal zo ernstige man tilde me op en zette me in het winkelkarretje. Hij sprong achterop en we sjeesden lachend langs de schappen zonder acht te slaan op de vreemde blikken die we kregen. Ik kan de lucht bijna langs mijn gezicht voelen suizen en de rammelende wieltjes van dat metalen karretje horen protesteren tegen ons gezamenlijke gewicht. Zijn onmiskenbare geur ruiken – schoon, mannelijk, hém – en zijn warmte voelen op mijn rug.

We haalden wat basale boodschappen. Melk, eieren, brood, vleeswaren. We hadden zo weinig geld, maar als speciale traktatie kozen we allebei iets uit wat we heel lekker vonden. Een six-pack Fanta paars voor mij. Een zak zoete en zoute popcornmix voor hem.

'We hadden niet genoeg geld toen we bij de kassa kwamen,' zegt hij met een glimlach alsof hij die avond met mij herbeleeft in mijn hoofd.

'O mijn god.' Ik moet lachen en sla mijn handen even voor mijn gezicht. 'Al die mensen achter ons met karren vol Thanksgivingboodschappen en wij moesten het ene na het andere artikel teruggeven aan de caissière. Om te kijken hoeveel eraf moest voordat we het konden betalen.'

'We hebben mijn popcorn gehouden,' zegt hij.

Ik frons, maar mijn mondhoeken trekken als vanzelf omhoog. 'Ik weet vrij zeker dat we mijn frisdrank hebben gehouden. Weet je nog dat de stroom was afgesloten en hoe koud het was in dat hok van ons, maar de frisdrank was lauw.'

We hadden gewoon naar Byrd gekund, maar die had het huis altijd vol met de feestdagen en we wilden alleen zijn, dus bleven we thuis. Ik kan me niet herinneren dat we ook maar één keer geklaagd hebben over de kou in dat rottige achterbuurtappartementje. Wel dat we, met de zoetgevooisde klanken van 'Let's Stay Together' van Al Green op de achtergrond, het beste van de avond maakten met brandende kaarsen, boterhammen met pindakaas en lauwe Fanta. De seks was uitzinnig, aangrijpend, en we gingen in elkaar op alsof hij het enige op aarde was wat ik had en ik zijn alles was. Want dat was zo. Ik krijg het nog steeds warm als ik 'Let's Stay Together' hoor. Dat nummer hoort bij die nacht en de lieve, geile dingen die we deden om elkaar warm te houden.

Die jaren, de armste van ons huwelijk, behoorden op de een of andere manier tot onze beste tijden.

Het is ironisch dat hij zich herinnert dat ik mijn frisdrank heb opgeofferd en dat het in mijn herinnering andersom was. Ik vraag me af of dat voor alles geldt en of de waarheid ergens tussen onze herinneringen in ligt. Of we onze herinneringen aanpassen aan wat het volgens ons had moeten zijn. Heb ik het mooier gemaakt dan het was? Heb ik het ooit erger gemaakt?

Ik bekijk hem, de scherpe hoeken van zijn gezicht die zo contrasteren met zijn volle mond. Zijn stugge gezicht dat botst met zijn tederheid voor de mensen die het meest voor hem betekenen. Hij is een raadsel dat mij volkomen duidelijk is.

Dat was hij in elk geval.

'Dat was een mooie avond,' zeg ik, en mijn keel brandt als ik ons oogcontact probeer te verbreken. Het is net of we weer midden in dat piepkleine appartementje zitten te rillen, weggekropen onder dekens, met goedkoop supermarktvoedsel in het licht van onze kaarsen. Volkomen tevreden. Een vuist knijpt in mijn hart en er druipt nostalgie uit, en spijt.

'Ik moet gaan,' zegt hij als hij eindelijk zijn blik afwendt en een stap terug doet.

'Ja, zie je morgen,' zeg ik met een glimlach die aan een zijden draadje hangt.

Hij doet het autoportier open, stapt in, start de Rover en rijdt weg. Ik blijf nog lang op de oprit staan, rillend in de kou.

22

JOSIAH

'Wacht. Niet aanbellen nog.'

Ik kijk Vashti aan over het krat vol gerechten dat ik tussen mijn armen balanceer, terwijl mijn vinger al voor Yasmens deurbel hangt.

'Ik ben zenuwachtig,' zegt ze, en ze knijpt haar ogen dicht. 'Ik weet dat het suf is, maar ik kan er niks aan doen. Het voelt alsof ik je familie ga ontmoeten.'

Otis, die naast ons staat te wachten op de veranda, kijkt van Vashti naar mij, gaat dan liggen en legt zijn kop op zijn poten, alsof hij heel kalmpjes gaat afwachten tot ik haar zenuwen tot bedaren heb gekregen.

'Er is niks om zenuwachtig om te zijn.' Ik verstevig mijn greep om het krat en glimlach geruststellend naar haar. 'Het is alleen de kids en Yas en misschien nog wat mensen van Grits die nergens anders naartoe konden voor Thanksgiving.'

'En je schoonmoeder.'

'Voormalige schoonmoeder,' corrigeer ik, hoewel Carole Miller geen voormalige wat dan ook lijkt. Ze behandelde me van begin af aan als een zoon en daar is geen eind aan gekomen na de scheiding. Het feit dat zij en Byrd zo dol op elkaar waren, verstevigde de band tussen onze families alleen maar. 'Je vindt Carole vast geweldig, en zij jou ook.'

'Echt lief van Yasmen om me uit te nodigen. Niet veel vrouwen zouden zo aardig en accepterend zijn naar het nieuwe meisje van hun ex.'

'Zo is Yas.' Ik wijs met mijn kin naar haar eigen kleinere krat vol schalen. 'Bovendien kom je niet met lege handen aanzetten, met al dat eten.'

'Ik heb er extra op gelet om niks van Caroles lijstje te maken.'

'Je bent een van de beste chef-koks van de stad, dus dank je wel dat je zo relaxed doet over Caroles eisen.'

'O, ik snap het wel. Ik heb misschien de koksopleiding gedaan, maar dat wil nog niet zegen dat ik haar keuken kan overnemen. Mijn moeder is net zo. Ouderwets, en dat kan ik wel respecteren.'

'Ik denk dat je het prima met haar kan vinden.' Ik trek mijn wenkbrauwen op en beweeg mijn wijsvinger wat dichter naar de bel toe. 'Zijn we er klaar voor?'

Ze haalt diep adem en knikt. 'Ja.'

De deur vliegt open zodra ik de bel indruk.

'Pap!' zegt Kassim, die zowat staat te stuiteren. 'Wat een hoop eten.'

'Niet voor lang, als ik jou een beetje ken. Help Vashti even met die schalen, Kas,' zeg ik, terwijl Otis langs ons heen de hal in springt als een vrijgelaten gevangene. 'Otis!'

Hij blijft meteen staan, een en al gehoorzaamheid, maar ik kan zijn ongeduld aflezen aan zijn gespitste oren en zwiepende staart. Ik weet dat hij regelrecht de keuken in wil rennen om Yasmen te zoeken, maar Carole tolereert geen honden in haar domein.

'Blijf.' Ik knik naar zijn mand in de hoek van de woonkamer. Hij snuift verontwaardigd, maar neemt zijn plekje in en rolt zich op naast de open haard.

Kassim neemt een paar schalen van Vashti over en we lopen naar de keuken. Ik verwacht een enorme chaos, maar ik had beter moeten weten. Carole is een geroutineerde kokkin en Yasmen is de ideale gastvrouw, dus de keuken is brandschoon en er hangen overheerlijke aroma's in de lucht. Er staat een keurige rij gerechten op het aanrecht en het kookeiland. Als ik door de deuropening naar de eetkamer kijk, is de tafel gedekt met het vertrouwde goede porselein en tafelzilver. Er is een obscene hoeveelheid eten. Mijn maag knort en Carole kijkt op van de pecannoten die ze aan de zoete-aardappelschotel toevoegt.

'Ik hoor die buik al roepen.' Ze lacht en wijst naar een leeg stukje keukenbar. 'Zet maar neer.'

Kassim en ik zetten onze kratten voorzichtig neer. Carole duwt haar handen in de voorzakken van een schort met de tekst GEEN DOORSNEE OMA.

'En wie hebben we hier?' vraagt Carole, terwijl ze over de rand van haar bril naar Vashti kijkt met een vriendelijke glimlach.

'Dit is Vashti,' zeg ik. 'Vashti, Carole Miller.'

'Zo leuk om u te ontmoeten,' zegt Vashti, terwijl ze de pan die ze vasthoudt neerzet.

'Ook leuk om jou te ontmoeten.' Carole tilt het deksel van een van Vashti's schalen. 'Hmpf. Zalmkroketjes.'

'Ja, mevrouw. Recept van mijn moeder,' zegt Vashti, die iets minder onzeker klinkt nu het over eten gaat. 'Net als de maispudding.'

'Maispudding?' Carole is op slag geïnteresseerd. 'En waar heb je die?'

Vashti tilt het deksel van een andere schaal en onthult de goudgele, zoetgeurende pudding.

'Dat heb ik in geen jaren gehad.' Carole glimlacht goedkeurend. 'Waar komt je familie vandaan?'

'Ze wonen nu allemaal in Californië,' zegt Vashti. 'Maar ze komen oorspronkelijk uit Louisiana.'

'O, dus je hebt wat Cajun in je bloed.'

'Klopt. Kijk maar.' Vashti grijnst en trekt het deksel van een tupperwarebak waarin met poedersuiker bestoven beignets blijken te zitten.

'Gaan we al bijna eten?' kreun ik.

'Alles is klaar,' antwoordt Carole afwezig, terwijl haar ogen zich nog steeds tegoed doen aan de beignets. 'Alleen Yas nog. Die is boven om te douchen en zich om te kleden. Ze is zo beneden en dan kunnen we beginnen.'

'Ik ben er.'

Yasmen komt de keuken binnen in een wolk van zoete vanille. Gouden klemmetjes zitten verspreid door haar opgestoken vlechten. Haar wijde zwarte broek en strakke felgroene truitje benadrukken haar taille en haar weelderige rondingen. Haar volle lippen zijn matrood gestift. Al die details geven haar een frisse schoonheid, maar vooral de oorbellen vallen me op.

'Je hebt ze gevonden!' zegt Kassim, die naar haar toe loopt en zachtjes aan haar beschilderde kalkoenoorbellen trekt.

'Ja.' Ze beantwoordt zijn glimlach. 'Ze zaten in een kistje achter in mijn kast met wat andere sieraden die ik kwijt was. Ik kan me niet eens meer herinneren voor welke verjaardag ik deze van jullie heb gekregen.'

'Je dertigste,' zeg ik, voordat ik er erg in heb.

Yasmen kijkt mijn kant op, alsof ze nu pas merkt dat ik er ook ben. Haar glimlach hapert een seconde, maar ze herstelt zich snel.

'O ja,' zegt ze. 'Volgens mij heb je gelijk.'

Ik weet dat ik gelijk heb, want dat was ook het jaar waarin ik haar een gouden kettinkje met een wielbedeltje heb gegeven. Met achterop de inscriptie 'tot de wielen eraf vallen'. Waarschijnlijk is ze die ook kwijt, maar ze is er vast niet al te hard naar op zoek gegaan nadat de wielen definitief van ons huwelijk zijn gevlogen.

'Hé Vashti.' Yasmen glimlacht en tilt een paar deksels op. 'Fijn dat je er bent en dank je wel dat je zoveel eten hebt meegebracht.'

'Geen probleem.' Vashti's zenuwen lijken verdwenen te zijn en haar glimlach is breed en ontspannen. 'Dank je wel dat ik mocht komen.'

'Tuurlijk.' Yasmens blik glijdt langs mij heen naar Carole. 'Kunnen we eten, mama?'

'Al dat hongerige volk in de eetkamer hoopt van wel.' Carole grinnikt. 'Er zijn zowaar een stuk of zes van je Grits-mensen komen opdagen.'

Yasmens gezicht klaart zichtbaar op. Die vrouw is dol op feestjes. Hoe meer zielen, hoe meer vreugd. 'Oké dan.'

Het is goed om zoveel vertrouwde gezichten uit het restaurant om de tafel te zien als we onze borden volladen en aan het bunkeren slaan. Ik zit tussen Milky en Vashti in.

'Hoe is het met je dochter, Milk?' vraag ik, terwijl ik probeer te beslissen waarmee ik zal beginnen, want mijn bord is volgeladen met van alles, van macaroni met kaas tot Caroles beroemde maisbrood.

'Goed.' Hij bijt in een broodje en kauwt even voordat hij verder praat. 'Ze vieren Thanksgiving bij de familie van haar man in Memphis. Met de kerst komen ze hier.'

Hij zwijgt even en kijkt me aan. 'Ik kan je niet zeggen hoe fijn ik het vind dat jullie me hebben uitgenodigd. De feestdagen zijn de dagen dat we de mensen die zijn weggevallen het meeste missen, hè?'

Het raakt me dat ik niet de enige ben die tante Byrd vandaag mist en moet uitzoeken hoe hij zonder haar verder moet. Er zitten diepe rimpels om Milky's mond en er staan harde groeven in zijn voorhoofd. Voor het eerst sinds ik de man heb ontmoet ziet hij er zo oud uit als hij is.

'Ik ben blij dat je er bent, Milk,' zeg ik zachtjes. 'Je weet dat je altijd welkom bent.'

Voordat het te ongemakkelijk wordt, zetten we allebei het mes in onze kalkoen, die Carole altijd perfect weet te kruiden. Ik schep wat vulling op mijn vork. Zodra het spul mijn tong raakt, verstijf ik, met mijn vork tussen mijn mond en mijn bord in. Ik leg de vork neer en neem de tijd om de smaak volledig tot zijn recht te laten komen en goed te proeven.

'Carole,' zeg ik fronsend. 'Je vulling is heerlijk. Hij smaakt naar...'

Die van Byrd.

Ik zeg het niet hardop, want ik wil niet nog eens herinnerd worden aan dat verlies, maar er komt een golf van nostalgie in me op. Niet vergezeld van verdriet, maar verpakt in blijdschap. De smaken exploderen in mijn mond, precies zoals alleen die van Byrd ooit hebben gesmaakt, en het is alsof ze hier aan tafel zit, glimmend van het plezier dat ze beleefde aan koken voor haar dierbaren.

'Ik heb de vulling niet gemaakt,' zegt Carole.

'Wow.' Mijn blik gaat naar Vashti. 'Geweldig gedaan, V. Ik heb heel lang niet zulke lekkere vulling geproefd.'

'Ik heb hem ook niet gemaakt,' zegt Vashti ietwat stijfjes. 'En die vulling op ons menu dan? Je zei dat je die geweldig vond.'

'Ja, absoluut, maar als jij deze niet gemaakt hebt, wie...'

'Ik heb hem gemaakt,' zegt Yasmen vanaf het andere uiteinde van de tafel.

De strakke trek om haar mond wordt zachter en haar mondhoeken vormen een klein glimlachje. 'Ik heb haar recept gebruikt.'

'Heb je dat dan?'

'Toen we door haar spullen gingen,' zegt Yasmen, terwijl ze een berg macaroni met kaas op haar vork schuift. 'Toen vond ik een opschrijfboekje met wat van haar recepten. Handgeschreven.'

Iedereen luistert mee en het zou misschien beter zijn om mijn ondervraging tot later uit te stellen, maar ik moet het weten. Er zijn recepten die Byrd niet voor Grits gebruikte, maar alleen voor familie en vrienden, bijna alsof ze iets speciaals voor ons achterhield. Deze specifieke versie van haar vulling is zo'n gerecht. Vashti heeft het menu van Grits omgevormd met haar eigen creaties, dus het eten dat we serveren weerspiegelt niet echt meer dat van Byrd. Ik heb foto's, aandenkens en allerlei andere dingen die me aan Byrd herinneren. Ik heb zelfs haar hond, godbetert, maar haar eten? Dat kan ik nooit meer krijgen. Niet precies zoals zij het klaarmaakte, dus alles wat er zelfs maar bij in de buurt komt is iets om te koesteren. Om de recepten in haar handschrift te zien... Onbetaalbaar.

Yasmen haalt haar schouders op, slaat haar ogen neer en glimlacht een beetje schaapachtig. 'Het bracht me voor mijn gevoel gewoon dichter bij Byrd, denk ik. Iedereen weet dat ik geen geweldige kok ben, maar...'

'Het is heerlijk.' Ik negeer alle anderen aan tafel en kijk haar aan, in een poging om mijn dankbaarheid over te brengen vanaf de andere kant van de tafel. 'Ik wil dat receptenboekje wel een keer zien.'

Ik begin me te realiseren dat iedereen is opgehouden met eten en dat ze allemaal van Yasmen naar mij kijken met verschillende gradaties van nieuwsgierigheid. Iedereen behalve Vashti, die haar blik strak op haar schoot gericht houdt en stijf rechtop zit.

'Maar goed,' zeg ik om de plotselinge spanning te doorbreken. 'De kalkoen is ook heerlijk, Carole, zoals gewoonlijk.'

'Dank je,' antwoordt Carole, die een snelle, onderzoekende blik op haar dochter werpt.

'Nu je het zegt,' zegt Milky, die nog een berg vulling op zijn vork schept. 'Hij smaakt echt net als die van Byrd. Ik moet die recepten ook een keer zien, Yas.'

'Wanneer je maar wilt.' Yasmen lacht en er komt iets warms in haar ogen na Milky's goedkeurende woorden. 'Maar hé, Kassim, oma heeft je lievelingskostje gemaakt. Hoe is die zoete-aardappelschotel?'

Nu de aandacht is afgeleid, wendt iedereen zich weer tot zijn bord en het geroezemoes van de tafelgesprekken wordt afgewisseld met tevreden gebrom over het eten.

'Die zalmkroketjes zijn zo lekker,' zeg ik zachtjes tegen Vashti, en ik pak onder tafel haar hand vast. Het voelt op de een of andere manier achterbaks, alsof ik haar alleen aanraak om haar gerust te stellen, maar ze geeft mijn hand een kneepje terug en kijkt op om me een halfhartig glimlachje te geven.

'Dank je.' Ze neemt een slok van de ijsthee die voor haar staat. 'Maar vertel eens iets meer over dat tripje naar Charlotte.'

'We vertrekken zaterdag,' zeg ik zo vlak en neutraal mogelijk. Ik heb expres niet al te veel nagedacht over onze trip. 'We blijven maar heel kort. We vliegen zondagmiddag alweer terug.'

'Jij, Harvey en Yasmen bedoel je? Jullie vertrekken zaterdag met zijn drieën?'

Ik neem een uitstellende hap aardappelpuree en blijf daar iets te lang op kauwen voordat ik antwoord geef. 'Harvey heeft familie in Charlotte, dus die is daar al voor Thanksgiving. We zien hem daar.'

Vashti legt haar vork neer en kijkt me licht achterdochtig aan. 'Dus je gaat alleen met Yasmen?'

'Ja,' roept Deja, die naast Vashti zit, met volle mond. 'Oma blijft bij ons. En dan laat ze ons alles schoonmaken. Ik hoop dat ze dit keer geen chitterlings maakt. Heb je die weleens gehad, V?'

Vashti rukt haar blik los van de mijne om Deja antwoord te geven. 'Wat? Sorry, heb ik wat weleens gehad?'

'Chitterlings.' Deja houdt haar hand voor haar mond en zegt met twinkelende oogjes: 'Die stinken zo ontzettend.'

'Ik spoel ze uit met Glorix,' roept Carole erdoorheen, lachend om de blikken van afgrijzen die Deja en Vashti uitwisselen. 'Dat brandt alle smerigheid eraf. Er is nog nooit iemand doodgegaan van mijn chitlings. Jullie weten gewoon niet wat lekker is. Ik bewaar wel wat voor je, Vashti.'

'Eh, dat hoeft niet, hoor. Nee, dank u.' Vashti weet er nog net een lachje uit te krijgen, maar haar nuchtere ogen gaan weer naar mij en ik weet dat ze nog steeds nadenkt over de implicaties van dat reisje van Yasmen en mij. Terwijl dat geen implicaties zou moeten hebben. We zijn twee volwassen mensen die niet meer getrouwd zijn, die verder zijn gegaan met hun leven en nu zelfs aan nieuwe relaties beginnen.

Maar toch... Ik heb het niet aan Vashti verteld omdat ik er zelf een raar gevoel bij heb. Aan de ene kant zie ik er enorm tegen op, aan de andere kant verheug ik me er bijna op. Ik druk dat gevoel weg, want het is irrationeel, gevaarlijk en zinloos.

'Het is een tripje van niks,' zeg ik nog maar eens, terwijl ik haar hand nog een kneepje geef.

'Ik weet het. Ik wou alleen dat je het verteld had.' Ze trekt haar hand weg, ogenschijnlijk om nog een slok ijsthee te nemen, maar ik kan het alleen maar als een vermaning zien.

'Dat had ik ook heus wel gedaan als het belangrijk was,' zeg ik, net luid genoeg zodat zij het als enige kan horen. 'Maar het is niet belangrijk. Gewoon een zakelijk dingetje.'

De blik die ze me toewerpt bevat ironie en een klein flintertje bezorgdheid. 'Oké, Josiah. Als jij het zegt.'

Ze eet verder en kletst wat met Deja, die aan haar andere kant zit. Ik werp een voorzichtige blik op het andere uiteinde van de tafel, waar Yasmen zit te praten met Bayli, een van onze beste gastvrouwen. Ze gooit haar hoofd achterover en haar lange hals gaat op en neer in een van die lachbuien van haar die de hele kamer vullen, zodat je meteen wilt weten wat er zo grappig is. De prullerige, felgekleurde kalkoenoorbellen zwaaien heen en weer als ze voorover leunt om haar waterglas te pakken. Haar donkere ogen stralen van plezier en haar wangen worden omhoog getrokken door een lach die haar een blij aanzien geeft. Blijer dan ik haar in tijden heb gezien. Maar eigenlijk klopt dat niet. Ze ziet er al maanden een stuk blijer uit en dat besef prikt als een dunne speld in mijn borst.

Daar is ze weer.

De vrouw met wie ik getrouwd was, die alles wat er op haar afkwam moeiteloos regelde, voor onze kinderen zorgde en voor zichzelf, voor iedereen… daar is ze weer.

De vrouw van wie ik hield is er weer. Therapie, medicatie, tijd. Ik heb geen flauw idee wat er allemaal voor nodig is geweest om haar terug te krijgen, net zo mooi en vrolijk en zelfverzekerd als vroeger, maar het is gebeurd.

Vashti trekt aan mijn mouw en ik kijk opzij, en dwing mijn mond om haar glimlach te beantwoorden. Haar kalme gezicht maakt me duidelijk dat ze haar zorgen om dat tripje van Yasmen en mij opzij heeft gezet. Ze gelooft dat het wel goed zal komen. Ze gelooft in me.

Ik hoop dat ik haar vertrouwen verdien.

'Gaan we nog zeggen waar we dankbaar voor zijn?' vraagt Deja zodra er meer gepraat dan gegeten wordt.

Ik kijk blij verrast opzij. Ze maakt duidelijk het een en ander door, maar in de kern is ze nog steeds dat meisje dat het heerlijk vindt om omringd te worden door familie en hysterisch kan genieten van de feestdagen.

'Dat is een geweldig idee.' Ik glimlach naar haar en dan naar Kassim, die begint te stralen bij het vooruitzicht.

'We gaan altijd de tafel rond en dan zegt iedereen waar hij dankbaar voor is,' zegt Deja tegen alle aanwezigen.

'Ik ben blij dat je daaraan denkt, Dé,' zegt Yasmen. Ze strengelt haar handen ineen en laat haar kin erop rusten. 'Wil jij beginnen?'

'Ja hoor,' zegt Deja. 'Ik ben dankbaar voor al mijn nieuwe volgers. Jullie kunnen me vinden @KurlyGirly op Insta en TikTok.'

Iedereen moet lachen, zoals verwacht, en Deja's lach neemt haar hele gezicht over.

Kleine charmeur.

We delen om de beurt met de rest van de tafel waar we dankbaar voor zijn. Het is goed om van de Grits-medewerkers te horen wat ze belangrijk vinden en om een inkijkje in hun leven te krijgen, vooral bij Milk. Hij en ik praten niet veel over Byrd, maar als er iemand is die haar bijna net zoveel mist als Yasmen en ik, dan is hij het wel. Ik weet niet goed waarom ik niet wat vaker contact met hem zoek. Misschien herinnert hij me op een bepaalde manier aan wat ik verloren heb. Ik heb maar een paar sessies bij dr. Musa gehad, maar die hebben me wel laten inzien dat ik dichtklap en me in mijn werk begraaf als ik ellendige shit voor mijn kiezen krijg, wat ik al wist. Maar ik begin nu ook te zien hoe ik me isoleer en mijn wonden in afzondering lik. Misschien heb ik zoveel verloren dat ik onbewust bang ben dat ik op een dag echt alleen zal zijn.

Als ik nu bij dr. Musa zou zitten, zouden we allebei lachen omdat ik zijn psychoblabla blijkbaar aan het overnemen ben.

'Waar ik dankbaar voor ben?' Yasmen houdt haar hoofd schuin. 'Wow. Ik weet niet waar ik moet beginnen. Ik vrees dat ik vals moet spelen en meer dan één ding moet noemen.'

Ze slaat haar blik neer naar de restanten van het feestmaal op haar bord, bijt op haar lip en speelt wat met haar vork.

'Mijn kinderen. Eerlijk gezegd zijn zij de reden dat ik hier nog ben.' Ze kijkt met grote ogen op, alsof ze iets gezegd heeft wat ze eigenlijk niet wilde zeggen. 'Ik bedoel gewoon, nou ja, iedereen weet dat we een paar moeilijke jaren hebben gehad. Deja en Kassim, jullie betekenen alles voor me. Ik ben dankbaar voor vriendinnen die aanvoelen als zussen. En ik denk dat ik vooral dankbaar ben voor de tijd, die niet altijd alle wonden heelt, maar ons leert hoe we weer gelukkig kunnen worden, ondanks onze littekens.'

Haar woorden drijven over ons heen en komen bij sommigen harder aan dan bij anderen. Carole knippert een paar keer snel met haar ogen om haar dreigende tranen eronder te krijgen. Zelfs zij kon haar dochter niet bereiken toen Yas op haar dieptepunt verkeerde. Dat ik Carole weer zie lachen met Yasmen maakt deze feestdag nog specialer.

'Kassim,' zegt Yasmen. 'Jouw beurt.'

Kassim gaat rechtop zitten en je zou denken dat hij een spreekbeurt moet afsteken voor de hele klas. Ik weet niet zo goed bij wie die streberige genen het sterkst aanwezig zijn, bij mij of Yasmen, maar Kassim heeft blijkbaar een dubbele dosis meegekregen.

'Ik ben dankbaar voor therapie,' zegt Kassim zonder enige aarzeling. 'Dr. Cabbot is cool. Het is fijn dat ik iemand heb om mee te praten.'

Het is zo simpel, maar het zegt zoveel, zo'n jochie dat zegt dat hij in therapie is en dat het hem helpt. Hoeveel volwassenen geven nooit toe dat ze hulp nodig hebben? Dat ze iemand nodig hebben om mee te praten? Zoveel mensen krijgen nooit de hulp die therapie wel degelijk kan bieden, zoals ik steeds meer ontdek. Er gaat een steek van schaamte door me heen. Mijn zoon gaat op zijn tiende dapperder met zijn gevoelens om dan ik ooit heb gedaan. Ik kijk op en zie dat Yasmens ogen niet op Kassim gericht zijn, maar op mij. Blijdschap, trots – er zit een duidelijke mengeling van die twee in haar opkrullende mondhoeken.

Na het dessert gaan sommige gasten weg, maar er gaan ook wat mensen voor de tv hangen om football te kijken.

'Dit was zo leuk,' fluistert Vashti tegen me. 'Ik vond het supergezellig.'

'Daar ben ik blij om. Ben je klaar om te gaan?' Ze knikt en ik kijk om me heen, maar mijn kinderen zijn nergens te bekennen. 'Ik zeg even tegen Kassim en Deja dat we weggaan.'

'Zeg ook maar dag voor mij. Ik ga vast naar de auto. Ik ben laat opgebleven én heel vroeg opgestaan om te koken. Ik ben kapot.'

'En ik had nog zo gezegd dat je nergens zenuwachtig om hoefde te zijn,' zeg ik plagerig. 'Carole bijt niet eens.'

'Wat een fijn mens is dat. Ik ga nog even dag zeggen en haar bedanken voor alles.'

Ik ga de trap op, want ik weet vrij zeker waar Deja uithangt. En jawel hoor, ze heeft haar telefoon en haar statief al klaarstaan, plus een heel assortiment haarproducten. Ze belooft me om niet de hele avond op haar telefoon te zitten, geeft me een kus en werkt me de deur uit. Kassim zit ook op zijn kamer, met zijn headset op, en is aan het gamen met Jamal. Otis ligt te dommelen aan zijn voeten.

'Hé pap,' zegt hij zonder zijn blik ook maar een seconde van de actie op het scherm te halen. 'Mag Otis vannacht bij mij blijven?'

Ik werp een blik op Otis. Het is, zeker tijdens de feestdagen, niet ongewoon dat hij hier is in plaats van bij mij, hoewel hij soms wel gaat jammeren dat hij naar huis wil. Dat beest wil per se bij mij slapen.

'Oké, maar ik kom niet terug als hij begint te piepen dat hij naar huis wil.'

'Komt goed,' zegt Kassim, en hij wrijft de hond over zijn kop. 'Toch, Otis?'

Otis legt zijn kop op Kassims schoot, wat genoeg zegt.

'Jij en Deja moeten hem morgen wel heel vroeg uitlaten,' zeg ik. 'En dan is het nog donker buiten, dus je kunt niet alleen gaan.'

'Ik weet het. Ik heb het haar al gevraagd. Ze vindt het prima.'

Ik buk me om Otis achter zijn oren te krabben en hij drukt zijn kop eventjes tegen mijn hand, waarna hij weer tegen Kassim aan kruipt.

'Oké dan,' zeg ik tegen Kassim, terwijl ik hem een snelle kus op zijn hoofd geef. 'Love you, jochie.'

'Love you, pap.'

Carole staat onderaan de trap met vermoeide lijnen om haar mond en ogen. Ze is niet zo jong meer als ze geweest is en twee dagen koken voor zoveel mensen was misschien een beetje veel.

'Ik hoopte al dat ik je niet was misgelopen,' zegt Carole, terwijl ze me een arm geeft. 'Het was goed om je te zien.'

Ik druk haar even tegen mijn zij en het voelt net als honderd andere keren dat onze familie bij elkaar was en ze zo naast me stond, maar alles is nu anders.

'Ook fijn om jou te zien, Carole. Het eten was fantastisch, zoals altijd.'

'Het was ook leuk om Vashti te ontmoeten. Wat een lief kind is dat.' Ze kijkt naar me op, nog steeds met een glimlach, maar haar ogen krijgen iets scherps. 'Ik zou niet graag zien dat ze gekwetst raakt.'

'Waarom zeg je dat?' vraag ik, hoewel ik denk ik wel weet wat ze bedoelt.

'Jongen, je bent niet achterlijk en ik ook niet.' De glimlach trekt weg. 'Ik ken jou, Josiah, en ik ken mijn dochter.'

'Nou, misschien moet je dan met haar gaan praten,' zeg ik, terwijl ik de scherpe randjes uit mijn stem probeer te houden. 'Want zij heeft er een einde aan gemaakt, niet ik. Het is voorbij.'

'Daar lijkt het niet op als ik zie hoe jij naar Yasmen kijkt terwijl er een andere vrouw naast je zit.'

Het laatste wat ik wil met al die tegenstrijdige emoties in mijn binnenste is Carole die het nog erger maakt.

'Vashti wacht op me in de auto,' zeg ik om een eind aan het gesprek te maken. 'Ik moet gaan.'

'Ik bedoelde er niks verkeerds mee. Ik hou van je alsof je mijn eigen zoon bent. Dat weet je.'

'Ik weet het.' Ik buig me voorover om haar wang te kussen.

'O! Ik geloof dat Vashti een van haar schalen in de keuken heeft laten staan. Kun je die pakken voor je gaat? En bedank haar nog een keer voor die beignets.'

Als ik de keuken in loop is die schokkend schoon na zo'n

enorme maaltijd met zoveel gerechten en zoveel mensen, maar Yasmen is de enige die hier is. Ze staat op haar telefoon te kijken met een lach op haar gezicht.

'Heb je dat allemaal in je eentje gedaan?' Ik frons, een beetje boos op mezelf omdat ik niet aan afruimen en afwassen heb gedacht. Carole verzekerde ons dat ze alles onder controle hadden, maar hebben zij en Yasmen al dat werk nu gedaan?

Yasmens glimlach valt een beetje weg als ze opkijkt van haar telefoon.

'O, nee hoor. Mama en Bayli hebben geholpen. Mama heeft die brutale dochter van je er zelfs een paar minuten bij gesleept om de vaatwasser in te laden, maar dat duurde niet lang.'

'O, mooi.' Ik knik naar haar telefoon. 'Je vriendje?'

Het gaat me niks aan en de blik die ze me toewerpt maakt dat ook heel goed duidelijk. Waarom flapte ik dat er nou uit? Dat was helemaal niet mijn bedoeling. Het boeit me niet of ze Mark appt.

'Ik heb geen vriendje.' Ze stopt haar telefoon in haar broekzak en kijkt me met een vaag glimlachje aan. 'Maar als je Mark bedoelt, nee. Hendrix en Soledad vroegen hoe het gegaan was.'

Ik knik en laat mijn blik door de keuken glijden om te kijken of er nog losse schalen in de schone keuken staan. 'Je moeder zei dat Vashti een schaal had laten staan?'

'Volgens mij niet.' Er komt een frons op Yasmens voorhoofd. 'Dat heeft ze nog gecontroleerd voordat ze de deur uit ging.'

Ik aarzel, en ik weet dat ik geen reden heb om nog te blijven hangen, maar ik voel me gedwongen om iets te zeggen. 'Dat was goed, hè, wat Kas vandaag zei.'

Ze blaast haar adem uit en drukt haar handen tegen haar hart. 'Ik geloof niet dat ik ooit zo trots op hem ben geweest. Voor mij kan geen enkele tien die hij ooit heeft gehaald en geen enkele prijs die hij ooit heeft gewonnen op tegen wat hij vandaag aan tafel zei.'

'Ja.' Ik leun tegen de bar, naast haar. 'Wat een held. Hij zei het gewoon. Zonder enige schaamte. De meeste kerels die ik ken zouden dat nooit doen, al zijn ze in therapie.'

'Dat is de jongeman die jij opvoedt,' zegt ze, terwijl ze naar me opkijkt van onder haar lange, krullende wimpers. 'Ik weet dat je iets tegen therapie had, maar je doet het toch maar mooi, voor hem. Je hebt hem laten zien dat het oké was en daar kan hij alleen maar beter van worden.'

'Ik heb hem dat laten zien?' zeg ik schamper. 'Ik denk dat we allebei wel weten dat jij veel meer hebt gedaan om de voordelen daarvan te demonstreren dan ik.'

'Wij allebei, dan,' zegt ze. 'We zijn nog steeds een behoorlijk goed team, hè?'

Er circuleert ineens een nieuwe spanning, die als een draaikolk om ons heen wervelt. Er trekt iets aan me, tot ik het gevoel krijg dat er nog maar een millimeter tussen ons in zit, hoewel we allebei geen haar zijn verschoven. Alsof de ruimte tussen onze lichamen wegvalt en we heel dicht bij elkaar staan. De koelte van haar adem, de bedwelmende geur van vanille, verwarmd door haar huid, en ik weet nog hoe zacht die huid aanvoelt. Mijn zintuigen absorberen haar met volle teugen tot het voelt alsof ik geen seconde langer kan ademhalen als ik niet...

'Ik moet echt gaan.' Ik zet me af tegen de bar, loop met grote stappen naar de achterdeur en doe die open, hopend dat de koude buitenlucht haar uit mijn hoofd kan blazen.

Maar ik weet niet of dat kan. Ik weet niet of iets dat ooit zal kunnen, hoewel ik het moet blijven proberen, want zij heeft haar keuze gemaakt. Niet ik. En ik kan hier niet blijven, in deze keuken, in dit huis, terwijl ik nog steeds zo naar haar verlang.

'Josiah,' zegt ze achter me.

Ik draai me niet om, maar kijk over mijn schouder, zodat ze alleen mijn profiel te zien krijgt. 'Ja?'

'Ik, eh, zie je zaterdagochtend, oké?'

Shit. Charlotte.

'Ja. De taxi komt om tien uur.'

'Mooi. Eh...' Het voelt alsof we allebei onze adem inhouden terwijl ik afwacht wat ze te zeggen heeft. 'Fijne Thanksgiving nog.'

Ik knik zonder haar aan te kijken en loop naar de auto, waar Vashti zit te wachten.

Idioot. Ik duw mijn handen in mijn zakken en mijn tanden knarsen van frustratie. Je leert het ook nooit, denk ik.

23

JOSIAH

Vashti wil dat ik blijf slapen.

Natuurlijk. Het is een feestdag. We hebben de laatste tijd heel weinig tijd met zijn tweeën kunnen doorbrengen omdat het zo druk was. En als ik eerlijk ben – en dat moet ik zijn, tegen mezelf en tegen haar – heb ik het ook nogal ontweken sinds dat elektrisch geladen moment met Yasmen in mijn kantoor. Misschien al sinds ik haar met die wannabe-politicus zag zoenen op de veranda. Mijn reactie toen ik haar met een ander zag was onredelijk, buitenproportioneel heftig en tamelijk verontrustend. Dat moet ik volgende week nodig uitpluizen met dr. Musa, maar hij kan me nu niet helpen met dit gesprek, dat ik waarschijnlijk al veel eerder had moeten voeren.

'Het was echt een heel leuk etentje,' zegt Vashti, die tupperwarebakjes in haar koelkast zet. 'Iedereen was heel aardig en Yasmens moeder is zo'n lieverd.'

'Ja.' Ik pak een van de barkrukken in haar keuken. 'Carole is uniek.'

Ik zou niet graag zien dat ze gekwetst raakt.

De woorden van mijn ex-schoonmoeder blijven maar door mijn hoofd spoken tijdens de rit naar Vashti's appartement. Ik wilde het niet horen en god weet dat ik er niet mee wil dealen, maar ze heeft gelijk. Ik moet Vashti geen pijn doen. Ik krijg dat beeld niet uit mijn hoofd van Yasmen aan het andere uiteinde van de tafel, eerder op de dag, toen ze haar hoofd achterover gooide en haar gulle lach naar me toe rolde. Die stomme kalkoenoorbellen die langs haar hals bungelden. Het leven is hard, koud en eenzaam geweest sinds de scheiding en ik moet echt verder met mijn leven. Ik wil de pijnlijkste tijd van mijn leven achter me laten en ergens hoopte ik dat deze relatie met Vashti het verdriet zou verzachten. Als ik wil wachten tot ik echt niets meer voor Yasmen voel, kom ik nooit verder.

Maar misschien moet ik ook niet verder willen totdat ik minder voor haar voel dan nu.

Dat is een bittere, eenzame pil. Hij brandt in mijn maag, maar hoe meer ik erover nadenk, hoe meer ik denk dat dit het beste is.

Als de kliekjes zijn opgeborgen, komt Vashti tussen mijn benen staan bij de bar en kijkt met haar heldere ogen naar me op. Ze vertrouwt me, maar ik vertrouw mezelf niet. Ik zeg niet dat ik iets met mijn gevoelens voor Yasmen ga doen, maar ik kan geen relatie met iemand anders aangaan zolang ik me zo voel.

Vashti's vingers dwalen omhoog via mijn schouder en strelen mijn nek.

'Vash,' begin ik, terwijl ik mijn hand op de hare leg, zodat ze niet verder kan gaan, 'we moeten even praten.'

'Oké.' Ze buigt zich naar me toe om me achter mijn oor te kussen. 'Straks?'

Ik sta op, manoeuvreer haar zachtjes een stap naar achteren en ga aan de andere kant van het kookeiland staan, waar ik met mijn ellebogen op het granieten aanrecht leun om haar aan te kunnen kijken.

'Nee, nu.'

'Oké.' Haar korte lachje klinkt ietwat zenuwachtig en onzeker. Heeft ze onbewust door wat eraan zit te komen? Tijdens het Thanksgivingdiner kwam haar achterdocht even bovendrijven, al stopte ze die snel weer weg. Misschien houdt ze zichzelf net zo voor de gek als ik de laatste tijd heb gedaan.

'Hebben we drank nodig voor deze bila?' zegt ze half grappend, en ze loopt naar het aanrecht om een fles wijn te pakken.

'Eh... Voor mij niet, dank je.'

'Ik denk dat ik wel wat wil.' Ze vult een wijnglas bijna helemaal en zet de fles tussen ons in op de bar voordat ze op haar kruk neerploft. 'Want "we moeten even praten" belooft meestal niet veel goeds.'

Ik kan haar niet eens geruststellen, want ik weet niet goed hoe ik hier een pijnloos gesprek van moet maken. Wat ik wel weet, is dat uitstel het alleen maar erger zal maken.

'Ik wil je geen pijn doen, Vash.'

'Doe het dan niet,' zegt ze. Haar stem is nauwelijks hoorbaar en het licht in haar ogen wordt iets doffer.

'Ik denk dat we elkaar niet meer moeten zien.' Ik haast me om dat te verzachten, want ik weet hoeveel Grits voor haar betekent. 'Buiten het werk om dan. Ik bedoel...'

'Je verbreekt de relatie.'

We kijken elkaar aan over haar onaangeroerde glas wijn en ik haal diep adem. 'Ik denk dat het beter is als we ermee ophouden, ja.'

Haar wimpers gaan omlaag en verhullen wat er eventueel in haar ogen te zien zou zijn. Ze neemt een grote slok wijn. Dan zet ze het glas voorzichtig neer.

'Yasmen?' vraagt ze.

Haar vraag is zo simpel en direct dat ik net zo wil antwoorden, maar het is ingewikkelder dan dat.

'Ja,' antwoord ik. 'En nee.'

Ze trekt een wenkbrauw op en ik ga verder.

'Ja, ik heb nog onverwerkte dingen uit mijn huwelijk. Nee, er speelt niets tussen Yasmen en mij. Dat ben ik ook niet van plan.'

'Waarom kunnen we dan niet gewoon...'

'Omdat het niet eerlijk is. Je wilt geen vent die aan iemand anders denkt als hij bij jou is.'

'O.' Ze knippert een paar keer snel met haar ogen en bijt op haar onderlip. 'Dus ze heeft de hele tijd in je hoofd gezeten?'

'Zo is het niet.'

'Maar je denkt aan haar en je hebt gevóélens voor haar.' Vashti lijkt met ingehouden adem op mijn antwoord te wachten. Haar schouders zijn gespannen en haar vingers klemmen zich krampachtig om de fragiele steel van haar wijnglas.

'Als ik met nieuwe relaties zou wachten tot ik helemaal niets meer voor Yasmen voel,' zeg ik zo zachtzinnig als ik kan, 'dan zou het nooit gebeuren.'

De waarheid van die woorden dringt langzaam door, bij haar en bij mij. Zo is het. Hoe vervelend ik het ook vind, over Yasmen heen komen is iets wat misschien wel nooit zal lukken. Dat wil niet zeggen dat ik haar kan vertrouwen en zelfs niet dat ik haar terug wil. Ik weet niet of ik dat zou kunnen. Maar ik kan die emoties niet uit mijn hart krijgen. Ze zijn verweven met mijn diepste wezen. Het is een emotionele impasse die ik voor mezelf moet oplossen en zolang ik er nog niet uit ben, kan ik er geen anderen bij betrekken.

'Ik weet dat je iets voor me voelt,' zegt Vashti. Er glinsteren tranen in haar ogen. 'Ik kan je wat tijd geven. We kunnen blijven proberen om er wat van te maken.'

Dat klinkt doodvermoeiend. Mijn gevecht tegen mijn gevoelens voor Yasmen is al zowat een fulltimebaan. Bijklussen om te zorgen dat ik Vashti geef wat ze nodig heeft is oneerlijk tegenover haar, mij en zelfs Yasmen.

'Je verdient alles van de man in je leven, Vash,' zeg ik, en ik pak haar hand. 'Ik hoopte dat ik je dat kon geven, echt waar, maar ik wil niet dat je met minder genoegen neemt.'

Er rolt een traan van haar wang op de rug van mijn hand, en ik voel me een enorme klootzak. Ik wilde zo wanhopig graag verdergaan met mijn leven en Yasmen uit mijn systeem werken dat ik iemand anders het moeras in heb gesleurd. Ik voel mijn schuldgevoel knagen en ik wil niets liever dan dit zo aimabel mogelijk afronden, dus ik laat de ongemakkelijke stilte over me heen komen en geef haar de ruimte om alles tot zich door te laten dringen.

'We hebben nooit gezegd dat dit liefde was, toch?' zegt ze met een verstikt lachje.

Ik heb nooit tegen haar gezegd dat ik van haar hield. Ik heb altijd geweten dat dat niet waar was. Ik heb die woorden en mijn hart aan precies één vrouw gegeven en dat is recht in mijn gezicht ontploft in een shitstorm van pijn en verdriet. De volgende keer dat ik die woorden uitspreek, zal dat komen doordat ik Yasmen op de een of andere manier met wortel en tak uit me heb gerukt en wonderbaarlijk genoeg iemand anders kan binnenlaten. Maar zover ben ik nog niet.

Ik schraap mijn keel. 'Op het werk kunnen we...'

'Dat komt wel goed,' onderbreekt ze me. Haar ogen worden harder en haar kin komt uitdagend naar voren. 'Ik heb te hard en te lang gewerkt om mijn carrière te laten ontsporen door een relatie. Grits is een van de hotste tenten van de stad. Dat geef ik niet op.'

'Mooi. Dan zijn we het eens.'

'Als mensen ernaar vragen, kunnen we het vertellen, maar verder hoeven we er geen big deal van te maken.' Ze laat een snuivend lachje horen. 'Ik bedoel, het was ook geen big deal.'

'Hé.' Ik wacht tot ze naar me opkijkt. 'Zo casual was het niet. Ik wilde oprecht verder met mijn leven. Ik hoopte dat ik klaar was voor iets met iemand voor wie ik iets voelde. Dat is hoe het zat. Ik hoop dat je dat kunt geloven en dat je weet dat ik je nooit iets anders heb willen voorspiegelen.'

'Dat heb je niet gedaan, nee.' Ze schenkt me een betraande glimlach. 'Maar je hebt gelijk. Ik verdien een man die net zo gek op mij is als jij op haar.'

'Ik ben niet...' Ik breek mijn zin af als ik de ongelovige blik zie die ze me toewerpt. 'Ik hoop dat je alles krijgt wat je verdient.'

24

YASMEN

'Yasmen!' roept mama vanbeneden. 'De taxi naar het vliegveld is er.'

'Geef me twee minuten,' roep ik terug.

Ik kijk door mijn kamer. Twee minuten klinkt behoorlijk ambitieus, aangezien mijn kleren over het bed verspreid liggen, naast de koffer in plaats van erin. Ik heb al gedoucht, maar ik heb mijn badjas nog aan en mijn vlechten zitten nog in een sjaaltje gewikkeld.

'Wat een ochtend om me te verslapen,' mopper ik, terwijl ik mijn gedachten probeer te ordenen om te kijken wat ik als eerste moet doen.

Ik sluip naar het raam en gluur door de gordijnen. Er staat een zwarte Suburban te ronken op mijn oprit. Misschien kan ik de chauffeur eerst bij Josiah langs sturen als hij die nog niet heeft opgehaald, dan kan hij daarna terugkomen. Er klinkt een ferme klop op de deur voordat ik tijd heb om dit uitstekende plan uit te voeren.

'Kom binnen, mama.' Ik gooi mijn badjas op het bed. 'Ik kan eigenlijk wel wat hulp gebruiken.'

'Dat lijkt me ook, aangezien we al tien minuten op je staan te wachten,' zegt Josiah. Het klinkt kortaf en de irritatie staat in zijn gezicht gegrift. 'We gaan onze vlucht missen als je niet opschiet. Wat moet ik doen?'

Als zijn blik de mijne ontmoet, blijven we allebei stokstijf staan, ik in alleen mijn beha en onderbroek.

'Wat jij moet doen,' zeg ik knarsetandend, terwijl ik de badjas weer grijp en mijn armen door de mouwen duw, 'is mijn kamer uit gaan.'

Josiah geeft geen krimp, maar richt zijn blik op een punt ergens achter mijn schouder.

'Carole zei dat ze het druk had en nu even niet kon helpen, dus heeft ze mij gestuurd.'

Eerst stuurt mama hem naar de keuken voor een schaal die Vashti daar niet heeft laten staan, en nu dit.

Ik heb je door, mama.

Het zou een halsmisdrijf moeten zijn om je dochter aan haar ex-man te koppelen.

Matricide?

'Ze zou beter moeten weten dan jou naar mijn slaapkamer te sturen terwijl ik me nog aan het aankleden ben,' zeg ik, en ik trek de kraag van mijn badjas op tot aan mijn kin.

'Misschien had ze door dat ik niks nieuws te zien zou krijgen.' Hij houdt zijn toon luchtig, maar er was niets luchtigs aan de manier waarop hij mijn lichaam monsterde voordat hij wegkeek. 'Ik denk dat ik wel met jou in één kamer kan zijn zonder mijn zelfbeheersing te verliezen.'

En míjn zelfbeheersing dan?

'We moeten dringend gaan,' zegt hij. 'Waar heb je hulp bij nodig?'

Ik zucht half berustend, half geïrriteerd en knik naar de kleren die over het bed verspreid liggen. 'Ik heb al gedoucht, dus gooi die even in een koffer.'

'Al die kleren voor één nachtje weg?' Hij trekt een wenkbrauw op en begint dingen op te vouwen.

'Een slimme meid is op alles voorbereid.' Ik loop met een geforceerd lachje de kamer uit naar mijn kast annex kleedkamer om me dan pas te realiseren dat mijn kleren voor vandaag ook op het bed liggen. Als ik weer binnenkom, bungelt er een zwartkanten stringetje aan Josiahs wijsvinger.

'Geef hier.' Ik gris het slipje uit zijn hand en douw het in de koffer. 'Weet je wat? Het lukt wel. Het is niet zoveel werk. Ga naar de auto, ik ben zo beneden.'

'Ik probeer alleen te helpen, sloompie.' Hij grinnikt hoofdschuddend.

'Ik ben echt zo klaar als je me even mijn gang laat gaan.'

Ik rol met mijn ogen en geef een duw tegen zijn arm om hem de deur uit te werken. Een niet eens echt strakke marineblauwe trui volgt de lijnen van zijn gespierde armen en torso. Ik ben me hyperbewust van het minuscule beetje tussenruimte tussen zijn borst en de mijne. Ik merk dat mijn borsten voller aanvoelen en tegen mijn badjas duwen. Mijn beha strijkt als een zijden kooi over mijn gevoelige tepels. Mijn hart gaat tekeer als een wild beest dat eruit wil. Ik sta op blote voeten. Hij torent breed en lang boven me uit op een manier die me altijd een veilig gevoel gaf toen we nog zij aan zij stonden. Nu voel ik me niet zo veilig. Elke zwoegende ademhaling, elke seconde van die gonzende stilte tussen ons voelt gevaarlijk. Ik voel me bedreigd, maar de vijand zit vanbinnen. Het gevaar zit in mijn eigen verraderlijke reacties op een man die vroeger de mijne was. Hij kijkt omlaag met halfdichte ogen, bekijkt me heel goed en maakt geen aanstalten om te vertrekken. Mijn hand verkrampt om zijn arm en ik laat hem vinger voor vinger los.

'Geef me tien minuten,' zeg ik. Mijn stem klinkt laag en schor. Ik wil hem wanhopig graag de kamer uit hebben, uit mijn buurt.

'Maak er vijf van,' zegt hij kort en bondig over zijn schouder als hij de deur uit loopt.

Het kost me zeven minuten. Ik hol door de kamer alsof er hellehonden naar mijn hielen happen, wat niet ver bezijden de waarheid is, en gooi de kleren en toiletartikelen in mijn rolkoffer. Mijn make-uptasje prop ik in een forse handtas. Ik kleed me aan, klop op de deur van Deja's slaapkamer en wacht op toestemming voordat ik hem opendoe. Als ik binnenkom, trekt ze het doorzichtige gordijn voor haar bed opzij. Ze steekt haar hoofd naar buiten en knippert slaperig naar me. Haar haren zitten verstopt onder een zijden bonnet met luipaardprint en ze heeft een Marvel-pyjama aan. Storms krijtwitte ogen kijken me bijna net zo alert aan als die van mijn dochter. Zoals ze er nu uitziet, lijkt ze heel jong en kwetsbaar, zonder tijd om haar muurtje op te trekken.

'Hé.' Ik glimlach, leunend tegen de deurpost.

'Hé.' Ze rekt zich uit en gaapt. 'Hoe laat is het?'

'Vroeg. Je kunt nog wel even slapen, maar we gaan nu naar het vliegveld. Lief zijn voor oma, oké?'

Ze laat zich weer op haar kussen vallen en trekt de deken over haar nek en schouders. 'Komt goed, mam,' mompelt ze vanuit de krochten van haar beddengoed. 'Doeidoei.'

'We bellen als we geland zijn. Oma is er, maar zorg jij ook een beetje voor je broertje.'

'Doe ik altijd.' Zij en haar stem zakken weg en de laatste lettergreep vervaagt als ze weer in slaap valt.

Ik doe haar deur dicht en open die van Kassim op een kiertje. Hij ligt nog vredig te slapen, met de dekens van zich af geschopt en zijn armen onder zijn kussen. Ik maak hem niet wakker, maar druk een snelle kus op zijn haar voordat ik zachtjes de kamer verlaat en de trap af ga.

In de hal komt de geur van koffie en bacon me tegemoet. Ik zet mijn tas naast de voordeur en loop naar de keuken. Mama kijkt op van het deeg waarvan ze *biscuits* vormt.

'Ga je?' vraagt ze.

'Ja.' Ik loop naar haar toe en leun met mijn heup tegen het kookeiland. 'Ik weet waar je mee bezig bent en je moet ophouden.'

Ze zet grote, onschuldige ogen op. 'Ik heb geen idee wat je bedoelt.'

'Met Thanksgiving stuur je Josiah naar me toe in de keuken voor die schaal die Vashti helemaal niet was vergeten. Vanochtend stuur je hem naar mijn slaapkamer om te "helpen".'

'Ik had het druk.' Ze wappert met haar met bloem bestoven handen naar het deeg dat voor haar ligt. 'Die biscuits gaan zichzelf niet bakken.'

'Mama, we zijn gescheiden. Niet tijdelijk uit elkaar of zoiets. Ons huwelijk is voorbij en Josiah heeft een ander.'

'En ik vind Vashti heel aardig,' zegt mama. 'Zo'n lief kind.'

'Ja.'

'Veel te lief om verpletterd te worden tussen twee mensen die overduidelijk bij elkaar horen.'

Ik staar haar zonder te knipperen aan, ziedend van frustratie.

'Mama, niet...'

'Denk je dat anderen het niet zien? Dat jij hem terug wil en hij jou?'

'Hij wil me niet terug,' antwoord ik op effen toon.

'Ik hoor je niet ontkennen dat jij hem terug wilt.' De triomf op mama's gezicht is te irritant voor woorden.

'Hou toch op.'

Dat kwam er harder en feller uit dan bedoeld, aangedreven door al mijn frustratie, irritatie en woede. Allemaal op mezelf gericht, maar nu krijgt zij het over zich heen. Mama knippert niet eens met haar ogen na die scherpe opmerking, maar blijft me aankijken.

'Wil je hem terug?' vraagt ze, en ze geeft me niet eens de kans om daar antwoord op te geven. 'Want als dat zo is, dan heb je nu een zeldzame kans. Een weekend alleen zonder afleiding. Alleen jullie twee. Misschien kunnen jullie een keer goed praten en uitvissen hoe het kan dat twee mensen die zoveel van elkaar gehouden hebben – pardon: zoveel van elkaar hóúden – als jullie niet samen eindigen, want ik snap er geen donder van.'

Haar vraag blijft door mijn schedel kaatsen.

Wil je hem terug?

Al was het zo, hij is inmiddels bezet. Hij heeft een vrouw gevonden die hem niet het gevoel geeft dat hij in een centrifuge leeft.

Er klinkt een irritant getoeter vanuit de voortuin, die haar harde preek goddank afkapt. Ik weet zeker dat Josiah de chauffeur daartoe heeft aangezet.

'Ik moet weg.' Ik geef haar een kus op haar wang. 'Je hebt onze nummers. Gewoon bellen als jij of de kids iets nodig hebben. We zijn morgenavond terug.'

'Komt wel goed hier, maar je moet nadenken over wat ik zei, Yasmen. Het is nu nog niet te laat, maar wat als hij met haar gaat trouwen?'

Ik verstijf bij het woord 'trouwen' en mijn vingers verkrampen om het handvat van mijn koffer. Mijn hart bonkt in mijn schoenen, want het is in vrije val geraakt na haar vraag. Natuurlijk heb ik altijd geweten dat Josiah opnieuw zou kunnen trouwen, maar aan die mogelijkheid zat nooit een specifiek gezicht, lichaam en iemand vast. Nu wel. En ze is een mooie, talentvolle, zelfverzekerde vrouw die haar greep op het leven waarschijnlijk nooit zo erg zou verliezen dat 's ochtends uit bed komen als een olympische prestatie zou voelen.

'Dag, mama,' zeg ik, terwijl ik mijn koffer naar de gang rol. 'Ik moet gaan.'

Josiah staat tegen de passagierskant van de Suburban geleund als ik de veranda op kom. Hij maakt zich los van de auto, is in een paar stappen bij me en grijpt mijn koffer om die in de kofferbak te doen.

Het is niet druk op de weg en er gebeuren geen gekke dingen tijdens de rit. Ik maak me op en Josiah beantwoordt e-mails op zijn telefoon.

'Kids sliepen nog toen ik bij ze ging kijken,' zegt hij.

'Ja.' Ik balanceer een spiegeltje op mijn schoot om concealer onder mijn ogen en op een paar oneffenheden aan te brengen. 'Ik heb heel even met Deja gepraat, maar Kas werd niet eens wakker.'

'We bellen ze wel als we geland zijn.'

'Alles goed met Vashti vanochtend?' vraag ik, en ik vervloek mezelf als die vraag over mijn lippen komt, maar het lukt me om het foundationsponsje met vaste hand te blijven hanteren.

Josiah kijkt opzij. 'Ik heb haar vandaag niet gesproken, maar ik neem aan dat alles prima met haar is. Zij en Anthony houden alle ballen op het werk in de lucht tot we terug zijn, voor het geval dat de reden is dat je dat vraagt.'

Dat was het niet.

Nadat ik haar die ochtend bij hem thuis had aangetroffen nam ik blijkbaar aan dat ze continu blijft slapen. Mijn nieuwsgierigheid naar hun relatie is grenzeloos. Ze zijn absoluut heel discreet op het werk en ze zijn geen klef stel. Ik heb ze een paar keer hand in hand gezien, maar ze zitten niet de hele tijd aan elkaar. Niet zoals Josiah en ik waren toen alles nog goed was. Josiah is gereserveerder dan ik, maar hij toonde zijn affectie altijd ongegeneerd en het maakte hem niet uit wie het zag. Houdt hij zich in met Vashti als ik erbij ben om mij geen ongemakkelijk gevoel te geven? Of zijn ze altijd zo ingehouden? Hoe zijn ze als ze alleen zijn?

Hoe zijn ze in bed?

Mijn hand schiet uit. Er zit een donkerbruine streep oogpotlood dwars op mijn onderste wimpers.

'Verdomme.' Ik lik aan mijn vinger en wis de uitschieter voorzichtig uit.

'Alles goed?' vraagt Josiah zonder op te kijken van zijn Apple Watch.

'Ja. Hobbel in de weg.'

Ik ga verder met mijn oogschaduw en als ik daarmee klaar ben, breng ik wat Trophy Wife-highlighter aan op mijn wangen en kin. Als Rihanna nooit meer een liedje opneemt, vind ik dat prima, zolang Fenty maar blijft bestaan. Geen verkeerde ruil, vind ik.

Onze telefoons pingelen tegelijk omdat er een appje binnenkomt. Ik ben nog met mijn wenkbrauwpotlood in de weer, dus ik laat het aan Josiah over om het te checken.

'Harvey,' zegt hij, terwijl hij het berichtje leest via zijn horloge. 'Hij wil weten of zijn secretaresse ons de hotelgegevens heeft gestuurd.'

'Die heb ik,' zeg ik met een snelle blik opzij. 'Het Hardway, toch? Dat boetiekhotel, niet al te ver van het restaurant.'

'Ja, het zag er prima uit op de site.'

Hij trekt zijn telefoon uit zijn zak en typt een antwoord.

Tegen de tijd dat we bij de vertrekhal van vliegveld Hartsfield-Jackson arriveren, zit mijn make-up erop en heb ik het sjaaltje van mijn vlechten gehaald, zodat ze over mijn rug hangen. Josiah pakt onze koffers en rolt ze naar de ingang.

In de paar uren daarna wens ik minstens tien keer dat Harvey met ons mee was gereisd, zodat hij als buffer kon dienen. Als we met zijn tweeën zijn, zeggen we meestal óf te veel of niet genoeg. Of we zeggen de verkeerde dingen in plaats van de goede. Ik kan niet wachten tot we in Charlotte zijn, zodat ik mijn kamer in kan en alleen met Josiah hoef te communiceren als het absoluut noodzakelijk is. Hij denkt er blijkbaar net zo over, want hij doet zijn oortjes in zodra we goed en wel zitten. Ik doe mijn ogen dicht en doe de hele vlucht alsof ik slaap.

Na de landing worden we naar hotel Hardway gebracht door een taxi die Harvey heeft geregeld. Ik begin last te krijgen van het slaapgebrek en het vroege uur, en het enige waaraan ik kan denken is de kans om nog een uurtje uit te rusten in mijn hotelkamer voordat we het stel ontmoeten dat hun restaurant verkoopt. Op de parkeerplaats en in de lobby heerst een enorme bedrijvigheid. We staan een paar minuten in een rij met andere gasten die inchecken. Als we bij de balie zijn, doen mijn voeten pijn en verlang ik naar mijn makkelijke schoenen. Ik ben zo gefixeerd op de pijn in mijn kleine teen dat de woorden van de baliemedewerkster nauwelijks tot me doordringen.

'Verdomme, hoezo is er maar één kamer?' snauwt Josiah met een dreigende rimpel tussen zijn wenkbrauwen. 'Ik heb de reservering hier, kijk dan.'

Hij laat haar het bevestigingsnummer zien uit de mail van Harveys secretaresse.

'Ja, meneer,' zegt Amanda, zoals ze volgens haar naamplaatje heet, overdreven geduldig. 'En ik heb u de sleutel voor kamer 428 gegeven.'

'Ja, maar je hebt me ook haar sleutel gegeven,' zegt hij met een knikje naar mij. 'Voor kamer 428.'

'Ja, uw reservering is voor een kingsize bed,' zegt ze, en ze kijkt op haar scherm. 'Twee gasten. Josiah Wade en Yasmen Wade.'

'Maar we moeten aparte kamers hebben,' krijs ik bijna.

'Dit is duidelijk een misverstand,' zegt Josiah tegen mij. 'Ze geven ons wel een andere kamer.'

'Het spijt me, meneer, maar zoals ik al zei, zijn er geen kamers meer.' Amanda verdeelt haar verontschuldigende blik tussen ons tweeën. 'Er is een groot vrouwencongres gaande in de stad, iets van de kerk, en al onze kamers zijn geboekt. We hebben alleen kamer 428 voor u.'

'Ik bel Harvey. Die regelt het wel,' zeg ik met iets van paniek in mijn stem, en ik graai in mijn handtas om mijn telefoon te zoeken. No way dat ik de nacht ga doorbrengen met Josiah en een béd.

'Er staat een slaapbank in het woonkamergedeelte,' oppert Amanda, wat totaal niet helpt. 'Misschien kunt u...'

'Nee,' roep ik snel. Mijn hartslag loopt op met elke keer dat Harveys telefoon overgaat.

'Yasmen,' zegt Harvey als hij eindelijk opneemt. 'Zijn jullie aangekomen? Hoe is het hotel?'

'Het hotel,' zeg ik, 'heeft een tweepersoonskamer voor ons geboekt.'

Ik laat dat even goed doordringen, zodat hij kan voelen hoe rampzalig de situatie is.

'O, dat is vast een vergissing van mijn nieuwe secretaresse. Ze maakt de laatste tijd nogal wat fouten. Ze heeft een...'

'Harvey, sorry dat ik even geen ene moer om je secretaresse geef, maar heb je hier een oplossing voor?'

'Hebben ze niet nog een kamer voor jullie?'

'Nee, er is een of ander vrouwencongres in Charlotte en alle hotels zijn volgeboekt. Je moet een oplossing vinden.' Mijn stem gaat steeds verder omhoog, want de realiteit van onze situatie begint nu echt tot me door te dringen. 'We kunnen niet...'

'Yas,' interrumpeert Josiah op kalme, effen toon. 'Het is niet zo'n punt. Ik neem die slaapbank wel. Het is maar voor één nachtje.'

In een paar dagen tijd is mijn hele wereld op zijn kop komen te staan. Eén gebeurtenis kan de loop van ons leven fundamenteel veranderen, voor altijd. Ik weet dat het maar één nachtje is, maar dit wordt de eerste nacht die we in meer dan twee jaar onder hetzelfde dak doorbrengen.

Ik staar hem aan en hij kijkt stoïcijns terug, maar het voelt alsof hij zichzelf heel actief probeert te beheersen, en mij ook.

En misschien zou dat werken en zou ik me geruster voelen als de herinnering aan dat moment in zijn kantoortje me de laatste weken niet had achtervolgd. Hoe ik tussen zijn benen stond, de kracht van onze clash, de overkokende emoties. Hoe hard ik ook probeer het weg te lachen en te geloven dat het niets te betekenen had, ik ben niet overtuigd.

Tussen ons betekent niets ooit niets.

'Het komt wel goed,' zegt hij, en hij steekt de sleutel in zijn zak. 'Vertrouw me maar.'

Hoe kan ik hem vertellen dat hij niet degene is die ik niet vertrouw?

25

JOSIAH

'Harvey, doe er iets aan.'

Ik ijsbeer door de gang bij kamer 428, terwijl ik met mijn ene hand de telefoon tegen mijn oor druk en met de andere hand in mijn nek knijp.

'Ik dacht dat je zei dat je de slaapbank zou nemen,' zegt Harvey, duidelijk verward. 'En dat het oké was.'

'Dat was een leugen.'

'Wat... Waarom zou je daarover liegen?'

'Wat denk je?' zeg ik, en ik ga iets zachter praten. 'Omdat ik niet wil dat Yasmen weet dat het niet oké is.'

'Dat slaat nergens op.'

'Je luistert niet.'

'Jawel. Het klinkt alsof je bang bent om één nachtje met je ex-vrouw in dezelfde kamer te bivakkeren.'

'Bang?' Ik hou op met ijsberen. 'Pfft.'

Goed gerіposteerd, Josiah.

'Jij neemt de bank in de woonkamer en zij neemt de slaapkamer. Ik zie niet in wat het probleem is.'

Het zou ook geen probleem moeten zijn. Dat weet ik wel, maar ik kan het gevoel niet van me afzetten dat alles – alwéér – zal veranderen als we de nacht in dezelfde kamer doorbrengen.

'Je denkt niet serieus dat er iets gaat gebeuren, toch?' vraagt Harvey. 'Ik bedoel, tussen jou en Yasmen.'

Het is al aan het gebeuren.

De grond is centimeter voor centimeter verschoven sinds die dag in mijn kantoor. Misschien al eerder. En samen in één hotelkamer? Eén verkeerde beweging en de hele boel kan zo de afgrond in schuiven.

'Denk je dat je Vashti gaat besodemieteren? Maak je je daar zorgen om?'

'Dat heeft er niks mee te maken.' Ik knijp in de brug van mijn neus en adem langzaam uit. 'Vashti en ik zijn uit elkaar.'

Ik hoor achter me iemand heel zacht naar adem happen. Ik draai me langzaam om en zie Yasmens grote, verschrikte ogen.

Verdomme.

Ik wilde haar dat nog helemaal niet vertellen, en zeker niet zo.

'Harvey,' zeg ik, met een behoedzame blik op Yas. 'Ik moet gaan. Die lunch is om één uur, toch?'

'Ja, ik zie jullie daar,' zegt hij. 'Het komt wel goed allemaal.'

Ik hang op zonder daarop te reageren, stop mijn telefoon in mijn zak en zet een doodkalm gezicht op.

'Zijn jij en Vashti uit elkaar?' vraagt Yasmen met een rijtje fronsrimpels op haar gladde voorhoofd.

'Ja.'

'Sinds wanneer?'

'Thanksgiving.'

'O, ik...' Ze slaat haar ogen neer. 'Wat naar om te horen.'

'Ja?' vraag ik met een zachte stem waarin nul oprechte belangstelling doorklinkt.

Haar gezichtsuitdrukking vertelt me niks. Ze loopt de kamer weer in zonder antwoord te geven. Ik aarzel op de drempel voordat ik ook naar binnen ga en de deur achter me dichtdoe.

Het is midden op de dag. We hebben over minder dan een uur een bespreking. Er moeten zaken afgehandeld worden. Ik weet dat er niks gaat gebeuren, maar het koord dat ons vroeger altijd naar elkaar toe leek te trekken, dat koord waarvan ik dacht dat het permanent doorgesneden was, trekt de laatste tijd aan me, elke keer dat we alleen zijn.

'Ik denk dat dit een beetje te casual is, wat ik aanheb. Voor het vliegtuig was het prima,' roept ze vanuit de slaapkamer, 'maar ik ga me even omkleden.'

Ik ga op de bank zitten en pak het roomservicemenu. Ik heb sinds het ontbijt niks gegeten en mijn maag maakt monstergeluiden.

'Ik hoop dat hun restaurant een beetje goed is,' zeg ik hard genoeg om hoorbaar te zijn in de andere kamer.

'Ik heb zo'n honger dat goed me niet eens interesseert. Als het maar gaar is.'

Ik kijk op en mijn antwoord stokt in mijn keel. De deur staat op een kier, zodat er een strookje slaapkamer zichtbaar is. Yasmen staat in haar beha en onderbroek. Ik krijg alleen wat flitsen mee van roze satijn en kant en gladde bruine huid, maar mijn fantasie kan de rest wel invullen. Het was al erg genoeg dat ik haar vanochtend halfnaakt aantrof en haar string tegenkwam. Ik had beter moeten weten en niet naar Carole moeten luisteren toen die me naar boven stuurde om Yasmen te 'helpen'. Maar wist ik echt niet beter? Wist ik echt niet hoe link het was om naar haar slaapkamer – vroeger *míjn* slaapkamer – te gaan terwijl ze zich aan stond te kleden? Gevaar zien en er halsoverkop naartoe hollen is dom en roekeloos. Twee dingen die ik me niet kan veroorloven. Twee dingen die ik normaliter niet ben, maar met deze vrouw gebeuren er altijd dingen die niet helemaal normaal zijn.

'Eh, ja.' Ik wend mijn blik bewust af van het verleidelijke uitzicht. 'Ik verga van de honger.'

Ze doet de deur open en steekt haar hoofd naar buiten. 'Moet je nog in de badkamer zijn? Ik ben klaar.'

Een waterval van vlechten valt om haar schouders tot aan haar ellebogen, zodat ze er nog jonger uitziet. De rode gebreide jurk die ze heeft aangetrokken is duidelijk dol op elke curve van haar lichaam en de zwarte riem om haar middel benadrukt de lijn van borsten naar taille naar heupen en kont.

'Nah, niet nodig.' Ik schraap mijn keel en kijk snel weer naar de menukaart. 'Maar ik ga dit menu opeten als we niet snel iets te eten krijgen.'

'Drie keer raden wat ik heb?' Haar glimlach is lief, vertrouwd en aanstekelijk, en ik merk dat ik terug glimlach.

'Wat?'

Ze rent de slaapkamer in en is twee tellen later terug met haar oversized handtas.

'Ta-da!' Ze gooit een zakje naar me toe.

Ik vang het en mijn glimlach sterft weg als ik zie wat het is. Gemengde popcorn, mijn achilleshiel.

'Wow.' Ik hou het zakje een paar tellen vast zonder het open te maken. 'Dank je wel.'

'Die vind je nog steeds lekker, toch?' Haar glimlach krimpt. 'Ik graaide gisteravond wat snacks mee bij de supermarkt en toen zag ik die popcorn. Als je het niet...'

'Nog steeds verslaafd,' geef ik toe, terwijl ik het zakje openscheur en een handje zoet-zoute heroïne-corn naar binnen werk. 'Dank je. Daarmee hou ik het wel vol tot de lunch.'

'Heb je de Uber al geregeld?'

'Ik zal het gelijk doen.'

Ze grijpt de voorste rij vlechten en tilt haar armen op om er een knot van te draaien. De rest blijft los over haar rug hangen. De beweging tilt haar borsten op en drukt ze strak tegen de nauwsluitende jurk. Ik vermaal de popcorn tussen mijn kiezen. Ik word beproefd. Overduidelijk. En ik moet deze beproeving doorstaan. Het zou rampzalig en oerstom zijn om daarin te falen. Ik ben geen masochist en ik ben niet gek. Dat zou ik allebei moeten zijn om ook maar eventjes toe te geven aan die knoertharde lust die ik nooit heb kunnen onderdrukken. Ik ben niet achterlijk. Ik weet vrij zeker dat de aantrekkingskracht wederzijds is en dat ze mij ergens ook nog steeds wil. Maar ze wil me niet voor de rest van haar leven en dat is de belofte die we elkaar hadden gedaan. Die zij heeft verbroken. Dat is niet helemaal eerlijk, want ik weet wat ze doormaakte, maar begrijpen waarom je gekwetst bent maakt het nog niet minder pijnlijk.

Ik leg de popcorn op de salontafel en pak mijn telefoon om de Uber te bestellen. Dat geeft me tenminste iets anders om me op te richten dan hoe goed Yasmen eruitziet in die vervloekte jurk.

Eenmaal in de auto ontspan ik me een beetje, veilig aan mijn kant met een heel stuk achterbank tussen ons in, maar ik heb mijn ogen nog niet dichtgedaan, vastbesloten om haar in de tien minuten naar het restaurant buiten te sluiten, of ze vindt alweer een andere manier om mijn zintuigen te martelen. Met haar parfum, dit keer.

'Wat is dat voor lucht?' blaf ik, en ik kijk opzij om haar gezicht te bestuderen.

'O, sorry, meneer,' zegt de Uber-chauffeur met een verontschuldigende blik in de achteruitkijkspiegel. 'Ik heb iets met knoflook gegeten. Misschien ruikt u nog...'

'Jij niet,' zeg ik tegen hem, met mijn blik nog steeds op Yasmen. 'Jij.'

Ze snuift onder haar oksel en fronst. 'Niks te ruiken, hoor.'

'Het is een lekker luchtje,' geef ik toe. 'Maar het is nieuw. Niet wat je vroeger droeg.'

'O.' Ze duwt haar pols onder mijn neus. 'Dit?'

Ze heeft geen idee hoe ik me moet beheersen om haar pols niet naar mijn lippen te trekken en aan die kloppende ader te zuigen en hem te volgen met mijn tong, als een of andere bloeddorstige vampier. Dit wordt met de seconde erger.

'Ja, dat.' Ik duw haar pols weg en wend mijn hoofd af om door het raampje te kijken, zonder echt iets te zien van het charmante buurtje waar de kerstversieringen al hangen, met kransen en lichtjes aan de straatlantaarns.

'Dat heb ik bij Honey Chile gekocht. Vanille. Vind je het wat?'

'Ja, wel prima,' zeg ik kortaf.

'"Wel prima" is ongetwijfeld een van de mooiste complimenten die ik ooit heb gekregen,' zegt ze met een droog lachje.

'Is dat wat je wilt?' Ik draai met een ruk mijn hoofd terug en staar haar aan. 'Complimenten? Moet ik je vertellen hoe goed je eruitziet en hoe lekker je ruikt? Blaast Mark niet genoeg lucht in je ego?'

Waarom zeg ik dat?

De glimlach besterft op haar lippen en ze knijpt haar ogen tot spleetjes. Ik kan veel beter met haar woede en irritatie dealen dan met dat lieve, verleidelijke gedoe.

'Ik hoef van niemand complimenten,' zegt ze op messcherpe toon. 'En al helemaal niet van jou, want ik weet dat je er toch niks van meent.'

Ik schud mijn hoofd en gooi er een snuivend lachje vol zelfspot uit. Ik meen er niks van? Als ze eens wist.

'Luister, Yas, het spijt me.' Ik ben zo'n lafaard dat ik mijn excuses op mijn raampje richt in plaats van op haar gezicht. Ze heeft alles altijd zo goed door en ik wil niet dat ze weet wat er echt speelt in mijn hoofd en in mijn broek.

'Ik heb nogal wat aan mijn hoofd,' zeg ik. 'Maar ik moet het niet op jou afreageren.'

'Nee, inderdaad,' antwoordt ze. De woede trekt al uit haar stem. 'Is het iets waarmee ik kan helpen?'

'Nee.' Want jij bent het probleem. 'Maar dank je wel. Hé, ik geloof dat we er zijn.'

De Uber stopt voor een wit victoriaans pand met donkerrode luiken. Het trapje naar de donkerrode deur wordt geflankeerd door bloembakken. Er twinkelen kerstlichtjes op de veranda en er hangen kransen voor de ramen.

Als we HH Eatz binnenlopen, staat Harvey op van een bankje in het wachtgedeelte om ons te begroeten.

'Daar zul je ze hebben,' zegt hij. 'Precies op tijd. Nogmaals sorry vanwege de hotelkamer. Mijn secretaresse was helemaal overstuur van die misser.'

'Wij ook,' brom ik.

'Het komt wel goed,' zegt Yas met een scherpe blik naar mij. 'Die dingen gebeuren. We maken er gewoon het beste van, toch, Jos?'

'Ja hoor.' Ik kijk over het gastvrouwentafeltje naar het restaurantgedeelte en zie dat de inrichting vooral bestaat uit donker leer en verweerd hout. 'Vertel me alsjeblieft dat er eten op het programma staat.'

'Zeker weten. Merry en Ken hebben iets speciaals voor jullie gemaakt,' zegt Harvey, en hij wenkt ons om hem te volgen naar de eetzaal.

Het is kleiner dan Grits, ietsje knusser. Wij leunen heel erg tegen het grootsteedse uitgaansleven aan en onze inrichting weerspiegelt dat. De gerechten zijn misschien oude *homestyle* favorieten, maar het luxueuze decor van Grits en de eersteklas presentatie maken er toch net iets meer van. Daar doelen we in elk geval op. Deze tent heeft een warme gezelligheid die misschien typisch is voor een kleinere stad, maar waarschijnlijk opzettelijk is gecreëerd door de eigenaren.

'Ze wachten al op ons,' zegt Harvey, en hij leidt ons naar een stel dat aan een grote tafel achter in het restaurant zit. 'Josiah en Yasmen Wade, dit zijn Merry Herman en Ken Harris.'

Yasmen steekt haar hand uit en schenkt ze een vriendelijke glimlach. 'Leuk om jullie te ontmoeten.'

'We hebben hier erg naar uitgekeken,' zegt Merry, die Yasmens hand drukt en daarna de mijne. 'Zo fijn om jullie te zien. We hebben ons populairste gerecht klaargemaakt, maar als er iets op het menu staat wat jullie liever willen, laat het dan vooral weten.'

'Misschien moeten we ze gewoon vertellen wat de opties zijn, schat,' zegt Ken, een witte man, niet groot en niet klein, met grijzend haar en alerte lichtbruine ogen. Ik schat hem ergens tussen de vijfenzestig en de zeventig, maar soms is het moeilijk in te schatten.

'Je hebt gelijk.' Merry is een vrouw van gemiddelde grootte met een bleek gezicht. Haar haren zijn waarschijnlijk ooit blond geweest, maar nu zit er aardig wat grijs doorheen en haar blauwe ogen glinsteren als ze naar haar man lacht. 'Maar laten we eerst lekker gaan zitten.'

Yasmen en ik gaan aan de ene kant van de ovale tafel zitten, Harvey gaat aan het hoofd en Merry en Ken zitten tegenover ons. Ik krimp ineen als Yasmens bovenbeen het mijne raakt.

'Alles oké?' vraagt ze met een bezorgde frons.

Ze leunt een beetje opzij en haar borst drukt tegen mijn arm.

Verdomme. Deze maaltijd wordt een marteling als ik mijn kop er niet bij hou.

'Ja, prima.' Puur uit gewoonte druk ik mijn begeerte weg, roep een glimlach op en richt die op het stel tegenover ons. 'Ik lust wel wat. Wat hebben jullie?'

26

YASMEN

Merry en Ken zijn het ideale stel. Onder het genot van een pasteischotel met perfect gekruide *pulled chicken* en beetgare groenten leren we ze wat beter kennen. Ze kunnen niet van elkaar afblijven. Niet op een obscene manier. Als ze geen vork vasthouden, houden ze elkaars hand vast. Hij speelt met haar oorbel terwijl zij praat. Zij leunt even tegen hem aan en legt haar hoofd op zijn schouder. Ze delen een comfortabele intimiteit die zo beproefd en warm is als een deken die je al jaren hebt en nog steeds koestert.

'Dat was een van de beste maaltijden die ik in eeuwen heb geproefd,' zegt Josiah, die achteroverleunt als de laatste hap van zijn bord is weggewerkt. 'Terwijl onze chef-kok een van de beste van Atlanta is.'

Vashti.

Ik heb nog nauwelijks de tijd gehad om tot me te laten doordringen dat ze niet meer bij elkaar zijn. Er vliegen tien vragen tegelijk door mijn hoofd, maar dit is niet het moment om die beantwoord te krijgen. Hij is me geen antwoorden of verklaringen schuldig. Ze hadden iets. Nu niet meer. Het verandert niks tussen ons, maar nu ik Merry en Ken zie, kan ik alleen maar bedenken hoe Josiah en ik vroeger waren. Ironisch dat we in onze jongere jaren zo'n hartstocht voor elkaar voelden en nu tegenover een stel zitten dat twee keer zou oud is als wij en nog steeds zo'n vurige liefde heeft, terwijl de onze tot as is verbrand.

'We hebben een uitstekende kok,' zegt Ken. 'Maar die verhuist naar Parijs zodra we dichtgaan.'

Verrassend genoeg is dit de eerste keer dat we het over de verkoop hebben, terwijl dat toch de reden is van ons bezoek. Ze hebben van alles over hun kinderen verteld en wij hebben ze foto's van de onze laten zien. We hebben verhalen uitgewisseld over de tijd dat we onze zaken net opstartten. Zij hebben elkaar leren kennen bij een groot cateringbedrijf waar ze allebei werkten en besloten toen om voor zichzelf te beginnen.

'Het zou geen probleem zijn om een geweldige kok te vinden, om de continuïteit tussen onze locatie in Atlanta en deze te handhaven,' zegt Josiah, en hij neemt een slokje van zijn water. 'Mocht het zover komen.'

'Jullie hebben de cijfers gezien,' zegt Merry. 'Jullie weten hoe winstgevend we zijn. Wij hebben ons huiswerk ook gedaan en we weten het een en ander over Grits. Er zijn veel overeenkomsten tussen wat wij doen en wat jullie doen. NoDa is een van de meest trendy wijken van de stad. Hier gebeurt het allemaal, en het gaat heel hard vooruit. Charlotte wordt steeds populairder en deze wijk is een van de meest gewilde van de stad.'

'Het is een eclectisch buurtje,' gaat Ken verder. 'Er is een hele gemeenschap van ambachtelijke makers en je kunt hier zo'n beetje het beste eten van de stad vinden. Dat trekt veel volk. In het weekend zitten we zo bomvol dat we het nauwelijks kunnen bolwerken.'

'Ik ben onder de indruk van wat jullie hier neergezet hebben,' zeg ik met een glimlach.

'En wij zijn onder de indruk van jullie,' zegt Merry. 'We vinden het geweldig hoeveel parallellen er zijn tussen jullie en ons. Het zou te gek zijn om een ander stel te vinden dat dit overneemt.'

'Wij, eh, zijn geen stel meer,' zegt Josiah, terwijl hij met zijn vingertop de nerf van de tafel volgt. 'We zijn gescheiden.'

'O.' Kens wenkbrauwen gaan omhoog. 'Dan vind ik het nog indrukwekkender. Het is al moeilijk zat om een zaak te drijven met je levenspartner, laat staan met je voormalige levenspartner. Ik was te voorbarig in mijn conclusie. Sorry.'

'Geen probleem,' verzeker ik hem. 'We hebben onze zaak en onze kinderen op de eerste plaats gezet. Zij zijn het belangrijkste. Het is ons gelukt om vrienden te blijven.'

Ik waag een blik opzij en zie Josiah kijken. Onze blikken kruisen en laten elkaar een paar tellen lang niet los. Er kruipt een warme gloed naar mijn nek en ik voel mijn wangen gloeien. Ik ruk mijn blik los en kijk naar het linnen servet op mijn schoot.

'Vrienden, hè?' Merry kijkt heen en weer en haar ironische glimlachje kerft dunne lijntjes om haar mond. 'Dat zie ik. Nou, wij hebben het hele huwelijksgedoe overgeslagen, maar de rest hebben we wel allemaal gedaan.'

'Wat?' Mijn hoofd komt met een ruk omhoog als haar woorden tot me doordringen. 'Zijn jullie niet getrouwd? Maar hoelang zijn jullie...'

'Dertig jaar samen.' Ken kust Merry op haar kruin. 'Eén succesvol bedrijf en twee succesvolle kinderen, maar geen trouwringen.'

'Dat is... onconventioneel,' zegt Josiah.

'Dat zijn we wel, ja,' zegt Merry lachend. 'Maar voor ons werkt het. We hadden het papiertje en het goud niet nodig. De meeste huwelijken die ik in mijn jeugd heb gezien waren valkuilen, een middel om vrouwen klein te houden. Niet dat ik denk dat mijn Ken dat ooit zou doen.'

Ze tilt zijn hand op en kust zijn knokkel.

'We geloven gewoon niet zo in het instituut huwelijk,' verklaart Ken. 'Maar we geloven in elkaar, voor altijd. We hebben samen een leven opgebouwd, op onze eigen voorwaarden.'

'Het enige wat ons bij elkaar houdt,' zegt Merry met een liefdevolle blik op Ken, 'is onze liefde, maar dat is juist het grootste bewijs. Dat we elk moment weg zouden kunnen.'

'Maar dat zouden we allebei nooit doen. Dat is al die tijd niet gebeurd. Ik zou willen aanvoeren dat wat wij hebben sterker en echter is dan de meeste huwelijken, vanwege de vrijheid die het ons geeft.'

'Dus jullie hebben een open relatie?' vraagt Harvey. 'Dat wist ik niet.'

'Onze relatie is niet open. We zijn monogaam,' zegt Ken met een geamuseerde zijwaartse blik op Merry. 'Volgens mij wel, tenminste.'

'Altijd,' zegt Merry grinnikend, en ze kruipt nog wat dichter tegen Ken aan. 'We hebben voor elkaar gekozen en we zijn nooit van gedachten veranderd.'

Er komt een serveerster naar onze tafel met een schaal vol dessertgerechtjes, wat het gesprek een andere richting geeft, maar ik kan maar niet vergeten wat ze zeiden. Als Josiah en ik die weg waren gegaan, waren we nooit gescheiden. Dan waren we gewoon elk onze eigen weg gegaan, maar ik denk dat de pijn en verbittering er dan niet minder om geweest waren. Dat papiertje bepaalt je commitment niet, maar het gebrek eraan doet dat ook niet. Dat wat Josiah en ik ooit hadden zou waarschijnlijk net zo sterk geweest zijn als we niet voor het huwelijk hadden gekozen en het zou net zoveel pijn gedaan hebben toen het stukliep. Mijn gedachten dwalen af naar de simpele gouden ring met het kleine diamantje die Josiah me gegeven heeft, het enige wat hij indertijd kon betalen. Hij ligt in hetzelfde sieradendoosje als die kalkoenoorbellen en het kettinkje met het wieltje dat hij me gegeven heeft op onze trouwdag. Een crypte voor diamanten, demonen en spoken uit het verleden.

'Chocolade?' vraagt Josiah, en ik schrik op uit mijn sentimentele overpeinzingen.

'Huh?' Ik kijk van hem naar de dessertschaal.

'De chocoladetaart is overheerlijk,' zegt Merry. 'Maar de perenstrudel is subliem. Ik raad iedereen aan om die minstens een keer te proberen.'

'Peren zijn mijn lievelingsfruit,' zeg ik met een glimlach. 'Ik heb ze heel lang niet gehad. Doe mij de strudel maar.'

'De perenbomen staan hierachter,' zegt Ken, en hij schuift het gebak op mijn bord met zijn mes. 'Ze stonden er al lang voordat wij kwamen. We hebben ze maar gewoon gehouden. Zo ongeveer de beste peren van de staat.'

'Ze hebben prijzen gewonnen,' zegt Merry vol trots. 'Je krijgt geen spijt van die strudel.'

'O, goeie god,' kreun ik, terwijl ik de warme peren en de knapperige korst door mijn mond laat gaan. 'Dit is gewoon obsceen.'

Merry lacht. 'Zei ik toch.'

'Proef,' zeg ik, terwijl ik wat van het smeuïge toetje op mijn vork schep en die naar Josiahs mond breng. Dat doe ik puur uit gewoonte. Vroeger proefden we altijd elkaars gerechten. Hij doet meteen zijn mond open en knijpt zijn ogen dicht om te proeven.

'Wow,' zegt hij, en hij laat de chocoladetaart links liggen om zelf ook een stuk strudel van de schaal te pakken. 'Is het recept hiervoor bij de koop inbegrepen?'

'Perfecte overgang,' zegt Ken. 'Je hebt ons op papier gezien en nu heb je ons persoonlijk ontmoet. Ons bedrijf bekeken.'

'Onze gerechten gegeten,' zegt Merry met een glimlach. 'Hebben jullie interesse?'

'Jullie hebben een geweldig restaurant.' Josiah legt zijn vork voor zich op het bord. 'Prachtige ruimte. Leuke buurt. Yasmen en ik moeten nog wel overleggen voordat we beslissen.'

'Het gaat niet alleen om wat we hier kunnen opbouwen,' zeg ik. 'We moeten ook zorgen dat onze zaak in Atlanta niet te lijden krijgt van een uitbreiding.'

'Ik heb al jullie cijfers,' zegt Harvey snel.

'Ze heeft het niet over geld,' zegt Josiah. 'We moeten ons actief met deze uitbreiding bezighouden. We zitten zelf ook in de lift en dat eist nogal wat. We willen niet zoveel hooi op onze vork nemen dat we geen tijd meer hebben om het goed te doen.'

'Onze kinderen komen op de eerste plaats,' zeg ik. 'We moeten zorgen dat zij er niet de dupe van worden en dat wij er voor ze zijn bij dingen die belangrijk zijn, voordat we aan een uitbreiding beginnen.'

'Dat kunnen we wel respecteren.' Merry strengelt haar vingers onder de tafel door die van Ken. 'Hoe oud zijn ze ook alweer?'

'Deja is dertien,' zegt Josiah.

'En Kassim tien,' ga ik verder.

'Wij zaten midden in het opbouwen van deze tent toen onze tweeling nog jong was,' zegt Ken, en hij en Merry wisselen een schamper glimlachje uit. 'We hebben veel gemist.'

'En daar hebben we flink voor moeten boeten.' Merry zucht en haar zonnige gezicht verduistert een beetje. 'Goddank kregen we in de gaten dat het de verkeerde kant op ging met ze, voordat het te erg werd.'

'Dus weeg de voors en tegens tegen elkaar af, met de kinderen bovenaan,' zegt Ken. 'En laat het ons weten, maar wacht niet te lang. We zouden het heel fijn vinden als dit restaurant waar we zoveel in hebben gestopt in goede handen is als we ermee ophouden. Jullie lijken precies het soort mensen dat we hier willen zien, maar we gooien de boel in het nieuwe jaar hoe dan ook op de markt.'

'En zodra dat gebeurt' – Merry knipt in haar vingers – 'is het zo bekeken.'

We eten ons dessert op en bekijken het restaurant iets grondiger dan toen we door de eetzaal naar onze tafel liepen. Achterin is een grote kamer met flessen wijn en allerlei soorten drank in rekken langs de muren. Ken pakt een fles van een hoge plank en houdt hem op voor Josiah.

'Ik wilde je deze geven als blijk van waardering,' zegt Ken. 'Het betekent veel voor ons dat jullie persoonlijk komen kijken en de tijd nemen om te zien wat we hier doen.'

'Wow.' Josiah bekijkt het etiket op de vierkante fles en er sluipt iets van bewondering in zijn stem. 'Yamazaki. Nice. Heel erg bedankt.'

Ik heb Josiah al eens over deze dure Japanse whisky horen praten, maar ik heb hem zelf nog niet geproefd. We beëindigen de rondleiding op een klein terras, waar mensen bij warm weer aan smeedijzeren tafels kunnen eten. Het is precies wat ik voor onze klanten wil hebben. Dit is een geweldige plek en een tweede Grits zou het hier fantastisch doen. Ik herken de glans in Josiahs ogen. Dezelfde glans als toen we begonnen in Atlanta. Die man houdt wel van een uitdaging.

'Het was zo leuk om jullie te leren kennen,' zegt Merry, en ze buigt zich voorover om mijn wang te kussen als we op onze Uber wachten. Ik wil me al terugtrekken, maar ze knijpt zachtjes in mijn arm en trekt me wat dichter naar zich toe.

'Het is nog niet te laat,' fluistert ze in mijn oor.

Ik buig me achterover om in haar gezicht te kijken. Ze maakt een subtiel hoofdknikje naar Josiah en Ken, die een paar meter verderop afscheid van elkaar nemen.

'Ik weet niet...' Ik werp ook een blik op Josiah en mijn hart slaat een paar verraderlijke slagen over, zo goed ziet hij eruit met die brede glimlach op zijn hoekige gezicht. 'Ik weet niet wat je bedoelt.'

Merry laat een sluw, zacht lachje horen. 'Ik heb jullie de hele lunch lang stiekem naar elkaar zien kijken als jullie dachten dat niemand het doorhad. Misschien zit er een tweede kans in?'

Mijn ogen dwalen af naar Josiahs brede schouders, de sterke lijnen van zijn rug onder het perfect passende jasje, zijn markante profiel en een flits van witte tanden in een glimlach waarvan je slipje wegsmelt.

'Ik was niet de makkelijkste, Merry.'

'Wie wil dat? Ik denk dat die man zijn tanden wel in jouw problemen wil zetten.'

Haar woorden sterven weg in de koele buitenlucht en ik weet niet wat ik ervan moet denken. Ik weet niet of het klopt wat ze zegt en of ik bereid zou zijn mijn trots te riskeren om daarachter te komen.

Wil je hem terug?

Mama's vraag dwarrelt door mijn gedachten, verontrustend en prikkelend. Hoelang kan ik die brandende aantrekkingskracht tussen ons nog negeren? Moet ik doorzetten nu hij niet meer met Vashti is? Kijken of hij überhaupt nog geïnteresseerd zou zijn in... wat? Ik wilde een scheiding, maar wat wil ik precies met hem nu mijn libido opspeelt?

'Bedankt voor alles,' zeg ik tegen Merry. 'Jullie horen van ons.'

Ze schenkt me een veelzeggend glimlachje, maar laat me gaan en zwaait ons uit.

De Uber komt aanrijden en ik stap dankbaar in. Toen we in het restaurant zaten, leek de tijd te vliegen, maar nu we daar klaar zijn, voel ik dat ik een lange dag achter de rug heb. We hebben meer dan vier uur met Merry en Ken doorgebracht. Als we straks op onze kamer zijn, wil ik me niet meer verroeren totdat we terugvliegen.

Onze kamer.

Onze kennismaking met Merry, Ken en hun restaurant heeft me afgeleid van het dreigende gevaar in kamer 428, waar ik straks op een paar meter afstand van Josiah moet slapen.

'We praten als we weer in Atlanta zijn, oké?' Harvey buigt zich met een vragende blik voorover naar Josiahs raampje.

'Oké.' Josiah maakt een groetend gebaar en rolt het raampje omhoog. Harvey geeft twee klopjes op de auto en wandelt het restaurant weer in als wij wegrijden. Ik laat mijn hoofd achterovervallen tegen de autostoel.

'Wat vond je ervan?' vraag ik, terwijl ik hem bekijk door halfdichte oogleden, die zwaar zijn van vermoeidheid.

Josiah leunt met zijn hoofd achterover in de leren autostoel en strengelt zijn handen ineen op zijn strakke buik. 'Ik denk dat het een geweldige kans is.'

'Ik ook.'

'We moeten natuurlijk bekijken hoe het financieel zit, maar ook wat het van ons zal vragen.' Hij draait zijn hoofd naar me toe. 'Ik zou hier in het begin veel moeten zijn en als ik weinig thuis ben, heb jij meer werk aan de kinderen.'

'Dat is niet zo erg, denk ik. Het is maar voor even.' Ik vang zijn blik op in het schemerige licht van de vallende avond. 'Het zou geweldig voor ons kunnen zijn. Wat extra inkomen om de kinderen een goede start te geven.'

'Ja. Daar heb ik natuurlijk ook aan gedacht. Collegegeld, financiële bijdragen aan hun eerste auto, hun eerste huis.'

'Mama kon dat allemaal niet betalen. Ik had mazzel dat ik een kleine studietoelage kreeg en het aflossen van die studieschuld viel niet mee in het begin. Ik wil het voor hen beter regelen.'

'Byrd had ook echt geen geld om mee te betalen aan mijn auto, die tweedehands Honda.'

'Tweedehands?' Ik moet lachen. 'Zeg maar gerust vierde- of vijfdehands.'

'Hé.' Hij werpt me een quasiverontwaardigde blik. 'Ik heb de hele zomer auto's staan wassen om genoeg geld bij elkaar te sparen voor dat ding.'

Ik buig me giechelend voorover. 'En je had het gore lef om me op onze eerste date op te halen in dat levensgevaarlijke barrel. Ik had een tetanusprik moeten halen nadat ik in die kapotte voorstoel was gaan zitten. Hij zat niet eens vast aan het chassis.'

'Ik kan niet geloven dat ik je daarin heb laten stappen.' Zijn lippen krullen op en zijn schouders schudden van een geluidloze lach. 'Of dat er nog een tweede date kwam.'

'Weet je nog dat we knopen in de veiligheidsriemen moesten leggen?'

'En die agent die ons aanhield?'

'Eh, die agent hield ons niet aan, want we reden niet eens, weet je nog?' zeg ik. 'Je had de auto achter die afgebrande kiptent vlak bij Moreland geparkeerd.'

'Shit.' Hij wrijft over zijn hoofd en lacht. 'Dat is ook zo.'

'Hij bonkte op de raampjes met die zaklamp, want ze waren helemaal beslagen en wij waren...'

Aan het neuken.

De stoom slaat van de herinneringen die om ons heen hangen. Ik bovenop in de voorstoel, met gespreide benen aan weerszijden van hem, jurk opgetrokken tot mijn middel, onderbroek opzij geduwd zodat hij erin kon. We hadden ons huis niet gehaald. Josiah was laat op de avond de verlaten parkeerplaats op gereden omdat we elkaar móésten hebben. Een dwingende hitte brandde dwars door alle gezond verstand en voorzichtigheid heen.

Mijn hart bonkt in een wild ritme en ik heb geen lucht meer

in mijn longen. Ik lik aan mijn lippen en hij volgt die beweging met halfdichte ogen die smeulen van de herinnering of van dit moment, dat weet ik niet.

Ik kuch en ga rechtop zitten. Josiah wendt zijn blik af en kijkt uit het raampje, waarmee het gesprek abrupt is afgesloten. De laatste minuten van de rit brengen we zwijgend door. De stad is een visueel rumoer van heldere lichtjes en feestelijk optimisme dat om boomtakken gewikkeld zit en aan de sterren hangt als lametta.

27

JOSIAH

'Roomservice voor het avondeten dan maar?' vraag ik aan Yasmen, en ik steek mijn hoofd om de deur van de slaapkamer.

In de laatste paar uur, na onze bespreking, hebben we allebei wat zitten chillen in ons eigen hoekje. Zij ligt op haar zij met een kussen onder haar hoofd en het andere tussen haar knieën. De vlechtjes liggen als een waaier om haar heen en golven vanaf haar schouders over haar rug. Ze heeft zich na onze lunchafspraak omgekleed en alle make-up van haar gezicht geboend. In haar sokken, joggingbroek en een T-shirt met het logo van haar oude universiteit zou ze zo die studente kunnen zijn voor wie ik zo ongeveer op het eerste gezicht viel.

'Ja, graag.' Ze rolt zich op haar rug, staart naar het plafond en kreunt. 'Je mag het desnoods in een trog hiernaartoe brengen, zolang ik de deur maar niet uit hoef.'

Ik loop naar binnen, ga op de rand van het bed zitten en geef haar de menukaart. 'De steak ziet er goed uit.'

'Ik heb al steak gehad. Ik probeer niet meer dan één keer per week rood vlees te eten. Maar misschien moet ik een uitzondering maken, want je weet dat ik geen nee kan zeggen tegen een goede paddenstoelensaus.'

'Medium rare nog steeds?'

'Yup.'

'Oké. Dan ga ik bestellen.'

Terwijl we op het eten wachten, kleed ik me ook om en trek een joggingbroek en een van mijn Morehouse-hoody's aan. Als ik de badkamer uit kom en weer in de slaapkamer verschijn, zit Yasmen rechtop in bed met de kussens in haar rug.

'Ik zou het zo fijn vinden als de kinderen net zo'n studententijd krijgen als wij,' zegt ze weemoedig.

'Op een historisch zwarte universiteit, bedoel je?'

'Ik zou alles prima vinden voor Dé, zoals het nu is. Ze blijft maar zeggen dat ze helemaal niet hoeft te studeren. Kassim belandt vast op MIT of Harvard, of zoiets dergelijks.'

'Jij bent ongetwijfeld de enige moeder die ik ken die teleurgesteld klinkt omdat haar zoon waarschijnlijk naar een van de beste universiteiten van het land gaat.'

Ze rolt met haar ogen en permitteert zich een klein glimlachje. 'Je weet wel wat ik bedoel.'

Naast haar op het bed gaat haar telefoon over.

'Over onze geweldige kinderen gesproken,' zegt ze ironisch, en ze neemt op. 'Ze facetimen ons net.'

Ik ga naast haar zitten, leunend tegen de kussens, en glimlach naar het scherm als hun gezichten verschijnen.

'Mam!' zegt Kassim. 'Pap, hé!'

'Hé zoon,' zeg ik. 'Wat heb jij vandaag uitgevoerd?'

'*Madden* gespeeld met Jamal.' Er komt een brede lach op zijn gezicht. 'Maar raad eens wat oma heeft gedaan?'

'Dat valt onmogelijk te raden.' Yasmen lacht. 'Heeft ze je je kast uit laten mesten? Heeft ze de douche schoongeschrobd met een tandenborstel?'

'Ja, zoals gewoonlijk,' zegt hij, zo ongeveer stuiterend van verlangen om te verklappen wat er is gebeurd. 'Maar ze heeft weer chitterlings gemaakt.'

Yasmen trekt haar neus op. 'En nu stinkt mijn hele huis?'

'Nee!' Kassims glimlach wordt nog breder, hoe onmogelijk dat ook lijkt. 'Ze heeft ze eerst schoongemaakt met bleek en je ruikt er niks meer van.'

Ik wissel een snelle, paniekerige blik uit met Yasmen. 'Dat moet je niet eten, hoor.'

'Ik heb een beetje geproefd.' Kassim vertrekt zijn gezicht. 'Het was niet eens zo vies.'

Deja steekt haar hoofd weer in het kader. 'Maar toen herinnerde ik hem eraan dat ze ze zo goed schoonmaakt omdat chitterlings letterlijk vol str...'

'Deja Marie,' zeg ik waarschuwend. Ik weet dat ze grove woorden gebruikt, maar het zou fijn zijn als mijn tienjarige zoontje dat voorbeeld nog even niet zou volgen.

'Nou, het is toch zo.' Ze grijnst en kijkt snel van mij naar haar moeder. 'Waar zitten jullie nou?'

'In Charlotte,' antwoordt Yasmen. 'Dat weet je toch? We zijn morgen weer thuis.'

'Nee, ik bedoel, waar zitten jullie nu, op dit moment?' Ze fronst. 'Liggen jullie in bed?'

Verdomme.

In het FaceTime-inzetje zie ik Yasmen en mij schouder aan schouder tegen de kussens zitten, met onze hoofden bijna tegen elkaar aan omdat we allebei proberen in beeld te blijven.

Yasmen recht haar rug en buigt zich opzij om iets verder van mij af te zitten. 'We, eh, wachten gewoon op de roomservice.'

'We hebben de hele dag vergaderd,' voeg ik daaraan toe. 'En we hadden geen zin om uit eten te gaan, dus we eten in je moeders hotelkamer.'

'Oké,' zegt Kassim, die daar blijkbaar geen kwaad in ziet, maar Deja's ogen blijven strak en achterdochtig op ons gericht. 'Raad eens wat oma vandaag tegen Deja zei.'

'Goeie god,' zegt Yasmen. 'Wat dan?'

'Ze zei,' begint Deja, en dan moet ze lachen. 'Je bent zo'n stijfkop dat je niet eens gelooft dat spek vet is.'

'En het ís vet!' roept Kassim. 'Ze heeft spek gebakken en het vet droop eruit.'

'En ze zette muziek op tijdens het koken,' gaat Deja verder. 'Maar dan allemaal nummers die ik nog nooit had gehoord, zoals "Merry Christmas" van de Temptations en "Jesus Is Love" van de Commotion.'

'De Commodores,' corrigeer ik.

'Geef oma nog even,' zegt Yasmen nadat ze een paar minuten alle bizarre dingen hebben opgesomd die Carole met chitterlings en plastic bakken van de Container Store heeft gedaan.

'Oké,' zegt Kassim en hij rent de kamer uit met zijn telefoon. 'Oma!'

'Ik ga even naar de zitkamer,' zegt Yasmen, en ze staat op en loopt de slaapkamer uit voordat ik Carole aan de telefoon hoor komen.

Ze wil niet dat haar moeder net zulke vragen stelt als Deja en wil haar niet laten weten dat we een kamer moeten delen. Carole en Yasmen zitten nog te kletsen als ons eten arriveert. Ik geef de hotelbediende een fooi en zet het dienblad op de kleine eettafel.

'Groeten van mama,' zegt Yasmen als ze tegenover me aan tafel komt zitten.

Ik til het deksel van mijn schotel en zie de kip piccata die ik besteld heb. 'Wordt ze nog niet gek van de kids?'

'Nog niet.' Yasmen lacht en onthult haar gerecht. 'Ooo, die steak ziet er heerlijk uit.'

Ze werpt een begerige blik op mijn kip. Zo voorspelbaar.

'En toch,' zeg ik met een veelbetekenende glimlach, 'wil je mijn eten ook proeven.'

'Eén klein hapje maar.' Ze steekt haar hand op en houdt haar duim en wijsvinger een halve millimeter uit elkaar.

Ik schuif mijn bord naar haar toe en zij schuift het hare naar mij. Zo deden we dat altijd, even proeven wat de ander op zijn bord had.

'O, dit is lekker,' kreunt ze.

Ik bijt in de steak, die lijkt te smelten in mijn mond, zo mals is hij. 'Zo, die is ook niet verkeerd.'

'Delen?' Haar mondhoeken krullen op in een hoopvol glimlachje.

Ik schuif zonder een woord te zeggen het bord weer naar

haar toe. Ze snijdt haar steak doormidden en legt de helft op mijn bord, dan doet ze hetzelfde met mijn kip. Ze geeft me mijn bord terug en we vallen aan, onder veel goedkeurend gebrom.

'Niet slecht voor een hotelmaaltijd.' Ik veeg mijn mond af met het linnen servet en leun achterover in mijn stoel. 'Wil je nog een toetje?'

'Wat ik wil,' zegt ze, 'is die Yamazaki proeven.'

'Serieus?'

'Trek maar open. Als je hem mee naar huis neemt, ligt hij daar toch een halve eeuw te verstoffen.'

Ik haal de fles whisky uit mijn tas, gris twee glazen van de bar en loop met haar mee naar het zitkamergedeelte van onze suite. Zij neemt de bank, ik de fauteuil ertegenover.

'Het is sterk spul, hoor,' waarschuw ik, en ik schenk een glas voor haar in.

'Dat kan ik wel gebruiken.' Ze neemt een flinke slok en hapt naar adem, waarbij ze zachtjes op haar borst slaat. 'Oef, dat kun je wel zeggen. Maar wel lekker. Het smaakt naar puur goud.'

'Zoveel kost het ook ongeveer. Rustig aan, hoor.' Ik neem een iets bescheidener slokje en knik. 'Dit is goed spul. Dat moet je savoureren.'

'Mama heeft het hartstikke naar haar zin. Het zou me niks verbazen als ze bij ons in de buurt komt wonen zodra ze met pensioen gaat.'

'Dat zouden de kids wel leuk vinden.'

'En ik ook. Ik vraag me weleens af of...' Yasmen haalt haar schouders op. 'Ik weet niet. Of ik allerlei dingen misschien beter had aangepakt als zij in de buurt was geweest.'

Ik zeg niks, neem haar uitspraak in me op en geef haar de ruimte om verder te praten als ze wil.

'Nu ik wat afstand kan nemen en de juiste medicatie heb,' gaat ze met een wrang lachje verder, 'kan ik wel zien hoe ik mezelf toen geïsoleerd heb. En dat heeft het alleen maar erger gemaakt.'

Ik heb er een bewezen talent voor om altijd precies het verkeerde te zeggen in dit soort situaties, dus ik nip weer aan mijn glas en blijf zwijgen.

'Vind je het erg als ik vraag hoe het gaat bij dr. Musa?' vraagt ze.

'Dat gaat goed.' Ik zet mijn glas op het bijzettafeltje en strengel mijn handen ineen achter mijn hoofd. 'Hij is goed. Hij laat me op een bepaalde manier nadenken over dingen waarbij ik eerder niet stilstond.'

'Zoals?'

'Oef, waar moet ik beginnen? Dat ik nooit echt heb verwerkt dat ik allebei mijn ouders zo jong ben kwijtgeraakt, bijvoorbeeld. Wat voor effect dat op me heeft gehad. Ik denk niet dat ik de middelen had om te dealen met het verlies van Byrd en Henry, zo vlak na elkaar.'

Ik stoot een lachje vol zelfverachting uit. 'Maar als ik heel eerlijk ben, had het waarschijnlijk geen enkel verschil gemaakt als er jaren tussen hadden gezeten. Dan was ik er denk ik niet beter mee omgegaan.'

'We hebben er het beste van gemaakt in krankzinnige omstandigheden. Tenminste, dat moet ik altijd tegen mezelf zeggen van dr. Abrams.' Ze neemt nog een slokje uit haar bijna lege glas. 'Ze moedigt me altijd aan om mild over mezelf te oordelen.'

'Hoe werkt dat precies?'

'Dat betekent dat ik mezelf duidelijk zie – goed, slecht, mooi, lelijk, gebreken, fouten – en onder ogen zie wat ik echt denk en voel zonder over die emoties te oordelen. Met begrip. Zonder zelfcensuur. Met mededogen voor mezelf.'

'Ik vind dat wel een fijn idee, dat je een beetje zacht voor jezelf bent,' antwoord ik zonder op te kijken, ook niet als ik haar blik op me voel.

'Het is moeilijker dan je zou denken. Soms valt het niet mee, met alle verwachtingen die de maatschappij ons oplegt, alle shit die we meegekregen hebben en mijn schuldgevoel als moeder, wat het allerergste is.'

Ik leun achterover in de fauteuil en waag een snelle blik op haar. 'Mag ik jou ook iets vragen?'

Ze trekt één been onder zich en haar ogen zijn alert, maar open. 'Tuurlijk.'

'Je zei iets met Thanksgiving.' Ik grijp naar mijn glas en neem een versterkende slok, want ik weet niet goed of ik het antwoord op mijn vraag wel wil horen, maar ik moet het vragen. Het zit me al dwars sinds dat diner. Toen ze het zei, wilde ik niet te diep nadenken over wat ze níét zei, maar ik leer langzamerhand om moeilijke gesprekken niet uit de weg te gaan en negatieve gevoelens niet te negeren.

'Wat zei ik dan?' vraagt ze, terwijl haar wenkbrauwen naar elkaar toe trekken.

'Je zei dat je dankbaar was voor de kinderen, omdat je niet dacht dat je er nog zou zijn als zij er niet waren.'

De woorden galmen door de stilte in de kamer. Het is zo stil dat we de enige twee mensen op aarde lijken. Alsof we in een tijdelijke tijdcapsule zitten, afgesloten van de realiteit en de wereld buiten deze vier muren.

'Wat bedoelde je daarmee?' vraag ik als ze niet meteen antwoord geeft.

'Wat denk je?'

'Heb je ooit...' Ik aarzel even voordat ik de vraag afmaak, voor het geval haar antwoord mijn ergste, meest angstaanjagende vermoedens bevestigt. 'Heb je ooit overwogen jezelf iets aan te doen?'

'Mezelf iets aan te doen?' Haar wenkbrauwen gaan omhoog en ze ademt zo hard in dat haar neusgaten zich sperren. 'Als we dit gesprek echt gaan voeren, vraag me dan wat je echt wilt weten, Jos.'

'Heb je overwogen een eind aan je leven te maken?'

Ik vraag het zo zacht als je zo'n moeilijke vraag maar kunt stellen en er komt nog steeds paniek opzetten vanuit mijn buik als ik haar reactie afwacht. Haar keel beweegt terwijl ze moeizaam slikt en uiteindelijk slaat ze haar blik neer naar de vloer.

'Tijdens mijn eerste sessie met dr. Abrams stelde die dezelfde vraag.'

Er klapt een berenklem dicht in mijn keel en heel even kan ik mijn woorden daar niet uit bevrijden. 'En wat zei jij toen?'

De lichtjes van de stad fonkelen achter het raam en de enige verlichting komt van de lampen op de tafeltjes. In het schemerige licht vullen haar ogen zich met schaduwen en tranen.

'Ik zei dat ik niet zozeer een eind aan mijn leven wilde maken,' zegt ze, 'maar dat ik ook niet wilde leven. Als ik wakker werd, was ik altijd teleurgesteld omdat ik niet meer sliep en dan dacht ik: o mijn god, ik móét weer, ik moet hier weer zijn. Het enige wat me uit bed sleurde was dat ik voor mijn kinderen moest zorgen, hoewel ik geen enkele behoefte had om zelfs maar voor mezelf te zorgen. Ik moest mezelf de hele dag inprenten hoe ze me zouden missen als ik er niet meer was. Hoe ik hen zou missen als ik hier niet meer was, hoewel "hier" heel lang de laatste plek was waar ik wilde zijn. Alles deed pijn, elk moment van de dag.'

'En als je jezelf dan inprentte,' zeg ik, terwijl ik mijn verkrampte kaken van elkaar probeer te krijgen, 'dat je kinderen je nodig hadden en dat ze je zouden missen, kwam het toen ook weleens bij je op dat ík je nodig had? Dacht je aan wat je aan mij zou missen? Of was ik niet eens een factor?'

Ze kijkt me onderzoekend en behoedzaam aan voordat ze antwoord geeft. 'Dr. Abrams heeft het vaak over radicale eerlijkheid. Zo eerlijk zijn als je maar kunt. Dat wil ik nu ook zijn, maar ik weet niet of het een goed idee is.'

'Want je denkt dat ik dat niet aankan?'

'Ik weet niet of ík het aankan.'

'Probeer het maar.'

Ze trekt haar benen op, slaat haar armen eromheen en legt haar kin op haar knieën. 'Ik was zo boos op je.'

'Vanwege Henry.' Ik bijt op mijn tanden om mezelf te straffen op de meest ondetecteerbare manier die ik kan verzinnen. 'Omdat ik er niet was. Ik weet het. Ik denk ook niet dat ik mezelf dat ooit zal vergeven.'

Ik was er niet, dus ik heb mijn eigen herinneringen gecreeerd om mezelf mee te folteren. Hoe vaak heb ik Yasmen voor me gezien, alleen op de vloer, terwijl ik honderden kilometers verderop zat?

Ze schudt haar hoofd. 'Ik was niet boos omdat je er niet was toen ik viel. Ik was boos om wat er daarna gebeurde.'

'Waar heb je het over?'

'Ik heb ooit iemand horen zeggen dat mensen bij pogingen om iemands ellende te fiksen vaak de controle overnemen in plaats van er gewoon voor ze te zijn en verbinding te zoeken. Ik kon dat toen niet uitspreken, maar ik heb er inmiddels woorden voor gevonden.'

'En wat zijn die woorden?'

'Ik zeg niet dat je verkeerd zat en dat het allemaal jouw schuld was. Ik zeg alleen dat ik nu begrijp hoe *incompatible* we waren in onze rouw.'

'Incompatible?'

'Op alle manieren. Ik moest pas op de plaats maken. Om het te verwerken. En misschien ben ik dat te lang blijven doen. Dat weet ik eigenlijk wel zeker. Maar het voelde alsof jij helemaal nergens bij stilstond. Het voelde alsof jij wegrende voor alles waar ik doorheen moest. En we praatten er ook helemaal niet over.'

'Je hebt gelijk. Ik dacht dat ik deed wat het beste was. Ik zorgde dat er brood op de plank kwam en dat ons bedrijf er niet aan onderdoor ging. Door mijn gesprekken met dr. Musa weet ik nu dat ik mijn werk gebruikte om niet te hoeven dealen met al het verlies. Ik was er niet op toegerust en ik heb het nodig om me capabel te voelen.'

'Jij bent de meest competente man die ik ken,' zegt ze met een triest glimlachje. 'Je werd er vast stapelgek van dat je de boel niet meer aan de praat kreeg. Dat je me niet beter kon maken en me niet zover kon krijgen dat ik opstond en verderging.'

'Ik heb me pas onlangs gerealiseerd dat de enige die ik echt niet kon fiksen ikzelf was.'

We staren elkaar een paar tellen aan. Ik dwing mezelf meestal om weg te kijken, maar vanavond voelt het alsof alle regels zijn weggevallen. Ik kan zolang kijken als ik wil en zien wat er in haar ogen te lezen valt, de mysteriën die ik lange tijd niet heb kunnen ontcijferen.

'We waren er zo kapot van,' zegt ze. Ze laat zich op de vloer glijden, trekt haar knieën op en leunt met haar rug tegen de bank.

'Waren? Ik heb nog steeds zoveel shit te verwerken.'

'Ik ook, maar we zijn wel beter, toch?'

'We zijn gescheiden, Yas. Ik zie niet in hoe het erger kan.'

Ze kijkt naar me op en ik weet niet of ik spijt, verdriet of opluchting zie. Ineens kan ik haar helemaal niet meer doorgronden. Ik sla een half glas whisky achterover en voel het spul met iets van voldoening door mijn keel branden.

'Waar ben je die avond naartoe gegaan?' vraagt ze. Haar stem klinkt zacht en nieuwsgierig. 'De avond van die ruzie.'

De avond dat ze om een scheiding vroeg.

Afgezien van die eerste sessie met dr. Musa, waarin ik alles eruit gooide, heb ik het vermeden om die avond te bespreken of er zelfs maar aan te denken, voor zover mogelijk. Het leek me zo ingewikkeld om daar met Yasmen over te praten dat ik het niet de moeite waard achtte.

Ik loop haar haar toe en ga naast haar op de vloer zitten. Mijn glas neem ik mee. We worden alleen gescheiden door een paar centimeter en een halflege fles Japanse whisky. Dit gesprek, dat we al heel lang geleden hadden moeten voeren, zal mogelijk de rest van de fles vergen.

28

YASMEN

'Waar ik die avond naartoe ben gegaan?' Josiah kaatst de vraag terug. Zijn donkere wenkbrauwen trekken zich samen boven ogen die vertroebeld zijn door herinneringen en alcohol. Een half glimlachje, ontdaan van humor, speelt om zijn mondhoek. 'Ik heb bij Preach geslapen. Dronken geworden en out gegaan bij hem thuis.'

'Jij wordt nooit dronken.'

'Een vrouw die een scheiding wil lijkt me een goed genoeg excuus.'

Ik krimp ineen. Het glas Yamazaki balanceert op mijn gebogen knieën en ik klem de koelte ervan tussen mijn gloeiende handpalmen.

'Die avond waarop ik je in het gezicht smeet dat je er niet was toen ik Henry verloor… Dat was niet oké,' zeg ik. 'Ik was er zo slecht aan toe, maar dat is geen excuus. Het spijt me.'

'Het was wel waar.' Zijn stem klinkt ingehouden, doorregen met verdriet. 'Ik was er niet.'

'Dat moet je jezelf vergeven, Jos, want het was niet jouw schuld. Je had gelijk toen je zei dat ik degene was die had gezegd dat je gewoon moest gaan. Dat was namelijk ook zo. We konden niet weten wat er zou gebeuren. Er gingen zoveel dingen mis die we nooit hadden kunnen voorspellen of voorkomen.'

'Ik wist dat er iets mis was, al voordat het ziekenhuis belde. Zodra het vliegtuig was geland, wilde ik meteen weer instappen en terug naar huis vliegen. Het voelde gewoon niet goed. Ik had naar huis moeten gaan. Dan was alles anders verlopen.'

'Heb je enig idee hoe vaak ik je nog in mijn hoofd hoor zeggen dat ik die avond niet moest afsluiten bij Grits? Dat ik vroeg naar huis moest gaan?' Mijn stem klinkt schor van de tranen. 'Of hoe ik mezelf heb gehaat omdat ik die losse vloerplank niet een week eerder heb laten repareren, toen hij op mijn to-dolijstje stond?'

Ik struikelde.

Alleen in Grits, rennend om het alarm aan te zetten, bleef mijn schoen haken in de smalle kier achter een losse vloerplank en ik viel zo hard, recht op mijn buik. Ik had Milky naar huis gestuurd, want die was ziek en hondsmoe. En daar, alleen op de vloer met een zwaar verstuikte enkel, in de langgerekte minuten die het me kostte om bij mijn telefoon te komen, omdat die in een andere ruimte lag, verloor ik Henry.

Gescheurde placenta.

Ik wist dat het een nare, harde val was. Ik kon mezelf niet opvangen, dus mijn buik ving de klap op, maar ik had geen idee dat Henry geen zuurstof meer kreeg. Ik heb daarna zoveel dagen in de schommelstoel naar de woorden op zijn muur zitten staren terwijl ik me voorstelde hoe het was toen hij geen lucht meer kreeg, en dan hield ik mijn adem in om mezelf zo lang mogelijk van zuurstof te beroven, tot ik zwarte vlekken voor mijn ogen kreeg. Een minuscule straf die nooit ook maar iets heeft veranderd.

'Hij was altijd zo actief.' Ik pers de woorden door mijn keel.

Er zweemt een triestig glimlachje om de krachtige lijn van Josiahs mond. 'We zeiden altijd dat die kleine schopte alsof hij profvoetballer wilde worden.'

'Ja, hè?' Ik weet er een kortstondig glimlachje uit te krijgen dat komt en gaat als waterdamp. 'Maar nadat ik gevallen was... niets. Hij bewoog helemaal niet meer en ik wist...'

Mijn vliezen braken en mijn vruchtwater was roze van bloed en paniek. Tijdens de dolle rit naar het ziekenhuis wist ik dat ik hem kwijtraakte. Mijn keel zat dicht van de tranen toen de dokter een echo maakte en we wachtten op een hartslag. De nauwelijks verborgen schrik in de grote ogen van de verpleegkundigen. Het professionele masker van compassie dat de arts opzette toen hij bevestigde dat Henry was overleden voordat hij goed en wel ter wereld was gekomen.

'Een deel van mij is met hem gestorven,' zeg ik tegen Josiah, en mijn stem is zo schor dat het pijn doet. 'En het heeft heel lang geduurd om zonder dat stukje te leren leven.'

Ik zat in de kille, steriele kamer, volkomen lamgeslagen, en ik hoorde maar half de dokter zeggen dat een keizersnee de beste optie was in zo'n geval. Mijn lichaam, dat acht maanden lang de bron van leven voor mijn baby was geweest, was nu een graftombe.

'Er zijn avonden,' fluister ik met starende ogen, maar zonder iets te zien, 'waarop ik een soort fantoompijn voel. Niet van die val op mijn buik, maar in mijn enkel. Hoe ik die verdraaide toen ik viel. Hoelang het duurde voordat ik overeind kon komen. En dan vraag ik me af wat die minuten hem gekost hebben. Had ik een ambulance moeten bellen in plaats van zelf naar het ziekenhuis te rijden? Als ik had… Als ik niet…'

Tranen stromen over mijn wangen als ik die onafgemaakte gedachte begraaf bij alle andere wat-als-gedachten en onuitgekomen voorspellingen die me teisteren. Josiah trekt me tegen zich aan en slaat zijn armen om me heen. Ik kruip weg in zijn warmte, in een omhelzing die zo vertrouwd aanvoelt dat het pijn doet dat ik die zo lang niet heb gevoeld. Nu ons verleden ons weer komt kwellen, kluistert hij me aan deze avond en weerhoudt hij me ervan om terug te drijven naar een zwart gat dat soms niet ver weg voelt. Zijn handen zijn groot en warm op mijn rug en wrijven met lange, geruststellende halen van mijn schouder tot mijn middel. Hij ruikt zo goddelijk hetzelfde als vroeger en ik begraaf mijn gezicht in het holletje tussen zijn schouder en zijn nek. Ik grijp zijn armen met trillende handen en voel een felle bezitterigheid opkomen over dit moment en deze man. Vanavond is hij van mij. Dit is een gesprek dat we al zo lang moesten voeren en dit is alleen voor ons en voor niemand anders. Alleen van ons. De intimiteit van de rouw voor het leven dat we samen hebben opgebouwd en verloren.

Mijn tranen drogen langzaam op, maar hij laat me niet los en de hele wereld zou in brand moeten staan voordat ik een vin zou verroeren. Hij aait niet meer over mijn rug, maar zijn handen liggen nog op me. Ik ben bang dat hij me loslaat als ik me beweeg, dus ik blijf met ingehouden adem tegen hem aan liggen. Maar als hij me boven op mijn hoofd kust, komt alle lucht in één keer uit mijn longen. Ik buig mijn hoofd achterover tot ik naar hem kan opkijken. God, hij is zo mooi zo. De lijnen van zijn gezicht zijn zo hard, maar hij is zo kwetsbaar. Zijn mond is geen strakke lijn, zoals wanneer hij alles onder controle heeft, maar een ontspannen, sensuele curve. Zijn ogen zijn doezelig en half dicht in plaats van scherp. Ik zou naar hem kunnen blijven kijken in dit kleine privéhoekje van de wereld totdat de zon opkomt.

We zitten zo dicht tegen elkaar aan dat ik onvermijdelijk op hem afgestemd raak. Op de versnelling van zijn hartslag. De manier waarop zijn spieren om me heen verstrakken. Hoe zijn ademhaling versnelt, net als de mijne, onregelmatig, ruw en onbeheerst. Als ik één centimeter dichterbij kom, zou het al zoenen zijn. Zo dichtbij dat ik mijn lippen niet kan likken zonder de zijne te likken. Ik wil hem weer proeven, met zo'n intensiteit dat ik niet weet of die beheersbaar is.

'Jos.' Ik pers zijn naam eruit en mijn borst gaat op en neer van mijn zwoegende ademhaling. 'Vraag me nog eens of ik het echt naar vind dat jij en Vashti uit elkaar zijn.'

Zijn blik wordt duister, zijn ogen klein, de lange, krullende wimpers grijpen in elkaar in zijn ooghoeken. 'Nou?'

Ik leg mijn hand in zijn nek en trek hem naar me toe om de waarheid op zijn lippen te leggen.

'Echt niet.'

We botsen op elkaar als twee auto's en onze eerste kus in jaren brandt vanaf de eerste aanraking. Zijn lippen zijn hongerig, wanhopig en vertrouwd. Het overweldigt me, omdat ik dacht dat ik alles al wist, terwijl ik geen idee had. De laaiende nieuwigheid van een man die ik al zo lang ken, die me kust met het vuur van een eerste keer. Zijn smaak neemt alles over met de snelheid en intensiteit van een bosbrand. Ik kan niets meer zien, horen of zelfs maar voelen. Al mijn zintuigen komen samen tussen onze lippen en het enige wat ik kan doen is de whisky en het verlangen op zijn tong proeven.

'Yas.' Hij stoot mijn naam uit in een moeizame uitademing en drukt zijn voorhoofd tegen het mijne. 'We moeten ophouden.'

'Waarom?' Ik ga met mijn lippen over de stoppels op zijn kaak.

'Het is geen goed idee. Ik kan... ik kan dit niet nog een keer aan.' De wilde passie in zijn ogen wordt overtrokken door vastberadenheid en voorzichtigheid.

Die oude gevoelens, door alcohol en nostalgie dooreengemengd tot een gevaarlijk heksenbrouwsel, zijn naar ons hoofd gestegen, maar ze wassen mijn fouten niet weg en ze wissen alle manieren waarop we elkaar hebben gekwetst niet uit. Het was ook dom om te denken dat dat zou kunnen. Zijn lippen scheren een fractie van een seconde langs mijn slaap, dan staat hij op en loopt naar de andere kant van de kamer. Hij haalt zijn handen over zijn gezicht. De paal in zijn broek laat er geen twijfel over bestaan dat hij het net zo graag wilde als ik.

Tot hij er weer aan dacht.

De lucht koelt af, maar mijn hart roffelt nog steeds in mijn borst. Mijn lippen bonzen van de grondigheid van zijn kus. Tussen mijn benen is het nat. Er welt schaamte in me op vanuit mijn buik en ik sta snel op, want ik moet weg van dit, weg van hem.

'Sorry,' mompel ik, terwijl ik naar de slaapkamer ren. Ik doe de deur achter me dicht en leun ertegenaan, bijtend op mijn lip om een gil van frustratie binnen te houden. Ja, want mijn hele lichaam zoemt, vol energie die nergens naartoe kan, maar ook van frustratie omdat ik even was vergeten dat ik dit heb aangericht. Het is mijn schuld en ik krijg geen tweede kans.

Ik kan dit niet nog een keer aan.

Ik neem niet eens de moeite om me uit te kleden, maar ga met kleren en al tussen de koele lakens liggen. Ik druk mijn gezicht in het kussen en voel de tranen prikken, maar ik weiger ze eruit te laten. Niet nu hij in de kamer hiernaast spijt heeft van de kus die mij zoveel leven heeft ingeblazen. Ik schop mezelf op duizend verschillende manieren, tot ik opschrik van een geluid bij de deur. Ik draai me op mijn rug en kom half overeind, steunend op mijn ellebogen. Daar in de deuropening staat Josiahs imposante gedaante.

'Eén keer,' zegt hij. Zijn stem klinkt schor, maar beheerst en hij heeft een standvastige gloed in zijn ogen. 'We doen dit één keer om het uit ons systeem te krijgen en daarna vergeten we dat het ooit gebeurd is. Dat is de enige manier waarop dit kan werken.'

Kan ik dat? Kan ik ermee leven om hem nog maar één keer te krijgen, in de wetenschap dat ik waarschijnlijk de rest van mijn leven naar hem zal verlangen? Mijn lichaam schreeuwt van ja bij de belofte van het genot dat we altijd bij elkaar gevonden hebben. Mijn hoofd en mijn hart vragen of ik het wel zeker weet. Ik heb hem gekwetst. Dat weet ik. Maar heeft hij enig idee hoeveel pijn hij mij kan doen? Dat mijn hart alleen maar kan volgen als ik hem mijn lichaam geef? Ik wilde dat we eerder hadden gepraat. Dat we in therapie waren gegaan. Dat ik de juiste therapeut, de juiste medicijnen, de juiste alles op tijd had gevonden. Het had zoveel verschil kunnen maken. Misschien had het ons kunnen redden, maar dat is allemaal niet gebeurd en dit is het enige wat er nog is.

Zijn lichaam, vanavond en daarna niet meer.

Ik ga ervoor.

Ik ga rechtop zitten, laat de lakens tot op mijn middel zakken en trek mijn T-shirt over mijn hoofd. Hij is altijd dol op mijn borsten geweest, dus ik onthul ze langzaam. Ik buig mijn armen naar achteren om mijn beha los te maken. Zijn ogen gloeien op in het lamplicht als de bandjes over mijn armen glijden en mijn harde tepels in zicht komen. Hij hapt naar adem en het geluid vult de hele kamer. Ik duw de dekens van mijn benen en trek mijn broek omlaag, eerst over mijn knieën en dan over mijn voeten. Als ik mijn broek in een hoek gooi, loopt hij de kamer door en komt voor me staan. Ik buig mijn hoofd achterover om naar hem op te kijken, terwijl mijn vingers naast me op het bed trillen van de dringende behoefte om hem uit te kleden en zijn lichaam te verkennen, elke harde spier en de warme huid die onder zijn kleren verstopt zit. Voordat hij iets kan zeggen, alles kan rationaliseren, voorwaarden kan stellen of ons van gedachten kan laten veranderen, steek ik mijn armen naar hem uit.

Onze tweede kus is explosiever dan de eerste. Er is niets voorzichtigs meer aan de manier waarop hij mijn mond plundert, kreunt tijdens het zoenen en mijn armen pakt. Hij legt zijn handen om mijn borsten, wrijft met zijn duimen over mijn tepels en ik druk me met gekromde rug tegen hem aan. Ik ben uitgehongerd. Ik heb heel lang geen seks gehad, maar ik snak niet alleen naar fysieke verlossing. Het is de totale focus van zijn ogen op mij, de eerbied in zijn aanraking die de hel waar we doorheen zijn gegaan op de een of andere manier heeft overleefd.

Zijn hand glijdt van mijn borsten omlaag naar mijn buik en komt tot stilstand tussen mijn benen, waar hij me aanraakt door mijn doorweekte onderbroek. We kijken elkaar aan en hij drukt zijn duim tegen mijn clit, schuift de zijden stof opzij en legt zijn vlakke hand in mijn kruis. Terwijl zijn ogen in de mijne branden, fel en bezitterig, omvat hij mijn kutje.

'Deze is vanavond van mij, Yas.' Hij zegt het half grommend, half kreunend.

Niemand heeft me daar aangeraakt sinds de laatste keer dat hij het deed en het is niet serieus bij me opgekomen om dit met een andere man te doen. Dat zou hij vast niet geloven, nu hij naar me kijkt met een verlangen waar de twijfel vlak achter ligt. Hij ziet de vrouw die hem heeft weggestuurd. Hij zou nooit begrijpen hoe hol mijn lichaam heeft aangevoeld sinds de laatste keer dat hij in me zat. Dat ik hem zo mis dat ik nu en dan zijn schoenen aantrek om me dicht bij hem te voelen. Dat ik 's nachts, alleen in bed, in onze kamer hoor weergalmen hoe hij mijn naam hijgde, al die keren dat hij zichzelf verloor in mijn armen. Dat zou hij niet begrijpen, dus ik knik alleen maar. Vanavond ben ik van hem.

Mijn ademhaling versnelt als hij mijn onderbroek omlaag trekt en uitdoet. Hij draait me een halve slag, zodat mijn benen over de rand van het bed hangen en gaat op zijn knieën zitten. Ik staar naar zijn kruin, de diepe golven van zijn haar en de vierkante lijn van zijn schouders. Hij buigt zich voorover om de huid aan de binnenkant van mijn ene bovenbeen te kussen en herhaalt dat intieme gebaar aan de andere kant, waarna hij mijn benen optilt en mijn hielen op het matras zet. Deze houding legt me helemaal bloot en mijn knieën vallen tegen elkaar aan in een onwillekeurige opwelling van fatsoen.

'Open,' zegt hij, en hij duwt ze uit elkaar. 'Ik wil je zien. Ik heb zo vaak aan dit kutje gedacht.'

Hij strijkt met zijn knokkel tussen de lippen, langs mijn clit, wat me alle adem beneemt, en alle spieren in mijn benen trekken zich samen. Hij buigt zijn hoofd voorover en ademt diep in door zijn neus.

'God, ja,' zegt hij schor, en hij drukt zijn mond tegen me aan.

Ik kronkel alle kanten op onder de aanval van lippen, tong en tanden. Hij pakt me bij mijn heupen om me dichter naar zich toe te trekken en me op mijn plek te houden voor zijn mond. Zijn diepe, grommende gekreun vibreert door de kern van mijn lichaam en ik tril van top tot teen, op het punt van breken. Als hij een vinger toevoegt, twee, drie, terwijl hij blijft zuigen en likken alsof hij bang is om één druppel te missen, klauwen mijn handen in zijn haar. Ik kan het niet helpen. Ik duw zijn hoofd, zijn mond, dieper in de V tussen mijn benen. Ik haak mijn handen schaamteloos achter mijn knieën, trek ze verder uit elkaar en hou mezelf open voor hem, terwijl mijn heupen schokken en mijn borst zwoegt. Ik kom klaar als brekende golven, nat en hard, die elke rationele gedachte overspoelen.

'O god. O god. O god.' Het is een gezang, een gebed, een litanie die onophoudelijk over mijn lippen rolt terwijl mijn hoofd heen en weer slaat op het bed. Het orgasme verkrampt de spieren in mijn buik, in mijn benen. Mijn tenen krullen op en ik grijp me vast aan de lakens. Hij gaat met zijn vingers over mijn kutje en kijkt me recht in de ogen. We horen allebei hoe nat ik klink en hij likt zijn vingers schoon, terwijl ik langzaam bij mijn positieven kom.

Ik lig nog steeds na te trillen als hij me zachtjes weer het bed op schuift. Mijn mond hangt open en mijn ogen kijken hongerig toe terwijl hij zich uitkleedt. Hij trekt het sweatshirt over zijn hoofd en onthult een gespierde buik en gebeeldhouwde biceps. Ik ben altijd dol geweest op zijn borstkas, met spieren als gepolijst hout en tepels die als donkere cirkels op het volle bruin van zijn huid liggen. Zijn broek en onderbroek volgen en ik lik letterlijk mijn lippen af. Ik wil hem in mijn mond hebben. Ik was vroeger niet zo van de blowjobs, tot groot verdriet van vroegere vriendjes, maar sinds de eerste keer dat ik mijn lippen om Josiah heen liet glijden, was ik er dol op en pijpte ik hem gretig en vaak.

'Kijk niet zo,' zegt hij met een schuin lachje, en hij klimt op het bed. 'Ik kan je verzekeren dat ik het niet lang kan inhouden in je mond.'

Ik zeg bijna: 'Volgende keer beter,' maar bedenk dan dat er geen volgende keer komt. Alleen vanavond. Het verlangen om hem nu meteen in me te hebben, snel en hard, levert strijd met de behoefte om langzaamaan te doen, zodat ik volop kan genieten van dit korte respijt.

Hij doet een condoom om en ik vraag hem bijna waarom, want het komt me in eerste instantie komisch voor. We hebben sinds onze eerste paar dates geen condooms gebruikt. Ik probeerde altijd zwanger te raken of ik probeerde dat juist niet en was aan de pil. Dat was in een monogame relatie die gebaseerd was op rotsvast vertrouwen. Dat hebben we niet meer. We zijn allebei... single. Hij heeft iets met een andere vrouw gehad en hij kan er niet blind van uitgaan dat ik het niet met anderen heb gedaan.

Als hij tussen mijn benen komt liggen, verwacht ik dat hij in me zal komen, maar hij strooit kusjes uit over mijn wang, langs mijn nek, en duwt zijn open mond op mijn tepel, waar hij gulzig aan zuigt. Ik trek zijn hoofd tegen me aan en verstrengel mijn benen met de zijne terwijl hij mijn borsten aanbidt. Hij leunt op zijn ellebogen en ik steek mijn hand tussen ons in om hem vast te pakken. Ik streel hem over de volle lengte, eerst langzaam, dan snel, beurtelings stevig en zacht. Hij slaakt een hese zucht en laat zijn voorhoofd tegen het mijne vallen.

'Je kunt maar beter ophouden,' zegt hij, 'of je moet willen dat ik je helemaal onderspuit.'

Ik leid hem met een wulps glimlachje naar binnen toe. Ik ben niet voorbereid op dit moment, deze reünie van onze lichamen na zo'n lange tijd. Mijn hele wezen hapt naar adem als ik hem in me voel. Niet alleen mijn lichaam, ook mijn ziel klikt naadloos in de zijne. Zijn vingers bespelen me zoals een sleutel de pinnetjes in een slot beroert en ik open me voor hem zoals ik me mijn hele leven alleen voor hem heb geopend. Hij houdt op en in plaats van te bewegen, buigt hij zijn hoofd om me te kussen. Hij is keihard, maar de kus is zo zacht dat mijn ogen ervan gaan tranen. Ik streel zijn schouders, zijn rug, zijn kont, herontdek alles waarin hij altijd mooi is geweest en merk de veranderingen op. Hij is nog net zo groot en hard als ik me herinner. Ik zit net zo strak om hem heen, misschien wel perfecter dan ooit, voor zover mogelijk. Mijn lichaam verwelkomt hem kreunend als hij begint te bewegen.

'Fuck, Yas,' gromt hij in mijn haar en hij pakt mijn bovenbeen om mijn knie omhoog te trekken, over zijn heup. 'Dit is niet normaal.'

Ik vind het zo mooi hoe zijn stem, zijn taal, verruwen tijdens seks. Het volkomen beheerste, altijd even gepolijste masker valt af als hij zich in me verliest. Ik jammer het bijna uit als hij het plekje raakt waarvan mijn ogen altijd wegrollen van genot. Hij hoeft niet te tasten, te zoeken of te raden. Zijn lichaam kent het mijne. Onze huid, onze handen, onze ademhalingen vinden een vertrouwd ritme dat net zo opwindend is als de eerste keer. Hij beukt op me in en ons gekreun en gesteun loopt op als het bed begint te schokken en het hoofdeinde tegen de muur bonkt. Ik doe mijn ogen dicht en geef mezelf over aan de primitieve dans van onze lichamen en de dierlijke geluiden die we maken terwijl we *nemen en nemen en nemen* en *geven en geven en geven* tot hij zijn hand tussen ons in steekt en over mijn clitje wrijft, zodat ik nog een keer klaarkom voordat hij er is. Hij laat zijn hoofd zakken en legt zijn slaap tegen de mijne, met een hand steunend op de muur achter me en de andere om mijn bovenbeen.

'Liefje.' Het komt uit hem in één lange zucht terwijl zijn lichaam verkrampt.

Ik blijf roerloos liggen na dat ontsnapte kooswoordje dat hij waarschijnlijk zelf niet eens heeft opgemerkt. Ik wil zijn lichaam, maar ik hunker net zo erg naar deze intimiteit, naar zijn affectie. Ik hou hem stevig vast en breng het gespierde terrein van zijn rug in kaart met mijn wanhopige handen. Ik zuig aan de strakke huid op zijn keel, zet mijn tanden in zijn schouder en klamp me in een reflex aan hem vast als hij zich laat gaan.

Mijn hart bonkt zo hard dat ik zou zweren dat het te horen moet zijn, maar het enige geluid in de kamer is onze hijgende ademhaling. De stille shock die volgt op een wereldschokkende gebeurtenis. We kijken zwijgend naar elkaar terwijl de brokstukken om ons heen vallen en de wereld zoals ik die heb leren kennen onherkenbaar verandert.

Midden in de nacht word ik wakker met zijn sterke arm om me heen. Hij houdt me van achteren in een bezitterige greep en zijn handen dwalen over mijn lichaam. Hij legt een van zijn grote handen tegen mijn gezicht, zijn duim wrijft zachtjes over mijn wang, zijn ogen branden in het lamplicht en hij kust me. Eén keer, hadden we gezegd, maar hij neukt me nog een keer en de tweede keer is nog beter. Het is langzamer, liefdevoller en hartverscheurender, want ik weet dat deze keer… echt de laatste keer is.

29

YASMEN

'Mam, wat eten we?' vraagt Kassim, die door de glazen deur van mijn werkkamer kijkt.

Ik kijk op van een e-mail van Harrington over fondsenwerving voor nieuwe uniformen voor het schoolorkest. Deja zou nog niet dood gevonden willen worden in zo'n uniform, maar Kassim blijft dreigen dat hij trombone gaat spelen, dus misschien krijg ik er nog mee te maken.

'Ja, wat eten we?' Ik leun achterover in mijn stoel en schenk hem een plagerige glimlach. 'Waarom ben ik de enige in dit huis die altijd kookt?'

Kassim kijkt me beschaamd aan, met grote ogen, en zijn mond valt een beetje open. 'Eh… nou… omdat ik niet kan koken?'

'Wou je me vertellen dat je vanuit het niets een robot kunt bouwen, maar geen simpel recept kunt volgen?'

Zijn wenkbrauwen zakken fronsend over zijn ogen. Als iets 'simpel' is, gaat Kassim ervan uit dat hij het wel zou moeten kunnen.

'Spaghetti misschien?' Zijn stem wordt vaster en zijn schouders rechten zich met vastberaden zelfvertrouwen.

Vandaag spaghetti, morgen de wereld.

'Ik heb al Indiaas besteld.' Zijn gezicht ontspant zich tot iets wat nog het meest op opluchting lijkt en ik moet lachen. 'Maar bedankt voor het aanbod.'

Op mijn bureau gaat mijn mobiel over en Marks naam licht

op vanaf het schermpje. Ik frons, sterk in de verleiding om niet op te nemen. Het is nooit exclusief of serieus geworden tussen ons. Daar ben ik volkomen eerlijk over geweest, maar het voelt nog steeds verkeerd om met hem te praten als ik me niet kan verroeren zonder dat de 'neukspieren' die ik in geen tijden had gebruikt pijn doen van mijn nacht met Josiah. Die man kan er nog steeds wat van. Ik loop al herinneringen – oké: fantasieën – weg te drukken over die nacht in Charlotte sinds hij me gisteren met de taxi heeft afgezet na onze terugvlucht en daarna naar zijn eigen huis is gegaan.

'Moet je niet opnemen?' vraagt Kassim, waarna hij in de stoel aan de andere kant van mijn bureau neerploft en zijn eigen telefoon tevoorschijn haalt.

'Privacy is blijkbaar te veel gevraagd voor een moeder,' brom ik zo zacht dat ik weet dat hij het niet zal horen.

Ik grijp mijn telefoon, die voor de vierde keer overgaat. 'Mark, hé.'

'Yasmen.' Er klinkt iets vergenoegds in zijn stem. 'Blij dat ik je te pakken krijg. Ik dacht even dat ik de voicemail zou krijgen.'

'Sorry, ik was...' Ik kijk naar Kassim, die helemaal in beslag wordt genomen door zijn spelletje. 'Druk. Hoe is het?'

'Goed. Ik heb je gemist.'

Ik weet niet goed hoe ik daarop moet reageren op een manier die eerlijk is, maar niet kwetsend.

'Wat lief dat je dat zegt.' Ik krimp ineen bij mijn niet al te enthousiaste antwoord. 'Het is fijn om weer thuis te zijn. Bel je zomaar?'

'Ik vroeg me af of jullie al een kerstboom hebben.'

'Een kerstboom?'

Ik heb meteen spijt dat ik dat heb gezegd. Kassim kijkt gretig op. Normaal gesproken zou onze boom rond deze tijd al staan, hoewel het nog maar een paar dagen na Thanksgiving is.

'Mijn familie heeft een boomkwekerij,' zegt Mark. 'Ken je die kraam op het plein waar de hele maand bomen verkocht worden? Die is van mijn vader.'

‘O, dat zijn de beste bomen van Skyland.’

‘Dat staat op het bord, ja,’ zegt hij grinnikend. ‘Ik heb net een hele mooie gescoord. Ik kan hem even langsbrengen als je wilt.’

Kassims blik laat me niet los nu het woord ‘boom’ is gevallen. Hij en Deja zijn dol op Kerstmis en het stond al op mijn lijstje voor deze week om een kerstboom in huis te halen.

‘Als je hem niet mooi vindt,’ gaat Mark verder, ‘dan breng ik hem gewoon naar mijn zus. Alleenstaande moeder van vier met een fulltimebaan. Haar kennende heeft ze er nog niet aan gedacht om een boom te kopen.’

‘Waarom breng je hem niet meteen naar haar toe?’ vraag ik zo luchtig mogelijk.

‘Omdat ik je graag wil zien en dit leek me wel een goed excuus.’

Het is maar een boom, maar als hij het zo zegt…

‘O… Oké,’ zeg ik na een korte stilte. ‘Waarom ook niet?’

‘Misschien kunnen we nog ergens een hapje gaan eten zodra de boom staat? Of iets gaan drinken?’

‘Eh… De kinderen moeten morgen gewoon naar school en…’

‘Tuurlijk. Sorry. Even niet aan gedacht. Dan kom ik alleen de boom brengen.’

Die man komt wel een kerstboom brengen, hè.

‘Ik heb eten besteld,’ dwing ik mezelf te zeggen. ‘Je kunt best blijven eten.’

‘Zeker weten?’ vraagt hij, maar ik hoor zijn ‘ja’ al klaarstaan.

‘Natuurlijk. Ik hoop dat je van Indiaas houdt.’

‘Ik hoop dat je de boom mooi vindt.’

Een halfuur later staat Mark op de stoep met een van de grootste kerstbomen die ik ooit heb gezien.

‘Nou, dat was niets te veel gezegd.’ Ik moet lachen en mijn blik glijdt over de takken naar de top. ‘Hij is enorm, en erg mooi.’

‘Is dat onze kerstboom?’ vraagt Kassim, die om me heen kijkt. ‘Wooooo!’

‘Als je hem wilt.’ Mark trekt zijn wenkbrauwen op en kijkt me vragend aan.

'Ja!' roept Kassim voordat ik iets kan zeggen.

'Natuurlijk willen we hem.' Ik doe een stap naar achteren, zodat Mark binnen kan komen en de boom door de deuropening kan manoeuvreren.

Ik heb de voet al klaargezet in de woonkamer, voor het raam, waar de kerstboom elk jaar staat. Mark heeft hem binnen de kortste keren in de klem gezet. De takken raken het plafond.

'Dé!' brult Kassim onderaan de trap. 'Kom kijken naar onze boom!'

Op de overloop gaat de deur van Deja's kamer open en ze steekt haar hoofd om de hoek. De helft van haar haren zit los en is naar één kant vastgezet met haarklemmetjes. In de andere helft zitten vlechtjes. Blauw deze week.

'Wat voor boom?' vraagt ze, en haar blik blijft heel even op mij hangen voordat hij naar Mark gaat, die achter me in de hal staat. 'Dag meneer Lancaster.'

Haar toon is overbeleefd, gezien het feit dat ze hem belachelijk maakt als 'die gast op die suffe verkiezingsborden'.

Hij beantwoordt haar begroeting met een glimlach en er daalt een ongemakkelijke stilte over ons vieren heen. Het geluid van de deurbel zorgt gelukkig dat de situatie niet nog gênanter wordt.

'Daar is het eten.' Ik hol naar de deur en neem de tas vol geurige gerechten over van de bezorger.

'Ik denk dat ik maar weer moet gaan,' zegt Mark, die zijn blik via de trap omhoog laat gaan naar Deja's gezicht, dat bestudeerd uitdrukkingsloos terug kijkt.

'Nee joh, blijf eten.' Ik maak een hoofdgebaar in de richting van de keuken. 'Ik zei toch dat we het leuk vinden als je blijft eten. Dat is wel het minste wat we kunnen doen als je zo'n fantastische boom komt brengen.'

'Ze maken de lekkerste *butter chicken* ooit,' zegt Kassim tegen hem.

'Is er ook *chicken masala*?' vraagt Deja, die nu helemaal uit haar kamer komt en de trap af loopt.

'Ja.' Ik geef haar de tas. 'Beginnen jullie maar vast.'

Ze neemt met een snelle blik tussen Mark en mij de tas van me over en stoot Kassim aan met haar schouder. 'Kom op, freak.'

Hij huppelt zo ongeveer voor haar uit naar de keuken.

Dat joch is zo dol op butter chicken.

'Zoals ik al zei, we hebben meer dan genoeg,' zeg ik tegen Mark, en ik steek mijn handen in de achterzakken van mijn boyfriend jeans.

'Ik wil heel graag blijven eten.' Hij komt dichterbij en werpt een snelle blik in de richting waarin mijn kinderen zojuist zijn verdwenen. 'Er is maar één ding dat ik nog liever wil.'

Hij buigt zich voorover om zijn lippen op de mijne te drukken, en ik verstijf. We hebben een paar dates gehad. Een paar keer gezoend, en hoewel ik niet bepaald brandde van hartstocht was dat prima. Aangenaam. Dit is niet aangenaam. Na die nacht met Josiah voelt dit als verraad. Ik weet hoe stom dat is, want Josiah heeft me gewaarschuwd dat het nooit meer zou gebeuren. Dat er nooit meer wat dan ook tussen ons zou gebeuren. Maar toch... Marks mond drukt nog iets harder tegen de mijne, op zoek naar iets wat ik niet kan geven. Niet nu.

'Mark,' mompel ik halverwege de kus en ik maak me van hem los. 'Ik... nee.'

Zijn wenkbrauwen trekken samen in een verwarde frons. 'Ik hoopte dat...'

'Ik denk niet dat we elkaar nog moeten zien. In elk geval niet... zo.' Ik wend mijn blik af naar het kleine stukje houten vloer tussen onze voeten, maar dwing mezelf dan om hem weer in de ogen te kijken. 'Je bent geweldig. Echt. Maar ik ben nog niet eens klaar voor een casual iets.'

'Aha.' Hij begrijpt het en de frons verdwijnt van zijn gezicht, maar zijn ogen versomberen. 'Komt dat doordat ik niet de juiste persoon ben of doordat hij dat nog steeds is?'

Ik ben zo verbaasd over zijn scherpe inzicht en zijn directheid dat ik alleen maar wat wrang kan grijnzen. 'Allebei een beetje?'

Zijn ene mondhoek trekt omhoog in een scheef glimlachje. 'Nou ja, je had me gewaarschuwd dat ik als eerste aan slag was.

Dit is niet de eerste keer dat ik mis heb geslagen. Vast ook niet de laatste keer.'

Ik kijk in zijn blauwe ogen – intelligent en aardig, in een klassiek knap gezicht. Hij is succesvol, ambitieus, principieel. Misschien zal ik ooit spijt krijgen dat ik er zo eentje door mijn vingers heb laten glippen, maar de kussen, de aanrakingen, de gefluisterde woorden in het donker die ik met Josiah heb uitgewisseld zitten nog te vers in mijn geheugen. Mijn gevoelens voor hem zitten te diep in mijn lijf om überhaupt aan andere mannen te denken. Blijkbaar moet ik die gevoelens voor mijn ex te ruste leggen voordat ik iets voor een ander kan voelen.

'Jij bent zeker weten iemands homerun, Mark,' zeg ik, terwijl ik zijn hand met twee handen vastpak.

Hij knikt, bukt zich voor een snelle kus op mijn hoofd en draait zich om naar de voordeur. Ik loop met hem mee en blijf nog even op de veranda staan, terwijl hij het trapje af gaat en naar de Tesla op mijn oprit loopt.

'O, en Mark!' roep ik, zodat hij zich nog even omdraait als hij zijn autoportier opendoet. Ik zie teleurstelling en acceptatie in zijn ogen terwijl hij mijn afscheidswoorden afwacht.

'Mijn stem heb je.'

Er kruipt een trage glimlach over zijn gezicht. Hij geeft me een zwierig saluut, stapt in zijn auto en rijdt weg.

'Wilde meneer Lancaster niet blijven eten?'

Ik draai me om en zie Deja in de hal staan. Ze kijkt me onderzoekend aan met een flesje mineraalwater in haar hand en nieuwsgierigheid op haar mooie gezichtje. Ik sla mijn armen over elkaar tegen de kou, ga naar binnen en doe de deur achter me dicht.

'Nee, hij moest weg.' Ik snuif de etensgeuren op en loop langs haar naar de keuken. 'Kom, we gaan eten.'

30

JOSIAH

‘Hoe was het op school?’ vraag ik Kassim als we de parkeerplaats van Harrington af rijden.

‘Goed.’ Hij draait zich om en aait Otis, die languit op de achterbank ligt. Dan pakt hij zijn telefoon. Ik weet dat hij regelrecht naar *Roblox* gaat.

‘Hé. Praat even met me voordat je in dat spelletje verdwijnt.’

Hij legt zijn telefoon op schoot. ‘Ja pap.’

‘Hoe gaat het in de klas? Verveel je je niet?’

‘Mevrouw Halstead geeft me de laatste tijd wat extra stof. Dingen die de anderen niet krijgen.’

‘En hoe voelt dat?’

Jezus, ik lijk wel een psycholoog. Dr. Musa zou blij zijn om te horen hoeveel ik van hem overneem.

Kassim haalt zijn schouders op. ‘Wel oké. Sommige kinderen pesten me er een beetje mee, alsof ik denk dat ik zo slim ben.’

‘Je bént zo slim.’

‘Maar daar wil ik niet over opscheppen.’

‘Goed zo. Zo moet je ook niet zijn. Je bent niet beter dan de anderen. Mevrouw Halstead ziet gewoon dat je wat meer uitdaging nodig hebt dan de standaardlesstof te bieden heeft. Ze ziet wat je kunt en ze wil zorgen dat we er alles aan doen om eruit te halen wat erin zit.’

‘Ja. Jamal vindt het cool dat ik opdrachten doe die verder niemand nog kan en dat ik misschien een klas ga overslaan, zolang we maar vrienden blijven en *Madden* kunnen spelen en zo.'

'Mooi,' zeg ik, want ik zie het belang van Jamals goedkeuringsstempel. 'Oké, nu eerst dat struikgewas laten snoeien en dan naar huis, zodat je je huiswerk kunt maken.' En ik trek even aan de wilde afro die er op zijn hoofd aan het groeien is.

'En de kerstboom versieren!' antwoordt Kassim met een brede lach.

Ik voel iets samentrekken in mijn borst. We maakten er altijd een hele bedoening van om samen een boom uit te kiezen. Meestal op de zaterdag na Thanksgiving. Daarna nog even wat drinken, bijvoorbeeld warme chocolademelk met marshmallows bij de Laughing Latte op het plein. Alles is de laatste jaren zo uit elkaar gevallen en dit is een van de tradities die we hebben laten versloffen.

'Hebben jullie al een boom dan?' vraag ik.

'Ja, die heeft meneer Lancaster gebracht.'

Dat arme autostuur. Ik wurg het zowat als Kassim die naam uitspreekt.

'Mark Lancaster?' vraag ik luchtig.

'Ja, mama's nieuwe vriend.'

Vriend?

Ik dacht het niet. Ze dacht echt niet aan haar vriend toen ik haar neukte. Beide keren niet.

De gedachte vliegt me aan voordat ik hem van me af kan slaan. Zoals zij het zei, klonk het alsof er niks serieus gaande was tussen die twee. Is er meer dan ze liet doorschemeren?

Mijn fantasie wordt overspoeld met visioenen van de blonde politicus die onze slaapkamer uit loopt en alleen in een pyjamabroek gekleed de trap af loopt om een kop koffie voor zichzelf te maken in mijn keuken, met mijn kinderen, na een wilde nacht met mijn vrouw.

Maar ze is niet van mij.

Die ene nacht wel. Ik heb met niemand zo gepraat zoals wij in Charlotte deden, sinds Byrd en Henry zijn weggevallen. Misschien wel nooit. Misschien heeft therapie het makkelijker gemaakt om over mijn shit te praten, want voor die tijd was het gewoon te moeilijk. Toen ik Yasmen zo vasthield, toen ik weer in haar zat en haar hart voelde bonken toen ze zich zo dicht tegen me aan drukte, toen ik de geur van vanille en haar eigen unieke essentie inademde. Ze was zacht, haar rondingen pasten alsof ze voor me gemaakt was. Speciaal voor mij. We hebben ons allebei aan de afspraak gehouden. Alsof die nacht nooit heeft plaatsgevonden. Het gaat zelfs beter tussen ons sinds we de lucht hebben geklaard.

Ik moet gewoon blijven doen alsof ik niet de hele tijd aan die nacht denk en mijn lichaam niet snakt naar meer, en nog meer.

'Is het een mooie boom?' vraag ik.

'Hij is enorm,' zegt Kassim overdreven enthousiast.

Natuurlijk.

'Hij is de eigenaar van een van de kerstboomkwekerijen. Hij vroeg mama of we er nog een moesten hebben en toen bracht hij hem langs.'

Mijn stuur gaat niet nog meer verhalen over dat wannabe-congreslid overleven.

'Hé, maar houden we het simpel vandaag bij de kapper?' vraag ik. 'Of wil je wat van die lijntjes en pijltjes?'

Hij moet lachen, zoals verwacht, en beschrijft een patroontje dat hij en Jamal wilden uitproberen bij hun volgende kappersbezoek. Als we parkeren bij Preach' kapsalon, The Cut, ben ik trots op het succes van mijn vriend. We hebben allebei bedrijfskunde gestudeerd en we wisten wat we wilden. Nou ja, Byrd en Yasmen kwamen met het idee voor Grits, maar ik wist dat ik niet voor een baas wilde werken. Preach knipte onze hele studietijd lang al mensen, eerst in zijn studentenkamer en daarna in zijn appartementje buiten de campus. Hij heeft jaren bij andere salons gewerkt en stoelhuur betaald, voordat hij het zich kon veroorloven om The Cut te openen in Castleberry Hill, een wijk met een van de hoogste concentraties zwarte ondernemers van het land, voor zover ik het een beetje heb bijgehouden.

'Hé hé, fam.' Preach begroet ons met een glimlach boven

het haar dat hij aan het knippen is. 'Wat een kop met haar, Kas. Probeer je me de laatste tijd te ontlopen, jongetje?'

Kassim grijnst en brengt Otis naar de hoek waar hij altijd heel braaf gaat liggen. Ik neem de lege kappersstoel naast die waar Preach staat te werken.

'Jouw beurt, Kas,' roept Preach, terwijl hij wat haar van de nek en schouders van de pas geknipte klant borstelt.

Kassim gaat in de kappersstoel zitten en beschrijft het patroontje dat hij en Jamal hebben bedacht. Preach laat de tondeuse zoemen en glimlacht toegeeflijk.

'Je was gisteren niet in de sporthal,' zegt Preach.

'Sorry dat ik niet heb afgebeld.' Ik sta op om een tijdschrift uit te zoeken uit de stapel die op de plank voor mijn spiegel ligt. 'Ik was de stad even uit en daarna moest ik wat werk inhalen. Drukke boel.'

'We hebben gewonnen… alweer.' Preach kijkt met een zelfgenoegzaam lachje op van Kassims haar. 'Waar was je naartoe?'

'Eh, we denken weer na over een nieuw filiaal in Charlotte.' Ik blader door een paar tijdschriften die bovenop liggen en probeer mijn stem zo normaal mogelijk te houden, want deze gast ontgaat niets. 'Dus Yas en ik hebben daar een locatie bekeken.'

De vragen en commentaren verschijnen zo ongeveer in denkballonnetjes boven zijn hoofd, maar met Kassim in de stoel houdt hij het bij een veelbetekenende blik die duidelijk maakt dat hij later meer details wil horen.

Die krijgt hij mooi niet.

Ik moet de dingen die in Charlotte gebeurd zijn achter me laten en ze niet gaan uitdiepen. Ik druk de vragen in mijn hoofd weg en luister naar het gekeuvel van de andere klanten. Het gesprek gaat van de vooruitzichten van de Falcons voor dit seizoen over op het gewoonlijke twistpunt wie de beste basketballer aller tijden is, Michael Jordan of LeBron James.

'Bruh, kom op, natuurlijk 'Bron,' zegt een klant die zijn dreads laat bijwerken. 'Met alles wat die voor de community heeft gedaan.'

'Ja, leuk, hij heeft een school opgezet, maar wat heeft dat ermee te maken?' zegt Rick, de andere kapper naast Preach. 'Hij heeft dat killerinstinct niet, zoals Mike en Kobe.'

'Ik heb Kobe boven 'Bron staan,' zegt de vent in de verste stoel.

'Shiiiiiit.' Preach schudt zijn hoofd, terwijl hij de laatste hand aan Kassims kapsel legt. 'Niks dan respect voor de Mamba, God hebbe zijn ziel, en hij staat in mijn top vijf, maar niet boven 'Bron.'

'Wat zeg jij, Kassim?' vraagt Rick met een bemoedigende glimlach.

'Eh...' Kassim kijkt paniekerig, alsof hij een onverwachte overhoring krijgt en bang is om een fout antwoord te geven. 'Jordan?'

Ik buig me voorover om hem een boks en een knipoog te geven. 'Yeah, boy.'

Kassim straalt en gaat iets rechter in zijn stoel zitten. Het is krankzinnig hoe hij opbloeit bij het minste schouderklopje van mijn kant. Zijn zelfvertrouwen is zo makkelijk op te krikken. Waarschijnlijk is dat ook precies wat onvoorwaardelijke liefde en acceptatie van een vader voor een jongen moet doen. Mijn vader was militair, en zo streng als wat, maar ik heb tot mijn achtste zijn liefde en acceptatie gehad. Volgens dr. Musa ben ik er misschien wel nooit overheen gekomen dat ik dat ben kwijtgeraakt.

'En?' vraagt Preach aan Kassim, en hij geeft hem de handspiegel, zodat hij de achterkant van zijn haar kan bewonderen.

'Wow!' Er komt een brede grijns op Kassims gezicht. 'Ik durf te wedden dat het er bij Jamal lang niet zo goed uit gaat zien.'

Ik betaal Preach en klop op mijn been. 'Otis, kom.'

Otis komt lui overeind, gaapt en hobbelt naar de deur, waar hij gaat staan wachten alsof ik de boel ophoud. Ik rol met mijn ogen en veeg wat losse haartjes van Kassims shirt.

'Hé, ik moet je nog wat vragen voor je gaat, Jos,' zegt Preach.

'Oké dan. Kas, wacht maar even bij Otis. Niet naar buiten gaan. Blijf binnen.'

'Ja pap,' zegt hij, en hij loopt naar de deur.

'En heb je al dank je wel gezegd tegen Preach?' vraag ik.

Kassim draait zich weer om. 'Sorry. Dank je wel.'

Ik wacht tot hij een paar stappen van ons verwijderd is en wend me dan tot Preach, die wat dichterbij komt staan.

'Hoe zit dat, bruh?' vraagt hij fluisterend. 'Laatste keer dat ik je zag was Yasmen in je huis met Vashti en was het een en al drama omdat die bij je had geslapen. En nu gaan jullie ineens samen weg? Wat is dat?'

'Niks,' lieg ik soepeltjes. 'Vashti en ik zijn uit elkaar. Yas en ik waren op zakenreis. Simpel.'

'Wanneer zijn jij en Vash uit elkaar gegaan?'

'Met Thanksgiving. Het werkte gewoon niet.'

'Hé, het was ook je eerste na de scheiding. Volgende keer beter.' Hij kijkt me onderzoekend aan. 'Behalve als je geen volgende keer wilt en erachter bent gekomen dat je nog niet helemaal over je ex heen bent.'

'Nah, bruh.'

Ik lach alsof het belachelijk is wat hij zegt. Preach heeft me helemaal kapot zien gaan, die avond dat Yasmen had gezegd dat ze wilde scheiden. Maar hoe close we ook zijn, ik wil hem niet vertellen dat ik haar niet alleen nog steeds wil, maar daar ook nog aan toe heb gegeven voor één avond die ik niet kan vergeten.

'Je hebt het tegen mij, hè.' Preach legt zijn hand op mijn schouder en kijkt me recht in de ogen. 'Jij en Yas hadden die shit die je maar één keer in je leven overkomt.'

'Ja, nou, nu niet meer,' zeg ik, en ik schud zijn hand af. 'Hoe zong Erykah dat ook alweer? *Next lifetime*, misschien.'

'Ik zou je vriend niet zijn als ik er niet naar vroeg.'

'Zij wilde scheiden en ze heeft haar zin gekregen. Het werkte misschien niet met Vashti, maar ik ga verder met mijn leven. Geen ouwe koeien, Preach. Al konden Yas en ik opnieuw beginnen, hoe kan ik er ooit op vertrouwen dat ze me niet van zich af trapt zo gauw er weer iets misgaat?'

'Jullie zijn allebei een stuk verder dan toen. Ik bedoel, zij in therapie, jij in therapie. Wie had dat gedacht? Ik ken niemand die zijn shit zo keihard verdringt als jij.'

Ik buig me achterover met mijn handen in mijn zakken en gooi er een grinniklachje uit. Het is grappig omdat het waar is.

'We krijgen niet allemaal een tweede kans, Preach.'

'Ik zou zeggen: máák er een en dit keer zonder het te verkloten.'

'Verkloten? Ik heb het niet...'

De spottende grijns op zijn gezicht maakt duidelijk dat hij me alleen maar op de kast staat te jagen.

'Klojo. Ik heb geen tijd voor deze shit. Ik ben weg.'

'Denk er nog 's over na.' Hij geeft me een high five. 'En als je niet met mij wilt praten, praat dan met die psych van je, nu je toch zo lekker met je gevoelens bezig bent.'

Met mijn gevoelens bezig zijn... Zo kun je het ook zeggen, ja.

Ik voel dat ik een stijve krijg als ik in de buurt van mijn exvrouw kom.

Ik voel een razende woede bij de gedachte aan Mark Wannabe die mijn gezin kerstbomen brengt en als een bloedhond achter Yasmen aan jaagt.

Ik voel me gefrustreerd, omdat die ene nacht waarmee ik haar uit mijn systeem wilde werken precies het omgekeerde effect heeft gehad en nu ik haar weer geproefd heb, nu ik haar weer gehad heb, nu ze weer in mijn armen heeft gelegen, zit ze verdomme nog dieper in me.

Met mijn gevoelens bezig? Mijn gevoelens zijn een gloeiendheet fornuis waar ik mijn hand naar wil uitsteken, terwijl ik nog verdomd goed weet hoe ik me er de vorige keer aan heb gebrand.

31

YASMEN

Dit is mijn lievelingsfeestdag.

Dat was het tenminste altijd. Op Oudejaarsavond sta je op de grens tussen voor en na. Ik weet dat een nieuw jaar niet echt een schone lei is. Die achterstallige huur? Die moet je nog steeds betalen als de klok twaalf slaat. Die uitzichtloze baan? Die wordt er niet beter op. Dat kwakkelende huwelijk herstelt zich niet als het laatste vuurwerk is afgestoken. Dat weet ik als geen ander.

Maar het gevoel van nieuwigheid en nieuwe mogelijkheden kan je er wel toe aanzetten om je omstandigheden significant te veranderen. Afgezien van de laatste twee jaar heb ik alle nieuwjaarsfeesten georganiseerd die Grits ooit gehouden heeft. Vorig jaar praatten Josiah en ik nauwelijks met elkaar en liet ik de organisatie van het feest over aan Bayli en een paar andere medewerkers. Nu zijn Jos en ik beter met elkaar, hoewel er een ander soort spanning tussen ons is ontstaan. We hebben onze onenightstand met twee vrijpartijen misschien niet besproken, maar ik word regelmatig zwetend en hijgend wakker, helemaal nat tussen mijn benen, omdat Josiah naakt in mijn dromen rondwaart.

'Dit feest is de shit,' zegt Hendrix, die naast me zit. 'Goed gedaan, zoals altijd.'

'Dank je wel. Het hele team heeft eraan meegewerkt.'

We zitten, omringd door feestgangers die al een tijdje stevig aan het innemen zijn, op de eerste verdieping van Grits aan een enorme tafel op de galerij die naar het dak leidt en op de eetzaal uitkijkt. Het gezelschap wordt afgemaakt door Deja, Soledad met haar drie dochters en – zowaar – haar man Edward.

'De versieringen zijn prachtig,' zegt Soledad, die over de balustrade gluurt om de kerstlichtjes en hulsttakken die nog aan het plafond en de muren hangen te bekijken. 'Alles ziet er zo fantastisch uit.'

'Die slingers die jij gemaakt hebt zijn magnifiek.' Ik lach naar haar en nip van mijn French 75. 'Je moet er echt eens over nadenken hoe je die talenten in harde dollars kunt omzetten, girl.'

'Hè? Wat?' vraagt Edward, die zijn blik even losrukt van zijn telefoon, misschien wel voor het eerst vanavond. 'Dollars? Waar heeft ze het over, Sol?'

Soledad schraapt haar keel en rolt haar bestek weer in het linnen servet op tafel. 'Yas en Hen denken dat ik mijn ideeën kan gebruiken om een bedrijf te beginnen.'

'Zekers te weten,' zegt Hendrix knikkend. 'Joanna Gaines heeft niks méér in huis dan Sol.'

'Behalve een miljardenconcern,' zegt Edward spottend, en hij klokt een slok whisky achterover.

'Kwestie van tijd,' zegt Hendrix met een strak glimlachje en een priemende blik. 'Afhankelijk van de hoeveelheid tijd en energie die ze erin kan steken.'

Edward moet lachen. 'Je hebt goede vrienden, schat.'

'Ja, zeker,' antwoordt Soledad, waarbij ze zijn sarcasme opzettelijk negeert. 'Misschien moet ik naar hun goede raad luisteren.'

Het glas dat op weg is naar Edwards mond blijft midden in de lucht hangen. 'Dat kun je niet menen. We zitten met de meisjes.'

'Joanna Gaines heeft vijf kinderen,' gooit Deja ertussendoor vanaf de andere kant van de tafel, waar ze op een appetizer van gebakken groene tomaten zit te kauwen.

'En blijkbaar hebben die haar nergens van weerhouden,' gooit Lupe erbovenop, terwijl ze onschuldig met haar lange wimpers naar haar vader knippert. 'Ik wil niet de reden zijn dat mama niet het beste uit zichzelf kan halen.'

Ik kijk heen en weer tussen die twee zelfverzekerde, beheerste dertienjarigen die verstandiger uit de hoek komen dan de enige volwassen man aan tafel. De volgende generatie is angstaanjagend fel, als deze meisjes een indicatie zijn.

'Dat doe je helemaal niet,' zegt Soledad ferm tegen Lupe, en ze neemt even de tijd om alle drie de meisjes aan te kijken. 'En jullie ook niet. Jullie opvoeden is precies wat ik wil. Altijd al.'

'En als we straks het huis uit zijn? Ik ga volgend jaar naar de bovenbouw en deze ukkies' – Lupe grijnst naar haar zusjes – 'liggen niet zo heel ver achter.'

'Ja, mam,' zegt Inez. 'We zijn geen baby's meer.'

'Het huishouden, de kinderen,' zegt Edward met gefronste wenkbrauwen. 'Dat is altijd je droom geweest.'

'Een van mijn dromen,' zegt Soledad. Haar toon is zacht, maar er zit een staalharde bijklank in die ik niet van haar ken. 'Dingen veranderen, hè.'

Man en vrouw kijken elkaar langdurig aan en ze voeren duidelijk een stilzwijgend gesprek dat wij niet kunnen volgen. Hendrix schopt me onder de tafel. Ik kreun en werp haar een boze blik toe.

'Willen jullie nog iets drinken voor ik ga?' Ik glimlach alsof alles koek en ei is. 'Ik moet kijken of we klaar zijn voor de middernachtstoost.'

'Ik heb nog, maar dank je,' antwoordt Edward, die zijn telefoon alweer heeft gepakt om zijn gestaar op het schermpje te hervatten.

Soledad werpt een ijzige blik op de telefoon in zijn hand en haar mond vormt een strakke lijn. Twee tellen later kijkt ze weg en ziet mij kijken. Haar gezicht klaart op en de gebruikelijke liefheid is terug. Wat verbergt ze? Wat houdt ze binnen? Ik herken de spanning van normaal doen in gezelschap. Het werkt maar een tijdje voordat er iets breekt. Ik spreek uit ervaring, want ik ben de laatste jaren tamelijk spectaculair en publiekelijk ingestort. Ik pak haar hand en geef er onder de tafel een kneepje in. Ze is misschien nog niet zover dat ze wil vertellen wat er is, maar ik hoop dat ze weet dat Hendrix en ik er voor haar zijn zodra ze er klaar voor is.

'Oké.' Ik schuif mijn stoel naar achteren en sta op. 'Ik ben even weg, maar als ik het zo druk krijg dat ik het niet haal voor middernacht, toost dan gewoon zonder mij, oké?'

'Mag ik bij Lupe blijven slapen?' vraagt Deja. 'Kassim logeert bij Jamal.'

'Als jij het goedvindt, Sol?' Ik trek vragend mijn wenkbrauwen op.

'O ja, prima hoor,' zegt Soledad.

'Ik kan alle meiden mee naar huis nemen na middernacht,' biedt Edward aan. 'Als jij nog even wil blijven met Hendrix en Yasmen, Sol.'

Dat klinkt wel heel grootmoedig van de man die normaliter het absolute minimum doet om te helpen. Blijkbaar denkt Soledad hetzelfde, want ze kijkt hem achterdochtig aan.

'Ja, oké,' zegt ze op suikerzoete toon. 'Lief van je, schat.'

'Je werkt zo hard,' zegt hij tegen haar. 'Ik wil altijd zorgen dat je tijd voor jezelf overhoudt.'

'Bullshit,' hoest Hendrix met haar hand voor haar mond. 'Sorry. Iets in het verkeerde keelgat geschoten.'

Die vent liegt dat hij barst.

Hendrix en ik weten het allebei. Ik hoop maar dat Soledad het ook weet. Ik heb hem nooit gemogen. Iets zegt me dat we hem vooral ook niet moeten vertrouwen.

'Hé, maar als alleen de volwassen meiden overblijven,' zegt Hendrix, 'laten we dan bij mij crashen. Met al dat drinken dat ik gepland heb, ben ik niet eens met de auto gegaan. Ik ben komen lopen, dus we kunnen 'm straks smeren naar mijn huis en onderweg nog even langs de fontein gaan.'

'O ja, ik heb al eeuwen de nieuwjaarswens niet gedaan,' zegt Soledad.

Elk Nieuwjaar verzamelen mensen zich om de fontein om er muntjes in te gooien in de hoop dat het iets goeds brengt voor het komende jaar.

'Ik heb mijn kleingeld paraat,' zeg ik. 'Ik moet even kijken of alles beneden goed gaat, maar ik zie jullie zo.'

Ik ga voorzichtig de wenteltrap naar de benedenverdieping af. Het feest bruist, de muziek pulseert als een hartslag door de speakers, de menigte zwelt aan nu er steeds meer mensen binnenkomen. De zaak is bomvol en ik neem me voor om straks even de koppen te tellen. Het laatste wat we willen op de drukste avond van het jaar is problemen met de gemeente. Josiah kennende heeft hij dat wel onder controle. Ik heb hem vanavond nog niet gezien, maar hij is waarschijnlijk wat meer in de keuken dan normaal. Met alle voorbereidingen voor het feest, de hele avond hier met de feestgangers en de vorderingen met onze uitbreiding naar Charlotte hebben we elkaar nauwelijks gezien sinds eerste kerstdag, toen hij langskwam. Die ochtend is alleen wel behoorlijk in mijn hoofd blijven hangen. Wij tweeën die gretig toekeken hoe onze kinderen het papier van hun cadeaus scheurden en gilden en joelden van plezier. Hij voor het fornuis met de mouwen van zijn trui opgestroopt, terwijl hij Byrds beroemde zoete-aardappelpannenkoekjes bakte. We hebben ons eigen gewicht aan ontbijt naar binnen gewerkt, lachend en pratend, Josiah aan het ene uiteinde van de tafel ik aan het andere. Het voelde net als vroeger. Zelfs nog beter, in sommige opzichten. Het voelde precies goed… tot hij naar huis ging en ik alleen in mijn koude bed moest slapen.

Als ik beneden kom, staat Cassie aan de bar te kletsen met de barman, in haar koksbuis en met een feesthoedje op.

'Gelukkig Nieuwjaar, baas,' zegt ze met een warme glimlach.

'We hebben…' Ik kijk op mijn horloge. 'Nog een halfuur te gaan voor het nieuwe jaar aanbreekt. Is er niks te doen? Hoe gaat het hier?'

'Heel gladjes.'

'Iedereen lijkt razendenthousiast over de specials. Jij en Vashti hebben wonderen verricht met het menu.'

'Blij dat het in de smaak valt,' antwoordt Cassie met een tevreden knikje.

'Oké, ik ga nog even checken of we genoeg champagne hebben voor de grote toost. Zie je zo.'

Ik baan me een weg door het aanzwellende publiek, maar ik word om de paar stappen staande gehouden. De hele buurt lijkt blij dat ik er dit jaar weer bij ben. Die voorzichtige blikken die ze me schonken toen ik Henry net was kwijtgeraakt – toen ik gevallen was en niet meer kon opstaan, niet alleen hier met die losse vloerplank, maar in de lange maanden die daarop volgden – die blikken zijn verdwenen. Ik weet de eetzaal door te komen en bereik de drempel van de gang. Ik blijf even staan.

Het is de perfecte avond voor een nieuw begin. Ik trek de halsketting die onder mijn jurk verstopt zit uit mijn decolleté en staar naar een andere reliek. Mijn trouwring, die aan een kettinkje hangt naast het wielbedeltje dat Josiah me voor onze trouwdag heeft gegeven. Ik draai het bedeltje om en lees de inscriptie op de achterkant.

'Tot de wielen eraf vallen.'

Dom om dat vanavond te dragen. Om het überhaupt te dragen, maar vooral vanavond, nu ik Josiah moet zien. Ik duw het kettinkje en het bedeltje weer onder mijn jurk. Dit is geen avond om terug te kijken, maar ik kon het even niet helpen.

De eetzaal is een en al gelach en muziek, in de keuken heerst een beheerste chaos. Vashti runt de boel en blaft instructies. Haar doorgaans zo zachte stem is schor van het schreeuwen en de drukte. Voor de bezoekers is dit het grootste feest van het jaar. Voor ons bedienend personeel en de keukenploeg is het de drukste avond van het jaar.

'Alles oké?' vraag ik haar. 'Kan ik iets doen?'

'Alles prima,' zegt ze met een snelle blik naar mij, en ze veegt het zweet van haar voorhoofd.

Ik heb heel weinig contact met haar gehad sinds zij en Josiah uit elkaar zijn. We hebben nooit echt geklikt of uitgebreid met elkaar gepraat, maar ik heb haar een beetje ontlopen en zij mij ook, vermoed ik. Ik kijk de keuken door, die vol stoom hangt en gonst van bedrijvigheid.

'Heb je Josiah gezien?' vraag ik.

Ze maakt een hoofdgebaar naar de andere kant van de keuken.

Haar gezicht staat sereen, afgezien van het veelzeggende strakke trekje om haar mond. 'Kelder.'

'Ik ga kijken of we klaar zijn voor de toost,' zeg ik. 'Gelukkig nieuwjaar alvast, Vashti.'

Er glinstert iets in haar ogen wat ik bij een ander voor rancune zou aanzien, maar haar emoties zitten achter ondoorzichtig glas. Ik kan er niet zeker van zijn. Ze knikt en wendt zich weer tot het team dat bestellingen aanneemt en eten klaarmaakt.

We hebben geen echte kelder in dit huis van twee verdiepingen dat we hebben omgebouwd voor Grits, maar we hebben een grote ruimte geïmproviseerd voor drank, achter de keuken. Daar staan Anthony, Milk en Josiah flessen champagne uit de koeling op karretjes te laden. De drie mannen kijken op als ik binnenkom en ik glimlach, waarbij ik net lang genoeg naar Josiah kijk om te zien dat hij er overheerlijk uitziet in zijn goed zittende broek, witte overhemd en bretels.

Bretels. Die droeg hij vroeger nooit. Hem daarvan ontdoen zou mijn nieuwe lievelingsding kunnen worden.

'Heren,' zeg ik, terwijl ik verder naar binnen loop. 'Alles klaar voor de grote toost?'

'Ja,' antwoordt Anthony. 'Het is bijna zover, dus we hevelen de champagne vast over.'

'Je ziet er machtig mooi uit vanavond, Yas,' zegt Milk, die naar me toe komt en een arm om mijn schouders slaat.

Ik kijk omlaag naar mijn felroze jurk vol lovertjes. De neklijn is hoog genoeg om mijn kettinkje te verbergen, maar bescheiden is anders. Zeker bij mij, want de stof zit om mijn borsten als een glinsterende tweede huid. Hij valt tot halverwege mijn bovenbeen. Ik heb mezelf op een paar padlocksandalen van Tom Ford getrakteerd. Hendrix zei dat mijn benen er daarin uitzien alsof ze nodig om een paal of een man geslagen moesten worden. Dat vat ik op als een compliment.

Ik knuffel hem en geef een kus op zijn wang. 'Gelukkig nieuwjaar, Milk.'

'Zullen we deze vast wegbrengen?' Anthony's vraag is op

Milky gericht. 'En dan terug voor de volgende lading?'

'Jazeker.' Milky drukt me nog een keer tegen zich aan, laat me dan los en helpt Anthony de eerste kar vol champagneflessen de zaak in te rollen.

Waarna Josiah en ik alleen achterblijven. We staren elkaar aan in de afgesloten ruimte en heel even vergeet ik de feestvreugde buiten deze kamer met alle mensen die hun zorgen verdrinken en nieuwe vrolijkheid in de glazen laten klotsen. We zijn weer met zijn tweeën. Alles wat we samen hebben opgebouwd ligt aan de andere kant van die deur. De florerende zaak, alle vriendschappen die we hebben gevormd, zelfs de kinderen die we op de wereld hebben gezet, alles wat nog niet bestond vóór dit hier. Het jou en mij van Josiah en Yas. Ik weersta de bespottelijke neiging om de deur op slot te draaien en hem hier met mij op te sluiten tot het nieuwe jaar aanbreekt.

'Ik kan wel helpen.' Ik wijs naar de tweede kar, die al half vol is geladen met flessen.

'Nah, lukt wel.' Hij laat een waarderende blik over mijn outfit glijden. 'Bovendien is die jurk veel te mooi voor zware arbeid en die schoenen hebben nooit één dag werk gezien.'

Ik pak lachend de hoge paardenstaart die Deja vanavond voor me gemaakt heeft vast en gooi hem over één schouder. 'Daar heb je gelijk in.'

Zijn lage gegrinnik galmt door de stille ruimte en ik neem het diepe, sexy timbre huiverend in me op. Zijn parfum, hetzelfde luchtje dat hij al jaren draagt en lekkerder dan ooit lijkt te ruiken, dringt in mijn neusgaten. Ik heb een lichamelijke reactie op mijn ex-man in een afgesloten ruimte.

'Eh, zitten we nog goed qua bezoekersaantal? Niet meer dan toegestaan?' vraag ik, niet alleen omdat ik het antwoord wil weten, maar ook om mezelf af te leiden van mijn behoefte om die man te bespringen.

'Ja. Bayli houdt het bij. Als we onze max bereiken, laat ze niemand meer binnen. Volgens mij was het een uur geleden al zover.'

'Het zit stampvol.' Ik leun met mijn heup tegen een buffetkast. 'Iedereen vermaakt zich wezenloos.'

'Je hebt het fantastisch geregeld.' Hij laadt nog een fles op de kar. 'Kas is bij Jamal, toch?'

'Ja, en Deja slaapt bij Lupe.'

'Leeg huis dus. Vrije avond. Grote plannen met Lancaster?'

'Mark?' Ik schud lachend mijn hoofd. 'Nee. Ik hoorde dat die een of ander nieuwjaarsgala doet om fondsen te werven.'

'En hij wilde zijn vriendin niet showen voor alle zwarte kiezers die op hem moeten stemmen?'

Er prikt een gekwetst gevoel achter mijn borstbeen. Ik trek mijn mondhoeken omlaag. 'Dus dat is de enige reden dat een man als Mark iets met mij zou willen?'

Hij laat zijn blik over me heen glijden, van de bovenkant van mijn paardenstaart tot aan mijn schoenen, waarbij hij even blijft hangen bij de stevige rondingen daartussenin. 'Je weet zelf ook wel dat hij redenen genoeg heeft om een vrouw als jij te willen. De vraag is alleen of hij jou verdient en ik vind van niet.'

Er bloeit een spanning tussen ons op met elke seconde dat we onze blik niet van elkaar afwenden. Met elke bonkende slag van mijn hart en elke haperende ademhaling wil ik die bretels omlaag trekken, afdoen, dat overhemd openknopen en mijn lippen hard tegen zijn hart drukken. Een kus die hem weer als de mijne zou bestempelen.

'Zo is het niet met hem,' zeg ik.

Hij houdt even op met flessen inladen om me een paar tellen aan te kijken, waarna hij zijn taak hervat. 'O nee?'

'Nee. Ik heb hem niet gezien sinds hij ons verraste met die kerstboom.'

Hij schudt zijn hoofd quasi-afkeurend. 'Die arme man gebruiken voor zijn bomen.'

'Ik heb hem gezegd...' Ik val stil en laat mijn vinger over het buffet glijden, zonder hem aan te kijken. 'Ik heb gezegd dat we beter gewoon vrienden kunnen zijn.'

'Net als wij.'

Mijn hoofd schiet omhoog en ik staar hem aan. Zijn blik is kalm, maar lijkt ergens naar te zoeken. Ik kan niet goed zien of hij mij echt ziet of in zichzelf kijkt.

'Niet helemaal.' Ik lach droogjes, terwijl ik worstel om mijn ademhaling te reguleren. 'Hij is nooit verder gekomen dan een zoen.'

'Is dat zo?' Hij leunt tegen de buffetkast en slaat zijn sterke armen over elkaar.

'Ja.' Mijn stem komt eruit als schuim, licht en luchtig.

'We hebben het niet meer gehad over…' Hij staart naar de vloer en kijkt me dan aan. 'Die nacht in Charlotte.'

Het emotioneert me dat hij degene is die erover begint. Het heeft als een schim tussen ons in gehangen, onbesproken, maar het hing onder de oppervlakte van elke interactie.

'Dat was zo afgesproken,' breng ik hem in herinnering, terwijl mijn adem steeds hoger gaat zitten.

'Ja, maar het is wel gebeurd. Ik wil alleen zorgen dat je oké met alles bent en dat er geen ongemakkelijke sfeer van komt. Je weet hoe ik je vriendschap koester. Ik zou nooit…'

'We zijn oké.' Ik onderbreek hem, want ik heb geen enkele behoefte aan poëtisch gedweep over mij als goede vriendin, terwijl ik hem in mijn fantasieën helemaal platneuk. Denkt hij echt dat ik kan vergeten wat er gebeurd is? Het was fantastische, allesversmeltende seks. Het was net als vroeger, maar dan nog beter. Blijkbaar versterkt het missen niet alleen de liefde, maar ook de lust.

Borduur dat maar op een kussen.

'Eh, Soledad en ik logeren bij Hendrix,' zeg ik, voordat hij kan doorgaan over mijn geweldige platonische vriendschapskwaliteiten. 'Dus dat doe ik met mijn vrije avond waarop de kinderen niet thuis zijn.'

'Ze zeiden dat ze nog een keer met me naar het Old Mill Park willen voordat school weer begint.'

En in één klap zitten we weer in het alledaagse, in dit leven waarin we niet zoenen, neuken of geheimen loslaten in het donker. Onze ene nacht is weggespoeld. Ons eerlijke gesprek over de issues die ons huwelijk hebben verwoest heeft een nieuwe openheid achtergelaten, en nieuw begrip.

Affectie, respect, vriendschappelijke gevoelens.

Het is er allemaal, maar de passie die we deelden… weg. Dat is de tol die ik blijkbaar moest betalen. Hij zei dat het zo zou gaan en ik weet dat het zo beter is.

Je kunt doen alsof het nooit is gebeurd.

Je kunt zijn vriend, zakenpartner en co-ouder zijn zonder dat er meer bij komt kijken.

Je kunt ophouden met hem willen.

Dr. Abrams zegt dat eerlijkheid balsem voor de ziel is. Ik zal haar moeten vragen wat de remedie voor leugens is.

Hij hevelt nog twee flessen uit de koeling over naar de kar.

'Is dat een nieuw merk?' vraag ik met een knikje naar de champagne in zijn hand.

'Ja.' Hij werpt me een sluwe blik toe. 'Wil je proeven?'

Ik giechel, maar kom dichterbij staan. 'Brengt het geen ongeluk om de flessen voor middernacht open te trekken?'

'Dat bepalen we zelf wel.' Hij omklemt de kurk en kijkt me afwachtend aan. Ik knik, lachend als een kind dat chocolade meesmokkelt uit de snoepwinkel.

Plop!

Het geluid maakt me aan het lachen, net als de stroom schuim die uit de fles komt, zo helderwit en bruisend in die sombere kelder.

'We hebben geen glazen,' breng ik hijgend uit, terwijl ik een stap dichterbij kom om wat van de koude vloeistof op te vangen met mijn vingertoppen.

'Niet nodig.' Hij heft de fles hoog in de lucht. 'Op het nieuwe jaar. *May all your pain be champagne.*'

'Heb jij dat bedacht?'

'Nope. Otis.'

'Onze hond?'

'Nee, het nummer "Otis" van het album *Watch the Throne.*

Dat draai ik als ik thuis aan het trainen ben, maar onze Otis is er ook gek op. Hij denkt waarschijnlijk dat het speciaal voor hem is geschreven.'

'Oké dan, *may all your pain be champagne.*'

Hij drinkt recht uit de fles zonder zijn ogen van de mijne af te wenden. Zijn blik wordt heter en zachter, hoe langer hij naar me kijkt. Zonder een woord geeft hij de fles door en ik klem mijn lippen om de rand waar de zijne zonet nog omheen zaten. Dichter bij een nieuwjaarskus zullen we dit jaar niet komen. Ik blijf champagne naar binnen klokken tot ik buiten adem raak en ik hap naar lucht, terwijl de bruisende bubbels mijn keel strelen en mijn bloedbaan in stromen.

'Gelukkig nieuwjaar.' Ik ga lachend op mijn tenen staan om een arm om hem heen te slaan en dan sta ik met mijn elleboog om zijn nek, met de fles in mijn andere hand. Hij verstijft heel even, maar dan ontspant hij tegen mijn lichaam. Hij legt zijn handen op mijn heupen en zijn neus zakt af naar mijn nek. Hij ademt me diep in en blaast uit. Zijn warme zucht suist over mijn huid. Er gaat een rilling door me heen. Ik druk me nog dichter tegen hem aan en draai mijn hoofd opzij, tegelijk met hem. Onze neuzen raken elkaar bijna. Onze gezichten zijn zo dicht bij elkaar dat ik de champagne op zijn lippen bijna kan proeven.

'Gelukkig nieuwjaar, lief,' fluistert hij, en zijn adem laat mijn lippen beslaan.

De lucht tussen ons in voelt helder aan, maar tegelijk mistig van lust en affectie, zoals het altijd was voordat alles kapotging. In zijn armen voel ik me weer zijn meisje. Het meisje dat wild van hem was en beloofde om voor altijd van hem te houden. Tot de wielen eraf zouden vallen. Die paar seconden, verhevigd door bruisende champagnebubbels, voelen echter aan dan alles wat ik sinds onze nacht in Charlotte heb meegemaakt, maar de illusie wordt verstoord door een geluid bij de deur.

Vashti.

'O.' Haar grote ogen kijken toe hoe wij in elkaars armen staan. 'Sorry, ik wilde niet storen. Anthony dacht… Eh, ik…'

'Je stoort niet, hoor,' zeg ik, terwijl ik me zonder enige haast van Josiah losmaak, zodat het er niet uitziet alsof we op iets verkeerds zijn betrapt. 'We waren champagne aan het inladen.'

'Ja.' Josiah zet de laatste paar flessen op de kar en duwt die naar de deur. 'Het bedienend personeel kan vast flessen naar de tafeltjes brengen, zodat we klaar zijn voor de toost als het middernacht is. Was er nog iets?'

'Ja.' Ze kijkt onzeker heen en weer tussen ons. 'Ik wou iets vragen.'

'Ik kan maar beter naar binnen gaan,' zeg ik met een glimlach die goddank vrij goed lukt. 'Het is bijna twaalf uur.'

Ik laat ze samen achter en voel een angstige knoop in mijn maag. Ik heb Josiah niet veel gevraagd over hun break-up. Ik nam het gewoon voor kennisgeving aan toen hij zei dat het niet werkte. Ik heb ze de laatste maand niet veel samen gezien, maar het is me wel duidelijk dat ze nog steeds gevoelens voor hem heeft. Wat als ze alsnog een manier vinden die wel werkt?

Ik weet niet welke demon me dit influistert, maar ik loop op mijn tenen terug naar de kelderdeur. Er komt geen geluid uit de kamer, geen gesprek. Met mijn rug tegen de muur gedrukt, alsof ik in een spionnenfilm speel, kijk ik heel voorzichtig om het hoekje. Het is maar een halve seconde, maar lang genoeg om te zien dat ze met de armen om elkaar heen staan. Ze is zo klein en tenger dat haar hoofd precies onder zijn kin past. Zijn armen komen bij elkaar op haar onderrug. Ik trek me ogenblikkelijk terug en ren zo snel en stil als ik kan de gang door.

Wat weerhoudt hem ervan om toch nog met haar verder te gaan?

Slapen ze weer met elkaar?

Hebben ze het goedgemaakt en heeft hij me dat gewoon niet verteld? Want waarom zou hij mij dat aan de neus hangen? Dat hoeft hij niet te doen. We hebben één nacht gehad na twee jaar waarin we niet op elkaar vertrouwden en alleen onze zaak en onze kinderen ons bonden. Het was één nacht, maar er is niets veranderd.

De tranen branden in mijn keel als ik langs de keuken zoef en tegen de muur leun voor ik bij de eetzaal ben.

'Ben je er klaar voor, Yas?'

Ik kijk verschrikt op bij die vraag en veeg haastig iets onder mijn ogen weg. Cassies blik wordt bezorgd.

'Alles oké? Iemand anders kan de toost ook wel doen als jij...'

'Nee.' Ik recht mijn rug en gooi mijn paardenstaart over mijn schouder met een rotsvaste glimlach op mijn gezicht geplakt, een en al pit en bravoure. 'Ik ben er klaar voor.'

Na de laatste paar jaar, waarin ik dit niet kon organiseren en er zelfs niet bij kon zijn, is deze avond een succes. Dat laat ik nergens door verpesten. Zelfs niet door een mogelijke verzoening tussen Josiah en Vashti. Het is een nieuw jaar, een nieuw tijdperk. Als er iemand is die het verleden achter zich moet laten, ben ik het wel.

Bayli geeft me een glas champagne en ik neem mijn plaats op het podium in, naast de draaitafel van de dj. Met de microfoon in de ene hand en bubbels in de andere bekijk ik onze volle bak. Het podium staat zo dat ik niet alleen de hele benedenverdieping kan zien, maar ook de meeste tafeltjes op de galerij daarboven. Er staan speakers op het dak, dus de gasten die daar zijn, kunnen de muziek al de hele avond horen, en mijn toost ook.

'Mag ik even jullie aandacht,' begin ik, met een brede glimlach die keurig blijft zitten. Het is zo druk dat ik niet iedereen ken, maar ik zie zoveel bekende gezichten. Vanuit mijn ooghoek zie ik Josiah en Vashti samen bij de bar staan, maar ik laat mijn blik niet bij ze hangen. Er zijn ouders van Kassims voetbalteam. Leden van de Skyland-vereniging. Sinja van Honey Chile. Vaste klanten die wekenlang kaarten en bloemen hebben gestuurd toen bekend werd dat we Henry hadden verloren. Deidre, die continu bleef langskomen met haar stapels liefdesromannetjes, staat aan de andere kant van de eetzaal in een hoekje. Clint steekt zijn duimen naar me op, terwijl Brock hun beeldschone babydochtertje tegen zijn borst houdt. Mijn ogen dwalen af naar de galerij, waar Soledad en Hendrix, mijn vriendinnen die mijn geheimen bewaren en mijn pijn verzachten, me toe zitten te lachen.

'Het is de bedoeling dat ik een toost uitbreng,' zeg ik. 'Maar eerst wil ik jullie allemaal bedanken voor jullie komst en voor jullie steun in het afgelopen jaar. Grits kan niet zonder jullie.'

Ik denk even na om iets betekenisvols te vinden. Als ik deze speech had voorbereid, zou ik iets veiligs hebben verzonnen dat oprecht zou klinken zonder veel te onthullen. Maar ik heb niets voorbereid, dus ik heb alleen dit ene echte verhaal, waarvan ik morgen waarschijnlijk spijt zal hebben.

'Ik was de laatste jaren niet op dit feest,' zeg ik. 'Het is een zware tijd voor me geweest, zoals velen van jullie weten. Zo niet, denk dan maar aan een tijd in je leven waarin het voelde alsof je alles kwijt was. Zo voelde ik me en ik kreeg het gewoon niet voor elkaar om hier te komen feesten alsof er niks aan de hand was.'

Mijn woorden lijken in een vat vol stilte te vallen. Ik word er een beetje verlegen van en de glimlach die op mijn gezicht komt is oprecht, maar vaag.

'Als hier vanavond iemand is die zich zo voelt, dan wil ik je aanraden om het niet op te geven. Om jezelf de tijd te geven om beter te worden, te groeien, weer plezier in het leven te krijgen. Wat een verschil kan een jaar maken, en over een paar minuten breekt er een compleet nieuw jaar aan. Zolang je een nieuw jaar hebt, heb je nog een kans.'

Ik hef mijn glas en voor me komt een fonkelende golf van glazen omhoog.

'Dus laten we drinken op een nieuw jaar, een nieuwe kans. Maak er het beste van.' Ik kijk de ruimte door tot mijn blik botst op die van Josiah, die me strak aankijkt. 'En... *may all your pain be champagne*.'

Overal om me heen brengen mensen glazen naar hun lippen om, nippend of klokkend, de bubbels naar binnen te krijgen, net op tijd voor de countdown.

'Daar gaan we, mensen!' roep ik lachend in de microfoon. 'Tien, negen acht.'

Ik hou op met tellen en laat het publiek het overnemen. Dan

kijk ik omhoog naar de galerij, waar Deja, Hendrix en Soledad met haar meiden nog steeds zitten. Ik hef mijn glas en blaas ze een kushandje toe. Ze beantwoorden mijn gebaar allemaal, behalve Deja, die me strak aanstaart, maar niet op haar gewoonlijke wrokkige manier. Ze staart me aan alsof ik een raadsel ben, iets wat ze nog steeds uit probeert te puzzelen. Ik probeer haar ook nog steeds te ontraadselen. Misschien kunnen we elkaar dit jaar decoderen.

'Drie!' roept de menigte. 'Twee! Een! Gelukkig nieuwjaar!'

'Auld Lang Syne' begint door de speakers te blèren, overal klinken feesttoetertjes en geliefden gaan het nieuwe jaar in met een kus. Ik laat me links en rechts knuffelen en laat mijn blik naar de andere kant van de ruimte afdwalen, waar Vashti op haar tenen gaat staan om Josiah op zijn wang te kussen. Ik heb ze in mijn hoofd al zo vaak zien zoenen. Sterker nog, nadat ik Vashti in zijn huis had aangetroffen, heb ik ze in mijn hoofd nog veel meer zien doen, maar het was een ondraaglijke realiteit om haar vanavond weer in zijn armen te zien.

'Tijd om te gaan.' Hendrix duikt naast me op met een fles champagne in haar hand. 'Afterparty bij mij.'

'Ja,' zegt Soledad. 'Edward brengt de meiden naar huis. Laten we iets van de avond maken.'

'Oké.' Ik waag nog een blik in de richting van de bar, maar daar staan Josiah en Vashti al niet meer. 'We gaan.'

Ik gris ook nog een fles van een passerend dienblad. Ik laat niemand weten dat ik vertrek. Ik heb dit de afgelopen weken tot in de puntjes georganiseerd en iedereen weet precies wat ze voor, tijdens en na dit feest moeten doen. Dat komt wel goed.

Eenmaal buiten ben ik niet helemaal voorbereid op de winderige kou die ons begroet als we de deur uit stappen.

'Deze schoenen zijn niet gemaakt voor kinderkopjes,' klaagt Hendrix, wijzend naar haar stilettohakken.

'"We lopen wel naar huis," zei ze,' zegt Soledad in een perfecte imitatie van Hendrix. '"Het is niet zo ver," zei ze.'

'Mijn appartement is om de hoek.' Hendrix rilt en trekt haar cape wat dichter om zich heen. 'Maar deze dame is te mooi voor bevriezingsverschijnselen. Ik ga geen tenen voor jullie opofferen. Dus kom op, laten we snel onze munten in die fontein smijten, zodat we de rest van deze champagne soldaat kunnen maken bij mij thuis.'

Ik adem de winterkou diep in om dat verontrustende beeld van Josiah en Vashti in de kelder uit mijn hoofd te laten blazen.

'Alles oké?' vraagt Hendrix zachtjes.

'Ja hoor.' Ik kijk haar aan. 'Hoezo?'

'Je leek vanavond bij vlagen gewoon een beetje...' zegt Soledad met een korte zijdelingse blik. 'Ik weet niet, triest of zo.'

'Alles is prima.' Ik schenk ze een wrang glimlachje en wijs naar de fontein in het midden van het plein, omringd door mensen die er muntjes in gooien. 'Kom op, wensen.'

'Niet vergeten dat je niet mag vertellen wat je hebt gewenst, hè,' zegt Soledad. 'Want dan komt het niet uit.'

We zijn met zijn drieën bij de rand van de fontein en staren met nuchtere blikken in het gorgelende water. Soledad gooit haar muntje erin en Hendrix volgt haar voorbeeld. Ik voel in de met zijde gevoerde zak van mijn jurk en frummel aan het muntje dat ik speciaal voor dit moment heb meegenomen, maar mijn hand dwaalt in plaats daarvan af naar mijn nek. Ik trek het wielbedeltje en mijn oude trouwring uit mijn decolleté. Ik doe het gouden kettinkje af en leg het op mijn hand. Het is nog warm van mijn huid en zwaar van het dode gewicht van oude wensen. Het was toch tijd voor een nieuwe start? Waarom zou ik me dan vastklampen aan dit symbool van een oude liefde uit mijn vorige leven, terwijl het zo duidelijk is dat Josiah helemaal geen zin heeft om terug te kijken? Zonder er al te lang over na te denken gooi ik het midden in de fontein. Het is geen nacht voor wensen. Het is een nacht die doordrenkt is van mijn fouten en alles wat ik niet kan veranderen. Morgen is het misschien tijd voor goede voornemens, maar vannacht is ondergedompeld in spijt.

Mijn ogen prikken en ik hoop dat mijn vriendinnen zullen

denken dat ze tranen door de wind en de kou. We vragen elkaar niet wat we gewenst hebben, maar wenden ons zwijgend af van de fontein, ieder met een fles champagne en haar eigen gedachten. We hebben nog maar een paar stappen gezet als de kille wind een fluistering in mijn oren blaast.

Gelukkig nieuwjaar, lief.

Hij nam het niet terug. Hij begon niet te stotteren. Wat als dat moment met Vashti in zijn armen onschuldig was? Wat als de meest kloppende momenten van vanavond die waren die we met zijn tweeën deelden in de kelder toen onze lippen elkaar bijna raakten? Toen onze harten als sprekende trommels door onze borst beukten? Het voelde niet als niets, het voelde niet alsof alles tussen ons over en uit was, hoewel die ene nacht het einde had moeten zijn. Zou het kunnen dat de as die ik zag eigenlijk een gloeiend kooltje was dat alleen maar aangewakkerd hoeft te worden?

Wil je hem terug?

Ik heb mama's vraag niet durven beantwoorden, maar nu ik hier sta, met een betraand gezicht en een hart dat zwaar is van verdriet, kan ik er niet meer omheen.

Ja.

Ik wil Josiah terug in mijn leven, als meer dan een vriend, meer dan alleen de vader van mijn kinderen. Ik wil hem weer in mijn bed.

Ik wil hem terug.

Was ik degene die wilde scheiden? Ja.

Heb ik fouten gemaakt? God, ja.

Voelen die onoverkomelijk aan? Ik moet toegeven van wel.

Maar hij toonde vanavond iets wat op jaloezie leek jegens Mark. Hij noemde me 'lief'. Hij keek me aan vol verlangen en affectie. Daar kan ik iets mee. Daar kan ik op voortborduren. Ik moet het in elk geval proberen. Voordat ik het verleden loslaat en naar een toekomst zonder hem grijp, moet ik het zeker weten. Ik weet niet of ik een tweede kans zal krijgen, of wanneer, maar zolang het een mogelijkheid is, zal ik blijven hopen.

Ik hobbel op mijn hakken terug naar de fontein zonder zelfs maar te kijken of mijn vriendinnen meekomen. Ik zoek de plek waar ik stond op, waar ik het verleden in de wensput heb gegooid, en ik buig me voorover om in het water te turen. De lampen in de bodem van de fontein verlichten stapels en nog eens stapels muntgeld, maar geen ketting.

'Dit is waar ik stond,' mompel ik, terwijl ik met één knie op de rand van de fontein ga zitten en voorover leun om erin te kijken. 'Hij moet hier ergens liggen.'

Ik heb het recht niet om alsnog te hopen op lang en gelukkig met Josiah. Het is irrationeel. Het is oneerlijk. Ik heb ons, hem, mezelf dit aangedaan. Ik verdien geen tweede kans, maar is het de moeite waard om voor te vechten?

Is hij dat?

Voor ik van gedachten kan veranderen doe ik mijn schoenen uit en stap in het ijzige water, huiverend van de kou. Mensen om me heen happen naar adem, sommigen lachen. Ik negeer ze en stap door het ondiepe water, speurend naar de fonkeling van een diamant tussen het kopergeld.

Een kleine plons rechts van me leidt me af van mijn zoektocht. Hendrix staat naast me. Ze heeft de pijpen van haar broekpak opgerold tot boven haar knieën. Soledad komt bij ons staan, midden in de fontein, blootsvoets en rillend. We kijken de driehoek die we vormen rond en barsten tegelijk in lachen uit.

'Wat zoeken we?' vraagt Hendrix.

'Een gouden kettinkje,' zeg ik, terwijl ik mijn geconcentreerde studie van de bodem van de fontein voortzet. 'Met een ring met een klein diamantje eraan, en een wielbedeltje.'

Na een paar minuten vruchteloos zoeken, raak ik bevangen door paniek. Hoe irrationeel het ook klinkt, het voelt alsof ik ons niet kan redden als ik die ketting niet kan redden. Ik buig me voorover, graai door bergen muntgeld en er druipen warme tranen over mijn koude wangen. Ik wil het al opgeven als mijn oog op een stroompje goud valt. Ik grijp ernaar en vis het kettinkje met het bedeltje en de ring uit het water.

'Hebbes!' roep ik tegen mijn vriendinnen, die nog steeds aan het dreggen zijn. Er gaat gejuich op onder de mensen rondom de fontein, die toekijken hoe ik me belachelijk sta te maken. Het kettinkje is helemaal koud en nat, maar ik hang het weer om mijn nek en stop het weg in mijn jurk.

We waden naar de rand van de fontein en stappen er voorzichtig uit.

'Krijgen we nog te horen waar dat goed voor was?' vraagt Hendrix, die haar broekspijpen weer omlaag rolt en haar schoenen oppakt.

'Mag ik jullie gewoon bedanken en de uitleg voor later bewaren?' vraag ik, want ik ben niet voorbereid op het terrein waar mijn biecht ons de rest van de avond naartoe zal leiden. Ik wil rust, slapen, en de hele nacht opblijven om mijn gevoelens uit te pluizen zal daar helemaal niet bij helpen.

'Ja hoor,' zegt Soledad, en ze werpt een veelbetekenende blik op Hendrix, die precies op hetzelfde moment 'Nee' zei. 'We horen het wel als je zover bent.'

'Beloofd.' Ik geef ze allebei een arm en manoeuvreer ons terug naar de stoep met de kinderkopjes die naar Hendrix' appartement leidt. 'Voor nu hoeven jullie alleen te weten dat ik niets hoef te wensen zolang ik hoop heb.'

32

YASMEN

'Ik heb het verkloot.'

Ik ijsbeer heen en weer voor dr. Abrams en strengel mijn handen ineen achter mijn hoofd. Het zonlicht dat door het raam valt wordt gefilterd door de bladeren van de hangplanten die overal in haar spreekkamer hangen. Haar bureau staat in een hoek, netjes opgeruimd, met een paar stapels papieren op het tafelblad. Ze gebaart naar de stoel waarin ik meestal zit, een van de comfortabele fauteuils die tegenover elkaar staan voor het raam dat onze gesprekken laat baden in licht en warmte. Ik heb zoveel emoties verwerkt in die stoel. Het is de exacte plek waar ik met zoveel pijn in het reine ben gekomen en mijn demonen tegen de grond heb geworsteld. Maar dit keer denk ik niet dat er een verzekering, meditatie of dagboekaantekening is die me kan leren leven met de consequenties van wat ik heb aangericht. In de bittere ochtendkou was het besef dat ik Josiah terug wilde net zo goed een vloek als een zegen. Alsof ik ben ontwaakt in een nachtmerrie die ik zelf heb gecreëerd.

'Ietsje specifieker graag,' zegt dr. Abrams zodra we zitten. 'Wat heb je verkloot?'

Ik pak het zachte kussentje achter mijn rug vandaan en leg het op mijn schoot, waar ik rusteloos met de kwastjes aan de randen ga zitten spelen.

'Mijn ex. Ik geloof dat ik nog van hem hou.'

'O, dat.' Haar lippen krullen op in een toegeeflijk glimlachje.

'Ik meende al zoiets op te maken uit sommige van onze gesprekken, maar dit was een conclusie die je zelf moest trekken.'

Mijn adem stokt in mijn keel en ik krijg niet genoeg lucht meer. Ik grijp me vast aan de stoelleuning en vecht tegen een golf van paniek. Of nee, geen golf, maar een tsunami. Hij spoelt over mijn hoofd en dompelt me onder in alle mogelijke manieren waarop ik dit onherstelbaar heb verkloot.

'Rustig, Yasmen,' zegt dr. Abrams. 'Diep inademen. Langzaam uitademen.'

Dit zou niet moeten werken. Het simpele feit dat ik lucht in mijn longen zuig zou me niet moeten kalmeren, ik zou me er niet beter door moeten voelen, maar toch gebeurt dat meestal. De stroom koele lucht die in me aanzwelt en alle naar zuurstof snakkende uithoeken van mijn hersenen bereikt, het helpt altijd. Ik doe het nog een paar keer, tot mijn hart stopt met hameren en ik geen vlekken meer voor mijn ogen zie.

'Ik heb alles kapotgemaakt.' Ik schud mijn hoofd en er glippen tranen uit mijn ooghoeken. 'Mijn dochter haat me. Mijn man... ex-man is klaar met me. Wat had ik in mijn kop? Hoe kon ik...'

Mijn stem struikelt over een snik en ik begraaf mijn gezicht in mijn handen. Schaamte, schuldgevoel en frustratie grijpen me bij de keel en knijpen die dicht tot mijn ademhaling weer begint te stokken en mijn hoofd duizelt. Het is zo lang geleden dat ik een paniekaanval had, maar ik zit er nu heel dicht tegenaan.

'Oké, laten we zeggen dat je alles kapot hebt gemaakt.'

Die alarmerende woorden, uitgesproken op zo'n kalmerende toon, weten mijn ogen open te krijgen. De vriendelijke blik van dr. Abrams houdt me vast, terwijl ik het liefst weer achter het beschermende schild van mijn oogleden zou wegduiken.

'Die dingen gebeuren, Yasmen. Depressie verandert je geestestoestand. Je voelt je niet alleen ongelukkig, je hele hersenchemie verandert, en je hormonen ook. Je lichaam wordt net zo goed gegijzeld door depressie als je geest.'

We hebben dit al eerder besproken, voordat ik aan de antidepressiva begon. Toen nog eens, terwijl we de juiste dosering probeerden te vinden die werkte voor mijn lichaam, mijn herschemie.

'Depressie,' gaat ze verder, 'is een leugenaar. Als het je kan vertellen dat niemand van je houdt, dat je niet goed genoeg bent, dat je een last bent of, in de meest extreme gevallen, beter af zou zijn als je dood was, dan kan het je er zeer zeker van overtuigen dat je beter af bent zonder je geliefde en dat hij uiteindelijk ook beter af is zonder jou.'

Ik weet dat depressie de waarheid verdraait, maar ik krijg even geen lucht meer als ik bedenk hoe deze ziekte de waarheid heeft vervormd, hoe hij mijn emoties heeft gemanipuleerd en mijn angsten tegen me heeft gebruikt. De omvang van wat ik ben kwijtgeraakt, wat ik heb weggegooid, slaat op me in met het gewicht en de hitte van een meteoor.

'Als we de leugens geloven die de depressie ons vertelt,' gaat ze verder, 'nemen we soms beslissingen en doen we dingen die normaliter niet in ons op zouden komen. In het genezingsproces na een depressieve periode moeten we soms omgaan met de gevolgen van de dingen die we hebben gedaan en besloten in die aangetaste geestestoestand.'

'Gevolgen? Is dat jouw woord voor zoiets onomkeerbaars als een scheiding?'

'O, scheidingen zijn niet onomkeerbaar, hoor. Het is niet het ergste waar mensen spijt van kunnen krijgen na beslissingen die ze genomen hebben tijdens een depressie of rouwperiode,' zegt dr. Abrams. 'Er is een documentaire over de Golden Gate Bridge. Een documentairefilmer heeft een jaar lang een camera op de brug laten staan. Die heeft vierentwintig sprongen gefilmd.'

'O mijn god.' Ik sla mijn handen krampachtig ineen op mijn schoot en blijf haar aankijken. Ze weet precies hoe ik met mijn duisterste gedachten heb geworsteld. Ik heb nooit geprobeerd een eind aan mijn leven te maken, maar de gedachte daaraan werd steeds verleidelijker – iets wat de onbeproefde, pre-tragische versie van mij nooit had kunnen bedenken.

'Ze hebben ook een overlevende geïnterviewd en weet je wat die zei?' Ze geeft me even de tijd om nee te schudden en mijn adem in te houden voor het antwoord. 'Zodra hij sprong, veranderde hij van gedachten.'

Ik knipper als een uil met mijn ogen, terwijl ik het gewicht van die uitspraak laat doordringen tot in mijn botten en mijn vlees, tot het zich ingraaft in mijn hart.

'Dat,' zegt ze, 'is een onomkeerbare uitkomst. Een scheiding is dat niet automatisch. Een verbroken relatie ook niet. Misschien kun je het nooit helemaal repareren, maar je bent er nog om in elk geval een poging te wagen. Besef je wel wat een ongelooflijk geschenk dat is? Dat je er nog bent om in elk geval nog pogingen te wagen?'

Ik knipper hete tranen weg en knik.

'Je hebt gelijk,' zeg ik. 'Ik ben blij dat ik er nog ben. Als ik nu terugkijk en mijn dagboekaantekeningen lees uit de tijd dat ik net in therapie ging, kan ik zien hoe verwrongen mijn manier van denken was, hoe ik de leugens slikte die de depressie me ingaf. Ze werden zozeer een deel van me dat ze gingen aanvoelen als de waarheid. Ik ken die persoon niet meer. Het voelt alsof er toen iemand anders de baas over mijn leven speelde. Alsof iemand anders die beslissingen heeft genomen. En nu ik er weer ben, moet ik met de gevolgen leven.'

'Je moet vrede met die vrouw sluiten, Yasmen, want ze is jou. Ze is niet iemand die je hebt uitgebannen met therapie en medicatie. Ze is jóú. Je kunt je niet van haar distantiëren. Je kunt pas echt rust vinden als je die delen van jezelf met elkaar verzoent. Als je compassie voor haar voelt in plaats van haar te veroordelen. Dan kun je pas echt genezen.'

Ze pakt haar pen en schrijfblok van het bijzettafeltje en kijkt me strijdlustig aan. 'Dus laten we een datum prikken.'

'Een datum? Waarvoor?'

'We moeten het op de kalender zetten, de dag waarop je jezelf zult vergeven en verdergaat met je leven.'

'Eh, ik weet vrij zeker dat het niet zo werkt.'

'Het kán wel zo werken. Je kunt niet veranderen wat er in het verleden is gebeurd. Wat je hebt gedaan of besloten. Dus je kunt twee dingen doen. Blijven hangen in die wurggreep van schuld en schaamte die je ervan weerhoudt om de volgende fase van je leven in te gaan' – ze tikt met haar pen op het kladblok – 'of besluiten dat je jezelf lang genoeg hebt gestraft voor dingen die je toch nooit kunt veranderen en een datum prikken waarop je jezelf gaat vergeven, zodat je verder kunt.'

Hoe kan het zo simpel zijn? Mijn borst verkrampt, mijn ademhaling wordt oppervlakkig, mijn hoofd begint weer te draaien en ineens begrijp ik het.

Het is een cyclus.

Het blijft terugkomen, dat verlammende schuldgevoel, die enorme schaamte, zolang als ik het toelaat, maar intussen verandert er niks. De futiliteit ervan maakt me kwaad, want terwijl ik hier zit, niet in staat om te ademen, en mezelf elke dag blijf straffen, ligt mijn leven op me te wachten. Ik moet inzien hoe belangrijk het is om plezier te vinden aan de grenzen van mijn eigen ziel en de parameters van tevredenheid te schetsen langs de lijnen van mijn hart en mezelf. Niet omdat alles perfect is met mijn kinderen. Het zal nooit perfect worden. Ik moet het hele idee van perfect loslaten. Niet omdat ik geheid nog lang en gelukkig zal leven. Misschien kan ik Josiah op een dag terugkrijgen. Misschien zal hij me, tegen alle verwachtingen in, nog een kans geven. Of misschien zal hij nooit meer van me houden. Zelfs als dat gebeurt, kan ik niet zo blijven leven als nu. Er is een hoekje van mijn hart, een kamertje in mijn ziel, waarin ik voor plezier en levenslust moet kiezen, puur voor mezelf en puur omdat ik me van deze ellende wil bevrijden. Ik wil beter worden en de beste, meest complete versie van mezelf zijn voor mijn kinderen, voor mijn moeder, voor mijn vrienden.

En vooral ook voor mezelf.

Dus wanneer ga ik mezelf vergeven en een begin maken met het leven dat ik verdien, zelfs als ik niet het gevoel heb dat ik het verdien?

Ik kijk op, veeg de tranen van mijn wangen en knik naar de pen die boven dr. Abrams' schrijfblok hangt.

'Vandaag,' zeg ik. 'Zet het maar in de agenda voor vandaag.'

33

JOSIAH

Het is Deja's veertiende verjaardag en ik sta er versteld van hoe emotioneel dat me maakt.

Allemaal de schuld van Musa.

Die heeft me misschien iets te veel in contact met mijn gevoel gebracht, want toen ik vanochtend wakker werd, haalde ik foto's tevoorschijn van de dag waarop mijn dochter is geboren. Te beginnen met de rit naar het ziekenhuis. Yasmen stond erop dat we alles zouden vastleggen, dus ik heb tientallen foto's die de voortgang van haar weeën documenteren, oplopend van een krampachtige glimlach op de eerste tot een geïrriteerde frons en uiteindelijk een totale woedefoto met haar mond wijd open, midden in een brul. Ik kan er nu om lachen, maar het was onze eerste zwangerschap. Ik scheet zeven kleuren bagger. Wat wist ik van het vaderschap? Ik had zo weinig tijd met mijn vader gehad dat ik zeker wist dat ik het zou verkloten. Dat ik Deja tekort zou doen en Yasmen teleur zou stellen. Ik kon dat toen niet uiten, dus ik heb zo'n beetje de hele negen maanden lopen stressen. Ik dacht elk moment dat ik netelroos zou krijgen, zo bezorgd maakte ik me op het laatst.

Ik kan niet alle credit opeisen voor de beeldschone jonge vrouw die de trap af huppelt met een grote bos krullen en glanzend roze lipgloss, maar ik heb haar niet verpest.

Nog niet tenminste.

'Papa!' Deja lanceert zichzelf zo ongeveer van de laatste twee treden af, recht in mijn armen.

Alle lucht slaat uit mijn longen als ik de impact van haar smalle lijfje opvang. Ik sla mijn armen stevig om haar heen en trek haar nog wat dichter tegen me aan. Ze is me zo dierbaar. Opstandig, wilskrachtig, koppig en soms kinderachtig gemeen, maar ze is mijn dochter en iedereen die haar iets wil flikken, krijgt met mij te maken.

'Ik krijg geen lucht,' zegt ze zogenaamd stikkend.

'Rotmeid.' Ik wieg haar nog even heen en weer en laat haar dan los. 'Gefeliciteerd, eekhoorntje.'

Ze kijkt me verbaasd aan. 'Zo heb je me niet genoemd sinds ik een kind was.'

'Nieuwsflits: je bent nog steeds een kind. Veertien is nog niet volwassen.'

Maar ze heeft wel gelijk. Ik heb dat in geen jaren tegen haar gezegd. Als kleutertje was ze watervlug. Ze holde alle kanten op. Voor we bij haar waren, had ze zich alweer in een of ander levensgevaarlijk avontuur gestort. Maar goed, alles voelde levensgevaarlijk aan voor mij, als kersverse vader.

'Ik vind het lief,' zegt ze. 'Maar zeg het alsjeblieft niet als mijn vrienden erbij zijn.'

'Ik zal mijn best doen. Wat is het plan voor vandaag? Wat staat er op het programma?'

'Gewoon, logeerpartijtje met een paar vriendinnen van school. Heeft Cassie het eten meegegeven dat ik wilde?'

'Ja. Dat heb ik zonet in de keuken afgeleverd.' Ik aarzel, want ik wil haar grote dag niet vergallen, maar ik moet iets met haar bespreken. 'Hé, wat de taart betreft...'

'Ik weet het.' Ze rolt met haar ogen. 'Mam zei dat zij die wilde bakken. Moet ik iedereen waarschuwen dat hij waarschijnlijk niet zo lekker is?'

Ik ben op slag geïrriteerd. Yasmen was niet in de keuken toen Kassim me binnenliet om het eten af te leveren, maar de taart die ze heeft gebakken stond op het aanrecht, onder een glazen stolp. Ik zag meteen wat ze had gedaan.

'Dé.' Ik kijk haar indringend aan en raak zachtjes haar schouder aan. 'Ze heeft limoncellocake gemaakt.'

'Echt waar? Dat is mijn lievelings. Tante Byrd is de enige die dat ooit voor me heeft gemaakt.'

'Dat weet ik, maar ik weet zeker dat je moeder het recept heeft gevonden in Byrds opschrijfboekje en dat ze het gewoon wilde uitproberen.'

'O.' Ze bijt op haar lip. 'Oké.'

'Kun je alsjeblieft een beetje lief voor je moeder zijn?'

'Zelfs als die taart nergens naar smaakt, bedoel je? Gewoon doen alsof?'

'Weet je nog dat je die asbak voor me had gemaakt in groep vier?'

'Ja.' Ze schenkt me een brede glimlach. 'Die staat op je bureau, op het werk.'

'Die is spuuglelijk.'

Haar glimlach verdwijnt en ze kijkt me verontwaardigd aan.

'Als je toch zo volwassen bent,' zeg ik op iets lichtere toon, 'dan ben je oud genoeg om te weten dat ik dat ding alleen maar op mijn bureau heb staan omdat jij het hebt gemaakt. Ik rook niet eens. Het gaat er niet om hoeveel ik van dat ding hou, maar om hoeveel ik van jou hou.'

Ze knikt. Ik duw een paar dikke krullen uit haar gezicht en buig me voorover om haar een kus op haar voorhoofd te geven.

De bel gaat en ze straalt als de zon.

'Daar zijn ze.'

Ze rent naar de hal om open te doen en net op dat moment komt Yasmen de trap af. De vlechten zijn verdwenen en haar eigen haar vormt een krullerige afro. Ze heeft er wat kleuraccenten in laten zetten, goudbruine highlights, die een mooi contrast vormen met het diepe koperbruin van haar huid.

'Hé.' Ze loopt de laatste paar treden af en staat dan voor me.

'Hé.' Ik duw mijn handen in mijn zakken, want ze ziet eruit om in te knijpen. 'Hoe is het?'

'Goed.' Ze kijkt over mijn schouder naar de hal, waar Deja's gillende vriendinnen het huis binnenstromen. 'Zijn we er klaar voor?'

'Zeg het maar.'

In de uren daarna wordt het huis overgenomen door een meute dertien- en veertienjarige meisjes. Ze eten alles op wat Cassie heeft gestuurd. De berg inpakpapier en dozen groeit als Deja haar cadeautjes uitpakt en elk geschenk met veel geschreeuw en gelach onthult. Ze heeft Yasmen en mij op het hart gedrukt dat ze alleen geld van ons wilde, omdat wij 'geen idee' hebben wat zij wil.

Als er genoeg spelletjes gedaan zijn, wordt het tijd voor de taart. Yasmen ziet er relaxed genoeg uit als ze plakken gele cake met ivoorwit glazuur op bordjes legt en uitdeelt. Uiteindelijk komt ze naar mij toe met een enorme plak, zonder me echt aan te kijken.

'O, wat lekker,' zegt een van de meisjes, en ze steekt haar vork in de taart om nog een hap te nemen. 'Hebt u die gebakken, mevrouw Wade?'

'Ja.' Yasmens glimlach is aarzelend, de cake op haar bordje nog onaangeroerd. 'Fijn dat je hem lekker vindt.'

'Hij smaakt net zo als die van tante Byrd,' zegt Deja, kauwend op de cake en ze kijkt naar haar moeder. Haar ogen lachen niet, maar er zit ook niks kwaads in. 'Bedankt, mam.'

Yasmen knikt, glimlacht en zet eindelijk haar vorkje in haar eigen stuk taart. Als ze opkijkt, ziet ze me staren en ze verstijft, waarna ze een snelle blik op mijn onaangeroerde portie werpt.

'Bang dat er vergif in zit?' zegt ze plagerig, en ze neemt een hap.

'Nah.' Ik snij een stukje af met het vorkje en breng het naar mijn mond. 'Voorpret is de beste pret.'

'Hmmm.' Ze kauwt, zonder haar blik van mijn gezicht af te wenden. 'Genoeg voorpret, Wade. Proef die taart.'

Ik heb Byrd dit zo vaak zien bakken. En hoewel het heerlijk is, was het nooit mijn favoriet. Die eer blijft voorbehouden aan haar chocoladetaart, maar zodra ik in deze bijt, weet ik weer waarom het altijd zo'n hit was. De citroen prikkelt je smaakpapillen en de cake is zo smeuïg dat hij zowat smelt op je tong. Het zoet van het glazuurlaagje bevat een zuurtje dat precies goed is. Hij is perfect.

'Je bent hier aardig goed in aan het worden, hè?' Ik breng nog een hap naar mijn mond.

'We doen ons best.' Ze lacht en laat haar vorkje door de felgele gele kruimels op haar bordje gaan.

De meeste meisjes gaan naar huis, maar er blijven er een paar logeren en nu gaan ze naar boven voor het gevreesde tienermeisjesgedoe dat zich achter gesloten deuren afspeelt. Soledads dochter Lupe is er ook bij.

'Waar is Sol vandaag?' vraag ik, terwijl ik de doorzichtige plastic gebakbordjes die we voor de taart hebben gebruikt weggooi.

'Lottie had vandaag van alles,' zegt Yasmen, die een paar schalen afspoelt. 'Dus ze heeft Lupe afgezet en daarna moest ze meteen verder.'

Ik knik, haal de vuilniszak uit de bak, bind hem dicht en breng hem naar de kliko in de garage. Als ik terugkom, staat ze nog steeds bij het aanrecht. Ik ga achter haar staan en grijp naar de zeep om mijn handen te wassen. Onze schouders schampen langs elkaar en er springt een stroompje elektrische hitte heen en weer. Ik bedoel, ik kan alleen voor mezelf spreken, maar wat ik voel bij die aanraking is elektrisch en heet, en het knettert door mijn zenuwuiteinden. Ik kijk naar Yasmen, die even opgehouden is met afwassen. Haar handen zitten in het sop, haar adem is gestokt.

Ja, zij heeft het ook gevoeld.

'Ik moet nog iets met je bespreken,' zeg ik tegen haar.

Dat is waar, maar ik heb ook wat afleiding nodig van de spanning die telkens tussen ons ontbrandt.

'Wat dan?' Ze draait zich naar me om en leunt met haar heup tegen het aanrecht. Er is wat afwaswater op haar jurk gespat en de stof plakt bijna doorzichtig aan haar borsten. Om krankzinnig van te worden. Ik moet moeite doen om op te kijken naar haar gezicht.

'Het gaat over Vashti.'

Haar uitdrukking wordt stroef, maar haar blik is alert. 'Ik denk dat ik al weet wat je gaat zeggen.'

'O ja?' Ik betwijfel het, maar ik wil graag horen wat zij denkt te weten.

'Ik, eh, zag jullie samen met oud en nieuw. Nadat ik de kelder uit was gegaan. Ik keek nog even om en jullie stonden te…' Ze knippert met haar ogen en kijkt naar de hardhouten vloer. 'Knuffelen.'

Ik trek mijn wenkbrauwen op. Ik weet niet goed waar ze naartoe wil.

'Ik neem aan dat je wou vertellen dat jullie weer bij elkaar zijn,' zegt ze snel. 'Ik weet dat jullie nog iets voor elkaar voelen en…'

'Ze wil naar Charlotte.'

De vlekjes goud in haar ogen lichten op van schrik, maar er is nog iets. Voordat ze het kan verbergen, gaat er een flits van opluchting over haar gezicht, zo fel als een neonreclame.

'Toen je die hug zag met oudjaar had ze me net verteld dat ze chef-kok in onze vestiging in Charlotte wil worden en ik zei dat ik dat prima vond.' Ik kijk naar Yasmen om nog wat tekenen op te vangen over haar gevoelens hierbij. 'De komende maanden gaat ze zorgen dat Cassie klaar is om het hier over te nemen, wat geen probleem zal worden, want…'

'Cassie is geweldig,' vult ze met een afwezige blik aan. 'Die zal geen enkele steek laten vallen. Maar wat vind jij ervan?'

'Bedoel je of ik denk dat het wel goed komt, hier in Atlanta? Ja, dat denk ik zeker, zolang…'

'Ik heb het niet over Grits. Dat Vashti weggaat, bedoel ik.'

'Dat is wat ze wil,' zeg ik schouderophalend, maar zonder haar echt aan te kijken.

'Maar ze heeft het hier zo naar haar zin. Ze heeft altijd gezegd dat ze hier wil blijven.'

'Nu niet meer.'

'Omdat jullie uit elkaar zijn?'

'Omdat ze denkt dat jij en ik uiteindelijk weer bij elkaar zullen komen en daar wil ze niet bij zijn.'

Ik was eigenlijk niet van plan iets te zeggen over de diepere reden van Vashti's vertrek, maar misschien ook wel. Als een scheikundige in een laboratorium die de waarheid over een teststrip giet. Ik wil zien welke kleur Yasmen krijgt.

'Denkt… denkt ze dat?'

'Ja.' Ik leun tegen het aanrecht en grijp me vast aan de rand van de gootsteen. 'Ze denkt dat het een kwestie van tijd is.'

'Heb je haar verteld dat dat belachelijk is?' vraagt Yasmen. Ze kijkt strak naar mijn gezicht en haar ademhaling wordt bibberig. 'Dat je me niet meer moet? Dat je me met geen vinger meer wilt aanraken?'

Ik ben een masochist en ik ben gek van verlangen, want hoewel ik mezelf er wekenlang van heb lopen overtuigen dat één nacht genoeg moest zijn, vlij ik mijn ene hand tegen haar gezicht en leg de andere op haar middel om haar naar me toe te trekken.

'Ik raak je nu aan.'

34

YASMEN

Dit is typisch zoiets dat ze het moment van de waarheid noemen.

Sinds mijn laatste sessie bij dr. Abrams heb ik mezelf beloofd dat ik Josiah zou laten weten hoe ik me voelde, als ik de kans zou krijgen. Waar was het anders goed voor om dat kettinkje uit de fontein te vissen en de hoop niet te laten varen, als ik de kans om die uit te laten komen niet grijp?

'En ik,' zeg ik, terwijl ik me tegen zijn stevige lichaam aan druk, 'raak jou aan.'

Hij torent boven me uit en kijkt omlaag door een lange waaier van wimpers. Een spiertje in zijn kaak verstrakt onder de strakke bruine huid.

'Yas,' zegt hij, en zijn bariton wordt lager, heser. 'Pas op. Als je niet...'

Ik ga op mijn tenen staan en kus de woorden van zijn lippen. Ik ben klaar met voorzichtig doen en mijn mond houden. Daardoor ben ik deze man bijna voorgoed kwijtgeraakt. Ik duw mijn tong in zijn mond, lik hem helemaal af – hongerig, dorstig, uitgedroogd, uitgehongerd – en hij kreunt in mijn mond. Hij pakt me bij mijn rug en plet mijn borsten tegen zijn borstkas. Zijn handen komen samen bij mijn ruggengraat, glijden omlaag naar mijn middel en vlijen zich om mijn billen. Zonder de kus te verbreken tilt hij me wat omhoog, tot onze heupen op gelijke hoogte zijn, en ik voel hem staalhard door het katoen van mijn jurk. Ik kan het niet weerstaan om mijn handen tussen ons in te duwen om eraan te voelen.

Als ik hem vastpak door zijn broek, laat hij mijn mond los en laat zijn voorhoofd tegen het mijne vallen.

'Yas,' zegt hij ademloos. 'Ik kan niet... Je wilt niet...'

'Ik wil wel.' Ik bijt zachtjes in zijn nek. 'Ik weet wat we gezegd hebben, maar er is geen dag voorbijgegaan dat ik niet aan die nacht heb gedacht.'

Hij verroert zich niet, kijkt me in de ogen en laat zijn duim over mijn mond glijden. 'Ik ook.'

Hij pakt me bij mijn middel en tilt me op het aanrecht met mijn benen uit elkaar. Staand tussen mijn bovenbenen duwt hij mijn jurk omhoog tot hij mijn blote benen onder zijn vingers voelt.

'Voel,' zeg ik ademloos in zijn oor en ik leg mijn polsen om zijn nek. 'Ik ben zo nat.'

Zijn vingers glijden onderzoekend omhoog over mijn dij, duwen mijn slipje opzij en glijden erin om me te strelen. Ik zet mijn handen achter me op het aanrecht om erop te leunen en laat mijn hoofd achterovervallen. Als hij één vinger naar binnen duwt, slaak ik een gilletje en bijt op mijn lip om het binnen te houden. Ik laat mijn hoofd vooroverzakken om naar hem te kijken en ontmoet het donkere vuur van zijn ogen. Het verlangen staat er zo duidelijk in geschreven. Geen vaagheid. Geen twijfels. Hij beweegt naar binnen en naar buiten en strijkt met zijn vinger over me heen.

'O god.' Ik stoot de woorden uit bij het aanhoudende wrijven van zijn vingers.

'Je moet stil zijn.' Hij bukt zich om met zijn lippen over mijn borsten te gaan en mijn tepels priemen door de laagjes van mijn beha en jurk.

'Ik denk niet dat dat lukt.' Mijn heupen rollen hard tegen zijn hand aan en ik grijp met een hand naar zijn nek. 'Garage.'

Hij tilt me met een kort knikje van het aanrecht en trekt me aan mijn pols naar de garage. Ik aarzel geen seconde, trek de achterdeur van mijn SUV open, klim erin en ga liggen. Ik trek mijn benen op en uit elkaar, zodat mijn jurk omhoog glijdt. Hij trekt me met een geluid dat diep uit zijn keel komt naar de rand van de achterbank en stroopt mijn onderbroek af. De lucht voelt koel aan op mijn hitte, op mijn natheid en ik ril van de koude lucht en de verwachtingsvolle spanning. Zijn hoofd verdwijnt onder de zoom van mijn jurk en bij de eerste haal van zijn tong druk ik me schokkend en kronkelend tegen zijn mond.

Ik steun met een hand op de leren achterbank en kom half omhoog om mijn andere hand om zijn hoofd te leggen, terwijl ik mijn benen nog verder spreid en hem alles aanbied wat ik heb. Niet alleen mijn lichaam. Mijn pijn, mijn verdriet, mijn spijt, mijn verleden en alles wat er voor ons ligt. Of hij het nu weet of niet, ik geef het allemaal aan hem. Hij likt me als een man die sterft van de dorst.

'Ik wil je hebben,' breng ik hijgend uit. 'Jos, alsjeblieft.'

'Nog niet.' Hij likt me van boven naar onder, houdt me open en zuigt. 'Zo lekker, zo lekker. God, wat heb ik dit gemist, Yas.'

Het orgasme raast als een storm door me heen en ik kan mijn snikken niet inhouden. Ze schokken door mijn lichaam en het is niet alleen een lichamelijke bevrijding. Het bevrijdt mijn ziel, mijn hart. Alles wat achter slot en grendel zat, gevangen, komt los en vliegt op. Ik bijt op mijn vuist om het niet uit te schreeuwen.

'Neuk me alsjeblieft, Jos, alsjeblieft.'

Zijn antwoord is het rinkelen van zijn riem, het geluid van zijn rits, het gevoel dat er iets tegen de ingang van mijn lichaam drukt. Hij stopt, komt iets omhoog en vangt mijn blik in het licht van het binnenlampje van de auto.

Hij legt zijn hand op mijn gezicht. 'Weet je zeker dat je dit wilt?'

Ik sla mijn benen om hem heen, kruis mijn enkels achter zijn onderrug en trek hem naar me toe. Hij glijdt langzaam naar binnen, centimeter voor centimeter, en het is onverdraaglijk en perfect, want het geeft mijn lichaam de kans om hem opnieuw te leren kennen. Mijn spieren verkrampen om hem heen en hij sist door zijn tanden. Als hij helemaal in me zit en onze heupen elkaar raken, steunt hij op zijn ellebogen. Zijn ademhaling gaat met horten en stoten.

'Ik kan niet langzaam gaan,' hijgt hij tegen mijn lippen. 'Ik wil je te graag hebben.'

'Ik wil niet dat je langzaam gaat. Ik wil niet dat je je inhoudt.'

Mijn woorden breken de band die hem beteugelt. Hij leunt met een hand op het raampje achter me, pakt met de andere mijn been vast en duwt mijn knie omhoog tot aan mijn schouder, zodat hij nog dieper in me komt, en hij gaat zo tekeer dat de auto heen en weer schommelt. Elke harde stoot slaat alle lucht uit mijn longen. Dit ga ik voelen als we klaar zijn. Het is precies wat hij zei. Het is ruw, met een uitgehongerde bezetenheid. En ik neem het allemaal in me op als iets wat me toekomt. Hij is van mij en terwijl hij het erin ligt te rammen, met het zweet op zijn voorhoofd en op zijn rug, dwars door zijn overhemd, laat ik mijn handen over zijn schouders glijden, de dans van spieren en pezen onder strakke huid, de richels op zijn buik. Om elk onderdeel eraan te herinneren bij wie het thuishoort. Het schuiven en duwen van onze lichamen creëert een cadans: hier, hier, hier, hem, hem, hem. De intimiteit is overweldigend en de tranen springen me in de ogen, want het voelt zo goed om hem weer in me te hebben.

'Shit, Yas.' Hij buigt zijn hoofd om een sleep kusjes over mijn hals uit te strooien. 'Ik kom al bijna.'

Hij begint zich terug te trekken, maar ik grijp hem bij zijn billen en laat niet los.

'Ik ben aan de prikpil,' fluister ik. 'Niet uit me gaan.'

Hij ligt stil, kijkt naar me en er komt een frons om zijn dikke, donkere wenkbrauwen. 'Ik ben met niemand onveilig geweest. Ik zweer het je.'

'Ik geloof je.' Ik steek mijn hand naar hem uit om met mijn vingertoppen over zijn volle lippen te strelen. 'Kom hier.'

Hij kreunt, knijpt zijn ogen dicht en buigt zich naar me toe voor een verzengende kus die alle gedachten opslorpt en me laat vergeten waar we zijn en wat voor dag het is. Een kus die gehuld is in mist en herinneringen. De garage is vol koude briesjes die mijn wangen strelen. Hij houdt me vast alsof er nooit eeuwige beloften zijn geweest en alsof niets onvermijdelijk is. Met armen die niets voor lief nemen. De hitte van zijn ontlading overstroomt me en ik kus hem in een chaos van tongen, opgezwollen lippen en hese zuchten. Onze harten bonken secondenlang door onze kleren en onze hijgende ademhaling is het enige geluid ter wereld.

'Mam!' roept Deja vanuit het huis.

'O, shit.' Josiah trekt zich terug en gaat haastig van me af, de auto uit.

Ik volg hem op de voet, schuif mijn blote kont over de koele leren stoelbekleding en zoek de garagevloer af naar mijn onderbroek.

'O nee,' kreun ik. 'Als Deja ons ziet...'

'Of haar vriendinnen.' Hij ritst haastig zijn gulp dicht en gespt zijn riem vast. 'Ze vermoordt ons.'

Haar voetstappen bonken de trap af en komen dichterbij. Mijn tepels zijn nog steeds hard en priemen schaamteloos door het bovenstukje van mijn jurk. Ik voel iets schrijnen in mijn hals, waar Josiahs stoppels de gevoelige huid hebben geschaafd. Zijn zaad druipt over mijn been. Ik weet niet hoe ik het heb. Niet alleen vanwege het paniekerige verbergen wat we gedaan hebben, maar vanbinnen. Mijn bloed zindert door mijn aderen en ik zweef gewoonweg. Ik ben volkomen uit het lood geslagen, alleen al door het feit dat het überhaupt is gebeurd.

Hij trekt me tegen zich aan voor een snelle kus en neemt een kostbare seconde de tijd om me te bekijken. Zijn blik wordt zachter, ondanks onze krankzinnige race om onszelf te fatsoeneren. 'We praten morgen wel, oké?'

'Oké.'

Ik wil zeggen dat het me niet kan schelen als Deja ons betrapt en hem naar me toe trekken, weer op de achterbank kruipen om tegen elkaar aan te liggen en te genieten van zijn naakte huid op de mijne. Maar het kan me wel degelijk schelen. Het gaat niet alleen om ons. Het gaat om onze kinderen en hun verwachtingen. De veranderingen die ze hebben meegemaakt. Wat er ook gaande is tussen Jos en mij, we moeten het voorzichtig aanpakken ter wille van de kids.

Hij is nog maar net ontsnapt als Deja de deur tussen de keuken en de garage opentrekt en haar hoofd naar binnen steekt.

'Dé,' zeg ik supercasual, terwijl ik het autoportier opendoe. 'Is er iets?'

'Ik riep je.' Ze kijkt de lege garage in. 'Wat doe je hier?'

'Ik heb iets in de auto laten liggen.' Ik rommel door de middenconsole, zogenaamd op zoek. 'Heb je iets nodig?'

Ze drukt haar handen tegen elkaar onder haar kin. 'Mogen we alsjeblieft naar de film?'

'Je bent jarig. Je mag doen wat je wilt.'

'Ja.' Ze wil weer naar binnen gaan, maar draait zich dan langzaam weer om. 'O, en nogmaals bedankt voor de taart. Hij was perfect. Alles was perfect.'

Ik word helemaal warm vanbinnen en ik ben zo blij dat ze niet een paar minuten eerder binnen is gekomen, zodat ze ons kon betrappen. Ik heb geen idee hoe Deja zou reageren op wat er gaande is tussen Josiah en mij. Ik weet nog niet eens wat er precies gaande is, maar ik weet dat ik het wil. Ik wil alles wat we kunnen hebben, maar ik wil ook de beschadigde relatie met mijn dochter herstellen.

'Mooi. Daar ben ik blij om, liefje. Jarige jet,' zeg ik glimlachend. 'Trek je schoenen maar vast aan, dan breng ik jullie naar de bioscoop.'

Zodra ze de deur achter zich dicht heeft gedaan, zak ik tegen de auto aan. Dat scheelde niets. Maar tegelijk... O mijn god. Dat was ongelooflijk steamy. Als hij hier nog was, zou ik hem nog een keer neuken. Ik zou alles overhebben voor die roes van onze lichamen samen, de stoned makende emotie in zijn ogen toen hij naar me keek. Hoe heftig mijn hart zich naar hem uitstrekt.

Als ik de keuken in loop, ligt mijn telefoon op het aanrecht te trillen omdat er een appje binnenkomt.

Josiah: Veilig weggekomen?

Ik: Nog maar net. Je was de deur net uit toen Deja binnenkwam.

Josiah: Dat was ongelooflijk.

Ik: Eens.

Ik bijt op mijn lip. Mijn duimen hangen boven de toetsen, aarzelend over mijn volgende woorden.

Fuck it.

Ik: Kunnen we dat nog eens doen?

Josiah: Dat wil ik wel, maar we moeten praten.

Ik: Oké.

Josiah: O, en trouwens... ik heb je ondergoed 😉

35

JOSIAH

'Bedankt dat ik zo snel een afspraak kon krijgen,' zeg ik tegen dr. Musa. 'En zo vroeg.'

'Je zei dat het dringend was.' Hij volgt me met zijn blik, terwijl ik heen en weer loop voor zijn bureau. 'Ga toch zitten.'

Ik dwing mezelf om de stoel tegenover hem te nemen, terwijl mijn lichaam knettert van de opgekropte energie. Ik zou helemaal niet zo energiek moeten zijn, want ik heb vannacht bijna niet geslapen. Wat had ik verdomme in mijn kop? Yasmen neuken in de garage, als een of andere hitsige tiener? Terwijl Deja's vriendinnen boven zaten? Sowieso met Yasmen neuken. Wie kan me beter vertellen dat ik mijn verstand heb verloren dan mijn psych?

'Ik heb het met mijn ex gedaan.' Het komt er zonder enige omhaal uit. 'Twee keer.'

'Oké.' Dr. Musa zet zijn bril recht. Zijn professionele houding blijft volkomen intact. 'Laten we voordat we daarop ingaan...'

'Naaaaaaah, doc. Laten we het er gewoon over hebben. Ik hoef niet diep adem te halen. Ik hoef geen helpende gedachten. En dat emotiewiel hoef ik al helemaal niet te zien. Ik weet exact hoe ik me voel.'

'Vertel dan maar eens hoe je je voelt.'

'Als een achterlijke idioot.'

'Dat is geen gevoel.'

'Godsamme. Hier met dat wiel.'

Met zijn lippen op elkaar gedrukt om een glimlach te bedwingen overhandigt hij me het kleurige blaadje met de emoties erop. Ik kijk ernaar en moet moeite doen om mezelf te vinden in de zee van woorden die over het papier golft.

'Eh, ik zou zeggen dat ik me verward voel.' Ik ga de cirkel verder af. 'Zenuwachtig. Sensueel. Absoluut sensueel, want die shit was...'

Ik schraap mijn keel en frons naar de woorden die eruit springen.

Opgewonden.

Hoopvol.

Bang.

Ik kan mezelf er niet toe zetten om die hardop uit te spreken, zelfs niet tegen dr. Musa, maar als ik zie hoe hij kijkt, weet hij het waarschijnlijk allang.

'Waarom was dit een noodgeval?' vraagt hij.

'We zijn gescheiden. En dan doe je dat niet. Als je gescheiden bent, houdt dat op. Het had niet moeten gebeuren, maar...'

Ik slik en haal diep adem, terwijl mijn hart weer begint te bonken bij de herinnering aan onze wilde seks. Niemand heeft zich ooit zo gevoeld en waarschijnlijk zal dat ook nooit gebeuren. Niet alleen hoe het voelde om in haar te zitten, maar hoe het vóélde. Als thuiskomen en losbreken tegelijk.

'Weet je zeker dat het niet had moeten gebeuren?' vraagt dr. Musa zacht. 'Of ben je alleen maar bang voor wat het betekent als het nog een keer gebeurt? Als het blijft gebeuren?'

'Ja, dat,' mompel ik. 'Dat zou kunnen.'

'Wil je haar?'

Er komt een vernietigend lachje uit mijn mond en ik kan niet in mijn stoel blijven. Ik spring op en begin weer te ijsberen, terwijl adrenaline, paniek en verlangen om voorrang strijden in mijn lichaam.

'Natuurlijk wil ik haar. Ik heb haar altijd gewild, zelfs toen ik niet...' Ik slik en schrik terug voor het vooruitzicht om iets te onthullen wat zo beschamend is dat ik er zelfs in mijn eigen hoofd nooit op terug ben gekomen. 'Er waren momenten waarop ik wel wilde, maar mijn lichaam niet... nou ja, dat ik hem niet...'

Ondanks alle geheimen die ik voor deze man heb blootgelegd blijven de woorden over de keren dat mijn lichaam niet meewerkte in mijn keel steken. Ik kan die shit gewoon niet hardop zeggen.

'Rouw gaat voor veel mannen samen met impotentie,' zegt dr. Musa na een ongemakkelijke stilte.

'Het was niet... dat,' zeg ik knarsetandend. 'He was maar een paar keer. Ik kreeg geen...'

'Josiah,' zegt hij zachtjes, en hij wacht tot ik hem aankijk. 'Je hoeft je nergens voor te schamen, en al helemaal niet voor het feit dat je lichaam zijn verdriet uitdrukte op de enige manier die het kon vinden.'

Zo had ik het nooit gezien en er komt iets verkrampts los in mijn borst.

'Hoe dan ook heb ik dat probleem nu helemaal niet meer.' Ik lach schamper, blij om dit heikele onderwerp achter me te laten. 'Ik kan alleen nog maar aan seks met haar denken, maar dat wil nog niet zeggen dat ik eraan toe moet geven.'

'Waarom moet je er niet aan toegeven?'

'Hoe kan ik haar vertrouwen?' Ik staar hem aan. 'Dat kan ik echt niet nog een keer aan. Ik denk niet dat ik dat overleef.'

En ineens is het eruit. De waarheid. Ik heb er alles voor nodig gehad wat ik had, plus het nodige waarvan ik niet eens wist dat ik het had, om het te overleven toen Yasmen me verliet. Toen ze me uit haar leven verdrong. Toen ze zei dat ze niet eens wist of ze nog wel van me hield. Misschien was het niet zo'n goed idee om iets met Vashti te beginnen, maar ik moest verder met mijn leven. Ik heb in elk geval geprobeerd een leven voor mezelf op te bouwen waar Yasmen geen deel van uitmaakte. Want dat wilde Yasmen toch? Dat ik wegging?

'Als dit alleen maar een fase is waar ze doorheen gaat,' zeg ik, en ik ga weer zitten. 'Iets wat ze moet afsluiten om beter te worden of zo, dan kan ik het niet.'

'Als dit iets is wat je wilt,' zegt dr. Musa, 'en je hebt duidelijk sterke gevoelens voor haar, stel dan wat basisregels in. Maak duidelijk wat jullie verwachten. Spreek uit wat jullie aan deze relatie denken te kunnen hebben, wat jullie ervan willen, wat acceptabel is en wat de redenen kunnen zijn om ermee op te houden. Het hele verhaal. Wees eerlijk en bescherm jezelf en elkaar op termijn. Als je het zo graag wilt als je schijnt te denken...'

Hij trekt vragend zijn wenkbrauwen op en vraagt in stilte of ik het echt wil.

'Ja, ik wil dit.'

Ik wil haar.

'Doe dan wat jullie al die tijd al hadden moeten doen,' zegt hij. 'Wat jullie de eerste keer ook hadden moeten doen.'

'En wat is dat, doc?'

Hij glimlacht, niet onvriendelijk. 'Praat met haar.'

36

YASMEN

Tegen de tijd dat ik thuiskom, maandagochtend nadat ik de kinderen naar school heb gebracht, staat Josiahs auto er al. Ik wuif naar hem als ik de oprit op rijd, terwijl mijn hart de raarste salto's begint te maken nu ik hem zie. Als de garagedeur omhooggaat, duikt hij eronderdoor en loopt mee naar binnen. Ik laat de deur weer zakken en blijf even achter het stuur zitten, hoewel ik weet dat hij wacht tot ik uit de auto kom. Hij heeft die blik in zijn ogen die zegt dat we nodig moeten praten, en dat kan van alles betekenen. Na wat tijd om erover na te denken heeft hij misschien spijt gekregen van wat er zaterdag is gebeurd en is hij langsgekomen om te zeggen dat het echt voorbij is.

Of misschien is hij hier om mijn rug nog een keer te verneuken. In ons oude bed dit keer.

Opties.

Hij gebaart dat ik het raampje omlaag moet doen. Ik doe het met angst en beven, bang dat ik precies het verkeerde zal zeggen als ik mijn mond opendoe en dat ik ons leven nog een keer weet te verwoesten.

'Stap eens uit, Yas,' commandeert hij zachtjes, terwijl hij een paar stappen bij het portier vandaan gaat staan. 'We moeten praten.'

Ik doe wat hij zegt en loop het huis in, waar ik op een van de barkrukken aan het kookeiland ga zitten. Hij neemt de kruk naast me en leunt met zijn ellebogen op het granieten blad.

'Wat er zaterdag gebeurd is,' begint hij. 'We...'

'Ik heb er geen spijt van.'

Hij staart me aan, met een diepe lijn tussen zijn donkere wenkbrauwen. 'Dat is goed om te weten, maar ik heb vanochtend met dr. Musa gepraat en...'

'Zo vroeg? Het is pas negen uur.'

'Ik heb mijn afspraak... vervroegd. Dus we hebben besproken wat er gebeurd is.'

'Heb je dr. Musa verteld dat we seks hebben gehad?'

'Ja.'

Misschien zou ik dat gênant moeten vinden, maar ik ben alleen maar zó trots. Kijk hoe ver hij gekomen is. Eerst was hij altijd een gesloten boek als het om communicatie over echte shit ging, nu vertelt hij zijn therapeut dat we seks hebben gehad, vermoedelijk om advies te vragen?

De zijwieltjes zijn eraf.

'En wat zei hij daarover?'

'Hij vroeg of ik ermee door wilde gaan.' Zijn hete blik versmelt met de mijne en de keuken voelt ineens heel klein aan, nu de lucht tussen ons zo elektrisch en steamy is.

'En wat zei jij toen?' vraag ik ademloos.

'Ik zei dat ik dat wilde. Wil.'

Dat is een hele opluchting. Ik ontspan me een beetje, lik mijn lippen en kijk hem onderzoekend aan. 'Dus wat nu?'

'Als we dit blijven doen – en dat wil ik wel degelijk, Yas – dan moeten we een paar basisregels opstellen en duidelijk zijn over onze verwachtingen.'

'Oké. Zeg het maar.'

'Dit is geen verzoening.'

Dat wist ik natuurlijk wel, maar het doet toch pijn om het hem zo duidelijk te horen zeggen, alsof het vanzelf spreekt, alsof het hem niets doet om de rest van zijn leven zo te leven.

'Ik weet het,' antwoord ik. 'Het is gewoon seks.'

Hij schudt zijn hoofd en een klein lachje komt als een zucht over zijn volle lippen. 'Het zal nooit gewoon seks zijn, niet tussen ons. Dat weet je best. Het zal altijd als meer voelen, maar ik wil heel duidelijk maken dat het niet meer kan worden.'

'Oké, snap ik. Wat nog meer?'

'We moeten het verborgen houden voor de kids, voor iedereen eigenlijk, in elk geval voorlopig,' zegt hij. 'Niet omdat ik me ervoor schaam. Het kan me geen fuck schelen wat mensen denken. Maar onze kinderen? Die hebben al genoeg meegemaakt. Alle ruzies en onzekerheid van voor de scheiding. Toen moesten ze eraan wennen dat we niet meer bij elkaar waren. Daarna kwam dat gedate met andere mensen. Niet niks allemaal, en ik wil vooral Kassim geen valse hoop geven.'

'En Deja?'

'Ik weet niet hoe die zou reageren, maar we weten nog niet eens hoelang we hiermee door willen gaan. Misschien is het maar tijdelijk en moeten we iets wat toch al een moeilijke overgang is geweest dan nog ingewikkelder maken?'

'Nee, inderdaad.'

'En als ik eerlijk ben,' zegt hij, terwijl hij mijn hand pakt, 'wil ik dat we dit kunnen hebben zonder de druk van andermans verwachtingen of oordelen. Het is al lastig genoeg zonder dat iedereen zijn neus in onze zaken steekt.'

'Lastig?' vraag ik, terwijl ik met mijn duim over de rug van zijn hand wrijf. 'Hoezo lastig?'

'Het is per definitie lastig. We zijn getrouwd geweest. We zijn nog op allerlei manieren met elkaar verbonden. We zitten nog in elkaars leven. Wat gebeurt er als je iemand tegenkomt met wie je een relatie wilt? Of je besluit dat we ermee op moeten houden? Zo gauw dit voor een van ons niet meer werkt, houdt het op.'

'Oké, ik snap het.' Ik hou mijn hoofd schuin en observeer zijn gezicht. 'Zijn dat al je voorwaarden?'

'Ónze voorwaarden. We moeten er wel hetzelfde in staan.'

Mijn enige voorwaarde is dat ik hem neem zoals ik hem krijgen kan. Ik had al gezegd dat ik een eventuele tweede kans zeker zou grijpen. Ik pak hem met beide handen aan.

'Oké. Onze voorwaarden. Zijn dat al ónze voorwaarden?'

'Ja.' Hij trekt me aan mijn pols omhoog zodat ik tussen zijn benen in kom te staan, waarna zijn hand afdwaalt naar mijn kont. Zijn vingers houden halt in de inham tussen mijn billen.

'Oké.' Ik maak zijn bovenste knoopje los. 'Want je hebt vandaag vrij. Grits is gesloten.'

Hij buigt zijn hoofd en drukt een rij kusjes op mijn keel. 'Klopt.'

'En ik hoef de kinderen pas om drie uur op te halen.'

Hij strijkt met zijn duimen over mijn tepels en ze steken als kiezelsteentjes door mijn trui heen. Mijn scherpe inademing is de enige andere indicatie dat ik iets voel. Ik hou mijn stem rustig en zelfs mijn gezicht verandert niet. Maar als hij allebei mijn borsten in zijn handen neemt om het gewicht en de vorm ervan te voelen, mijn trui optilt en eraan zuigt door de zijde van mijn beha, een voor een, kan ik niet eens meer pretenderen dat het me niets doet. Mijn nagels klauwen in zijn schouder en ik moet vechten om het niet uit te schreeuwen. Hij trekt de trui langzaam over mijn hoofd, gooit hem opzij, haakt mijn beha los en bevrijdt mijn borsten. Het voelt zo decadent. Zijn ademhaling wordt zwaarder als hij zijn gezicht tussen mijn borsten legt en de vanillegeur opsnuift die ik heb opgespoten in de hoop dat we dit moment zouden bereiken.

'Naar boven?' fluister ik, en ik wacht met ingehouden adem op zijn antwoord.

Is dat te intiem? Wil hij alleen snel en wild of kunnen we de tijd nemen? Elkaar herontdekken via gekreun, gesteun en orgasmes, en met een beetje geluk in elkaars armen liggen. Zijn kus is liefdevol, zoals hij de binnenkant van mijn mond aflikt, zachtjes in mijn lippen bijt en me bij mijn kin vasthoudt terwijl hij mijn mond verovert. Eindelijk maakt hij zich van me los en raapt mijn trui en beha op. Met een brede lach pakt hij mijn hand en neemt me mee naar de trap.

'Ik weet nog waar het is.'

37

YASMEN

'Het was hoog tijd dat we dit weer eens doen,' zegt Soledad, en ze zet een grote borrelplank op haar eettafel. 'Ik kan niet geloven hoelang het geleden is dat we elkaar hebben gezien.'

'Wat is er mis met ons, bitches?' vraagt Hendrix, terwijl ze een spiesje met olijven, brie en peperoni van de schaal pakt. 'Ooo, ik ben dol borrelplanken.'

'Op borrelen, zal je bedoelen,' zegt Soledad.

'Wijn, kerels en gezang,' zegt Hendrix met een knipoog.

'Eh, dit is een meidenavond,' zeg ik streng. 'Dus geen kerels. Ik bedoel, behalve als we over ze willen roddelen.'

'Ik ben allang blij dat we eindelijk weer eens tijd hadden,' zegt Soledad. 'Het jaar is zo hectisch begonnen.'

'Ja, een paar weken LA met cliënten is doodvermoeiend.' Hendrix propt een druif in haar mond. 'Maar de commissie op die deal van zeven cijfers maakt het wel de moeite waard.'

'Oké, Black Luxury, ik zie je,' zeg ik, en ik geef haar een high five.

We lachen en Soledad schenkt witte wijn in onze glazen.

'Oef, wat was ik hieraan toe.' Ik neem een grote slok om de wijn mijn keel te laten koelen en mijn zenuwen te ontspannen. 'Kassim is op basketbal gegaan en dat vreet heel wat van mijn vrije tijd op. Vroege trainingen, late trainingen en ook nog wedstrijden kijken, maar dat was het compromis dat eruit is gerold. Ik wilde per se niet dat hij American football ging doen, dus zijn we uitgekomen op basketbal.'

'Mijn meiden doen echt van alles.' Soledad neemt een stevige slok wijn. 'Lupe zit zelfs op toneelles.'

'In plaats van modellenwerk?' vraagt Hendrix.

'Ze heeft het zelf uitgekozen,' zegt Soledad met nadruk. 'Ik ga haar niet aanmoedigen om haar uiterlijk te exploiteren. Ik leer haar om alle gaven in haar arsenaal te gebruiken.'

'En wanneer was mevrouw van plan haar eigen goede raad op te volgen?' vraagt Hendrix half voor de grap. 'We hebben je al vaak genoeg aan jóúw arsenaal herinnerd. Wat kan haar die les beter leren dan met eigen ogen zien dat haar eigen moeder alles uit haar gaven haalt?'

'Ugh, ik haat het als je gelijk hebt.' Soledad rolt met haar ogen. 'Ik heb het zo druk dat ik er niet echt over na heb gedacht, maar ik zal het doen.'

'Ik heb het ook retedruk. Het werk blijft zich maar opstapelen,' zegt Hendrix. 'Ik heb niet eens tijd gehad voor Tinder, Match, Bumble, niks. Zelfs geen BlackPeopleMeet.com. Ik moet gewoon eens naar de kerk, waar de Black People écht meeten. Daar vind je soms de geilste boys. Gezegenden onder de mannen!' Hendrix steekt een hand op en zwaait ermee door de lucht. 'Halleluja!'

'Dit hele gesprek klinkt gewoon godslasterlijk,' zegt Soledad met een wegwerpgebaar naar Hendrix.

Ik stik nog steeds van het lachen als mijn telefoon zoemt in mijn zak. Ik haal hem tevoorschijn en grijns om een nieuw appje van Josiah.

Josiah: Ik geloof dat ik vanochtend een spier heb verrekt. Ik schaam me er niks voor om toe te geven dat ik je bijna niet bij kan houden in bed.

Ik giechel en typ een snel antwoord.

Ik: Daar heb ik precies één woord voor: 69.

Josiah: Dat is geeneens een woord.

Ik: Hoe je het ook wilt noemen, het was jouw idee.

Josiah: Ik meen me te herinneren dat je het een prima voorstel vond.

Mijn wangen beginnen te gloeien en ik voel me net een tiener die briefjes doorgeeft tijdens de wiskundeles. Als ik opkijk van mijn telefoon, zitten Hendrix en Soledad me allebei nieuwsgierig aan te kijken.

'Voor wie zit jij zo hitsig op je lip te bijten?' Hendrix doet na hoe ik op mijn onderlip bijt op een manier die hopelijk geen enkele overeenkomst met de werkelijkheid vertoont.

Ik doe mijn telefoon weer in mijn zak. 'Geen idee waar je het over hebt.'

'Heb je een vent?' wil Hendrix weten. 'Want als je geheimpjes voor ons achterhoudt…'

'Is het Mark?' roept Soledad ertussendoor. 'Die kijkt de laatste tijd behoorlijk blij.'

'Hij doet het goed in de peilingen,' antwoord ik. 'Niks met mij te maken. Bovendien heb ik tegen hem gezegd dat we beter gewoon vrienden kunnen blijven.'

'Oké, wie is het dan?' vraagt Hendrix. 'We komen er heus wel achter, hoor.'

'Doe je best,' zeg ik met een zelfvoldane grijns. 'Al gaat het je geen donder aan.'

'Donder jij effe op met je donder…' Hendrix staat op en judoot me tegen de vloer.

'Ga van me af,' hijg ik verontwaardigd. 'O mijn god, wat ben je… Laat me los.'

'Pak haar telefoon, Sol!' commandeert Hendrix, terwijl ze mijn armen en benen tegen de vloer drukt door met haar hele gewicht op me te gaan liggen.

Soledad, die vuile verraadster, wringt zich in onze wriemelende krakeling van vrouwelijke ledematen en weet mijn telefoon uit mijn zak te vissen.

'Hebbes!' gilt ze lachend, waarna ze opspringt en naar de woonkamer racet, met mijn telefoon triomfantelijk boven haar hoofd.

Ik weet Hendrix eindelijk van me af te duwen, krabbel op en ren Soledad achterna, maar ik ben te laat. Als ik haar heb ingehaald, zit ze op de vloer met haar rug tegen de bank mijn berichtjes te lezen, met grote ogen en open mond.

'Lieve hemel.' Soledad gooit haar hoofd in haar nek en schatert het uit. 'Dit ga je niet geloven, Hen.'

Ik gris mijn telefoon uit haar handen en laat me kreunend op de bank vallen. Nu zullen we het krijgen.

'Laat zien,' zegt Hendrix, en ze steekt haar hand uit naar mijn telefoon.

'Nee.' Ik schud mijn hoofd en slaak een geërgerde zucht.

'Sol mocht het ook zien,' klaagt Hendrix, terwijl ze naast Soledad op de grond gaat zitten.

'Nee, ze heeft mijn telefoon afgepakt.' Ik staar zuchtend naar het plafond en accepteer het feit dat het geen zin meer heeft om het verborgen te houden. 'Ik ben met Josiah naar bed geweest.'

Er valt een plechtige stilte... die ongeveer twee seconden aanhoudt, en dan beginnen ze met zijn tweeën te giechelen als gekken. Ik ga rechtop zitten en kijk ze streng aan.

'Wanneer?' vraagt Hendrix, die zichtbaar moeite moet doen om haar lachen te bedwingen.

'Eh, bedoel je wanneer ik voor het láátst met hem naar bed ben geweest?' vraag ik met een overdreven uitschieter naar boven midden in de zin.

Soledad zet grote ogen op. 'Heb je een verhouding met Josiah?'

'Is het wel een verhouding als het je man is?' vraag ik.

'Is hij wel je man als je gescheiden bent?' kaatst Hendrix terug. 'Vertel.'

Ik vertel over de eerste keer in Charlotte en de tweede keer in de garage. Ik word ietwat warm onder de kraag als ik mijn verhaal doe en opbiecht dat we de laatste maand stiekem seks hebben gehad.

'Dus jullie hebben regels opgesteld?' vraagt Soledad. Ze haalt de borrelplank uit de eetkamer en zet hem op de salontafel in de woonkamer. 'Oké, dat was slim.'

'Idee van zijn therapeut,' zeg ik snoeverig.

'Hij heeft het aan zijn therapeut verteld?' Hendrix moet lachen. 'Wow, die is wel ver gekomen voor een dude die vroeger niet eens bij een psych in de buurt wilde komen.'

'Ja toch?' Ik smeer roomkaas en wat jam op een cracker.

'Ik weet dat het geil is en alles,' zegt Hendrix, en de humor begint een beetje van haar gezicht te verdwijnen. 'Maar serieus. Hoe sta jij in het hele gedoe?'

'Ik?' Ik breng mijn wijnglas naar mijn lippen en neem een slokje. 'Hopeloos verliefd.'

'En hij?' Soledad fronst.

'Hij... is niet...' Ik schud gefrustreerd mijn hoofd, want ik weet niet goed hoe ik moet omschrijven wat er in Josiah omgaat, ondanks de basisregels die we hebben opgesteld. 'Hij zegt dat het bij ons nooit alleen neuken kan zijn, maar no hard feelings als een van ons op zeker moment zegt dat-ie ermee wil kappen.'

'Dat is wel een heel ander verhaal dan hopeloos verliefd,' zegt Soledad.

'Ik wil dit.' Ik kijk ze allebei heel nuchter aan. 'Zolang ik het kan krijgen. Ik wil hem. Hoop ik stiekem dat hij weer verliefd op me wordt? Ja.'

'Wordt? Kom op,' zegt Hendrix spottend. 'Je maakt mij niet wijs dat die man ooit níét verliefd op je is geweest. Vashti was een poging om over je heen te komen. Ik geloof zeker wel in eind goed, al goed en lang en gelukkig, als het eenmaal zover is, maar je mag wel wat beter voor jezelf zorgen.'

'Ja,' zegt Soledad. 'Zijn jullie exclusief?'

'Ja.' Ik frons. 'Ik bedoel, daar heb ik niet naar gevraagd, maar ja.'

'Aan jouw kant, ja.' Soledad stopt een olijf in haar mond. 'Maar je hebt niet gevraagd of hij het ook nog met anderen doet?'

'Dat hoeft niet, want dat weet ik. Ik bedoel... Jos heeft nooit... hij zou nooit...'

'Toen jullie getrouwd waren niet, natuurlijk,' zegt Hendrix. 'Maar ik zie geen trouwringen bij jullie. Wat weerhoudt hem ervan om rond te neuken? En is dat een dealbreaker voor jou?'

Absoluut. De gedachte aan hem met een ander... Ik laat mijn blokje kaas op mijn bord vallen, want ik ben op slag misselijk. Ik neem een slok wijn.

'Je hoeft geen superspeurneus te zijn om te zien dat jullie nog niet klaar met elkaar zijn. Die man kan zijn ogen niet van je afhouden en vice versa,' zegt Hendrix. 'Ik weet dat hij nog gevoelens voor je heeft, ik wil alleen niet dat jij eraan onderdoor gaat.'

'Ik geloof niet dat hij het met anderen zou doen terwijl wij...' Terwijl wij... wat? Een verhouding hebben zonder vastigheid en zonder garanties. Intussen ben ik verliefd op hem.

Ben ik ooit echt over de Josiah heen gekomen die zich op zijn knieën liet vallen, al zijn bedenkingen overboord gooide en mij ten huwelijk vroeg? De Josiah die zijn gereserveerdheid opzijzette om op een winkelkarretje te springen en lachend met mij door de supermarkt te racen? De man die mijn voeten masseerde toen ik zwanger was, mijn hand vasthield tijdens de weeën en meepufte toen ik onze kinderen baarde?

Nee, waarschijnlijk ben ik nooit over die man heen gekomen, maar ik ben weer helemaal verliefd geworden op de Josiah die onze kinderen door zware tijden heen loodst en altijd checkt hoe het vanbinnen met ze gesteld is. Ik ben verliefd op de man die zich ondanks zijn scepsis aan therapie heeft gewaagd voor onze zoon en toen leerde hoe hij dat kon gebruiken om zijn eigen wonden te helen. Ik ben dol op de passie die nog feller tussen ons opbrandt dan vroeger. Als we de liefde bedrijven, komen verleden en heden samen in een verschroeiende intimiteit die ons verteert. De man die hij was, de man die hij is, de man die hij door de jaren heen zal worden naarmate hij groeit en evolueert... Ik ben verliefd op alle versies van Josiah die ik ooit heb gekend en ik weet zeker dat de man die hij zal worden mijn hart zal blijven beheersen.

'Ik praat wel met hem,' zeg ik uiteindelijk. 'Gewoon voor de duidelijkheid. We hebben wel richtlijnen opgesteld, maar ik heb niet eens aan andere sekspartners gedacht. Hij ook niet, denk ik, maar jullie hebben gelijk. Ik moet weten of we daar hetzelfde over denken.'

Vanaf de bank pak ik Sols hand vast, en die van Hen. 'Sorry dat ik dit heb achtergehouden, maar het was iets tussen ons twee, snap je? Ik ben wel blij dat ik het nu verteld heb. Jullie zijn de enige vriendinnen die ik ooit heb gehad die een soort zussen voor me zijn en ik wil niets voor jullie achterhouden.'

'Ik denk dat Edward vreemdgaat,' flapt Soledad er plotseling uit.

Hendrix en ik kijken elkaar met grote ogen aan. Ik laat me van de bank glijden en land tussen hen in op de vloer.

'Hoe kom je daar zo bij?' vraag ik.

Haar lach is bijtender en sarcastischer dan alles wat ik ooit uit Soledad heb horen komen. 'Eh, doordat hij haar naam elke nacht zegt in zijn slaap?'

'Hoe heet dat wijf?' vraagt Hendrix.

'Amber.' Soledad knippert een paar tranen weg. 'Ik heb tegen hem gezegd dat hij haar naam noemt in haar slaap en toen zei hij dat Amber zijn nieuwe secretaresse is en dat het zo stressen is op het werk dat hij er 's nachts waarschijnlijk onbewust mee doorgaat.'

'Denkt die man dat je achterlijk bent of zo?' Hendrix rolt met haar ogen. 'Wat een bullshit.'

'Wat ga je nu doen, Sol?' vraag ik.

'Dat weet ik nog niet.' Ze haalt haar schouders op. 'Het is de laatste week niet meer gebeurd, maar ik kan niet zomaar doen alsof er niks aan de hand is.'

'Nee, inderdaad,' zeg ik. 'Wat kunnen wij doen?'

'Nu, op dit moment?' Soledad zucht. 'Niks. Ik kom er wel uit. Ik hou hem in de gaten om te kijken of er echt kwaad achter zit. Ik wilde het alleen niet meer voor me houden nadat ik jouw geheim uit je heb getrokken, Yas.'

'Over geheimen gesproken...' Hendrix wacht even en kijkt Sol en mij beurtelings aan. 'Er is wat shit gaande met mijn moeder waar ik jullie niks over heb verteld.'

'Hen, wat is er?' vraag ik, en ik geef een kneepje in haar hand.

'Weten jullie nog dat we met nieuwjaar die beroemde Duitse chocoladetaart van haar hebben gegeten?' vraagt ze. 'Die had ik dus gemaakt. Mama heeft het wel geprobeerd, maar de eieren waren nog half rauw en er zaten klonten bloem in. Ze... ze kan zich haar recepten gewoon niet meer herinneren. Ze vergeet steeds meer en de laatste tijd beeldt ze zich de hele tijd in dat er inbrekers in haar huis zitten. Ze heeft de politie al een paar keer gebeld. En die...'

Ze stopt, slikt en knippert furieus met haar ogen.

'Die hebben mij gebeld met de mededeling dat het zo niet langer gaat en dat ik misschien een tehuis voor haar moet zoeken.'

'Jemig, Hen,' zegt Soledad. 'Wat erg.'

'Ik denk dat ik nu pas door begin te krijgen dat het niet meer goed komt, weet je?' Hendrix schenkt ons een flauw glimlachje en ik heb haar nog nooit eerder bijna zien huilen. 'Het is een slopende ziekte en het zal alleen maar erger worden. Ik weet niet wat erger is, haar kwijtraken of toe moeten kijken terwijl ze mij kwijtraakt.'

Hendrix hikt en er komt een huiverende snik uit haar mond. We slaan onze armen om haar heen en kruipen met zijn drieën tegen elkaar aan, ieder met onze eigen problemen, maar verstrengeld in onze liefde en steun voor elkaar. Als ik dit had gehad toen mijn leven in duigen viel, had ik de boel misschien beter bij elkaar kunnen houden, maar ik wil niet meer denken in termen van 'wat als'. Ik leer stukje bij beetje gewoon mijn best te doen en te leven met de gevolgen. Uit alle macht lief te hebben en mezelf te vergeven als dat niet genoeg is.

Dit is niet het zorgeloze meidenavondje dat we voor ogen hadden, maar een avond waarop we elkaar onze grootste angsten toevertrouwen en dingen aan het licht brengen die we verborgen in het donker.

38

YASMEN

Onderuitgezakt in de gecapitonneerde stoel dwing ik mezelf de presentatie op het grote scherm te volgen. De lichten in de aula van Harrington zijn uit en mevrouw Morgan, de rectrix, vertelt iets over een nieuwe vleugel voor de bibliotheek. Net als mijn ogen dicht beginnen te vallen en ik weg dreig te doezelen, pakt een grote hand mijn bovenbeen vast en knijpt erin. Ik zit meteen rechtop en hap naar adem op een manier die me iets te luid in de oren klinkt. Ik werp een snelle blik op Josiah, die naast me in het donker zit en naar het scherm kijkt met samengeknepen ogen en gefronst voorhoofd, alsof het zijn volledige aandacht heeft. Hij tilt langzaam zijn jasje van zijn schoot en legt het op de mijne. Onder het jasje kruipt zijn hand omhoog over mijn dij en komt tot stilstand tussen mijn benen, waar zijn aanraking zowat een gat door mijn spijkerbroek brandt.

Ik grijp zijn pols om zijn voortgang te stoppen. Hij kijkt opzij in het schemerige licht, trekt één wenkbrauw op en buigt zich wat opzij om in mijn oor te fluisteren.

'Zeg je nou nee tegen me?' vraagt hij. Zijn adem op mijn hals ontlokt me een rilling.

Ik rek mijn nek om dichter bij zijn oor te komen. 'Ik zeg "niet nu" tegen je.'

'Waarom niet nu?' Zijn glimlach heeft iets sardonisch. 'Het lijkt me geweldig om iedereen te laten horen hoe je klinkt als je mijn naam schreeuwt.'

Ik herinner me niet dat ik erg luidruchtig was in bed tijdens ons huwelijk, maar elke keer dat we nu seks hebben, voelt het als een uitslaande brand en gil ik als een sirene. Ik kan er niks aan doen. Ik voel me vrijer dan ooit tevoren. We hebben altijd een geweldige chemie gehad, maar het voelt nu nog geiler. Elke aanraking, elke keer, alsof ik over de zon loop. Telkens als ik denk dat het onmogelijk nog beter kan worden, bereiken we weer een ander niveau en stijgen we dwars door de wolken op naar nieuwe hoogten.

Ik hap naar adem als zijn hand hard tussen mijn benen duwt en heen en weer begint te wrijven over mijn spijkerbroek, beschermd door het duister en zijn jasje. Mijn ademhaling wordt sneller en mijn benen gaan onwillekeurig wat verder uit elkaar om ruimte voor hem te maken. Ik geef me eraan over en leun achterover in mijn stoel. Ik draai mijn hoofd opzij om naar hem te kijken, en hij kijkt naar mij. Onze blikken grijpen ineen en worstelen met elkaar in het schaarse licht van de aula. Ik wil hem smeken om op te houden en tegelijk wil ik mijn spijkerbroek omlaag trekken, zodat ik zijn vingers kan voelen. Hij likt over zijn lippen en zijn blik gaat naar mijn schoot, waar mijn heupen onder zijn jasje naar zijn hand toe bewegen. Ik slik een kreun in, bijt op mijn lip en knijp mijn ogen dicht, terwijl ik uitadem met korte, verkrampte ademstootjes. Ik grijp me vast aan de stoelleuning en druk mijn hielen tegen de cementen vloer, terwijl ik mijn lichaam woordloos om controle smeek, maar ik wil hem nog steeds niet vragen om te stoppen.

Net als ik denk dat ik het net zo uit ga brullen als in *When Harry met Sally*, gaan de lichten aan. Het jasje en Josiahs hand verdwijnen abrupt van mijn schoot. Ik was er bijna. Ik zou mijn lip doormidden gebeten hebben om geluidloos klaar te komen. Nu komt mijn lichaam in opstand met een bonzend gevoel tussen mijn benen, een hartslag die door mijn keel en polsen raast, opborrelend zweet op mijn slapen en bloed dat op Autobahnsnelheid door mijn aderen raast.

'Tot zover de financiële plannen voor het volgende jaar,' zegt mevrouw Morgan glimlachend tegen de verzamelde ouders in de aula. 'Zonder jullie zou dit allemaal niet mogelijk zijn. We hebben vorig jaar genoeg geld opgehaald voor een nieuw zwembad en meer beurzen voor excellente leerlingen die ons lesgeld niet kunnen betalen.'

Josiah en ik klappen mee met het lauwe applausje terwijl we discreet verhitte blikken uitwisselen. Als je zoveel schoolgeld betaalt als deze ouders, kun je niet altijd evenveel enthousiasme opbrengen voor fondsenwerving voor zwembaden en toelages voor andermans kinderen. Fondsenwerving is zelden erg enthousiasmerend, maar mevrouw Morgan is er geweldig goed in, dat moet gezegd worden, en ik ben helemaal vóór hulp voor leerlingen die het exorbitante Harrington-prijskaartje niet kunnen betalen.

'We zijn inmiddels net over de helft van het schooljaar,' vervolgt mevrouw Morgan, en ze duwt haar bril omhoog met haar wijsvinger. 'Tot dusver is alles fantastisch verlopen. Laten we de tweede helft nog beter maken.'

Ze slaat haar handen ineen onder haar kin om het volgende agendapunt aan te kondigen. 'Onze leraren zijn altijd graag bereid om de voortgang van jullie kinderen te bespreken,' zegt ze. 'Sommigen van jullie hebben in de afgelopen weken al lerarengesprekken gevoerd, maar zo niet, dan zitten ze het komende uur voor u klaar in hun lokalen. Nogmaals hartelijk dank voor uw komst op deze ouderavond en een fijne avond nog.'

Ik wil Josiah de parkeerplaats over sleuren en een afgelegen plekje in het bos zoeken om hem te neuken tegen een boom, maar er komen meerdere mensen op ons af. Ik onderdruk mijn frustratie, breng mijn ademhaling in het gareel en probeer me te concentreren op de gesprekken, hoewel ik me de hele tijd enorm bewust blijf van de lange man naast me die zo vriendelijk staat te glimlachen, alsof hij niet zonet zijn hand tussen mijn benen heeft geduwd. Sommige ouders zijn ook ondernemers en vragen iets over de Skyland-vereniging. Een paar zijn basketbalmoeders die ik bij trainingen en wedstrijden heb gezien. Josiah gaat naar alle wedstrijden en brengt aardig wat tijd met Kassim door om hem de basics te leren. We hebben min of meer een nieuwe groep ouders gevonden om mee te kletsen en te klagen. Ze bekijken ons doorgaans met variërende gradaties van fascinatie en nieuwsgierigheid. Ze weten dat we gescheiden zijn, maar we gaan altijd samen naar ouderavonden, wedstrijden en andere activiteiten van Kassim en Deja. Ik vind dat je dat nu eenmaal doet als goede ouders. Je eigen shit opzijzetten en je kinderen op de eerste plaats. Simpel en logisch.

Terwijl we staan te lachen met de ouders van een van Kassims teamgenoten, kruipt Josiahs hand naar mijn onderrug. Het is een terloopse aanraking die er heel onschuldig uitziet, maar het voelt als een hete pook die door het katoen van mijn bloes brandt.

Een van de leden van de oudercommissie bazelt onvermoeibaar door over een of ander idee om fondsen te werven en ik waag een blik opzij naar Josiah. Hij grijnst en buigt zich naar me toe om iets in mijn oor te fluisteren.

'Jij wilt nu niets liever dan neuken, hè?' vraagt hij, en zijn woorden verschroeien de gevoelige huid op mijn hals.

Mijn beleefde glimlach blijft rotsvast op mijn gezicht zitten, maar ik hoor zeker een kwartier lang bijna niets van de gesprekken om me heen en ik zou niet kunnen navertellen waar het over ging. Ik lach en knik, maar ik heb moeite om me te concentreren op alles behalve het vuurtje dat Josiah heeft opgestookt en dat nu niet geblust zal worden.

'Dat is echt heel fijn, Yasmen,' zegt het hoofd van de oudercommissie. 'Heel erg bedankt.'

'Huh?' Ik schrik op als ik mijn naam hoor. 'Wat?'

'Ik zei dat we het super vinden dat je de organisatie van het voorjaarsfeest op je wilt nemen.'

Wat de…

Dat krijg je ervan als je niet luistert en alleen maar staat te fantaseren over bosseks.

'Eh, o.' Mijn verschrikte blik springt van haar glimlachende gezicht naar Josiahs veelbetekenende grijns. 'Natuurlijk. Tuurlijk. Hartstikke leuk voor de kids.'

'Ik mail je van de week nog wel even,' zegt ze met een blik op haar horloge. 'Ik moet nu echt weg.'

Ik kijk om me heen en zie verbaasd dat we de laatsten in de aula zijn. De andere ouders zijn al vertrokken om met de leraren van hun kinderen te praten, of misschien hebben ze die al gesproken, net als wij, en zijn ze nu naar huis.

'Klaar?' vraag ik Josiah, nog steeds hijgerig opgewonden, maar inmiddels verzoend met het idee om me vanavond met mijn vibrator te behelpen.

'Niet helemaal.' Hij kijkt rond in de lege aula, grijpt mijn hand en loopt door het gangpad naar het podium.

Ik kijk giechelend achter me om te checken of er echt niemand meer is. 'Waar gaan we naartoe, Jos?'

'Mijn tong wil graag wat qualitytime met jou en mijn pik zou het een hele eer vinden om wat nader kennis te maken.'

Hij trekt me het trapje op en de coulissen in. We verdwijnen dieper in de schaduwen, langs kostuums, rekwisieten en toneellampen, tot we een kleedkamer bereiken die helemaal aan het eind van de gang zit. Hij doet de deur achter ons dicht en drukt me ertegenaan, met twee gespierde onderarmen aan weerszijden van mijn hoofd.

'Ik ben nog steeds kwaad op je,' fluister ik, terwijl ik een onbedwingbare glimlach verbijt. 'Mij een beetje opgeilen tijdens een budgetpresentatie.'

Hij laat zijn hand onder de broekband van mijn spijkerbroek glijden, duwt zijn vingers in mijn ondergoed en wrijft over mijn clit.

'Ik voel het.' Hij lacht, brengt zijn natte vingers naar zijn mond en likt ze af. 'Je smaakt ook kwaad.'

Ons gelach sterft weg en hij buigt zich met zijn neus naar mijn hals toe, snuift mijn geur op, kust zich een weg omlaag en schuift de kraag van mijn bloes opzij met zijn wang om aan de plek te zuigen waar mijn borsten beginnen.

Hij legt zijn hand op mijn heup en perst zijn erectie tegen mijn buik. Mijn lichaam reageert automatisch en smelt weg in de onbuigzame lijn van zijn lange lijf. Ik grijp zijn nek en trek zijn hoofd naar me toe. Als ik aan zijn tong zuig, kreunt hij en laat zijn hand weer in mijn broek glijden, in mijn slipje. Hij begint me zonder inleiding te vingeren, wrijft met zijn duim over mijn clit en buigt zich wat naar achteren om de hartstocht over mijn gezicht te zien spoelen. Het is zo erotisch om in zijn ogen te kijken terwijl hij zijn vingers wild in en uit me laat gaan.

Mijn armen vallen slap langs mijn zijden. Ik ben verslaafd aan zijn aanraking. Er komen onzingeluiden uit mijn mond. Hij legt zijn andere hand op mijn keel en verstrakt zijn greep tot ik nauwelijks nog kan ademen, maar op de een of andere manier verhogen het gevecht om lucht te krijgen en het gevoel dat mijn lichaam in zijn greep krijgt mijn genot. De hitte van zijn handen, zijn ogen, brandt alle rationele gedachten tot de grond toe af. Ik druk me volkomen buiten mezelf tegen hem aan. Nul schaamte, alleen honger.

'Goed zo.' Zijn blik laat mijn gezicht niet los. 'Rij maar tegen mijn hand aan. Kom maar klaar over mijn vingers.'

Er komt een wilde snik uit mijn mond en hij drukt zijn hand tegen mijn mond. Hij schudt zijn hoofd.

'Stil.'

Ik hou het niet meer. Mijn vocht druipt over zijn vingers en de tranen druppelen door mijn wimpers. Ik bijt in zijn hand, die voor mijn mond zit.

Hij lacht en buigt zich voorover naar de curve tussen mijn hals en schouder. 'Je bent nietsontziend, jij. Ga door.'

Hij haalt zijn hand van mijn mond en kust me in plaats daarvan om mijn kreten te smoren. Hij duwt en wrijft tot mijn hele lichaam om hem jankt. Dan kom ik schokkend klaar, met stuiptrekkingen die tot op het bot gaan. Ik laat me tegen hem aan vallen, overmand door sensaties en volkomen kapot. Hij tilt mijn kin op om eerst de ene mondhoek te kussen en dan de andere, gevolgd door een reeks kusjes op mijn natte wangen. Ik weet mezelf ertoe te zetten om naar zijn gulp te reiken, maar hij houdt mijn hand tegen.

'Hoeft niet,' zegt hij. 'Ik wilde je alleen niet zo onbevredigd achterlaten. En ik wilde je gewoon zoenen.'

Hij is altijd dol geweest op zoenen om het zoenen. Mijn hart trekt samen. Zo heeft hij me al die jaren geleden voor zich gewonnen en dit is wat me nog steeds zo raakt. Op het oog is hij vaak een en al scherpe hoeken en stroef cynisme, maar bij mij vallen die lagen weg en wat er overblijft is een romanticus. Een man die me in een donker hoekje trekt om me te kussen zonder er iets voor terug te willen. Het betekent zoveel dat hij die stukken van zichzelf met me deelt en iets in mij sterft af bij de gedachte dat hij die zachte kant aan iemand anders zou laten zien.

'Jos, heb jij...' Ik ga niet verder, want ik wil de tederheid die tussen ons is opgebloeid niet smoren, maar ik moet het weten. 'Zie jij ook... andere vrouwen?'

De granieten lijn van zijn lichaam verstrakt.

'Vraag je of ik andere vrouwen zie of wil je weten of ik met andere vrouwen naar bed ga?'

Ik laat mijn hoofd achteroverleunen tegen de muur en kijk hem aan, met heldere ogen en rap afkoelende hartstocht.

'Allebei.' Ik blijf hem aankijken. 'Ik bedoel, als het zo is... nou ja, we zeiden dat er geen beloftes aan vastzaten. Dat het oké zou zijn als we iemand anders vinden. Dat het dan afgelopen is, dus...'

'Heb jij iemand gevonden?' Zijn blik wordt duister en zijn wenkbrauwen trekken zich samen tot een diepe V.

'Nee. Ik zeg het helemaal verkeerd.' Ik slaak een gefrustreerde zucht. 'Hen en Sol hebben een paar appjes van ons gezien. Ze weten het dus, van ons, maar ze zullen het niet verder vertellen.'

'Oké.' Hij haalt zijn schouders op. 'Geen probleem.'

'Ja, maar ze... ze vroegen of we exclusief zijn en ik...'

'Wil je dat?'

Ik dwing mezelf om naar zijn gezicht te kijken. Strakke kaken, tanden op elkaar geklemd. Het is een risico om dit hartsgeheim op te biechten terwijl ik nog zoveel meer in reserve houd, maar als dit mijn tweede kans is, als dit onze tweede kans kan wórden, dan moet ik het erop wagen.

'Ja,' zeg ik bijna onhoorbaar, en ik zet me schrap voor zijn reactie.

'Ik ook.' Hij tilt mijn kin op en kijkt me aan. 'Ik wil niemand anders, Yas.'

Dit gevoel tussen ons is een levend organisme dat blijft rondwervelen, evolueren en veranderen. Zolang we elkaar kennen al. Ik zag geen versie van het verhaal voor me waarin hij niet in mijn leven was en ik niet in het zijne, maar ik dacht dat ik dat onherstelbaar had beschadigd. En het verrast me opnieuw nu het regenereert, nu iets wat in het luchtledige is begonnen banden laat ontspruiten die zich om mijn hart wikkelen.

En zijn hart?

Ik ben nog steeds niet dapper genoeg om dat te vragen, maar ik bid dat hij er net zo in verstrikt is als ik.

39

JOSIAH

Ik had nooit gedacht dat ik dit weer zou hebben. Wakker worden met een arm over Yasmens heup, onze naakte lichamen lepeltje-lepeltje tegen elkaar aan in bed. De vroege ochtendzon schijnt fel door de jaloezieën die we niet eens dicht hebben gedaan in onze haast om op elkaar aan te vallen. Het ergste is dat het angstaanjagend goed bevalt. Niet alleen de seks, hoewel... oef. Ik kan niet anders zeggen. De seks is beter dan ooit, en dat wil wat zeggen, want het was altijd al fantastisch. Is het de clandestiene sfeer die het zo ongelooflijk lekker maakt?

Of is het gewoon zo lekker?

Dat verslavende ding dat ons vroeger naar elkaar toe trok is weer helemaal terug en lijkt ervan overtuigd dat het iets in te halen heeft. Elke kus klinkt me aan haar vast en ik probeer niet eens meer los te komen.

Maar gisteravond was het nog beter dan anders. Kassim is uit kamperen met Jamals familie. Deja logeerde bij Lupe. Aldus getipt parkeerde ik in de garage en bleef slapen. Er was geen haast bij en we konden de tijd nemen, en niet alleen voor de wilde seks. We hebben samen gekookt. Een fles wijn opengetrokken. Aan tafel zitten praten tijdens een diner met kaarslicht. Het voelde als een date, en dat is verraderlijk gedrag waar ik op moet letten.

Ik bekeek haar tijdens haar avondritueel, wat ik vroeger ook altijd heerlijk vond. Toekijken terwijl ze haar gestraighte haar om haar hoofd wikkelt en er een sjaaltje met felgekleurde patroontjes omheen bindt. Hoe ze haar gezicht wast en al die huidverzorgende dingen die ze doet. Al die rituelen uitgevoerd in een doorzichtig kanten peignoirtje waar haar borsten doorheen schemeren, donkere tepels priemend door een nachthemdje dat nauwelijks toereikend lijkt voor zoveel Yasmen. Die kont, als een rijpe perzik. Glimpen van haar lange benen door heuphoge splits. Al met al was ik zo hard als een baksteen tegen de tijd dat ze bij me in bed kroop.

De herinnering aan gisteravond en het vroege uur hebben me alweer een stijve bezorgd en dat laat ik haar weten door hem van achteren tegen haar aan te drukken.

'Wow,' mompelt ze schor en sexy, met wat humor in haar stem. 'Ook goeiemorgen.'

'Ik wil je neuken,' brom ik met mijn mond op de satijnzachte huid in haar nek en ik laat mijn hand van haar heup omhoogglijden om haar blote borsten vast te pakken. Als ik de tepel bespeel met mijn duim, stokt haar adem en drukt ze haar heupen tegen me aan.

'Kom maar op dan.'

Meer hoeft ze niet te zeggen.

Ik kom half overeind, steunend op mijn elleboog, en rol haar kalmpjes op haar rug. Haar gezicht baadt in het amberkleurige zonlicht, dat haar wimpers als schaduwen op haar wangen aftekent. Haar mond is extravagant, met een fijn afgetekende bovenlip en een sappige onderlip die opgezwollen is van het zoenen, want als ik haar eenmaal begin te zoenen, kan ik niet meer ophouden. De stoppels op mijn wangen en kin hebben vage schaafplekken op haar sleutelbeen en schouders achtergelaten. Ik trek het laken opzij, op zoek naar nog meer bewijzen dat ik hier ben geweest en haar gisteravond heb geclaimd. Ze wilde hard en ruig, en dat heb ik haar gegeven. Het was beurtelings woest en teder, ruw, en precies goed. Het klopte gewoon.

'Ga je de hele dag zitten staren?' vraagt ze, en ze strijkt met haar duim over mijn wenkbrauw. 'Of ga je er ook nog iets aan doen?'

Ik laat mijn vinger omlaagglijden over haar borst, over haar buik, en eindig tussen haar benen, waar ik tussen haar lipjes glijd en zachtjes begin te wrijven. Ik laat een vinger naar binnen glijden en voel hoe warm en nat ze is. Ik geef haar nog een vinger. Ze likt haar lippen af en kronkelt met haar heupen om me nog dieper naar binnen te lokken. Ik streel de onderkant van haar borst en stuur mijn hand op een trage reis over haar ribbenkast, steeds lager. Ik druk mijn mond op haar borst en zet een ritme van likken en zuigen in gang waarvan ze tegen mijn hand begint te schuren.

'Zo, zo lekker, Jos.'

Ik kan mijn ogen niet van haar afhouden als ze zo geniet. Zoals haar mooie gezicht verslapt, en hoe ze op haar lip bijt en soms, als het echt heel lekker wordt, glijdt er weleens een traan over haar wang. Soms zou ik willen dat ik net zo makkelijk kon huilen. Dat is een vorm van bevrijding die ik in geen jaren heb ervaren. Nu ik dit weer heb, wat ik nooit had verwacht… Ja, het is geil en heftig en wild.

Maar het voelt ook als een geschenk.

Ik kan me alleen maar afvragen… wanneer wordt het me weer afgenomen?

Het voelt alsof ze weer van mij is en ik weet niet wat ik daarmee aan moet. Ik kan het niet vertrouwen. Voel ik alsof ik van haar ben? Komt ze nu pas helemaal los? Ik wel, namelijk, en ik heb geen idee waar dit naartoe gaat of hoe het kan eindigen zonder dat het me sloopt, zoals de eerste keer dat ze me verliet.

Ze komt luidruchtig klaar. Ze grijpt mijn polsen, draait met haar heupen en laat haar benen openvallen als ik mijn duim over haar heen laat gaan met snelle halen die haar over de rand duwen. Ik kijk gebiologeerd toe en wil het zo lang mogelijk rekken, ondanks de dringende eisen van mijn eigen lichaam. Haar lach klinkt hees en haar borst zwoegt nog na van haar orgasme.

'Wat lig je te kijken?' vraagt ze.

'Ik kijk naar jou.'

Ik trek mijn vingers uit haar en beschilder de zijdezachte huid aan de binnenkant van haar bovenbeen met haar essentie.

'Kijk vooral niet te goed.' Ze grinnikt en trekt het laken over zich heen. 'Ochtendlicht is genadeloos.'

'Je bent net zo mooi als altijd.' Ik trek het laken van haar af om haar lange, ronde, bruine lichaam weer te onthullen.

'Je ziet al die bultjes en zwangerschapsstriemen toch wel?' Ze grijnst met die perfecte mix van zelfvertrouwen en bescheidenheid die ze altijd al heeft gehad.

'Weet je wat ik zie?' vraag ik. Ik kus haar tussen haar borsten en dan op haar buik.

Ze kijkt me aan door haar wimpers, legt haar handen om mijn hoofd en streelt mijn nek. 'Wat?'

Ik kus haar heup en ga met mijn lippen over de kleine ringen van Saturnus die in haar huid zijn gegrift door haar eerste zwangerschap. 'Ik zie Deja.'

Ik lik over de concentrische zonnestralen om haar navel. 'Ik zie Kassim.'

Ik streel het licht opbollende keizersneelitteken tussen haar heupbotten. 'Ik zie Henry.'

Als ik opkijk, staan haar ogen iets nuchterder en ook een beetje triest, maar het vuur verdwijnt er niet uit als ze toekijkt hoe ik haar aanbid.

'Dit lichaam heeft me mijn kinderen gegeven,' zeg ik, terwijl ik omlaag kruip om haar knieën over mijn schouders te leggen. 'En voor mij zal het altijd mooi blijven.'

Ik druk mijn mond tegen haar aan en verlies me in haar smaak, haar vocht op mijn lippen en wangen, en grijp haar billen vast om haar dichter tegen me aan te trekken. Ze is een luxeartikel waarvan ik onmogelijk kan nippen. Ik slurp, lomp en onbeschaafd in mijn behoefte aan zoveel als ik krijgen kan.

'Jezus, Jos.' Haar handen komen naar mijn hoofd om me naar zich toe te trekken. 'Liefje, ik ben al klaargekomen.'

'Kom nog maar een keer.' Ik grinnik, zuig haar naar binnen en grijp haar bovenbenen vast, verscheurd tussen het verlangen om hier de hele ochtend te blijven liggen en haar te plezieren en de behoefte om in haar te komen en mijn eigen geilheid ruim baan te geven.

Als ze slap op het bed ligt – het sjaaltje om haar hoofd ligt inmiddels aan de andere kant van de kamer – kruip ik al kussend omhoog via haar buik en zoek haar mond, om haar de smaak van haar eigen genot te voeren. Ze opent zich gretig, zuigt mijn tong naar binnen, zet haar nagels in mijn kont, duwt mijn heupen tussen haar benen en steekt een hand tussen ons in om aan me te trekken.

'Ik wil jou bovenop,' mompel ik tegen haar lippen, en ik rol me om tot ik op mijn rug lig en trek haar schrijlings op me.

'Je wilt mijn borsten gewoon zien stuiteren.' Ze lacht, pakt ze vast en duwt ze tegen elkaar aan, want ze weet hoe gek ik daarvan word.

'Tuurlijk. Kom op nou. Geen geintjes meer.'

Ze spreidt haar benen en blijft me aankijken als ze me naar binnen leidt. Het is een strak, heet, glibberig kanaal. Ik trek mijn knieën op naar haar rug. Ze zet haar hand op mijn borst en rolt met haar heupen om me dieper in zich te wringen.

'Yas,' steun ik. 'Ga door.'

Ik ga zitten, grijp me vast aan haar heupen, kus haar borsten. Ze slaat haar enkels over elkaar achter mijn onderrug, zet een hand achter zich op het bed om op te leunen en haakt haar elleboog om mijn nek. We kijken elkaar aan en er rolt een storm van wellust door ons heen. Haar gezicht vertrekt bijna alsof ze pijn voelt. Momenten als deze voelen zo goed dat ze ook daadwerkelijk pijn doen. Het doet pijn dat het zo perfect is en dat er een einde aan moet komen, dat het vluchtig is, maar tegelijk onuitwisbaar. Dat dit gevoel, hoe ze aanvoelt, in mijn huid getatoeëerd zal worden en ik hopelijk in de hare.

Zo is het tussen ons.

Ik kom klaar, terwijl ik haar heupen vastklem en mezelf zo diep mogelijk in haar duw, en overstroom haar met een stoot hitte en gelukzaligheid, waarna ik uitgeput en hijgend neerval.

Haar haar staat alle kanten op. Het hangt om haar schouders en er plakken strengen tegen haar wangen. Ze strijkt met haar vingers over mijn borst en volgt de spieren in mijn armen.

'Jij blijft maar beter worden, hè?' zegt ze, en er krult een lachje om haar lippen.

'Ik doe mijn best.' Ik lach, en laat mijn handpalmen over het gladde vlak van haar rug glijden, waarna ik haar kont omvat. Ze streelt de stoppels op mijn kin en laat haar vingertoppen over mijn jukbeenderen gaan.

'Ik zal je missen als je in Charlotte bent.'

'Hou op, daar wil ik nog even helemaal niet aan denken. Maar het is maar een kort tripje. Dinsdag ben ik er alweer.' Ik trek me op om tegen het hoofdeinde van het bed te zitten met haar nog steeds schrijlings op mijn schoot. 'Weet je zeker dat je niet mee kan?'

We weten allebei dat dat niet kan. De kinderen hebben school, Kassim heeft basketbal en zij heeft van alles te doen voor de Skyland-vereniging.

'Jij en Harvey kunnen het samen wel af.' Ze buigt zich voorover en trekt een streep van kusjes van mijn wang naar mijn keel. 'Doe Ken en Merry de groeten.'

'Het voelt een beetje alsof de cirkel rond is, hè? Dat we uitbreiden naar Charlotte, zoals we jaren geleden al wilden.'

Ze buigt zich wat naar achteren om me onderzoekend aan te kijken, want die uitbreiding is niet het enige wat we weer hebben opgepakt. We hebben elkaar ook weer opgepakt. Niet met ringen en trouwbeloften. Die bleken niet erg duurzaam. Maar we hebben dít weer. De hitte die we alleen bij elkaar vinden. Het branden van onze lichamen. Het schroeien van onze huid. Elke keer dat ik met haar in bed lig, voelt het alsof ik delen van mezelf in de lakens achterlaat. Dat was niet de bedoeling, maar ik weet niet hoe ik die diepe, etherische aantrekkingskracht kan weerstaan die ons altijd onverbiddelijk naar elkaar toe heeft getrokken.

'Ik hou wel een oogje op het restaurant als je weg bent,' zegt ze.

'Niet stressen, hoor. Je hebt genoeg aan je hoofd. Anthony en Vash redden het wel.'

Er komt een fronsstreepje tussen haar wenkbrauwen en haar glimlach vervaagt. Haar mond wordt strakker. Ik strengel onze vingers ineen op mijn borst.

'Wat is er?'

'Niks.' Ze laat haar blik afzakken naar onze handen en schudt haar hoofd.

'Yas.'

Ze doet haar ogen dicht en bijt op haar lip. 'Ik vind het geen fijne gedachte dat jij met haar...'

Oké. Jemig. Die had ik niet verwacht. 'Je bedoelt...'

'Vashti.' Ze doet haar ogen weer open, maar ze zijn troebel van emotie. 'Ik weet wel dat ik het recht niet heb om me zo te voelen. Jij en ik waren niet samen. We waren gescheiden. Dat weet ik allemaal wel, maar de gedachte dat jij zo met haar... Daar ga ik een beetje van malen.'

'Sorry,' zeg ik met een brok in mijn keel.

'Je hebt niks om sorry voor te zeggen. Je hebt niks verkeerd gedaan.'

'Weet ik, maar het spijt me dat het je pijn doet.' Ik pers er een verstikt lachje uit. 'Schrale troost misschien, maar ik dacht ook dat ik helemaal gek zou worden toen ik jou met Mark zag zoenen na jullie eerste date.'

Haar verschrikte ogen kijken in de mijne. 'Hoe heb je dat... Huh?'

'Veiligheidscamera. Keukendisplay.'

Ze bestudeert mijn gezicht eventjes en slaat haar blik dan weer neer.

'Er is nooit méér gebeurd met hem. Hij was...' Ze haalt haar schouders op. 'Ik denk dat ik mezelf gewoon het gevoel moest geven dat ik verder ging met mijn leven, omdat jij dat ook deed, maar er is nooit een kans op meer geweest met hem.'

Ik knik en laat mijn gekmakende gedachten daar een beetje door sussen.

‘Wil je me dingen vragen over mijn relatie met Vashti?’ Ik knijp in haar vingers tot ze me weer aankijkt. ‘Dat mag, hoor.’

‘Hield je van haar?’

Haar vraag komt er zonder een seconde nadenken uit, alsof hij opwelt uit een ziedende poel van nieuwsgierigheid. Niet of de seks goed was of hoe we met elkaar omgingen, en ze vraagt me ook niet om vergelijkingen te trekken, wat ik niet zou kunnen. Niemand is ooit met Yasmen te vergelijken geweest. Ik vermoed dat dat ook altijd wel zo zal blijven.

‘Nee.’ Daar kan ik in elk geval eerlijk over zijn. ‘Ik heb haar van begin af aan gezegd dat het mijn eerste poging tot daten na de scheiding was en dat ik niet klaar was voor iets al te serieus.’

‘Had het gekund? Ik bedoel: had je van haar kunnen houden?’

Misschien als ik jou nooit had ontmoet.

Ik zeg het niet hardop, maar ze moet toch weten dat ze andere vrouwen voor altijd voor me heeft verpest, omdat ze niet in haar schaduw kunnen staan.

‘Ik denk van niet,’ zeg ik uiteindelijk. ‘Het was niet... zoals dit. Niets is ooit zoals dit geweest.’

‘Nee.’ Ze schudt haar hoofd en strijkt met haar duim over mijn mond. Het heeft iets bezitterigs. ‘Niets is ooit zoals dit geweest.’

We staren elkaar aan, nagenietend van onze vrijpartij, en koesteren de ongedwongen uitbundigheid van onze lichamen en de naakte waarheid van onze woorden. We weten allebei dat dit veel verder is gegaan dan de casual overeenkomst die we er volgens mij van konden maken. God, wat was ik achterlijk om te denken dat wat dan ook met Yasmen ooit getemd kon worden.

De stilte wordt doorbroken door een geluid van beneden. De deur die opengaat en voetstappen in de hal.

‘Shit,’ zegt Yasmen, en haar ogen worden groot van paniek.

Ze klautert onhandig van me af en valt spiernaakt op de vloer, maar grijpt al naar het laken. Ik spring uit bed, grijp mijn spijkerbroek en prop mijn benen er zo snel mogelijk in. Het gaat allemaal zo snel. Voetstappen denderen de trap op en Deja’s stem bereikt ons maar net iets eerder dan zijzelf.

'Mam, ik ben er weer!' roept ze. 'Lupe is ziek geworden, dus ben ik maar naar huis gegaan. Ik heb nog niet ontbeten. Ik heb hartstikke honger.'

We waren alleen thuis en hebben niet eens de moeite genomen om de slaapkamerdeur dicht te doen. Daar staat mijn dochter, aan de grond genageld, met ogen als schoteltjes. Ze kijkt heen en weer tussen mij – met ontbloot bovenlijf, in een spijkerbroek waarvan de rits dicht is, maar de knoop nog niet, met een riem die los om mijn middel bungelt – en Yasmen, die de nog nadampende lakens als een toga om zich heen heeft gedrapeerd, met zichtbare zuigvlekken aan de bovenkanten van haar borsten en verspreid over haar nek en schouders.

'Pap?' Deja's stem gaat een octaaf omhoog. 'Mam? O mijn god.'

'Dé,' zeg ik, en ik sta versteld van de kalmte in mijn stem. 'Doe de deur dicht.'

'Maar je...'

'Ga naar beneden en wacht daar op ons.' Ik schenk haar een blik die geen tegenspraak duldt en knik naar de deur. 'Deur dicht.'

Er komt een frons op haar gezicht die verbolgenheid of een andere intense emotie weergeeft en dan slaat ze de deur dicht.

Ik loop naar Yas, leg mijn hand op haar wang en til haar kin op met mijn duim. 'Het is oké.'

'Helemaal niet.' Ze laat haar hoofd tegen mijn borst vallen en slaakt een diepe zucht. 'Heb je haar gezicht gezien? Dit is verschrikkelijk.'

'Kleed je aan.' Ik gris mijn T-shirt van de vloer en trek het over mijn hoofd. 'Ik ga wel met haar praten.'

'Maar...'

'Lief.' Ik buig me voorover om haar in de ogen te kijken. 'We doen niets verkeerd. Het was niet de bedoeling dat ze er op zo'n manier achter zou komen, maar het is wat het is. We gaan gewoon met haar praten. Ik had graag wat meer tijd gehad voordat we dit gesprek aangingen, maar als we weer bij elkaar zijn, was dit onvermijdelijk.'

Als we weer bij elkaar zijn.

Ze kijkt op bij die woorden en er smelt iets in haar ogen.

Ik geef een snelle kus op haar mond en een tik op haar kont om de spanning een beetje te doorbreken. 'Kom maar beneden als je klaar bent.'

Als ik de keuken in loop, staat Deja de voorraadkast te plunderen. Ze pakt net een doos cornflakes en kijkt achterom. We staren elkaar een paar tellen aan, tot de stilte onverdraaglijk wordt en ik die wel moet doorbreken.

'Honger?' vraag ik met een knikje naar de cornflakes.

'Lupe werd ineens ziek,' zegt ze nog een keer in plaats van mijn vraag te beantwoorden. Het komt er erg haastig uit. 'Dus ik ben wat eerder thuis. Ze woont maar een paar straten verderop. Ik heb niet gebeld, want...'

Want ze had niet verwacht dat ze haar gescheiden ouders in bed zou aantreffen als ze thuiskwam.

'Oké.' Ik loop verder de keuken in. De hardhouten vloer voelt koud aan onder mijn blote voeten. 'Pannenkoeken?'

Blijkbaar neemt ze de onnatuurlijke kalmte over die ik god weet waarvandaan heb, want ze geeft heel normaal antwoord. 'Met blauwe bessen?' Ze zet de cornflakes weer in de kast en haalt de pannenkoekenmix tevoorschijn.

'Als die er zijn.' Ik doe de koelkast open, kijk in de groentelade en zie een halfvol bakje blauwe bessen. 'Je hebt geluk.'

Ze zet de pannenkoekenmix op het aanrecht en gaat op haar tenen staan om een glazen schaal te pakken. Ik meng zwijgend de ingrediënten door elkaar en voel de hele tijd haar ogen in mijn rug prikken, maar ik neem de tijd om mijn gedachten te ordenen, terwijl zij op een kruk bij het kookeiland zit met haar ellebogen op het granieten blad.

'Het spijt me dat je er zo achter moest komen,' zeg ik tegen haar, opkijkend van de ingrediënten die ik door elkaar roer in de kom. 'Van je moeder en mij. We waren heus wel van plan het te vertellen.'

'Wanneer?' wil ze weten, en haar wenkbrauwen trekken weer

samen. 'En waarom? Waarom gebeurt dit? Hoelang is het al aan de gang? Zijn jullie van plan om...'

'Laat ik even heel duidelijk zijn, Deja Marie.' Ik duw de schaal opzij en ga met gekruiste armen voor haar staan. 'Je moeder en ik zijn je geen enkele verklaring schuldig, maar ik ga wel wat vragen beantwoorden, want ik hou van je en ik wil zo eerlijk tegen je zijn als ik maar kan.'

'Maar papa...'

'Dit zijn grotemensenzaken. Dit zijn ónze zaken. We hebben je niks verteld, omdat we dat niet hoeven te doen.' Ik zwijg even om dat tot haar te laten doordringen voordat ik verderga. 'En we weten dat jij en je broer nogal wat veranderingen hebben meegemaakt. We wilden jullie niet onnodig in de war brengen zolang dit tussen je moeder en mij nog...'

Ik kap mijn zin af, want wat ís dit eigenlijk waar Yas en ik mee bezig zijn? Ik denk constant aan haar. Ik wil de hele tijd bij haar zijn. Ik denk dat zij hetzelfde voelt. Het is net zo goed als vroeger, nee, zelfs nog beter, maar dan zonder de woorden die alles in emotie vastklinken. In commitment. Maar toen Deja binnenkwam en ons betrapte, wist ik meteen dat ik het niet op wilde geven. Ik wil Yasmen niet opgeven. Ik ben zelfs bereid om dit vernederende rotgesprek met mijn veertienjarige dochter te doorstaan om Yas te houden, voor zolang het duurt.

'Gaan jullie weer trouwen of zo?'

'Zo is het niet.' Nee, want dat kan ik niet riskeren.

'Ik snap het niet.' Ze schudt haar hoofd. 'Waarom zou je haar nog willen na alles wat ze heeft gedaan? En wat ze heeft gezegd?'

'Wat ze heeft gezégd?' Ik sla meteen aan op dat woord. 'Wanneer?'

'Ik heb haar gehoord, papa.' Haar ogen beginnen furieus te gloeien. Ze lijken zo op die van Yasmen. Haar lippen staan strak van kinderlijke minachting. 'In Henry's kamer, toen ze wilde scheiden. Ze zei dat ze er niet meer tegen kon. Jij smeekte haar om het niet te doen, maar ze deed het toch. Zij heeft ons dit aangedaan.'

Er lopen tranen over haar gezicht en haar woede kleurt haar egale teint. Het puntje van haar neus wordt rood en haar ogen zijn woedende spleetjes.

'Ze verdient je totaal niet! Het is allemaal haar schuld! Alles is haar schuld.'

In de deuropening hapt iemand naar adem. Daar staat Yasmen. Ze kijkt ons totaal verpletterd aan.

40

YASMEN

Het is allemaal haar schuld.

Alle demonen die ik zo hard heb geprobeerd uit te drijven krijsen me tegemoet in de stem van mijn dochter. Ik vind het afschuwelijk dat ze heeft meegekregen wat ik zei op een van de zwakste momenten van een van de ergste dagen van mijn leven. Wat heeft het voor zin om mezelf te vergeven als de mensen van wie ik het meeste hou dat nooit zullen doen? Maar nu ik mijn dochter zie, met dat van woede en pijn vertrokken gezicht, herken ik die razernij die als een tapijt over haar verdriet heen ligt. Dat deed ik vroeger ook en ik weet dat ruzie die pijn niet kan verzachten. En ik wil haar pijn verzachten, zelfs nog liever dan de mijne.

'Deja,' zeg ik, terwijl ik mijn stem zo veel mogelijk dwing om niet te trillen. 'Het spijt me dat je dat gehoord hebt. Dat was niet de bedoeling.'

'Nee, jij wilde dat iedereen dacht dat het papa's schuld was,' snauwt ze terug. 'Terwijl hij nog steeds van je hield. Hij wilde ons gezin bij elkaar houden. Maar het was jouw schuld, mam.'

'Het maakt niet uit wie erover begonnen is.' Josiahs woorden klinken zacht, maar ferm. 'Het werkte niet tussen ons en daarom zijn we gescheiden. Meer hoefde je niet te weten.'

'Je nam haar in bescherming,' zegt ze.

Hij fronst. 'Nee, ik...'

'Ja, inderdaad,' zeg ik, terwijl ik hem aankijk en alle liefde die ik nog steeds niet heb uitgesproken uit mijn ogen laat stralen. 'Hij wilde niet dat je mij de schuld gaf.'

'Ik wilde niet dat ze jou de schuld gaven,' geeft Josiah toe, 'maar in die tijd gaf ik jou ook de schuld. Dr. Musa heeft me helpen inzien dat wat ik deed niet zo heel anders was. Jij kon er niet verder mee en ik kon er niet bij stilstaan, maar eigenlijk hebben we onze rouw allebei niet op een gezonde manier aangepakt. Wat er misging, was net zo goed mijn schuld.'

'Bullshit,' blaft Deja.

'Pas op, jij.' Vader en dochter staren elkaar aan in de gespannen stilte die op haar harde uitspraak valt.

'Ik ben geen baby meer.' Ze slaat haar armen over elkaar. 'Moet ik doen alsof ik een baby ben? Doen alsof ik nooit vloek? Alsof ik niet weet wat er echt tussen jullie gebeurd is.'

'Wat er gebeurd is,' zeg ik, 'is dat Byrd is overleden, dat Henry is overleden, dat ik toen instortte en niet meer wist hoe ik moest opkrabbelen. Elke beslissing uit die tijd van mijn leven is genomen door mijn depressie. Als ik terug in de tijd kon gaan, zou ik dat doen. Maar ik weet niet wat dat zou veranderen, want zo was ik toen. Zo ging ik ermee om.'

Ik laat een humorloos snuifgeluid horen dat voor een lachje moet doorgaan. 'Of eigenlijk zoals ik er niet mee omging. We hadden constant ruzie, je vader en ik. Ik kon de meeste dagen nauwelijks uit bed komen. Alles deed zo'n pijn en ik wist niet hoe ik daaruit moest komen. Jij en je broer hielden me op de been, maar het was heel zwaar.'

'Ik weet nog...' Deja's stem sterft even weg, maar dan hervat ze haar zin. 'Ik weet nog dat je tranen op je gezicht had toen je ons van school ophaalde en ik hoorde je soms huilen in je kamer, door de muur heen.'

Het is stil in de keuken, maar de demonen fluisteren me toe dat ik gefaald heb als moeder, omdat ik mijn kinderen daarmee heb lastiggevallen. Giftige, veroordelende ranken slingeren zich om mijn hart en knijpen het fijn, zonder enige genade te tonen, zelfs als ik geen adem meer krijg.

'Ik weet nog dat jij en papa de hele tijd schreeuwden,' gaat Deja verder. Ze houdt haar ogen op de vloer gericht. 'Soms gingen jullie naar de garage om dat voor ons te verbergen.'

'Kassim zei dat hij soms naar jouw kamer ging als jullie ons hoorden ruziën,' zegt Josiah.

'Ja,' zegt Deja. 'We wisten wel dat er iets mis was, maar ik had niet verwacht dat jullie uit elkaar zouden gaan.'

Ze werpt een blik op mij. 'Toen hoorde ik jullie die avond ruziën en ineens wist ik dat dat wel zou gebeuren, omdat zij dat zo nodig wilde.'

Ik slik een brok hete emotie weg en schraap mijn keel. 'Je hebt gelijk. Ik was degene die de scheiding in gang heeft gezet. Ik kan niet veranderen wat er gebeurd is of hoe ik reageerde, dus kan ik je alleen maar vragen om me mijn fouten te vergeven.'

'Dus je denkt dat het een fout was om van papa te scheiden?' vraagt ze op hoge toon.

Ik heb me nooit naakter gevoeld dan in het genadeloze licht dat door het keukenraam naar binnen valt. Op mijn blote voeten, met de achterdochtige blik van mijn dochter op me gericht. In de ingehouden adem tussen haar vraag en het antwoord, dat de pijnlijke waarheid die diep in mijn hart is weggestopt aan Josiah zal onthullen.

'Dé,' zegt Josiah. 'Ze denkt niet...'

'Ja,' zeg ik, voordat hij zijn zin kan afmaken. Ik dwing mezelf in haar ogen te kijken en niet in de zijne, die ik in de zijkant van mijn gezicht voel priemen. 'Ik denk dat dat een grote fout was.'

Ik loop de keuken in en ga vlak voor haar staan. Ik raak haar niet aan, maar kijk haar recht in de ogen en bid dat ze mijn oprechtheid ziet, mijn enorme spijt.

'Mensen worden niet ineens perfect als ze ouders worden,' zeg ik tegen haar. 'Het ouderschap geeft ons alleen maar meer kansen om het te verkloten, en om het nog érger te verkloten. Iedereen maakt fouten. Soms moeten we daar voor altijd mee leven. Ik kan je niet beloven dat ik nooit meer iets verkeerd zal doen, maar ik kan je wel beloven dat ik altijd van jou zal blijven houden, ook als jij iets verkeerds doet. Onvoorwaardelijk. Dus zelfs als je het niet over je hart kunt verkrijgen om me te vergeven, zelfs als je me haat…'

'Ik haat je niet,' zegt ze snel. Haar stem is zacht en ze kijkt naar de grond.

'Het betekent dat ik altijd van je zal houden, wat er ook gebeurt. En we kunnen zo doorgaan, met al die spanningen tussen ons, terwijl jij me van alles kwalijk neemt en ik jou niet begrijp.'

Ik til haar kin op met mijn vinger en wacht tot haar betraande ogen in de mijne kijken.

'Of we kunnen vandaag nog beslissen dat we het anders willen. We kunnen besluiten dat we al te veel verloren hebben om nog een dag te verliezen. Ik ben Byrd kwijtgeraakt. Ik heb Henry verloren.' De tranen rollen over mijn wangen en mijn stem slaat over. 'Ik wil jou niet ook nog verliezen, Dé.'

Het zou kunnen dat ze mijn uitgestoken hand weigert, maar dat wil ik wel riskeren. En ik zal het blijven riskeren, om haar vertrouwen terug te winnen. Een tweede kans te verdienen. Ik steek mijn armen naar haar uit, hoewel ik heel goed weet dat ze elk moment met haar ogen kan rollen en weglopen. Mijn armen trillen. Eén gruwelijke seconde lang denk ik dat ze me zal afwijzen, puur uit rancune, om me pijn te doen, omdat mijn beslissingen haar pijn hebben gedaan. Maar ze loopt niet weg.

Ze komt juist naar me toe. Haar gezicht trekt samen en de tranen stromen over haar wangen. Ze loopt recht in mijn armen en begraaft haar gezicht in mijn hals. De muur die ze zo lang tussen ons heeft opgetrokken stort in. Alle emotie, alle tranen komen naar buiten alsof er een dam doorbreekt. Ik huil ook, maar vooral van opluchting. Omdat ik na zo'n lange periode van snijdende opmerkingen en ijskoude stiltes iets echts met mijn dochter kan delen, al zijn het maar haar tranen.

41

YASMEN

'Geen school vandaag!' Kassim rent het halve huis door om het nieuws te brengen. 'Mam, er is vandaag geen school!'

Ik loop naar mijn slaapkamerraam en zie de sneeuw gestaag naar de grond dwarrelen. Otis, die bij ons is nu Josiah in Charlotte zit, gaapt ons tegemoet vanaf mijn voeteneinde.

'Typisch Georgia. Twee centimeter sneeuw en de scholen gaan dicht,' zeg ik. 'Misschien is één centimeter zelfs al genoeg.'

'Je hoort mij niet klagen,' zegt Deja, die mijn kamer in komt en naast me voor het raam gaat staan, nog steeds in pyjama. Er zijn wat ongemakkelijke momenten geweest sinds ze mij en Josiah zondag heeft betrapt. Ik denk dat je dat beeld van je ouders die seks hebben nooit van je netvlies krijgt. Niet dat ze dat ook echt gezien heeft, maar het scheelde niet veel. Een paar minuten eerder en ze zou haar moeder haar vader hebben zien berijden als een achtbaan.

Zelfs mijn moeder had dat niet uit haar hoofd kunnen schrobben met die Glorix van haar.

Maar tussen de ongemakkelijke momenten door is het rustiger geworden, losser. Ik verwacht niet van haar dat ze een-twee-drie vergeet wat ze heeft gehoord toen Josiah en ik zo'n ruzie hadden of hoe boos ze daarover geweest is, maar ze lijkt haar best te doen. Het lijkt erop dat ze me echt hoorde en geloofde toen ik zei dat ik wilde dat het weer goed kwam tussen ons en dat ik bereid ben daaraan te werken.

'Wat wil je vandaag doen?' vraag ik haar.

'Eten? En tv-kijken. Er is een marathon op.'

'Wat voor marathon?'

'*A Different World*? Ik heb er weleens iets over gehoord, maar ik heb het nooit gezien.'

'Hoe is het mogelijk dat je dat nooit hebt gezien? Dat is een van mijn favoriete series aller tijden.' Ik aarzel en werp haar een zijdelingse blik toe. 'Heb je zin om... samen te kijken?'

Deja draait zich half om en kijkt me ietwat behoedzaam aan, maar niet ongelukkig. 'Ja, waarom niet, maar kunnen we eerst ontbijten?'

'Ontbijten, ja,' zegt Kassim vanuit de deuropening, waar hij naar ons staat te turen door de ooggaten van een Captain America-helm. 'Kunnen we die zoete-aardappelpannenkoekjes van papa maken?'

Deja en ik wisselen een snelle blik uit. We hebben Deja verteld dat we onze 'afspraak' aan Kassim gaan uitleggen als Josiah terug is uit Charlotte. Ik kijk er niet echt naar uit.

'Ik kan je niet beloven dat ze net zo smaken als die van je vader,' zeg ik tegen Kassim. 'Maar ik zal mijn best doen.'

Ze smaken niet zoals die van Josiah, maar ze zijn niet per se smerig. Een paar punten hoger dan simpelweg eetbaar. Kassim eet er vier, dus ik tel het als winst. Na het ontbijt blijft de sneeuw buiten vallen en Deja en ik kruipen in mijn bed en zetten de televisie aan. De marathon is al begonnen, dus we vallen midden in seizoen drie en verliezen onszelf urenlang in het campusleven van Hillman College.

'Was het voor jou en pap ook zo?' vraagt ze, graaiend in de bak popcorn die we mee naar boven hebben genomen. 'Is het leven op een overwegend zwarte universiteit echt zo?'

'Nou, dit is natuurlijk een fictieve tv-versie, maar ja. Het is wel degelijk geïnspireerd op echte tradities en ervaringen, zoals ik die heb meegemaakt op A&T en je vader aan Morehouse.'

Ze kijkt met een handvol popcorn naar de studenten die zich in de Pit verzamelen om de vette happen van meneer Gaines naar binnen te werken en zijn wijze woorden tot zich te nemen.

'Dat wil ik ook,' zegt ze uiteindelijk.

Mijn hart springt op. 'Studeren, bedoel je?'

'Dat weet ik niet. Ik weet nog steeds niet of studeren iets voor mij is, maar ik kan het nu ook hebben, toch?'

'Hoe bedoel je, nu?'

'Ik wil niet op Harrington blijven als ik naar de bovenbouw ga.'

Daar schrik ik van. Ik zet de aflevering op pauze en draai me om naar Deja, om haar mijn volledige aandacht te geven. 'Het is een van de beste scholen van de hele staat, Dé.'

'Het is één grote witte zone. Ik wil meer mensen om me heen hebben die er net zo uitzien als ik.'

Ze wijst naar het flatscreen dat aan mijn muur hangt. 'Was dat niet een van de dingen die jij zo fijn vond aan een historisch zwarte universiteit?'

'Eh, ja, natuurlijk. Dat was een unieke ervaring, maar jij...'

Bam. Ineens zie ik hoe ironisch het is dat mijn succes zo gevormd is door mijn ervaringen op een overwegend zwarte universiteit, maar dat ik nu denk dat mijn dochter alleen kan floreren op een school als Harrington.

'Meen je dat echt?' vraag ik voorzichtig. 'Wil je echt niet meer naar Harrington?'

'Nee, echt niet.'

'Waar wil je dan heen?'

'De gewone middelbare school van onze wijk is op loopafstand. Ik heb het er met Lupe over gehad. Zij gaat het ook aan haar moeder vragen. Ze wil volgend jaar ook niet verder op een privéschool.'

'Nou, ik wel,' zegt Kassim vanuit de deuropening, met een pot pindakaas en een lepel in zijn hand. 'Ik vind het geweldig op Harrington.'

'Jij wel, ja.' Deja rolt met haar ogen. 'Ze denken daar dat je de nieuwe messias bent.'

'Wat zal ik zeggen?' zegt Kassim, en hij neemt een overwinnaarspose aan. 'Ik ben helemaal hot.'

'Ik denk niet dat er iemand is die roboticaclubjes "hot" vindt,' zegt Deja.

We moeten alle drie lachen en Kassim komt met zijn pindakaas op het bed af. Ik schuif een stukje op, zodat hij aan mijn ene kant kan zitten en Deja aan de andere. We zetten de marathon weer op, maar ik kan mijn hoofd er niet echt bij houden. Ik word overmand door tevredenheid. Lekker onder het dekbed, in dit bed, met mijn hele wereld onder handbereik. Dit zijn de mensen die ertoe doen.

Er ontbreekt er maar eentje.

'Zo terug,' fluistert Deja met een snelle blik op Kassim, die na twee afleveringen in slaap is gevallen. 'Opoe is op bezoek. Even naar de badkamer voor de wissel.'

'Oké. Ik zet hem wel op pauze tot je...'

Opoe op bezoek. Wanneer ben ík voor het laatst ongesteld geweest? Had dat niet... vorige week moeten komen? Ik reken het na in mijn hoofd, diep geschokt dat ik al bijna een week overtijd ben en daar niet eens bij stil heb gestaan. Een paar maanden geleden zou ik er nauwelijks een gedachte aan vuil gemaakt hebben. Maar een paar maanden geleden was ik ook niet als de konijnen aan het vozen met mijn ex-man.

Ik stommel blind van het bed naar mijn kast en trek een spijkerbroek en een dik sweatshirt aan over mijn pyjama. Ik duw mijn armen net in een lange pufferjas als Deja haar hoofd om de deur steekt.

'Waar ga jij naartoe?' vraagt ze met een blik op de Hunter-regenlaarzen waar ik mijn voeten in prop.

'Eh, naar de drogist. Ik moet even iets halen.'

'Nu? Het is glad op de weg. Ga je met de auto?'

'Nee.' Ik gris een muts en sjaal uit een van mijn laden. 'Het is maar twee straten verderop. Ik ga lopen en ik ben zo terug.'

'Oké,' zegt ze met duidelijk hoorbare scepsis. 'Als je het zeker weet.'

'Ja.' Ik geef haar puur instinctief een kus op haar voorhoofd, hoewel ik er helemaal op voorbereid ben dat ze terug zal deinzen, maar dat doet ze niet. Ze komt zelfs dichterbij. Het is maar een kleine overwinning, maar wel bemoedigend. Ik weet dat we nog ver te gaan hebben, maar misschien komt het wel goed tussen ons.

Ik kan de vrieskou die door al mijn isolerende laagjes heen bijt en de sneeuw die op mijn wangen neer dwarrelt wel waarderen. Ik voel tenminste iets, nu mijn binnenste totaal verdoofd is en mijn hoofd tolt van de eventuele uitkomst. Ik ben meer dan een week overtijd. Ik heb mijn prikpil gehad, dus ik zou me de komende tijd nergens zorgen om hoeven te maken, maar niets is honderd procent safe. Stel dat ik toch zwanger ben, door een of ander onwaarschijnlijk toeval of noodlottige samenloop van omstandigheden? Mijn arts heeft de risico's duidelijk uiteengezet. Vrouwen bij wie de placenta al een keer heeft losgelaten hebben minder kans op succesvolle zwangerschappen. Als de baby het niet heeft overleefd, heb je ook nog een verhoogde kans op een nieuwe loslating. Het was een heel conflictpunt tussen Josiah en mij. Hij wilde een knoop in zijn zaadleiders laten leggen, maar dat wilde ik niet. Hij wilde dat ik een sterilisatie zou overwegen, maar zo'n stap zou ik nooit kunnen nemen. Wat nou als...

Ik kan die gedachte niet afmaken. Ik duw de deur van de plaatselijke drogist open en begroet de jonge vrouw achter de kassa met een halfslachtige glimlach. Ik snelwandel langs de bodywash, de supplementen en de Tena-luiers tot ik het schap bereik waar ik moet zijn.

Mijn hartslag stottert en de rij zwangerschapstesten vervaagt voor mijn ogen. Ik besef pas dat ik huil als ik zout proef. Ik trek mijn muts wat dieper over mijn ogen en werp een ongemakkelijke blik door de drogisterij. Dankzij het weer is er bijna niemand, maar ik ben al eerder die vrouw geweest die en plein public instort.

Openlijk verdriet is ingewikkeld. Op een zeker punt, en dat varieert naar gelang de persoon of de omstandigheden, komt er een moment waarop je 'eroverheen' moet zijn. Dat het achter je moet liggen. En je bent je zo bewust van het feit dat dat niet zo is dat je dat ook niet kunt. Je wilt anderen niet lastigvallen met je tranen die over de datum zijn of pijn die inmiddels niet meer welkom is. Je gaat die anderen beschermen tegen het ongemakkelijke gevoel dat jouw verdriet ze bezorgt. Als de façade instort en je alsnog in snikken uitbarst, zijn de meelevende blikken net zo erg als de blikken vol minachting. Ik ken de nasmaak van dat soort meltdowns van heel dichtbij en ik heb zelf de intense kwetsbaarheid gevoeld die een gebroken geest en een geschonden ziel tegen je kunnen gebruiken.

Op het moment woedt er een burgeroorlog in me. Ik ben een stad met onversterkte muren en het voelt alsof die elk moment in de as gelegd kan worden. Als ik zwanger ben, is de lijst met implicaties een kilometer lang. Implicaties voor mijn gezondheid, zowel fysiek als mentaal. Kan ik mijn lichaam überhaupt vertrouwen met die hormonen, na mijn slopende strijd met depressie? Kan ik nog een kind dragen zonder constant terug te denken aan de baby die ik verloren heb, zeker gezien de mogelijkheid dat het weer kan gebeuren? Ik denk van wel, maar ik dacht ook altijd dat ik van teflon was, terwijl ik van papiermaché bleek te zijn. Mijn geluk, mijn welzijn, voelt als een zwak ecosysteem dat is opgebouwd uit therapie, copingmechanismen en heel precies gedoseerde medicatie. Als dat verstoord wordt, wat gebeurt er dan?

Alleen… is dat allemaal wel zo?

Papier-maché is met één hand te pletten, maar ik ben er nog steeds, na een reeks slopende verliezen.

En zwak? Ik heb een basis voor mijn mentale welzijn gelegd, met gewoonten en praktijken die me gezond houden. Als ik me slecht voel, weet ik wat ik moet doen. Als ik er in mijn eentje niet uit kom, heb ik nu mensen in mijn leven die me uit het moeras zullen sleuren. Dr. Abrams, Soledad, Hendrix.

Josiah.

Ik haal paniekerig adem. Josiah heeft heel duidelijk gezegd dat hij geen kind meer wil. Hij wil niet dat ik het risico loop door nog een kind te dragen. Dit is helemáál niet wat hij wilde. We zijn duidelijk een stap verder dan de los-vaste 'verhouding' die we zijn begonnen, maar wie zegt dat hij dít wil? Hij is een goed mens, dus hij zal me niet in de steek laten, maar het echt wíllen? Iets willen wat mij nog langer en dieper aan hem zal binden?

Zou Josiah weer bij ons komen wonen als ik zwanger was?

De warmte van die gedachte dringt door de kou van mijn wandeling in de sneeuw. Een fel verlangen ontdooit de ijzige angst in mijn hart. Ik wil dat hij weer bij ons komt wonen. Hoe heb ik ooit kunnen denken dat hij ergens anders thuishoorde?

Er komt een jong meisje van misschien zestien of zeventien naast me staan. Zonder een woord te zeggen pakt ze een van de testen en loopt dan verder naar het schap met vitaminen. Nauwelijks ouder dan Deja en ze pakt dat ding en loopt door alsof het niets is. Als ik het doosje oppak, lijkt het twee dingen hard te maken waarvoor ik weiger terug te schrikken.

Punt een: als ik zwanger ben, ga ik gewoon dealen met de risico's, de hormonen en de doktersadviezen. Ik heb inmiddels hulpmiddelen en ik weet hoe ik die moet gebruiken.

Punt twee: ik wil mijn man terug en ik wil dat hij weer bij ons komt wonen. Ik mis hem. Met een specifiek verlangen naar aanraking en verbintenis dat alleen hij kan stillen, hoe vaak ik me ook met mensen omring op meidenavondjes of feestjes.

'Nu of nooit,' mompel ik bij mezelf. Dan loop ik haastig naar de kassa om de test af te rekenen en loop de winterkou weer in.

42

JOSIAH

Ik ben thuis.

Ik weet niet of ik ooit ben opgehouden het huis aan First Court als 'thuis' te beschouwen, maar ik heb dagenlang mijn kinderen niet gezien en Yasmen niet vastgehouden, dus dit voelt als thuis. Ik heb niet eens de moeite genomen om eerst naar mijn eigen huis te gaan, maar ben regelrecht van het vliegveld hiernaartoe gekomen. In de laatste paar weken vol clandestiene *hook-ups* heb ik de gewoonte ontwikkeld om niet eens meer te kloppen, maar gewoon naar binnen te gaan. Maar de kinderen zijn thuis, dus ik aarzel. We zeiden dat we het aan Kassim zouden vertellen als ik terug was uit Charlotte, maar wat gaan we hem precies vertellen?

Mama en papa vinden het nog steeds fijn om met elkaar te neuken, maar meer is het niet?

Snap je? Oké dan.

Is dat überhaupt wel waar? Is het echt niet meer? Ik wist het goed te verbergen, maar toen Yasmen tegen Deja zei dat onze scheiding een fout was, voelde het alsof iets in mijn binnenste dwars doormidden werd gescheurd, iets wat nog steeds in rafelige flarden hangt. Dat ze dat opbiechtte en de implicaties daarvan. Een ware aardbeving die de grond onder onze voeten heeft laten schudden en schuiven.

We hebben het er verder niet over gehad. Ik ben niet blijven slapen. Zelfs nu Deja het weet, zou het raar aanvoelen om in Yasmens slaapkamer te zijn met onze dochter onder hetzelfde dak. Onze hele situatie voelt alsof ze zich afspeelt in een tijdbubbel die ingeklemd zit tussen twee cycli. Er zijn momenten waarop we lijken wie we vroeger waren. Die passie. Die band die we hadden. En bij vlagen komt het me allemaal compleet onbekend voor, alsof we twee vreemden zijn die elkaar net leren kennen. Maar zo gek is dat niet. Ik ben iemand die uit twee delen bestaat. De dingen uit mijn verleden die me nog steeds vormen en de persoon die ik langzaam aan het worden ben.

Mijn vinger hangt nog steeds voor de bel als de deur opengaat.

Daar staat Deja, gehuld in brutaliteit en een BTS-onesie. Haar spottende glimlachje is verontrustend. Alwetend. Alsof ze mijn duisterste geheimen kent. Wat ergens natuurlijk ook wel klopt, want ze heeft me in postcoïtale toestand betrapt met haar moeder.

'Wat nou, geen "Papa! Papa!"?' vraag ik op ironische toon. 'Spring je meestal niet gillend in mijn armen als ik thuiskom na een zakenreis?'

Haar wenkbrauwen gaan omhoog en haar glimlach wordt nog spottender. 'Vorige keer had je je armen al aardig vol.'

Wijsneus. Hoe kan het dat dat kind pas veertien is? Hoe erg gaat dit worden als ze nog ouder is?

Ik stap zonder een woord langs haar heen naar binnen.

'Hoe was het in Charlotte?' vraagt ze. Ze doet de deur dicht en gaat ertegenaan staan.

'Goed. Het wordt een hele klus om de boel daar op poten te krijgen, maar dat gaat wel lukken.' Ik aarzel even en werp een onderzoekende blik op haar. 'Vashti verhuist daarheen als chef-kok.'

'Wilde ze dat?'

'Ja. Ze heeft gevraagd of het kon en Cassie is er meer dan klaar voor om het hier over te nemen. We zoeken nog een souschef voor haar.'

'Ik zal haar missen.'

'Wij allemaal. Ze was super.' Ik hou mijn toon neutraal. Mijn blik dwaalt af naar de trap. 'Hé, maar waar is iedereen?'

Ze zuigt haar lippen naar binnen in een sluw glimlachje. 'Waar is mama, bedoel je?'

'Is Kassim er niet?' vraag ik, zonder haar vraag te beantwoorden.

'Basketbaltraining. Jamals moeder brengt ze naar huis.'

'Waar is Otis?'

'Die ligt te slapen in de keuken.' Ze rolt met haar ogen. 'Dat luie beest ligt al te pitten sinds ik thuis ben.'

En je moeder?

Ik stel de vraag niet hardop, maar dat kleine krengetje weet precies wat ik denk en houdt grijnzend haar hoofd een beetje schuin.

'Nog iemand anders over wie je vragen hebt?' vraagt ze quasi-onschuldig.

'Rotkind.' Ik haak mijn elleboog om haar nek en wrijf met mijn knokkels over haar hoofd.

'Daar ben ik te oud voor,' gilt ze, maar ze drukt zich tegen me aan in plaats van zich los te rukken. 'Ze is boven bezig haar kast uit te mesten of zoiets.'

'Oké.' Ik kijk haar aan, iets rustiger nu. 'En hoe gaat het tussen jullie sinds...'

'Sinds ik een levenslang trauma heb opgelopen toen ik je in bed aantrof met mijn moeder?' Er straalt een plagerig plezier uit haar donkere ogen.

'Je hebt helemaal niks gezien, dus hou alsjeblieft op.' Ik vertrek mijn gezicht. 'Maar even serieus, hoe gaat het?'

Ze haalt haar schouders op en leunt nog wat dichter tegen me aan. 'Wel oké. We hebben gisteren voor de tv gehangen toen het sneeuwde en we hebben gepraat. Het was wel cool.'

Het zal tijd kosten om te repareren wat er tussen hen mis is gegaan. Of zeg maar gerust: wat er met ons allemaal mis is gegaan.

Ik druk een kus op haar kruin en laat haar los. 'Ik ga je moeder even bijpraten over mijn trip naar Charlotte.'

'O, noem je dat zo, pap?' Ze tekent aanhalingstekens in de lucht en zegt sarcastisch: 'Bijpraten?'

Ik laat een getergd snuiflachje horen. 'Jij bent veel te volwassen voor je leeftijd.'

'Weet ik,' zegt ze trots.

Ik ga de trap op en dwing mezelf om dat langzaam te doen, want ik voel de ogen van mijn dochter op mijn rug branden. Als ik de overloop bereik, hoor ik Yasmens stem, die vrij luid en vals Hendrix' lievelingsnummer 'Feels Good' van Tony! Toni! Toné! zingt. Ik loop de slaapkamer in, maar het a capella-gezang komt uit de inloopkast. Ik leun tegen de deurpost en kijk een paar seconden naar haar rug, terwijl ze kledingstukken van kleerhangers trekt en op een stapel op de vloer gooit. Ze heeft een zwarte yogabroek aan en een Minnie Mouse-sweatshirt dat ze heeft gekocht toen we voor het eerst met de kinderen naar Disney World gingen.

En oordopjes in.

Dat verklaart het concert dat ze opvoert, begeleid door rollende heupen en een behoorlijk random C-walkje. Ik sluip op haar af en grijp haar van achteren bij haar middel.

'O mijn god!' gilt ze, terwijl ze haar ogen spert en met haar armen wappert. Als ze zich heeft omgedraaid, wordt haar uitdrukking zachter. Ze trekt de oortjes uit en legt ze op een kastplank.

'Hé.' Ze steekt haar handen op om ze tegen mijn wangen te leggen en kust me hard en diep. Het voelt als een reünie, hoewel we elkaar maar een paar dagen niet hebben gezien. En niet alleen deze kus. Ik voel me de laatste tijd altijd uitgedroogd, dorstig, alsof ik haar eeuwen heb moeten missen. Want dat is ook zo. En het voelt als een heel kwetsbaar iets om haar weer te hebben. Het ís ook kwetsbaar. Elke kus, elke aanraking, elk moment speelt zich af onder een glazen stolp. Beveiligd, beschermd, maar alleen door een dun laagje glas. Ons gesprek achter het schoolpodium heeft bevestigd dat we exclusief zijn, maar we kunnen er allebei nog steeds heel makkelijk onderuit. Zo gauw een van ons er een eind aan wil maken, houdt het op. Ik klem mijn armen nog wat vaster om haar heen.

Wat had ik in jezusnaam in mijn kop toen ik dat voorstelde?

'Je bent weer thuis,' zegt ze, en haar lippen vormen een glimlach tegen de mijne. 'Fijn.'

'Vind ik ook.'

Ik plof neer op de oversized poef en trek haar in één beweging door op mijn schoot.

Ze kruipt tegen me aan en mompelt in mijn nek: 'Ik heb je gemist.'

'Ik jou ook.' Ik trek haar wat hoger op mijn schoot zodat ze kan voelen hoeveel.

'O.' Ze buigt zich achterover om me aan te kijken en lacht. 'Denk niet dat we tijd hebben om dat te verhelpen, edele heer, vooral niet met je dochter in huis.'

'Hou op,' kreun ik in de krullen die uitwaaieren om haar gezicht. 'Die blijft ons nog een hele tijd treiteren nu ze ons heeft betrapt.'

'Geen hoge prijs,' zegt ze. 'Voor deze pik.'

'Je maakt het niet makkelijker voor me.' Ik schud haar zachtjes door elkaar. 'Ander onderwerp, anders gaat het gebeuren en als Deja ons hoort, gaat ze geheid over op keiharde chantage. Kijk eens in mijn jaszak.'

Ze grijnst, beweegt haar kont heen en weer op mijn schoot, steekt haar hand in de zak van de jas die ik nog niet eens heb uitgetrokken en haalt een zakje van kaasdoek tevoorschijn dat is dichtgebonden met gouddraad. Als ze erin kijkt, komt er een brede lach op haar gezicht.

'Je hebt een peer voor me meegenomen.' Ze straalt zo dat het net zo goed een diamanten armband had kunnen zijn. 'Van de boom van Merry en Ken?'

'Ja.' Ik druk een kus achter haar oor. 'Ik weet nog dat je zei dat het de lekkerste peren waren die je ooit had geproefd, dus ik...'

'Dank je wel.' Ze buigt zich naar me toe en neemt mijn onderlip tussen de hare, terwijl ze me blijft aankijken. Ik slik moeizaam, pak haar bij haar heupen en kreun het uit als ze tegen me aan schuurt. Ik wil haar hebben, maar Deja is een effectieve *cockblock*.

'Hoe was het met ze?' vraagt ze.

'Goed. Ze zeiden dat je volgende maand mee moet komen als ik weer die kant op ga.' Ik laat een korte stilte vallen. 'Vashti wil waarschijnlijk ook over niet al te lange tijd gaan kijken hoe het er daar uitziet en alles.'

Het siert Yasmen dat ze niet eens verstijft in mijn armen, maar alleen knikt. 'Snap ik. Goed idee.'

'En wat is hier allemaal gebeurd toen ik weg was?'

Dit keer verstijft ze wel en ze kijkt me een paar tellen zwijgend aan, alsof ze haar woorden heel zorgvuldig uitkiest. Ze klemt één kant van haar onderlip tussen haar tanden en haalt diep adem.

'Hé, wat is er?' Ik frons. 'Wat is er gebeurd?'

'Ik heb, zeg maar, een beetje een raar moment gehad.' Ze slaat haar wimpers neer en klemt haar handen ineen.

Ik schuif haar van mijn schoot af en zet haar naast me op de poef, zodat ik haar gezicht beter kan zien. Ik til haar kin op en kijk haar onderzoekend aan. 'Wat is er gebeurd?'

'Ik realiseerde me dat ik een week geleden al ongesteld had moeten worden.' Haar stem is zo zacht, maar het komt aan met de sonische kracht van een raketlancering.

'Je... Wat?' Ik ben totaal verbijsterd. Verward.

Bang.

Mijn hart pompt bloed rond dat in mijn oren bonst en mijn hartslag versnelt alsof er een startschot is afgegaan. Ik wilde me laten steriliseren toen de arts ons vertelde wat de risico's waren. Yasmen smeekte me om het niet te doen en ze had zoveel verdriet dat ik niet heb aangedrongen. Nu zou ik willen dat ik dat wel had gedaan.

'Wat de... Maar je bent aan de...'

'Prikpil, ja. Ik ben niet zwanger. Ik dacht alleen... Ik was zo laat, ik wilde het toch even checken. Ik ben gisteravond alsnog ongesteld geworden.'

Alle lucht in mijn longen suist in één keer naar buiten en ik word helemaal slap van opluchting. 'Jezus, lief. Ik dacht even dat ik helemaal gek zou worden.'

Ze glimlacht vaag, likt aan haar lippen en richt haar blik op haar handen, die in haar schoot liggen. 'Ik weet dat het goed is dat ik niet zwanger ben, maar die paar minuten tussen het moment dat ik op dat staafje plaste en het moment dat het negatief was...' Ze kijkt naar me op en de onzekerheid staat op haar gezicht gegrift, in haar ogen. 'Ik hoopte er toch op. Ik wilde het zo graag, Jos.'

Ik zeg niets, want ik weet niet hoe ik hierop moet reageren. Dit – Yasmen die nog meer kinderen zou krijgen – was een impasse waar we nooit een compromis voor hebben gevonden.

'En toen besefte ik...' gaat ze op voorzichtige, beheerste toon verder. 'Ik bedoel... Ik wist het al... ik heb het altijd al geweten, maar het herinnerde me eraan hoe graag ik nog meer kinderen wil.'

Vanuit mijn schouders kruipt een spanning door mijn lijf die mijn rugspieren verstrakt en mijn handen tot vuisten balt op mijn knieën.

'Met jou.' Haar blik is nu heel vast en zeker. 'Ik wil nog meer kinderen met jou.'

Haar woorden raken me als bakstenen en het kost me de grootste moeite om op te staan onder al dat gewicht. Ik loop naar de achtermuur van de kast en wrijf over mijn mond. Ik kijk naar de planken vol schoenen en handtassen in plaats van naar haar.

'Ik weet wat de arts heeft gezegd,' gaat ze verder. 'Ik zeg niet dat ik die kinderen zelf moet krijgen. Adopteren? Pleegkinderen?'

'Daar stond je eerst niet voor open.'

'Ik wilde Henry vervangen omdat ik hoopte dat dat de pijn een beetje zou wegnemen. Ik dacht dat ik dat nodig had en alles wat jij ertegenin bracht voelde alsof je het gewoon niet begreep, maar nu sta ik ervoor open.'

Ze raakt mijn schouder aan en ik draai me naar haar om.

'Dit gaat niet eens echt over meer kinderen krijgen,' zegt ze. 'Het gaat om ons leven samen... om dat weer op te bouwen.'

'Dat was niet de afspraak,' zeg ik zacht. 'We zeiden dat dit geen verzoening is.'

'Ik weet echt niet meer waar we mee bezig zijn.' Ze blaast haar adem uit met een lach en haar ogen kijken zoekend in mijn gezicht. Ze bijt op haar lip op een manier die altijd aangeeft dat ze aarzelt om iets hardop te zeggen. 'Maar je kunt ook weer thuiskomen zonder dat we per se hoeven te trouwen.'

Thuiskomen.

Dat woord duwt een humorloos lachje uit mijn mond. Ik grijp naar mijn nek en kijk haar ongelovig aan.

'Thuiskomen?' vraag ik, en er kruipt bijtend zuur in mijn toon. 'In dit huis? Waar jij me uit hebt geschopt?'

Ze krimpt ineen alsof die woorden een klap in haar gezicht zijn en in zekere zin is dat misschien ook wel zo, maar ik neem ze niet terug.

'Die had ik verdiend,' zegt ze op effen toon, maar de pijn schemert er nog steeds doorheen.

'Het gaat er niet om wat je wel of niet verdient, Yas.' Ik laat mijn hoofd achterovervallen en staar naar het plafond van de inloopkast. 'Ik wil je geen rotgevoel geven, maar het is wel waar. Ik ben uit dit huis weggegaan omdat dat moest van jou. We zijn gescheiden omdat jij dat wilde. Ik niet, maar ik heb er uiteindelijk vrede mee gekregen. Nu we weer met elkaar naar bed gaan, wil je dat met een zwaai van je toverstokje uitwissen omdat je jeuk aan je baarmoeder hebt?'

'Dat is het niet.'

'Nah.' Ik duw mijn handen in mijn zakken. 'Zo werkt het niet. Je hebt me weggestuurd. Het is niet zo simpel als gewoon thuiskomen.'

Ik zeg dit nu wel, maar ik kan niet ontkennen dat ik regelrecht hiernaartoe ben gekomen vanaf het vliegveld omdat ik niet kon wachten om haar en de kids te zien. Dat het woord 'thuis' de hele rit lang als een hartslag door mijn lijf bonsde. Dat ik eerlijk gezegd veel liever hier ben dan waar dan ook. Altijd al. Een jaar geleden had ik mijn ziel verkocht om haar dit soort dingen te horen zeggen. Dus wat houdt me nu tegen?

'Zo simpel kan het wel zijn.' Ze knippert een paar keer snel met haar ogen en slikt zo hard dat de spieren in haar keel meebewegen. 'Ik denk dat ik ergens al wist dat het een vergissing was zodra je weg was. Ergens wilde ik je nog steeds hier hebben, ondanks al dat geruzie de hele tijd.'

'Ja hoor, vast wel.'

Ze loopt naar een rij laden aan de andere kant van de kast en doet de onderste open. Ze haalt er een paar schoenen uit, die ze als een handschoen voor me op de grond gooit.

'Zijn dat mijn...' Ik knijp mijn ogen tot spleetjes en mijn hersenen stellen langzaam scherp op wat ik zie. Mijn UNC's. Ik heb maanden naar die dingen gezocht. 'Heb je ze gevonden?'

'Ze zijn nooit kwijt geweest. Ik heb ze hier gehouden.'

'Dus je hebt tegen me gelogen toen ik ernaar vroeg.'

'Liegen over een paar sneakers staat vast niet al te hoog op de lijst van dingen die ik verkeerd heb gedaan.'

'Waarom zou je daarover liegen? En waarom heb je ze gehouden?'

'Ik heb eigenlijk geen idee.' Ze haalt haar schouders op. 'Het ging instinctief. Ik... deed het gewoon. Ik had denk ik het gevoel dat ik een deel van jou bij me moest houden.'

'Een deel van mij?' Er komt een schampere lach uit het diepst van mijn borstkas. 'Een deel van mij bij je houden? Mijn hele alles was hier, Yas. Mijn kinderen, het huis dat we hebben ingericht, ons leven samen. Mijn vróúw.'

Ik wijs door de muur in de richting van Byrds huis.

'Die man die twee straten verderop woonde? Dat was een lege huls. Alles wat ertoe deed was nog hier. Je hebt me verbannen, dus begin nou niet over delen van mij bij je houden. Je had het allemaal. Je hebt ons hele leven gegijzeld. En nu gooi je me een paar schoenen toe alsof dat bewijst dat je me niet echt kwijt wilde?'

'Denk je echt dat ik nog een keer hoef te horen hoe ontzettend ik het verkloot heb? Ik weet heel goed dat het mijn schuld is dat we in deze situatie zitten. Mijn schuld dat Deja zo'n hekel aan me heeft. Mijn schuld dat Kas in therapie moest.'

'Je weet best dat het bij hem niet alleen om de scheiding gaat. Hij heeft last van angst voor de dood. En dat snap ik wel, als je zo jong al zoveel verliest. Het is normaal om die dingen te voelen. Ik heb zelf pas in therapie beseft dat het niet gezond is om te weigeren met die dingen te dealen.'

Ik kijk haar aan en er komt wat berouw door mijn woede en frustratie heen.

'En ik geef jou niet de schuld voor alles wat er verkeerd is gegaan. Dat heb ik al eerder gezegd. Het was ongezond hoe ik omging met alle shit die er gebeurde. En om het nog erger te maken heb ik ook nog geweigerd toen jij relatietherapie voorstelde.'

We staren elkaar aan, terwijl de zwaarbevochten waarheid van mijn woorden nog even tussen ons in blijft hangen.

'Maar wat ik niet heb gedaan,' zeg ik, terwijl mijn kaken verstrakken, 'was ons huwelijk opgeven. Jij hebt niet eens geprobeerd dat te redden.'

'Wel waar,' zegt ze met een van emotie verstikte stem. 'Ik heb het wel geprobeerd, zo hard, maar ik kon ons huwelijk en mezelf niet allebei redden.'

'Ik snap niet eens wat je daarmee bedoelt.'

'Ik was allebei die veldslagen aan het verliezen, Jos.' Er druppelen tranen over haar wangen. 'Het gevecht om ons en mijn eigen gevecht. Ik wilde niet eens meer leven.'

Ze slaat haar hand voor haar mond, alsof die woorden eruit zijn gerold zonder toestemming. Haar ogen staan als vage vlekken van onbeschrijflijke pijn in haar gezicht. In Charlotte zei ze ook al zoiets, maar nu ik haar zie, in al haar ellende, besef ik dat ik nooit heb geweten hoe erg het was. Dat ik niet inzag hoe duister het allemaal werd.

'Zoals wij met elkaar omgingen,' zegt ze, terwijl ze met een uitgeputte blik op de poef gaat zitten. 'Zo kil, al dat geruzie, al die pijn... Ik moest al een enorm gevecht met mezelf leveren om hier überhaupt te zijn, om hier te blijven. Ik had de energie niet voor allebei. Het verlies van ons huwelijk deed pijn op een manier die ik niet eens kan beschrijven, maar die andere strijd verliezen? De strijd om mezelf? Dat was me fataal geworden.'

Het woord 'fataal' hangt in de lucht als een strop. Er gaat een scherpe, zagende pijn door me heen die kartelige wonden achterlaat, en bloedende herinneringen aan hoe erg het op het laatst was geworden. Als ik goed genoeg luister, hoor ik nog steeds echo's van de scènes die we hebben geschopt in deze kamer, in deze kast. Boze woorden die opgesloten zitten tussen deze muren. Doodongelukkig, woedend, hulpeloos. Dat was ik allemaal, en zij ook.

Maar toch.

Hier staan we weer. Ruziënd in dit huis. Heb ik mijn lesje nog niet geleerd? Ik kan haar niet uit mijn hoofd krijgen. Ik wil de hele tijd bij haar zijn. Die stomme grijns die ik op mijn gezicht had toen we elkaar net kenden en ik wist dat ik haar die dag zou zien... Die is terug, verdomme. Ik heb niet geprobeerd die gevoelens tegen te houden, want ik wist dat het niet erg ver kon gaan, maar nu vraagt ze ineens om meer.

Na alles wat we hebben meegemaakt ben ik als puntje bij paaltje komt nog steeds die idioot die Yasmen de hele wereld wil geven. Maar haar nog een keer zo vertrouwen, genoeg om weer hier te komen wonen? Haar nog een keer zo'n groot deel van mij in handen te geven? Ik weet niet of ik dat wel kan.

Ze denkt dat ze het de eerste keer ternauwernood heeft overleefd, maar ik weet niet eens óf ik het wel heb overleefd. Ben ik nog intact? Of een van plakband aan elkaar hangende versie van mezelf die iedereen voor de gek probeert te houden?

'Ik weet dat ik zei dat ik niet bij mijn liefde voor jou kon,' gaat ze verder, en er druipen verse tranen uit haar ooghoeken. 'Maar ik kan je verzekeren dat het er allemaal nog is. Wat er verloren raakte onder al dat puin was niet jouw liefde. Ik moest mezelf terugvinden. Ik moest mezelf uitgraven.'

Hou je niet meer van me?

Haar antwoord verpletterde me die avond zoals ik nog nooit verpletterd ben en hoe blind ik soms ook ben als het om emoties gaat, zelfs ik zie wel in dat ik dat gesprek nooit te boven ben gekomen.

'Ik weet dat het niet niks is wat ik zeg,' zegt ze met trillende stem. 'Maar ik heb geleerd om eerlijk tegen mezelf te zijn. Ik ben dol op wat we hebben, Jos. Dat weet je. En ik dacht dat ik er wel mee kon leven om niet te weten waar dit naartoe zou gaan, of als het nergens naartoe zou gaan, maar dat is niet wat ik wil.'

'Hoe bedoel je?'

'Ik wil dat dit je bij me terugbrengt. Dat je terugkomt. Ik wil je vertrouwen weer winnen. Ik wil open zijn en het beter doen dan de vorige keer. Ik wil het goed doen.'

Ze staat op en overbrugt de ruimte tussen ons. Ze komt vlak voor me staan, zonder me aan te raken, maar haar warmte en haar geur trekken aan me.

'Ik zeg niet dat we moeten trouwen of zo.' Ze likt aan haar lippen en staart naar de sneakers die tussen ons in liggen. 'Maar ik wil weer samen een leven opbouwen, en niet alleen omdat dat beter is voor de kinderen of handiger voor de zaak.'

Ze legt haar hand tegen mijn borst en spreidt haar vingers op mijn borstbeen, terwijl haar ogen overlopen van zoveel liefde dat mijn keel er branderig van wordt. 'Ik wil je terug.'

Mijn hart stokt als ze dat zegt, en ik doe een stap achteruit alsof ik me aan haar heb gebrand. Ik word verscheurd tussen de neiging om de deur uit te lopen en haar te neuken tegen de muur en de deur juist op slot te doen, zodat ze nooit meer weg kan komen. Om het haar eindeloos te laten herhalen.

Ik wil je terug. Ik wil je terug. Ik wil je terug.

Mijn emoties vliegen alle kanten op.

Verwarring en frustratie.

Hoop.

Angst...

Ik heb Musa's emotiewiel niet nodig om te weten dat ik schijtbenauwd en woedend tegelijk ben, maar ik weet niet of ik wel helemaal begrijp waarom. En dan bedoel ik niet de oppervlakkige redenen, maar die geniepige dingetjes die zich achter mijn trauma's verschuilen en in de barsten van mijn verleden huizen.

Ik staar haar aan en gooi er een schampere lach uit. 'Dus je had een zwangerschapspaniekje met een vleugje zelfinzicht en nu moet ik geloven dat alles is veranderd? Toen ik je die avond vroeg of je nog van me hield, toen het zo godverdomde veel uitmaakte, wist je het helemaal niet zo zeker.'

'Er is van alles wat ik niet kan doen.' Ze telt het af op haar vingers. 'Ik kan niet terug in de tijd gaan om te veranderen wat ik die avond zei, wat ik voelde. Ik kan de tijd na de scheiding niet uitwissen. Ik kan je gebroken hart niet ongedaan maken.'

De tranen rollen over haar wangen naar haar mondhoeken toe.

'Ik kan mijn eigen gebroken hart ook niet ongedaan maken, want of je het nu gelooft of niet, zo gauw jij de deur uit was, was er een deel van mij' – ze beukt met haar vuist tegen haar hart – 'dat jou terug wilde en daar heb ik al die tijd tegen gevochten.'

'En het had niets te maken met Vashti?' vraag ik droog en indringend. 'Dat je ineens ontdekte dat je me eigenlijk nog steeds wil?'

'Raakte het me om jou met haar te zien? Ja, natuurlijk, maar ik wilde je elke keer dat ik met jou in één ruimte was. Er is nooit een tijd geweest dat ik je niet wilde. Ik denk dat ik gewoon niet voor me zag hoe ik kon zeggen dat ik je terug wilde omdat ik niet geloofde dat je me zou vergeven.'

Ze strengelt haar vingers ineen voor haar middel.

'Hoe kon je me vergeven als ik mezelf niet eens kon vergeven? Ik zei altijd tegen dr. Abrams dat ik me gewoon weer mezelf wilde voelen.'

'En wat zei zij?'

'Dat ik nooit meer dezelfde persoon zou zijn. Niet precies zoals vroeger. Ik was fundamenteel veranderd door wat er was gebeurd. Er was tijd, therapie en de juiste medicatie voor nodig voordat ik kon leren om gelukkig te zijn als de persoon die er overbleef na al dat verlies.'

Haar ogen branden van oprechtheid, passie en alles waarvan ik lange tijd alleen maar kon dromen.

'Ik zou graag willen dat je erop vertrouwt dat de persoon die nu voor je staat eraan heeft gewerkt om beter te worden en om te begrijpen hoe ik mezelf ben kwijtgeraakt. Ik heb manieren ontwikkeld om ermee om te gaan als ik nog meer verliezen lijd, want dat is onvermijdelijk. Het verlies van dingen die je dierbaar zijn hoort nu eenmaal bij het leven.'

Ze pakt mijn hand en drukt hem tegen haar hart. Haar wimpers plakken aan elkaar van de tranen. 'Vraag me nog een keer of ik van je hou, Jos. Vraag het me nu.'

De woorden liggen klaar op mijn tong, maar er zit een hek voor mijn mond, alsof ik haar hoe dan ook niet zal kunnen weerstaan als ik ze eruit laat, ondanks al mijn angsten en bedenkingen.

Er is een deel van mij dat weet dat ik hier thuishoor. Maar er is ook een ander deel, met een beschermingsmechanisme dat nog heel goed weet dat ze ons huwelijk heeft opgegeven en hoe kapot ik daarvan was. De persoon die nu voor me staat is de strijdlustige vrouw die ik toen nodig had.

Hoe zou ik níét van haar kunnen houden?

Ze balt haar vingers tot een vuist op mijn hart en als ze erom zou vragen, zou ik het uit mijn borst hakken en aan haar geven. Misschien is dat het probleem als je van een vrouw houdt en haar alles wilt geven, om het vervolgens allemaal te verliezen.

Ik heb de vraag nog steeds niet gesteld als ze de laatste centimeters tussen ons overbrugt en haar mond naar mijn oor brengt. Mijn hand gaat in een bezitterige reflex naar haar heup om haar aan me vast te klinken, voor het geval ze besluit ervandoor te gaan.

'Ja, Josiah,' antwoordt ze betraand en fluisterend op de vraag die ik niet uit mijn mond kon krijgen. 'Ik hou van je.'

43

JOSIAH

Er zit een barst in dr. Musa's professionele ondoorgrondelijkheid als ik zijn spreekkamer binnenkom. Na mijn gesprek met Yasmen was ik zo gedesoriënteerd dat ik de snelweg op reed in plaats van de paar straten naar mijn huis te rijden. Voor ik het in de gaten had, was ik onderweg naar zijn praktijk. Toen ik hem belde vanuit de auto en vroeg of we konden praten, had hij net een afzegging, zodat hij tijd voor me had. Hij klonk relaxed, maar als ik binnenkom, heeft hij een vreemde blik in zijn ogen.

'Wat...' Ik verstrak en kijk hem achterdochtig aan. 'Zit je me nou uit te lachen?'

Ik zie absoluut humor in zijn ogen, hoe mild ook, en in de lichte kromming van zijn mondhoeken.

'Niet echt,' zegt hij. 'Ik ben gewoon blij dat je therapie gebruikt om dingen in je leven te verwerken. Als je nagaat dat je bij onze eerste sessie binnenkwam alsof je strafwerk moest maken, kunnen we op zijn minst erkennen hoe ver we gekomen zijn.'

'Ja, dat geloof ik ook wel.' Mijn glimlach vervaagt als ik me herinner wat ik met hem moet bespreken. 'Fijn dat je me zo snel kon zien... wederom.'

Hij knikt naar de twee leren stoelen. Ik neem de ene, hij de andere.

'Oké, wat is er gaande?'

'Yasmen dacht dat ze zwanger was.' Ik haast me om een en

ander te verduidelijken. 'Dat was niet zo, maar daardoor besefte ze wel dat ze meer wil dan onze huidige afspraak te bieden heeft.'

'De afspraak van seks zonder verplichtingen en zonder garanties,' zegt hij. 'Dat waren de voorwaarden, toch?'

Het klinkt zo steriel als hij het zegt. Het is in essentie wat ik hem heb verteld toen we mijn relatie met Yasmen bespraken, maar ik herken het niet als wat zij en ik hadden.

'Juist,' zeg ik. 'Ze besefte dat ze op zeker moment nog meer kinderen wil en ze zegt dat ze dat met mij wil doen. Ze zegt dat ze een leven met me wil opbouwen, al zijn we niet meer getrouwd. Ze wil niet verder met onze huidige afspraak zonder te weten waar dat naartoe gaat en of het wel ergens naartoe gaat. Ze wil dat ik weer thuis kom wonen.'

'Klinkt als een vrouw die precies weet wat ze wil.'

'Nu ineens wel, ja,' snauw ik. 'Toen ze wilde scheiden wist ze het helemaal niet zo zeker.'

'Heb je haar daarnaar gevraagd? Wat is er veranderd?'

'Ze zegt dat zij veranderd is en dat ze in therapie heeft leren begrijpen waarom ze zo reageerde toen Byrd en Henry stierven, en dat ze manieren heeft ontwikkeld om beter met dingen om te gaan.'

'Maar dat geloof jij niet?'

'Ik durf het niet te geloven.'

Een paar maanden geleden had ik me niet kunnen voorstellen dat ik tegenover deze gast zou zitten en mijn angsten zo openlijk zou opbiechten.

'Laten we eens vooruitkijken.' Hij zet zijn ellebogen op de armleuningen en legt zijn vingertoppen tegen elkaar onder zijn kin. 'Stel dat je haar gelooft en ze is echt gegroeid, volwassener geworden. Je gaat weer thuis wonen om je leven met haar te hervatten en het gaat allemaal van een leien dakje. Hoe zou je je dan voelen?'

'Dan zou ik de gelukkigste gast ter wereld zijn,' geef ik met een wrang glimlachje toe.

'En als jullie het nog een keer proberen en het werkt niet?'

Er gaat een diepe put open in mijn maag die mijn glimlach de diepte in zuigt.

'Dat is het probleem,' zeg ik, en ik bijt zo hard op mijn tanden dat mijn kaken er pijn van doen. 'Ik kan me niet voorstellen dat ik dat nog een keer moet doormaken. Dat ik haar nog een keer moet verliezen. Als je bent overreden door een bus, spring je niet voor een andere bus zodra je weer kunt lopen.'

'Dus het zou te veel voor je zijn om haar nog een keer te verliezen.'

Ik knik.

'En ze is het risico niet waard,' zegt hij doodkalm, alsof hij geen idee heeft wat voor effect dat op me zal hebben.

'Ik zei niet dat ze het niet waard is, ik wil alleen...'

'Niet nog meer kwijtraken?'

'Het doet gewoon te veel pijn.'

'We zijn nooit heel gedetailleerd ingegaan op de dood van je ouders, je eerste grote verlies. Ik weet dat je nog klein was, maar kun je me vertellen wat je je van die dag herinnert?'

Ik heb hier maar zo zelden over gepraat. Ik heb hem verteld dat ze allebei zijn omgekomen bij een auto-ongeluk, maar ik ben in mijn hoofd niet teruggegaan naar die dag. Met niemand. Mijn vingers bewegen onrustig op en neer op de stoelleuningen. Alles in me wil opspringen en wegrennen, maar ik maan mezelf tot kalmte en haal diep adem.

'Ik stapte uit de bus,' begin ik zachtjes. 'Mijn moeder was altijd thuis als ik uit school kwam, maar die dag was ze er niet.'

Het beeld neemt mijn hele hoofd over. Ik op de schommel met mijn rugzak voor me op de grond. Weggedoken in mijn jas, en toen het donker werd, werd het nog kouder en deed ik mijn handschoenen aan.

'En toen kwam de politie.' Ik haal diep adem. 'Een agent zei dat er een ongeluk was geweest en dat mijn ouders niet thuis zouden komen.'

Ik lach beverig. 'Ongelooflijk hoe helder het me allemaal nog voor de geest staat. Elke keer dat ik iemand heb verloren is vastgelegd in Technicolor en vertraagd, zodat elk detail in mijn geheugen gegrift staat.'

'Ga verder,' zegt dr. Musa. 'Je doet het goed.'

'Toen kwam Byrd, en die nam me mee.'

'Je hebt me eerder verteld dat jij je tante hebt gevonden nadat ze overleden was. Kun je daar iets over vertellen?'

Ik schraap mijn keel. 'Toen ik Byrd vond, stonden alle ingrediënten voor haar limoncellotaart op tafel. De hele keuken rook naar citroen.' Er komt een schor lachje uit mijn keel. 'Dat heb ik nog nooit aan iemand verteld.'

'Zelfs niet aan Yasmen?'

Ik schud van nee. Ik heb mijn verliezen nooit met iemand gedeeld en ik zie nu dat dat een vergissing was, want het gaf mijn verdriet meer macht over me. Ik heb aan niemand verteld dat Byrd haar lievelingsoorbellen in had, en dat er eentje half uit was gevallen. Ik heb hem voorzichtig weer door het gaatje in haar oor geduwd. Nooit aan iemand verteld dat Henry mijn mond had. Ik hield hem in mijn armen, zo licht als een wattenbolletje, donkere haartjes tegen zijn hoofdje geplakt, en ik volgde zijn lippen met mijn vingers. Hij had mijn mond en ik kon wel huilen, want ik zou hém nooit horen huilen, maar de tranen kwamen niet. En ik ruik nog steeds de mengeling van verf en Yasmens parfum in de babykamer toen ze zei dat ik weg moest. Toen ze het grootste verlies van mijn leven aankondigde. Toen ik haar kwijtraakte.

Onze trauma's, de dingen die ons in dit leven beschadigen, liggen niet altijd achter ons, zelfs niet na lange tijd. Soms blijven ze hangen in de geur van een pasgeboren baby. Ze overrompelen ons in de smaak van een bekend gerecht. Ze wachten je op in de kamer aan het eind van de gang. Ze zijn bij ons. Ze zijn aanwezig. En er zijn dagen waarop herinneringen echter aanvoelen dan de mensen die er nog zijn, dan al het plezier op de wereld.

'Als je maar lang genoeg leeft,' zegt dr. Musa zachtjes, 'zul je mensen en dingen verliezen. We moeten leren hoe we daarmee omgaan op manieren die niet isolerend of destructief zijn. Je moet beslissen of je angst om Yasmen nogmaals te verliezen zwaarder weegt dan de angst dat je haar nooit meer terug zult krijgen.'

Sinds die avond heb ik mezelf verboden haar te vertrouwen. Ik dacht dat ze mijn leven tot de grond toe had afgebroken, maar nu weet ik dat ze het deed om haar eigen leven te redden. Nu weet ik dat ik daar een rol in heb gespeeld. Nu begrijp ik dat alles wat ik zo zwart-wit zag eigenlijk uit oneindig veel grijstonen bestond. Ik hield mijn pijn te veel op een afstand om dat te zien. Nu komen mijn gevoelens omhoog en ze willen zich niet meer laten wegstoppen.

Herinneren mensen zich het exacte moment waarop ze verliefd worden?

Ik heb geleerd dat het niet één moment is, maar miljoenen.

Ik werd verliefd op Yasmen terwijl ik droomde van onze stralende toekomst, toen we goedkoop Chinees afhaaleten aten in een krakkemikkig appartementje zonder verwarming en zonder noemenswaardige waterdruk.

Ik werd nog verliefder op Yasmen, steeds iets meer en iets dieper, elke keer dat ze me in haar lichaam opnam en me duidelijk maakte hoe passie op je tong kan branden als je het eenmaal proeft.

Toen ze haar mouwen opstroopte en haar creativiteit, haar tomeloze energie, inzette om samen een zaak op te bouwen waar we trots op kunnen zijn.

Toen ze me onze kinderen schonk en een moeder werd die pure magie om zich heen verspreidde, die iedereen op de been hield en de wereld op haar schouders droeg met oneindige goedheid. Zelfs toen ze viel, bleef ze; toen alles haar influisterde dat ze het op moest geven en uit de wereld moest verdwijnen, is ze gebleven, voor ons, en ze heeft gevochten tot ze zichzelf terug had.

Ik ben verliefd geworden op de amazone die door het vuur is gegaan en sterker terug is gekomen, omgevormd door verdriet, gesaneerd door rouw, herboren met levenslust.

Ik zie voor me hoe ze vandaag haar kleine vuist op mijn hart drukte. Hoe dapper ze voor me stond en vroeg of ik haar terug wilde nemen. Ze bood me de kans om alles wat er echt toe doet terug te krijgen – mijn thuis, mijn gezin, mijn vróúw. Ze bood het me allemaal op een presenteerblaadje aan en ik was zo stom om het de rug toe te keren.

In mijn hoofd gaat een paniekerige alarmbel af en het geluid van mijn bloed ruist oorverdovend in mijn oren. De muren die ik om mijn gevoel heen heb gebouwd storten in. Niet van buitenaf, door een sloopkogel. Het begint met een lichte aardbeving, een besef dat liefde zich afspeelt in de fragiele context van onze sterfelijkheid. Dat liefde en leven vlak buiten het bereik van onze controle plaatsvinden. Er is maar zo weinig verschil tussen de woorden *verliefd* en *verlies*, en op de een of andere manier waren ze voor mij synoniem geworden. Ik begrijp nu dat er na de dood van mijn ouders iets in me is gebroken wat niet helemaal goed genezen is en dat ik mijn liefde voor mensen ging afmeten aan de pijn die het zou doen om ze te verliezen.

Zodra de eerste baksteen valt, beginnen ze allemaal als los zand omlaag te storten. Het voelt alsof alle pijn, al het verdriet van mijn hele leven, boven op me valt in een lawine van emotie. Binnen een paar seconden sta ik in de puinhopen van alle dingen waarmee ik mezelf dacht te beschermen, zodat ik nooit meer iets kwijt zou raken wat me dierbaar was. Het is een catharsis, dit loslaten, deze opluchting. Het holt een sleuf uit in mijn binnenste waar golven ingedamde pijn doorheen kunnen stromen.

De tissue die dr. Musa me aanreikt als een witte vlag komt als een schok en ik kijk hem verward aan.

'Waar is die voor?' vraag ik met een stem die klinkt alsof ik grind in mijn keel heb.

Hij knikt met een vaag glimlachje naar mijn gezicht. 'Voor de tranen.'

44

YASMEN

Ik sta alleen in de keuken en verzamel de ingrediënten voor Byrds ovenschotel met macaroni en kaas. De onregelmatige halen van haar handschrift op het papier van haar oude receptenboekje vervagen door de sluier van tranen in mijn ogen. Ik kan gewoon niet ophouden met huilen sinds Josiah een paar uur geleden de deur uit is gelopen.

'Avondeten,' zeg ik, terwijl ik met een ongeduldig gebaar mijn wangen afveeg. 'Ik ga iets koken voor mijn kinderen wat ze waarschijnlijk niet eens op zullen eten, want ik ben nu eenmaal een masochist.'

Ben ik vandaag nog niet genoeg vernederd? Of denk ik dat ik nog dieper kan zinken dan me vastklampen aan mijn ex-man, hem te smeken om weer bij ons te komen wonen, mijn eeuwige liefde voor hem uit te spreken... en hem vervolgens zonder een woord de kamer uit te zien stormen? Want ik denk niet dat ik dat record kan verbeteren.

'Elleboogmacaroni, kaas, melk, eieren, zout en peper naar smaak.'

Ik mompel de ingrediënten onophoudelijk voor me uit als een bezwering waarmee ik Byrd zou willen oproepen. Of in elk geval een beroep doen op haar wijsheid, want ik heb er zo'n puinhoop van gemaakt dat ik echt niet meer weet wat ik moet. Als de ingrediënten het gebed zijn, is de stoom boven de pan kokende pasta de wierook en deze keuken een tempel waarin ik zo ongeveer alles zou willen offeren om haar even bij me te hebben.

'Ik mis je zo ontzettend, Byrd,' zeg ik, en ik lik wat tranen van mijn lip. 'Nog steeds.'

Op mijn huwelijksdag zei ze: 'Ik hou van je alsof je mijn eigen dochter bent, Yasmen, maar als je die lieve jongen van me verkeerd behandelt, dan krijg je ervan langs.'

Ik lach door mijn tranen heen, leun met mijn ellebogen op het kookeiland en laat mijn hoofd in mijn handen vallen.

'Sorry dat ik je teleur heb gesteld,' fluister ik. 'Ik zou het helemaal niet erg vinden om ervan langs te krijgen als ik je daar heel even voor terug kon krijgen. Ik probeer het te fiksen, echt, maar misschien is het al te laat. Je kent hem toch. Net zo'n stijfkop als ik.'

Ik sla het receptenboekje dicht. Als ik zo doorga, eten we straks pas om tien uur. Dan maar iets bestellen. Ik pak mijn telefoon en klik een bezorgingsapp aan om iets te zoeken wat we de laatste tijd niet te vaak gegeten hebben. Ik bestel net iets Mexicaans als ik een sleutel in het slot van de achterdeur hoor en de deur opengaat. Mijn onderkaak valt bijna op de grond als Josiah in de deuropening verschijnt. We staren elkaar aan in een aaneenschakeling van elastische seconden die zich uitrekken tot een eindeloze stilte. Ik sta als gemummificeerd in de keuken. Gewikkeld in tien reacties tegelijk die me allemaal verlammen. Ik kan me niet verroeren en geen woord uitbrengen.

'Hé,' zegt hij eindelijk. 'Sorry dat ik zomaar wegging.'

Ik knipper met mijn ogen en knik, want het is oké. Hij is hier nu en het is oké.

'Ik vroeg me af,' zegt hij, terwijl hij een koffer naar binnen sleept, 'of je aanbod nog steeds geldig is.'

'Ja,' zeg ik krakerig. 'Je bedoelt mijn aanbod dat je... als je wilt... dat we kunnen... dat je...'

'Terug kunt komen,' zegt hij, wat maar goed is ook, anders had ik nog twaalf seconden staan stotteren. 'Ik heb maar één koffer meegenomen. De rest kan ik later wel ophalen en er staat hier toch al minstens een paar schoenen van me.'

'O mijn god.' Ik sla mijn hand voor mijn mond, maar er dringt hysterisch gelach door mijn vingers. 'Ik geloof gewoon niet dat ik dat heb opgebiecht.'

'Ik ben er alleen maar blij om. Je hebt al je kaarten op tafel gegooid en niets achtergehouden. Dat is precies wat ik nodig had. Het spijt me alleen dat ik niet meteen hetzelfde kon doen. Ik moest nog van alles tot me door laten dringen en verwerken.'

Het voelt surrealistisch aan dat hij hier nu is en zegt dat hij weer thuis komt wonen. Het dringt maar langzaam tot me door, maar als ik eindelijk zover ben, maakt mijn maag een rare bokkensprong en begint mijn hart zo hard en luid te bonken dat al mijn bloed naar mijn hoofd stroomt. Mijn knieën beginnen letterlijk te knikken en ik laat me op een kruk vallen. Mijn schouders zakken omlaag van opluchting, wat zo te voelen in geen jaren is gebeurd. Hij is met een paar stappen de keuken door, komt tussen mijn benen staan en grijpt me bij mijn middel. Hij fronst en omlijst mijn gezicht met zijn handen. Zijn duimen strijken over mijn natte wangen.

'Je ogen zijn helemaal rood,' zegt hij, en hij buigt zich voorover om mijn oogleden te kussen, een voor een. 'Sorry dat ik je aan het huilen heb gemaakt.'

Ik kijk naar hem op om zijn gezicht te bekijken. Zijn ogen zijn ook rood en een beetje dik. Ik leg mijn hand op zijn gezicht en voel nieuwe tranen opwellen.

'Heb jij ook gehuild?' vraag ik.

'Met dank aan dr. Musa.' Hij wendt zijn blik heel even af naar de vloer. 'Je moet trouwens de groeten van hem hebben en hij kijkt ernaar uit om kennis met je te maken.'

'Ben je naar hem toe gegaan?'

'Ik moest nadenken over alles en hij... nou ja, hij helpt me daarbij.'

'Daar ben ik blij om,' fluister ik, apetrots op hem en hoe ver hij is gekomen. Hoe ver we allebei zijn gekomen en hoe ver we nog te gaan hebben... samen.

'Ik weet dat ik eerst geen relatietherapie wilde,' zegt hij. 'Maar ik denk dat het goed is om het in elk geval te proberen.'

Ik knik, bijna bang om te veel te zeggen, voor het geval dit een droom is en ik zo wakker word.

'Ik heb zelf ook nog zoveel waar ik iets mee moet,' geeft hij toe. 'Ik zal altijd wel zo iemand blijven die dingen wil fiksen en sterk wil zijn, maar het kan beter.'

'Ik weet dat je het gevoel hebt dat je sterk moet zijn voor de mensen die je dierbaar zijn.' Ik buig mijn hoofd achterover, zodat ik zijn blik kan vangen met de mijne. 'Maar ik wil je bijstaan als het regent, als het stormt. Als het zwaar is en alles tegenzit. Dat hebben we niet altijd gedaan, maar ik geloof dat we elkaar kunnen bijstaan als we beproevingen tegenkomen.'

Hij drukt zijn voorhoofd tegen het mijne, legt een hand in mijn nek en trekt mijn mond naar de zijne.

'Je hebt mij,' fluister ik in onze kus. 'En ik weet dat je daar misschien niet helemaal op kan vertrouwen. Dat kan ik je niet kwalijk nemen. Maar ik meen het wel. Ik ga nergens naartoe.'

'Dat is fijn.' Hij buigt zich wat achterover en veegt een pluk haar uit mijn gezicht. 'Want het lijkt erop dat ik niet zo goed ben in dingen kwijtraken en ik ben extra slecht in jou kwijtraken.'

Ik buig me weer naar hem toe om hem te kussen, maar dan kijken we allebei op bij het geluid van hondenpoten op de hardhouten vloer. Otis komt de keuken binnenzetten, loopt naar Josiah toe en legt zijn kop tegen zijn heup, duidelijk bedelend om een aai.

Josiah krabt de gigantische hond achter zijn oren. 'Wat vind jij ervan om hier weer te gaan wonen?'

Otis blaft alsof hij het er helemaal mee eens is en we lachen.

'Byrd wist wat ze deed toen ze hem aan jou naliet,' zeg ik. 'Ze zag hetzelfde in jou als ik. Dat je alles overhebt voor de mensen van wie je houdt.'

'En ik hou ook echt van je,' zegt hij. Ik zie dat het waar is, want het straalt uit zijn ogen. 'Het spijt me dat ik dat niet eerder heb gezegd.'

'Geen spijt. We hebben heel wat uit te pluizen samen.' Ik moet ineens lachen. 'Hé, Merry en Ken wonen al dertig jaar ongetrouwd samen. Ik denk dat we heel rustig de tijd kunnen nemen. Ik hou van je en we hebben geen haast.'

Hij trekt mijn gezicht weer naar zich toe voor een kus. Vergeleken met die hete stiekeme momenten die we de laatste tijd hebben gehad is het erg kuis. Zachte druk van zijn lippen op de mijne, maar er zit zoveel tederheid in. Het voelt als vroeger, ingelegd met commitment en toewijding, maar gelardeerd met een nieuw soort waardering. Misschien namen we wat we hadden voor lief en wisten we niet dat het kwetsbaar was omdat wij kwetsbaar waren op manieren die nooit waren beproefd. Maar nu voelt deze band tussen ons als een rekbaar koord en ik denk oprecht dat het niet zal breken als het leven er een ruk aan geeft. Hij slaat zijn armen wat steviger om me heen, bezitterig, beschermend. Het zal tijd kosten voor hij erop kan vertrouwen dat ik niet door zijn vingers glip, dus ik blijf gewoon stilstaan met zijn armen om me heen.

De kus wordt dieper en hij tast me af alsof hij antwoorden zoekt in de aanrakingen van onze lippen, de verstrengeling van onze tongen. We maken ons hijgend van elkaar los en ik laat mijn hand achter zijn nek glijden om zijn voorhoofd tegen het mijne aan te drukken, om ons in elkaar te verankeren.

'Ieuw!'

We schrikken allebei op van Deja's stem en ik kan het niet helpen, maar ik moet alleen maar lachen om de walgende blik waarmee ze de keuken in komt.

'Dit is waar we éten, ja,' zegt ze, wijzend naar waar ik zit en hij tegen me aan staat. 'Maar nu niet meer dus. Die bar is officieel besmet gebied.'

Ik lach zachtjes en Josiahs gegrinnik trilt door me heen op de plekken waar we elkaar raken.

'Wat is er?' vraagt Kassim, die achter zijn zus opduikt. Zijn grote ogen gaan van ons naar Josiahs koffer, die naast de deur staat.

'We hebben heel wat uit te leggen,' zeg ik. 'En we gaan het jullie allemaal vertellen.'

Josiah pakt mijn hand vast op de bar, in het volle zicht van onze kinderen.

'Maar de korte versie is,' zegt hij, terwijl zijn liefdevolle blik zich open en bloot op mij richt en me in vuur en vlam zet, 'dat ik weer thuis kom wonen.'

Epiloog

YASMEN

Wat buigt gij u neder, o mijn ziel! … Hoop

Psalm 42:6

Oud en nieuw is altijd al mijn lievelingsfeest geweest, hoewel het een van de drukste avonden van het jaar is. Om twaalf uur heb ik de toost uitgebracht, zoals ik meestal doe, en het nieuwe jaar ingeluid tijdens de grote nieuwjaarsviering in Grits. Knallende kurken. Schuimende champagne. Het restaurant, dat een uur geleden nog uit zijn voegen barstte van blije vooruitzichten en feestgedruis, loopt nu langzaam leeg. Rond een uur of één zou iedereen weg moeten zijn. De dj was geweldig, een nieuwe die ik toevallig heb gevonden. Hij draaide 'Feels Good' en Hendrix ging helemaal los, zoals altijd als dat nummer langskomt. Ze is nog steeds ietwat bezweet en buiten adem als zij en Soledad naar me toe komen op het dak, waar ik wat gasten een gelukkig nieuwjaar wens en ze bedank voor hun komst.

'Topfeest,' zegt Hendrix, terwijl ze de vlechtjes die tot haar middel vallen in een slordige knot draait. 'Wederom.'

'Dank je,' zeg ik.

'Hoe gaat het in Charlotte?' vraagt Soledad. 'Met hun eerste nieuwjaarsfeest?'

'Perfect,' antwoord ik met een brede lach. 'Onze nieuwe manager daar, Charles, heeft wat foto's gestuurd. Iedereen leek het geweldig naar zijn zin te hebben. Het restaurant is fantastisch mooi geworden. Nogmaals bedankt voor je hulp bij het inrichten, Sol.'

'Stelt niks voor, joh,' zegt ze.

'Ik zal er eens gaan kijken wanneer ik mijn moeder opzoek in Charlotte,' zegt Hendrix.

'Ja, je kunt de boel daar mooi in de gaten houden voor me.' Ik glimlach en gris een ongeopende fles champagne van een tafeltje. 'Nog één glaasje om op het nieuwe jaar te proosten? Ik stond ergens anders toen het nieuwe jaar aanbrak, dus zullen we?'

'Zeker zullen we.' Soledad gaat aan het tafeltje zitten.

'Ik haal even wat glazen', zeg ik, wanneer Hendrix ook plaatsneemt.

Ik loop naar de bartender op de galerij, die aan het opruimen is, en gris drie shotglaasjes van de bar, aangezien er in de hele tent waarschijnlijk geen schoon champagneglas meer te vinden is.

'Schenk maar in!' Ik loop naar onze tafel, waarbij ik de glaasjes triomfantelijk omhooghoud, en ga zitten. 'Dit is het beste wat ik kon krijgen.'

'Meer kan ik toch niet meer hebben,' zegt Hendrix lachend. 'Ik ben me toch een partij bezopen!'

'Je bent wel lekker losgegaan, ja,' beaamt Soledad lachend. 'Als je niet aan het drinken was, was je wel aan het dansen.'

'Ik heb ook heel wat te vieren.' Hendrix knipoogt. 'Ik heb een goed jaar gehad en dit jaar wordt nog beter.'

'O, dat is ook zo. Je hebt die nieuwe cliënt,' zeg ik. 'Lucratief?'

'Jazzzzzzeker.' Hendrix schenkt champagne in de drie shotglaasjes. 'Als ze deals met zes nullen blijft binnenslepen, gaan ik en mijn commissie het heel goed krijgen samen.'

'Edwards kantoor heeft ook een van de beste jaren ooit gehad,' zegt Soledad met een ietwat stijf glimlachje. 'Er is een nieuwe partner die de boel nogal heeft lopen opschudden, maar Edward zegt dat hij niet zo zeker is van al die veranderingen.'

Hendrix en ik wisselen een snelle blik. We hebben de stilzwijgende afspraak dat we er niet te hard in gaan als het om Edward gaat. Voor zover we weten heeft hij de laatste tijd geen vreemde vrouwennamen gemompeld in zijn slaap, maar we vertrouwen hem voor geen meter.

'O, wow,' bromt Hendrix. 'Wat fijn voor Edward.'

'Zit hij vanavond thuis met de meiden?' vraag ik.

'Ja,' zegt ze. 'Nou ja, behalve Lupe. Die is naar hetzelfde logeerfeestje als Deja.'

Ik haal mijn telefoon uit de zak van mijn rok en glimlach naar het schermpje. 'Deja heeft me al iets van vijf keer geappt. Ik zei nog dat het niet cool is om je oude moeder te appen op een logeerfeestje, maar ze wilde de vlechtjes laten zien die ze bij een van die meiden heeft gemaakt.'

'Het was goed dat we ze van Harrington af hebben laten gaan, hè?' Soledad zucht. 'Ik bedoel, we zijn door al die hoepeltjes gesprongen en moesten overal geld vandaan zien te schrapen om ze op die school te krijgen, en dan willen ze zelf niet meer.'

'Dit is hun tweede jaar op een gewone school en ze doen het allebei prima. Deja is in elk geval een stuk blijer.' Ik haal mijn schouders op. 'Elk kind heeft andere dingen nodig. Kassim gaat nog steeds heel lekker op Harrington.'

'En ook nog een klas overgeslagen,' roept Hendrix ertussendoor, en ze geeft me een boks.

'Met alleen maar goede cijfers,' zeg ik, helemaal de trotse moeder. 'Een en al tienen. Ze doen het allebei heel goed, eigenlijk.'

'De hele familie is in therapie,' zegt Hendrix met een scheef lachje, 'dus dat mag ook wel.'

'Letterlijk!' Ik moet lachen. 'Deja wilde ook een therapeut, want anders voelde ze zich buitengesloten, en we zijn natuurlijk in gezinstherapie.'

'En het werkt allemaal nog goed?' vraagt Soledad, waarbij ze haar perfect geëpileerde wenkbrauwen tactvol optrekt. 'Die constructie van jullie?'

'Ja, maar ik kan er eigenlijk wel van genieten hoe verward mensen kunnen kijken als ze beseffen dat Josiah bij ons woont en dat we weer samen zijn... maar nog steeds niet getrouwd.'

'Blijf lekker doen wat je wilt,' zegt Hendrix met een brede

grijns. 'Je bent gelukkiger dan ik je ooit heb gezien.'

'Ik ben gelukkiger dan ik ooit ben geweest.'

En dat is zo. Ons leven en onze liefde hebben niet het pad gevolgd dat we verwachtten, maar dat maakt het niet minder waar. Ik denk vaak terug aan die dag dat we Ken en Merry ontmoetten, die zeiden dat ze niet in het instituut 'huwelijk' geloofden, maar wel in elkaar, voor altijd.

Het enige wat ons bij elkaar houdt, is onze liefde.

Ik geloof nog steeds in het huwelijk en Josiah ook. Onze liefde is de enige belofte die ons bindt, maar zodra Josiah er klaar voor is om onze relatie opnieuw te bezegelen met trouwbeloften, ben ik dat ook. Maar eerst nemen we de tijd om te groeien, om beter te worden en om een gezamenlijk leven op te bouwen op onze eigen voorwaarden, zoals Ken en Merry het noemden.

Ik pak mijn shotglaasje met champagne op. 'Gaan we dit nog doen of hoe zit het?'

'We gaan het doen,' zegt Hendrix.

Soledad pakt haar glas met een glimlach die net zo straalt als de lovertjes op haar jurk. 'Wie doet de toost?'

'Ik heb er al een gedaan vanavond,' zeg ik. 'Jij, Hen?'

'Altijd.' Ze heft haar glas. 'Laten we drinken op mannen met spannende plannen.'

'Goeie god,' mompelt Soledad, terwijl ze haar lachen in probeert te houden.

'Avonturen die uren duren,' gaat Hendrix verder, en haar glimlach vormt een zeldzaam lieve boog. 'En vrienden voor het geven.'

'Vrienden voor het leven, bedoel je zeker,' zeg ik grinnikend.

'Ik zei wat ik zei,' zegt Hendrix met sonore stem.

'Op vrienden voor het geven,' roepen we in koor. We stoten de glazen tegen elkaar aan en gooien onze champagne achterover.

'Nou,' zeg ik, terwijl ik mijn shotglas met een klap op tafel zet. 'Kassim is bij Jamal, dus Josiah en ik hebben een zeldzame kindervrije avond. Later, bitches. Ik ga mijn vent zoeken en dan ben ik weg. Spannende plannen, jawel.'

Soledad kijkt over mijn schouder en haar mondhoeken gaan omhoog. 'Ik geloof dat hij jou al gevonden heeft.'

Ik draai me om op mijn stoel en mijn hart slaat dat slagje over dat speciaal gereserveerd is voor deze man, een ritme dat alleen hij ooit heeft veroorzaakt. Josiah steekt het dakterras over. Hij is knap op een manier die meteen je aandacht trekt en doordrenkt van een sexappeal dat je aandacht vervolgens blijft vasthouden. Zijn glimlach is vermoeid en zit maar aan één kant van zijn mond, maar zijn ogen zijn alert op mij gericht. Ik hoef me niet af te vragen of hij van me houdt. Dat vertelt hij me elke dag met zijn woorden en met die blik die hij nu op me richt.

'Dames,' zegt Josiah als hij bij ons tafeltje is. 'Waar drinken we op?'

Hij knikt naar de champagnefles en het ongerijmde drietal shotglaasjes.

'Nieuwjaarsshit.' Ik probeer niet eens om niet als een idioot naar hem te glimlachen. Ik heb niet genoeg champagne gehad om dronken te zijn, maar de gedachte aan een nacht alleen thuis met hem is al een roes op zich.

Hij trekt me uit mijn stoel, gaat er zelf op zitten en neemt me op schoot. Ik kruip met mijn gezicht in zijn nek en verdwaal in die vertrouwde geur, de warmte van zijn gespierde lichaam, de affectie in de hand die over mijn been streelt en tintelingen door mijn hele lichaam stuurt, zelfs door een dun laagje zijde.

'Oké,' zegt Hendrix, en ze staat op. 'Ik denk dat het tijd wordt om af te taaien, Sol. Voordat ze pal voor onze neus gaan liggen vozen op dat tafeltje hier.'

'Ik denk dat je gelijk hebt.' Ik verstrengel mijn vingers met die van Josiah op mijn buik en druk mijn rug tegen zijn borst. 'Daar zie ik ons namelijk wel voor aan.'

Het lage gerommel van Josiahs lach vibreert door mijn ruggengraat. Ik maakte maar een grapje, maar mijn onderbuik springt op van de stevige botten en spieren onder me. Met het gevoel dat die man me geeft, halen we ons huis misschien niet eens. Zou niet de eerste keer zijn dat we goed gebruikmaken van de kelder.

'Iemand moet het doen,' zegt Soledad met een vleugje bitterheid in haar glimlach. Ik weet dat dat niet voor ons bedoeld is, maar voor haar man. Ik pak haar hand om er een kneepje in te geven en schenk haar een meelevende glimlach.

'Komen jullie morgen nog wel naar mij?' vraagt Hendrix, en ze klemt de halflege champagnefles onder haar arm. 'Ik doe een traditionele nieuwjaarslunch met *greens* en zwartoogbonen. Brengt geluk voor het nieuwe jaar.'

'Zolang het niet voor twaalven is,' zegt Josiah, 'dan zijn we er.'

'Dan zie ik jullie om twaalf uur. Kom, Sol, we gaan.'

'Truste voor straks, tortelduifjes,' zegt Sol, dit keer met warmte in haar glimlach.

'Doei lieverds.' Ik wapper met mijn vingers om ze uit te wuiven en zie de twee beste vriendinnen die ik ooit heb gehad de trap af gaan.

Het is zo'n zegen dat ik die twee in mijn leven heb. De absolute waarheid van dat feit laat onverwachte tranen in mijn ogen opwellen... alweer. Ik ben zo emotioneel vanavond. Ik zou me bijna afvragen of ik zwanger ben als Josiah die mogelijkheid een paar maanden geleden niet heeft doorgeknipt met een sterilisatie. Het gaf hem rust om te weten dat we niet per ongeluk met een risicovolle zwangerschap komen zitten en het heeft ons gezin een nieuwe richting laten inslaan.

'Heb je Brock en Clint vanavond nog gezien?' vraag ik, en ik verschuif een beetje op zijn schoot om hem aan te kunnen kijken.

'Ja. Ik heb ze verteld dat we volgende week met de adoptiecursus beginnen. Ze leven helemaal mee.'

We willen ons gezin uitbreiden en dat voelt als de zoveelste stap in de goede richting voor ons. Kassim en Deja zitten lekker in hun vel. We communiceren openlijk met ze over onze relatie en de commitment die we naar hen en elkaar toe voelen. We hebben Byrds huis een paar maanden geleden verhuurd aan een schattig gezinnetje en dat voelde als het doorsnijden van het laatste draadje van de pijnlijke tijd die we zonder elkaar hebben doorgebracht. We staan sterker dan ooit. Tederheid in staal gehuld. Mijn meest kwetsbare delen beschut door rotsvaste toewijding.

Ik draai me half om om hem aan te kijken, wat onze lippen dicht genoeg bij elkaar brengt om elkaar te kussen… dus dat doen we. Hoe een man die je al een miljoen keer hebt gekust je nog steeds knikkende knietjes kan bezorgen, ik heb geen idee, maar nu ik me aan hem vastklamp onder een hemel als een kathedraal met een publiek van sterren, weet ik dat ik het nooit meer voor lief zal nemen. We hebben te veel meegemaakt en het vuur tussen ons brandt des te feller en heter omdat het is beproefd.

Hij vertraagt de kus, verstevigt zijn greep om mijn heup en drukt me tegen zijn borst, zodat onze harten tegen elkaar aan kloppen. Er klinkt muziek vanbeneden en als ik het nummer herken, gecroond door Al Green, grijpt het me bij mijn ziel.

'Let's Stay Together.'

'Ik dacht dat de dj al naar huis was,' zeg ik met mijn lippen op de zijne, 'maar ze draaien ons liedje. Heb jij dat toevallig zo geregeld?'

'De eigenaar heeft een goed woordje voor me gedaan,' zegt hij glimlachend. Hij staat op en steekt zijn hand naar me uit. 'Mag ik deze dans van u?'

Ik knik, ga dicht tegen hem aan staan, leg mijn armen over zijn schouders en druk mijn hoofd tegen zijn borst. Zijn handen dwalen via mijn middel en heupen naar beneden om in mijn kont te knijpen.

'Als we straks thuis zijn,' zegt hij, 'is die kont van mij.'

'Altijd, meneer Wade,' zeg ik, terwijl ik het kettinkje met het wielbedeltje en mijn oude trouwring uit mijn jurk trek.

Hij kijkt me aan en zijn ogen gloeien van liefde. 'Goed om te weten, mevrouw Wade.'

We zeggen een tijdje niets meer, maar wiegen heen en weer en laten ons door het liedje onderdompelen in herinneringen. Twee naïeve jonkies die zich op een koude avond aan elkaar vastklampten in een armoedig appartementje en dachten dat we wisten hoe ware liefde eruitzag. We hadden geen idee hoe moeilijk het kon zijn om die songtekst te volgen en samen te blijven. Dit nummer herinnerde me een tijdlang alleen maar aan mijn grootste mislukking, maar nu staat het voor mijn grootste triomf. Niet omdat ik deze liefde ben kwijtgeraakt, maar omdat ik er zo in geloofde dat ik rechtsomkeert heb gemaakt en door het vuur ben gegaan om hem te redden. Dat ik, toen alle hoop verloren was, ben blijven zoeken tot ik hem weer vond. Dat ik niet ophield met zoeken tot ik mezelf terug had gevonden. En deze man, dit moment, is mijn beloning.

Laten we samen blijven.

Woorden van peilloze liefde, acceptatie, vernieuwing. Het is een belofte om zij aan zij te staan als de wereld ons uit elkaar probeert te duwen. Als we op het punt staan elkaar pijn te doen. Het is trouw en verlangen, gezuiverd door een heel leven samen. Ik weet zeker dat onze liefde zo sterk is dat we er tien mensenlevens mee kunnen vullen, maar ze is geconcentreerd en gedestilleerd in dit ene leven. We hebben elkaar al eerder gevonden nadat we van elkaar waren gescheiden. We zouden dat kunnen blijven doen tot het einde der tijden, maar in dit leven zal ik hem nooit meer laten gaan.

'Ik heb iets voor je,' fluistert hij in mijn oor. Zijn adem is warm op mijn oorlel en bezorgt me een rilling die over mijn hele ruggengraat loopt. 'In de linkerzak van mijn jasje.'

'Heb je weer een peer voor me?' Ik schenk hem een brede lach.

'Kijk zelf maar.'

Ik laat mijn hand in zijn linkerzak glijden en mijn vingers gaan tastend over de zijden voering. Dan voel ik het en ik verstijf tot een pilaar van schrik. Hij blijft me aankijken en er is geen lach meer op zijn gezicht te bespeuren, alleen nog iets vurigs en teders. Ik haal trillend de ring tevoorschijn en hou hem tussen ons op. Het is een grote, vierkante diamant in een dikke platina ring. Mijn adem stokt en hapert in mijn keel.

'Er staat iets in gegraveerd.' Hij leidt mijn vingertop naar de binnenkant van de ring. Ik voel de letters en draai de ring dan om om dat ene woord te lezen.

'Wiel.'

'Er is geen begin en geen eind.' Hij pakt de ring en houdt hem omhoog. 'Het is onze eigen eeuwigheid.'

De tranen rollen ongegeneerd over mijn wangen en hij veegt ze zachtjes weg, maar er komen meteen nieuwe. Dit moment is zo enorm, zo overweldigend, maar het staat niet op zich. Het gaat niet alleen om de kracht van ons kringetje dat weer rond is, maar om alle keren dat we zwak waren en steun zochten. Alle pijn, elke seconde die we zonder elkaar hebben doorgebracht, om daarna weer bij elkaar te komen. Onze band is niet alleen gesmeed door alles wat goed is. De pijn, de rouw en het verdriet hebben ons net zo goed aaneengeklonken als de fijne momenten.

'Wil je met me trouwen?' zegt hij bijna onhoorbaar in mijn oor. 'Nog een keer?'

Ik kan geen woord uitbrengen en bijt op mijn lip om mijn snikken en uitroepen van geluk binnen te houden. Hij schuift de ring om mijn vinger en hij past perfect.

Er komt een lach om zijn prachtig gebeeldhouwde mond. 'Ik wil de rest van mijn leven met je doorbrengen. Nog wat kinderen met je krijgen. Met je ruziën. Het weer goedmaken. Elke dag naast je wakker worden.'

Hij drukt zijn voorhoofd tegen het mijne.

'Ik ben voor jou geschapen en jij voor mij, en zelfs toen we onszelf in de weg zaten, zelfs toen we alles kapotmaakten – want dat hebben we allebei gedaan, lief – zelfs toen wist mijn ziel, mijn hart, dat het verkeerd was om niet bij jou te zijn. Ik wil die pijn nooit meer voelen. Mensen krijgen niet vaak zo'n tweede kans als deze, Yas.'

'Ergens denk ik nog steeds dat ik dit niet verdien,' geef ik toe.

'Hebben we alle shit die we over ons heen kregen verdiend? De dingen en de mensen die we verloren hebben? Ik heb geleerd dat het leven niet draait om pakken wat je verdient, maar om krijgen wat je kunt zolang het kan, want het leven is kort. Het is grillig. Het kan alles van je afpakken, totaal onverwacht. Na alles wat ik verloren heb, koester ik de dingen die ik heb in plaats van altijd maar bang zijn dat ik die ook nog kwijt zal raken.'

Hij kust de tranen op mijn wangen.

'Vooral jou.'

Als we dingen kwijtraken, krijgen we ze niet altijd terug. Het enige wat ik nog van Byrd heb is een stapel recepten en herinneringen die hopelijk nooit zullen vervagen. Van Henry is een muur vol wensen over die nooit zullen uitkomen en een klein litteken dat mijn huid opsiert ter ere van hem, om me eraan te herinneren dat hij er geweest is, al was het maar zo kort, als deel van mij en zo totaal van mij.

Ik druk mijn hand tegen Josiahs hart en voel een fervent kloppend ritme van hereniging. Ik kijk in zijn ogen en verlies mezelf in de acceptatie, het vertrouwen dat ik nooit meer terug dacht te krijgen.

'Laat me nou niet in de zenuwen zitten, Yas.' Hij strijkt met zijn duim over mijn lippen. 'Je hebt mijn vraag nog niet beantwoord. Wil je met me trouwen... nog een keer?'

Ik zou nu duizend dingen kunnen zeggen om uit te drukken hoe ik me voel, om hem te vertellen wat zijn toewijding voor me betekent. Dat ik niet meer in het donker zal wegvluchten, maar hem daar zal vinden en dat we elkaar weer naar het licht zullen leiden. Ik voel aan het kettinkje om mijn hals, aan de vertrouwde vorm van het wieltje, het dierbare gewicht van mijn eerste trouwring. Ik heb die ring in een put vol wensen gegooid in de volle overtuiging dat ik nooit meer zou krijgen wat ik wilde, het enige wat ik oprecht wenste. Ik zou een miljoen woorden kunnen zeggen om hem te verzekeren dat hij nooit meer bang hoeft te zijn dat ik aan hem ga twijfelen, maar ik gebruik er maar één, uitgesproken met een onbevattelijke vreugde en een betraande glimlach.

'Ja.'

Dankwoord

Dit boek is niet alleen met liefde geschreven, het was in zekere zin ook een catharsis. Het is het eerste boek dat ik ooit schreef, bijna vijftien jaar geleden, voordat ik ooit iets had gepubliceerd. De titel, de namen van de hoofdpersonen en heel veel details zijn veranderd, maar de kern van hoop die het idee leverde is gebleven. Dit verhaal werd steeds persoonlijker. Tijdens het schrijven ervan werd er een depressie bij mij vastgesteld, net als bij Yasmen. Ik zeg weleens dat ik zelf in dit boek geleefd heb. Ik weet niet of het daardoor moeilijker of makkelijker te schrijven was, maar ik weet wel dat het verhaal er alleen maar rijker en echter van is geworden, omdat ik een deel van Yasmens ervaringen zelf heb geproefd. Het maakte me empathischer en het leerde me om minder hard te oordelen en mijn medemensen met zachtere ogen te bekijken. Ik hoop dat ergens een lezer is die worstelt of is omgevallen en na het lezen van dit boek hoop voelt, vreugde, de moed om verder te gaan.

Er zijn zoveel mensen zonder wie ik het niet had kunnen schrijven… en afmaken!

Meerdere vrouwen hebben me geholpen om meer te weten te komen over doodgeboren kinderen, rouw en depressie vanuit het perspectief van een moeder en/of een psycholoog/hulpverlener. Leticeia, Gloria, Ebonie, Valerie, Angela, Shelly – dank jullie wel voor al jullie hulp en compassie. In elk interview, elk gesprek, elke uitwisseling was het zo duidelijk dat jullie wilden dat anderen zichzelf in dit verhaal zouden zien. Jullie hebben cliënten als Yasmen geholpen of jullie zijn zelf een Yasmen geweest. Jullie inzichten hebben haar herstelproces gevormd en geholpen om dit fictieve gezin weer bij elkaar te krijgen. Jullie hulp was onbetaalbaar en ik ben jullie eeuwig dankbaar.

Joanna, bedankt dat je mijn alfa was, die alles altijd als eerste las met een heel streng oog. Zonder jou zou mijn werk niet hetzelfde zijn. Je steun en vriendschap blijven een van de grootste zegeningen op deze reis.

Keisha van Honey Magnolia, dank je wel voor het genadeloze proeflezen. Voor de nieuwe passie voor alles wat ik doe, op papier en daarbuiten. Jouw visie en je hoge verwachtingen inspireren en dwingen me op de beste manier die ik me maar kan wensen.

Voor Lauren, die altijd vroege versies doorneemt met een vergrootglas en zonder zich in te houden – dank je wel.

Chele, Shelley, Kelsey – dank jullie wel voor het proeflezen en voor de aanmoedigingen. Ik zal het nooit voor lief nemen.

Voor mijn redactrice Leah: DANK JE WEL voor je geduld. Waarschijnlijk is er nooit een slechtere eerste versie geweest. LOL! Ik zat heel slecht in mijn vel en je hebt me met zachte hand begeleid. Je raakte niet in paniek en hielp me het beste uit dit verhaal te halen. Hoop ik! Ik ben zo blij dat we deze reis samen hebben ondernomen en ik kan niet wachten op de volgende!

Dylan, je bent niet alleen mijn beste vriendin en mijn luidruchtigste supporter, maar speciaal tijdens het ontstaan van dit boek was je een veilige haven voor me. Ik weet niet precies wat ik heb gedaan om een beste vriendin te verdienen die zo lief, getalenteerd, royaal en bemoedigend is als jij, maar ik laat je nooit meer gaan.

Voor mijn moeder. Toen ik dieper in de put zat dan ooit en niet wist of ik dit boek überhaupt wel af kon krijgen, heb je alles laten vallen en ben je in een vliegtuig gesprongen om naar me toe te komen. Wat zo spectaculair is, is dat je dat altijd hebt gedaan. Je hebt altijd geweten hoe je er voor me kunt zijn, hoe je kunt helpen. Je bent wijs, intuïtief, veerkrachtig, grootmoedig en meelevend. Ik hoop dat ik een appel ben die niet ver van jouw boom is gevallen.

Voor mijn zoon Myles. Elk boek is voor jou. Ik dacht dat ik wist wat moederschap zou inhouden, maar nu weet ik wel beter, jochie. Je hebt me geleerd dat ik daadwerkelijk in staat was tot onvoorwaardelijke liefde en dat zou ik nergens voor inruilen. Ik zou jóú nergens voor inruilen.

En tot slot voor mijn man Samuel. Dit boek zou niet bestaan als jij niet had gevraagd wat er toch met dat boek met dat gescheiden stel was gebeurd. Zo ben jij nu eenmaal. Net zoveel bezig met mijn dromen en verlangens als met je eigen dingen. Nederig, stabiel, zorgzaam en enthousiast. Je bent een zeldzaam goed, mijn lief. Josiah vraagt of mensen zich het exacte moment herinneren waarop ze verliefd worden en hij zegt dat het niet één moment is, maar een miljoen. Ik ben zo blij met die miljoen momenten in de afgelopen vijfentwintig jaar waarin ik verliefd op je werd en ik hoop dat er nog een miljoen zullen volgen. Het is niet altijd even makkelijk geweest, maar ik zou het zo weer doen, als ik het maar met jou mag doen. <3

Discussiepunten

Let op: de volgende discussiepunten bevatten enkele spoilers. We adviseren niet verder te lezen als je je wilt laten verrassen door het verhaal.

1. In de proloog zien we Josiah en Yasmen als verliefd jong stel. Verderop in het boek krijgen we een heel andere blik op het huwelijk na de dood van Byrd en Henry. En daarna zien we ze een paar jaar na hun scheiding. Vergelijk de dynamiek van hun relatie in elk stadium eens met elkaar. Wie waren ze toen en wie zijn ze nu?

2. In de eerste hoofdstukken worden langzaam meer details bekend over de twee rampzalige verliezen en de depressie die Yasmen daarna krijgt. Wat voor emoties voelde je toen duidelijk werd wat er gebeurd was en hoe Yasmen daarop reageerde?

3. Wat waren je eerste indrukken van Yasmens twee beste vriendinnen, Soledad en Hendrix. Hoe hebben ze Yasmen geholpen met haar herstel? In welke opzichten lijken de vrouwen op elkaar en wat zijn de verschillen tussen hen?

4. Yasmen komt thuis en treft daar Vashti aan, die is blijven eten en spelletjes doet met de kinderen en Josiah. Wat vond je van Yasmens reactie?

5. Hoe beïnvloedde Josiahs point of view de indruk die je van hem had na de eerste hoofdstukken over Yasmen?

6. Therapie speelt een enorm grote rol in dit boek en er wordt veel gezegd over rouw en depressie. In sommige kringen heeft therapie nog steeds een stigma. Wat voor impact hadden therapie en ideeën over therapie op de personages en het verhaal? Ben je zelf van gedachten veranderd? Over wat voor dingen heeft het verhaal je aan het denken gezet als het om rouw en depressie gaat?

7. Heb je manieren gezien waarop de relatie tussen Yasmen en Deja werd weerspiegeld in die van Yasmen en Carole? Wat voor invloed hebben moeders en dochters op elkaar? En hoe zit het met de rol van tante Byrd? Op wat voor manieren leven mensen voort in anderen?

8. Dit boek is een liefdesroman, maar het bevat ook elementen van vrouwenliteratuur en empowerment. Welke elementen belichtten de unieke uitdagingen waarvoor vrouwen zich soms gesteld zien en de uiteenlopende keuzes die de vrouwen in dit verhaal maken? Is er een van deze vrouwenlevens waarmee je je het meest identificeert?

9. Eten is cruciaal in dit verhaal. Bespreek de manieren – naast het feit dat Yasmen en Josiah een restaurant hebben – waarop eten belangrijk is.

10. Begreep je waarom Yasmen en Josiah hun 'verhouding' in eerste instantie geheimhielden? Was je het eens met hun redenen?

11. Waren Josiahs aanvankelijke angst en scepsis toen Yasmen hem terug wilde gerechtvaardigd? Wat voor gevoel kreeg jij erbij?

12. Er wordt weleens over getwist wat een boek een liefdesroman maakt en hoe die moet eindigen. Als Yasmen en Josiah hadden besloten níét te hertrouwen, maar het voorbeeld van Ken en Merry hadden gevolgd, zou je dat dan als een echt happy end beschouwen? Was je het eens met hun beslissing?

RECEPTEN

Tante Byrds limoncellotaart

Ingrediënten

Voor de cake

- bakspray of plantaardige olie voor de vorm
- 250 gram bloem
- 1 theelepel bakpoeder
- ½ theelepel baksoda
- 1 theelepel zout
- 360 gram ongezouten boter op kamertemperatuur
- 225 gram suiker
- 3 grote eieren
- 300 gram zure room
- 60 ml limoncello
- rasp van 3 citroenen

Voor het glazuur

- 125 gram poedersuiker
- 2 eetlepels limoncello
- citroenrasp
- een flinke snuif hartelijkheid

Bereiding van de cake

Verwarm de oven voor op 180 graden.

Vet een tulbandvorm in met bakspray of een beetje olie.

Meng bloem, bakpoeder, baksoda en zout in een kom.

Doe de boter en suiker in een andere kom en klop met de mixer (op halve snelheid) luchtig. Voeg een voor een de eieren toe, terwijl je blijft mixen.

Voeg een derde van het bloemmengsel toe en zet de mixer op de laagste stand. Voeg de helft van de zure room toe en klop die erdoor. Herhaal deze stappen en eindig met het bloemmengsel. Voeg de limoncello en citroenrasp toe. Mix tot een glad beslag.

Giet het beslag in de ingevette vorm. Strijk de bovenkant glad. Bak de cake 30 minuten in het midden van de oven. Draai de cake een halve slag en draai de oventemperatuur omlaag tot 160 graden. Bak nog 25 minuten.

Laat de cake ongeveer 15 minuten afkoelen in de vorm en keer hem dan om op een rooster of bord. Laat hem verder afkoelen terwijl je het glazuur bereidt.

Bereiding van het glazuur

Roer de poedersuiker, limoncello en citroenrasp glad in een kom.

Giet het glazuur voorzichtig over de volledig afgekoelde cake.

Josiahs zoete-aardappelpannenkoekjes

Ingrediënten

- 200 gram bloem
- 2 theelepels bakpoeder
- ½ theelepel baksoda
- 2 theelepels bruine suiker
- 1 theelepel grof zout
- 1 theelepel kaneel
- ¼ theelepel gemalen nootmuskaat
- ¼ theelepel gemberpoeder
- 240 ml melk
- 2 kleine zoete aardappelen, gepoft of gekookt en gepureerd
- 2 grote eieren
- 1 theelepel vanille-extract
- boter om in te bakken
- een flinke eetlepel swagger

Bereiding

Meng de bloem, bakpoeder, baksoda, bruine suiker, zout, kaneel, nootmuskaat en gemberpoeder in een kom.

Klop in een andere kom de melk en de zoete-aardappelpuree door elkaar. Voeg de eieren en vanille toe.

Doe de natte en droge ingrediënten bij elkaar en roer ze goed door elkaar.

Smelt wat boter in een grote koekenpan met antiaanbaklaag op halfhoog vuur. Draai het vuur iets omlaag zodra de boter licht begint te schuimen en giet wat pannenkoekenbeslag in de pan. Bak 2 à 3 minuten tot je belletjes in het beslag ziet komen en de pannenkoek van onderen goudbruin is. Draai hem om en bak de andere kant in nog eens 2-3 minuten goudbruin.

Serveer met ahornsiroop, pecannoten of slagroom – net wat je lekker vindt!

De maispudding van mijn tante Evelyn

Ingrediënten

- bakspray, olie of boter om de vorm in te vetten
- 3 eieren
- 1 eetlepel vanille-extract
- 80 ml melk
- 30 gram boter, gesmolten
- ½ theelepel zout
- 2 eetlepels bloem
- 100 gram suiker
- 2 blikken *creamed corn,* ook wel *cream-style corn* of maiscrème genoemd (hier en daar verkrijgbaar in toko's)
- 165 gram maiskorrels (diepvries, uit blik of vers – net wat je wilt)
- een hele hoop zuidelijke gastvrijheid!

Bereiding

Verwarm de oven voor op 180 graden. Vet een bakblik van ongeveer 23 x 33 cm in met bakspray, olie of boter.

Klop de eieren los in een kom. Voeg het vanille-extract, de melk en de gesmolten boter toe.

Vermeng in een andere kom het zout, de bloem en de suiker. Klop het dan door het eimengsel.

Roer voorzichtig beide blikken *cream-style corn* erdoorheen.

Als je blikmais gebruikt, giet dan de helft van het vocht uit het blik af en laat de andere helft erin zitten. Giet het resterende water met de mais bij de andere ingrediënten. Als je verse mais of diepvries gebruikt, voeg het dan toe zonder vocht.

Roer alle ingrediënten door elkaar en giet het beslag in de ingevette vorm.

Bak 45 minuten (het ei moet gestold zijn en de bovenkant van de pudding bruin).

Laat de vorm 15 minuten rusten en serveer!

Soledads vinaigrette

Ingrediënten

- 175 ml avocado-olie of extra vierge olijfolie
- 120 ml sherryazijn
- sap van een halve citroen (of een hele, als je niet bang bent voor een stevig zuurtje!)
- 1 eetlepel Dijon-mosterd
- ½ theelepel peper
- snuf zout
- 1 eetlepel honing
- 1 flinke klodder classy bitch!

Bereiding

Klop de ingrediënten door elkaar en schenk dit over je lievelingssalade! Het werkt ook geweldig als marinade.